Dieses Buch ist meinem Agenten Joshua Bilmes gewidmet,
der mich mitten in der Serie übernommen hat.
Mögen all unsere Hoffnungen und Träume
für meine Karriere wahr werden.

TEIL I:
TUMBOR

EINS

»Kara hatte recht. Erenthrall *hat* sich völlig verändert.«

Allan reagierte nicht auf Bryces Worte. Sie standen am Rand eines Abgrunds und blickten hinab in die Stadt, die sie einst als ihre Heimat bezeichnet hatten. Nur war der Großteil eben dieser Stadt mittlerweile dreihundert Schrittlängen tief in die Ebenen gesunken.

Allan machte Teile aus, die noch zu erkennen waren: die Stummel der eingestürzten Türme von Grass in der Mitte der Stadt, die umliegenden Bezirke – darunter Hegga, wo er einst mit Moira und Morrell gelebt hatte – und das glitzernde Wasser der Flüsse, die sich durch die Verwüstung schlängelten. Wenn er die Augen abschirmte, konnte er die zwei Wasserfälle sehen, die sich, verschwommen durch die Entfernung, hinunter in die neu entstandene Senke ergossen. Demnach waren die Flüsse unten größtenteils zu ihren natürlichen Verläufen zurückgekehrt, wenngleich er nicht wusste, welchen Pfaden sie folgten, nachdem sie zusammenflossen und diese Seite der Stadt erreichten. Da südlich von der Stelle, an der sie standen, kein Wasser durch das ursprüngliche Flussbett strömte, vermutete er, dass es irgendeinen unterirdischen Auslass gefunden hatte. Vielleicht floss es auch durch die Tiefen der gewaltigen Risse, die sich von dort, wo sich Erenthrall einmal befunden hatte, in alle Richtungen erstreckten.

Aber er war nicht hier, um zu bestimmen, was aus dem Fluss geworden war.

»Was seht ihr?«, fragte er die anderen und unterbrach damit die leisen Unterhaltungen, die sich in seinem Rücken entwickelt hatten. Er drehte sich dem Rest der von Kara, Marcus und Befehlshaber Ty aus der Nadel entsandten Aufklärungstruppe zu. Insgesamt waren sie zwanzig Personen, darunter Bryce, der Rudelführer der Halbwölfe namens Grant, drei von Grants Halbwölfen, neun Kämpfer – eine Mischung aus Bryces Rüden aus Muld und Tys Vollstreckern, wenngleich mittlerweile alle Vollstrecker-Uniformen trugen. Dazu noch der Lumagus Dylan und vier Bürgerliche aus der Nadel, angeführt von Gaven. Die vier Wagen, die sie mitgebracht hatten, standen auf einer Straße, die einst geradewegs hinein ins Herz der Stadt geführt hatte, jetzt umgeben von den Überresten der eingestürzten Gebäude eines der äußersten Bezirke.

»Ich sehe eine riesige Grube in der Erde, da, wo früher Erenthrall war«, antwortete Grant knurrend. Er stand ein paar Schritte hinter Allan, hatte die Arme vor der breiten Brust verschränkt und die halb verwandelte Wolfsfratze zu einem verkniffenen Blick angespannt. Seine Nasenflügel blähten sich, als er die Luft schnupperte. Eines seiner Ohren zuckte. »Das hat die Ley angerichtet?«

»Laut Kara, ja«, antwortete Dylan. »Die Unbeständigkeit der Ley hat die Erdbeben ausgelöst. Und dann, als die Verkrümmung über Erenthrall in sich zusammengefallen ist, hat sie einen beträchtlichen Teil der Erde zerstört. Man kann es auch sehen.« Dylan kletterte von seinem Sitz auf dem Wagen neben Gaven und trat vor. Er hinkte noch leicht von der Knieverletzung, die er bei seinem letzten Besuch in Erenthrall erlitten hatte. Auch ein paar der anderen, die um den Bruchrand verteilt standen, rückten weiter vor. »Seht ihr den Ring, der die Stadt umgibt? Da, wo die Gebäude und die Straßen aufgewühlt zu sein scheinen? Dort lag der Rand der Verkrümmung. Sie hat alles auf ihrem Weg in Stücke gerissen, als sie sich schloss. Der gesamte mittlere Bereich der Stadt bestünde wie dieser Ring nur noch aus Geröll, wenn es Kara nicht gelungen wäre, die Verkrümmung zu reparieren.«

»Das erklärt nicht, warum die Stadt dreihundert Schrittlängen unter die Höhe der Ebenen gesunken ist«, merkte Bryce an.

»Kara sagt, dass sich unter der Stadt riesige Höhlen befanden. Das Land war bis zu den Beben stabil, dann wurde es geschwächt, als die Verkrümmung begann, sich zu schließen. Danach war es nur noch eine Frage der Zeit, bis die Höhlen eingestürzt sind und die Stadt in die Tiefe gerissen haben.«

»Ich würde sagen, alles in allem hat die Stadt den Einsturz ziemlich gut überstanden«, fügte Gaven hinzu.

»Es hat schon einige Schäden gegeben – von den Beben und vom Einsturz.« Allan deutete mit einer Hand hinunter. »Sieht so aus, als hätte der südliche Teil der Stadt am schlimmsten gelitten. Dort sehe ich kaum noch unversehrte Gebäude. Und die westlichen Abschnitte waren bereits von den Bränden unmittelbar nach der Zersplitterung verwüstet. Aber die nördlichen und östlichen Bezirke scheinen größtenteils unbeeinträchtigt geblieben zu sein.«

Bryce stieß einen Fluch aus.

»Was ist?«, fragte einer der Vollstrecker. »Was bedeutet das?«

»Es bedeutet, dass die Flussratten, die Tunnler und die Temeriten den Einsturz vielleicht größtenteils unversehrt überlebt haben. Sie könnten immer noch da draußen sein, auch wenn ich von hier aus keine offenkundigen Bewegungen erkenne.«

»Das ginge auch gar nicht«, warf Allan ein. »Die Türme in Grass versperren uns die Sicht auf diese Bezirke. Und sie wären ohnehin zu weit entfernt. Sogar die Türme zeichnen sich von hier nur verschwommen ab.«

»Ich sehe nicht einmal Bewegung auf den nächstgelegenen Straßen unten.«

Allan schwenkte den Blick von den entfernten Türmen in Grass zu den Bezirken unmittelbar unter ihnen. Er trat einen weiteren Schritt vor. Durch die Bewegung löste sich ein Pflasterstein vom abgebrochenen Rand der Straße und stürzte in die Stadt hinab. Es war, als blickte man auf eine unheimlich detaillierte Karte. Die Straßen bildeten ein Raster, dessen Abstände von Geröll ausgefüllt waren. Nur wenige überwiegend unversehrte Bauwerke waren verblieben – da ein Wohnhaus mit fehlender Fassade, dort ein Steinbogen, der sich über eine Straße spannte, dahinter eine umgekippte Statue in einem Park und ein Springbrunnen aus Stein in der Mitte eines Platzes. Die Sonne stand beinahe direkt über ihnen, weshalb es kaum Schatten gab. Falls sich jemand dort draußen herumtrieb, würden sie denjenigen sehen.

Dass dem nicht so war, hatte jedoch wenig zu bedeuten. Es gab immer noch reichlich Plätze in den Gebäuden, wo sich Überlebende der zweiten Katastrophe von Erenthrall versteckt halten konnten.

»Ich traue dem Frieden nicht«, sagte Allan. »Nicht nach dem, was passiert ist, als wir letztes Mal nach Erenthrall gekommen sind. Ich will, dass alle auf der Hut bleiben. Wir kamen her, um herauszufinden, wer überlebt hat und in welcher Verfassung diejenigen sind, das ist alles. Am besten wäre aber, wenn wir erst mal vermeiden könnten, irgendjemandem zu begegnen.«

»Wer hat vor dem Einsturz der Verkrümmung in diesem Abschnitt gelebt?«, erkundigte sich Gaven.

»Die Gorrani.«

Fast alle erstarrten. Erst vor einem Monat hatten die Gorrani, die in der Nähe von Tumbor gelebt hatten, die Nadel angegriffen und wären von Ober-Lumagus Lecrucius' weißer Wand aus Ley beinahe vollständig ausgelöscht worden. Viertausend waren fast sofort umgekommen, nur tausend hatten flüchten können. Die Überlebenden hatten sich nach Süden in Richtung des Heimatlands der Gorrani zurückgezogen, doch es bestand durchaus die Möglichkeit, dass diejenigen, die in Erenthrall geblieben waren, über die Niederlage Bescheid wussten. Falls ja, würden sie niemanden willkommen heißen, der kein Gorrani war, vor allem nicht Menschen aus der Nadel.

Bryce trat an Allans Seite. »Wir haben ein dringenderes Problem als die Gorrani.«

»Und das wäre?«

Der ehemalige Rüde deutete auf die Stelle, wo die Straße endete, der sie durch die Außenbezirke von Erenthrall gefolgt waren, nur wenige Schritte von der Stelle entfernt, an der sie standen. »Wie bei allen Höllen sollen wir da runtergelangen?«

***

Es dauerte den Rest des Tages, so weit durch die oben verbliebenen Überreste von Erenthrall zurückzukehren, bis sie einen Riss im Erdreich entdeckten, der breit genug schien, um die Wagen durchzulassen, und dabei nicht allzu steil hinabführte.

Sie lagerten am Rand des Sprungs auf den Ebenen, während Grant seine Halbwölfe hinunter in die Tiefe entsandte, um einen sicheren Weg für die Wagen auszukundschaften. Denn wenn sie den Weg nach unten erst angetreten hatten, würden sie nicht mehr sehen können, ob sie auf Erenthrall oder eine Sackgasse zusteuerten.

Am nächsten Tag, eine Stunde nach Sonnenaufgang, brachen sie in die Schatten auf. Die Wände der Spalte ragten zu beiden Seiten höher und höher auf, als Gaven die Pferde vorsichtig über das unebene Geröll lenkte.

Allan konnte nicht verhindern, dass sich auf dem Weg nach unten Kälte zwischen seinen Schulterblättern einnistete, als die Schatten sie umfingen und das Band des blauen Himmels über ihnen stetig schmaler wurde, je tiefer sie gelangten. Fackeln wurden angezündet und den kleinen Tross entlanggereicht.

Die Halbwölfe führten sie weiter, umgingen größere Klüfte

und Ableger des Labyrinths der aufgebrochenen Erde. Ohne sie hätte sich Allan innerhalb einer Stunde hoffnungslos verlaufen. Gelegentlich fielen Erdklumpen und Staub als kiesiger Schauer von oben herab. Selbst nach einem Monat hatte die Erde noch nicht aufgehört, sich zu setzen. Einmal gerieten sie an eine Stelle, an der die Seitenwand der Spalte eingestürzt war, und mussten warten, während die Halbwölfe nach einem anderen Weg suchten.

Als sich die Spalte schließlich weitete und sie endlich auf einen holprigen Hang aus Fels und Erdreich hinausgelangten, kribbelte Allans Haut vor Beklommenheit, ausgelöst von der erstickenden Enge. Er atmete tief durch, als er hinaus in offenes Gelände trat, und rollte die Schultern, um die Anspannung darin zu lockern, die sich den ganzen Tag lang gesteigert hatte.

Die Sonne schwebte über dem westlichen Rand der versunkenen Stadt, und der ehemalige Rüde blickte auf eine mit Geröll gefüllte Straße, die zwischen beiderseits eingestürzten Gebäuden hindurchführte. Obwohl sie erst in ein paar Stunden wirklich untergehen würde, warf sie bereits einen langen Schatten auf die Überreste von Erenthrall. Über die Hälfte der Stadt lag in einem verfrühten Zwielicht. Nur die zerklüfteten Spitzen der Türme in Grass und die östlichsten Felsen und Bezirke wurden noch vom Sonnenlicht erhellt. Der Rand der Spalte lag hoch genug, dass sie über die Dächer der nächsten Gebäude sehen konnten, die in diesem Bezirk höchstens zwei bis drei Geschosse besaßen.

Das Erste, was Allan auffiel, war …

»Feuer!«, rief Dylan. Dann zuckte er zusammen, als seine Stimme über die nächstgelegenen Gebäude und durch die Spalte hinter ihnen hallte. Bryce schleuderte ihm einen finsteren Blick zu, genau wie mindestens fünf der anderen Rüden und Vollstrecker, die gerade aus der Kluft traten.

»So viel dazu, Vorsicht walten zu lassen«, murmelte jemand.

Allan schenkte der Äußerung keine Beachtung. »Sieht

nach Signalfeuern aus, die sich in einem Bereich nordwestlich von Grass bündeln. Könnten die Temeriten sein, ist aber schwer abzuschätzen. Zu weit weg, um sich jetzt den Kopf darüber zu zerbrechen. In der Nähe sehe ich nichts.«

»Die Halbwölfe melden niemanden in der unmittelbaren Umgebung«, bestätigte Grant.

»Dann sollten wir hier das Lager für die Nacht aufschlagen. Bryce, lass überprüfen, ob die Gebäude sicher genug sind, um uns Unterschlupf zu bieten. Findet nach Möglichkeit eines, das einfach zu verteidigen ist. Gaven …«

»Ich kenne den Ablauf«, brummte der ältere Muld-Bewohner und griff bereits hinter sich zu den Vorräten, die sie mitgebracht hatten. »Brauchen wir ein Feuer oder haben wir Zugang zur Ley?«

Dylan schloss die Augen und legte vor Konzentration die Stirn in Falten, während der Rest der Truppe in emsiges Treiben ausbrach. Bryce entsandte die Vollstrecker und Rüden bereits in den umliegenden Bereich. Diejenigen, die Gaven halfen, machten sich ebenfalls bei den Vorräten an die Arbeit, noch bevor Dylan die Augen öffnete und antwortete.

»Da die Knoten, die in Erenthrall eingeschlossen waren, jetzt offen sind, hat sich die Ley in der unmittelbaren Umgebung größtenteils gefestigt, ganz wie Kara es vorhergesagt hat. Ich kann sie anzapfen und uns ohne Probleme einen Heizstein erschaffen.«

»Also droht keine Gefahr von Beben oder Ley-Geysiren?«, fragte Allan.

Dylan zuckte mit den Schultern. »Das System ist nicht völlig im Gleichgewicht, und ein paar Knoten wurden beim Einsturz der Verkrümmung zerstört. Aber ich glaube nicht, dass wir Beben befürchten müssen. Kara ist es von der Nadel aus gelungen, die meisten der Ley-Linien zu sichern, bevor wir aufgebrochen sind. Wir werden höchstens kleinere Anpassungen der örtlichen Linien wahrnehmen. Sorgen müssen wir uns eher um die Verkrümmung über Tumbor machen. Wenn sich die Ley dort verschiebt, könnten wir das hier als Nachbeben zu spüren bekommen.«

»Also ist es wie üblich ungewiss«, brummelte Gaven für sich, als er an Allan vorbeiging. Dann sagte er lauter: »Dylan, komm hier rüber. Ich will diesen Heizstein einsetzen.«

Der ehemalige Rüde warf einen letzten Blick zu der Ansammlung von Feuern im Norden, bevor er die mit Geröll übersäte Straße hinabstieg. Die Beben hatten nachgelassen, seit Kara die Verkrümmung über Erenthrall geheilt und einige der Ley-Linien wiederhergestellt hatte, um das Absinken der Stadt auszugleichen. Dadurch waren nahezu alle Knoten in die Tiefe gerutscht. Allan verstand zwar nicht, wie das Ley-Gefüge funktionierte, aber Kara hatte offensichtlich einen beträchtlichen Teil davon in Ordnung gebracht. Trotzdem blieb die Sorge wegen der Verkrümmung über Tumbor, die wesentlich größer war als jene, die Erenthrall umschlossen hatte.

Kara und die anderen Lumagier in der Nadel überlegten jedoch längst, wie man sie heilen könnte. Wenn sie erst Tumbor mit dem in der Nadel erschaffenen Nexus befreit hatten, konnten sie über dem Rest der größeren Städte all die Verkrümmungen beseitigen, die sich noch nicht entfaltet hatten. Danach wären sie hoffentlich in der Lage, das gesamte System wieder in Ordnung zu bringen.

Aber das war Sache der Lumagier. Allan beschäftigten eher die Gefahren, die von den verschiedenen Gruppierungen für die Nadel und – in geringerem Ausmaß – für Muld ausgingen. Die meisten dieser Gruppen hielten sich hier in Erenthrall auf – zumindest bevor die Stadt in den Ebenen versunken war. Allerdings gab es zusätzlich noch die Gorrani und jene Bande von Plünderern aus Anfurt, die Muld vor wenigen Monaten angegriffen hatte. Baron Aurek, der Anführer von Anfurt, war zwar bei der Nadel umgekommen, aber man wusste nichts über den Verbleib seines Stellvertreters Devin.

Allan lag zwar hauptsächlich daran, herauszufinden, wer inzwischen über Erenthrall herrschte und ob diejenigen eine Bedrohung für die Nadel darstellten, aber was aus Anfurt geworden war, wäre auch wichtig zu erfahren.

Mitten auf der Straße blieb er stehen und ließ den Blick über das Treiben wandern. Bryces Männer riefen einander zu, als sie sich den Weg durch die Straße bahnten. Ihre Aufmerksamkeit galt überwiegend dem höchsten Gebäude – einem dreigeschossigen Wohnhaus mit nur geringen Schäden an einer Mauer und einer eingestürzten Ecke des Daches. Gaven errichtete davor bereits eine Feuergrube, während sich Dylan dem flachen Stein in deren Mitte widmete, auf den er mit gespreizten Fingern eine Hand gelegt hatte.

Ein Spieß wurde aufgestellt, während sich andere mit Töpfen in den Händen an den Lebensmittelvorräten zu schaffen machten. Die Halbwölfe liefen rastlos um ihren Anführer herum auf und ab. Grant selbst stand etwas abseits und beobachtete das Geschehen mit der ihm eigenen Eindringlichkeit. Seit dem Angriff der Gorrani auf die Mauern der Nadel hatte sich Allan an die drückende Gegenwart des Rudelführers gewöhnt. Der Mann sprach zwar wenig, doch ihm entging nichts.

Allan steuerte auf ihn zu, nachdem er sich davon überzeugt hatte, dass alle beschäftigt waren. Unterwegs hob er eine Hand, rief »Bryce!«, und winkte den Rüden für eine Unterredung zu sich.

Die Halbwölfe beäugten die beiden Männer misstrauisch, die sich ihrem Rudelführer näherten, und eines der Geschöpfe ließ sich an Grants Seite nieder. Die anderen liefen weiter hinter ihm auf und ab.

»Berichte.«

»Wie es aussieht, könnte das dreigeschossige Gebäude vorerst für unsere Zwecke genügen«, sagte Bryce. »Die Vollstrecker durchsuchen es gerade und halten Ausschau nach Anzeichen von Bewohnern in jüngster Zeit. Die Rüden lasse ich ungefähr einen Block von hier entfernt patrouillieren. Sie überprüfen für alle Fälle die umliegenden Gebäude.«

Grant brummte, ein ungeduldig klingender Laut, der tief aus seiner Brust grollte. »Was braucht ihr von den Halbwölfen?«

»Ich weiß, dass du hier bist, um etwaige weitere Halbwölfe in der Stadt zu finden und zu rekrutieren«, sagte Allan. »Und um deine Frau zu finden. Aber ich mache mir Sorgen wegen der Gorrani, die sich in den südlichen Bezirken niedergelassen hatten. Seit unserer Ankunft haben wir keinerlei Anzeichen von ihnen gesehen. Ich würde gern wissen, wo sie sich verstecken.«

»Falls sie die Beben überlebt haben«, fügte Bryce hinzu.

»Ich kann mit meinem Rudel heute Nacht den südlichen Teil der Stadt durchsuchen. Wir halten sowohl nach unseren Brüdern Ausschau als auch nach Gorrani. Und wenn uns der Rest von euch nicht aufhält, können wir ein größeres Gebiet abdecken.« Grant zögerte, bevor er hinzufügte: »Du hast doch die von Kara erwähnten Halbwölfe, die noch in der Scherbe festsitzen, nicht vergessen, oder?«

»Nein, ich habe sie nicht vergessen. Sobald wir wissen, dass die Umgebung sicher ist, lassen wir Dylan versuchen, die Halbwölfe und die Menschen zu befreien, die noch in der Scherbe gefangen sind.«

»Dann sind wir vor Sonnenaufgang zurück.«

Grant wirbelte auf dem Absatz herum und stimmte ein tiefes Grollen an. Die drei Halbwölfe hielten inne und lauschten aufmerksam, bevor sie lossprangen, ihm vorausliefen und lautlos in den Schatten der bröckelnden Stadt verschwanden. Allan und Bryce sahen Grants Rücken nach, bis er um eine Ecke bog.

»Glaubst du, er wird weitere Halbwölfe finden?«, fragte Bryce.

»Ja. Wir wissen ja, dass einige in der Verkrümmung gefangen waren – zum Beispiel jene, die Hagger um sich geschart hatte. Und ich bin überzeugt davon, dass die Himmelslichter seit der Zersplitterung weitere Menschen verwandelt haben.«

»Mich überrascht, dass er sich nicht von Morrell in einen vollwertigen Menschen zurückverwandeln lassen hat, als sie in der Nadel eingetroffen ist.«

Allans Körper versteifte sich. Er hatte sich immer noch nicht mit der Vorstellung angefreundet, dass seine Tochter andere durch bloße Berührung zu heilen vermochte. Mit anzusehen, wie sie Drayden vom Halbwolf zurück in einen Menschen verwandelt hatte, war verstörend gewesen, doch er hatte es verdrängen können, indem er sich darauf konzentrierte, Kara und die anderen aus der Nadel zu retten. Morrell war erst wenige Tage in der Nadel gewesen, bevor Kara an ihn herangetreten war und ihn ersucht hatte, mit dieser Gruppe nach Erenthrall zurückzukehren. Womit sie ihm auch eine weitere Ablenkung geboten hatte.

»Es dürfte einfacher für ihn sein, weitere Halbwölfe für sein Rudel zu rekrutieren, wenn er selbst noch halb verwandelt ist«, meinte Allan etwas schroff, bevor er sich Bryce zudrehte und das Thema wechselte. »Was hat Kara dir gesagt, bevor wir aufgebrochen sind?«

»Dass wir Erenthrall auskundschaften, die Lage erkunden und dann zurückkommen sollen. Falls wir dabei auf Lebensmittel oder sonstige Vorräte stoßen, sollen wir sie mitbringen, aber das ist nicht das Hauptziel.«

»Das ist der Kern der Sache. Aber da ist noch etwas. Wir sollen außerdem diese Familie aus der verbliebenen Scherbe retten und nachsehen, welche Gruppen überlebt und wie sie sich verändert haben, seit die Verkrümmung die Stadtmitte nicht mehr blockiert. Und wir sollen versuchen, Verbündete zu finden.«

»Verbündete? Hier? Alle haben versucht, uns entweder zu töten oder gegen Lebensmittel einzutauschen.«

»Nicht alle. Die Temeriten haben unsere Gruppen beim Plündern in Ruhe gelassen.«

»Das hat nur daran gelegen, dass wir uns von ihrer Enklave ferngehalten haben, als wir hier waren. Du weißt, dass sie Zusammenstöße mit den Flussratten und einigen der anderen Gruppen im Osten hatten.«

»Kara hat sich in den Kopf gesetzt, dass wir versuchen sollten, mit den Gruppen hier in Erenthrall zusammenzuarbeiten, statt mit ihnen um die Ressourcen zu kämpfen, die jetzt aus der Verkrümmung befreit sind. Bevor wir die Nadel verließen, hat sie mir gesagt, ich solle versuchen, Verbindung mit den Temeriten aufzunehmen und herauszufinden, ob sie an einer Vereinbarung interessiert wären.«

»Was für einer Vereinbarung?«

»Wechselseitiger Handel zwischen der Nadel und Erenthrall. Das könnte helfen, Erenthrall in einen solideren Stützpunkt auszubauen. Ein Bündnis gegen die weniger wünschenswerten Gruppen in der Stadt, etwa die Flussratten.« Allan zuckte mit den Schultern. »Was immer ich aushandeln kann.«

»Und du hältst das für möglich?«

Allan wollte nicht zugeben, dass er selbst Kara die Idee in den Kopf gesetzt hatte, während sie bei den Tunnlern gefangen waren, deshalb zog er nur die Augenbrauen hoch. »Wieso nicht? Wie du sagtest: Wir haben uns von den Temeriten ferngehalten, als wir früher hier waren. Jetzt, da wir über die Ressourcen der Nadel verfügen, können wir sie vielleicht einsetzen, um etwas Kontrolle über das Chaos in der Stadt zurückzuerlangen.«

Bryce ließ gemurmelte Verwünschungen vernehmen, bevor er resignierend die Hände in die Hüften stemmte. Aus Allans Schultern floss ein wenig Anspannung ab. Er hatte sich nicht darauf gefreut, mit Bryce darüber zu streiten, falls sich der Mann entschieden gegen die Idee ausgesprochen hätte.

»Wie willst du an die Temeriten herantreten? Einfach zu ihrem Wall marschieren – sofern sie ihn noch haben – und an die Tür klopfen?«

»Wenn es nötig ist. Aber falls sich eine andere Gelegenheit bietet, würde ich die beim Schopf packen. Ich wollte, dass du darüber Bescheid weißt, damit die Rüden und die Vollstrecker gewappnet sind.« Kaum hatte er die Worte ausgesprochen, setzte er sich dorthin in Bewegung, wo Gaven und die anderen mittlerweile den Inhalt eines auf dem Heizstein stehenden Topfs umrührten. An einem Spieß daneben drehten sich zwei Hasen. Bryce verharrte noch einen Moment, bevor er ihm folgte. Der Geruch von bratendem Fleisch erreichte Allan und ließ ihn die Nasenflügel blähen, als er tief die Luft einsog. Er beschleunigte seine Schritte, obwohl er wusste, dass die Mahlzeit noch nicht fertig sein konnte.

Bryce holte ihn ein und fragte: »Wie also sieht der Plan für morgen aus?«

»Sofern Grant nach seiner Erkundung heute Nacht nichts Ungewöhnliches berichtet, brechen wir durch Erenthrall auf. Wir durchqueren einige der Bezirke, die in der Verkrümmung gefangen waren, und versuchen, die Halbwölfe und jene Familie aus der Scherbe zu befreien. Danach … sehen wir weiter.«

***

»Was habt ihr gefunden?«

Grant war noch kaum aus den grauen Schatten der Morgendämmerung herausgetreten, doch Allan hatte nach ihm Ausschau gehalten. Der große Mann schnaubte, als er näher kam, und eine besorgte Miene zerknitterte seine pelzigen Züge. Allan zog die Augenbrauen hoch, als sich aus der Dunkelheit hinter dem Rudelführer fünf Halbwölfe lösten. »Zwei weitere unserer Brüder. Da waren noch andere, aber sie sind wie Beutetiere weggerannt.« Verächtlich verzog Grant die Lippen. »Wir werden sie finden.«

»Was ist mit den Gorrani?«

»Wir haben ihr früheres Gebiet durchstreift. Sie waren nicht dort. Allerdings ist ihr Geruch in dem Bereich und in dem Teil der alten Stadt stark, der früher in der Verkrümmung gefangen war.« Sein Blick verlagerte sich zu den anderen, die sich im Lager nach und nach erhoben. Gaven kochte bereits mit dem Heizstein, Bryces Männer legten ihre Schwerter an, während sie aßen. »Ziehen wir weiter?«

»Irgendeine Ahnung, wohin die Gorrani gegangen sind?«, gab Allan zurück.

Grant richtete die Aufmerksamkeit wieder auf den ehemaligen Rüden. »Zu den Felshängen im Süden. Wir konnten ihre Feuer sehen.«

»Werden sie ein Problem für uns darstellen?«

»Nicht, wenn wir ihr Gebiet umgehen. Sie hamstern wie Eichhörnchen.«

»Dann lautet die Antwort: Ja, wir ziehen weiter.« Allan drehte sich zurück zum Lager und gab Bryce ein Zeichen. Prompt rief der Rüde Befehle. Das Treiben beschleunigte sich, und alle schlangen hinunter, so viel sie konnten, während Gaven eilig begann, alles einzusammeln und die Wagen zu beladen.

»Wir bleiben nicht hier?«, fragte Grant.

»Ich weiß nicht, ob wir es hierher zurückschaffen, deshalb nehmen wir alles mit. Ich vertraue Erenthrall nicht mehr.«

Zwanzig Minuten später ließen sie das dreigeschossige Gebäude hinter sich, während das Licht des Sonnenaufgangs die Ruinen von Erenthrall aus den Schatten löste. Grants Halbwölfe verschwanden, ihr Rudelführer jedoch blieb bei Allan. Bryce entsandte Kundschafter. Sie hielten geradewegs auf das Gebiet zu, in dem Kara die Scherbe hatte zurücklassen müssen, die sie nicht öffnen konnte. Der Weg würde sie durch einen Teil des befreiten Abschnitts der Stadt führen.

Gegen Mittag erreichten sie den aufgewühlten Rand des Kreises, wo sich die Verkrümmung befunden hatte, ohne irgendjemandem begegnet zu sein. Die Grenze zwischen der von den Beben gesprungenen Straße und der vom Einsturz der Verkrümmung verursachten Verwüstung zeichnete sich in dramatischer Deutlichkeit ab: Die Straße endete wie abgeschnitten.

Der Boden innerhalb des Einsturzes war gesplittert und aufgebrochen, Granit in unregelmäßigen Brocken geborsten und zu einem chaotischen Haufen aufgetürmt. Das Geröll war zur Mitte der Verkrümmung – Richtung Grass – geschlittert und hatte eine hundert Fuß breite Erhebung gebildet, bevor es Kara gelungen war, die Verkrümmung von innen heraus zu heilen. Gaven stöhnte, als er den Steinhaufen sichtete, und ein rascher Blick zu beiden Seiten ergab, dass sich die Trümmer nicht umgehen lassen würden. Die Geröllrückstände erstreckten sich in nahezu unveränderter Höhe in beide Richtungen weiter. Die einzige Möglichkeit weiterzukommen bestand darin, die Erhebung zu überwinden.

Also räumten sie die schlimmsten Steinbrocken beiseite und schufen einen schmalen Pfad für die Pferde und Wagen. Dann setzten sie den Weg fort, doch eine Stunde hatten sie verloren.

Sobald sie sich jedoch innerhalb des Rings befanden, besserte sich die allgemeine Stimmung. Dieser Teil von Erenthrall war in der Verkrümmung gefangen gewesen und daher nicht von den Beben beeinträchtigt. Die Gebäude wiesen einen besseren Zustand auf, weil sich die Schäden auf das beschränkten, was die ursprüngliche Zersplitterung verursacht hatte. Bryce entsandte unterwegs seine Vollstrecker und ließ sie die nächstgelegenen Gebäude durchforsten. Die meisten meldeten, dass viele der Wohnhäuser und Geschäfte noch nicht geplündert worden waren.

Dann überquerten sie eine Schwelle, und die Anmutung der Gebäude veränderte sich. Allan dachte zuerst, sie wären in einen neuen Bezirk gelangt, da sowohl die Kopfsteine als auch die umliegenden Bauten auf einmal antik wirkten und seine Haut vor dem Gefühl von Alter kribbelte. Unbehaglich atmete er tief ein. Staub und Verfall lagen in der Luft; ein Geruch, der sich verdichtete.

»Was ist hier passiert?«, fragte Bryce und lenkte die Schritte unterwegs näher zu Allan.

Sie passierten ein rötlich-braunes Haus mit diagonal über zwei Stockwerke geteilter Steinfassade. Der Stein unterhalb der Trennlinie besaß einen kräftigen Farbton, der darüber wirkte wie von langer, langer Sonneneinstrahlung ausgebleicht.

Allan brummte, als er plötzlich begriff. »Dieser Abschnitt muss in einer der Scherben gesteckt haben, in denen die Zeit schneller verstrich. Deshalb fühlt sich der ausgebleichte Stein älter an.«

Bryce schauderte und beschleunigte unterbewusst die Schritte.

Bald gelangten sie von dem verfallenden Stein in einen neuen Abschnitt.

Einige Stunden später näherten sie sich einem Bereich, in dem eine dünne Schicht Spinnenseide sämtliche Gebäude verhüllte. Die Vollstrecker scharten sich eng um die Wagen, als sich der Tross daran vorbeibewegte. Die Pferde schnaubten und stampften mit den Füßen, die Augen vor Angst geweitet. In der übereinandergeschichteten Seide klafften Löcher über Türen und Fenstern, hinter denen Dunkelheit lag. Als Allan in die Tiefen der Finsternis starrte, bekam er Gänsehaut, und seine Handflächen wurden plötzlich klamm. Mit einem Geräusch von trippelnden Füßen regte sich etwas in der Düsternis, und ein Teil des Netzes erzitterte, wenngleich Allan nichts sehen konnte.

Neben ihm bleckte Grant die Zähne und knurrte, ein Laut, der tief und gefährlich durch seine Brust grollte. »Nicht näher rangehen«, warnte er mit leiser Stimme. »Es beobachtet uns.«

Langsam rückten sie weiter vor. Allan entspannte sich erst, als sie um eine Ecke gebogen waren und die schaurigen Wohnhäuser hinter sich gelassen hatten. »Was war *es?*«

»Nach der Zersplitterung wurden Menschen nicht nur in Halbwölfe verwandelt.«

Grass betraten sie nicht. Stattdessen passierten sie die gestutzten Türme in ein paar Bezirken Entfernung. Aber die Dämmerung brach an, bevor sie sich dem Ring der Zerstörung auf der anderen Seite von Erenthrall näherten. Allan ließ den Tross anhalten, und sie lagerten hinter den Mauern der Gärten eines einstigen Herrschaftsanwesens. Wieder konnten sie im Nordosten den flackernden Schimmer von Flammen sehen, diesmal näher. Im Süden säumten Feuer die Felswände um die Stadt. Allan prägte sie sich als den Standort der Gorrani ein.

Im Verlauf der Nacht durchbrach Geheul die Stille. Grant und die anderen Halbwölfe horchten auf. Die zwei neuesten Mitglieder des Rudels liefen in der Nähe der schmiedeeisernen Tore der Mauer winselnd auf und ab. Auch Ley-Lichter drangen vereinzelt durch die Finsternis. In einigen Bereichen in der Nähe von Grass zeichneten sie sich als stetes Pulsieren ab, während andere über die Stadt verteilt unregelmäßig flackerten. Die meisten nahmen sich wie stecknadelkopfgroße Sterne aus.

»Von diesen Ley-Lichtern haben wir gestern Nacht nichts gesehen«, merkte Allan an.

Dylan deutete in die Richtung des steten Pulsierens. »Da hat uns wahrscheinlich Grass die Sicht versperrt.«

»Sie sind in der Nähe der Gegend, wo die Temeriten gelagert haben, bevor die Verkrümmung geheilt wurde.«

»Die Temeriten könnten Lumagier haben. Vielleicht gelang es ihnen, die Ley zu festigen, nachdem die Knoten befreit waren. Gut möglich, dass sie sie wieder nutzen können.«

»Was ist mit den anderen Lichtern?«

»Ley-Linien, die bei der Zersplitterung offen geblieben sind, dürften jetzt wieder fließen, weil ihre Verbindungen zu den inneren Knoten wiederhergestellt wurden. Die Ley verläuft, wo immer sie durchkommt. Wenn Ley-Kugeln an ihren Strom angeschlossen waren und eingeschaltet geblieben sind, leuchten sie wieder auf, sofern sie die Energiespitze überlebt haben. Allerdings leuchten sie jetzt nicht so kräftig, weil es keinen Nexus zum Verstärken der Ley mehr gibt.«

Allan dachte an all die Lichter, die einst die Stadt erhellt hatten, und rief sich das Geflecht der Ley-Linien ins Gedächtnis, das er vor einem Jahr von den Hügeln aus gesehen hatte. Damals hatte die Stadt mit einer seltsamen, strahlenden Schönheit in der Dunkelheit der Ebenen geleuchtet.

Der Schimmer der Ley, der sich ihm nun präsentierte, war im Vergleich dazu gar nichts.

Am nächsten Morgen folgten sie dem Verlauf des Flusses und überquerten ihn letztlich auf einer zwar gesprungenen, aber noch vollständigen Steinbrücke. Das Wasser strömte dunkel unter ihnen hindurch.

Danach erklommen sie den Geröllring, den die Verkrümmung hinterlassen hatte, und betraten das Gebiet nahe der Stelle, wo Allan, Kara und ihre frühere Gruppe den Tunnlern und den Flussratten über den Weg gelaufen waren. Bryce trat vor, übernahm die Spitze, und Allan ließ es zu, da er wusste, dass der Rüde seine Männer anzuführen verstand. Mit Dylans Hilfe bahnten sie sich den Weg dorthin, wo die Scherbe die Halbwölfe und die von ihnen gejagte Familie gefangen hielt. Der Tross bewegte sich langsam voran, und alle wirkten angespannt. Aber sie begegneten niemandem und hörten auch nichts Verdächtiges.

Schließlich betraten sie den Platz, auf dem die Scherbe

sogar im Sonnenschein mit einem schwachen, orange-rosa Licht schimmerte. Bryce erteilte zackig Befehle, und die Vollstrecker schwärmten über den Platz aus, während Allan, Grant, Dylan und die Wagen eine Linie entlang der Scherbe bildeten. Als Allan an ihren Rand trat, erblickte er den darin gefangenen Wagen. Der Mann, der ihn lenkte, war in grimmiger Entschlossenheit erstarrt, die Flanken der Pferde mit ihren panisch geweiteten Augen glänzten vor Schweiß. Ein weiterer Mann, eine Frau und zwei Kinder kauerten hinter ihm im Wagen. Drei Halbwölfe hetzten mit gebleckten Lefzen hinter dem Gefährt her. Als sie zuletzt hier gewesen waren, hatten Kara, Dylan, Artras und Carter die Scherben um diesen Bereich herum repariert. Allerdings hatten sie damals die hier eingeschlossenen Menschen nicht befreien können, weil sie dadurch auch die Halbwölfe entfesselt hätten.

Und weil die Scherbe in Wirklichkeit aus etlichen Teilen bestand, die teilweise mitten durch die Frau und durch den kleinen Jungen verliefen, den sie sich an die Brust drückte, außerdem durch die Beine des Fahrers und durch die Pferde.

»Kannst du sie herausholen?«, fragte Allan, als er spürte, wie sich Dylan neben ihn stellte.

Der Lumagus atmete tief ein. »Ich muss zuerst die Bruchlinien in der Scherbe beseitigen, sonst werden die armen Leute entzweigeschnitten. Danach befreie ich sie aus der Scherbe. Was bedeutet, dass die Halbwölfe gleichzeitig befreit werden.«

Von hinten meldete sich Grant zu Wort. »Um die Halbwölfe kümmere ich mich.« Er stieß einen durchdringenden Pfiff aus, und alle fünf Halbwölfe seines Rudels kamen aus den Schatten der umliegenden Gebäude gesprungen und trotteten auf sie zu. Allan war nicht einmal bewusst gewesen, dass sie sich in solcher Nähe aufgehalten hatten.

Grant wandte sich wieder an Allan. »Sag uns Bescheid, wenn ihr soweit seid.«

Allan gab Bryce ein Zeichen. Die Vollstrecker zogen den

Ring um die Scherbe enger. Auch Gaven und seine Leute kletterten von den Wagen. Bryces Männer richteten das Augenmerk nach außen, während sich Gaven und sein kleines Rudel auf die gefangenen Menschen und Halbwölfe konzentrierten.

»Wann immer du bereit bist, Dylan.«

Der Lumagus leckte sich über die Lippen, dann schloss er die Augen. Allan trat zurück, vergrößerte den Abstand. Er wusste, dass seine unmittelbare Nähe die Ley auf merkwürdige Weise beeinträchtigte, und er wollte auf keinen Fall die Heilung der Scherbe stören. Aber er verharrte mit angespanntem Körper, bereit vorzupreschen, sobald sich die Scherbe auflöste.

Zunächst tat sich nichts, bis Allan bemerkte, dass die Bruchlinien im Inneren allmählich verblassten. Die Fläche, die durch die Menschen und die Pferde verlief, verschwand nach und nach, schrumpfte auf einen Punkt rechts des Wagens. Schweiß brach auf Dylans Stirn aus, während er arbeitete. Ein Tropfen löste sich, lief ihm über die Nase und tropfte von der Spitze. Er hob eine zitternde Hand …

Und plötzlich fiel die gesamte Scherbe in sich zusammen. Geschrei, Knurren und die verzweifelten Rufe des Fahrers zerrissen jäh die Stille auf dem Platz, als der Wagen schlagartig losraste. Die dem Gefährt nachjagenden Halbwölfe holten auf, als dessen Räder mit einem knisternden Splittern nachgaben. Der Wagen kippte zur Seite. Die Frau und der Junge, den sie umklammerte, purzelten über das Kopfsteinpflaster, und ihr Schrei verstummte wie abgeschnitten. Der Mann auf der Ladefläche hakte sich mit einem Arm an der Stirnwand ein und brüllte trotzig, als er sich nach dem Mädchen streckte, es jedoch verfehlte. Die Kleine kullerte einen Atemzug nach ihrer Mutter hinaus, als die Ecke der Ladefläche auf Stein prallte und zur Seite rutschte. Die Pferde wieherten kreischend, als sie mit dem plötzlich sperrigen Gewicht zu kämpfen hatten.

Die gesamte hintere Achse brach, und das zweite Rad rollte davon.

Allan preschte los und steuerte auf das Mädchen zu. Aus dem Augenwinkel bekam er mit, dass Gaven und die anderen seinem Beispiel folgten. Schon bevor die Räder nachgegeben hatten, war ihnen bewusst gewesen, dass nur Sekunden blieben, bevor die Halbwölfe die Menschen erreichten.

Aber selbst diese wenigen Sekunden hätten nicht gereicht, wenn Grant und seine eigenen Halbwölfe nicht gewesen wären.

Bevor Allan auch nur den halben Weg zu dem Mädchen schaffte, raste ein Gewirr aus grauem Fell an ihm vorbei und stürzte sich auf die knurrenden Verfolger. Mit auf das Mädchen geheftetem Blick hörte Allan, wie zwei schwere Körper aufeinanderprallten. Ein wildes Knurren wurde von einem jähen, erschrockenen Jaulen abgeschnitten, das danach nahtlos in das grollende Chaos eines Kampfes überging. Allan schnappte sich das höchstens sechs Jahre alte Mädchen von der Straße, zog die Kleine schützend an seine Brust und rief: »Ich hab sie!« Dann rannte er über den Platz zu Bryces Vollstreckern, die auf der gegenüberliegenden Seite warteten. Kaum hatte er ihre Linie passiert, wirbelte er schweratmend herum.

Hinter ihm schleifte Bryce die Frau und ihren Sohn, der jünger als das Mädchen war, vom Rand der knurrenden Masse aus Zähnen und Klauen der Halbwölfe weg. Grants Rudel hatte die drei in einen Kampf verwickelt, die den Wagen verfolgt hatten, und mittlerweile war das Kopfsteinpflaster von Blut überzogen. Grant selbst hatte sich bislang zurückgehalten, doch sobald sich Bryce, die Frau und das Kind sowie der Rest ihrer Gruppe von dem Gefecht zurückgezogen hatten, trat er vor.

Ein tiefes Knurren brodelte aus seiner Brust und schwoll an, bis es überquoll und als gebieterischer Schrei aus ihm hervorbrach: »Genug!«

Grants Rudel löste sich aus dem Getümmel, riss sich von

den Gegnern los, rollte von ihnen weg und zog sich zu einer groben Kreisformation zurück. Einige bluteten, hatten Bisse und Kratzer von Krallen an den Flanken davongetragen. Einer hinkte leicht. Alle hatten die Zähne gebleckt und knurrten.

Die drei verbliebenen Halbwölfe rollten sich mit zurückgezogenen Lefzen und an den Schultern gesträubtem Fell in Verteidigungshaltung. Ihre wilden Augen funkelten die anderen Halbwölfe an, bevor sie den Blick auf Grant hefteten.

Einer von ihnen trat mit gesenktem Kopf vor, den Körper sprungbereit angespannt.

Grant stieß einen größtenteils geknurrten Befehl hervor, und die zwei Halbwölfe hinter dem anderen Anführer zuckten zusammen. Der Leitwolf selbst aber nicht.

Das Mädchen in Allans Armen begann zu zappeln. Er lockerte den Griff um die Kleine und warf einen Blick in die Fahrtrichtung des Wagens. Erleichtert stellte er fest, dass Gaven und ein paar der anderen die panischen Pferde gebändigt hatten, aber Abstand zum Geschehen wahrten. Die zwei Männer bei ihnen schauten verwirrt drein, doch er vertraute darauf, dass Gaven sich darum kümmern würde, und drehte sich wieder den Halbwölfen zu.

Grant setzte sich in Bewegung, näherte sich dem Anführer der Halbwölfe auf Armeslänge und kniete sich hin. Das Knurren des fremden Leitwolfs wurde tiefer, und er schob eine Pfote nach vorn.

Ohne Vorwarnung schnellte Grants Hand vor und schlug den Halbwolf so heftig, dass er zur Seite taumelte.

Die Umstehenden schnappten nach Luft. Der Kopf des Halbwolfs fuhr zurück herum, und seine Zähne schnappten zu. Aber Grants Hand war nicht mehr da. Die Kiefer des Halbwolfs schlossen sich um Luft, und Grant schlug ihn von der anderen Seite erneut. Diesmal jaulte der Getroffene, bevor er abermals auf Grant vorrückte. Die zwei starrten sich gegenseitig an, bis das trotzige, kehlige Grollen des Anführers der fremden Halbwölfe verstummte, und ihr Anführer den Kopf mit einem kläglichen Winseln senkte und Grants Hand zu lecken versuchte.

Die Anspannung floss von dem Platz ab, als sich Grant aufrichtete und Allan knapp zunickte. Der seufzte, dann blickte er auf das Mädchen in seinen Armen hinab.

Mit vor Neugier großen, stechend-grünen Augen schaute die Kleine zu ihm auf. Ihr seidiges Haar war gelblich wie Maisstroh. Blut perlte entlang einer Schramme an einer Wange, wo sie beim Sturz vom Wagen auf dem Kopfsteinpflaster aufgeschlagen war. Ein weiterer, tieferer Kratzer verlief den Unterarm entlang, doch sie schien keine der beiden Verletzungen zu bemerken.

»Seid ihr hier, um uns vor der Ley zu retten?«, fragte sie.

Allan schritt auf die Mutter des Mädchens zu, die mit vor Entsetzen starren Zügen neben Bryce stand. Das änderte sich, sobald sie Allan und ihre Tochter erblickte.

»Ellie!«

Stolpernd eilte sie los, schnappte sich die Kleine aus Allans Armen und bückte sich, um sowohl den Jungen als auch das Mädchen auf den Boden zu stellen, wo sie ihnen die Stirnen küsste und begann, sie auf Verletzungen zu untersuchen.

Bryce war hinter sie getreten. »Sieht so aus, als hätten wir das geschafft. Was jetzt?«

»Jetzt formieren wir uns neu und suchen uns einen Platz zum Übernachten.«

Misstrauisch spähte er zu den Halbwölfen. Grant und die anderen umzingelten immer noch die drei neuen Ergänzungen, allerdings knurrten sie einander nicht mehr gegenseitig streitlustig an. »Vielleicht sollten sie vorerst getrennt von uns bleiben, meinst du nicht auch? Bis wir wissen, ob sich die Neuen wirklich Grants Führung unterwerfen.«

»Keine schlechte Idee.«

Er hob die Finger an die Lippen. Ein durchdringender

Pfiff und ein Handzeichen riefen Gaven und die zwei aus der Scherbe befreiten Männer zu ihnen. Einer der beiden kauerte sich neben die Frau, anscheinend seine Gemahlin, wie Allan vermutete. Der Mann zog sie und die zwei Kinder fest an sich und brach in Tränen aus.

Der andere Mann – der Fahrer des verunglückten Wagens – stand mit vor der Brust verschränkten Armen über der Familie und beäugte Bryce, Gaven und die anderen, die zu ihren eigenen Wagen zurückkehrten.

Schließlich richtete sich sein Blick auf Allan. Seine Mundwinkel wiesen unbehaglich nach unten, aus den Gesichtszügen sprach Argwohn. »Wer seid ihr?«

»Überlebende der Zersplitterung … und der Heilung der Verkrümmung.« Allan merkte dem Fremden an, dass ihm die Worte wenig sagten.

»Dieser Mann, Gaven, hat gesagt, wir wären in der Verkrümmung gefangen gewesen. Und dass ihr uns befreit habt.«

»Ja. Wir hätten euch ja schon eher befreit, aber das konnten wir nicht, sonst wären die Halbwölfe über euch hergefallen. Sie steckten mit euch in der Verkrümmung fest. Wir haben ein paar Monate gebraucht, um es zurück hierher zu schaffen.«

»Monate …« Verunsichert trat der Mann von einem Bein aufs andere, betrachtete die umliegenden Gebäude, die Felswände und den nicht weit entfernten, von der Verkrümmung verursachten Schuttring, der nur von dem Abschnitt unterbrochen wurde, in dem Kara und die anderen einige Scherben repariert hatten, bevor alles begonnen hatte, in sich zusammenzufallen. »Er hat gesagt, wir waren über ein Jahr in der Verkrümmung gefangen.«

»Ja. Es hat sich viel ereignet, seit sich die Verkrümmung entfaltete.«

»Scheint so.«

Der zweite Mann ließ letztlich seine Frau los, sie jedoch drückte sich weiterhin die Kinder an die Seiten.

»Verzeih meinem Bruder«, sagte der Mann und streckte die Hand aus. Allan zögerte kurz, bevor er sie ergriff und schüttelte. »Er ist schon immer ein misstrauischer Zeitgenosse gewesen. Ich möchte euch allen dafür danken, dass ihr uns vor den Halbwölfen gerettet habt.« Er lachte, allerdings klang es zittrig, als hätte er Mühe, klaren Verstand zu bewahren. »Aus unserer Sicht seid ihr aus dem Nichts aufgetaucht. Im einen Moment waren wir allein und sind um unser Leben geflüchtet – im nächsten wart ihr da!«

»Charles, nicht doch«, meldete sich die Frau zu Wort und packte ihn am Arm, um ihn zu beruhigen. Dann wandte sie sich mit einem schmalen Lächeln an Allan. »Wir sind dankbar, was immer passiert sein mag.«

Plötzlich versteifte Charles' Bruder den Körper. Er nickte in Richtung einer Seite des Platzes und verkündete: »Ihr habt Gesellschaft.«

Bevor sich Allan umdrehen konnte, schrie einer der Vollstrecker erschrocken auf. Bryces Leute formierten sich um die Wagen, als ein Dutzend Männer aus einer der Straßen am gegenüberliegenden Ende des Platzes hervortrat und einen kurzen Wall zwischen den Gebäuden zu beiden Seiten bildete. Bogenschützen legten Pfeile auf sie an, aber niemand schoss. Drei Männer traten zwischen den Rängen der Bogenschützen hindurch und stellten sich vor sie. Auf die Entfernung konnte Allan nicht erkennen, um wen es sich handelte. Die Tunnler? Temeriten? Eine andere Gruppe?

Der Umstand, dass sie noch nicht angegriffen hatten, verriet ihm allerdings: Flussratten waren dies nicht.

»Schafft eure Familie zu den Wagen«, sagte Allan. Er sah nicht nach, ob Charles und die anderen seiner Aufforderung nachkamen, sondern setzte sich in Bewegung und ging zu Bryce und den Vollstreckern. Grant und seine Halbwölfe blieben etwas abseits beisammen, die Aufmerksamkeit auf die Neuankömmlinge geheftet.

»Das hat ja nicht lange gedauert«, meinte Bryce, als sich Allan näherte.

»Kannst du sehen, wer die sind?«

»Nicht auf diese Entfernung.«

»Bleib hier. Sieht so aus, als wollten sie reden.«

Bryce holte Luft, um zu widersprechen, doch Allan überquerte den Platz bereits. Mit einer Hand gab er Grant Anweisungen, die der Rudelführer mit einem Nicken bestätigte.

Dann richtete Allan das Augenmerk auf die Gruppe vor ihm. Als er näher kam, entspannte er sich ein wenig. Beim Anführer handelte es sich offensichtlich um einen Temeriten. Das schmale Gesicht und der ordentlich gestutzte Bart ließen keinen Zweifel. Die meisten anderen trugen ähnliche Bärte. Sie waren in Rüstungen gekleidet, wie Allan sie von den Gardisten der Temeriten-Adeligen kannte, wenn die früher Erenthrall besuchten. Allerdings hatten deren Rüstungen damals gefunkelt. Die hier wirkten stumpf und abgewetzt. Diese Männer hatten offenbar einige Einsätze hinter sich. Teile ihrer Rüstungen wirkten wie notdürftig ausgetauscht und dabei war anscheinend als Ersatz benutzt worden, was immer sich hatte finden lassen. Sogar die Uniform des Anführers – die etwas mehr Zierwerk aufwies, aber immer noch praktisch war – ließ Anzeichen von Verschleiß erkennen.

Allan blieb zehn Schritte von dem Mann entfernt stehen. Nur allzu deutlich nahm er wahr, dass mindestens vier Pfeile auf ihn gerichtet waren.

Einen angespannten Moment lang musterten sich der Temeriten-Anführer und Allan gegenseitig. Dann schwenkte der Blick des anderen Mannes über den Rest von Allans Gruppe. »Das war beeindruckend. Wir haben monatelang nach einer Möglichkeit gesucht, diese Familie zu befreien.« Seine Aufmerksamkeit kehrte zu Allan zurück, sein Blick verhärtete sich. »Zu was für einer Gruppe gehört ihr, und was wollt ihr hier in unserem Bezirk?«

ZWEI

Allan zögerte und löste den Blick nicht von dem des Temeriten. Er wusste, was immer er als Nächstes sagte, würde über die Reaktion des Mannes entscheiden. Allerdings war ihm auch klar, dass die Temeriten zumindest eine Ahnung haben mussten, wer sie waren und woher sie kamen, wenngleich ihr Anführer etwas verwirrt schien.

Schließlich räusperte Allan sich und antwortete vorsichtig: »Wir kommen von der Nadel.«

»Weißmäntel«, zischte einer der Betas hinter dem Anführer. Seine Hand schnellte hoch, und die Bogenschützen hinter ihm spannten mit dem leisen Ächzen von Holz die Sehnen ihrer Waffen.

Der Anführer jedoch brüllte: »Halt! Nicht schießen!«

Der Beta starrte ihm finster in den Rücken und senkte den Arm nicht. Die Bogenschützen blieben in Bereitschaft.

Der Anführer hob das Kinn. Allan fiel eine kleine Narbe an der Wange auf, die der Verlauf seines Bartes beinah überdeckte. Außerdem sprenkelte Grau sein Haar, weshalb Allan die Schätzung seines Alters höherschraubte, näher zu den Vierzigern. »Du behauptest, ihr kommt von der Nadel, aber ich sehe keine Weißmäntel bei euch, wenngleich ihr offensichtlich einen Lumagus habt.«

»Es hat einen Machtwechsel in der Nadel gegeben.«

»Einen Machtwechsel?«, wiederholte der Temeriten-Anführer. »Der Vater und seine Weißmäntel haben nicht länger das Sagen? Wer ist ihnen nachgefolgt?«

»Vater Dalton führt die Menschen immer noch an. Er dient aber lediglich als Galionsfigur. Die Lumagier haben den Knoten unter der Leitung von Kara Tremain übernommen. Sie war es, die hier die Verkrümmung geheilt und die Beben beendet hat. Sie und Befehlshaber Ty leiten die Nadel jetzt.«

Bei den Worten ging ein Raunen durch einige der Bogenschützen.

»Er lügt«, murmelte der Beta hinter dem Anführer. »Niemand könnte die Verkrümmung geheilt haben, geschweige denn, die Beben beendet.«

»Sie hat es nicht allein vollbracht«, erklärte Allan. »Sie hatte die Hilfe der anderen Lumagier. Und des Knotens.«

»Warum seid ihr dann hier in Erenthrall in unserem Gebiet?«

»Es war noch nicht euer Gebiet, als wir das letzte Mal hier waren, sondern das der Tunnler. Was ist aus denen geworden?«

»Du meinst die Unterweltler? Nach den Beben ist die Ley in die meisten der Ley-Linien zurückgekehrt. Dadurch wurden die Unterweltler an die Oberfläche gedrängt. Sie haben die Universität übernommen. Die Überlebenden von ihnen.«

»Und die Flussratten?«

Der Beta grinste, ein entschieden unangenehmer Gesichtsausdruck. »Wir haben sie vertrieben.«

»Du hast meine Frage noch immer nicht beantwortet«, merkte der Anführer an. Dann fügte er mit Nachdruck hinzu: »Warum seid ihr hier?«

Allan seufzte. »Wir sind hergekommen, um diese Familie aus der Scherbe zu befreien und herauszufinden, wie sich Erenthrall seit der Heilung der Verkrümmung verändert hat. Außerdem wollten wir sehen, ob wir in der Stadt Verbündete finden können.«

Alle Temeriten erstarrten, sogar der Beta.

»Verbündete?« Die Stimme des Anführers klang zurückhaltend.

Allan breitete die Arme mit den Handflächen nach oben aus. »Warum sollen wir kämpfen? Wir beobachten euch schon seit der Zersplitterung. Wir haben dieselben Feinde und dieselben Ziele. Wir alle brauchen Nahrung und sonstige Vorräte. Beides ist schwieriger zu finden, wenn man ständig auf der Hut sein muss.« Allan verlagerte die Aufmerksamkeit auf den Beta. »Meine Vermutung ist ja, dass ihr die Flussratten zwar vertrieben habt, sie aber nicht weg sind. Die stecken hier noch irgendwo und verursachen Schwierigkeiten. Und dann wären da noch die Gorrani, die sich zu den südlichen Felsen zurückgezogen haben. Die plündern nach wie vor in der Stadt, nicht wahr? Und stellen immer noch eine Gefahr dar. Außerdem muss es weitere Gruppen im Osten und im Norden geben.«

Allan beobachtete den Anführer aufmerksam und sah, wie der Mann bei der Erwähnung des Nordens sein Gewicht verlagerte. Damit bestätigte er Allans Vermutung, dass Anfurt als Bedrohung nicht weggefallen war. Er verbarg seine Enttäuschung, obwohl ihn die Erkenntnis nicht überraschte, und kehrte zu seiner ursprünglichen Frage zurück. »Warum also sollen wir uns gegenseitig bekämpfen? Warum legen wir nicht stattdessen unsere Mittel zusammen und helfen uns gegenseitig, zu überleben?«

Der Temeriten-Anführer hob den Kopf, während er überlegte. Hinter ihm meldete sich sein Beta zu Wort. »Wir brauchen die nicht, Hauptmann. Wir sind bisher gut ohne sie zurechtgekommen.«

»Das haben nicht wir zu entscheiden, Leutnant.«

Der Anführer fixierte Allan. In der Nähe der Narbe des Mannes zuckte ein Muskel. »Ihr habt gute Absichten gezeigt, indem ihr die Familie aus der Scherbe befreit habt. Dafür gewähre ich euch eine Audienz bei unserer Matriarchin. Sie wird entscheiden, ob wir das Wagnis eines Bündnisses mit der Nadel eingehen. Ich geleite dich mit deinen Männern zu ihr.

Aber eure Halbwölfe« – sein Blick schwenkte zu Grant und dessen Rudel – »müssen zurückbleiben. Die lassen wir nicht hinter unsere Mauern.«

»Verstanden.«

»Leutnant Boskell, wenn ich bitten darf …«

Langsam senkte der Beta den Arm. Die Bogenschützen ließen ihre Waffen gleichzeitig sinken. Er rief einen Befehl auf Temerisch, und die Bogenschützen entspannten sich. Sie traten nach links und rechts beiseite, als eine weitere Gruppe der Temeriten aus den Gebäuden hinter ihnen kam, diesmal Männer mit Schwertern. Sie verteilten sich vor den Häusern, dem Platz und Allans Gruppe zugewandt, bildeten geordnete Ränge. Zusammen mit den Bogenschützen mussten es mindestens vierzig Fußsoldaten sein. Zwar ließen sie keine bedrohlichen Bewegungen gegenüber Allans Gruppe erkennen, aber sie beäugten sowohl sie als auch die Halbwölfe mit argwöhnischen Blicken.

Der Hauptmann trat vor, den rechten Arm auf Schulterhöhe ausgestreckt – eine traditionelle Temeriten-Begrüßung, bei der Männer gleichen Ranges einander die Hand auf die Schulter legten, statt sich die Hände zu schütteln. Allan hatte das bei Veranstaltungen des Barons zwar schon gesehen, sich jedoch nie daran beteiligt.

Ihm war bewusst, dass ihn Leutnant Boskell und die Männer des Hauptmanns – sowie seine eigenen Leute – aufmerksam beobachteten, als er die Hand ausstreckte und auf die Schulter des Hauptmanns legte. Es gelang ihm, die Geste nur geringfügig unbeholfen wirken zu lassen.

Der Mann lächelte verhalten. »Hauptmann Lienta mit Stellvertreter Leutnant Boskell von der hier in Erenthrall verbliebenen Temeriten-Enklave.«

»Allan Garrett.«

Lienta drückte Allans Schulter, bevor er die Hand sinken ließ. Allan tat es ihm gleich. »Was hältst du davon, mich deiner Gruppe vorzustellen?« Über die Schulter sagte er: »Leutnant, schick jemanden los, der die Enklave und die Matriarchin vorwarnt. Du bleibst hier bei der Einheit.«

»Zu Befehl, Hauptmann.«

Lienta winkte Allan vorwärts und reihte sich neben ihm ein. Zusammen überquerten sie den Platz zu Bryce und den anderen. Der Rüde beobachtete, wie sie sich näherten. Die Vollstrecker hinter ihm spannten verunsichert die Körper an. Alle anderen kauerten bei den vier Wagen, abgesehen von den Halbwölfen, die bei Grant blieben und nach wie vor Abstand wahrten.

Unterwegs meinte Lienta leise: »Du hast eine interessante Sammlung von Leuten dabei, Allan Garrett. Halbwölfe, Lumagier, Vollstrecker und Rüden. Ich freue mich schon darauf zu erfahren, wie eine so bunte Truppe zusammengefunden hat. Vorausgesetzt, unsere Matriarchin ordnet nicht eure Hinrichtung an.«

Die Beiläufigkeit der letzten Äußerung jagte Allan einen Schauder über die Schultern. Doch ihm blieb keine Gelegenheit, etwas zu erwidern, denn Bryce trat vor und fragte: »Was geht hier vor?« Seine Stimme klang misstrauisch.

»Bryce, das ist Hauptmann Lienta. Er geleitet uns zum Wall der Temeriten, damit wir mit der Matriarchin sprechen können.«

Lienta hatte bei der Vorstellung steife Haltung angenommen und nickte knapp. »Wir werden von euch nicht verlangen, dass ihr etwaige Waffen ablegt, aber wir werden die meisten von euch auf dem äußeren Hof behalten. Nur drei von euch dürfen zur Matriarchin.«

Bryce fragte Allan: »Bist du sicher, dass du das tun willst?«

»Es ist Karas Wunsch.«

Bryces verärgerter Blick sprach Bände, dennoch befahl er den Vollstreckern und dem Rest seiner Leute, um die anderen in Position zu gehen. Allan winkte Grant näher.

»Wir gehen zur Enklave der Temeriten, aber sie wollen die Halbwölfe nicht dabeihaben.«

»Ist nichts Persönliches«, warf Lienta ein. Sein Unbehagen über die Nähe des halbverwandelten Mannes ließ sich nicht übersehen. Sein Blick löste sich keinen Herzschlag lang von Grants Gesicht, sein gesamter Körper blieb steif vor Anspannung.

Grant zog die Lippen zurück und entblößte dabei zu viele Zähne. Seine Nasenflügel blähten sich. »Wir gehen in Grass jagen und suchen nach den Halbwölfen, die euch vor der Entfaltung angegriffen haben. Wir stoßen später zu euch, nachdem euch die Temeriten entlassen haben. Und falls sie das nicht tun« – in seinen Augen flammte ein wilder gelber Funke auf – »dann jagen wir als Nächstes in der Enklave der Temeriten.«

Damit wandte sich der breitschultrige Rudelführer ab und ließ ein tiefes Knurren in Richtung seiner Halbwölfe vernehmen. Alle sprangen in die Seitengassen des Platzes davon und verschwanden in den einziehenden Schatten der Abenddämmerung.

Lienta beobachtete sie schweigend, bevor er zum sich verfinsternden Himmel aufschaute. »Wir müssen uns beeilen, wenn wir die Mauern vor Einbruch der Nacht erreichen wollen.«

»Wir sind bereit«, gab Bryce zurück.

»Dann folgt mir.«

Sie setzten sich über den Platz in Bewegung, und die Temeriten umringten sie in einer geordneten Formation, die einer schnellen Flucht vorbeugte. Als die Schatten länger wurden und die Nacht sich herabsenkte, gingen in der Stadt überall um sie herum flackernd Lichter an – sowohl von Flammen als auch von der Ley gespeiste. Am deutlichsten zeichneten sie sich auf den Mauern der Temeriten ab, wohin sie unterwegs waren, aber auch über den Mauern der alten Universität schimmerten Ley-Lichter. Eine Kugel leuchtete stet, die anderen flackerten oder waren völlig erloschen. Vereinzelte weitere Lichter sprenkelten die Landschaft in allen Richtungen, nur wenige jedoch zu Ansammlungen geballt. Geräusche drangen aus der Dunkelheit. Im Süden brach ein Geheul aus, das alle erschreckte, und Allan fragte sich, ob es von Grant und dessen Rudel oder von anderen Halbwölfen stammte. Kurz, bevor sie die Mauern der Temeriten erreichten, setzte aus Nordwesten ein an- und abschwellendes Geschrei ein. Das entstammte offensichtlich menschlichen Kehlen, obwohl es wild und animalisch klang. Nach einem fragenden Blick von Allan erklärte Lienta knapp: »Flussratten.«

Dann erreichten sie die Mauern. Mehrere Feuer brannten auf den Dächern darüber. Von der breiten Straße vor den Gebäuden, deren Türen und Fenster die Temeriten mit Brettern vernagelt hatten, sodass sie die Hauptstruktur des Walls bildeten, war jeglicher Schutt geräumt worden. Wer sich den Temeriten zu nähern versuchte, würde völlig ungeschützt und in Reichweite der auf den Dächern postierten Bogenschützen geraten.

Männer riefen eine Frage herunter, als sie ankamen. Boskell brüllte etwas zurück, und kurz darauf schwangen ächzend die Flügel des schweren Holztors nach außen auf, das man quer über eine schmale Gasse errichtet und an den Häusern zu beiden Seiten befestigt hatte. Offensichtlich hatte man sie vom Eingang eines Handelshauses hergeholt und eigens so umgebaut, dass sie zusammen das Tor bildeten. Das Holz war dafür mit vereinzelten Lagen Metall verstärkt worden. Einige der freiliegenden Holzbereiche waren verkohlt. Es schien, dass jemand versucht hatte, sich einen Weg durch die Torflügel zu brennen, und erst da fiel Allan auf, dass die Gebäude, die sich die Temeriten für ihren Wall ausgesucht hatten, allesamt aus Stein bestanden.

Sie gelangten auf einen von Menschen bevölkerten Hof.

Bei fast allen handelte es sich um Temeriten, wenngleich sich auch einige andere unter ihnen befanden. Auf einer Seite trainierte eine große Gruppe – Männer und Frauen, die im Umgang mit dem Schwert unterwiesen wurden, manche übten zusätzlich mit Schilden. Die scharfen Befehle dazu kamen von einer Reihe Soldaten der Temeriten, alle in denselben Uniformen und mit demselben Auftreten wie Lienta und seine Einheit. Allan war nicht bewusst gewesen, dass es in Erenthrall so viele Temeriten von militärischem Rang gegeben hatte. Andererseits hatte er vor der Zersplitterung auch nicht besonders aufmerksam darauf geachtet. Als er früher hergekommen war, hatten die Temeriten nie eine Rolle bei seinen Zielen gespielt.

Der Rest der Menschen auf dem Hof war mit alltäglicheren Aufgaben beschäftigt, beispielsweise mit dem Reparieren von kaputtem Geschirr für Zugtiere und gebrochenen Wagenrädern, dem Flicken von Kleidung oder dem Gerben von Häuten. Gegenüber dem zusammengebastelten Tor, auf der anderen Seite der einstigen Marktplätze von Erenthrall, holperten zwei mit Steintrümmern beladene Wagen die Querstraße hinab in Richtung Süden. Die gesamte offene Fläche des Platzes und die Straße dahinter wurden von Fackeln und Feuern erhellt. Allan sah weder Ley-Kugeln noch irgendwelche sonstigen Anzeichen der Ley.

»Eure Wagen und der Rest eurer Gruppe können hier warten«, verkündete Lienta und deutete in einen Winkel des Platzes gegenüber dem Übungsbereich, aber noch in der Nähe des vorderen Tors. Boskell und die Männer der Einheit hatte er bereits entlassen. Alle trabten zum Übungsgelände und zu den Gebäuden dahinter davon. »Du und zwei andere können mich zur Matriarchin begleiten.«

»Bryce und Dylan, kommt mit«, sagte Allan. Die beiden traten vor, während er sich an Gaven und Bryces Beta wandte. »Ihr zwei haltet Wache und sorgt dafür, dass alle hier zusammenbleiben und sich aus Ärger heraushalten. Ich will, dass niemand diesen Platz verlässt.«

»Wir kommen zurecht«, erwiderte Gaven, der die verschiedenen Arbeiten der Temeriten beobachtete.

Das Augenmerk von Bryces Beta hingegen galt den Übenden. »Wir werden hier sein«, versprach der Beta mit einem kalten Blick zu Lienta, »wenn ihr zurückkommt.«

Der Hauptmann schenkte der unterschwelligen Drohung keine Beachtung. »Dann hier entlang.«

Als sie den Platz überquerten, rollte ein weiterer mit Steinen beladender Wagen vor ihnen vorbei. Allans Blick folgte ihm, doch er verlor kein Wort darüber, als Lienta sie eine Seitenstraße hinabführte. Es ging vorbei an einem alten Lagerhaus, einer prächtigen, Bastion gewidmeten, von Erdbebenschäden gezeichneten Kirche und einem ummauerten Park, bevor sie durch einen Bereich mit Wohnhäusern zu einem anderen Platz gelangten. Er beherbergte einen Springbrunnen, dessen Becken vier Obelisken säumten, einer davon gesprungen auf dem Boden liegend. Aus der Mitte des Brunnens ragte eine Statue aus Stein, die eine Hand emporstreckte, in der sie eine riesige Ley-Kugel hielt. Mondlicht tünchte den gesamten Platz in einen silbrigen Schein.

Als sie die offene Fläche überquerten, hob Dylan eine Hand, als wolle er im Vorbeigehen mit den Fingern über die Oberfläche der Ley-Kugel streichen. »Warum leuchtet sie nicht?«, fragte er und ließ die Hand sinken, als sie auf eine Reihe dreigeschossiger Häuser zusteuerten, die den Block auf einer Seite füllten. Hinter ihren Fenstern schimmerte Kerzenlicht. Allan verbarg ein Aufflackern von Überraschung. Er hatte gedacht, dass die Matriarchin sich in dem wesentlich größeren und prunkvolleren Handelshaus eingenistet hätte, das dunkel und unheilverkündend hinter dem Springbrunnen aufragte. Es besaß eine palastartige Anmutung und übertraf bei Weitem die weniger verzierte Architektur der anderen Häuser.

»Nach der Zersplitterung hat die Ley in diesem Abschnitt der Stadt nicht mehr funktioniert. Das ist einer der Gründe, warum die Matriarchin wollte, dass wir uns dieses Gebiet aneignen. Es war hilfreich, dass sich hier bereits unsere Botschaft befand und die Gegend als strategischer Standort galt, der sich mit ein paar Anpassungen leicht verteidigen lässt.«

»Anpassungen wie die Verwendung der Gebäude als Mauer und das Abriegeln der Straßen mit Toren?«, fragte Allan.

»Ja. Außerdem war da noch die Verkrümmung. Wir haben sie im Süden als Teil unseres Walls benutzt. Sie hat sich als ausgesprochen wirkungsvoll erwiesen … bis sie in sich zusammengefallen ist.«

»Gebäude ergeben keine besonders robusten Mauerkonstruktionen«, warf Bryce ein. »Sie neigen dazu, leicht einzustürzen.«

»Nicht, wenn sie mit Stein aufgefüllt werden.«

Mittlerweile hatten sie die Häuserzeile erreicht. Die zu dem Stadthaus in der Nähe der Mitte führenden Stufen wurden von vier Soldaten bewacht. Sie gaben kein Wort von sich, als Lienta hinaufstieg. Einer streckte die Hand aus, um ihnen die Tür zu öffnen. Warmes Licht fiel heraus auf die Stufen.

Drei Schritte vor dem Betreten der weitläufigen Eingangshalle blieb Allan abrupt stehen, und Dylan japste. Der Raum nahm die gesamte vordere Hälfte des Stadthauses ein. An einer Seite verlief eine prunkvolle gewundene Treppe hinauf in den ersten Stock. Links und rechts sowie geradeaus befanden sich Türen, jeweils mit Wächtern zu beiden Seiten, doch es war offensichtlich, dass es sich bei den von der Straße aus zu sehenden Häusern um eine Illusion handelte. Der gesamte Block bestand in Wirklichkeit aus einem riesigen Bauwerk. Die Türen zu beiden Seiten bildeten Eingänge zu dem, was von außen betrachtet die Häuser links und rechts wären. Allan vermutete, dass dieses Gebäude außerdem tiefer war, als man vermuten würde. Womöglich erstreckte es sich sogar bis zur nächsten Straße.

»Was ist das für ein Ort?«, fragte Bryce in scharfem Ton, wobei er eine pulsierende Anspannung ausstrahlte.

»Willkommen in der ehemaligen Botschaft der Temeriten in Erenthrall«, antwortete Lienta.

Der Hauptmann führte sie nach links. Keiner der Wächter nahm Notiz von ihnen. Die Männer rührten sich überhaupt nicht. Allan ließ den Blick über die spärliche Möblierung der Eingangshalle wandern. Dabei bemerkte er geflickte, von den jüngsten Beben verursachte Sprünge in den Wänden. Die Temeriten mochten aufgeräumt haben, doch die Katastrophen der letzten Zeit waren nicht so spurlos an ihnen vorübergegangen, wie sie es vorgaukeln wollten.

Der Raum hinter der Eingangshalle enthielt einen großen Schreibtisch, auf dem sich unordentliche Papierhaufen, Jutesäcke und kleine Kisten stapelten. Ein Sprung von beachtlicher Größe verlief diagonal über die Wand hinter dem Tisch. Vor den Fenstern, die hinaus auf den Platz wiesen, und hinter der Stelle, wo die falsche Eingangstür außen in den Raum geführt hätte, stand eine Reihe von Stühlen. In der Mitte saß eine mindestens fünfzig Jahre alte Temeriten-Frau. In einer Hand hielt sie einen Stoß Papier. Zu ihrer Linken stand ein Helfer, zu ihrer Rechten beherbergte ein kleiner Tisch Feder und Tinte sowie ein Tablett mit einer Karaffe und einem Trinkglas. Sie trug eine hell- und graubraune Bluse im üblichen Stil der Temeriten-Adeligen, dazu ein Halstuch über den Schultern und eine über ihre Beine ausgebreitete Decke. Ringe zierten nahezu jeden ihrer Finger, um ihren Hals hing eine edle, aber unaufdringliche Kette. Ihr Alter zeigte sich durch die Fältchen in ihrer Haut, doch ihr Blick wirkte hellwach und scharf, als sie aufschaute und beobachtete, wie sie sich näherten.

Die Frau legte das Papier beiseite, die Hände auf die Lehnen des Stuhls und straffte auf formelle Weise den Rücken. »Wie ich sehe, trifft Leutnant Boskells Nachricht zu«, sagte sie. Obwohl ihre Stimme etwas brüchig klang, schwang Stahl darin mit. »Ihr habt andere gefunden. Noch dazu von der Nadel. Und du hast es für angemessen gehalten, sie hierher zu bringen.«

Für einen Herzschlag gerieten Lientas Schritte ins Stocken, doch die Matriarchin schenkte ihm keine Beachtung. Stattdessen musterte ihr Blick die drei Neuankömmlinge hinter ihm und heftete sich nach der ersten Sichtung auf Allan. Er war schon öfter durchdringenden Blicken ausgesetzt gewesen. Am einprägsamsten hatte er den von Baron Arent vor der Zersplitterung gefunden. Die Matriarchin strahlte dasselbe Gefühl von Macht, Intelligenz und Kontrolle aus.

»Hat Leutnant Boskell auch erwähnt, dass diese Leute behaupten, die Weißmäntel hätten nicht länger die Herrschaft über die Nadel?«, fragte Lienta, bevor er unmittelbar vor der Matriarchin zum Stehen kam und sich steif verbeugte.

»Nein, hat er nicht.« Die Matriarchin schnaubte verärgert und zog eine Augenbraue leicht hoch. »Ist das wahr?«

Lienta trat beiseite, da sich die Frage offensichtlich nicht an ihn richtete. Allan trat vor. Bryce stellte sich auf einer Seite neben ihn, Dylan auf der anderen. Der Lumagus wirkte nervös, seine Hände waren ständig in Bewegung.

Allan widerstand dem Drang, sich zu verneigen. »Es hat ein Machtwechsel in der Nadel stattgefunden, ja.«

»Ich hoffe, ihr habt es für angebracht gehalten, diesen Heuchler der Kormanley, der sich selbst Vater nennt, von der höchsten Stelle der Nadel zu stoßen.«

»Nein«, entgegnete Allan. »Er lebt, spricht nach wie vor zum Volk und hält seine … religiösen Predigten.«

»Schade. Aber wenn das der Fall ist, inwiefern hat sich die Nadel dann geändert? Wenn dieser Vater nach wie vor den Menschen seinen Hass gegen Erenthrall predigt …«

»Das tut er nicht. Befehlshaber Ty von den Vollstreckern der Nadel hat ihn unter Kontrolle. Er und die Lumagier haben Vater Dalton gezwungen, sich mit bestimmten Regeln und Einschränkungen abzufinden. Er wird von Befehlshaber Ty persönlich zu den Predigten begleitet und anschließend zurück in seine Gemächer eskortiert. Es ist ihm nicht gestattet, allein umherzustreifen. Sämtliche Entscheidungen hinsichtlich der Nadel werden von Befehlshaber Ty und Ober-Lumaga Kara Tremain getroffen.«

Dylan warf Allan bei der Verwendung des Titels einen überraschten Blick zu, aber der wusste, dass so gut wie jeder Lumagus in der Nadel Kara nach der Heilung der Verkrümmung als Ober-Lumaga betrachtete. Und ihm war bewusst, dass der Titel mehr Wirkung bei der Matriarchin erzielen würde.

»Was ist aus Ober-Lumagus Lecrucius geworden?«

Allan war überrascht, dass sie den Namen des früheren Ober-Lumagus kannte. »Er ist tot. Umgekommen beim Angriff der Gorrani auf die Nadel und dem Zusammenbruch der Verkrümmung. Ausgelöscht von einer Energiespitze der Ley.«

»Wie erfreulich«, merkte die Matriarchin trocken an. »Und was ist mit dem Sohn, mit Marcus? Er war ein Weißmantel. Warum hat er nicht die Herrschaft an sich gerissen?«

Allan zögerte. Die Temeriten wussten mehr über die Nadel, als er erwartet hatte. Wesentlich mehr. Unwillkürlich fragte er sich, wie viel von dem, was er erzählte, der Matriarchin bereits bekannt sein mochte. »Marcus lebt noch, aber er folgt jetzt Kara Tremain. Es gibt keinen Sohn mehr, und es gibt keine Weißmäntel mehr. Nicht in der Art wie früher.«

»Hmmm.« Die Matriarchin ergriff das Glas vom Tablett und nippte an der dunkelbraunen Flüssigkeit darin. Allan stieg ein Hauch von etwas in die Nase, das nach Weinbrand roch. Sie schwenkte das Getränk im Glas, bevor sie es beiseitestellte. »Gehen wir mal davon aus, dass deine Worte wahr sind – warum seid ihr dann hier? Nach allem, was uns zu Ohren gekommen ist, hat die Nadel keine Verwendung für Erenthrall. Die Leute von dort haben hier bereits alles geplündert.«

»Die Weißmäntel mögen vor dem Einsturz der Verkrümmung mit allem Möglichen gehandelt oder alles Mögliche gestohlen haben, aber inzwischen haben sich die Umstände geändert. Tumbor und alle Ressourcen dort sind für uns verloren. Somit bleiben nur Erenthrall und die Vorräte, die bei der Heilung der Verkrümmung freigesetzt wurden.«

»Die Nadel hat keinen rechtmäßigen Anspruch auf diese Mittel.«

»Richtig. Aber niemandes Anspruch ist stärker als der von irgendjemand anderem«, stellte Allan fest.

»Die früheren Weißmäntel hätten ihre Vollstrecker hergeholt und die Herrschaft über die innere Stadt an sich gerissen; zumindest so lange, bis sie alles Nützliche erbeutet gehabt hätten. Das haben sie sogar schon versucht.«

»Noch einmal: Die Weißmäntel befehligen die Vollstrecker nicht mehr.«

Die Matriarchin beugte sich leicht vor. »Was also schlägst du vor?«

»Ein Bündnis. Die Temeriten haben sich in Erenthrall bereits eingerichtet. Ihr habt Zugang zu den Vorräten, die wir brauchen.«

»Und als Gegenleistung? Was würden wir für ein solches Bündnis erhalten?«

»Schutz.«

Die Matriarchin und Lienta wechselten einen Blick, und der Hauptmann verlagerte unbehaglich das Gewicht von einem Bein auf das andere.

Die Matriarchin lehnte sich auf dem Stuhl zurück. »Schutz? Wir haben unsere eigenen Temeriten-Gardisten, die uns beschützen. Warum sollten wir eure Hilfe brauchen?«

Ein unangenehmes Gefühl nistete sich zwischen Allans

Schulterblättern ein. »Ich gebe zu, dass Ihr hier mehr Gardisten habt, als ich erwartet hätte. Mir war nicht klar, dass es in Erenthrall vor der Zersplitterung ein so großes Kontingent der Temeriten gegeben hat.«

»Das gab es auch nicht«, erwiderte die Matriarchin mit tonloser Stimme. »Vor der Zersplitterung standen die Handelsvereinbarungen zwischen den Ebenen der Barone und den Temeriten kurz vor dem Auslaufen. Mein Gemahl und ich sind mit unserem Haushalt einschließlich Gardisten hergereist, um über die Bedingungen für die Unterzeichnung eines neuen Vertrags zu verhandeln. Wir waren beinah damit fertig, als die Ley ausgebrochen ist. Mein Mann …« Ein kurzes Stocken war das einzige Anzeichen von Empfindungen, das sie sich gestattete, bevor sich ihre Züge verhärteten. »Mein Mann hat sich zu dem Zeitpunkt in Grass im Bernsteinturm aufgehalten. Er hat nicht überlebt.«

Ein betretenes Schweigen setzte ein, das nach einer Weile Dylan brach. »Warum seid Ihr danach in Erenthrall geblieben? Warum seid Ihr nicht nach Hause zurückgekehrt?«

Die Matriarchin holte scharf Luft, und ihre Züge spannten sich an, als sie zu einer sengenden Erwiderung ansetzte, doch Lienta ging dazwischen. »Das wurde überlegt. Aber wir haben den Impuls gesehen, der die Ley-Linie entlang in die Richtung der Temeriten-Lande gerast ist, und wir haben miterlebt, was mit Erenthrall und den umliegenden Orten passierte. Statt das Wagnis einzugehen, in eine zerstörte Hauptstadt zurückzukehren, haben wir Kuriere entsandt, die Auskünfte und Befehle einholen sollten. Gleichzeitig haben wir damit begonnen, unsere Botschaft hier zu befestigen.«

»Unnötig zu erwähnen, dass unsere Kuriere nie zurückgekehrt sind«, fügte die Matriarchin hinzu. »Und jetzt sind wir hier.«

»Also seid ihr von Temer abgeschnitten«, ergriff Bryce das Wort, »und hier in Erenthrall abgekapselt. Mir ist egal, wie viele Gardisten Eures Haushalts Ihr bei Euch habt, Ihr müsst euch umgeben von unbekannten und gewalttätigen Kräften ziemlich einsam vorkommen. Meiner Ansicht nach müsstet Ihr ein, zwei Verbündete begrüßen. Vor allem, wenn sie die Ley kontrollieren können.«

Bei der letzten Äußerung legte die Matriarchin die Stirn in Falten. In Gedanken seufzte Allan. Aus Bryces Mund klang es mehr wie eine Drohung denn wie ein Hilfsangebot.

»Was Bryce damit meint …«, setzte Allan an, doch die Matriarchin fiel ihm ins Wort.

»Ich weiß, was er damit meint. Wie ihr vermutlich bemerkt habt, trauen wir der Ley nicht mehr. Aber er spricht damit einen gültigen, wenngleich unliebsamen Punkt an. Die Fähigkeit, auf die Ley einzuwirken, auch wenn sie sich noch nicht völlig gefestigt hat, wäre ein unbestreitbarer Vorteil gegenüber den anderen Gruppen, die sich hier in Erenthrall scharen.«

Etwas packte Allans Eingeweide und quetschte sie. »Wie meint Ihr das? Was für Gruppen?«

Von draußen drang ein Schrei herein, gedämpft von den Mauern. Jemand rannte mit einer Fackel quer über den Platz geradewegs auf die Eingangstür zu. Die Matriarchin drehte den Kopf, um hinauszuspähen, dann gab sie Lienta ein Zeichen, der prompt mit verkniffener Miene aus dem Raum eilte.

Die Matriarchin begegnete Allans fragendem Blick mit einem matten, freudlosen Lächeln. »Unter Umständen benötigen wir eure Hilfe eher, als ihr erwartet habt.«

In der angespannten Stille, die folgte, hörten sie, wie sich die Eingangstür der Botschaft öffnete und panische Schritte ins Gebäude hasteten. Schweres Atmen wurde von einem Bericht unterbrochen, den Allan nicht verstehen konnte, dafür vernahm er Hauptmann Lientas Erwiderung umso deutlicher.

»Bist du sicher?« Er fluchte über die Antwort. Dann: »Sag es weiter. Und erstatte mir von jeder der Mauern Bericht.«

Der Kurier stürmte aus der Botschaft. Seine Fackel bog

draußen nach links, als er davoneilte. Drinnen blaffte Lienta Befehle. Die Gardisten am Eingang und an den Innentüren rannten in verschiedene Richtungen los. Ihre schweren Stiefel polterten widerhallend über die Bohlen in der Botschaft.

Dann tauchte der Hauptmann wieder auf. »Sie kommen.«

»Wer kommt?«, wollte Bryce wissen, aber Lienta und die Matriarchin schenkten ihm keine Beachtung.

»Aus welcher Richtung?«

»Die Hauptstreitmacht nähert sich aus Norden, aber es rücken auch Gruppen aus Osten und Westen an.«

»Dann ist es ihnen nicht gelungen, die Unterweltler zu ihrem kleinen Pakt zu nötigen. Oder die Gorrani.«

»Und sie wissen anscheinend nicht, wie schwach unsere Verteidigung im Süden ist, sonst würden sie uns dort ins Visier nehmen.« Einer der Gardisten kehrte zurück und murmelte Lienta etwas zu. Der Hauptmann drehte sich mit einer kurzen Verbeugung um. »Ich muss zu den Mauern, Matriarchin.«

Mit einer Handbewegung entließ sie ihn. »Geh. Und nimm unsere möglichen Verbündeten mit. Anscheinend haben sie sich einen besonders schlechten Zeitpunkt ausgesucht, um an uns heranzutreten. Jetzt ist unser Schicksal so oder so ineinander verschlungen.«

Mit einem knappen »Kommt mit!« machte Lienta auf dem Absatz kehrt.

Allan setzte sich in Bewegung. Bryce murmelte dicht hinter ihm: »Wo sind wir da bloß reingeraten?« Dylan reihte sich hinter den ehemaligen Rüden ein.

In der Eingangshalle erteilte Lienta den dort wartenden Männern ein paar letzte Befehle zum Sichern der Botschaft und der Matriarchin, dann trat er hinaus auf den Platz. Zwei der Gardisten schlossen sich ihm an. Wortlos verfiel er in Laufschritt Richtung Norden. Für Fragen blieb keine Zeit, selbst wenn sie nicht gerannt wären.

Sie erreichten den Wall der Temeriten drei Blocks von der

Botschaft entfernt. Wiederum wurde die Straße durch ein Tor aus Türen versperrt, die man irgendwo abmontiert hatte. Temeriten-Soldaten versammelten sich davor. Sie trafen in Gruppen zu fünft bis zehnt ein, während andere von den Dächern zu ihnen herabriefen. Lienta steuerte geradewegs auf das Gebäude rechts zu, betrat es und rannte die Treppen hinauf. Als sie zum Dach emporstiegen, fiel Allan auf, dass sich durch die der Stadt zugewandten Eingänge der einstigen Wohnungen an der Seite der Gebäude Steingeröll ergoss. Da erinnerte er sich an die mit Stein beladenen, Richtung Süden fahrenden Wagen und an Lientas Äußerung, dass die Mauer im Süden nicht so sicher wie an den anderen Stellen war. Offensichtlich arbeiteten sie noch daran, die Gebäude zu befestigen, die sie ausgewählt hatten, um den Schutz durch die Verkrümmung nach deren Einsturz zu ersetzen.

Er deutete zu dem herausquellenden Geröll, doch Bryce runzelte nur die Stirn, verstand nicht, was er ihm damit sagen wollte. Dann erreichten sie aus vollem Lauf das Dach. Ein nach Rauch riechender Windstoß fegte Allan wuchtig ins Gesicht. Bryce, Dylan und er blieben an der Schwelle des Dachzugangs stehen. Gleich darauf wurden sie von weiteren Temeriten beiseitegestoßen. Die Männer trugen Ranzen mit Pfeilen. Sie verteilten sich über das Dach, ließen alle paar Dutzend Schritte Ranzen fallen, kletterten aufs nächste Dach und setzten den Weg den Block hinunter fort.

»Was haben die denn hier verloren?«, verlangte jemand zu erfahren.

Als sich Allan umdrehte, sah er, wie Lienta auf Boskell zuging. Der Beta starrte sie finster an.

»Die Matriarchin will sie hier haben«, antwortete Lienta.

»Sind sie jetzt Verbündete?«

»Nur der Umstände halber. Und jetzt erzähl mir, was du weißt.«

Boskell schenkte ihnen keine weitere Beachtung, als er zum

Rand des Gebäudes vorrückte. »Unsere Kundschafter berichten, dass die größte Gruppe die Randbezirke vor einer Stunde erreicht hat. Aber im Gegensatz zu früher ist diese Gruppe dreimal so groß und teilt sich nicht auf, um die Stadt nach Lebensmitteln zu durchforsten. Sie bleiben alle zusammen und halten geradewegs auf uns zu. Außerdem wurde gemeldet, dass die Flussratten unruhiger als sonst sind und unlängst ihr Lager im Westen verlassen haben. Wir sind noch nicht sicher, wohin sie unterwegs sind, aber es scheint mir ein zu großer Zufall zu sein, dass sie sich gleichzeitig mit dieser anderen Gruppe in Bewegung gesetzt haben, vor allem in so großer Zahl. Von unseren Kundschaftern im Osten haben wir bisher nichts gehört. Man kann allerdings den Schein von Fackeln sehen, die in diese Richtung kommen. Wir können wohl getrost davon ausgehen, dass der Schlächter und seine Leute ebenfalls unterwegs sind.«

»Aber keine Regung von den Unterweltlern?«

Boskell schüttelte den Kopf. »Bis jetzt nicht. Die sind immer noch in der Universität verschanzt. Und die Gorrani nördlich von Grass haben wir seit dem Absinken der Stadt nicht mehr gesehen.«

»Die Gorrani würden mit niemandem außer ihren eigenen Leuten zusammenarbeiten«, warf Allan von hinten ein.

Boskell und Lienta drehten sich zu ihm um. »Warum nicht?«

»Weil fünftausend von ihnen die Nadel angegriffen haben und nur tausend mit dem Leben davongekommen sind. Die Weißmäntel haben die Ley gegen sie entfesselt und sie von den Mauern gebrannt. Die werden eine Zeit lang niemandem trauen, der kein Gorrani ist.«

Boskells von Grauen erfüllter Gesichtsausdruck mutete beinahe komisch an. »Ihr habt sie mit der Ley verbrannt?«

»*Wir* nicht«, widersprach Dylan barsch. »Die Weißmäntel. *Wir* haben sie aufgehalten, so schnell wir konnten. Es … war nicht schnell genug.«

»Solange sie sich nicht mit diesen anderen Gruppen zusammenrotten, spielt es keine Rolle.« Lientas Stimme kam Boskells Erwiderung zuvor, dann ergriff Allan das Wort, bevor der Leutnant einen neuen Anlauf unternehmen konnte.

»Was diese anderen Gruppen angeht: Ich habe noch nie vom Schlächter gehört. Und welche Gruppe kommt aus Norden?«

»Der Schlächter führt im Osten eine Horde an, die dort einige Bezirke beherrscht. Ursprünglich waren sie bloß Plünderer, aber als die Ressourcen knapp wurden, haben sie sich dem Kannibalismus zugewandt. Wir dachten erst, das hätten sie aufgegeben, nachdem die Verkrümmung gefallen war, weil sie ja neue Bereiche hatten, die sie plündern konnten. Aber Gerüchten zufolge fressen sie weiterhin, wen immer sie fangen können.«

Allan schluckte den Geschmack bitterer Galle hinunter und fragte: »Und die im Norden?«

»Mit denen hatten wir es auch schon mal zu tun, aber dann sind sie eine ganze Zeit lang nicht mehr aufgetaucht. Als die Stadt versunken ist, waren sie auf einmal wieder da. Sie kommen aus einem Ort namens Anfurt.«

Niedergeschlagen ließ Allan den Kopf hängen. Als er aufschaute, stellte er fest, dass Lienta ihn beobachtete. »Wer ist ihr Anführer?«

Lienta zuckte mit den Schultern. »Sie nennen ihn nur den Baron.«

Aurek konnte es nicht sein. Ihn hatten sie vor den Mauern der Nadel getötet.

»Was wisst ihr über ihn?«, fragte Lienta.

»Wir sind schon mit dieser Gruppe zusammengestoßen. Und haben ihren vorherigen Baron getötet. Ich weiß nicht, wer sein Nachfolger ist. Aber wenn sein Beta den Angriff auf die Nadel und die Erdbeben überlebt hat …«

Jemand schrie, und alle drehten sich um. Sie sahen, wie

einer der Bogenschützen mit seiner Waffe in Richtung der Stadt zeigte. Allan rückte zum Rand des Gebäudes vor, den ein nicht ganz hüfthoher Steinsims säumte, und versuchte zu erkennen, was die Aufmerksamkeit des Bogenschützen erregt hatte. Er sah nichts …

Dann jedoch füllten sich die nahen Straßen jenseits der breiten Schneise, die den Temeriten-Wall vom Rest der Stadt trennte, auf einmal mit Menschen. Unter stetig anschwellendem Gebrüll strömten sie aus Seitenstraßen, Gassen und Türen hervor, stiegen aus Fenstern und schwenkten dabei Schwerter, Äxte und Knüppel. Ein paar hielten sogar Speere und Schilde. Allans Griff um den Steinsims verstärkte sich, als er jene behelfsmäßigen Rüstungen und abgebrühten Gesichter sowie die verfilzten, ungepflegten Bärte erkannte, die sie als jene Menschen aus Anfurt auswiesen, die er schon kennengelernt hatte. Aber je länger er hinsah und je mehr von ihnen unten auftauchten, desto offensichtlicher wurde, dass diese Männer nicht annähernd so diszipliniert auftraten, wie sie es noch unter Baron Aureks Führung gewesen waren.

Sie fingen an, hinauf zu den Dächern gegenüber der Mauer zu steigen, wo sie völlig sinnlos und fast in Reichweite der Bogenschützen brüllten und johlten.

»Sie wirken wilder, als sie es früher waren«, merkte Bryce über Allans Schulter an. »Gefährlicher.«

Allan erwiderte nichts. Unten teilte sich die Masse auf der Straße, um jemanden durchzulassen. Zwei Personen, wie er feststellte, obwohl er die zweite Gestalt wiederholt aus den Augen verlor, als wäre sie gar nicht wirklich vorhanden. Es fühlte sich an, als juckten seine Augäpfel von innen, eine merkwürdige und doch vertraute Empfindung. Er musste sich bewusst anstrengen, um den zweiten Mann im Blick zu behalten.

Aber den Ersten erkannte er auf Anhieb, als der Mann mit den Händen an den Hüften vom Rand der Horde der Plünderer vortrat und die geschlossenen Torflügel betrachtete. Als sich sein Blick zu den Dächern hob und das Licht der Fackeln entlang des Walls der Temeriten seine Züge erhellte, murmelte Allan: »Devin.«

Da fiel ihm plötzlich ein, wo er dieses merkwürdige Kribbeln schon einmal erlebt hatte.

Entsetzt drehte er sich Bryce und Lienta zu.

»Ein Bluthund. Devin hat einen Bluthund.«

Der Hauptmann runzelte verwirrt die Stirn, Bryce hingegen drängte sich nach vorn und nahm Allans Platz an dem Mauersims ein. Gleich darauf fluchte er wüst. »Ist schwierig, ihn zu sehen, aber er ist da.« Sein Blick suchte aufmerksam den Rest der Plünderer ab. »Ich sehe keine anderen. Vielleicht ist es nur der eine.«

»Einer reicht.«

»Wo ist dieser Bluthund?«, fragte Lienta.

»Er steht neben Devin, ihrem Baron.« Abscheu schwang in Bryces Stimme mit. »Du musst dich konzentrieren. Sonst streicht dein Blick einfach über ihn hinweg. Achte auf die merkwürdig leere Stelle rechts vom Baron.«

Lienta kniff die Augen zusammen, dann schnappte er hörbar nach Luft. »Wie hat er einen Bluthund gefunden?« Seine Stimme klang zittrig und von einem Hauch Panik unterlegt, die er nur mühsam bändigte.

»Wie ich sehe, hast du schon von ihnen gehört.«

»Natürlich habe ich das! Baron Arent hat den Temeriten wiederholt mit ihnen gedroht, und wir haben mitverfolgt, welchen Schaden sie in den Baronien während seines Aufstiegs angerichtet haben.«

»Dann weißt du auch, dass sich dadurch alles ändert. Ganz gleich, wie sicher ihr euch hinter diesen Mauern wähnt, ihr seid es nicht.«

»Es ist doch nur einer«, merkte Boskell abfällig an. »Und wir haben diesen Baron schon einmal zurückgeschlagen.«

»Mehr als einen Bluthund braucht Devin nicht, wenn er so tollkühn ist, ihn von der Leine zu lassen.« Allan legte die Hände auf die Brüstung und beobachtete den Bluthund eingehend. »Ich frage mich, wie es Devin gelingt, ihn zu kontrollieren. Ob es daran liegt, dass er sich als Baron bezeichnet?«

Lienta starrte Allan an. Einen Herzschlag später verengten sich seine Augen, als er eine Entscheidung traf. »Das ist nicht euer Kampf«, sagte er. »Boskell, begleite sie zurück zu ihren Wagen und lass sie gehen. Dann lässt du die Matriarchin benachrichtigen. Sag ihr, sie soll sich darauf vorbereiten, die Botschaft zu räumen. Verbreite die Nachricht entlang der Mauer. Wir halten den Wall so lange wie möglich, aber falls der Feind hereingelangt, ziehen wir uns zur Botschaft zurück und holen die Matriarchin dort raus.«

»Wir können euch helfen …«, setzte Allan an.

»Keine Widerrede«, herrschte ihn Lienta an, bevor er sich in den Griff bekam. Der Hauptmann holte tief Luft, streckte den Arm aus, um Allans Schulter zu ergreifen, und sah ihm in die Augen. »Wenn ihr noch mehr Zeit vergeudet, schafft ihr es nicht mehr zu fliehen, bevor die Flussratten die westliche Mauer erreichen. Also geht. Sofort.«

Allan legte die Hand auf Lientas Schulter und nickte.

Dann gestikulierte Boskell ungeduldig. »Folgt mir, und haltet mich nicht auf.«

Sie rasten die Treppe hinunter. Unterwegs brüllte der Leutnant Befehle. Männer traten zur Seite oder pressten sich an die Wände, um Platz für sie zu machen, bis sie unten auf die Straße gelangten. Dort beschleunigte Boskell seine Schritte, und Allan geriet ins Schnaufen, bevor sie zwei Häuserblocks hinter sich hatten. Er hörte einen Schrei in seinem Rücken, schaute über die Schulter zurück und sah, wie Dylan zurückfiel. Weil er wegen seines verkrüppelten Knies hinkte, konnte er nicht mithalten, aber Bryce rief Allan zu und winkte ihn weiter, während er selbst langsamer wurde, um dem Lumagus zu helfen. Sie folgten der Mauer. Unterwegs hielt Boskell immer wieder inne, um Lientas Befehle weiterzugeben, und übersprang erst ein paar Blocks, als sie sich der Ecke näherten.

Am westlichen Tor herrschte aufgeregtes Treiben. Boskell stürzte sich hinein und überließ es Allan, sich durch den Platz zu kämpfen, auf dem sich mindestens fünfzig Temeriten-Gardisten auf ein Gefecht vorbereiteten. Gaven und die Vollstrecker beobachteten das Geschehen beunruhigt von den Wagen aus, wo die Vollstrecker einen losen Schutzkreis bildeten.

»Gaven!«, rief Allan, kaum dass er sie erblickt hatte. »Mach die Wagen bereit zur Abfahrt! Wir müssen sofort weg!«

Gaven kletterte ansatzlos auf den Fahrersitz und brüllte den anderen zu.

»Wo sind Bryce und Dylan?«, verlangte Bryces Beta zu erfahren.

»Gleich hinter mir. Die Temeriten öffnen das Tor und lassen uns raus, aber uns bleibt nicht viel Zeit. Die Flussratten sind unterwegs, um den Wall anzugreifen.«

Der Beta nickte knapp, und der Rest der Vollstrecker ging vor und neben den Wagen in Stellung. Gaven schnalzte mit den Zügeln. Die Pferde setzten sich in Bewegung. Auch ihnen entging die Anspannung nicht.

Vorne gab Boskell den Männern, die das Tor bedienten, ein Zeichen, und sie begannen, die Flügel aufzuschwingen. Allan schaute zurück und sah, wie Bryce ihren Lumagus Dylan durch die letzten Ränge der Temeriten schleifte und auf den Sitz neben Gaven hievte, bevor er zu Allan rannte.

»Wir öffnen das Tor nur weit genug, dass eure Wagen durchrollen können«, kündigte Boskell an, der sich Allan von der anderen Seite näherte.

»In Ordnung. Gaven!« Allan deutete zu den Torflügeln, die bereits weit genug offen standen. Bryces Beta und zwei Vollstrecker liefen durch die Öffnung hinaus …

Und plötzlich ragte ein Speer aus dem Hals des Betas. Er

riss die Hände hoch und krallte daran, als er rücklings taumelte. Blut bedeckte seine Hände und sprudelte über seinen Hals. Als er fiel, prallte ein weiterer Speer von den halb geöffneten Torflügeln ab. Die zwei anderen Vollstrecker zogen sich mit einem warnenden Aufschrei zurück. Dann erhob sich ein vertrautes, an- und abschwellendes Gebrüll und jagte Allan einen Schauder über den Rücken.

Flussratten strömten aus den Gebäuden jenseits des Tors und hielten wie eine Flutwelle auf die Öffnung zu. Brüllend befahl Boskell, das Tor zu schließen. Temeriten rasten hin, während Gaven die Wagen jäh zum Stehen brachte. Die zwei Vollstrecker von draußen kehrten zurück und wendeten sofort, nachdem sie innerhalb des Walls angekommen waren, um den Temeriten zu helfen.

Zehn Flussratten schafften es herein, bevor sich die Torflügel mit einem dumpfen Knall schlossen. Die Temeriten rückten gegen sie vor und erledigten sie gnadenlos.

Boskell befahl den Bogenschützen auf der Mauer, in die Masse der gegen das Tor hämmernden Flussratten zu feuern, während andere Soldaten die Flügel bereits mit Stützen verstärkten. Dann drehte sich der Temeriten-Leutnant mit grimmiger Miene Allan zu.

»*Jetzt* sind wir Verbündete. Wie wird euch eure Nadel jetzt helfen?« Damit stapfte er davon und brüllte auf seinem Weg zum Dach und dem Wehrgang der Mauer Befehle.

DREI

Kara näherte sich von hinten der Schar der Vollstrecker, die Vater Dalton und seine Helfer bewachten, blieb aber einige Schritte von der Stelle entfernt stehen, von der aus Befehlshaber Ty das Geschehen beobachtete. Sie hatten sich über die Länge einer der Tempelebenen verteilt. Öl brannte rauchend in zwei Urnen zu beiden Seiten des Vorsprungs, auf dem Dalton über der unten auf dem Platz versammelten Masse seiner Bewunderer stand. Kara verstand die Bedeutung der zwei Feuer nicht, wenngleich sie zugeben musste, dass die in der Brise flackernden Flammen und der dichte, schwarze Rauch, der von ihnen aufstieg – dichter, als er sein sollte – der Predigt selbst zur Mittagszeit eine dramatische Note verliehen.

»Korma hat uns alle gesegnet, denn *wir* waren dazu auserkoren, das verworrene Geflecht der Ley zu zerstören, das Baron Arent Pallentor und Ober-Lumagus Augustus benutzt haben, um uns zu verführen, zu verhexen und an die Stadt Erenthrall zu binden. *Wir* waren dazu auserkoren, ihr Joch abzuschütteln, ihre heimtückische Herrschaft über die Ley zu brechen und die natürliche Ordnung der Welt wiederherzustellen. *Wir* waren dazu auserkoren, die Trümmer jener Zerstörung aufzuklauben und den Schaden zu beheben, den der Baron und sein Ober-Lumagus an der Natur angerichtet haben.«

Kara unterdrückte den Drang, bei Vater Daltons Ausrufen die Augen zu verdrehen. Aber seine Anhänger reagierten mit Gebrüll, als er verstummte. Die Hälfte kniete, die meisten mit den Armen hoch erhoben, die Hände dem Rand der Tempelebene über ihnen und der dünnen, schwarzen Spitze der

Nadel dahinter entgegengestreckt. Dalton stand vorne an der Plattform, die in Richtung der Menge über die Ebene hinausragte. Er trug weite, weiße Gewänder, die in der steifen Brise aus Nordwesten flatterten. Das Licht der Sonne brachte den Stoff beinah blendend zum Strahlen. Kara konnte es zwar von hinten nicht sehen, aber auf der Vorderseite der Robe prangte das Symbol der Kormanley – eine dicke, lotrechte schwarze Linie mit einem dünneren Strich, der diagonal von links oben nach rechts unten verlief, Sinnbild für Konvergenz und die Rückkehr zur natürlichen Ordnung.

Sie musste wohl einen Laut von sich gegeben haben – vielleicht ein verächtliches oder verärgertes Schnauben –, denn Befehlshaber Ty schaute zu ihr zurück. Seine verkniffene Miene verflüchtigte sich, als er sie erkannte. Er drehte sich um, kam herüber und stellte sich zu ihrer Rechten.

»Bist du gekommen, um dir die Vorstellung anzusehen?«, fragte er.

»Mir war nicht klar, dass er hier sein würde«, erwiderte sie. »Ich kann mich an keine Anfrage für eine Predigt heute erinnern.«

»Sie wurde nicht lange im Voraus geplant. Er hat erst heute Morgen darum ersucht. Ich sah keinen Grund, abzulehnen. Bisher hat er sich als bemerkenswert gefügig gegenüber unseren Forderungen erwiesen. Das hätte ich so nicht erwartet.«

»Das stimmt«, räumte Kara ein, verschränkte die Arme vor der Brust und starrte auf Daltons Rücken. »Warum also dieses unverhoffte Gesuch heute Morgen?«

Ty zog eine Augenbraue hoch. »Misstrauisch?«

»Immer, wenn es um die Kormanley geht. Und ganz besonders bei Dalton.«

»Ich habe gehört, dafür hast du Gründe.«

»Viele sogar.«

»Bisher verläuft es geradezu enttäuschend gewöhnlich. Er hält sich an seinen üblichen Text: ›Wir sind die Auserwählten. Korma wird uns beschützen, wenn wir in die Ley vertrauen und uns von dem Pfad fernhalten, den Baron Arent und Ober-Lumagus Augustus eingeschlagen haben.‹« Ty verstummte kurz. »Ich habe mit ein paar spitzen Seitenhieben darüber gerechnet, wie wir die Kontrolle an uns gerissen haben und ihn seit dem Angriff der Gorrani mehr oder weniger gefangen halten. Aber er widmet sich in seinen Predigten unverändert allein Korma und der Ley.«

»Er weiß, dass wir ihn beobachten und zuhören. Dumm ist er nie gewesen. Ihm ist klar, dass du ihn von seinem Podest zerrst und in seinen Gemächern einsperrst, wenn er irgendetwas versucht. Dann hätte er gar keine Verbindung zu den Menschen mehr.«

»Du glaubst doch nicht wirklich, dass wir das tun könnten, oder?«

Kara seufzte. »Nein. Seine Anhänger würden Zeter und Mordio schreien, und wir wären noch schlechter dran als jetzt.«

»Schön zu sehen, dass du den Blick für die Wirklichkeit nicht verloren hast.« Er wechselte das Thema. »Warum bist du hier heraufgekommen, wenn du dir nicht Daltons Predigt anhören wolltest?«

Kara drehte den Kopf und ließ den Blick über die kleine Stadt wandern, die den Tempel und die Nadel umgab. Die Ebene der ersten Abstufung lag hoch genug, um über die meisten der nahen Steingebäude – die nur zwei bis drei Stockwerke maßen – zu der um den Ort verlaufenden Mauer zu sehen. Zwischen den Gebäuden, wo sich die Straßen vom Tempel gerade nach außen erstreckten, erblickte sie die Zelte, die den Bereich zwischen den Häusern und der Mauer ausfüllten.

Der Tempel selbst war vor Hunderten von Jahren errichtet worden. Wann genau, wusste niemand; jedenfalls vor dem Aufstieg der Barone auf den Ebenen. In den unzähligen Skulpturen von Vögeln und Tieren, die sich mit den steinernen Urnen um die Ränder jeder Tempelebene abwechselten, ließen sich die Anzeichen heidnischer Religionen erkennen. Diese erste Ebene enthielt zudem ein riesiges Mosaik aus bunten Steinen um eine kreisförmige Sonne. Hernande vermutete, dass die Anlage gebaut worden war, bevor die Barone die Kontrolle über die Karawanenrouten hier übernommen hatten, als die Stämme der Ebenen noch mit den Jahreszeiten und den Wildherden hin und her wanderten. Der Ley-Knoten in der Mitte des Tempels ließ darauf schließen, dass es sich für die Menschen der damaligen Zeit um eine heilige Stätte gehandelt hatte.

Auf jeden Fall war es eine Andachtsstätte gewesen. Hernandes Nachforschungen über die Schriften und Skulpturen hatten ergeben, dass die Nomaden hier angehalten hatten, um zu den Göttern der Natur zu beten. Es war überliefert, dass sie gespürt hatten, dass sich die Macht der Ley an diesem Ort ballte, auch wenn sie sie nicht aktiv zu nutzen vermochten. Der Universitätsmentor glaubte, dass der Knoten, den sie vor einigen Monaten in den Höhlen in der Nähe von Muld entdeckt hatten, noch älter war. Die Art und die Muster der Zeichnungen an den Höhlenwänden muteten altertümlicher an und stammten womöglich sogar aus der Zeit vor der schriftlich erfassten Geschichte. Aber die Stelen um die Nadel selbst wiesen dieselben Amanskrit-Schriftzüge wie jene in den Höhlen auf. Aus irgendeinem Grund war der Knoten hier zum Mittelpunkt des Glaubens für die Nomaden geworden, während jener andere Knoten in der Nähe von Muld in Vergessenheit geraten war.

Kara atmete tief ein und blies die Luft als langgezogenes Seufzen aus.

»Ich bin eigentlich heraufgekommen, um zu entspannen«, antwortete sie schließlich und betrachtete den Horizont jenseits der Stadt. Die Ebenen erstreckten sich in der Ferne hinter den Mauern und der niedrigen Anhöhe rund um die flache

Vertiefung, in der sich die Nadel befand. Nur die große, gezackt verlaufende Spalte, die sich beim letzten gewaltigen Beben während der Belagerung durch die Gorrani aufgetan hatte, verunstaltete den Anblick. Sie zog sich aus Südosten südlich des Tempels vorbei nach Nordwesten durch die Ansiedlung rund um die Nadel. Die Kluft hatte die Mauern auf beiden Seiten durchbrochen und einen Teil der Gebäude der äußeren Bereiche verschlungen. Der Tempel selbst jedoch war unversehrt geblieben und wies nur kleine Risse im Unterbau auf.

Die Kluft verlief im Nordwesten mindestens hundert Schrittlängen von der Stadt fort, im Südosten doppelt so weit, und sie war so tief, dass noch niemand ihren Boden erreicht hatte. Nicht, dass es viele versucht hätten. In den umliegenden Ebenen waren zudem kleinere Risse entstanden, aber keiner, der auch nur annähernd so breit oder lang gewesen wäre, wie die Spalte hier im Stadtgebiet der Nadel. »Die Weite der Ebenen und der Himmel über mir haben etwas Beruhigendes an sich.«

Mit den Händen an den Hüften ließ Ty dieselbe Aussicht wie Kara auf sich wirken. »Schon möglich.«

Eine Weile standen sie schweigend da. Kara sperrte sowohl Dalton als auch das widerhallende, zustimmende Gebrüll von der Menschenansammlung unten aus ihrem Geist. Im vergangenen Monat war sie recht geübt darin geworden, ihm und seinen Kormanley-Anhängern keine Beachtung zu schenken.

»Liege ich richtig mit der Vermutung, dass es mit dem neuen Nexus und der Heilung der Verkrümmung über Tumbor nicht gut vorangeht?«, fragte Ty schließlich verhalten.

Karas Schultern sackten herab, als sie sich von der Aussicht abwandte. Plötzlich empfand sie den Anblick der klaffenden, die Stadt teilenden Wunde als allzu deutliches Mahnmal für das, was auf dem Spiel stand, falls sie und die anderen Lumagier versagten.

»Wir arbeiten noch daran, die Ley zu stabilisieren. So gut es eben geht.«

»In letzter Zeit haben wir eindeutig weniger Beben, vor allem in den letzten Wochen.«

Kara nickte. Mittlerweile stand sie den beiden oberen Tempelebenen und der dünnen, schwarzen Spitze der Nadel zugewandt, die sich den lichten, darüber treibenden Wolken entgegenstreckte. Über der Nadel beherrschte die strahlende Sonne den Himmel, und die sommerliche Hitze überzog Karas Haut mit einem leichten Schweißfilm. »Wir mussten noch nicht viele Anpassungen an den Ley-Linien vornehmen, die an Tumbor vorbeifließen. Die meisten Eingriffe haben wir an den Kristallplatten hier im Nexus durchgeführt. Wir versuchen, die aus Norden, Süden und Osten kommenden Stränge zu verstärken und in ein Gleichgewicht zu bringen. Durch Korrekturen an den Kristallen scheinen keine Beben zu entstehen, nur Verlagerungen der Linien selbst.«

»Also erzielt ihr doch Fortschritte.«

»Ja. Wegen Tumbor können wir aber nichts unternehmen, bis die Ley so gefestigt wie möglich ist.« Kara bemühte sich, ihre Unsicherheit nicht in die Stimme sickern zu lassen. Die anderen Lumagier und sie arbeiteten praktisch blind. Sie handelten nur auf der Grundlage von Instinkten und dem, was Marcus von Lecrucius gelernt hatte, bevor er den Ober-Lumagus töten musste. Das war unausweichlich gewesen, um den Ley-Wall aufzuhalten, der einen Großteil der Gorrani-Streitkräfte ausgelöscht hatte, die die Stadt umzingelt hielten.

»Und werdet ihr Tumbor so retten können, wie ihr Erenthrall gerettet habt?«

Kara drehte sich dem Befehlshaber zu und drängte den Klumpen der Selbstzweifel zurück, der sich in ihrer Brust festsetzen wollte. »Wir müssen. Die Ley-Struktur, die wir vorläufig zusammengeschustert haben, wird nicht ewig halten.«

Befehlshaber Ty runzelte die Stirn, als könne er die Selbstzweifel im rauen Klang ihrer Stimme hören. »Was ist mit den Mentoren der Universität? Ich dachte, sie würden mit den Lumagiern zusammenarbeiten. So, wie sie es in Erenthrall vor der Zersplitterung taten.«

»Das hatten wir auch vor, allerdings haben wir noch nicht die Zeit dafür gefunden. Außerdem haben wir nur drei erfahrene Mentoren, und keiner von ihnen hat vor der Zersplitterung mit Ober-Lumagiern gearbeitet. Sie waren alle Lehrer an der Universität; Theoretiker, die ihre Theorien nie in der echten Welt angewandt haben. Das war die Aufgabe anderer. Sie müssen also, wie die Lumagier, beim Anpassen der Kristallplatten während der Arbeit lernen.«

Ty wollte etwas erwidern, doch plötzlich schwoll Vater Daltons Stimme an und erregte ihre Aufmerksamkeit.

»Aber wir dürfen nicht selbstgefällig werden«, brüllte er der Menge unten zu. »Unsere Arbeit hier ist noch nicht vollbracht. Die Ley hat sich noch nicht gesetzt. Das Land ist nach wie vor zornig über den Missbrauch, den es erlitten hat. Die Wunden, die wir von unseren Mauern aus sehen, die Risse in der Erde, an deren Anblick wir uns im vergangenen Monat gewöhnt haben, sie sind lediglich Warnungen! Sie kündigen an, was geschehen wird, wenn wir nicht weiterhin Buße tun für Baron Arents Sünden, für Ober-Lumagus Augustus' Übergriffe.«

Befehlshaber Ty trat unsicher einen Schritt vor. »Das ist neu.«

Das Tosen von der Menge unten schwoll an. Männer und Frauen verkündeten lauthals, dass sie nicht selbstgefällig werden würden und dass sie das Beben nicht vergessen hatten, das sie vor einem Monat beinah ausgelöscht hätte. Die meisten dieser Menschen glaubten, dass Vater Dalton sie alle gerettet hatte. Er hatte vorhergesagt, dass sie die Gorrani besiegen würden, und er hatte für alle sichtbar Korma angerufen, um sie zu beschützen, als das Erdbeben eingesetzt hatte. In

Wirklichkeit waren es Kara und die Lumagier gewesen, die den Angriff verborgen in den Tiefen des Nexus aufgehalten hatten, indem sie die Verkrümmung über Erenthrall heilten.

Aber für die Leute unten spielte nichts davon eine Rolle. Aus der Sicht der Massen war es der Vater gewesen, der sie gerettet hatte. Und nun hob ihr hehrer Vater die Hände und verkündete: »Ich hatte eine Vision.«

Die Menge unten verstummte, und Befehlshaber Ty fluchte. Seine Hand senkte sich auf sein Schwert, als er sich in Bewegung setzte. Aber Kara packte ihn am Arm, zog ihn hastig zurück.

»Wir müssen ihn aufhalten«, sagte er barsch.

»Das kannst du nicht tun. Genau das will er ja.«

Sie reckte das Kinn in Daltons Richtung. Ty wirbelte herum und sah, wie der Kormanley-Priester über die Schulter blickte, um zu beobachten, wie sich Ty verhielt. Auch die Vollstrecker baten stumm mit ihren Blicken um Anweisungen und traten unsicher von einem Bein aufs andere.

Ty schäumte innerlich vor Wut, ließ sich aber von Kara zurückhalten.

Dalton lächelte, und sein Gesichtsausdruck drehte Kara den Magen um, bevor er die Aufmerksamkeit wieder dem Menschenmeer unten zuwandte. Sie löste die Hand von Tys Arm.

»Ich hatte eine Vision!«, wiederholte Dalton triumphierend. »Ich sehe im Sand einen schwarzen Stein mit einem Sprung in der Nähe der Mitte. Südlich des Steins schimmert die Welt vor Himmelslichtern. Nördlich wirbeln schwarze, von innen durch drei grelle Lichter erhellte Wolken. Aus den Himmelslichtern windet sich eine riesige Schlange. Aus den Wolken kommt ein wilder Hund hervor. Und über dem schwarzen Stein begegnen sich die beiden. Die Schlange stößt mit Giftzähnen zu, der Hund schnappt knurrend mit dem Maul und schließt seine Kiefer um schuppige Haut. Die zwei kämpfen, während der schwarze Stein im Sand darunter erzittert. Blut regnet auf alles herab, bis der Stein völlig entzweibricht und von einer Flut weggespült wird und die drei grellen Lichter erlöschen und alles in Finsternis versinkt.«

Unten japste die Menge von Grauen gerührt. Einige Menschen heulten und ließen sich zu Boden fallen. Dann brüllte jemand empor: »Was bedeutet das?« Eine andere Stimme griff den Ruf auf. »Ja, Vater, was bedeutet das?«

Vater Dalton hob erneut beide Arme und wartete, bis das Menschenmeer verstummt war.

»Wenn die Ley nicht geheilt wird, wenn das Land nicht wiederhergestellt wird, dann werden die drei grellen Lichter – die Drei Schwestern – erblühen und uns alle vernichten.« Damit deutete er dorthin, wo die drei gleißenden Lichter der Verkrümmungen über Ikanth, Severen und Dunmara am nördlichen Horizont wie Sterne schillerten.

***

»Glaubst du ihm?«, fragte Cory.

»Das mit den Drei Schwestern?« Karas Stimme klang barsch, als sie vor dem riesigen Tisch auf und ab lief, den Vater Dalton in der Planetenmaschine hatte aufstellen lassen. Über ihnen schwebten die mit Ley betriebenen Kugeln der um die Sonne kreisenden Planeten. Ihre Farben tünchten den Raum in bunte Schattierungen, doch der Tisch stand abseits davon und wurde größtenteils vom Sonnenlicht erhellt, das durch die Fenster hereinschien.

Marcus hatte den Raum ursprünglich aufgeben wollen, nachdem sie die Macht übernommen hatten, aber er hatte sich einfach als zu praktisch für ihre gelegentlichen Besprechungen erwiesen. Also hatte Kara stattdessen mithilfe der Bediensteten und der Vollstrecker den Raum gesäubert und den Unrat beseitigt, der sich in den Winkeln ebenso getürmt hatte wie unten an den Wänden, von denen die Farbe abgeblättert war. Die Wände selbst waren geschrubbt und die Holztäfelungen mit Ölen behandelt worden. Zwar wirkte der Raum nach wie vor vom Alter gezeichnet, aber eine deutliche Verbesserung gegenüber vorher ließ sich nicht übersehen. »Nein, ich glaube ihm nicht. Ich glaube nicht mal, dass er eine Vision hatte. Ich denke eher, ihm ist letztlich eingefallen, wie er uns unterschwellig angreifen kann.«

»Inwiefern ist das ein Angriff?«

Abrupt blieb Kara stehen. »Begreifst du denn nicht? Seit dem Ansturm der Gorrani schmort er in seiner Kammer. Er ist dort praktisch eingesperrt.«

»Aber ihr lasst ihn doch raus, damit er Predigten halten kann.«

»Das zählt nicht. Er weiß, dass er bei den Predigten nichts Offensichtliches unternehmen kann. Befehlshaber Ty ist immer anwesend und bereit, ihn aufzuhalten, falls er anfängt, gegen die Lumagier oder die Vollstrecker zu wettern. Dann würde Dalton zurück in seine Gemächer gesteckt und nie wieder herausgelassen, ganz gleich, wie sehr seine Anhänger vielleicht dagegen aufbegehren. Das weiß er. Aber indem er heute diese … diese *Vision* erwähnte, ist er wieder zum Angriff übergegangen. Er versucht, uns auf Umwegen zu unterwandern; insbesondere die Lumagier.«

Corys Hand fuhr dort, wo er saß, die Muster auf der Tischplatte nach. Zahlreiche Holzklötzchen und verschiedene Steine lagen über den Tisch verstreut. Sie zeigten die letzten bekannten Aufenthaltsorte bestimmter größerer Gruppen wie der Gorrani an, außerdem die von Tys eigenen Vollstreckern und Kundschaftern. »Und wie tut er das?«

»Er richtet die geballte Wucht seiner Vision auf die Lumagier – zeigt auf, dass wir außerstande sind, die Ley zu heilen! Mit seinem letzten Schuss vor den Bug hat er im Wesentlichen behauptet, wenn wir die Ley nicht in Ordnung bringen könnten, würden sich die Drei Schwestern entfalten und uns alle vernichten! Das war eine Herausforderung.«

Bei ihrem Gefühlsausbruch sah Cory sie über den Tisch hinweg mit hochgezogenen Augenbrauen an, und plötzlich erkannte sie, dass er gar nicht schwer von Begriff war. Er hatte die Auswirkungen von Daltons angeblicher Prophezeiung längst verstanden. Cory köderte sie bloß, weil er sie dazu bringen wollte, die Wut und die aufgestaute Streitlust herauszulassen, die unter ihrer Haut brodelten.

Am liebsten wäre sie losgerannt und hätte Dalton erwürgt. Stattdessen sog sie einen tiefen Atemzug ein, zog die Schultern hoch und blies die Luft dann mit einem kräftigen Stoß aus. Sie hob die Hand an den Nasenrücken und sagte: »Ein Monat ist inzwischen vergangen, Cory.« Sie hörte, wie er aufstand und um den Tisch herum auf sie zukam. »Dalton weiß, dass es uns mittlerweile gelungen sein sollte, wegen Tumbor etwas zu unternehmen. Er will seine Prophezeiung« – das Wort schmeckte bitter in ihrem Mund – »benutzen, um die Menschen zu überzeugen, dass die Lumagier die Ley nicht heilen können. Dass *ich* es nicht kann. Jedenfalls nicht ohne ihn.«

Corys Arme schlangen sich um ihre Taille, und er zog sie an sich, bis sich ihr Kopf an seinen Hals schmiegte. Er ließ das Kinn auf ihr Haupt sinken. »Das weißt du nicht mit Sicherheit.« Corys Stimme vibrierte aus seiner Brust in ihren Körper und vertrieb einen Teil der brodelnden Wut. »Nach allem, was du erzählst, hat er heute nicht mehr getan, als zu behaupten, dass die Drei Schwestern sich entfalten. Wir wissen alle, dass diese Möglichkeit besteht. Jederzeit. Wie bei Tumbor. Es könnte *jeder* der Städte passieren, über denen Verkrümmungen schweben.«

Cory zog sich zurück und nahm ihr Gesicht in die Hände. »Er versucht, dich zu reizen, und das gelingt ihm. Lass dich von ihm nicht aus der Bahn werfen.« Damit küsste er sie, und

Kara ließ einen Teil der Anspannung aus ihren Schultern fließen, bevor sie sich von seinen Lippen löste und sich wieder an seine Brust schmiegte.

»Das sind alles Lügen«, murmelte sie, während sie auf die grobe, über die Tischfläche ausgebreitete Karte starrte. Der pulsierende Schein der Himmelskörper der Planetenmaschine spiegelte sich im polierten Holz.

»Bist du sicher?«

Beim Klang von Marcus' Stimme zuckte Kara von Cory weg, der prompt enttäuscht grunzte und dem Lumagus einen finsteren Blick entgegenschleuderte. Da wünschte Kara, sie hätte Marcus und Hernande nicht unmittelbar nach Daltons kleinem Spektakel in den Besprechungsraum rufen lassen.

»Natürlich sind es Lügen«, sagte Kara schroff. »Alles Lügen.«

Dierdre trat hinter Marcus ein und schnaubte. »Hast du etwa Glauben von ihr wartet, Marcus?« Die schwarzhaarige Kormanley-Verfechterin – die sich in den weißen Gewändern eines Weißmantels präsentierte, obwohl sie nie eine Lumaga gewesen war – richtete einen verächtlichen Blick auf Kara. »Seit sie hier angekommen ist und die Herrschaft an sich gerissen hat, tut sie nichts anderes, als Vaters Anhänger zu verunglimpfen und zu entmutigen.«

»Sie hat die Herrschaft nicht an sich gerissen«, entgegnete Marcus mit leidgeprüfter Stimme, als hätte er über diesen besonderen Punkt schon mehrfach mit Dierdre gestritten. »Die Lumagier folgen Kara, weil sie bei der Verkrümmung über Erenthrall bewiesen hat, dass sie die Ley besser als alle anderen hier beeinflussen und bändigen kann.«

»Das hat sie nicht allein vollbracht«, konterte Dierdre.

Marcus trat energisch auf sie zu. »Praktisch hat sie das sehr wohl.«

»Warum hat sie dann die Verkrümmung über Tumbor noch nicht beseitigt?«

»Du weißt, warum. Und wenn du nicht so zerfressen von eifersüchtiger Wut wärst, würdest du es auch zur Kenntnis nehmen.«

Cory war näher zu Kara gerückt, als Dierdre eingetreten war. Nun verflocht er die Finger mit ihren und drückte sie ermutigend. Verhedderte Fäden aus Freundschaft, Liebe und Verrat hingen unsichtbar zwischen den vier Anwesenden in der Luft. Die meisten liefen bei Marcus und Kara zusammen. Vor der Zersplitterung war es Dierdre gewesen, die Marcus von Kara weggelockt, ihn mit den Versprechungen der Kormanley verführt hatte. Kara hatte lange Zeit geglaubt, er sei bei der Zersplitterung umgekommen. Später zu erfahren, dass er noch lebte, war ein Schock gewesen und hatte alte Wunden aufgerissen.

Zu erfahren, dass auch Dierdre überlebt hatte, und dass sie und die Kormanley ihn nach wie vor in ihrem Bann hielten, hatte zusätzliches Salz in jene Wunden gestreut.

Aber mittlerweile hatte sie Cory, auch wenn Marcus ein wenig Wiedergutmachung geleistet hatte, indem er sich während des Angriffs der Gorrani gegen Dalton und Ober-Lumagus Lecrucius aufgelehnt hatte.

Kara drückte ihrerseits Corys Hand.

Dierdre hätte Marcus vielleicht etwas erwidert, doch da betrat Befehlshaber Ty den Raum, blieb stehen und erfasste die Lage mit einem Blick. Hernande folgte hinter ihm zusammen mit einem Diener, der ein Tablett mit einer Karaffe Wein und einer Reihe von Gläsern trug, das er auf dem Tisch abstellte, bevor er wieder ging.

»Wie ich sehe, sind wir alle hier«, hielt der Universitätsmentor fest und ging taktvoll über die in der Luft liegende Spannung hinweg. »Ich entschuldige mich für die Verspätung. Ich habe mit den Universitätsstudenten gearbeitet.«

»Ich bin selbst eben erst eingetroffen«, sagte Ty.

»Ist Dalton sicher in seinen Gemächern untergebracht?«,

fragte Kara, ließ Corys Hand los und trat vor, um einen Stuhl am Tisch auszuwählen. Nach kurzem Zögern folgten die anderen ihrem Beispiel; alle außer Dierdre, die steif und missbilligend etwas abseits stehenblieb.

»Ist er, ja. Er hat sich widerstandslos gefügt. Schade, denn der Drang, ihm das unverschämte Grinsen aus dem Gesicht zu schlagen, war ziemlich stark.«

»Was ist passiert?«, erkundigte sich Hernande. »Hat er letztlich vor seinen Anhängern gegen seine Einkerkerung gewettert?«

»Nicht ganz so offensichtlich.« Ty schenkte sich ein Glas Wein ein und bot die Karaffe den anderen an, bevor er sie wieder hinstellte und sich auf seinem Sitz zurücklehnte.

Kara bändigte einen weiteren Anflug von Zorn. »Er hat seine Predigt heute mit der Bekanntgabe abgeschlossen, dass er eine weitere Vision hatte.«

Hernandes Augenbrauen schossen in die Höhe, doch was die Aufmerksamkeit aller erregte, war das Geräusch, mit dem Dierdre nach Luft schnappte. Die Kormanley-Anhängerin schluckte und straffte unter den eindringlichen Blicken der anderen die Schultern, bevor sie verteidigend sagte: »Ich dachte, ihr hättet vorhin allgemein darüber geredet, was Dalton gesagt hat. Mir war nicht klar, dass er eine neue Prophezeiung verkündet hat.« Ihr Blick verhärtete sich und wurde zerstreut. »Weder er noch Darius haben etwas zu mir gesagt.« Da erkannte sie, dass sie immer noch von allen beobachtet wurde. »Wie lautet diese Prophezeiung?«

Kara schilderte, was Dalton von sich gegeben hatte – über den schwarzen Stein, die Schlange, den wilden Hund und das Ende, bei dem sich die Drei Schwestern entfalteten und die Welt zerstörten. »Aber das sind alles Lügen. Dalton denkt sich das offensichtlich aus, um Druck auf die Lumagier auszuüben.«

»Druck welcher Art?«, fragte Ty.

»Politischen Druck. Er benutzt die Vision, um anzudeuten, wir seien nicht in der Lage, das Netzwerk der Ley in Ordnung zu bringen. Jetzt kann er jedes neue Beben und jede Veränderung in der Ley dazu verwenden, uns anzugreifen. Er wird damit weitermachen, bis die Menschen ihm glauben, dann wird er sich die Herrschaft mit dem Versprechen zurückholen, dass er die Ley heilen könnte.«

Ty brummte. »All das leitest du von seiner kleinen Vorstellung heute ab? Ich habe nur eine Warnung davor gehört, dass sich die Drei Schwestern entfalten könnten und die Folgen verheerend wären.«

»Du deutest zu viel in seine Worte hinein, Kara«, befand auch Hernande. »Deiner Schilderung zufolge hat er die Lumagier nie erwähnt.«

»Er hat die Heilung der Ley erwähnt. Das genügt.« Kara ärgerte sich über den zweifelnden Blick, den Hernande und Ty wechselten. »Ihr wollt doch nicht allen Ernstes behaupten, dass ihr ihm seine Vision abkauft, oder? Du kennst Dalton, Ty. Du hast seit der Zersplitterung mit ihm zu tun und weißt, wie er denkt. Das war erst der Anfang.«

Ty verlagerte unbehaglich auf dem Sitz das Gewicht.

»Sie hat recht.«

Alle drehten sich Marcus zu. Dierdre murmelte etwas Unverständliches, bevor sie auf dem Absatz kehrtmachte und aus dem Raum stapfte.

Marcus ließ kurz den Kopf hängen, bevor er weitersprach. »Das entspricht Daltons Vorgehensweise. Er tut nie etwas Offenkundiges. Im Augenblick ist alles eine Andeutung. Aber die Menschen werden anfangen zu reden. Das wird er dann eine Zeit lang köcheln lassen, danach wird er ein Schäufelchen nachlegen. Wird vielleicht die Lumagier erwähnen, wenn auch nicht direkt. Doch seine Anhänger werden die Verbindung selbst herstellen, und eh man sich versieht, werden sie alle glauben, dass die Lumagier sich weigern, die Ley in Ordnung zu bringen, weil sie die Herrschaft über die Nadel nicht verlieren wollen. Und Dalton wird nichts gesagt haben, was man gegen ihn verwenden kann, um es zu widerlegen.«

»Und alles wegen einer verdammten Vision, die er sich ausgedacht hat«, fügte Kara zur Betonung hinzu.

»Seid ihr denn so sicher, dass er wegen der Vision gelogen hat?«

»Du glaubst ihm, Hernande? Wann bist du ein Mitglied der Kormanley geworden?«

Hernande beugte sich auf dem Sitz vor. »Ich gehöre nicht zu den Kormanley. Ebenso wenig glaube ich zwangsläufig, dass Dalton tatsächlich Zukunftsvisionen hat. Aber *er* glaubt, dass er Zukunftsvisionen hat. Und denkt mal über diese Vision nach. Sie ist komplizierter, als sie sein müsste. Wenn er lediglich die Saat pflanzen wollte, dass die Lumagier nicht fähig sind, die Ley zu heilen, und dass diese Katastrophe auf uns zukommt, warum hat er dann die Schlange erwähnt? Wozu hat er diesen wilden Hund ins Spiel gebracht? Er hätte doch bloß über die Drei Schwestern – wenn sie denn wirklich für diese drei grellen Lichter stehen – reden und den Rest weglassen können.«

»Das stimmt«, meinte Ty. »Warum hat er die Schlange und den Hund erwähnt?«

»Vergesst nicht, dass er den Angriff der Gorrani vorhergesagt hat und wie wir überleben würden«, warf Marcus ein.

Ty schnaubte. »Wie schon mehrmals betont habe ich diese Vision immer angezweifelt. Er hat sie erst offenbart, nachdem er erfahren hatte, dass die Gorrani kommen und nachdem uns Ober-Lumagus Lecrucius mitgeteilt hat, dass er die Ley als Waffe einsetzen kann.«

»Aber sie war schon ziemlich genau«, hielt Marcus dem entgegen. »Der Angriff der Gorrani und unsere Antwort darauf haben tadellos seiner Prophezeiung entsprochen. Er kann nicht genau gewusst haben, dass Lecrucius vorhatte, die Ley genau so einzusetzen. Nicht zu diesem Zeitpunkt.«

Ty holte Luft, um zu widersprechen, aber Hernande schnitt ihm mit einer Geste das Wort ab, noch bevor er es ergreifen konnte. »Nehmen wir doch mal kurz an, dass Dalton diese neue Vision wirklich hatte – unabhängig davon, ob es nun ein Traum war, den er auf eine bestimmte Weise deutet, oder eine echte Art göttlichen Eingreifens. Was bedeutet sie? In seiner Auslegung lässt er nahezu alle Einzelheiten außer Acht und legt das Augenmerk ausschließlich darauf, wie es endet.«

Eine Weile saßen alle schweigend da und grübelten über die Einzelheiten der Vision nach. Kara verschränkte die Arme vor der Brust, lehnte sich schlaff auf dem Stuhl zurück und weigerte sich, dabei mitzumachen. Ihre Gedanken kehrten stattdessen zu dem neuen Nexus zurück, den sie unter der Nadel hatten stabilisieren können, und zu der nagenden Sorge wegen der Verkrümmung über Tumbor.

»Auf der Grundlage der vorherigen Vision«, ergriff schließlich Marcus das Wort, »steht der schwarze Stein doch ganz offensichtlich für die Nadel. Und mit dem Riss meint er wahrscheinlich die vom Beben verursachte Kluft, die unsere Stadt teilt.«

»Und wie zuvor steht die Schlange für die Gorrani. Sie kommt aus dem Süden, und unsere Kundschafter berichten, dass sich die Gorrani dorthin zurückgezogen haben, nachdem sie hier von Lecrucius und der Ley vernichtend geschlagen wurden. Es ist nicht weit hergeholt, davon auszugehen, dass sie zurückkommen könnten, nachdem sie sich neu formiert haben, auch wenn wir bisher keine Anzeichen dafür gesehen haben. Aber für wen oder was steht der Hund?«

»Er kommt von Norden«, steuerte Cory bei. »Aus schwarzen Wolken, die über drei grellen Lichtern brodeln. Jeder von uns, der schon mal durch die Ebenen gereist ist, weiß, dass dort ständig Gewitterwolken die Steppe und die Weiten bedecken. Könnte es sich um eine Gruppe handeln, die von dort kommt?«

Kara verdrehte die Augen. »Du kannst der Vision unmöglich so sehr vertrauen. Die Gorrani-Schlange soll ja aus den Himmelslichtern kommen, und die Gorrani haben sich in letzter Zeit im Süden auf ihren eigenen Ebenen aufgehalten. Die Wolken, die Dalton angeblich gesehen hat, könnten gar nichts bedeuten. Der Hund könnte nichts bedeuten. Das alles könnte auch nur das Geschwafel eines Wahnsinnigen sein.«

»Eines Wahnsinnigen, der geschworen hat, die Zerstörung von Erenthrall schon vor der Zersplitterung gesehen zu haben«, gab Marcus mit leiser Stimme zu bedenken. »Eines Wahnsinnigen, der behauptet, er hätte sie verhindern können, wenn er nur mehr Glauben gehabt hätte – an sich selbst und seine Visionen. Deshalb hat er die Kormanley ins Leben gerufen – nicht die Angst und Schrecken verbreitende Gruppierung, die in der Stadt Bomben gelegt hat, sondern die friedliche Sekte, der Ischua angehörte und zu der Dierdre auch mich geholt hat. Hätte er mehr an sich geglaubt, hätten die Kormanley vielleicht Erfolg gehabt. Deshalb hat er uns alle hier in der Nadel versammelt. Deshalb hat er die Weißmäntel erschaffen. Da er die Zersplitterung nicht hat aufhalten können, war er fest entschlossen, zumindest die Überlebenden zu retten.«

»Er hat nicht versucht, irgendjemanden zu retten. Was ist mit den Temeriten in Erenthrall? Oder den Flussratten und den Tunnlern? Was mit den Gorrani und dem Rest der Gruppen in Tumbor?«

»Er konnte nicht alle einzeln retten. Er wollte sie insgesamt durch die Heilung der Ley retten.«

Kara öffnete den Mund, um etwas zu entgegnen, klappte ihn jedoch wieder zu. Dem konnte sie nicht widersprechen. Immerhin hatte sie gesehen, was die Lumagier hier im Knoten erschaffen hatten, und wusste, dass sie mit mehr Ressourcen und Zeit wahrscheinlich erfolgreich bei ihrem Unterfangen gewesen wären.

Auch wenn sie der festen Überzeugung war, dass sich Dalton – und Ober-Lumagus Lecrucius – zu sehr an ihre Macht gewöhnt hatten und sie nicht aufgeben wollten.

Eine längere Weile schwiegen die Versammelten. Dann ergriff Cory verhalten das Wort. »Also … was sollen wir mit ihm machen?«

»Mit Dalton?« Ty nippte an seinem Wein. »Wir lassen ihn eingesperrt.«

»Das können wir nicht«, entgegnete Marcus. »Dadurch verbreiten sich die Gerüchte über seine Vision und die Verbindung zu den Lumagiern nur noch schneller.« Als Cory und Ty argwöhnische Blicke auf ihn richteten, fügte er hinzu: »Ihr wisst, dass es stimmt.«

»Dem pflichte ich bei«, kam von Hernande. Er kaute am Ende seines Bartes, eine Gewohnheit, die Kara besonders widerlich fand. »Wir können Dalton nicht von den Leuten fernhalten. Dadurch würden wir ihm nur in die Karten spielen.«

»Was dann? Wir können auch nicht zulassen, dass er uns weiter unterwandert. Er darf nicht öffentlich sprechen. Zumindest nicht in den nächsten Wochen. So lange hat er auch schon früher Predigtpausen eingelegt.«

Hernandes Blick richtete sich auf Kara. Er spuckte den Bart aus und strich ihn mit einer Hand glatt. »Irgendwie müssen wir ihn kontern. Wenn du recht hast, versucht er, die Lumagier anzugreifen, und zwar insbesondere ihre Fähigkeit, die Ley in Ordnung zu bringen. Wenn du die Menschen überzeugen willst, dass du recht hast und Dalton unrecht, dann musst du beweisen, dass ihr die Ley in Ordnung bringen *könnt*.«

»Wir sind dabei, sie zu heilen. Wir haben alle Ley-Linien in Erenthrall beruhigt und arbeiten gerade an jenen, die um Tumbor herum durch Farrade fließen.«

»Diese Veränderungen kann aber niemand sehen«, warf Ty ein. »Aus der Sicht der Bevölkerung hocken die Lumagier seit der Heilung der Verkrümmung in Erenthrall untätig in der Nadel herum.«

Kara spürte, wie sich ein harter, heißer Stein in ihrer Magengrube einnistete. »Und was willst du damit sagen?«

»Wir müssen etwas Aufsehenerregenderes tun«, schlug Marcus vor.

Kara sah erst ihn an, dann jedes erwartungsvolle Gesicht im Raum, zuletzt Hernande.

Um sich zu beruhigen, holte sie tief Luft, bevor sie sagte: »Ihr wollt, dass ich Tumbor sofort von der Verkrümmung befreie.« Als niemand etwas erwiderte, schüttelte sie den Kopf. »Ich weigere mich, das zu tun. Dafür sind wir noch nicht bereit. Der Nexus ist dafür noch nicht bereit. Wir haben nicht die Macht, die wir brauchen, damit es gelingen kann.«

»Dann wirst du dich damit abfinden müssen, dass Daltons List von heute die gewünschte Wirkung erzielt«, meinte Hernande. »Er hat ein Ultimatum gestellt. Letztlich werden dich seine Anhänger zum Handeln zwingen – entweder, indem du die Ley heilst und beweist, dass du recht hast, oder indem du ihn freilässt, damit er es tun kann.«

***

Dierdre stapfte durch die Korridore des Tempels und nahm nur am Rande die Bediensteten und Vollstrecker wahr, die ihr rasch aus dem Weg gingen.

»Wie konnte er nur?«, brummte sie, bemerkte den gekränkten Unterton in den Worten und hasste ihn. »Wie konnte er mit ihr einer Meinung sein? Er gehört zu den Kormanley. Er ist des Vaters Sohn. Er hätte sich dafür einsetzen müssen, Vater sprechen zu lassen!«

Allerdings konnte sie auch nicht über den Schmerz in ihrer Brust hinwegsehen, den die Zweifel, die Angst und die Eifersucht in dem Moment ausgelöst hatten, als Marcus damals mit Kara im Schlepptau zur Nadel zurückgekehrt war. Sie hatte gehofft, sogar dafür gebetet, dass Kara bei der Zersplitterung gestorben war. Oder dass sie wenigstens beim Entfalten der Verkrümmung in einer Scherbe eingeschlossen worden war.

Aber als Marcus sie tatsächlich gefunden hatte …

Mitten im Gang blieb sie stehen, lehnte sich schwer an die schräge Wand und ließ den Kopf hängen. Dann richtete sie sich wieder auf, straffte die Schultern und wischte sich die Feuchtigkeit von der gespannten Haut um die Augen. Sie hatte Marcus einst mit den Versprechungen der Kormanley von Kara und den Lumagier weggelockt. Das hatte sie für Dalton getan, für ihre Sache. Erst durch die Zersplitterung hatte sie erkannt, wie sehr sie Marcus im Zuge dessen verfallen war.

Da Kara quicklebendig war, sich bester Gesundheit erfreute und anscheinend vorhatte, in der Nadel zu bleiben, wurde Dierdre bewusst, dass sie Marcus erneut verführen musste. Nicht für Dalton und die Kormanley. Für sich selbst.

Aber in der Zwischenzeit galt es, mehr über Vater und diese neue Prophezeiung herauszufinden.

Dierdre wischte sich erneut das Gesicht ab und zupfte die weißen Gewänder zurecht, die Dalton und der Rest der Kormanley-Getreuen übernommen hatten, nachdem sie von den Lumagiern abgelegt worden waren. Als sie sich beruhigt hatte, steuerte sie auf Vaters Gemächer zu.

Ihre Stirn legte sich in Falten, als sie um die Ecke der obersten Ebene des Tempels bog und die vor Vaters Tür postierte doppelte Wachmannschaft erblickte. Von den sechs Männern waren nur zwei loyal zu ihrem Bruder Darius, Befehlshaber Tys Stellvertreter. Dennoch ging sie nach kurzem Zögern weiter, als hätte sie jedes Recht, hier zu sein.

Sie blieb vor den zwei Männern stehen, die unmittelbar vor der Doppeltür zur inneren Kammer standen. »Ich bin hier, um mit Vater zu sprechen.«

»Befehlshaber Ty hat die ausdrückliche Anweisung hinterlassen, dass er abzuschotten ist«, erwiderte einer der Vollstrecker an der Tür. Der Mann gehörte nicht zu den Getreuen ihres Bruders.

Eine der anderen Wachen meldete sich zu Wort. »Allerdings hat er auch gesagt, dass die Leute aus dem inneren Kreis hineindürfen, damit sie ihn bei Bedarf befragen können.«

Dierdre starrte den ersten Vollstrecker finster an. »Ich komme gerade von unserer Besprechung. Du kannst gern bei Marcus oder Befehlshaber Ty nachfragen. Ich bin sicher, sie sind noch in der Planetenmaschine.«

Einen Moment lang begegnete der Mann ihrem Blick, dann nickte er kaum merklich. Er öffnete die Tür und ließ sie vorbei. Bevor er die Tür vollständig wieder schloss, bemerkte Dierdre, dass er einem der anderen ein Zeichen gab, und der entsprechende Vollstrecker trabte in die Richtung davon, aus der sie gekommen war.

Sie stieß einen leisen Fluch aus. An sich gehörte sie nicht zum inneren Kreis. Allein ihre Verbindung zu Marcus verschaffte ihr ein wenig Spielraum, um an den Besprechungen teilzunehmen. Häufig wurde sie aufgefordert zu gehen, wenn wichtigere Belange erörtert wurden. Deshalb war sie nicht sicher, wie viel Zeit ihr nun mit Vater bleiben würde.

Dierdre durchsuchte die in Schatten gehüllte und durchdringend nach Weihrauch riechende innere Kammer, bis sie Vater schließlich im hintersten Winkel entdeckte, wo er mit dem Rücken zu ihr aus dem offenen Fenster schaute. Sonnenlicht strömte herein, wodurch jener Abschnitt des Raums beinahe zu hell wirkte. Durch das Fenster konnte Dierdre einen Bereich der schwarzen Nadel sehen, zu beiden Seiten umrahmt vom wolkenverhangenen westlichen Himmel. Bald würde die Sonne tief genug sinken, um selbst die hintersten Winkel der Kammer zu erreichen.

»Mich überrascht, dass man dich nach der Predigt heute Nachmittag zu mir lässt.«

Dierdre schnaubte und trat zu Vater ans Fenster. »Das könnte sich noch ändern. Sie haben gerade jemanden losgeschickt, um Befehlshaber Ty zu fragen, ob ich hier sein darf oder nicht.«

Vater drehte sich ihr zu, blickte sie direkt an, als könnte er sie sehen, obwohl ein dicker, weißer Film seine Augen vollständig bedeckte. Grau durchzog sein dunkles Haar, nur über den Ohren hatte es sich völlig weiß verfärbt. »Dann sollten wir uns besser schnell unterhalten. Warum bist du gekommen?«

»Es heißt, du hättest eine weitere Vision verkündet.«

»Ja.« Er wandte sich von ihr ab und blickte wieder aus dem Fenster. »Sie hat in der Nacht begonnen, als Befehlshaber Ty und die anderen die Herrschaft über die Nadel an sich gerissen haben. Eine Schlange, ein Hund und die Drei Schwestern. So war es.« Das letzte »es« sprach er als langgezogenes Zischen aus, dass Dierdre ein Schauder über den Rücken lief.

»Dann ist es eine wahre Vision. Du hast sie nicht erfunden.«

»Behaupten sie das?«

»Sogar Marcus glaubt das.« Sie konnte ihre Abscheu nicht verbergen.

»Ach, Dierdre.« Er streckte den Arm aus und streichelte ihr langes schwarzes Haar, dann legte er die Hand auf ihre andere Schulter und zog sie näher an seine Seite. Es war eine tröstliche Geste, und sie lehnte sich an ihn. »Erinnerst du dich nicht daran, wie du selbst an mir gezweifelt hast? Vor der Zersplitterung hast du meine Vision vom Ende Erenthralls infrage gestellt.« Ihr Körper versteifte sich, aber er tätschelte ihre Schulter. »Oh, du hast es nie laut ausgesprochen. Zumindest nicht mir gegenüber. Aber du *hast* gezweifelt. Ich konnte die Unsicherheit in deinen Augen sehen.«

»Ich habe nie an der Philosophie der Kormanley gezweifelt. Der Baron und der Ober-Lumagus haben die Ley missbraucht. Das war offensichtlich. Es musste beendet werden.«

»Und das wurde es, wenngleich nicht so, wie ich es geplant hatte. Oder es mir vorgestellt hatte.« Draußen war die Sonne so tief gesunken, dass sich die Wolken allmählich von Grauweiß zu Schattierungen von Rosa verfärbten, die sich dann zu Orange verdunkelten. »Zweifel sind immer ein Bestandteil des Glaubens. Wenn man nicht manchmal Dinge infrage stellt, wie kann der Glaube dann echt sein? Wie kann er Bedeutung haben? Du bist an meiner Seite geblieben, obwohl du gezweifelt hast, und dein Glaube wurde durch die Zersplitterung und das wiederhergestellt, was danach folgte. Jetzt glaubst du. Auch Marcus wird wieder zu seinem Glauben finden.«

Dierdre dachte an Kara und ihren Einfluss auf ihn, an all die anderen Ungläubigen, von denen sie mittlerweile umgeben waren, doch sie schwieg darüber. Stattdessen konzentrierte sie sich auf die neue Prophezeiung. »Deine Vision … Was bedeutet sie?«

Vater ließ sie los, um ins Licht zu treten. Er wandte das Gesicht der Sonne zu, die seine Haut in die Farben ihres bevorstehenden Untergangs tünchte. »Ich bin mir nicht sicher. Wie alle meine Visionen ist sie unklar. Aber diese Vision …« Vater schauderte. »Sie ist ein Omen. Und es hat mit den Drei Schwestern zu tun. Davon bin ich überzeugt.«

Hinter ihnen schwang die Doppeltür auf, und der Vollstrecker, der Dierdre zuvor zur Rede gestellt hatte, trat ein. Erschrocken zuckte sie zusammen.

Vater hingegen meinte nur: »Wie es scheint, ist unsere Zeit um.«

***

Die informelle Besprechung endete, sobald der Vollstrecker eintraf, um sich zu erkundigen, ob Dierdre zu Vater Dalton dürfe oder nicht. Nachdem sich Befehlshaber Ty erhoben hatte, um sich der Sache anzunehmen, wechselten die anderen nur beunruhigte Blicke. Zu besprechen gab es nichts mehr. Marcus stand ebenfalls auf und murmelte etwas darüber, Dierdre suchen und beruhigen zu wollen, da sie vermutlich außer sich vor Wut sei. Cory und Hernande rückten näher zu Kara.

»Meint ihr, sie könnte zu einem Problem werden?«, fragte Kara und dachte an Marcus.

»Möglicherweise«, räumte Hernande ein. »Sie gehört eindeutig zu Daltons treueren Anhängern. Vor und nach der Zersplitterung, wenn zutrifft, was Marcus und du erzählt haben. Es wird davon abhängen, ob sie ausreichend an seine Visionen glaubt, um danach zu handeln.«

»Jedenfalls kann man ihr nicht vertrauen«, meinte Cory mit Nachdruck. »Sie und ihr Bruder Darius stehen Dalton zu nah. Vor dem heutigen Zwischenfall haben beide Dalton regelmäßig besucht.«

Hernande zupfte an seinem Bart. »Ich würde auf jeden Fall vorschlagen, sie von nun an genauer im Auge zu behalten. Und ich empfehle, sie bei künftigen Besprechungen nicht mehr zuzulassen.«

»Ich denke, das ist eine gute Idee«, befand Kara. »Ich werde mit Ty darüber reden.«

»Und was ist mit Marcus?«, fragte Cory.

»Was soll mit ihm sein?«

Ungläubig starrte Cory sie an. »Dierdre hat ihn um den Finger gewickelt. Selbst, wenn sie nicht an Besprechungen teilnimmt, wird Marcus ihr wahrscheinlich alles erzählen, was zur Sprache kommt. Es genügt nicht, nur sie rauszuwerfen. Es muss auch eine Lösung für Marcus her.«

»So ist er nicht. Er würde nichts preisgeben, von dem er weiß, dass es vertraulich bleiben soll.«

»Wirklich? Kara, er hat sich einer heimtückischen Gruppe angeschlossen, die höchstwahrscheinlich für die grauenhaften Anschläge in Erenthrall verantwortlich war. Du weißt, dass er diesen Leuten Geheimnisse über die Knoten, über die Struktur der Ley weitergegeben hat. Er hat den verdammten Nexus für sie manipuliert!«

»Seither hat er sich geändert. Er hat uns geholfen, die Kontrolle über die Nadel zu erlangen, und sogar Lecrucius getötet, unseren einzigen Ober-Lumagus. Außerdem hat er Dierdre heute nicht unterstützt. Er hat uns zugestimmt, dass Daltons Visionen vermutlich frei erfunden waren und dass sie nach den jüngsten Ereignissen keinen Zugang mehr zu Dalton haben sollte.«

Cory öffnete den Mund, schloss ihn aber wortlos wieder. Frustriert warf er die Hände hoch. »Ich kann dich wirklich nicht verstehen. Er hat uns alle schon einmal verraten, und er wird es wieder tun, wenn es ihm in den Kram passt.« Cory drehte sich Hernande zu, allerdings erst, nachdem Kara den verletzten Ausdruck bemerkt hatte, der über sein Gesicht gehuscht war. »Rede du mit ihr. Vielleicht hört sie ja auf dich.«

Ein Anflug von Schuldgefühlen fuhr Kara in den Magen, als sie seinem entschwindenden Rücken nachschaute. Sie hielt den Atem an, bis Cory verschwunden war, dann blies sie die Luft aus und umklammerte krampfhaft die Rückenlehne von einem der Stühle. »Was mache ich bloß, Hernande? Was geht hier vor sich?«

Eine lange Weile erwiderte der Universitätsmentor nichts, musterte sie nur so eindringlich, dass sie seinem Blick schließlich begegnete. »Du hast immer noch Gefühle für Marcus.«

Er stellte keine Frage, dennoch begehrte sie dagegen auf. »Unmöglich. Er hat mich für Dierdre, für die Kormanley verraten!«

»Das spielt keine Rolle. Irgendwann einmal hast du ihn geliebt. Ein Teil von dir wird ihn immer lieben. Und Cory weiß das. Genau wie du hat er Marcus für tot gehalten und geglaubt, deine Gefühle für Marcus stellten keine Bedrohung mehr dar. Aber dann habt ihr beide feststellen müssen, dass der andere überlebt hat. Und darüber hinaus hat Marcus sogar die Kormanley verraten, um Lecrucius zu vernichten und uns alle zu retten. Der Teil von dir, der ihn einst geliebt hat, schöpft aus dieser Tat Hoffnung. Cory erkennt das.«

Kara vermochte nicht, sich zu rühren. Was Hernande sagte, kam einer Wahrheit zu nah, die sie nicht akzeptieren wollte. »Und … was jetzt? Schließen wir Marcus von den Besprechungen aus, weil er Dierdre davon erzählen könnte?«

»Ich denke, die wichtigere Frage lautet: Laden wir ihn weiterhin zu den Besprechungen ein, nur weil du dir deiner Gefühle für ihn nicht sicher bist?«

Kara zuckte zusammen und schaute weg, starrte zur Sonne, zu den Planeten und zu den Monden, die sich in der Planetenmaschine über ihr in ihren Umlaufbahnen bewegten.

»Wir können ihn nicht ausschließen. Er hat uns zur Kontrolle über die Nadel verholfen. Dafür schulden wir ihm etwas, unabhängig davon, was ich für ihn empfinde.«

»Dann muss jemand mit ihm über Dierdre und das mögliche Risiko sprechen, das sie verkörpert.«

»Meinst du nicht, er weiß das bereits?«

»Natürlich weiß er es. Das ist einer der Gründe für die Spannungen zwischen ihnen. Aber es sollte trotzdem getan werden.«

Karas Schultern sackten herab. »Ich kümmere mich darum. Aber nicht sofort.«

Damit schob sie ihren Stuhl zurück, stand auf und steuerte auf die Tür zu. Sie unterdrückte einen Anflug von Verärgerung, als sich Hernande neben ihr einreihte. »Gibt es sonst noch etwas?«

»Gibt es tatsächlich, ja. Ich mache mir Sorgen.«

»Worüber?«

»Über dich.«

Verdutzt blieb Kara stehen. »Über mich? Warum machst du dir Sorgen über mich?«

Hernande bedeutete ihr, sich wieder in Bewegung zu setzen. Er ließ sie vorausgehen, und ohne darüber nachzudenken, führte Kara sie beide in Richtung der Nadel und des neuen Nexus, den Marcus und Lecrucius dort erschaffen hatten.

»Seit du die Verkrümmung über Erenthrall beseitigt hast – und Morrell deine Wunden heilte –, arbeitest du verbissen daran, die Ley-Linien zu stabilisieren und die Verwendung des Nexus zu erlernen. Ich weiß, dass du auch die Verkrümmung über Tumbor studierst. Aber ungefähr in der letzten Woche bist du … kratzbürstig geworden.«

»Kratzbürstig?«

Wegwerfend schwenkte er eine Hand. »Unbeherrscht, barsch, gereizt. Ich habe dich noch nie so angespannt erlebt. Die anderen glauben, es läge nur an der Belastung durch zu viel Arbeit.«

»Die anderen?«

»Ty, Marcus … Auch Allan und Bryce, bevor sie nach Erenthrall aufgebrochen sind. Cory ebenfalls.«

Kara dachte an vorhin zurück, als Cory sie mit Fragen geködert, sie angestupst hatte wie ein Koch, der die Kohlen seines Feuers schürt, dabei aber sorgfältig Abstand wahrt. Genähert hatte er sich ihr erst, nachdem sie durchschaut hatte, was er tat.

»Kann schon sein, dass ich in letzter Zeit ein bisschen … *kratzbürstig* bin.« Bei dem Wort konnte sie sich ein verschmitztes, schiefes Grinsen nicht verkneifen.

»Aber es liegt an mehr als bloß Überlastung, oder?«

Mittlerweile hatten sie die untere Ebene des Tempels erreicht und standen vor der Tür, die hinaus in den kleinen Steingarten mit seinen Stelen und dem schwarzen Sockel der

Nadel führte. Kara schob die Türflügel auf, blieb unmittelbar dahinter stehen und kniff die Augen zusammen, während sie sich an das Licht des Sonnenuntergangs anpassten. Das feurige Orange zeichnete sich als harscher Kontrast hinter der dünnen schwarzen Spitze der Nadel ab.

»Wie meinst du das?«, hakte sie nach.

»Es liegt an Tumbor.«

Ihr Herz krampfte sich zusammen, wenngleich sie versuchte, es sich nicht anmerken zu lassen.

Als sie nichts erwiderte, fuhr Hernande fort. »Du arbeitest daran, die Ley-Linien in Ordnung zu bringen, aber ich denke, du hast abgesehen von allgemeiner Pflege getan, was du kannst. Wir hatten in den letzten zwei Wochen kein Beben, nicht einmal ein kleines, und trotzdem wirst du immer verkrampfter, statt dich zu entspannen.« Er drehte sich ihr zu und sah sie an. Kara spürte seinen Blick auf sich wie ein Jucken, als er sagte: »Die einzige dringliche Angelegenheit, die verbleibt, ist Tumbor.«

Sie ließ den Blick vom schillernden Himmel zum Sockel der Nadel und zum Eingang sinken, der zur Grube darunter führte. »Das Problem dort ist … riesig. Größer als die Verkrümmung über Erenthrall. Es ist … beängstigend.«

»Willst du damit sagen, die Verkrümmung kann nicht geheilt werden?«

»Doch, es ist möglich. Aber das Ley-System ist noch nicht so weit, das bewältigen zu können. Die Lumagier sind nicht bereit dafür.« *Sie* war nicht bereit dafür.

Hernande streckte die Hand aus und drückte ermutigend ihren Oberarm. »Wir haben noch Zeit. Und vergiss nicht die Mentoren. Wir haben zwar noch nicht herausgefunden, wie wir und die Universitätsstudenten am besten bei der Heilung einer Verkrümmung helfen können, aber es *ist* möglich. Du stehst nicht allein da. Nur wird Dalton nicht warten. Da er jetzt angefangen hat, wird er nicht mehr aufhören.«

Kara biss sich auf die Unterlippe. Sie dachte an alles, was sie beim neuen Nexus bereits getan hatten, an alles, was noch erledigt werden musste, wenn sie in der Lage sein wollten, die Verkrümmung über Tumbor zu bewältigen. An all die Dinge, für die sie noch keine Lösung hatten.

Schließlich seufzte sie und sagte: »Ich weiß.« Damit setzte sie sich in Bewegung und stieg in die Tiefen der Nadel hinab.

VIER

»Schaut. Nach Südosten. Ich sehe Rauch.«

Cutter löste die Aufmerksamkeit von dem Tross der Wagen, der in südlicher Richtung die tiefe Rinne – mittlerweile eher Schlucht – des Flusses entlangrollte, der von der Verkrümmung über Tumbor umgeleitet worden war. Nach der Entfaltung hatte der Fluss einen kleinen See am Rand der Verkrümmung gebildet, bis das Wasser letztlich angefangen hatte, sich einen neuen Weg nach Südosten um das Hindernis herum zu suchen. Aber im Gegensatz zu den Flüssen in Erenthrall hatte der Strom hier nicht zurück zu seinem früheren Verlauf gefunden. Stattdessen hatte er sich im vergangenen Monat einen neuen Kurs in die Ebenen gefressen und strömte nun in südöstlicher Richtung.

Die kleinen Gemeinden, die irgendwie die Entfaltung der Verkrümmung überlebt hatten, mussten sich daran anpassen. Jene im Norden der Stadt hatten sich in ihren bereits bestehenden Anlagen verschanzt und stockten die Verteidigungseinrichtungen in Form von Palisaden aus Holz und durch Nutzung der natürlichen Landschaft um sie herum auf. Cutter und die vier Kundschafter der Vollstrecker, aus denen sich sein Trupp zusammensetzte, hatten die vergangenen Wochen damit verbracht, sich über diese Gruppen schlauzumachen. Aber sobald sie auf den umgeleiteten Fluss gestoßen waren, hatten sie begonnen, ihm zu folgen.

Mittlerweile befand sich Cutters Aufklärungstrupp zwei Tage jenseits von Tumbor. Die Verkrümmung der Stadt schillerte hinter ihnen, nach wie vor rosa-orange mit violettem Einschlag beherrschte sie den Himmel. Sie wahrten einen angemessenen Abstand zum Fluss und reisten parallel zu dessen Verlauf, damit sie nicht den Weg vereinzelter kleiner Gruppen kreuzten, wie jener, die sie gerade beobachteten. Mittlerweile waren Trosse in der Größenordnung von zwei oder drei Wagen aber zu einer Seltenheit geworden. Sie waren nach der Zersplitterung von größeren Horden wie jener aus Anfurt ausgedünnt worden, deren Bekanntschaft auch Cutter und die anderen Menschen in Muld gemacht hatten – Horden, denen der Sinn nach Diebstahl, wenn nicht sogar Mord und Totschlag stand.

»Wo ist der Rauch?«, fragte er Larrin, der zu seiner Rechten im Gras lag. Larrin war mit neunzehn der Jüngste der Gruppe. Er besaß unbändiges braunes Haar und einen schlaksigen Körperbau, obwohl er nicht besonders groß war. Die anderen drei Vollstrecker befanden sich hinter ihnen und sorgten dafür, dass die Pferde ruhig und außer Sicht blieben.

Langsam zeigte Larrin hin. »Am Horizont. Ich würde schätzen, mindestens einen halben Tagesritt entfernt. Scheint am Fluss zu sein.«

»Kannst du erkennen, was ihn verursacht?« Cutter suchte den südöstlichen Horizont ab und erspähte die von den Ebenen aufsteigenden Rauchschwaden. Sein Arm pochte vor Schmerzen, wo er von den Weißmänteln in Erenthrall angeschossen worden war, bevor sie Kara und die anderen gefangen genommen hatten. Morrell hatte die Wunde nach ihrer Ankunft in der Nadel zwar geheilt, trotzdem spürte Cutter bei verschiedensten Gelegenheiten das Pochen immer noch.

Er fragte sich, ob ihn wohl einer der Vollstrecker angeschossen hatte, mit denen er nun zusammenarbeitete.

Larrin kniff die Augen zu schmalen Schlitzen zusammen, dann zuckte er mit den Schultern. »Wir sind zu weit weg. Könnte ein Leuchtfeuer oder ein Lagerfeuer sein.«

»Das ist kein Lagerfeuer.« Der Rauch war schwarz, die Säule dick. Nur deshalb waren die Schwaden vor dem Hintergrund des blauen Himmels auszumachen. »Könnte eine weitere Siedlung wie die sein, an der wir schon vorbeigekommen sind. Vielleicht ist die Gruppe da unten dorthin unterwegs.«

Er schaute zurück hinunter zu den vor sich hin rumpelnden Wagen, als ein Ruf von einem der Männer zu ihnen heraufdrang. Die Gefährte verlangsamten ihre Fahrt und hielten in der Nähe einer seichten Stelle des neuen Flussbetts an.

»Meinst du, sie haben uns gesehen?«, fragte Larrin mit Anspannung in der Stimme.

»Nein.« Cutter spähte wieder zum Rauch. »Und sie können auch nicht die Rauchsäule gesehen haben, nicht vom Fluss aus. Wahrscheinlich halten sie, um die Pferde ausruhen zu lassen.«

Während er sprach, verkündeten die Männer – und eine Frau mit einem Schwert und einer Armbrust, wie ihm auffiel –, dass alles in Ordnung sei, und die anderen begannen, aus den Wagen zu steigen.

Cutter wartete lang genug, um sich zu vergewissern, dass sie wirklich nur an einer günstigen Stelle gehalten hatten, dann zog er Larrin von der niedrigen Erhebung zurück. Sie kehrten zu den drei anderen Vollstreckern zurück, wo Cutter die Zügel seines Pferds entgegennahm und sofort aufstieg.

»Etwas gefunden?«, fragte Marc, als alle Cutters Beispiel gefolgt waren. Als Ältester der Gruppe war er verstimmt darüber, dass man Cutter, einem bloßen Waldläufer aus den Hügeln, die Führung der Aufklärungstruppe anvertraut hatte. Mit breiten Schultern ragte der Mann fast einen Kopf höher auf als Cutter, konnte sich jedoch überraschend leise und unscheinbar fortbewegen, wenn er unbemerkt bleiben wollte.

»Rauch in der Ferne, südlich von hier.«

»Wie weit entfernt?«

»Höchstens eine Stunde.«

»Wir sind bereits zwei Tage vom Kurs abgewichen«, wandte Marc ein, doch es klang nicht nach echtem Protest.

»Ein, zwei Stunden machen dann ja auch keinen Unterschied mehr. Ich will sehen, was hinter dem Rauch steckt.«

Marc zuckte mit den Schultern. »Du bist der Anführer.«

Der Rest des Trupps schaute zwischen den beiden hin und her und trat unruhig von einem Bein aufs andere. Die Spannung entging ihnen keineswegs. Cutter schenkte dem keine Beachtung und trat sein Reittier in Bewegung. Sie entfernten sich in gerader Linie vom Fluss und beschrieben dann einen weiten Bogen, langsam genug, um mögliche Bedrohungen rechtzeitig zu erkennen, sodass sie sich noch verstecken konnten.

Aber sie sichteten weit und breit nichts, und nach anderthalb Stunden hielten sie an, nachdem sie sich dem Fluss auf schrägem Kurs wieder angenähert hatten. Larrin – den Cutter ein Stück vorausgeschickt hatte – kehrte mit verkniffener Miene in leichtem Galopp zurück.

»Da vorn ist ein kleiner Hain«, berichtete er. »Den können wir als Deckung benutzen.«

»Marc, komm mit. Ihr anderen bleibt bei den Pferden.«

Sie folgten Larrin zu dem Hain und bahnten sich den Weg zwischen den Bäumen und dem Unterholz hindurch, bevor sie sich am Rand hinkauerten.

Vor ihnen stieg die schwarze Rauchsäule aus den brennenden Überresten von etwas auf, das einst ein befestigtes, in eine Biegung des Flusses geschmiegtes Dorf gewesen war.

Man hatte angespitzte Pflöcke zu einer annähernd runden Palisade um eine Ansammlung von einem halben Dutzend Gebäude in die Erde getrieben. Aber die Verteidigungsanlage hatte sich als wertlos erwiesen. Ein Abschnitt des Walls war eingerissen worden – Cutter konnte nicht erkennen, wie. Von den Gebäuden im Inneren standen nur mehr verkohlte Überreste. Drei brannten noch lichterloh mit hoch in den Himmel züngelnden Flammen. Aaskrähen kreisten über der Zerstörung, und Cutter erspähte innerhalb der Umfriedung zwei Dutzend vom Hitzeflimmern verzerrte Leichen, die man zurückgelassen hatte, wo sie gefallen waren.

»Was ist das?«, fragte Marc und nickte in Richtung eines dunklen Flecks auf dem Gras ein Stück von der Palisade entfernt. Der Tonfall des Vollstreckers hatte sich verändert. Verschwunden war der abwertende Beigeschmack von Respektlosigkeit, der seit dem Aufbruch aus der Nadel jede seiner Äußerungen gefärbt hatte. »Hat das Gras Feuer gefangen?«

Cutter runzelte die Stirn. »Nein, das ist nicht versengt, nicht dunkel genug.« Dann ereilte ihn eine Erkenntnis, und ihm drehte sich der Magen um. »Das ist der Rest der Dorfbewohner. Was von ihnen übrig ist.«

Larrin schluckte schwer, dann krümmte er sich vornüber und übergab sich zur Seite ins Unterholz. Als er sich wieder aufrichtete, erinnerte sein Gesicht an eine gekalkte Wand, und er sah aus, als wäre ihm immer noch speiübel. Seine Hand zitterte, als er sich einen Speichelfaden vom Mund wischte. »Das ist mir vorher nicht aufgefallen«, sagte er matt. »Ich hab nur das Feuer gesehen.«

Marc schniefte verächtlich und wandte die Aufmerksamkeit wieder dem Dorf zu. »Ich kann keinerlei Bewegung erkennen. Wer immer das getan hat, ist längst weg.«

Cutter warf einen genaueren Blick auf die Umgebung des Dorfes. Dabei fiel ihm ein grober Trampelpfad auf, der nah am Fluss gewunden nach Norden und Süden verlief. Je weiter vom Dorf er sich entfernte, desto verblasster wirkte er, doch er war offensichtlich von Wagen wie jenen gebahnt worden, die Cutter zuvor gesehen hatte. Im Osten änderte sich die Beschaffenheit der Ebenen. Dort sprenkelten Bäume das Grasland, und nicht allzu weit vom Dorf zeichnete sich der Rand eines dunkleren Walds ab, aus dem vermutlich das für die Palisade verwendete Holz stammte.

Was jedoch seine Aufmerksamkeit erregte, war die aufgewühlte Erde, die in schrägem Winkel aus Südwesten in den Weiler verlief. Er sah keinen anderen Weg, der wegführte. Das bedeutete, wer immer diese Menschen angegriffen hatte, war auf demselben Weg wieder verschwunden. Bestätigen konnte er das allerdings nur, indem er einen genaueren Blick darauf warf.

»Larrin, geh die anderen holen.«

Der junge Vollstrecker nickte zögerlich und entfernte sich.

Der Geruch von verkohltem Fleisch erfasste sie erst, als der Wind drehte und den Rauch zu ihnen wehte. Die zwei anderen Vollstrecker würgten. Einer sank auf die Knie und übergab sich auf den Trampelpfad. Die Pferde wurden unruhig und wichen mit geblähten Nüstern zurück. Der Rauch brannte in Cutters Augen, und er hustete. Um einen Teil der Asche aus der Luft zu filtern, stellte er den Kragen seines Hemds auf und bedeckte damit Nase und Mund, setzte aber den Weg fort und zog sein Pferd mit. Schweiß brach auf seiner Stirn aus, als er dort, wo die nach Kiefern duftende Palisade eingerissen worden war, um ihren Rand bog und ihm die Hitze des Feuers entgegenschlug. Das brennende Holz zischte und knisterte, und es roch nach kochendem Harz. Offenbar waren die verwendeten Bäume erst vor Kurzem gefällt worden. Er kniff die Augen zusammen und schirmte mit einer Hand das Gesicht ab, doch die Flammen erwiesen sich als zu heftig. Cutter wich dorthin zurück, wo die anderen angehalten hatten.

»Näher kommen wir nicht ran«, meinte er. »Jedenfalls nicht, bevor das Feuer nachlässt, und so lange will ich nicht warten. Aber die Palisade ist vergleichsweise neu. Die steht noch nicht lange hier. Sehen wir uns den Pfad an.«

Sie entfernten sich in weitem Bogen um die Überreste des eingerissenen Walls von der sengenden Hitze und schwiegen entgeistert, als sie zu den abgeschlachteten Dorfbewohnern starrten. Cutter hatte gedacht, sie wären von den unbekannten Angreifern nur zusammengetrieben und dann erschlagen worden, doch es erwies sich als schlimmer.

Viel schlimmer.

Die Leichen waren verstümmelt, ausgeweidet und in Stücke gehackt worden, die Arme und Beine ebenso abgetrennt wie die Köpfe und anschließend zu einem wilden Durcheinander beiseite geworfen. Selbst wenn sie es versucht hätten, es wäre unmöglich gewesen, die einzelnen Körper wieder zusammenzusetzen. Das Gras war durchtränkt von Blut und Eingeweiden, das Ganze förmlich bedeckt von den glänzenden Körpern gieriger Aasvögel.

Marc fluchte, bevor er den Mund zuklappte. Seine Kiefermuskulatur war starr vor Zorn über die Freveltat. Larrin war ein Stück zurückgeblieben, doch der Gestank war derart überwältigend, dass er sich erneut übergab. Auch Cutters Magen drohte, zu rebellieren, und er musste sich mit hängendem Kopf hinkauern und mehrmals tief durch den Mund atmen, um sich im Griff zu behalten. Die Tränen, die in seinen Augen brannten, bevor sie ihm über die Wangen strömten, waren nicht dem treibenden Rauch geschuldet.

Hinter ihm murmelte einer der anderen Vollstrecker: »Die haben nicht mal die Frauen und Kinder verschont.«

Cutters Finger bohrten sich dort in die Haut, wo seine Hand auf einem Knie ruhte. Mühsam bekam er sich in den Griff, stand auf und kehrte dem Gemetzel den Rücken zu. »Gehen wir.« Seine Stimme klang brüchig. Er sparte sich die Mühe, die Tränen wegzuwischen, als er davonstapfte.

»Wer hat das getan?«, fragte Marc zwischen zusammengebissenen Zähnen hindurch, als Cutter ihn passierte.

»Jemand, der von Raserei erfüllt ist. Von Hass.«

»Aber wer?«

Cutter fiel nur eine Gruppe ein, die Grund für solchen Hass haben könnte, doch er erwiderte nur: »Finden wir's heraus.«

Die Angreifer hatten eine deutliche Spur hinterlassen,

indem sie die Erde aufgewühlt und zu dickem Schlamm getrampelt hatten. Cutter kniete sich an den Rand des Pfads und begutachtete die Fährte, bevor er weiter vorrückte. Die anderen folgten ihm und verteilten sich.

Marc blieb dicht bei Cutter und beobachtete aufmerksam, wie er von einem Paar Fußabdrücken zu einem Bereich näher an der gesplitterten, eingerissenen Palisade wechselte, wo im Schlamm tiefe Rillen prangten. Dort war der Boden von deutlichen Hufabdrücken förmlich übersät. Mit einem Grunzen trat Cutter zu den Überresten des teilweise im Schlamm vergrabenen Walls. Die Hitze der Feuer innerhalb der Umfriedung strahlte nach außen ab und buk den Schlamm allmählich, doch was ihn anlockte, war die Oberkante der zu Fall gebrachten Palisade. Er kniete sich wieder hin und fuhr frisch in die Baumrinde unter den angespitzten Enden jedes Pfahls geschlagene Kerben nach.

»Was ist?«, fragte Marc.

»Etwas hat sich hier ins Holz gekrallt, so was wie eine Klaue.«

Marc betrachtete den noch stehenden Teil der Palisade. Innerhalb der Umfriedung knackte etwas. Ein Teil eines Gebäudes brach unter einem aufstiebenden Funkenschauer zusammen, prallte gegen einen Abschnitt des Walls und stieß ihn um. »Wurfanker«, sagte er und deutete auf die tieferen Rillen in der Erde neben ihm. »Sie haben sie am Wall eingehakt und ihn dann mit den Pferden eingerissen.«

»Den Spuren nach würde ich sagen, es war eine eher kleine Gruppe. Höchstens fünfzig Leute.«

Die Muskeln in Marcs Kiefer zuckten. »Fünfzig! Und die haben all das angerichtet.« Er schwenkte einen Arm in Richtung der abgeschlachteten Dorfbewohner.

Plötzlich ertönte ein Schrei von Larrin und ließ sie beide herumwirbeln. Er stand um die hundert Schrittlängen entfernt auf einer Seite des Trampelpfads und winkte wild.

»Wir sehen wohl besser nach, was er gefunden hat«, schlug Marc vor.

Sie steuerten auf den jungen Vollstrecker zu. Die zwei anderen schlossen sich ihnen ebenfalls an und ließen von ihrer eigenen Suche ab.

Larrin stand über einem ausgestreckt im Gras liegenden Leichnam. Er ruhte ungefähr drei Schrittlängen vom Rand der Hauptspuren in einer natürlichen Vertiefung des Geländes. Der Mann trug eine vertraute Rüstung. Die nicht von geronnenem Blut bedeckten Stellen schimmerten in der Sonne. Die Hand des Toten umklammerte immer noch ein unverwechselbares Krummschwert.

Cutter packt ihn an einer Schulter und drehte ihn auf den Rücken herum. Schmale, dunkle Züge starrten ihm entgegen. Der dichte Bart war zu einem komplizierten Knoten geflochten und mit einer bunten Schnur abgebunden. Die Vorderseite der Rüstung und sein Gesicht waren von Erde und Blut verkrustet. Ein Teil davon stammte von einer Wunde an der linken Seite unterhalb der Panzerung, auf die er nach wie vor eine totenstarre Hand presste. Das Blut, das sein gesamtes linkes Bein überzog, war noch feucht, da es zwischen dem Körper und dem Gras, wo der Mann zusammengebrochen war, eingeklemmt gelegen hatte.

»Gorrani.« Marc spuckte aus und kniete sich neben den Mann. Mit einem Ruck zog er die Hand des Toten von der Flanke weg und begutachtete die Verletzung. »Messerwunde. Tief. Nicht besonders breit. Eher von einem Küchenmesser als von einem Dolch. Er ist verblutet. Dachte wahrscheinlich, die Verletzung wäre nicht so schlimm.« Rasch suchte er den restlichen Körper ab. »Keine anderen bedeutenden Wunden, nur ein paar Kratzer.«

»Wenigstens hat sich jemand zur Wehr gesetzt«, murmelte einer der Vollstrecker.

»Es muss noch mehr Verluste auf Seiten der Angreifer gegeben haben«, meinte Marc, stand wieder auf und deutete zur Palisade. »Ein solcher Wall stürzt nicht so schnell ein. Die Leute müssen Zeit gehabt haben, sie mit Pfeilen zu beschießen und drinnen eine Verteidigungslinie zu bilden.«

»Damit gehst du davon aus, dass hier mehr als schlichte Dorfbewohner gelebt haben«, meinte Cutter. Marc wirkte verärgert, als Cutter fortfuhr. »Aber du hast recht. Es muss zumindest Verwundete, wenn nicht gar weitere Tote gegeben haben. Sie müssen sie mitgenommen, sie eingesammelt haben, bevor sie den Brand gelegt und die Bewohner abgeschlachtet haben.«

»Wieso haben sie ihn übersehen?«, fragte Larrin.

»Er ist wahrscheinlich vom Pfad gestolpert und in den Graben da gefallen. Als sie sich zurückzogen, denke ich.«

»Korma sei Dank«, murmelte Marc und beugte das Knie. »Sonst hätten wir vielleicht nicht herausgefunden, wer das getan hat.«

»Aber warum?«, bohrte Larrin weiter. »Die haben nichts mitgenommen. Sie haben nur alles zerstört und sind weitergezogen.«

»Rache.« Alle Vollstrecker sahen Cutter an. »Wir haben an der Nadel viertausend ihrer Krieger mit der Ley getötet. Viertausend Tote innerhalb eines Atemzugs, und es sind nicht einmal ihre Leichen zurückgeblieben.« Er ließ die Äußerung kurz einwirken, bevor er hinzufügte: »Seht euch nur an, wie wir darauf reagieren, dass hier ein paar Dorfbewohner abgeschlachtet worden sind. Und jetzt überlegt mal, wie die Gorrani empfinden müssen.«

Er sah, wie die Erkenntnis in ihren Gesichtern dämmerte, und die Verwirrung wich nach und nach Furcht. Bei allen außer Marc. Seine Miene verhärtete sich zu grimmiger Entschlossenheit, gefärbt mit einem Hauch Vorfreude.

»Die werden jeden angreifen, der kein Gorrani ist«, sagte er ruhig.

Cutter wusste nicht, wie er sich angesichts des Ausdrucks in Marcs Augen verhalten sollte, also wandte er sich ab und ging zu seinem Pferd.

»Folgen wir ihnen?«, rief ihm Marc nach.

»Nein! Wir kehren zur Nadel zurück. Wir müssen die anderen vor der Bedrohung durch die Gorrani warnen.«

***

»Ist nicht besonders tief«, sagte Morrell, als sie das Hemd des Mannes von der Wunde schälte. Er zischte, als der Stoff an dem bereits geronnenen Blut zog, das daran festklebte.

»Tut aber verflucht weh«, brummelte er.

Morrell ergriff ein sauberes Tuch, befeuchtete es und begann, die Wunde abzutupfen, um den Großteil des Blutes zu beseitigen. »Ich bin sicher, das tut es. Wie ist das passiert?«

Der Mann – Anfang zwanzig mit einem Dreitagebart, dunklen Ringen unter den Augen und leichten Alkoholausdünstungen – verlagerte sein Gewicht nervös auf der Pritsche. »Ein dämlicher Vollstrecker hat mich mit seinem Messer geschnitten.«

Morrell runzelte die Stirn. Ihre Aufmerksamkeit galt nur halb den Worten des Mannes. Die freigelegte Wunde entpuppte sich als Schnitt über den Bizeps, höchstens drei Finger breit. Obwohl alles sauber aussah, goss sie Wasser aus einem kleinen Krug neben ihr darüber, was den Mann vor jähem Schmerz scharf die Luft einsaugen ließ. Unterbewusst bohrten sich ihre Finger tiefer in seine Haut, um zu verhindern, dass er von ihr weg zuckte. Es handelte sich unbestreitbar um eine von einer Klinge verursachte Verletzung. Keine unebenmäßigen Ränder, die Haut nicht zerfetzt. Dennoch bezweifelte Morrell, dass sie von einem Vollstrecker stammte.

Als sie die Stellen um die Wunde berührte, kribbelte ihre eigene Haut vor einem mittlerweile vertrauten Gefühl, das einem Jucken ähnelte, nur irgendwie angenehmer. Eine dünne Schwade bunten Lichts ähnlich den Himmelslichtern, die über die Ebenen trieben, schlängelte sich um ihre Finger, doch sie hielt es im Zaum. Morrell hatte ein wenig Herrschaft darüber erlangt, seit sie Muld verlassen hatte und in die Nadel gekommen war, um bei ihrem Vater zu sein. Außerdem hatte sie gelernt, dass sie längst nicht jeden Patienten auf diese Weise heilen musste.

Sie lehnte sich zurück, ließ das Kribbeln vergehen und verkündete: »Ist trotzdem so tief, dass es mit ein paar Stichen genäht werden muss. Ich bin gleich wieder mit Nadel und Faden da.«

Als sie sich erhob, packte der Mann ihren Arm und hielt sie mit entschieden zu festem Griff zurück. »Ich dachte, du wärst das Mädchen, das … das Menschen heilt. Willst du den Schnitt nicht einfach« – er hob den verletzten Arm, zuckte dabei zusammen und schwenkte dann die Finger – »na ja, eben heilen?«

Angewidert entzog sich Morrell seinem Griff. »Ich heile nicht jeden auf diese Weise. Nur die ernsteren Fälle.«

Mit steifen Schritten ging sie zu der Seite des langen Raums, der von Betten für Verwundete gesäumt wurde, wenngleich die meisten derzeit leer waren. Vier weitere Patienten warteten darauf, untersucht zu werden. Zwei mit Grippe oder einer Erkältung, wenn man nach ihren abgehärmten Gesichtern ging, einer mit irgendeinem Ausschlag und ein weiterer mit einem möglicherweise gebrochenen Handgelenk. Sie wurden von der Heilerin Freesia versorgt – einer stämmigen Frau Mitte vierzig mit sanftem Auftreten, aber einem Rückgrat aus Eisen, sobald sie in Fahrt kam, und mit wildem Haar, das sich einfach nicht bändigen lassen wollte, ganz gleich, was sie versuchte. Unterstützt wurde Freesia von zwei Hilfsheilern.

Bei ihrer Ankunft hatte sich Morrell davor gefürchtet, wie man sie empfangen würde, da sie noch gut in Erinnerung hatte, wie sehr sich Logan in Muld anfangs dagegen gewehrt hatte, ihre geheimnisvolle Begabung hinzunehmen. Freesia hingegen hatte sich eher ehrfürchtig als ängstlich gezeigt. Als einer ihrer Helfer damals eine abfällige Bemerkung murmelte, hatte ihm Freesia eine schallende Ohrfeige verpasst und gedroht, er könne ihr Krankenhaus sofort verlassen, wenn er wirklich so empfinde. Der junge Mann namens Cerrin, nur wenige Jahre älter als Morrell, hatte sich die gerötete Wange gerieben und den Kopf geschüttelt. Nur Morrell hatte seinen trotzigen, finsteren Blick mitbekommen, als Freesia sich abgewandt hatte.

Als sie Nadel und Faden aus den Vorratsschränken an der Wand holte, fiel ihr eine Bewegung von der anderen Seite des Raums ins Auge. Drayden – der Halbwolf, den sie in Muld in seine menschliche Gestalt zurückverwandelt hatte und der nun als ihr selbsterklärter Leibwächter auftrat – war besorgt vorgetreten, doch Morrell winkte ihn fort. Dann kehrte sie zu dem Mann mit der Messerwunde zurück und ließ sich auf den Stuhl am Bett plumpsen, ohne dem Patienten in die Augen zu sehen. Ein Großteil ihrer vorherigen Abscheu hatte sich gelegt, während sie das Material geholt hatte. Als sie seinen Arm zu sich zog, fragte er: »Aber bleibt vom Nähen nicht eine Narbe zurück? Ich hab gehört, wenn du es anders machst – du weißt schon, ohne Nadel und Faden –, dann gibt's nachher nicht den geringsten Makel.«

Morrell begegnete seinem Blick, sah den Ausdruck der Hoffnung und Erregung in den Augen, und ihre Abscheu flammte mit voller Wucht wieder auf. Sie lächelte zuckersüß. »Das kommt ganz darauf an, wie sehr du zappelst, wenn ich das hier nähe.«

Sein entsetzter Blick erfüllte sie mit einem Anflug von warmer Befriedigung. Sie schnappte sich seinen Arm und forderte ihn auf: »Jetzt halt still. Wird nur ein kleines bisschen wehtun.«

Er stöhnte und wand sich ein wenig hin und her, während sie zustach und den Faden durchzog. Eigentlich hatte sie vorgehabt, es schmerzhaft zu gestalten, doch die angeborene Heilerin in ihr weigerte sich, dabei mitzuspielen. Also vernähte sie die Wunde präzise und effizient, zog den Faden straff und biss ihn ab, wie es Logan ihr beigebracht hatte. Dann wickelte sie noch einen Verband um den Arm des Mannes und führte ihn anschließend zur Tür. Vielleicht stieß sie ihn ein wenig härter als nötig, um ihn in Bewegung zu setzen, als er sich gerade mit einem Protest auf den Lippen wehren wollte.

Kaum hatte Morrell ihn durch die Tür hinausbefördert, seufzte sie erleichtert. Dann jedoch rief Freesia sie zu der Frau mit dem verletzten Handgelenk.

»Ich kann nicht sagen, ob es nur verstaucht oder wirklich gebrochen ist«, sagte Freesia verzweifelt. »Könntest du einen Blick darauf werfen?«

Morrell nickte und nahm Freesias Platz neben der dunkelhaarigen Frau ein, deren etwas banger Blick zwischen den beiden hin und her wanderte, bevor er bei Morrell verharrte.

»Ich bin gestolpert und die Treppe im Tempel runtergefallen«, erklärte sie und streckte den Arm aus.

»Kannst du das Gelenk bewegen?«

»Ein bisschen. Es tut überhaupt nicht weh.«

»Aber«, warf Freesia ein, »sie sagt, wenn sie es auf eine bestimmte Weise dreht, wird ihr schwindlig.«

»Deshalb bin ich hergekommen, um es ansehen zu lassen.«

Morrell hatte die Haut der Frau bereits berührt. Das Kribbeln kehrte zusammen mit den Lichtschwaden zurück. Die Frau schnappte nach Luft, als die Lichter kräftiger wurden und Morrell ihre Sinne entsandte. Das Rauschen des Blutes der Patientin dröhnte durch ihre Ohren, als sie unter die Haut sank und durch Muskelmasse, Sehnen und Gewebe zum Knochen vordrang. An einigen Stellen stieß sie auf Blutergüsse, sowohl am Handgelenk als auch an der

Hüfte und einer Schulter. Auch einige leichte Abschürfungen entdeckte sie. Aber Morrell bündelte die Aufmerksamkeit auf die zahlreichen winzigen, abgerundeten Knochen des Handgelenks.

»Zwei der Knochen hier sind angeknackst«, sagte sie. Die Worte hallten laut in ihren Ohren wider. Ihre Sinne waren geschärft, wenn sie mit den Himmelslichtern arbeitete – Sicht, Geräusche, Gerüche, Aromen und Texturen, alles nahm sie eindringlicher wahr. »Wenn du das Handgelenk auf die falsche Weise drehst, schaben sie aneinander.«

Ein Schauder durchlief die Frau. »Kannst du das richten?«

Morrell zögerte. Die Verletzung war weder besonders bedeutend noch lebensbedrohlich. Wenn die Frau das Handgelenk in einen Verband packte und es ein paar Wochen lang schonte, würde es von selbst heilen. Eigentlich müsste sie das nicht tun.

Aber sie war bereits so tief in den Körper der Frau eingetaucht, dass sich ihrer beider Atmung aneinander angeglichen hatte und ihr Puls im Einklang pochte. Sie hatte sich in das verschachtelte und empfindliche Gleichgewicht des Körpers eingeflochten, konnte den Herzschlag, das Zusammenziehen der Lungenflügel und die winzigen Muskelbewegungen der Patientin spüren, die zappelnd auf der Pritsche saß. Es wäre nur ein kleiner Stups nötig …

Für einen Moment erstrahlten die Himmelslichter heller, und Wärme übertrug sich von Morrell auf das Handgelenk der Patientin. Die Frau sog scharf die Luft ein, als ein Kribbeln ihren Arm hinauf raste und in den Brustkorb drang, ein Kribbeln, das Morrell durch sie miterlebte. Gleichzeitig erfasste ein Anflug von Müdigkeit ihren eigenen Körper. Nicht allzu schlimm, aber als sie die Hände vom Handgelenk der Frau entfernte und die Himmelslichter erloschen, legte sich die Erschöpfung nicht völlig.

»Jetzt sollte alles wieder gut sein«, sagte Morrell. Ihre

Stimme zitterte leicht, doch mit einer bewussten Anstrengung festigte Morrell sie. »Nur zu, beweg das Handgelenk ruhig.«

Die Stirn der Frau runzelte sich verwirrt, als sie vorsichtig die Hand zu drehen begann. Als kein Schwindelgefühl mehr aufkam, wurden ihre Augen groß. »Du … du hast es gerichtet. Ich verstehe zwar nicht, wie, aber …« Sie lachte, ein kurzer, ungläubiger Laut, dann stand sie auf. »Danke! Danke!«

Plötzlich wurde Morrell klar, dass die Frau nichts von ihren Heilkräften gewusst hatte. Im Gegensatz zu dem Mann vor ihr hatte sie nur gewollt, dass Morrell sie beruhigte, einen Verband anlegte und ihrer Wege schickte.

Morrell lächelte und sank unerklärlich dankbar auf den Stuhl zurück. Ihr war nicht einmal bewusst gewesen, wie sehr sie die Schultern angespannt hatte … oder dass sie nicht gelächelt hatte, als sie mit dem Heilen der Frau fertiggeworden war.

»Hier entlang«, sagte Freesia und geleitete die Frau zum Eingangsbereich des Raums. Morrell bekam mit, dass die Geheilte unterwegs mit der älteren Heilerin sprach, doch sie hörte nicht zu. Der ungläubige Tonfall allein verriet ihr genug.

»Ist ein schönes Gefühl, nicht wahr?«

Morrell zuckte auf ihrem Sitz zusammen und wirbelte herum. Ihr Herz vollführte einen schmerzhaften Schlag in der Brust, bevor sie die Stimme erkannte. »Hernande!«, rief sie, sprang vom Stuhl auf und umarmte ihn innig. Er pufffte, als sie ihn drückte, kicherte dabei aber und erwiderte die Umarmung, bevor sie sich zurückzog.

»Wie fühlst du dich? Es hat dir doch nicht zu viel abverlangt, oder?«

»Nein. Ich bin vorsichtig.«

»Sie hätte es trotzdem nicht tun sollen«, rügte Freesia, die hinter Hernande trat. Ihr strenger Gesichtsausdruck erreichte allerdings nicht ganz die Augen. Sie winkte ihre anderen Helfer zu drei Neuankömmlingen. »Das Handgelenk der Frau wäre auch von allein bestens verheilt. Es war nicht nötig, dass du dich darum gekümmert hast.«

»Ich weiß. Aber es war einfach.«

»Und was hättest du getan, wenn jemand mit einem zertrümmerten Arm oder einem zerschmetterten Bein hereingekommen wäre und wir dich dafür gebraucht hätten? Wenn du dich unnötig für solche Kleinigkeiten verausgabst, hast du keine Reserven für Bedeutenderes. Nur weil du heilen kannst, musst du es noch lange nicht immer tun.«

»Den Mann vor ihr hab ich nicht geheilt.« Die Äußerung drang ihr bockiger und defensiver als beabsichtigt über die Lippen.

»Und was war sein Problem?«, erkundigte sich Hernande.

»Eine Schnittwunde am Arm, die nur genäht werden musste.«

»Und warum hast du ihn nicht geheilt?«

»Weil er sich wie ein Armleuchter aufgeführt hat«, antwortete Freesia, bevor Morrell etwas erwidern konnte. »Glaub nicht, ich hätte es nicht mitbekommen.« Dann meinte sie zu Hernande: »Er wollte, dass sie ihn so heilt, wie sie es bei der Frau getan hat. Würde mich nicht überraschen, wenn er sich den Arm selbst aufgeschlitzt hätte, nur um herauszufinden, ob sie es kann.«

Morrell schnappte nach Luft. »Warum sollte er so etwas tun?«

»Weil manche Leute keinen gesunden Menschenverstand besitzen«, gab Freesia zurück. »Als er angekommen ist, hat er eigens nach dir gefragt. Ich hab ihn zu dir geschickt, weil ich sehen wollte, was du tun würdest. Und du hast ihn tadellos gehandhabt. Besser, als es mir gelungen wäre. Wahrscheinlich würde ihm eine hässliche Narbe bleiben, wenn ich ihn genäht hätte.«

Sie bemerkte Morrells entsetzten Gesichtsausdruck, lachte

und legte ihr kurz die Hand auf den Hinterkopf. »Ach, jetzt tu nicht so überrascht. Ich habe gelobt, kein Leid zu verursachen. Von Mahnmalen gegen Dummheit war nie die Rede. Aber ich glaube, es ist jemand hier, um mit dir zu reden. Im Augenblick haben wir nicht allzu viel zu tun, also geh ruhig. Eine Weile halten wir uns auch allein über Wasser. Aber komm zurück, wenn ihr fertig seid. Es wartet trotzdem noch Arbeit.«

Nach einem warnenden Blick zu Hernande zog Freesia von dannen. Der Mentor sah Morrell mit fragend hochgezogener Augenbraue an.

»Sie bringt mir neue Techniken bei«, erklärte Morrell seufzend. »Dinge, zu denen Logan noch nicht gekommen ist oder die Logan schlicht selbst nicht wusste.«

»Ich verstehe.« Er führte sie erst die Reihe der Pritschen entlang, dann hinaus in die äußeren Räume und schließlich auf die Straße. Drayden beschattete die beiden in taktvollem Abstand. Morrell hatte sich daran gewöhnt, dass er ihr überallhin folgte, und wenn ihr Vater unterwegs war, wurde seine Gegenwart offensichtlicher als sonst. Blinzelnd schaute sie zum milden Schein der Sonne auf, die halb hinter Wolken verborgen lag. Aus Nordosten hielt eine bedrohlich große Unwetterfront auf sie zu, in deren Innerem Blitze zuckten. Der böige, durch die Straßen der äußeren Stadt fegende Wind roch nach Regen, und die Menschen der Zeltgemeinde, die am anderen Ende der Straße begann, verfrachteten hastig Habseligkeiten hinein und banden lose Klappen fest. In ihrer eigenen Straße rannten die Leute und machten, dass sie unter die Dächer kamen.

»Der Sturm nähert sich schneller, als ich dachte.« Hernande klang verstimmt. »Wir gehen besser zum Tempel.«

Sie schafften es nicht. Unmittelbar nach einem grollenden Donnerschlag, der durch die Stadt hallte, setzte der Regenguss ein. Den letzten Abschnitt der Straße preschten sie in vollem Lauf und stürmten japsend durch die Tür der untersten Ebene. Kaltes Wasser troff von ihnen auf den Steinboden, und Drayden schüttelte sich wie ein nasser Hund. Schaudernd führte Hernande sie und ihren Beschatter zur Küche des Tempels, wo er Morrell zum Trocknen und Aufwärmen vor einen der Ley-Heizsteine setzte, während er losging und der Köchin ein wenig frisches Brot abschwatzte. Um sie herum arbeitete das Küchenpersonal vor sich hin. Der Lärm der klappernden Töpfe und Pfannen, die geblafften Anweisungen und das dumpfe Pochen von Hackbeilen übertönte beinahe das Rumoren des Donners von draußen.

Morrell biss hingebungsvoll in die Scheibe Brot und genoss dessen Wärme, während sie weiter zitterte, weil sie nach wie vor klatschnass war. Das Brot musste frisch aus dem Ofen kommen. Besser hätte es nur schmecken können, wenn sich Hernande auch noch die Mühe gemacht hätte, Butter oder Honig aufzutreiben.

»Das ist zwar nicht die Kulisse, die ich mir für dieses Gespräch vorgestellt hatte, aber es wird gehen«, meinte Hernande zwischen seinen eigenen, zurückhaltenderen Bissen.

Schlagartig misstrauisch hielt Morrell inne. »Ein Gespräch worüber?«

»Darüber, was vor Monaten mit Cory passiert ist.«

Morrell konnte ihre Überraschung nicht verbergen. »Cory?«

»Ja, Cory. Erinnerst du dich an das Beben, das den teilweisen Einsturz der Decke in der Knotenkammer der Höhlen in der Nähe von Muld verursacht hat?«

»Corys Bein war unter dem Felsbrocken eingeklemmt. Den Lumagiern ist es gelungen, den Brocken zu bewegen, und ich habe sein Bein geheilt.«

»Ich glaube nicht, dass sie den Felsbrocken bewegt haben. Ich glaube, *du* hast dich darum gekümmert.«

Morrell hörte auf zu kauen. Auf einmal schmeckte das Brot wie ein Mundvoll getrocknetem Bitterbann. Mit einer gequälten Grimasse schluckte sie und sagte kleinlaut: »Das ist unmöglich. Der Felsbrocken war riesig.«

»Da hast du recht. Viel zu groß für die Lumagier, obwohl sie zu sechst versucht haben, ihn zu bewegen. Das hat an mir genagt, seit ich damals diese Kammer betreten und gesehen habe, wo Cory eingeklemmt war.«

»Wenn du denkst, dass sie ihn nicht bewegen konnten, wie kommst du dann darauf, ich könnte …«

»Ich habe nicht behauptet, du hättest ihn *bewegt*. Ich denke vielmehr, du … hast ihn so umgeformt, dass um Corys Bein eine Einkerbung entstanden ist, groß genug, um das Bein herauszuziehen.«

Morrell schwieg und rührte sich nicht, als Hernande verstummte. Als sie sich an jenen Augenblick erinnerte, hallte ein Echo der Angst und des verzweifelten Wunsches, Cory zu helfen, erneut durch sie und ließ sie schaudern. Sie hatte damals Corys Bein berührt, um festzustellen, wie schwer es verletzt war. Dabei hatte sie auch den Stein gespürt, der es umgab und gefangen hielt. Sie erinnerte sich daran, mit ihrem Geist gegen den Brocken gedrückt zu haben, genau wie die anderen, die ihn beiseiteschieben wollten, es mit ihren Körpern taten.

»Ist das denn so weit hergeholt?«, fragte Hernande schließlich leise. »Wir wissen, dass die Himmelslichter Wandlungskräfte besitzen. Denk nur daran, was sie mit den Halbwölfen gemacht haben. Und wir wissen auch, dass deine Gabe mit den Himmelslichtern verknüpft ist. Man kann sie sehen, wenn du arbeitest. Wenn die Lichter sowohl Gebäude als auch Menschen umformen können, warum dann nicht auch du?«

»Aber ich fühle den Stein nicht«, protestierte Morrell. »Nicht so, wie ich fühlen kann, was mit meinen Patienten oder den Halbwölfen nicht stimmt, wenn ich sie heile.« Was jedoch nicht ganz stimmte. Sie konnte den Stein um sie herum *sehr wohl* fühlen, nur nicht auf dieselbe Weise wie Menschen bei einer Berührung.

»Ich würde auch nicht erwarten, dass du einen Stein fühlen kannst«, erwiderte Hernande. »Es ist Stein. Er besitzt kein Blut, kein Gewebe, keine Sehnen. Er hat keinen besonderen Grundzustand, keine ›gesunde‹ Norm. Aber das heißt nicht, dass er nicht geformt werden kann. Sogar die Lumagier haben gelernt, Stein für ihre Zwecke zu formen. Viele der Gebäude in den inneren Bezirken Erenthralls haben sie auf diese Weise gebaut, zum Beispiel den Bernsteinturm.« Plötzlich runzelte er nachdenklich die Stirn und hob zerstreut die Hand an den Bart. »Ich frage mich, ob sie dafür eine Form der Himmelslichter benutzt haben, ohne sich dessen bewusst zu sein. Vielleicht gibt es zwischen der Ley und den Himmelslichtern genauso eine Verbindung wie zwischen der Ley und dem Geflecht …«

Morrell nahm einen weiteren Bissen Brot, denn sie wusste, dass Hernandes dazu neigte, abzuschweifen. Sie starrte auf den sanften Schimmer des Heizsteins. Hatte sie Cory tatsächlich gerettet, indem sie den Felsbrocken umgeformt hatte? Sie wusste es nicht. Es war alles zu chaotisch gewesen. Und danach hatte die Erschöpfung vom Wirken ihrer Heilkräfte sie einfach übermannt.

Nun jedoch, da Hernande sie dazu gezwungen hatte, darüber nachzudenken … War das »Heilen« eines Steins denn wirklich so anders als das Heilen eines angeknacksten oder gebrochenen Knochens?

»Hier«, sagte Hernande und riss Morrell jählings aus ihren Grübeleien.

Sie streckte die freie Hand aus, und er legte einen Stein auf ihre Handfläche. Er war glatt wie ein Flussstein und grau gesprenkelt, wies allerdings einen Sprung auf, der nicht ganz von einer Seite zur anderen verlief.

»Versuch, ob du ihn heilen kannst.«

Morrell steckte sich das letzte Stück Brot in den Mund und hielt den Stein mit beiden Händen, während sie kaute. Nachdem sie geschluckt hatte, meinte sie zögernd: »Ich bin nicht sicher, ob es mir gelingen wird, die Himmelslichter heraufzubeschwören. Normalerweise erscheinen sie nur, wenn ich jemandes Haut berühre.«

»Versuch's einfach.«

Morrell konzentrierte sich und wünschte sich die Himmelslichter herbei. Sie stellte sich vor, wie sie sich um ihre Finger schlängelten wie früher an diesem Tag … doch nichts geschah. Da rankten keine bunten Schwaden um ihre Hand. Kein Kribbeln überzog ihre Haut. Sowohl ihre Schultern als auch ihre Kieferpartie spannten sich vor Anstrengung an.

Scharf blies sie den unbewusst angehaltenen Atem aus und schüttelte den Kopf. »Es ist zwecklos. Sie kommen nicht.«

»Hmmm.« Hernande beäugte sie skeptisch mit der Spitze seines Bartes im Mund. »Vielleicht versuchst du es zu krampfhaft.«

»Wie meinst du das?«

Er verlagerte das Gewicht so, dass sie einander zugewandt saßen, dann ergriff er ihre Hände.

»Ich meine damit, dass du bewusst *versuchst*, sie herbeizurufen. Aber machst du das auch, wenn du jemanden heilst?«

»Nicht unbedingt. Dabei denke ich eigentlich nicht daran. Normalerweise erscheinen die Himmelslichter einfach, sobald ich eine Wunde oder Entzündung oder was auch immer untersuche.«

»Dann musst du das auch hier tun.«

»Das verstehe ich nicht.«

Er tippte mit den Fingern auf ihre Hände. »Sieh den Stein an.«

Morrell blickte darauf hinab.

»Betrachte ihn nicht als Stein«, forderte Hernande sie mit sanfter, beruhigender Stimme auf. »Stell dir vor, es wäre ein

Patient. Sieh dir den Sprung in dem Stein so an, als ob du eine Wunde untersuchst. Stell dir vor, wie der Stein mit makelloser, vom Wasser des Flusses glatt geschliffener Oberfläche aussehen sollte. Der Sprung ist ein Makel. Er sollte nicht da sein. Er muss geheilt werden.«

Morrell spürte, wie sie in seiner Stimme versank, die sie umhüllte, und gleich darauf sank sie auch in den Stein. Was sich anders anfühlte als bei Patienten. Bei Menschen wurde sie vom Fluss des Blutes, des Lebens erfasst, der sie mit sich riss, tief in ihr Innerstes wie eine Strömung, die sie in ihre Umarmung zog. In diesem Fall gab es keinen Fluss, nichts strömte. Dennoch tauchte Morrell unter die Oberfläche des Steins. Es gestaltete sich schwieriger – sie stieß auf größeren Widerstand als bei Menschen. Doch schließlich empfand sie die Beschaffenheit des Steins als rauer denn zuvor und konnte feine Unterschiede in seiner Zusammensetzung wahrnehmen: Ansammlungen sperrigerer Kristalle, die ihm sein gesprenkeltes Aussehen verliehen, eine etwas weichere Ader, die entlang einer Seite verlief …

Und dann der Sprung. Sie vermochte seine Tiefe auszuloten und die Schwächen im Stein um den Sprung herum zu fühlen. Wenn sie *genau* an der Stelle mit einem kleinen Hammer auf ihn schlüge, würde er in hundert Teile bersten.

Kaum spürte sie den Riss und nahm ihn als Makel wahr, begannen ihre Finger zu kribbeln. Unwillkürlich schnappte sie nach Luft, als die Himmelslichter erschienen. Sie schimmerten sowohl um Hernandes als auch um ihre gefalteten Hände und den Stein. Der Mentor erstarrte.

»Gut«, sagte er. Sollten ihn die um seine Hände flimmernden Lichter beunruhigen, konnte man es seiner Stimme nicht anhören. »Und jetzt versuch, ob du den Sprung beheben kannst.«

Bevor er zu Ende gesprochen hatte, fühlte Morrell, wie die Wärme von ihren Händen in den Stein strömte, genau wie zuvor bei der Frau und ihren angeknacksten Knochen. Als sich der Stein an ihrer Haut erhitzte, zuckte sie zurück und ließ ihn zu Boden fallen. Klappernd kullerte er über die Fliesen der Küche, als Hernande die Hand ausstreckte, um Morrell zu stützen, und sich Drayden mit einem warnenden Knurren in Bewegung setzte.

»Alles in Ordnung?«, erkundigte sich der Universitätsmentor.

Morrell atmete zur Beruhigung erst tief ein, dann schwer aus. »Er ist warm geworden.«

»Hat er dich verbrannt?«

»Nein, so heiß war es nicht. Es hat mich nur erschreckt.«

Drayden wich zurück, und Hernande suchte den Boden ab, bis er den Stein wiederfand. Er hob ihn auf und hielt ihn eine lange Weile in der Hand, bevor er Morrell mit einem merkwürdigen Ausdruck im Gesicht ansah.

Wortlos reichte er ihr den Stein.

Der Sprung war verschwunden, die Oberfläche wies überall die gleiche Glätte auf. Mit einem Kribbeln überkam Morrell ein unerwarteter Anflug von Befriedigung, und sie lächelte trotz der Erschöpfung, die sie erfasst hatte. Die Müdigkeit fühlte sich schwerer an als zuvor beim Heilen des Handgelenks, dämpfte jedoch nicht Morrells Erregung. »Ich hab's geschafft!«

Hernande lächelte. »Ich wusste doch, dass du es kannst.« Dann verblasste sein Lächeln. »Aber wir sollten das vorerst für uns behalten. Ist wirklich nicht nötig, noch mehr Aufmerksamkeit auf dich zu lenken.«

Morrell dachte an Freesias Helfer Cerrin, der sie so schon nicht leiden konnte, und an Menschen wie den Mann, der sich selbst geschnitten hatte, nur um sich von ihr heilen zu lassen. »Ich werd bestimmt nichts sagen.«

Hernande nahm den Stein wieder an sich. »Ich habe dich lang genug aufgehalten. Freesia wird noch wütend, wenn ich dich nicht bald zurückbringe.«

Schuldbewusst wurde Morrell plötzlich klar, dass sie keine Ahnung hatte, wie lange sie dem Krankenhaus bereits ferngeblieben war. Sie sprang von ihrem Sitz auf. »Freesia wollte die gegen Fieber eingesetzten Heilkräuter mit mir durchgehen, um zu vergleichen, was ich bereits von Logan gelernt habe!«

Ohne darauf zu warten, dass sich Hernande erhob, rannte sie in Richtung der Küchentür los. Drayden trabte hinter ihr her. Der Universitätsmentor rief ihr nach: »Wir unterhalten uns später noch darüber!«

Dann blieb die Küche hinter ihr zurück, als sie in vollem Lauf durch den Tempel zur äußeren Stadt hastete … und zu der möglichen Strafe, die Freesia als angemessen für ihre späte Rückkehr erachten mochte.

***

Hernande beobachtete ihren und Draydens überstürzten Aufbruch, bevor er eindringlich auf den Stein in seiner Hand starrte.

Er schloss die Finger darum zur Faust, verließ die Küche ebenfalls und begab sich auf die Suche nach Kara. Der Mentor fand sie dort, wo er sie vermutet hatte: in der Grube des Knotens.

Vollstrecker hielten ihn am Eingang zur Nadel auf, nachdem er wie ein Besessener im Regen durch den Stelengarten gerannt war. Während er sich wie ein Hund schüttelte, schickten sie einen Boten hinunter in den Knoten. Der Mann kehrte mit einer Lumaga – Artras – zurück, die ihn nach unten begleiten sollte. Die ältere Lumaga lächelte, als sie ihn erblickte. Dann zog sie ihn vorwärts und wischte sich Strähnen ihres Haars aus dem Gesicht.

»Keine Ahnung, warum nicht einfach verfügt wird, dass du, Cory und die anderen Studenten und Mentoren der Universität Zugang zum Knoten bekommen«, meinte sie kopfschüttelnd. »Das erschiene mir nur vernünftig.«

Als sie die Stufen hinunterstiegen, während um sie herum die Adern der Ley im schwarzen Gestein der Nadel pulsierten, erwiderte Hernande: »Das hat mit Vernunft wenig zu tun. Zwischen den Lumagiern und der Universität hat schon immer eine gewisse Feindseligkeit bestanden, bisweilen sogar unverhohlener Argwohn und Hass.«

»Das war in Erenthrall. Und zwischen der Universität und den *Ober*-Lumagiern, nicht den gewöhnlichen Lumagiern. Beide hatten ihre Geheimnisse, die sie eifersüchtig hüteten. Mittlerweile können wir uns Geheimnisse nicht mehr leisten.«

»Richtig, können wir wohl nicht.« Dann jedoch blieb Hernande stehen.

Inzwischen waren sie zum Eingang der Grube hinabgestiegen, und der schwarze Stein der äußeren Nadel war wesentlich älteren Flusssteinen gewichen, als sich der Treppengang verbreitert hatte.

Hernande empfand den Raum als viel größer, als er ihn von seinem letzten Besuch in Erinnerung hatte. Die Stufen verliefen die äußere Wand entlang zum Grund der Kammer, in deren Mitte sich eine große Öffnung befand, ein Loch im Boden. Weißes Ley-Licht gleißte daraus hervor. Ranken der Ley kräuselten sich in die Höhe und sanken wie bei einem eleganten Tanz zurück in die Tiefe.

Ein halbes Dutzend Lumagier stand um die Grube, Kara unter ihnen. Die meisten hatten die Arme nach vorne ausgestreckt und beeinflussten die Ley. Das vermutete Hernande zumindest. Er selbst konnte die Ley nicht fühlen – an der Universität wurde nur das Geflecht studiert. Aber er konnte die ungeteilte Konzentration von den Gesichtern der Lumagier ablesen. Kara erteilte Anweisungen und lenkte die Bemühungen der anderen. Ihre Stimme hallte dabei durch die unterirdische Kammer.

Artras ließ Hernande einen Augenblick Zeit, bevor sie an seinem Ärmel zupfte und ihn weiter die Stufen hinunter mit sich zog. Er heftete den Blick auf sechs über der Grube schwebende Kristallplatten, die alle in merkwürdigen, aber präzisen Winkeln geneigt waren. Während er hinsah, bewegte sich eine der Platten, drehte sich um eine unsichtbare Achse, und Kara murmelte: »Vorsichtig … vorsichtig … gut. Jetzt so halten. Sachte. Macht euch alle bereit. Marcus, ich möchte, dass du sie loslässt.«

»Sie wird nicht so stehen bleiben«, meinte Marcus, der Schweißperlen auf der Stirn hatte. »Über die Farrade-Leitung kommt zu viel Ley herein.«

»Dann sei bereit, sie aufzufangen. Wir können keine weitere Kettenreaktion wie beim letzten Mal gebrauchen. Es würde uns Tage kosten, alles wieder zurückzusetzen.«

Marcus verzog das Gesicht, nickte aber. »Ich bin soweit.«

»Dann auf mein Zeichen. Ihr alle, achtet auf eure jeweiligen Kristalle, zerbrecht euch nicht den Kopf über die der anderen. Eins, zwei, drei – jetzt.«

Marcus trat zurück und ließ die Arme sinken, während alle anderen die Körper anspannten. Hernande hielt den Blick auf jene Kristallplatte gerichtet, die sich bewegt hatte. Sie verharrte, wo sie schwebte. Für einen Atemzug, für zwei …

Dann begann sie, sich zu neigen. Kara fluchte, und einer der anderen Lumagier schrie auf, während Marcus' Arme jäh zurück nach oben schnellten, als wolle er den Kristall auffangen. Und in gewisser Weise tat er das auch irgendwie, denn die Bewegung der Platte verlangsamte sich erst und endete dann.

Kara schüttelte genervt den Kopf, schaute zur Seite und erblickte dabei Hernande und Artras. »Das reicht für heute. Bringt die Prismen wieder in die vorherige Anordnung und lasst es dann gut sein. Wir versammeln uns morgen wieder.«

Viele der Lumagier atmeten erleichtert auf. Die Spannung im Raum verflüchtigte sich, als Kara der Ley den Rücken zukehrte und sich Artras und Hernande näherte, die Züge vor Sorge verkniffen.

Anscheinend hatte sein kleines Gespräch mit ihr keine Entspannung herbeigeführt.

»Geht es voran?«, erkundigte er sich.

Wegwerfend schwenkte sie die Hand. »Nicht viel. Wir probieren mittlerweile seit Tagen verschiedene Anordnungen aus. Keine ist so stabil, dass sie von allein bestehen bleibt, und ich will hier unten nicht ständig Lumagier haben müssen, die sie festhalten. Sie zu überwachen und kleine Anpassungen vorzunehmen, sobald sie sich geringfügig verschieben, ist eine Sache. Ihre Anordnung fortwährend kontrollieren zu müssen, eine völlig andere. Wenn wir versuchen wollen, die Verkrümmung über Tumbor zu heilen, will ich diesen Nexus gefestigt haben. Außerdem wird dann mehr Ley als im Augenblick über ihn laufen müssen.«

»Könnten die Mentoren vielleicht mithelfen? Wir haben ja ohnehin vor, enger zusammenzuarbeiten, zumal wir mittlerweile an eine Verbindung zwischen der Ley und dem Geflecht glauben.«

»Ich weiß, und ich wollte mich auch schon mit dir und Jerrain zusammensetzen, um darüber zu sprechen. Ich bin bisher bloß zu versessen darauf gewesen, das Netzwerk der Ley in Ordnung zu bringen.«

»Vielleicht finden wir eine Möglichkeit, die Kristalle ohne die ständige Einwirkung eines Lumagus oder einer Lumaga zu fixieren. In Erenthrall haben die Mentoren Gebilde erschaffen, die beim Leiten der Ley geholfen haben. Ich bin sicher, wir könnten hier etwas Ähnliches mit diesen Prismen einrichten.«

»Wir finden schon noch die Zeit dazu, aber …«

»Es ist inzwischen ein Monat, Kara.«

Kurz ließ sie den Kopf sinken, bevor sie mit einem schiefen Grinsen wieder aufschaute. »Dann morgen. Wir treffen uns morgen. Allerdings bezweifle ich, dass du dich nur deshalb den ganzen Weg hier herunter gemüht hast. Was möchtest du wirklich?«

»Eigentlich muss ich dir eher etwas zeigen.« Er warf einen bedeutungsvollen Blick zu Artras, die es mitbekam, leicht zusammenzuckte und die Augenbrauen hochzog.

»Ich sehe mal nach, ob Marcus und die anderen Hilfe brauchen«, sagte sie.

Als sie sich in Richtung der Grube entfernt hatte, holte Hernande den Stein hervor, den er Morrell zum »Heilen« gegeben hatte, und ließ ihn in Karas Hände fallen.

»Was ist das?«, fragte sie.

»Ein Stein.«

Kara bedachte ihn mit einem schiefen Blick. »Das ist mir schon klar. Warum ist er wichtig?«

»Weil er bis vor weniger als einer Stunde von einem Sprung durchzogen war. Ich habe ihn Morrell gegeben. Sie hat ihn ›geheilt‹.«

Karas Augen weiteten sich ungläubig. »Sie hat ihn in Ordnung gebracht?«

»Sie hat die Himmelslichter herbeibeschworen, wie wir es kennen, wenn sie einen Menschen heilt, und hat dadurch den Riss geschlossen. Ich kann dir nicht einmal mehr sagen, wo genau er verlaufen ist.«

Kara untersuchte den Stein sorgfältig und rollte ihn in den Händen hin und her, bevor sie den Kopf schüttelte. »Ich auch nicht.«

»Und das ist noch nicht alles. Sie hat nicht nur den Sprung beseitigt, sie hat auch die Form des Steins verändert. Er ist jetzt runder als davor. Ich glaube, es war ihr nicht einmal bewusst, dass sie das getan hat. Dafür hat sie sich zu sehr auf den Sprung selbst konzentriert.«

Kara starrte den Mentor eine Weile an, bevor sie den Stein hochwarf, aus der Luft fing und ihn schließlich zurückgab. »Was bedeutet das?«

Hernande zuckte mit den Schultern. »Ich bin mir noch nicht ganz sicher. Aber sie ist mächtiger, als ihr klar ist. Mächtiger, als irgendjemandem von uns klar war.«

FÜNF

»Warum haben sie die Mauern noch nicht angegriffen?«, brummte Bryce und ließ die Hände klatschend auf den Sims des Daches niedersausen, das den östlichen Bereich von Erenthrall außerhalb der Temeriten-Anlage überblickte.

Auf den von der vormittäglichen Sonne erhellten Straßen unten zeichnete sich die Horde des Schlächters ab, vermischt mit einigen Streitern von Baron Devin aus Anfurt. Sie hatten eine Linie gebildet – weit genug entfernt, dass sie nicht von den Bogenschützen der Temeriten erwischt werden konnten, aber so nah und zahlreich, dass sie nahezu sofort angreifen konnten, sollte Hauptmann Lienta versuchen, das Tor zu öffnen.

Viel weiter östlich, noch außerhalb der Stadtgrenzen, fegte ein Sturm von Himmelslichtern über den Horizont. Allan vermochte nicht zu beurteilen, wohin er steuerte – er befand sich zu weit entfernt und setzte sich aus zu vielen schillernden Farben zusammen –, aber es handelte sich um einen der größten Stürme, die er je zu Gesicht bekommen hatte.

»Du klingst, als würdest du dir geradezu wünschen, dass sie angreifen«, meinte Boskell.

»Es ist zwei Tage her. Mittlerweile hätten sie irgendetwas tun sollen.«

Allan und Lienta wechselten einen leidgeplagten Blick. Die zwei Betas lagen einander seit der Nacht in den Haaren, in der sie gezwungen gewesen waren, sich hinter die Mauern der Temeriten zurückzuziehen.

Aber Bryce hatte schon recht. Irgendetwas hätte mittlerweile passiert sein sollen.

Allan verschränkte die Arme vor der Brust und tippte sich mit den Fingern auf den Oberarm. Sie waren die Mauern der Temeriten vollständig abgeschritten und hatten festgestellt, dass sich im Wesentlichen überall dasselbe Bild bot.

Die Flussratten hatten sich im Westen niedergelassen, die Männer des Schlächters im Osten. Baron Devins Leute deckten den Norden ab und hatten sich zu beiden Seiten verteilt. Allan hätte nie gedacht, dass Flussratten irgendjemand anderes Befehle befolgen, geschweige denn, dass sie so konzentriert bleiben könnten, eine Mauer zwei Tage lang zu belagern, ohne zu handeln. Beobachtungen von den westlichen Mauern hatten gezeigt, dass die Flussratten zwar ungeduldig wurden, Devins Männer sie jedoch im Zaum hielten.

Die Gruppe des Schlächters schien sogar rundum zufrieden damit zu sein, untätig abzuwarten. Die meisten der Männer schärften ihre Waffen, saßen um Feuer, brieten Fleisch über den Flammen oder spielten zum Zeitvertreib mit Würfeln. Zumindest vermutete Allan, dass es sich um Würfel handelte. Er hatte sich nicht die Zeit genommen, einen näheren Blick auf das Fleisch oder die Würfel zu werfen, weil er nach Lientas Beschreibung des Schlächters fürchtete, er könnte stattdessen Körperteile und Knochen entdecken. Devins Kontingent hielt Abstand, kauerte in eigenen kleinen Gruppen beisammen und behielt die mutmaßlichen Verbündeten wachsam im Auge.

Der südliche Wall blieb unbewacht von den Belagerern. Anfangs hatte Allan nicht verstanden, weshalb. Bis ihm Lienta erklärt hatte, dass es in der südlichen Mauer keine Tore gab – sie hatten noch keine Zeit gehabt, dort welche einzubauen. Zu Beginn hatte es dort nicht einmal einen Wall gegeben – die Verkrümmung hatte verhindert, dass sich aus dieser Richtung jemand nähern konnte. Nach ihrem unverhofften Zusammenbruch hatten die Temeriten in aller Eile die ungeschützten Lücken in ihrer Verteidigung auf den Straßen mit nahen

Trümmern von Häusern gestopft, die der Verkrümmung zum Opfer gefallen waren. Danach hatten sie daran gearbeitet, das Gebäude aufzufüllen, das sie zu ihrem Wall auserkoren hatten. Sie wären sofort überrannt worden, hätten die anderen Gruppen in der Stadt nicht selbst erst die Auswirkungen der Erdbeben, den Zusammenbruch der Verkrümmung und das anschließende Absinken von Erenthrall verwinden müssen.

Allerdings musste Allan zugeben, dass die Temeriten für ihre vierte Mauer eine weise Wahl getroffen hatten, vor allem, wenn man berücksichtigte, wie schnell sie hatten handeln müssen. Sie hatten sich vom einstigen Rand der Verkrümmung zurückgezogen und die Häuserzeilen mit den größten Gebäuden und der geringsten Zahl an Querstraßen benutzt. Dadurch mussten sie weniger Lücken mit Geröll stopfen. Und das Unterfangen war nach wie vor nicht abgeschlossen. Noch immer wurden Gebäude mit Stein aufgefüllt. Tag und Nacht rollten Wagen von einigen der innerhalb der Anlage eingestürzten Bauwerke zum südlichen Wall.

»Offensichtlich warten die auf irgendwas«, warf Allan ein.

»Aber worauf?«, gab Lienta zurück.

»Wenn ich es wüsste, hätte ich es schon gesagt.«

Bryce stieß sich von der Mauer ab und drehte sich ihnen zu. »Ihren Bluthund haben sie auch noch nicht eingesetzt. Er drückt sich immer noch in der Nähe der nördlichen Tore herum und bleibt stets dicht bei Devin.«

»Bei Frontalangriffen sind Bluthunde nicht sonderlich nützlich«, erwiderte Allan. »Es sei denn, man entfesselt sie nur, um mitten im Gefecht ein heilloses Chaos zu verursachen. Aber am nützlichsten sind sie für Meuchelmorde oder Unterwanderungen. Im Wesentlichen sind sie Spione.«

»Aber Devin hat ihn nicht einmal dafür von der Leine gelassen«, brummte Lienta. »Wir sehen ihn ständig an seiner Seite bei den nördlichen Mauern.«

»Wir haben beobachtet, wie sich an dem Nachmittag, an

dem die Hauptgruppe aufgetaucht ist, ein Kontingent davon gelöst hat«, merkte Boskell an. »Richtung Süden. Und diese Männer sind noch nicht an den südlichen Mauern aufgetaucht. Vielleicht sind sie zu den Unterweltlern oder den Gorrani gegangen, um herauszufinden, ob sie sich ihnen anschließen wollen. Womöglich warten sie auf deren Antwort.«

»Könnte sein. Ich denke, wir sind uns darin einig, dass sie kaum genug Männer haben, um die Mauern zu überrennen, wenn sie sofort einen Sturmangriff versuchten.«

Nach längerem Schweigen seufzte Lienta. »Indem wir nur hier herumstehen, werden wir wohl kaum herausfinden, was sie im Schilde führen. Boskell, geh zurück zum nördlichen Tor und behalte diesen Baron Devin und seinen Bluthund im Auge. Falls sich dort irgendetwas tut und vor allem, falls dieser Bluthund verschwindet, gibst du mir unverzüglich Bescheid.«

»Natürlich.«

»Bryce, du begleitest ihn.«

Bryce schleuderte Allan einen verbitterten, beleidigten Blick zu, doch er folgte Boskell. Die beiden wahrten etwas Abstand zueinander und weigerten sich, miteinander zu sprechen.

»Die sind wie Kinder«, murmelte Allan.

»Boskell ist schon immer schwierig gewesen. Trotzdem ist er der beste Stellvertreter, den ich je hatte, sowohl hier in Erenthrall als auch zu Hause in Temer.«

Die zwei Männer wandten sich der Treppe zu, die hinunter zur inneren Straße führte, und Lienta scherte Richtung Temeriten-Botschaft aus.

»Du glaubst doch nicht wirklich, dass sie auf Unterstützung von den Unterweltlern oder den Gorrani warten, oder?«, fragte Allan.

»Nein. Die Unterweltler sind nicht zahlreich genug, um ihnen einen merklichen Vorteil gegenüber ihrer derzeitigen Truppenstärke zu verschaffen. Und deinen Worten zufolge werden die Gorrani, die sich auf den Felsen im Süden niedergelassen haben, nicht mit ihnen zusammenarbeiten, ganz gleich, was sie ihnen anbieten.«

»Sehe ich auch so. Hier geht etwas anderes vor sich.« Unbehaglich rollte er die angespannten Schultern. »Du hast Pläne erwähnt, die Botschaft aufzugeben. Wie hast du vor, hinaus und vorbei an Devins Streitkräften zu gelangen?«

Zuerst antwortete Lienta nicht und ging nur schweigend weiter. Dann kam unverhofft: »Die Ley-Barkassenlinien.«

Verwirrt blieb Allan stehen. »Innerhalb eurer Mauern ist keine Ley-Station.«

»Richtig, aber eines der Beben unmittelbar nach der Zersplitterung und die Entfaltung der Verkrümmung haben einen Einsturz verursacht. Dadurch hat sich ein Zugang zu einer der Linien eröffnet, die direkt unterhalb der Botschaft verläuft. Zuerst war es nicht sicher, sie zu benutzen, weil die Ley so unberechenbar war. Manchmal war die Linie leer, dann wieder von der Ley geflutet. Seit dem Zusammenbruch der Verkrümmung ist die Ley aber nicht mehr zurückgekehrt. Die Linie reicht vom Bezirk Muot im Nordosten zur Ley-Station in Eld.«

Beklommenheit bohrte sich wie ein Dolch in Allans Eingeweide, und er schloss die Augen. »Du sagst also, dass es einen Tunnel unter den Mauern eurer Anlage gibt.«

»Einen schmalen Tunnel, ja. Er ist nicht breit genug für eine größere Streitmacht, schon gar nicht bei all den Wachen, die wir dort postiert haben.«

Allan schlug die Augen auf und packte Lienta am Arm, zog ihn mit sich in Richtung der Botschaft. »Er mag nicht groß genug für eine Streitmacht sein, aber du vergisst den Bluthund.«

Lienta befreite sich aus Allans Griff, blieb jedoch in Bewegung. Allans Anspannung und Unbehagen schienen in seine eigenen Schritte einzufließen. »Aber wir behalten den Bluthund doch im Auge. Er ist nach wie vor bei Devin.«

»Was, wenn es mehr als einen Bluthund gibt?«

Lientas Augen weiteten sich angesichts der Möglichkeit, und er beschleunigte, verfiel beinah in vollen Lauf. »Ich habe dort unten über ein Dutzend Männer auf jeder Seite der Linie.«

»Das *könnte* genug sein.«

Lienta stieß einen wüsten Fluch aus.

Mittlerweile rannten sie in Richtung der Botschaft, und Allan wünschte plötzlich, er hätte Bryce nicht mit Boskell zum nördlichen Tor geschickt. Als sie um die Ecke auf den Platz bogen, brüllte Lienta den vor der Eingangstür der Botschaft postierten Wachleuten zu. Sofort nahmen sie stramme Haltung ein.

»Wann haben die Männer im Tunnel zuletzt Bericht erstattet?«, wollte Lienta wissen, als sie im Laufschritt die Stufen erklommen.

»Vor zwei Stunden«, antwortete einer der Soldaten. »Wir erwarten in Kürze die nächste Meldung.«

Lienta entspannte sich ein wenig, als sie die Eingangshalle betraten. »Sie haben die Anordnung, sich alle zwei Stunden zu melden«, erklärte er. »Zwei Wachen von jedem Eingang, die sich bei der Rückkehr mit ihren Schichten ablösen.«

»Dann haben wir vielleicht überreagiert.«

»Ich möchte es trotzdem überprüfen.«

»Ich auch. Aber wenn wir hinunter in die Ley-Tunnel gehen, will ich meinen Lumagus und ein paar andere dabeihaben.«

»Ich trommle eine kleine Truppe von Gardisten zusammen, die uns begleitet.«

Allan ließ den Temeriten-Hauptmann in der Eingangshalle zurück und begab sich tiefer in die Botschaft zu den Gästezimmern, wo man ihn und die anderen seiner Gruppe einquartiert hatte. Er lief die Treppe in den ersten Stock hinauf und marschierte forschen Schrittes den Gang hinunter. Er fühlte sich dabei fehl am Platz, wie er die an den Wänden hängenden Kunstwerke und Beistelltische mit erlesenen Skulpturen und Urnen in Nischen zu beiden Seiten passierte. Der verschwenderische Prunk bildete einen harschen Gegensatz zur Zerstörung und Verzweiflung in der Stadt draußen.

Dann jedoch lief er Gaven über dem Weg, dem Wagenmeister, der in einer Hand einen Krug mit Wasser und ein Tuch trug. Er erschrak, als ihn Allan am Unterarm packte und mit sich durch den Flur zog, aber er schrie nicht auf.

»Was ist denn los?«, fragte er unumwunden und entledigte sich im Vorbeigehen sowohl des Tuchs als auch des Krugs auf einer Ablage neben einer Statue.

»Vielleicht gar nichts«, erwiderte Allan. »Geh und trommle unsere Vollstrecker zusammen. Sag dem Rest der Gruppe, dass sich alle für den Fall wappnen sollen, dass wir weg müssen. Ich hole Dylan.«

Gaven nickte, ohne weitere Fragen zu stellen, und rannte Allan voraus, der vor einem der Räume stehen blieb. Er klopfte kurz, dann öffnete er die Tür. Dylan hatte bereits die Beine über die Kante des Betts geschwungen, in dem er sich ausgeruht hatte.

»Komm mit.«

Dylan stand auf. »Haben sie die Mauern angegriffen?«

»Nein, noch nicht. Wir haben ein anderes Problem.«

Dylan ersuchte nicht um eine weitere Erklärung, sondern folgte Allan einfach hinaus in den Gang, wo Gaven gerade mit den acht überlebenden Vollstreckern zurückkam. Einige schnallten sich noch ihre Schwerter an und schnürten ihre Uniformen zu. Einer kaute ein Stück Fleisch. Hinter ihnen warf einer von Gavens Männern einen Ranzen in den Flur, bevor er zurück ins Zimmer huschte. Weiter unten trat Charles' argwöhnischer Bruder – von der Familie, die sie aus der Scherbe gerettet hatten – aus einem eigenen Raum in den Gang und beobachtete das Geschehen, näherte sich jedoch nicht.

»Was ist los?«, wollte der Vollstrecker wissen, der an dem Knochen nagte.

»Lienta hat mir verraten, wie die Temeriten fliehen wollen, falls Devin angreift. Wir müssen uns vergewissern, dass der Fluchtweg noch sicher ist.«

Der neue Beta – zumindest hielt ihn Allan dafür – musterte ihn, als versuche er, zu entscheiden, ob er lieber auf Befehle von Bryce warten sollte, bevor er einen letzten Bissen Fleisch nahm und den Knochen anschließend zu Boden warf. »Dann lass uns gehen.«

Allan runzelte die Stirn, denn ihm missfiel die Einstellung dieses neuen Betas – sie erinnerte ihn stark an die Rüden, die sich vor der Zersplitterung auf Haggers Seite geschlagen hatten. Allerdings hatte er im Augenblick keine Zeit, sich damit auseinanderzusetzen.

Zu Gaven sagte er: »Bleib hier, aber halt die Augen offen.«

Gaven nickte.

Allan bedeutete dem Rest der Vollstrecker und Dylan, ihm zu folgen. Der Lumagus reihte sich neben ihm ein, als sie sich den Gang hinunter in Bewegung setzten.

»Warum brauchst du mich dabei?«

»Weil Lientas geplanter Fluchtweg durch die Ley-Barkassentunnel führt. Er behauptet, die Linie unter der Botschaft sei seit dem Zusammenbruch der Verkrümmung frei von Ley, aber ich möchte, dass du das überprüfst.«

Als sie die Treppe erreichten, wartete Lienta bereits mit zehn Gardisten in der Eingangshalle. Er schaute hoch, als sie auftauchten. »Die zwei Männer vom Nordende der Ley-Linie haben sich gemeldet und keinerlei Vorkommnisse bemerkt. Von denen am südlichen Ende haben wir noch nichts gehört.«

»Dann sollten wir dort zuerst hin.«

»Dachte ich mir auch. Folgt mir.«

Er führte sie tiefer in die Botschaft, in einen Bereich, den in den vergangenen Tagen keiner der Menschen aus der Nadel betreten durfte, vorbei an Räumen, die man geleert oder aufgegeben hatte. Hier gab es keinen Anstrich von Normalität. In den Wänden prangten Risse von den Erdbeben. Staub, Farbe, Ziegelsteine und Mörtel übersäten die Böden. Tische und Ablagen waren umgekippt, Urnen und Statuen hatte man dort zerbrochen liegen gelassen, wohin sie gefallen waren. Niemand hatte versucht, hier Geröll zu beseitigen oder Schäden zu beheben. Nicht einmal Fußabdrücke gab es im Staub der einzelnen Räume, nur in den Hauptgängen, die sie durchquerten.

Sie erreichten eine rückwärtige Treppe, deren Steinstufen hinab in die Tiefen der Erde führten. Lienta griff sich Fackeln von einem Stapel in einer Nische und zündete sie an. Zwei davon reichte er weiter, als er hinunter in die tieferen Gefilde stieg. Die Räume in diesem Bereich waren früher offenbar als Lagerstätten genutzt worden und ließen Anzeichen auf reges Treiben in jüngerer Vergangenheit erkennen. Zahlreiche Fußabdrücke und sonstige Spuren im Staub verliefen zu und von den Fässern und Kisten, die sich drinnen türmten. Einige Bedienstete traten beiseite, um ihre Gruppe vorbeizulassen, die in einen anderen Korridor bog, der sich als etwas breiterer Mittelgang vor ihnen öffnete. An dessen Ende stießen sie auf eine weitere Treppe, schmaler als die erste.

Bei den Räumen weiter unten handelte es sich eher um Gewölbe aus älterem Stein, mit niedrigeren Decken und flacheren Bögen als Ein- und Durchgänge. Allan vermutete, dass man sie einst als Weinkeller und sonstige Lager verwendet hatte, wenngleich sie mittlerweile leer standen. In vielen der Kammern waren die Decken eingestürzt, und Risse überzogen die Wände kreuz und quer. Bei diesen Anzeichen von Unbeständigkeit und der Erkenntnis, dass die gesamte Botschaft auf diesen bröckelnden Grundgerüsten ruhte, durchlief ihn ein Schauder.

Dann blieb vor ihm Lienta stehen und hielt die Fackel über eine klaffende Spalte im Boden, aus der die obersten Sprossen einer Leiter ragten. Allan trat neben den Temeriten-Hauptmann und spähte hinab in die Spalte. Der flackernde Schein der Fackel erhellte die vertrauten Umrisse eines Ley-Barkassentunnels. Der Kanal war von Stein gesäumt, der oben gerundet verlief, unten hingegen ein rechteckiges Bett hatte. Er schien leer zu sein.

»Dylan.«

Der Lumagus trat zwischen den Gardisten hindurch und stellte sich neben Allan und Lienta, bevor er regungslos verharrte. Was, wie Allan wusste, bedeutete, dass er die Sinne nach der Ley ausstreckte.

Einen Herzschlag später schüttelte Dylan den Kopf. »In dem Kanal da unten ist keine Ley. Ich bin dem Verlauf zum nördlichen Ende gefolgt. Irgendjemand blockiert sie dort. In südlicher Richtung kann ich weder Ley noch eine Sperre wahrnehmen.«

»Während die Verkrümmung noch die Stadt bedeckte, ist gelegentlich Ley hier durchgeflossen«, meldete sich Lienta zu Wort. »In der Zeit wurde diese tiefe Ebene hier mindestens zweimal geflutet.«

»Dann ist die Sperre neu. Kara muss sie angebracht haben, um den Fluss der Ley zu den richtigen Knoten zu lenken.«

»Soll mir recht sein, solange die Sperre stabil bleibt und es hier unten keine Ley gibt«, sagte Allan. Er wollte sich der Leiter zuwenden, doch Lienta hielt ihn mit einer Hand auf seiner Brust zurück.

»Wenn du gestattest …« Der Temeriten-Hauptmann stieß einen durchdringenden Pfiff aus.

Die Gardisten der Temeriten traten vor, kletterten die Leiter hinunter, verteilten sich und verschwanden unten in beide Richtungen des Kanals. Allan hörte, wie Befehle hin und her gerufen wurden, dann tauchte wieder einer der Gardisten am Fuß der Leiter auf.

»Alles klar.«

Lienta kletterte als Nächster hinunter, gefolgt von Allan, Dylan und den acht Vollstreckern aus der Nadel. Unten waren die Temeriten ausgeschwärmt und bewachten den Kanal in jeder Richtung. Lienta wartete, bis alle unten angekommen waren, bevor er sagte: »Inzwischen hätten wir den zwei Wächtern über den Weg laufen müssen, die Bericht erstatten sollten.« Er wandte sich an einen seiner Männer. »Leutnant, nimm vier Männer mit und sieh nach der Gruppe im nördlichen Tunnel.«

Der Temeriten-Soldat nickte, wählte mit Gesten vier andere aus und brach den Kanal entlang Richtung Norden auf. Das Licht ihrer Fackeln entschwand in der Ferne.

Der Rest trat den Weg nach Süden an. Lienta und seine Gardisten bildeten die Spitze, gefolgt von Allan und Dylan sowie den Vollstreckern als Nachhut. Sie bewegten sich mit raschen Schritten und verteilten sich durch den Kanal. Einige der Männer zogen Waffen.

Allan unterdrückte ein weiteres Schaudern, als ihn Erinnerungen daran überkamen, wie die Tunnler sie gefangen genommen und durch das komplexe System der Ley-Linien geschleift hatten. Hier jedoch war es anders. Es gab keine Verzweigungen, die tiefer in das Ley-Netzwerk führten, das Ganze war weniger komplex. Es gab nur einen schlichten Kanal, den früher Barkassen genutzt hatten, um Menschen von einem Bereich der Stadt in einen anderen zu befördern.

Nach einer gefühlten Stunde, von der in Wirklichkeit jedoch weniger als die Hälfte verstrichen sein konnte, riefen ihnen von vorn Lientas Männer zu. Allan ging weiter, aber sie hatten einen Abschnitt erreicht, in dem die Decke in den Kanal eingestürzt war. Auch die Wände waren zu beiden Seiten über einen langen Bereich rissig und geborsten.

»Wir befinden uns jetzt außerhalb der Anlage«, erklärte Lienta und deutete in Richtung des aufgewühlten Erdreichs an der Einsturzstelle. »Hier ist die Verkrümmung entlanggelaufen. Und das ist der Schaden, der entstand, als sie in sich zusammenfiel. Unsere Einheit sollte ein kleines Stück weiter vorn warten.«

Allan wusste, dass etwas nicht stimmte, bevor der erste Leichnam in Sicht geriet, denn mittlerweile hätten sie das Fackellicht der Wachen sehen müssen. Als ihr eigenes Licht schließlich den verrenkten Körper erfasste, ein Temeriten-Gardist fluchend losrannte und die Überreste von fünf weiteren Soldaten erhellte, überkam Allan eine eigenartige Ruhe. Er hielt Dylan und die anderen zurück, als Lienta und der Rest seiner Gardisten überprüften, ob tatsächlich sämtliche Wachen tot waren. Der Hauptmann rollte den nächstbesten Gefallenen auf den Rücken und starrte mit verkrampfter Kieferpartie in das Gesicht des Mannes. Man hatte dem Opfer die Kehle aufgeschlitzt. Die helle Uniform hatte sich vor dunklem Blut nahezu schwarz verfärbt.

Lienta streckte sich nach unten und tauchte die Finger in die Lache, die sich unter dem Leichnam gebildet hatte. Dann rieb er die Finger aneinander und schaute zu Allan auf. »Noch feucht, aber es beginnt bereits, klebrig zu werden. Er ist seit mindestens einer Stunde tot, möglicherweise zwei Stunden.«

»Wahrscheinlich wurden sie umgebracht, sobald die zwei Gardisten der Ablösung nach dem letzten Bericht eingetroffen sind«, meinte Allan.

Lienta richtete sich auf und ließ den Blick über den Rest der Toten wandern, bevor er auf ein Schwert zeigte, das in der Nähe auf dem Steinboden lag. »Einigen ist es zwar noch gelungen, die Klingen zu ziehen, trotzdem hat es den Anschein, dass sie überrumpelt wurden.«

»Ein Bluthund.«

Lientas Körper versteifte sich. »Wir sind auf dem Weg herunter niemandem begegnet.«

»Was bedeutet, dass sich der Bluthund bereits in der Anlage aufhält.«

»Aber warum? Wie du gesagt hast, sind Bluthunde Meuchelmörder. Es gibt …« Plötzlich wurden seine Augen groß. »Die Matriarchin!«

Er wirbelte zu seinen Gardisten herum. »Bleibt hier und sichert den Ausgang. Sorgt dafür, dass er von hier bis zur Ley-Station frei bleibt. Ich schicke euch umgehend Verstärkung.« Dann wandte er sich an Allan und setzte sich bereits in Bewegung, während er sprach. »Wir müssen die Matriarchin finden. Wenn sie noch lebt, stellen wir sie unter Bewachung und durchsuchen die gesamte Botschaft.«

Er ließ Allan keine Zeit, etwas zu erwidern, sondern schnappte sich eine der Fackeln und eilte den Kanal entlang los. Allan befahl allen, die Schritte zu beschleunigen, um mit dem Mann mitzuhalten. Er war dankbar, dass sich Lienta nicht für vollen Laufschritt entschieden hatte.

Als sie in Richtung des Botschaftsgebäudes hasteten und die rissigen Steinwände an ihnen vorbeizogen, reihte sich der Beta der Vollstrecker neben Allen ein und brachte zwischen schnaufenden Atemzügen hervor: »Ist er … gar nicht besorgt wegen … der Tore?« Bei Allans fragendem Blick fügte er hinzu: »Der Bluthund … könnte die … die Tore … von innen öffnen.«

Allan fluchte, und in seinem Magen tat sich ein klaffender Abgrund auf. »Lienta!«, rief er. Seine Stimme hallte laut durch den Tunnel. Aber der Temeriten-Hauptmann wurde nicht langsamer. Er ging viel zu sehr in seiner Angst um das Wohlergehen der Matriarchin auf, um auf Allan zu achten. Allan fluchte erneut und beschleunigte die Schritte. Der Beta tat es ihm gleich.

»Wie heißt du?«, presste Allan hervor, als sie die Leiter erreichten. Lienta war bereits verschwunden. Allen zog sich die Sprossen hoch, als der Beta antwortete: »Kurtch.«

Der Beta kletterte geschickter, als man ihm angesichts seiner Masse zugetraut hätte.

»Reicht mir die Fackel hoch«, rief Allan nach unten. Dylan gab sie nach oben weiter. »Bleib bei mir, Kurtch. Ihr anderen schließt zu uns auf, sobald ihr könnt.«

Dylan nickte, während er schon von den anderen Vollstreckern, die verärgert darüber wirkten, zurückgelassen zu werden, die Leiter hinaufgedrängt wurde. Allan und Kurtch preschten hinter Lienta her. Schatten flirrten an ihnen vorbei, als sie die Schlünde der großen, leeren Gewölbe mit fliegenden Schritten passierten.

Als sie die erste Treppe erreichten und zur nächsten Ebene gelangten, konnten sie Lienta am Ende des Korridors vor ihnen ausmachen. Allan rief ihm erneut hinterher, doch der Mann schenkte ihm nach wie vor keine Beachtung und bog um die Ecke. Allan raste ihm nach, trieb sich zu noch schnelleren Schritten an. Im nächsten Gang war Lienta von Bediensteten aufgehalten worden, die ihn nicht kommen gesehen hatten und deshalb nicht rechtzeitig aus dem Weg gesprungen waren. Allan und Kurtch hatten ihn beinah eingeholt, als er die Hauptebene der Botschaft erreichte und in die Vorhalle stürmte.

»Ihr drei«, herrschte der Temeriten-Hauptmann die erschrockenen Wächter am Eingang an. »Mitkommen. Wo ist die Matriarchin?«

»In i-ihren Ge-gemächern«, stammelte einer der Männer.

»Schickt weitere zwanzig Gardisten in den Ley-Tunnel hinunter. Jemand ist dadurch eingedrungen. Fangt an, dieses Gebäude zu durchsuchen. Ein Bluthund könnte sich darin herumtreiben.«

Kaum hatte der Gardist eine Bestätigung gestottert, rannten Lienta und seine neuen Begleiter die Treppe gegenüber jener hinauf, die zu den Unterkünften von Allan und den anderen führte, dicht gefolgt von Allan und Kurtch.

Lienta stürmte durch die große Doppeltür am Ende des erweiterten Flurs und kam in der Empfangskammer dahinter zum Stehen. Zwischen den Körpern von Lienta und den Gardisten hindurch sah Allan, wie die Matriarchin von Unterlagen aufschaute, die sie auf dem Schreibtisch durchsah. Angesichts der Störung huschte ein mürrischer Ausdruck über ihr Gesicht.

Sie lehnte sich auf dem Stuhl zurück und legte die Dokumente beiseite. »Was hat das zu bedeuten?«

Lienta trat vor und entsandte die ihn begleitenden Gardisten mit einer Geste zu einer Durchsuchung der beiden angrenzenden Räume. Allan bemerkte drei weitere Personen im Raum – zwei Gardisten und den Helfer, der schon bei der Matriarchin gewesen war, als man Allan und Bryce zum ersten Mal zu ihr gebracht hatte. Kurtch und er standen noch draußen im Flur.

Der Blick der Matriarchin folgte den Gardisten, dann schnellte er zu Allan und Kurtch, bevor er mit hochgezogener Braue zu Lienta zurückkehrte.

»Bitte entschuldigt unser unerwartetes Erscheinen, Matriarchin. Ich habe soeben festgestellt, dass jemand in die Anlage eingedrungen ist. Dieser Jemand hat unsere Wachleute im südlichen Ley-Tunnel unter den Mauern getötet. Es wird vermutet, dass sich ein Bluthund eingeschlichen hat.«

Die Augenbrauen der Matriarchin schossen in die Höhe. »Ich dachte, ihr behaltet den Bluthund im Auge, der diesem Baron Devin draußen vor den Mauern auf Schritt und Tritt folgt.«

»Das tun wir auch, Matriarchin, und er ist nach wie vor an Devins Seite. Wir glauben, dass es noch einen Bluthund gibt.«

»Aber du hast dafür keinen Beweis.«

Die Gardisten kehrten von ihrer Durchsuchung der beiden anderen Räume zurück und schüttelten die Köpfe. »Menschenleer«, meldete einer von ihnen.

Lienta entspannte sich allerdings nicht, wie Allan bemerkte. »Jemand hat diese Wachen getötet und ist hinter unsere Mauern vorgedrungen. Wer immer das war, ist jetzt hier. Matriarchin, wir müssen Euch an einen sichereren Ort bringen.«

»Und wo genau wäre das?«

»Ein Zimmer, das einfacher zu verteidigen ist, Matriarchin.«

Sie musterte ihn ausgiebig. »Na schön. Janote, wenn du so nett wärst, mir meinen Stuhl zu holen.«

Der Helfer verschwand in einen der beiden Nebenräume und kehrte daraus mit einem Stuhl zurück, an dessen Seiten zwei große Räder befestigt waren. Janote lenkte den Stuhl dicht neben die Matriarchin, dann hob er sie – mit der Hilfe eines der Gardisten – hinter dem Schreibtisch hervor und auf die Sitzfläche. Ihre Beine baumelten schlaff herab, doch als die Matriarchin saß, hob sie die Füße auf eine kleine Ablage, die man unten an dem Stuhl angebracht hatte. Janote hatte indes die Dokumente eingesammelt und in einem Ranzen verstaut, den er der Matriarchin reichte, sobald er fertig war.

»Ich bin bereit, Hauptmann Lienta.«

Allan wechselte einen verdutzten Blick mit Kurtch. Im Verlauf der letzten Tage war er der Matriarchin einige Male begegnet, aber er hatte nie etwas bemerkt. Kurtchs verdattertem Gesichtsausdruck nach galt dasselbe für den Beta.

Plötzlich sah er Lientas Besorgnis wegen jeder Art von Rückzugsmöglichkeit in einem völlig anderen Licht. Die Matriarchin durch die Botschaft hinunter in den Tunnel und anschließend über die verwüsteten Straßen von Erenthrall zu befördern, würde allerlei Herausforderungen aufwerfen.

Lienta nickte nur. »Bringt die Matriarchin vorerst ins Empfangszimmer im Erdgeschoss, während ich eine bessere Eskorte zusammenstelle.«

Janote und die Gardisten nickten, dann schoben sie die Frau in Richtung der Eingangshalle. Lienta verließ den Raum vor ihnen und zog sowohl Allan als auch Kurtch mit besorgter Miene mit sich.

»Wenn der Bluthund es nicht auf die Matriarchin abgesehen hatte«, sagte er, »wohin könnte er dann gegangen sein?«

»Meine Vermutung wäre …«

Auf einmal ertönte kläglich und verzweifelt ein Horn. Der tiefe, langgezogene Ton endete mit einem abgehackten Stottern.

»… die Tore«, sprach Allan zu Ende.

Lienta packte ihn an der Schulter und rannte den Flur hinab los, während von unten Schritte über die Treppe heraufpolterten. Am Absatz, der die Eingangshalle überblickte, stießen sie auf weitere Gardisten der Temeriten.

»Das nördliche To…«, setzte der vorderste Leutnant an.

»Ich hab's gehört«, schnitt ihm Lienta das Wort ab. »Schickt jemanden mit einem Fernglas aufs Dach. Ich will sofort einen Bericht haben.« Der Mann schnappte sich einen anderen Gardisten, der ihm folgte, und die beiden rannten den Gang hinunter in die Richtung der Räume, die man den Ankömmlingen von der Nadel zugeteilt hatte.

Allan sah Gaven und den Rest ihrer Gruppe auf sich zukommen, gefolgt von der Familie, die sie aus der Scherbe gerettet hatten. Er winkte sie zu sich, als Lienta die Stufen zur Eingangshalle hinunterstieg, weitere Befehle wegen einer Eskorte für die Matriarchin brüllte und sowohl die anderen Gardisten als auch die sonstige Bevölkerung im Gebäude aufscheuchte. Dylan und Kurtchs Vollstrecker standen unten in der Halle etwas abseits, um niemandem im Weg zu sein.

»Was ist los?«, wollte Gaven wissen.

»Wir glauben, dass sich ein Bluthund in der Anlage herumtreibt. Er könnte am nördlichen Tor sein.«

Janote traf mit der Matriarchin ein. Mit einer Effizienz, die erahnen ließ, dass sie das schon viele Male gemacht hatten, hoben die Gardisten ihrer Eskorte sie in sitzender Haltung auf und eilten mit ihr die Treppe hinab. Janote folgte ihnen mit dem Stuhl, dessen Räder Stufe für Stufe nach unten holperten. Gaven beobachtete das Geschehen leicht überrascht und drehte sich Allan mit einem fragenden Blick zu.

»Ich wusste es auch nicht«, sagte Allan.

Die Eingangstüren flogen auf, und weitere Temeriten-Gardisten strömten herein. Einige scharten sich sofort um die Matriarchin. Andere wurden von Lienta den Gang hinuntergeschickt, der zum Tunnel führte, wieder andere zurück hinaus auf den Platz und zu den Straßen dahinter. Die Tür blieb offen, wodurch Allan ein Anschwellen des Treibens auf dem Platz und weiter entfernt die Geräusche von Kampfhandlungen hören konnte.

Er drehte sich zu Gaven und den anderen um. »Geht und holt unser Gepäck. Ich habe das Gefühl, dass wir nicht mehr lang hierbleiben.«

Gaven und seine vier Helfer eilten zurück in den Gang, wo sich die Ranzen vor den Zimmern stapelten. Sie schlangen sich die Bündel über die Schultern, jeder zwei oder drei davon. Charles' Familie huschte in ihr eigenes Zimmer. Charles' Bruder trieb sie zur Eile an, während die Frau leise mit den zwei Kindern sprach.

Allan stieg die Treppe hinunter in das Chaos der Eingangshalle und bahnte sich den Weg zu Lienta. Kurtch folgte ihm und bedeutete dem Rest der Vollstrecker und Dylan, zu warten.

»Lienta!«, rief Allan. Der Hauptmann drehte sich um, lauschte jedoch weiter Berichten und erteilte entsprechende Befehle. Er winkte Allan näher. Der rempelte sich durch das Gedränge der Gardisten um den Mann und rief über den Lärm: »Wenn dem Bluthund das Tor in die Hände gefallen ist, musst du alle durch den Tunnel schicken!«

»Wir können sie immer noch zurückdrängen. Aber ich habe bisher nichts vom nördlichen Tor gehört. Vorerst weiß ich nur, dass irgendwo ein Gefecht tobt. Könnte auch auf der Mauer sein.«

»Oder Devin und seine Männer sind bereits auf den Straßen innerhalb der Anlage. In dem Fall ist der Bluthund wahrscheinlich schon unterwegs zu einem der anderen Tore, um die Flussratten oder den Schlächter hereinzulassen.«

Lienta erwiderte nichts, sondern erteilte weitere Anordnungen. Einem Jungen, der in der schlecht sitzenden Uniform eines Temeriten-Gardisten steckte, obwohl er höchstens vierzehn sein konnte, befahl er: »Sag dem für die Bürgerlichen zuständigen Leutnant, er soll vorerst die Stellung halten.« Bevor der Junge losrannte, klopfte er ihm auf die Schulter. Dann wandte er sich wieder Allan zu.

»Denk an die Matriarchin«, warnte der.

Lienta zuckte zusammen. Sein Blick schnellte zur Matriarchin, die abseits in ihrem räderbewehrten Stuhl saß und das Geschehen wortlos beobachtete, wenngleich ihre scharfen Augen jede Bewegung im Raum verfolgten. Kurz suchte sie seinen Blick, dann nickte sie leicht.

Allan verstand den stummen Austausch zwischen ihnen nicht, aber plötzlich zeigte Lienta auf den Jungen, mit dem er gerade gesprochen hatte und der die Tür fast erreicht hatte, und rief laut: »Vergiss den Befehl vorübergehend!«

Jemand streckte sich nach dem Burschen und hielt ihn zurück, bevor er durch die Tür hinausrennen konnte. Einen Moment lang senkte sich Stille über den Raum. Sämtliche Augenpaare richteten sich auf Lienta.

Kurz neigte er das Haupt, dann hob er das Kinn und sprach zu dem Jungen, wenngleich seine Stimme an alle im Raum gerichtet zu sein schien: »Es hat eine Planänderung gegeben. Sag dem Leutnant, er soll die Bürgerlichen hierherschicken. Wir geben die Anlage auf.«

Der Junge nickte und hastete zur Tür hinaus. Allan erhaschte noch einen flüchtigen Blick auf ihn, wie er sich durch die draußen umherwuselnden Gardisten schlängelte, bevor er verschwand.

Drinnen hatte sich der Tenor im Raum geändert. Lienta erteilte neue Befehle, und eine Gruppe eilte bereits zur Matriarchin. Sie wurde in den Gang geschoben, der zur rückwärtigen Treppe, den Gewölben und dem Ley-Tunnel führte. Bedienstete gingen und kehrten mit Bündeln ähnlich jenen zurück, die Gaven und die anderen trugen, vollgestopft mit Vorräten. Offensichtlich hatte man sie vorausschauend vorbereitet. Immer mehr Menschen strömten in den Gang zur Treppe.

Plötzlich tauchte Lienta an Allans Seite auf. »Deine Gruppe sollte jetzt hinunter in den Tunnel, da sie schon hier ist. Der Rest unserer Leute wird in Kürze eintreffen. Folg mit deiner Truppe der Garde der Matriarchin zur Ley-Station in Eld. Dort müssen wir zurück hinauf zu den Straßen der Stadt.«

»Was ist mit dir?«

»Ich bleibe hier und sorge dafür, dass unsere Leute es in den Tunnel schaffen.«

»Wie viele Menschen habt ihr hier insgesamt?«

»Nicht so viele, wie du vielleicht denkst. Knapp dreihundert. Die Hälfte davon Temeriten-Gardisten oder Soldaten, die seit der Zersplitterung die Uniform angelegt haben.«

Lienta hatte recht. Aufgrund dessen, was er und die anderen aus Muld bei ihren Reisen nach Erenthrall vor dem Einsturz der Verkrümmung gesehen hatten, hätte er vielleicht doppelt so viele Menschen in der Temeriten-Enklave vermutet. Er fragte sich, ob es womöglich irgendwann mehr gewesen waren und die Ereignisse seit der Zersplitterung ihre Zahl verringert hatten, erkundigte sich jedoch nicht danach.

»Das ist trotzdem eine ganz schöne Menge Leute, die es auf den Weg zu bringen gilt.«

»Wir hatten diesen Plan schon, bevor die Stadt absank«, verriet Lienta. »Schon damals, als noch Ley durch den Tunnel floss. Alle wissen, was sie zu tun haben.«

Bevor Allan etwas erwidern konnte, kehrten unverhofft die zwei Gardisten zurück, die Lienta aufs Dach geschickt hatte. Ihre pochenden Schritte kündigten ihre Ankunft an, kurz bevor sie auf dem Treppenabsatz über der Eingangshalle bremsten. Der Leutnant presste keuchend hervor: »Das nördliche Tor ist geöffnet worden! Die Männer des Barons sind bereits auf den Straßen und kämpfen sich in diese Richtung vor. Leutnant Boskell bemüht sich bestmöglich, sie zurückzuhalten, aber es sind zu viele. Auch das Tor im Westen ist vor Kurzem geöffnet worden, um die Flussratten hereinzulassen. Die zwei Heere bündeln sich gerade im Bereich der Hauptunterkünfte nordwestlich des Platzes.«

»Ziehen sich unsere Leute schon aus dem Bereich zurück?«

»Noch nicht, obwohl wir zunehmend Bewegung auf den Straßen gesehen haben.«

»Gut.«

»Hauptmann«, fügte der Leutnant hinzu, der von dem wilden Lauf vom Dach herunter immer noch schwer atmete. »Außerdem hält ein großer Himmelslichtsturm aus Nordosten auf die Stadt zu.«

»Wird er uns treffen?«

»Schwer zu sagen.«

Lienta verzog das Gesicht. »Geht zurück aufs Dach. Meldet umgehend jegliche Veränderung, die den Sturm oder die Streitmacht des Barons betrifft.«

Die zwei verschwanden wieder, und Lienta starrte verkniffen und nachdenklich auf den Boden. Allan fragte sich, was aus Bryce geworden war. Er rief Kurtch und Gaven zu sich.

»Bringt eure Leute und die Familie, die wir aus der Scherbe geholt haben, hinunter zum Tunnel und folgt der Eskorte der Matriarchin zur Ley-Station in Eld.«

»Was ist mit dir?«, fragte Gaven.

»Und mit Bryce?«, fügte Kurtch hinzu.

»Ich bleibe hier bei Lienta, warte auf Bryce und helfe aus, so gut ich kann.«

Kurtch nickte und wandte sich bereits den Vollstreckern zu.

Gaven hingegen zögerte. »Warte nicht zu lang. Ich will weder Morrell noch Kara mitteilen müssen, dass wir dich verloren haben. Ich musste beiden versprechen, dass ich dich lebend zurückbringe.«

Allan grinste, um den Anflug von Schuldgefühl zu überspielen, der ihn heimsuchte, weil er seine Tochter schon wieder verlassen hatte, um nach Erenthrall zu reisen. Sie hatte sich beschwert, als er es angesprochen hatte, allerdings nicht mehr so leidenschaftlich, wie sie es früher zu tun pflegte. Ein Zeichen dafür, dass sie schneller erwachsen wurde, als Allan lieb war. »Ich will auf keinen Fall, dass du den Zorn meiner Tochter zu spüren bekommst, geschweige denn Karas Wut. Ich werd nicht lange bleiben.«

Damit richtete Allan die Aufmerksamkeit wieder auf Lienta. »Das westliche Tor wurde sehr schnell nach dem im Norden geöffnet. Nicht einmal ein Bluthund kann diese Entfernung in so kurzer Zeit zurückgelegt haben.«

»Das dachte ich mir auch. Was bedeutet, dass entweder noch jemand mit dem Bluthund hereingekommen ist und sich um das zweite Tor gekümmert hat …«

»Oder dass es mehr als ein Bluthund ist«, beendete Allan den Satz. Kurz überlegte er und rief sich ins Gedächtnis, was er aus seiner Zeit als Rüde über die Bluthunde wusste. »Bluthunde befolgen die Befehle ihres Alphas – das ist entweder Devin selbst oder der Bluthund bei ihm. Von diesen Befehlen leiten sie selbstständige Handlungen eigentlich nur dann ab, wenn sie den nötigen Spielraum dafür erhalten. Aber ich an Devins Stelle hätte ihnen zusätzliche Ziele für innerhalb der Mauern genannt.«

»Das östliche Tor. Und möglicherweise die Matriarchin.«

»Oder zumindest die Botschaft, falls sie davon wissen.«

»Allerdings können wir dagegen nicht viel mehr unternehmen, als wir bereits getan haben.«

Leider musste Allan dem Temeriten-Hauptmann in diesem Punkt recht geben.

Gaven und die anderen gingen. Kurtch bildete das Schlusslicht. Allan sah sich gezwungen, seine Meinung über den Vollstrecker zu ändern – der offenbar vor der Zersplitterung ein Rüde gewesen war. Er erinnerte Allan zwar immer noch unangenehm an Hagger und dessen Spießgesellen, doch er bemühte sich, das zu verdrängen. Bisher hatte Kurtch nichts getan, um Allans Vorbehalte zu bestätigen.

Die ersten Bürgerlichen der Temeriten-Enklave, die sich nicht bereits in der Botschaft aufgehalten hatten, trudelten nun ein. Sie kamen nacheinander durch die Tür und wurden von den Gardisten in aller Eile durch den Korridor der Botschaft in Richtung Tunnel gescheucht. Allan und Lienta standen auf einer Seite der Eingangshalle, während Männer, Frauen und Kinder gedrängt wurden, sich schneller zu bewegen. Einige schluchzten vor Angst oder umklammerten Angehörige, die sie mitschleiften. Die meisten jedoch wirkten überraschend gefestigt und entschlossen und stellten harte Mienen zur Schau. Viele waren Temeriten mit den für diese Menschen aus dem Osten üblichen schmalen Gesichtern und schlanken Körpern, doch vereinzelt befanden sich auch andere unter ihnen.

Kurze Zeit später tauchte Bryce mit einem Kontingent von Temeriten-Gardisten auf. Der Rüde erblickte Allan von draußen und drängte sich mit verärgertem Gesichtsausdruck durch das Getümmel.

Er fluchte, als er es endlich zu Allan schaffte. Dem fiel auf, dass Bryces Kleidung schmutziger war als noch am Vormittag. Ein paar Flecke darunter sahen verdächtig nach Blut aus. Quer über die Schulter verlief ein Riss, offensichtlich von einer Klinge verursacht.

»Was ist am Tor passiert?«, verlangte Lienta zu erfahren. »Wo ist Leutnant Boskell?«

»Der Mistkerl ist geblieben«, antwortete Bryce. In seiner Stimme schwang eine Mischung aus Verachtung und Respekt mit, wie sie Allan nur von anderen Rüden vor der Zersplitterung kannte. »Er hat mir aufgetragen, die Männer zu warnen, die das schlichte Volk beschützen, als offensichtlich geworden ist, dass wir das Tor nicht würden halten können. Dann ist er selbst geblieben, um den Baron und seine Leute so lang wie möglich aufzuhalten.«

»Wie wurde das Tor geöffnet?«, hakte Allan nach.

»Es war ein weiterer Bluthund – nicht der, den wir von Anfang an neben Devin beobachtet haben, ein anderer. Niemand hat ihn bemerkt, bis mindestens drei der Torwächter tot waren, und dann konnte niemand nah an ihn ran. Er hat sich alle vom Leib gehalten, bis es ihm gelungen ist, das Tor zu öffnen. Danach hat er ein wahlloses Gemetzel begonnen, als der Baron und seine Streiter hereingeströmt sind. Er muss allein in den ersten Minuten ein Dutzend Männer ausgeschaltet haben, und niemand konnte bei ihm auch nur einen Treffer landen. Als Devin angegriffen hat, hab ich ihn aus den Augen verloren. Dann hat Boskell mich weggeschickt.«

Bryce drehte sich Lienta zu. »Er zieht sich Straße für Straße kämpfend zurück, aber er wird sie nicht lange aufhalten können.«

»Vermutlich bleibt ihm sogar weniger Zeit, als er glaubt«, sagte Lienta. »Das westliche Tor wurde auch geöffnet, und wir vermuten, dass die Bluthunde gerade unterwegs zu dem im Osten sind.«

»Bluthunde?«

»Wir denken, dass sich bereits mehr als einer innerhalb der Mauern aufhält«, erklärte Allan. »Das Tor im Westen wurde zu kurz nach dem im Norden geöffnet, als dass es derselbe Bluthund getan haben könnte, vor allem nach dem, was du gerade erzählt hast.«

»Wie sind sie reingekommen?«

»Durch denselben Tunnel, den wir für die Flucht verwenden«, antwortete Lienta angespannt. Seine Aufmerksamkeit hatte sich verlagert, und als er einen Schritt vortrat, blickte Allan hinauf zum Treppenabsatz im ersten Stock, wohin einer der Männer zurückgekehrt war, die auf dem Dach das Geschehen im Auge behalten sollten. »Berichte, Leutnant.«

»Das östliche Tor ist offen. Unsere Streitkräfte im Norden und Westen sind mittlerweile fast fünf Blocks in beiden Richtungen von den Mauern zurückgedrängt worden. Sie haben die Wohngebäude erreicht. Die meisten unserer Leute sind inzwischen hier, aber es gibt noch ein paar Nachzügler. Die werden gerade überrannt.«

Lienta verzog gequält das Gesicht. Besorgnis straffte die Haut um seine Augen. »Wir können keine Männer erübrigen, um sie zu retten. Sie sind auf sich allein gestellt. Gebt Boskell und dem Rest unserer Streiter ein Zeichen. Lasst sie wissen, dass sie sich zur Botschaft zurückziehen können.«

»Hauptmann, es tut sich auch etwas im Süden.«

Alle spannten die Körper an.

»Die Gorrani?«

»Scheint so. Sie haben ihre Felsen verlassen und sind offenbar in diese Richtung unterwegs.«

Lienta fluchte erst wüst, dann schwenkte er wegwerfend die Hand.

Als der Leutnant zurück aufs Dach verschwand, ließ Lienta den Blick prüfend durch die Halle wandern. Das Gewimmel der Menschen hatte sich gelichtet. Draußen stießen die Temeriten-Gardisten die letzten Bürgerlichen auf den Eingang der Botschaft zu. Ein Horn ertönte, sein Klang gedämpft von den Mauern des Gebäudes. Mittlerweile konnte Allan die Kampfgeräusche deutlicher hören, und durch die großen Fenster rechts und links der Tür sah er, wie dichter, dunkler Rauch über dem Haus an der gegenüberliegenden Seite des Platzes aufstieg.

»Irgendetwas steht in Flammen«, sagte er.

Lienta ließ darauf kaum eine Regung erkennen. »Die

Flussratten stecken unsere Gebäude unheimlich gern in Brand. Vielleicht lenkt sie das lang genug ab, damit wir fliehen können.«

Besonders hoffnungsvoll klang er nicht.

Von draußen wurden die letzten Flüchtlinge der Temeriten in die Botschaft gescheucht, und der für sie verantwortliche Leutnant rief: »Das war's! Das sind die Letzten, die bei uns waren.«

»Sehr gut. Schick deine Männer hinunter in den Tunnel. Sorg dafür, dass alle zur Ley-Station in Eld aufbrechen. Treib sie an, so schnell es geht.«

Der Mann hieß seine Männer mit einer Geste, zur Tat zu schreiten. Die gesamte Gruppe zog sich ins Gebäude zurück, während sich Lienta in Bewegung setzte, hinaus auf die kurze Treppenflucht der Botschaft trat und den Platz betrachtete. Allan, Bryce und zwei Temeriten, die offensichtlich den Befehl hatten, bei Lienta zu bleiben, folgten ihm.

Der Kampflärm verdoppelte sich, sobald sie den Schutz des Hauses verließen – genau wie das knisternde Tosen des Feuers, das sich im Westen auszubreiten begann. Die schwarze Rauchsäule verbreiterte sich vor dem frühabendlichen Horizont. Allans Magen knurrte, und plötzlich wurde ihm bewusst, dass es etliche Stunden zurücklag, seit sie an jenem Vormittag die Mauern abgeschritten hatten, und dass niemand von ihnen seither gegessen hatte. Außer Kurtch. Allan hatte eine der wichtigsten Regeln der Rüden vergessen – essen und schlafen, wann immer und wo immer sich die Gelegenheit bot.

Der Platz vor ihnen präsentierte sich eigenartig verwaist und friedlich. Schweigend standen sie da, während sich das Gefecht näherte, Lienta vor unterdrückten Gefühlen angespannt wie die Saiten einer Geige. Allan konnte fühlen, dass der Mann förmlich vibrierte.

Als der Temeriten-Hauptmann schließlich das Wort ergriff und sich die Schlacht nur noch wenige Straßen entfernt befand, musste Allan an sich halten, um nicht erschrocken zusammenzuzucken.

»Wir haben diesen Ort aus den Überresten von Erenthrall nach der Zersplitterung erschaffen«, sagte er mit belegter Stimme. »Temer … Temer existiert vermutlich nicht mehr. Zumindest haben wir kein Sterbenswort von dort gehört. Vielleicht ist man in unserer ursprünglichen Heimat auch nur zu beschäftigt mit eigenen Sorgen, um sich um uns zu kümmern. Das hier war ein Zuhause.« Stockend atmete er ein. »Wohin sollen wir jetzt?«

»Zur Nadel.«

Lienta drehte sich Allan zu. »Die neuen Herren der Nadel würden uns aufnehmen?«

»Ja.«

Der Hauptmann dachte darüber nach und richtete den Blick wieder auf den Platz. Schließlich meinte er: »Dafür müssen wir zuerst aus Erenthrall entkommen.«

Bei den Worten tauchte der erste zurückweichende Temeriten-Gardist auf dem Platz auf. Gleich darauf folgten aus westlicher Richtung weitere. Lienta straffte die Schultern, und einer der bei ihm verbliebenen Soldaten räusperte sich.

»Hauptmann, wir sollten uns in den Tunnel zurückziehen.«

Lientas Hand senkte sich auf den Griff des nach wie vor in der Scheide steckenden Schwertes an seiner Taille. Krampfhaft umklammerte er den Knauf, letztlich jedoch ließ er ihn los und nickte knapp.

Sie zogen sich durch den Gang zurück, stiegen die Treppe hinab und durchquerten in leichtem Laufschritt die Gewölbe der unteren Ebene. Als sie die Leiter in den Tunnel hinunterkletterten, an der sowohl oben als auch unten zahlreiche Temeriten-Gardisten warteten, hallte bereits das unverkennbare Klirren von Schwertern durch den entfernten Korridor. Der Rückzug hatte die Botschaft erreicht.

Dann befanden sie sich im Tunnel. Lientas Männer zogen sich mit ihm zurück, als sie durch den Ley-Kanal rannten, über die eingestürzte Decke an der Stelle kletterten, wo die Verkrümmung geendet hatte, und den Bereich passierten, in dem die Gardisten von den Bluthunden getötet worden waren.

Danach fühlte sich der Tunnel an, als würde er sich ewig hinziehen. Erhellt wurde er von vereinzelten, in Ritzen der Wände geklemmten Fackeln, von denen einige bereits zu erlöschen drohten. Ein Anflug von Erschöpfung überkam Allan, als ihn die Aufregungen des Tages und der Mangel an Nahrung einholten, aber er setzte sich dagegen zur Wehr. Mittlerweile waren die Kampfgeräusche sogar schon im Tunnel zu hören, und sie kamen stetig näher.

Dann tauchte vor ihnen die Ley-Station auf. Männer am Rand der Barkassenplattform brüllten ihnen zu, als sie in Sicht gerieten, und wiesen sie an, auf den Rand zuzuhalten, wo man Leitern aufgestellt hatte. Gardisten begannen, zu klettern. Einige sprangen auch, streckten die Arme empor und wurden von jenen auf der Plattform gefangen und hochgezogen. Allan folgte Lienta eine Leiter hinauf. Der Hauptmann wurde prompt zum anderen Ende gescheucht, wo ein Korridor zur eigentlichen Station über ihnen führte.

Allan wollte ihm gerade hinterhereilen, als ihn Bryce am Arm packte und auf Dylan zeigte. Der Lumagus kam humpelnd auf sie zugerannt.

»Sie sind schon ganz nah«, rief ihm Allan ungeduldig entgegen. Gleichzeitig hörte er Lienta Befehle brüllen. Die Temeriten-Gardisten formierten sich mit gezückten Schwertern am Ende der Plattform, bereit, sich den Männern des Barons entgegenzustemmen. »Uns bleibt nicht viel Zeit.«

»Ich weiß, aber ich kann sie alle aufhalten«, entgegnete der Lumagus. »Zumindest kann ich verhindern, dass sie durch den Tunnel angreifen.«

»Wie meinst du das?«

»Ich kann die Sperre am nördlichen Ende lösen. Sobald ich das tue, wird der gesamte Kanal von Ley geflutet. Sie ist stark genug, um jeden im Kanal zu töten.«

Allan hielt inne. Die Auswirkungen waren offensichtlich. »Das könntest du tun?«

Dylan schluckte. Ein betroffener Ausdruck huschte über sein Gesicht. Ihm war klar, dass Allan damit nicht danach fragte, ob es möglich sei. Dann jedoch straffte er trotzig die Schultern. »Es ist ähnlich dem, was an der Nadel mit den Gorrani geschah, ja. Aber ich sehe keine andere Möglichkeit.«

»Es ist nicht ganz dasselbe«, warf Bryce brummend ein. »Bei der Nadel hätte Befehlshaber Ty die Gorrani aufzuhalten vermocht. Wir hingegen haben *keine* Chance, uns die Männer des Barons vom Leib zu halten. Diese Hoffnung ist in dem Moment gestorben, als sie die Mauern der Enklave überwanden.«

Unter der Plattform strömten mehr von Lientas Leuten aus dem Ley-Kanal – die Nachhut von Boskells Streitern, vermutete Allan. Männer begannen, sie hochzuziehen und Platz für andere zu schaffen, da es allmählich beengt wurde.

Allan holte tief Luft, dann atmete er schwer aus. »Wir lassen Lienta entscheiden.« Damit wirbelte er herum und rief nach dem Hauptmann, dann drängte er sich durch die anderen Temeriten zu Lienta. Der Hauptmann befahl, sie durchzulassen. Kurz danach erklärte ihm Allan den Plan seines Lumagiers, die Ley in den Kanal zu lassen.

»Diese Kammer wird nicht geflutet werden?«, fragte Lienta zweifelnd.

»Südlich von hier ist der Kanal nicht blockiert. Die Ley wird wie vor der Zersplitterung hier hindurch zur nächsten Verzweigung fließen und von dort aus weiter. Ich habe es bereits überprüft.«

Lienta überlegte, die Stirn zutiefst nachdenklich zerfurcht.

»Wir müssen das Wagnis eingehen. Sobald meine Männer in Sicherheit sind, entfesselst du die Ley.«

Er drängte sich zum Rand der Plattform durch. Allan, Dylan und Bryce folgten wenige Schritte hinter ihm. Die Anordnung, alle aus dem Kanal zu holen und an dessen Rand die Linie zu halten, sorgte für fragende Blicke und Verwirrung. Dennoch kamen die Temeriten dem Befehl rasch nach, während weiterhin Männer durch die Öffnung im Norden auftauchten.

Dann wurde das Klirren von Schwertern lauter, und plötzlich strömten die Streiter des Barons aus dem Eingang zum Kanal hervor. Der Lärm des Gefechts hallte in Form von schepperndem Metall, Gebrüll und Flüchen, Schreien und Stöhnen von der gewölbten Decke wider, während unten Kämpfer fielen.

Allan steckte im Gedränge der Gardisten am Rand der Plattform fest und beobachtete, wie Boskell seine Klinge voll grimmiger Entschlossenheit schwang. Das Schwert und die Temeriten-Uniform strotzten bereits vor Blut, das auch sein Gesicht verschmierte. Verbissen kämpfend rückte seine Truppe zur Wand des Kanals unter der Plattform zurück, während weitere Angreifer durch die Öffnung hereindrängten. Die Temeriten oben zogen ihre Kameraden hoch und hielten ihnen gleichzeitig den Feind vom Leib.

Allan drehte sich Dylan zu. »Entfessle die Ley.«

Dylans Gesicht war unter einem glänzenden Schweißfilm aschfahl geworden. »Schon geschehen.«

Allan wirbelte herum und sah, wie Lienta nach unten fasste und Boskell hinten an der Uniform packte. Er zog mit aller Kraft, doch sein Stellvertreter erwies sich als zu schwer. Lienta verlor das Gleichgewicht und fiel in den Barkassenkanal.

Ohne nachzudenken, preschte Allan vor und sprang hinter ihm her. Er krachte in das Gedränge der Leiber und packte

Boskell an der Schulter. Der Temeriten-Soldat fing seine Hand ab und brüllte: »Was bei den verfluchten Höllen soll das werden?« Dann streckten sie sich beide nach Lienta.

Einen Atemzug später gleißte Ley-Licht durch den Einlass des Kanals und schwappte blendend grell durch die Rinne. Die noch unversehrten Ley-Kugeln entlang der Plattform summten und leuchteten kurz auf, bevor sie explodierten. Jeder auf der Plattform zog den Kopf ein und riss seine Arme hoch, um die Augen vor dem grellen Licht abzuschirmen. Alle schrien auf.

Im Kanal taumelte Allan, als ihn die Ley von der Seite erfasste, um ihn herumströmte und ihn beinah von den Beinen riss. Zusammen mit Boskell hievte er Lienta über den Rand des Kanals hinauf. Dann drehten sich beide um.

Die Ley strömte fünf Schritte entfernt in jeder Richtung vorbei. Sie beschrieb einen Bogen um Allan, als handle es sich bei ihm um einen Stein in einem Fluss. Alle innerhalb dieses Umkreises, sowohl Temeriten als auch Devins Männer, die sich nah genug befanden, wurden vor dem todbringenden weißen Licht geschützt. Diejenigen außerhalb hingegen waren da schon verschlungen worden. Teile derer, die am Rand erfasst worden waren, lagen innerhalb des Schutzbereichs – ein Arm, ein Fuß, Blut sickerte aus abgetrennten Stümpfen.

»Hört auf zu glotzen und kommt verflucht noch mal hier rauf!«, rief Lienta mit zittriger Stimme.

Die Männer, die sich noch im Kanal befanden, wichen von der Ley zurück. Lientas Leute streckten sich nach unten und zogen sie in Sicherheit. Weder Boskell noch Allan rührten sich.

»Was passiert hier?«, fragte Boskell.

»Das liegt an mir«, verriet ihm Allan. »Irgendwie wirke ich der Ley entgegen. Obwohl ich es noch nie so auf die Probe gestellt habe.« Er betrachtete den Abstand zur Ley. »Sonst setzt die Wirkung immer in einer Entfernung von etwa neun Schritten ein. Hier muss es kürzer sein, weil die Ley so geballt ist.«

Boskell erwiderte nichts, sondern schwieg verblüfft.

Lienta tippte beiden auf die Schulter. »Alle anderen sind schon draußen.«

Allan gab Boskell ein Zeichen. »Es ist besser, wenn du zuerst gehst.«

»In Ordnung.« Der Temerite ergriff den ihm von Lienta angebotenen Arm und kletterte aus dem Kanal.

Danach kam Allan an die Reihe. Bryce und Dylan zogen ihn hoch. Als er aus dem Kanal verschwand, schrumpfte der Schutzkreis, und die Ley füllte die Rinne vollständig aus; ihr Fluss glatt und ungestört. Alle, die sich im Kanal und nicht in Allans Nähe aufgehalten hatten – Devins Männer und ein paar von Lienta – waren verschwunden, von der Ley aus dem Dasein gebrannt. Auf der Plattform hörte man nur das Keuchen der Männer, die noch vor wenigen Augenblicken um ihr Leben gekämpft hatten, und das Knistern der zerstörten Ley-Kugeln.

»Also …«, sagte Dylan in die angespannte Stille. »Das war interessant.«

***

Der Alpha-Bluthund trat von der Spalte unter der Temeriten-Botschaft zurück und beobachtete, wie Baron Devin in das grelle weiße Licht der Ley starrte, die durch den Tunnel unten strömte. Die zwei anderen Bluthunde warteten ein Stück den Korridor hinunter in der Nähe eines der Weinkeller bei einigen von Devins Leuten.

Als sie aus ihrem Verschlag unter dem Bernsteinturm in diese veränderte Welt hervorgekommen waren, hatten sie sich verloren, verwirrt und verunsichert gefühlt. Ein Bluthund brauchte einen Herrn. Jemanden, der ihm Befehle erteilte und ihn bei Bedarf bestrafte. Jemanden wie den Hauptmann der Rüden oder den Baron selbst. Jemanden, der das Heft in der Hand hielt, Macht besaß und selbstsicher auftrat. Als sie Devin und seinen Männern auf den verheerten Straßen von Erenthrall über den Weg gelaufen waren, hatte der Alpha gedacht, sie hätten ihren Herrn gefunden. Immerhin war der Mann ein Baron. Er befehligte Männer, die sich wie Rüden gebärdeten: hart, gefährlich, wild.

Aber als er beobachtete, wie Devin mit finsterer Miene in den mit Ley gefüllten Tunnel hinabblickte, beschlichen ihn nagende Zweifel. Unbehaglich sog er tief die Luft durch die Nase ein und witterte den Angstschweiß des Barons, gefärbt von Wut, von Schwäche.

Devin drehte sich ihm mit verkrampfter Kieferpartie zu. Zwischen zusammengebissenen Zähnen presste er hervor: »Warum hast du mir nicht gesagt, dass unter ihrer Enklave Tunnel verlaufen? Wir hätten sie benutzen können, um uns Zugang zur Botschaft zu verschaffen. Wir hätten ihnen den einzigen Fluchtweg abschneiden können!«

Der Alpha runzelte verwirrt die Stirn. »Du hast uns befohlen, eine Möglichkeit zu finden, die Tore zu öffnen. Sonst nichts.«

Devin trat einen Schritt vor und schlug zu. Der Hieb zwang den Bluthund auf die Knie. Er hätte mühelos ausweichen können, hätte sogar den Dolch ziehen und dem Baron mindestens drei tödliche Stiche verpassen können, bevor dessen Faust überhaupt gelandet wäre. Stattdessen spuckte er nur Blut aus und richtete sich auf. Seine gesamte Gesichtshälfte pulsierte. Ihm war irgendein Fehltritt unterlaufen. Was er falsch gemacht hatte, verstand er nicht – er hatte seine Befehle präzise ausgeführt. Dennoch war sein Herr offenkundig unzufrieden.

Devin schüttelte die Hand aus, während er zurück zu der Spalte im Steinboden blickte. »Jetzt müssen wir sie über der Erde abfangen. Wo mündet dieser Tunnel?«

»An der Station in Eld.«

Devin fluchte. »Genau dorthin sind die Gorrani unterwegs.« Er stapfte auf seine Männer zu und rief Befehle. Alle eilten den Korridor entlang zurück und hinauf in das Gebäude darüber.

Der Alpha zögerte, bevor er ihnen folgte.

»Was haben wir falsch gemacht?«, fragte der jüngste seiner Brüder und reihte sich neben ihm ein.

»Ich weiß es nicht.«

»Wir haben gar nichts falsch gemacht«, warf sein Beta ein. »Er hätte dich nicht bestrafen sollen.«

»Er ist der Baron. Er ist unser Herr.«

»Er stinkt nach Schwäche. Nicht wie früher der Hauptmann der Rüden. Nicht wie der vorherige Baron.«

Der Alpha erwiderte nichts. Der Geruch seines eigenen Blutes überlagerte sogar den schalen Mief, der von Devin und dessen Leuten zu ihm nach hinten wehte. Er berührte die aufgeplatzte Lippe und ließ seine Zweifel von den Schmerzen vertreiben.

»Er ist der Baron«, wiederholte er. Seine Nasenflügel blähten sich. »Das ist alles, was zählt.«

Obwohl er sich insgeheim allmählich zu fragen begann: *Baron wovon?*

SECHS

»Durch den Tunnel werden sie uns nicht folgen«, brummte Boskell. Er zitterte immer noch – die Nachwehen seiner knappen Flucht vor der Rückkehr der Ley und des erschöpfenden Rückzugs vom kompromittierten Tor.

Allan fühlte sich selbst ein wenig erschüttert. Er hatte nicht gewusst, dass er vor der Ley geschützt sein würde. Als er gesehen hatte, wie Lienta in den Kanal gefallen war, hatte er rein instinktiv gehandelt. »Es sei denn, sie treiben irgendwo Ley-Barkassen auf.«

Der reizbare Temeriten-Leutnant hielt beim vergeblichen Versuch inne, seine Uniform abzuwischen, und starrte Allan eindringlich an. »Könnten sie denn irgendwo welche finden?«

»Das ist unwahrscheinlich«, warf Dylan ein. Der Lumagus sah genauso mitgenommen aus wie Boskell. Immerhin hatte er gerade eine ungeahnte Zahl von Menschen mithilfe der Ley getötet.

»Wieso?«, fragte Boskell.

»Weil die Ley-Barkassen in ihren Kanälen waren, als der Impuls auftrat, der die Zersplitterung verursachte. Die Dinger bestanden größtenteils aus Holz. Die Energiespitze wird sie genauso ausgelöscht haben wie alles Organische in der Nähe des Mittelpunks der Explosion.«

Boskell grunzte dazu nur. Er wirkte immer noch ziemlich gebeutelt, als er sich umdrehte und Ausschau nach Lienta hielt. Der Temeriten-Hauptmann hatte seine Gardisten hinauf ins Zwischengeschoss befohlen, jetzt da die Ley den Kanal sicherte. »Aus der Stadt sind wir noch nicht entkommen.«

»Wir sind noch nicht mal diesem Angriff endgültig entkommen«, merkte Bryce an. »Sie können uns auch durch die Stadt verfolgen, und abgesehen davon sind da immer noch die Gorrani.«

»Die Gorrani?«

»Kurz vor dem Verlassen der Botschaft haben wir erfahren, dass sie ihre Felsen im Süden verlassen haben und in diese Richtung aufgebrochen sind«, erklärte Allan.

Boskell nahm sichtlich alle verbliebene Kraft und Willensstärke zusammen, bevor er sich in Lientas Richtung in Bewegung setzte.

Die anderen folgten ihm. Allan ließ sich zu Dylan zurückfallen. Er hob die Hand, legte sie dem Lumagus auf die Schulter und drückte sie ermutigend. »Du hast getan, was du tun musstest. Sie hätten uns sonst überrannt.«

Dylan gab einen erstickten Laut von sich. »Es war so … so simpel. Ich brauchte lediglich die Sperre an der nördlichen Verzweigung zu lösen. Einfach meine Sinne entsenden und zupacken.« Er verdeutlichte die Handlung mit einer Geste, als drehe er einen Schlüssel. Dylan schüttelte den Kopf. »Es war *zu* einfach. Ich glaube, uns Lumagiern ist nicht bewusst, was für eine Macht wir tatsächlich besitzen. Es ist nicht wie vor der Zersplitterung. Damals haben wir bloß mit der Ley gearbeitet. Es war nicht nötig, sie einzusetzen, um jemandem zu schaden … Oder um zu töten. Das ist uns nicht einmal in den Sinn gekommen. Die Ley war einfach da. Und jetzt … jetzt auch noch das hier. Nachdem, was den Gorrani bei der Nadel widerfahren ist.« Er deutete zurück zur Plattform. »Wir sind zu mächtig. Jemand muss uns kontrollieren.«

Allan zog eine Augenbraue hoch. »Und wie sollen wir das anstellen?«

»Ich weiß es nicht.«

Beunruhigt ließ Allan die Hand von der Schulter des Lumagus sinken. Mittlerweile hatten sie die letzten Ränge der Gruppe erreicht, die sich hintereinander den Weg durch den Korridor hinauf zum Zwischengeschoss bahnte. Lienta, Boskell und Bryce befanden sich nur wenige Schritte vor ihnen. Andere drängten von hinten nach, als sie sich durch den schmalen Gang rempelten und schließlich in die weitläufige Halle des Hauptbereichs der Ley-Station gelangten.

Die über die offene Bodenfläche verteilten Säulen wölbten sich oben zu Bögen, die man in die Form von Ästen gemeißelt hatte, während die Decke einem vor Blättern strotzenden Baldachin glich. Ein Großteil des Glases der zu den Straßen hinausweisenden Fenster war zerbrochen. Schwindendes Sonnenlicht fiel in schrägem Winkel herein, da sich der Tag allmählich dem Ende zuneigte. Eine größere Gruppe der Temeriten scharte sich um die Matriarchin, die man vorne auf einen Wagen geladen hatte. Ihr Stuhl befand sich auf der Ladefläche hinter ihr, umgeben von vielen der Bündel, die Bedienstete aus der Botschaft getragen hatten. Zusätzlich wurde gerade ein halbes Dutzend weiterer Wagen beladen. Lienta und Boskell steuerten sofort mit einem Gefolge von Gardisten auf die Matriarchin zu. Gaven, Kurtch und die anderen standen verunsichert abseits an einer der baumartigen Säulen.

»Bryce, geh und sieh nach den anderen.«

Der Rüde trabte davon. Allan folgte Lienta.

»Schau«, sagte Dylan und zeigte zum nordöstlichen Ende des Gebäudes.

Allan blieb stehen und kniff gegen den hereinströmenden Sonnenschein die Augen zusammen.

Ranken von Himmelslichtern züngelten vor der Station über die Dächer der Gebäude und trieben langsam gen Süden.

Allan setzte den Weg zu Lienta fort. Er wartete, bis ihn der Temeriten-Hauptmann bemerkte und seinen Bericht an die Matriarchin beendete. Nachdem er sich für einen vertraulichen Wortwechsel kurz zu ihr gebeugt hatte, winkte er Allan näher.

»Wir möchten dein Angebot annehmen und Zuflucht in

der Nadel suchen«, verkündete die Matriarchin in förmlichem Ton. »Vorausgesetzt, das Angebot gilt noch, wenn wir dort eintreffen.«

»Das wird es, sofern Kara und Befehlshaber Ty dann noch das Sagen haben.«

Die Matriarchin lächelte verkniffen. »Wenn ich seit der Zersplitterung etwas gelernt habe, dann, wie man sich an neue und unverhoffte Situationen anpasst.« Allan erwiderte darauf nichts. Die Frau schien den Verlust ihrer Enklave und der Botschaft ziemlich gut zu verkraften. Sie wirkte ungerührt davon, mitten in einer rissigen, bröckelnden Ley-Station auf dem Fahrersitz eines Wagens zu sitzen. »Hier können wir jedenfalls nicht bleiben«, fuhr sie fort und verlagerte die Aufmerksamkeit teilweise auf Lienta. »Dieser Baron wird bald herausgefunden haben, wohin der Ley-Tunnel führt, und er wird mit Sicherheit herkommen, um nach uns zu suchen.«

»Richtig«, pflichtete Lienta ihr bei. Allan fiel auf, dass niemand davon ausging, Baron Devin könnte im Ley-Tunnel umgekommen sein. »Was schlagt Ihr vor, Matriarchin?«

Sie bedachte ihren Hauptmann mit einem eigenartigen Blick. »Nach allem, was du mir berichtet hast, haben wir kaum eine Wahl. Der Baron ist im Norden, die Gorrani sind im Süden und dieser Himmelslichtsturm bedrängt uns aus dem Osten. Wir müssen nach Südwesten, den Urate überqueren und einen Weg hinauf zu den oberen Ebenen finden.«

»Wir kennen einen solchen Weg hinauf zu den Ebenen«, warf Allan ein. »Und er ist auch für die Wagen geeignet.«

»Gut. Lienta?«

Der Hauptmann nickte in Allans Richtung. »Es scheint, als würdest du dein Bündnis bekommen, wenn auch nicht ganz so, wie du es erwartet hattest. Wären deine Männer so freundlich, vorauszugehen?«

Allan verneigte sich leicht in Richtung der Matriarchin. »Selbstverständlich.«

Als er sich abwandte, folgte ihm Dylan auf dem Weg zu Gaven und den anderen, während Lienta begann, seinen Leutnants Befehle zu erteilen.

»Meinst du, du findest die Spalte wieder, durch die wir heruntergelangt sind?«, fragte Dylan.

»Hoffen wir es.«

Eine halbe Stunde später führten Allan, Bryce, Dylan und Gaven den Tross der Temeriten von den Stufen der Ley-Station durch die Straßen von Eld in Richtung der Brücke, die sich über den Urate spannte. Bei Einbruch der Dunkelheit erreichten sie den einstigen Bezirk Ost-Gablung. Die Ley-Kugeln auf den Mauern der Universität leuchteten auf das Wasser des Flusses unter ihnen. Allan bemerkte auf den Mauern die Umrisse einiger Beobachter und fragte sich, was Cason, Sorelle und ihre Horde von Tunnlern von den Geschehnissen der vergangenen Tage halten mochten. Cason musste gesehen haben, was sich in der Temeriten-Enklave zugetragen hatte, auch wenn sie vielleicht keine Einzelheiten kannte. Außerdem fragte er sich, ob sie sich immer noch sicher in der uralten Universität hinter jenen Mauern fühlte, die einst den Gründungsbaron von Erenthrall geschützt hatten. Vermutlich schon.

Allerdings wusste Cason nicht, dass Devin mittlerweile Bluthunde befehligte.

Sie reisten weitere zwei Stunden durch die Stadt und bahnten sich in der Dunkelheit einen Weg durch die Straßen. Sie benutzten so wenige Fackeln wie möglich und hielten erst an, als ihnen die schiere Erschöpfung keine andere Wahl mehr ließ. Die Temeriten – sowohl Bürgerliche als auch Gardisten – ließen sich mitten auf der Straße nieder. Die meisten plumpsten einfach dort zu Boden, wo sie stehen geblieben waren.

Während Essen herumgereicht wurde – beaufsichtigt von der Matriarchin und Janote –, begaben sich Allan, Lienta und

Bryce zum nächstgelegenen hohen Gebäude und stiegen zum Dach hinauf, Lienta mit einem Fernglas.

Schweigend suchten sie die nordöstlichen Bereiche der Stadt ab. In einem Abschnitt der Temeriten-Enklave tobte immer noch ein Feuer. Der Himmelslichtsturm fegte über die Stadt und zog mit Schwaden kräftiger Grün-, Gelb- und Violetttöne eine schillernde Linie östlich der Enklave. Allan schauderte bei dem Anblick. Direkt auf seinem Weg säumten etliche Fackeln die Straßen: Das waren die Gorrani, die sich Devins Männern näherten. Weitere Fackeln umgaben die Ley-Station in Eld. Und ringsum schimmerten oder flackerten vereinzelt Ley-Lichter und Feuerschein – von der Universität, den eingestürzten Türmen von Grass und verschiedenen kleineren Lagern, die sich über die Straßen verteilten.

»Die Gorrani werden mitten hineinmarschieren«, meinte Lienta mit auf den Himmelslichtsturm gerichtetem Fernglas.

»Was wird er unter ihnen anrichten?«, fragte Bryce.

»Wer weiß.« Allan lehnte sich nach vorn auf den Mauersockel, als sich tiefe Erschöpfung in seinen Knochen ausbreitete. »Was ist mit Devin? Folgt er uns?«

Lienta schwenkte das Fernglas zur Station in Eld und dem Treiben dort. »Nein. Noch nicht. Ich werde Beobachter postieren.«

Plötzlich erhob sich von der Straße Geschrei. Alle drei schauten nach unten, und Lienta senkte das Fernglas.

Temeriten-Gardisten bildeten in aller Eile eine nach Süden gewandte Line quer über die Straße. Allerdings ließ sich zunächst nicht erkennen, was sie aufgeschreckt hatte – bis eine Gestalt in die Ausläufer des Fackelscheins im Lager trat und ihr auf allen vieren mindestens zehn Halbwölfe folgten.

Zwanzig Schritte von den Gardisten entfernt hielten sie an.

»Grant«, murmelte Bryce. »Und wie es aussieht, hat er neue Leute gefunden.«

»Aber nicht seine Frau.«

Unten streckten ein paar der Halbwölfe die Schnauzen himmelwärts und stimmten ihr Geheul an.

Nun würden sie den Weg aus der abgesunkenen Stadt mit Sicherheit finden.

***

»Wie lange noch, bis die Mauer fertig repariert ist?«, fragte Kara.

Befehlshaber Ty deutete dorthin, wo die Gleichförmigkeit der äußeren Mauer von dem Durchbruch gestört wurde, den Hernande und Jerrain geschaffen hatten, um in die Nadel zu gelangen. »Das dauert noch Wochen. Und sie wird nie wieder so stark wie zuvor sein. Eure Mentoren haben bei ihrer Rettungsaktion beträchtlichen Schaden angerichtet.«

Zu beiden Seiten hatte man Gerüste errichtet, auf denen Arbeiter emsig die äußeren Abschnitte verstärkten und wiederaufbauten. Die Universitätsmentoren waren in der Tat nicht zimperlich vorgegangen. Sie hatten zunächst eine Lücke in die Mauer gesprengt, um sie als Eingang zu benutzen, danach hatten sie den Stein darüber zum Einsturz gebracht, um die Lücke aufzufüllen. Kara und Ty standen am Rand der Vertiefung mitten im Wehrgang der Mauer. Statt all den durch das Werk der Mentoren zerbrochenen Stein zu entfernen, hatten die Baumeister beschlossen, die eingestürzten Trümmer einfach zu ummauern. Mittlerweile hatten sich die Arbeiten dem Niveau des Wehrgangs auf drei Schritte genähert.

Aber der hier angerichtete Schaden war nichts im Vergleich zu jenem, den das Erdbeben verursacht hatte.

»Was ist damit?«, fragte Kara, wandte sich von der Mauer ab und deutete mit dem Kinn in Richtung der gewaltigen Spalte, die durch die Mauer und die Stadt dahinter verlief. »Ist uns schon eine Möglichkeit eingefallen, wie wir diesen Schaden beheben könnten?«

»Beheben? Nein. Ich glaube nicht, dass wir das können. Außerdem ist das zwar eine Schwachstelle, aber die stellt kein so schwerwiegendes Problem unserer Verteidigung dar wie das, was uns eure Mentoren hinterlassen haben. Oder wie das Haupttor, was das angeht. Die Spalte ist so tief, dass wir nicht fürchten müssen, ein Feind könnte sich aus der Richtung nähern. Natürlich halten wir trotzdem Wache. Eine Armee müsste die ziemlich brüchigen Wände der Kluft erklimmen, und jede Truppe, die man als Armee bezeichnen kann, würden wir ohnehin lang vor ihrem Eintreffen bemerken. Kopfzerbrechen müsste uns eher eine kleinere Streitmacht bereiten, die sich unbemerkt hereinschleichen will. Aber wie gesagt, ich habe Späher entlang beider Mauern postiert.«

»Könnten wir unsere Mauern nicht in beide Richtungen entlang der Spalte verlängern?«

»Das wäre schon möglich. Aber eine Mauer dieser Größe und Länge zu errichten, wäre ein gewaltiges Unterfangen und würde Unmengen an Arbeitskraft und Zeit verschlingen, ganz zu schweigen von tonnenweise Stein.«

Kara betrachtete den dunklen Schlund der Kluft, die wie eine Narbe vom Kampf gegen die Natur anmutete, der sich hier abgespielt hatte – eine von der Ley verursachte Narbe. Baron Arent und Ober-Lumagus Augustus hatten die Ley versklaven wollen, und die Erde hatte sich dagegen zur Wehr gesetzt. Diese Spalte stellte nur ein Ergebnis jenes Kampfes dar. Laut ihren Kundschaftern, die sie in immer weiteren Kreisen in alle Richtungen entsandten, gab es solche Spalten und Risse verschiedenster Ausprägungen überall.

Aber die Erde hatte sich gesetzt … zumindest vorläufig. Wobei Kara wusste, dass die Ruhe nicht von Dauer sein würde. Wie Vater Dalton betonte, hatten sie die Ley noch immer nicht in Ordnung gebracht. In dieser Hinsicht hatte der Kormanley-Priester tatsächlich recht; was mit ein Grund war, weshalb ihn Kara so verabscheute.

»Wir haben reichlich Stein«, meinte sie und zeigte zu den Gebäuden in der Nähe der Spalte, die beim Erdbeben eingestürzt waren. »Und diese Trümmer müssen wir ohnehin beseitigen. Warum verwenden wir sie also nicht für eine Mauer?«

Ty stemmte die Hände in die Hüften, während er nachdenklich die Ruinen entlang der Straßen betrachtete. »Ich denke, wir könnten Leute an diese Arbeit setzen, die nicht mit der spärlichen Landwirtschaft beschäftigt sind, die Vater Dalton veranlasst hat. Die Baumeister werden außer sich vor Freude sein über einen neuen Auftrag. Und es könnte dafür sorgen, dass auch einige der Anhänger von Vater Dalton abgelenkt sind. Die werden zunehmend unruhiger, je länger wir ihn in seinen Gemächern abschotten.«

»Verursachen sie Probleme?«

»Noch nicht, aber das ist nur eine Frage der Zeit. Wir haben ihn seit fünf Tagen nicht mehr öffentlich sprechen lassen.«

»Er hat sich schon länger als das nicht ans Volk gewandt.«

»Aber nicht, nachdem er gerade eine neue Vision verkündet hatte. Die Menschen wollen wissen, was sie bedeutet, und sind unzufrieden, weil Dalton nicht auftritt und ihre Ängste beschwichtigt.«

Kara senkte den Blick auf die Brüstung der Mauer und trat einen losen Stein über den Rand. »Lassen wir sie ruhig noch eine Weile in ihren Ängsten schmoren. Vielleicht erkennen dadurch einige, dass seine Prophezeiungen nur leere Worte sind.«

»Kann sein.«

»Findest du etwa, wir sollten ihn zu ihnen sprechen lassen?«, fragte Kara scharf. »Bei jener ersten Besprechung hast du nicht so gedacht.«

Ty zuckte angesichts ihres Tonfalls mit keiner Wimper. »Er könnte ihre Ängste vielleicht besänftigen.«

»Und ebenso gut könnte er sie zu etwas Drastischerem anstiften als nur dazu, sich auf dem Platz zu versammeln, um ihn predigen zu hören. Nein.« Nachdrücklich schüttelte sie den Kopf. »Wir gestehen ihm so schon zu viel Spielraum zu. Er darf erst öffentlich sprechen, wenn wir bereit dazu sind, ihn zu lassen, vorher nicht. Die Leute sollen warten.«

»Viel länger werden wir nicht mehr warten können. Höchstens ein paar Tage.« Als wolle er sich einem anderen Thema widmen, obwohl Kara wusste, dass dem nicht so war, fragte er dann: »Wie geht es mit der Arbeit am neuen Nexus voran?«

»Darüber möchte ich nicht reden.«

»So gut also, ja?«

Abfällig schwenkte sie eine Hand in Richtung der dünnen Spitze der Nadel und wandte sich der nächstgelegenen Treppe zu, die von der Mauer hinunterführte. Ty folgte ihr. »Wie lauten die neuesten Berichte unserer Kundschafter?«

Ty ließ zu, dass sie das Thema wechselte. »Im Nordwesten und Westen stoßen wir immer noch auf Gruppen von Leuten. Zufällige Überlebende, die sich in den Hügeln und Bergen verschanzt haben, die uns von den Lehensgebieten trennen. Einige haben unsere Kundschafter hierher zur Nadel begleitet, andere haben es vorgezogen, zu bleiben, wo sie sind. Einige, die unlängst die Berge überquert haben, behaupten, die Herrschaftshäuser der Lehensgebiete wären in einem Stammeskrieg versunken. Wir können nur vermuten, dass die Zersplitterung ihr ohnehin wackeliges politisches Gefüge zum Einsturz gebracht hat. Hernande pflichtet dieser Einschätzung bei. Schon vor der Zersplitterung haben sich die Herrschaftshäuser ständig in den Haaren gelegen, aber die Politik wurde immer im Geheimen mit Spitzeln und Mordanschlägen abgewickelt. Jetzt lassen sie richtige Armeen offen gegeneinander ins Feld ziehen. Ganze Herrschaftshäuser sind schon ausgelöscht worden.«

»Wie sieht es im Süden aus?«

»Die Gorrani.« Mittlerweile waren sie unten angekommen und gingen Richtung Tempel. Dabei bahnten sie sich kreuz und quer einen Weg durch die dichten Zeltreihen zwischen der Mauer und dem Kreis der Steingebäude in der Nähe der Nadel. Die vermischten Gerüche von gebratenem Fleisch mit Mais und Gewürzen sowie der Gestank von zu vielen Menschen auf zu engem Raum stürmten auf ihre Sinne ein. »Seit der Fluss ausgetrocknet ist, scheinen sie sich von ihrem ursprünglichen Lagerplatz im Süden zurückgezogen zu haben. Sie könnten in ihre Heimat in den Gorrani-Ebenen zurückgekehrt sein.«

»Hoffen wir es.« Die Gorrani bereiteten Kara Sorgen, obwohl sie täglich mit Okata zusammenarbeitete, einem Lumagus der Gorrani. Sie konnten durchaus auch vernünftig sein, obgleich sie so reizbar waren und zu heftigen Reaktionen neigten. Aber Okata wusste auch, was sich während des Angriffs der Gorrani in der Grube des Knotens zugetragen hatte. Diejenigen außerhalb der Mauern – diejenigen, die den von Lecrucius entfesselten, vernichtenden weißen Schwall der Ley überlebt hatten – wussten es nicht. »Und im Norden und Osten?«

»Wir haben nichts von Allans Gruppe gehört, und unsere Kundschafter haben zwischen Erenthrall und Muld keinerlei Anzeichen für die Plünderer aus Anfurt ausgemacht. Auch im Osten rührt sich nichts Bemerkenswertes. Immer noch keine Verbindung mit irgendjemandem aus Temer. Es haben von vornherein wenig Menschen auf den Ebenen zwischen Erenthrall und Temer gelebt, außer an den Linien der Ley-Barkassen, und die meisten scheinen nach Osten oder Westen abgewandert zu sein. Die Ebenen in der Richtung sind dadurch praktisch verwaist.«

»Dann sollte ich besser zum Knoten zurückkehren und Hernande und die anderen Mentoren suchen. Ich habe schon vor Tagen eingewilligt, mich mit ihnen zu treffen.« Kara rieb sich mit den Händen übers Gesicht. »Es ist einfach nicht genug Zeit für alles. Ich hätte mir nie träumen lassen, was alles dazugehört, eine Stadt zu leiten. Darauf war ich nicht vorbereitet.«

Ty blieb stehen. »Deshalb machst du es ja auch nicht allein. Ich kehre in die Kasernen zurück, um nach Darius und dem Rest der Vollstrecker zu sehen. Nach deinem Treffen mit Hernande solltest du dich ein wenig ausruhen.«

Kara winkte ihn weg, bevor sie sich weiter zum Tempel schleppte, die Schultern vor Frustration längst verspannt. Sie wusste, dass Cory und Hernande dachten, die Ley und das Geflecht stünden in irgendeiner Verbindung zueinander, doch sie verstand immer noch nicht, wie ihr das helfen sollte, die Verkrümmung über Tumbor zu beheben. Das war keine Frage der Kontrolle, sondern der Größe. Die Verkrümmung war riesig, zehnmal so groß wie jene, die Erenthrall verhüllt hatte, vielleicht sogar noch größer. Der von Vater Dalton und Lecrucius in der Nadel erschaffene Nexus hatte kaum ausgereicht, um die Verkrümmung über Erenthrall zu reparieren. Kara konnte sich nicht vorstellen, dass er mächtig genug sein sollte, um etwas gegen jene über Tumbor auszurichten.

Aber sie schuldete es Cory und Hernande, ihnen zumindest zuzuhören.

Sie fand die beiden auf einer der Ebenen des Tempels, wo die Studenten in einem Kreis um Jerrain, Hernande und Cory standen. Sovaan sah sie nirgends, doch das überraschte sie nicht weiter. Der aufgeblasene Verwalter betrachtete die Arbeit mit Studenten als unter seiner Würde.

Als Kara sich ihnen näherte, dozierte Jerrain gerade lehrmeisterhaft: »Seht ihr, wie die Stränge des Geflechts miteinander verwoben sind? Sie sind nicht gebrochen – ihr dürft das Gespinst der Realität nie zerreißen. Aber wenn man sie verdrillt, sie wieder und wieder übereinanderschichtet und schließlich straffzieht, kann man aus dem Nichts etwas Festes erschaffen. So haben es die Mentoren gemacht, die den Ober-Lumagiern halfen, die Leitungen anzufertigen, die für deren Arbeit nötig waren. Einige Leitungen waren dauerhaft, zum Beispiel die, mit denen die Ley-Linien durch die Verzweigungen in der Stadt geführt wurden. Es wurden mitten in der Luft Kanäle gebildet, damit die Ley dem jeweiligen Weg folgte. Wir zeigen euch, wie man dieses Gespinst so abbindet, dass es bestehen bleibt, sobald wir selbst herausgefunden haben, wie es geht. Die meisten Gebilde wurden nur vorübergehend angefertigt, um die Ley zu einem bestimmten Ort zu leiten. Etwa, damit die Lumagier sie für die Aussaat der großen Türme von Grass verwenden konnten. Oder um den Stoff der Segel für die fliegenden Ley-Barkassen damit zu tränken. Dinge dieser Art eben. Dieser Klotz hier, den ich mit Hernandes Hilfe vor euch erschaffen habe, wird sich in dem Moment auflösen, in dem wir unser Augenmerk auf etwas anderes richten. Aber vorerst sollte er fest genug sein, um dem Gewicht eines Menschen standzuhalten. Cory?«

Jerrain deutete auf die Luft vor sich in der Mitte des Kreises der Studenten. Kara fiel auf, dass sie sich auf das Sonnensymbol des Steinmosaiks dieser Ebene gestellt hatten. Als Cory vortrat, entsandte sie die Sinne. Die Ley im Knoten hinter ihr pulsierte heftig, doch in dem Bereich, dem die Aufmerksamkeit der Mentoren und Studenten galt, konnte sie nichts wahrnehmen. Cory hob einen Fuß in scheinbar leeren Raum, dann stieß er sich mit dem anderen Fuß ab, bis er eine gute Spanne hoch über der Steinsonne zu schweben schien. Die Studenten schnappten verblüfft nach Luft und rückten vor, um die Vorführung genauer unter die Lupe zu nehmen. Cory verlagerte sein Gewicht auf beide Beine, während auf Hernandes und Jerrains Stirn der Schweiß ausbrach.

Einen Herzschlag später presste Jerrain zwischen zusammengebissenen Zähnen hervor: »Geh … runter.«

Cory setzte sofort dazu an, herunterzusteigen, doch offenbar verloren Hernande und Jerrain im gleichen Moment den Halt am Geflecht, denn Cory stolperte, als das, worauf sich sein Fuß noch befand, plötzlich nachgab. Hernande fing ihn auf. Gleichzeitig bemerkte er, dass Kara hinter den Studenten stand.

»Wie ihr seht«, sagte er mit brüchiger Stimme, »ist es schwierig, selbst für kurze Zeit ein Gebilde aufrechtzuerhalten, das etwas so Schweres wie einen Menschen zu tragen vermag. Wir vermuten, dass es erheblich einfacher ist, die Ley zu leiten, obwohl wir das erst ausprobieren müssen.«

Kara zuckte angesichts der leichten Schelte zwischen den Zeilen zusammen, als sich der Mentor Jerrains Aufmerksamkeit sicherte und in ihre Richtung zeigte. Der ältere Mentor wirkte erleichtert darüber, sie zu sehen, und scheuchte die Studenten prompt davon.

»Das genügt für heute«, sagte er. »Wir haben eine Besucherin. Geht und behelligt die Bediensteten in der Küche – oder was immer Studenten in ihrer Freizeit tun.«

Die sieben Studenten unterschiedlichen Alters drehten sich Kara zu, bevor sie sich zum Hauptausgang der Ebene in Bewegung setzten. Kara näherte sich Cory und den beiden Mentoren. Dabei nahm sie wahr, dass einige der Studenten auf ihren Rücken starrten und untereinander tuschelten, als sie von dannen zogen.

»War die Vorstellung für mich?«, fragte sie. Cory verflocht zur Begrüßung die Finger einer Hand mit den ihren.

»Wir wussten nicht, dass du kommen würdest«, gab Jerrain knapp zurück.

»Wir haben den Schwerpunkt unserer Vorlesungen und Studien auf das verlagert, was unserer Ansicht nach dir und den Lumagiern helfen könnte. Auf Dinge, die mehr Licht auf die Verbindung zwischen der Ley und dem Geflecht werfen könnten«, erklärte Hernande. »Bist du gekommen, um darüber zu reden, oder geht es wieder mal um etwas anderes?«

»Mentor …«, begann Cory verteidigend, aber Kara schnitt ihm das Wort ab.

»Nein, das habe ich verdient. Ich wollte schon vor ein paar Tagen kommen. Das habe ich nicht getan, und dafür entschuldige ich mich. Aber jetzt bin ich hier.«

Jerrain schnaubte. Obwohl er nach wie vor verstimmt klang, lenkte er ein und deutete auf eine Bank aus Stein, die an die Mauer zur nächsten Ebene grenzte. »Ich muss mich setzen. Diese Vorführung war ermüdend.«

Jerrain und Hernande ließen sich auf der Bank nieder, während Cory und Kara stehen blieben.

»Ihr wolltet über eine Zusammenarbeit der Lumagier und der Hexer reden?«, kurbelte Kara das Gespräch an.

»Ja. Ich glaube, wir können helfen.«

»Und wie?«

»Wir wissen, dass die Ober-Lumagier in Erenthrall mit Mentoren gearbeitet haben«, begann Hernande.

»Leider«, warf Cory ein, »wissen wir nicht genau, was sie da gemacht haben. Weder Hernande noch Jerrain oder Sovaan waren daran beteiligt. Keiner der Mentoren an der Universität.«

»Wir wussten nicht immer darüber Bescheid, was außerhalb der Mauern der Universität vor sich ging. Mir wird erst jetzt bewusst, wie abgenabelt wir in Wirklichkeit waren. Aber wir kennen die Grundsätze hinter dem, was die Mentoren für die Ober-Lumagier geleistet haben. Sie haben das Geflecht benutzt, um Hilfssysteme für das Wirken der Ober-Lumagier zu erschaffen. Wenn die Ley an einen bestimmten Ort geleitet werden musste, haben die Mentoren den jeweiligen Kanal dafür bereitgestellt. Auf die Ley selbst haben nur die Ober-Lumagier eingewirkt. Wir glauben, wir können dasselbe hier in der Nadel für dich und die Lumagier tun. Insbesondere denken wir, dass wir dabei helfen können, die Ley im Zaum zu halten, wenn du versuchst, die Verkrümmung über Tumbor zu heilen. Dann könnten die anderen Lumagier dich auf andere Weise unterstützen.«

»Noch einmal: Wie?«

Jerrain deutete ungeduldig in Richtung des Sonnenmosaiks. »Wie du vorhin bestimmt gehört hast, können wir das Geflecht benutzen, um Kanäle zu erschaffen, denen die Ley folgt.«

»Wir haben bereits Ley-Linien, die geradewegs nach Tumbor verlaufen.«

»Ah, aber ihr habt keine Speicher in Tumbor mehr, oder? Alle Knoten, Verzweigungen und Gruben sind jetzt in der Verkrümmung eingeschlossen. Wir können hier in der Nadel Sammelbecken erschaffen, in denen du die Ley speichern kannst, bis du sie brauchst. Wir können die Becken mit Kanälen verbinden, damit ihr Lumagier sie dorthin leiten könnt, wo sie am nützlichsten ist. Andernfalls müsstet ihr Ley aus Erenthrall holen und sie erst zur Nadel und dann sofort weiter nach Tumbor leiten. Das ist ein komplexes System, das die ungeteilte Aufmerksamkeit der Lumagier in der Nadel erfordert, um den Fluss zu lenken. Sammelbecken hier würden helfen, das auszugleichen. Es dreht sich alles um Kontrolle und einfache Verlagerung, damit ihr Lumagier euch ganz dem Beseitigen der Verkrümmung widmen könnt, nicht dem Bändigen der Ley.«

Kara dachte schweigend nach. Die beiden Mentoren und Cory beobachteten sie währenddessen mit unterschiedlich stark ausgeprägter Erwartung und Anspannung.

»Das könnte funktionieren«, meinte sie schließlich. »Allerdings nur, wenn ihr die Kanäle besser im Griff habt als den einzelnen Klotz, den ich heute hier gesehen habe.«

Jerrain schwenkte wegwerfend eine Hand. »Wir finden

schon noch heraus, wie man das Gespinst dauerhaft formt. Gar kein Problem.«

»Und wie Jerrain erwähnt hat, ist die Ley wesentlich leichter als ein Mensch«, fügte Hernande hinzu. »Die Belastung für uns und die Studenten sollte deutlich geringer sein.«

»Glaubt ihr«, merkte Kara spitz an. »Wir werden das prüfen müssen, um zu sehen, ob es auch stimmt.«

Die drei Männer nickten. »Selbstverständlich.« Sie wirkten unverschämt zufrieden mit sich. Kara widerstrebte zutiefst, sie enttäuschen zu müssen.

»Nur löst das noch nicht das wahre Problem.«

Alle erstarrten.

»Und das wäre?«, fragte Hernande.

»Energie.« Kara begann, vor ihnen auf und ab zu laufen. »Ich glaube nicht, dass die Menge der Ley, die wir hier in der Nadel haben – oder die unter Erenthrall schlummert – ausreichen wird, um die Verkrümmung über Tumbor zu heilen. Es ist keine Frage der Menge der Ley, die uns zur Verfügung steht, sondern eine Frage ihrer Konzentration. Der ursprüngliche Nexus in Erenthrall und der Nexus hier in der Nadel waren darauf ausgelegt, die Energie der Ley zu verstärken. Die Kristalle reflektieren und brechen die Ley mehrfach. Sie spalten sie auf, verfeinern sie, steigern sie zu einer reineren Form. Wenn sie den Nexus verlässt, ist sie weniger zerstreut, viel konzentrierter. Hier in der Nadel haben wir gerade mal sechs Kristallplatten. Laut Marcus waren es in Erenthrall Hunderte. Seit die Ley-Linien gefestigt sind, widme ich meine gesamte Zeit dem Versuch, eine bessere Anordnung der sechs Platten zu finden – eine Anordnung, die mehr Energie erzeugt. In bescheidenem Ausmaß ist uns das auch gelungen. Aber es reicht noch nicht, um Tumbor zu befreien. Jedenfalls ist es nicht genug, um das Wagnis einzugehen. Die Gefahr ist zu groß, dass die Verkrümmung in sich zusammenfällt und wir Tumbor endgültig verlieren. Euer Vorschlag würde zwar die Lumagier freispielen … Er trägt allerdings nicht dazu bei, mehr Energie hervorzubringen.«

Kara blieb stehen. Niemand sprach ein Wort. Cory ließ den Kopf hängen. Zumindest er hatte bereits gewusst, was Kara nachts wach hielt und an den Rand der völligen Erschöpfung trieb.

»Willst du damit andeuten, dass die Verkrümmung nicht geheilt werden kann?«, hakte Jerrain nach.

»Nein. Sie kann sehr wohl geheilt werden. Wir müssen lediglich einen Weg finden, die Kristalle so anzuordnen, dass sie mehr Energie erzeugen.«

»Und ausgerechnet jetzt hat Dalton mit dieser Vision seine Herausforderung ausgesprochen.« Hernande hatte begonnen, am Ende seines Bartes zu kauen. »Er zwingt dir zeitlichen Druck auf. Seine Anhänger werden nicht ewig warten.«

»Sehr richtig.«

Hernande neigte das Haupt. »Als ich zuletzt im Nexus war, hast du versucht, die Platten ohne äußere Einwirkung von euch zu fixieren. Die Belastung, sie festzuhalten, wäre auf Dauer einfach zu anstrengend für die Lumagier.«

»Wenn die Anordnung natürlich ist, werden die Kristalle größtenteils in ihrer Position bleiben. Dann müssen sie nur gelegentlich wegen leichter Abweichungen angepasst werden. Aber wenn wir sie in einer unnatürlichen Position haben wollen, müssen sie ständig festgehalten werden, sonst fangen sie an, sich wild zu drehen.«

»Ergibt sich aus diesen ›unnatürlichen‹ Anordnungen mehr Energie?«

»Ja.«

Hernande wandte sich an Jerrain. »Es sollte uns doch gelingen, die Platten mit derselben Technik zu fixieren, mit der wir die Kanäle erschaffen.«

»Dafür *müssten* wir dann herausfinden, wie man sie dauerhaft einrichtet.«

Hernande straffte die Schultern und richtete die Aufmerksamkeit auf Kara. »Du findest heraus, welche Anordnung ihr für die Kristalle wollt. Wir finden heraus, wie man sie so fixieren kann.«

***

»Ich muss mit Vater sprechen«, erklärte Dierdre zum dritten Mal mit vor der Brust verschränkten Armen und kerzengeradem Rücken. »Es ist wichtig.«

Die Vollstrecker, die Vater Daltons Gemächer bewachten – sein *Gefängnis*, dachte Dierdre –, blieben ungerührt. »Wir haben die strikte Anweisung, niemanden zu ihm zu lassen, weder dich noch unseren stellvertretenden Befehlshaber Darius.«

Dierdre verengte die Augen zu Schlitzen, doch sie merkte bereits, dass keiner dieser Vollstrecker seinen Befehlen zuwiderhandeln würde. Offensichtlich waren sie den Kormanley nicht wohlgesonnen.

Angewidert machte sie auf dem Absatz kehrt und stapfte den Flur entlang davon, bis sie mit wirbelndem Rock um die Ecke fegte.

Als sie die Unterkunft erreichte, die sie sich mit Marcus teilte, hatte sie sich ein wenig beruhigt. Sie trat an den Schrank, in dem sie wichtige Waren aufbewahrten, tippte an den Ley-Heizstein und machte sich daran, eine Tasse Tee zu brühen. Ihre Gedanken kreisten um Vaters Prophezeiung und ihre möglichen Auswirkungen. Dabei pendelten sie immer wieder zurück zu ihrer Sorge um Vater und zu der bitteren Tatsache, dass sie nicht mit ihm reden konnte. *Hatte er in der Zwischenzeit weitere Visionen gehabt, durch die seine Prophezeiung klarer wurde? Behandelte man ihn gut? Bekam er genug zu essen und zu trinken?*

Lebte er überhaupt noch?

Das Messer, mit dem sie ein paar Scheiben von einem Laib Brot schnitt, verharrte mitten in der Bewegung, als sie erstarrte, aufschaute und blicklos an die Steinwand vor ihr starrte. Dann schüttelte sie das plötzliche Grauen ab, das der letzte Gedanke ausgelöst hatte. »Sie haben ihn nicht umgebracht«, murmelte sie bei sich, als sie Butter auf das Brot schmierte und hineinbiss. »Das würde Kara niemals zulassen.«

»Was würde Kara niemals zulassen?«, fragte Marcus, der durch die offene Tür hereinkam.

Dierdre zuckte zusammen und verschluckte sich an ihrem Brot. »Was machst du hier?«, spie sie hervor und hielt sich eine Hand vor den Mund, als sie hustete. Brotkrumen spritzten von ihren Lippen.

Marcus durchquerte rasch den Raum und klopfte ihr auf den Rücken, um ihr zu helfen. »Alles in Ordnung?«

Dierdre atmete tief ein, straffte die Schultern und befreite sich von Marcus' besorgten Zuwendungen. »Es geht mir hervorragend«, brachte sie mit matter Stimme und wässrigen Augen hervor.

Marcus griff sich ihr Glas, füllte es mit Wasser und reichte es ihr. Sie leerte es in einem langen Zug und wischte sich mit dem Handrücken den Mund ab. Ihre Brust schmerzte noch immer, und sie war überzeugt davon, dass sie ein Stück Brot in die Lunge gesaugt hatte. »Du hast mich bloß erschreckt.«

»Das wollte ich nicht.«

Eingedenk ihres Vorhabens, ihn durch Verführung zurück auf ihre Seite zu ziehen, verkniff sie sich eine bissige Erwiderung.

Dierdre überprüfte den Kessel auf dem Heizstein und begann, ein Sieb mit Teeblättern zu füllen. »Warum bist du hier?«, fragte sie erneut, als sie sich eine Tasse einschenkte und das runde Sieb in das heiße Wasser tauchte, um den Tee ziehen zu lassen. »Ich dachte, du wärst unten im Knoten.« Sie bemühte sich, nicht vorwurfsvoll zu klingen, was ihr jedoch kläglich misslang.

Sofern es Marcus auffiel, ließ er es sich aber nicht anmerken.

»Kara war heute Vormittag nicht da. Sie ist mit Ty zur Mauer gegangen, um die Instandsetzungsarbeiten am Durchbruch zu begutachten. Ohne sie können wir wenig mehr tun, als die Kristalle in ihren derzeitigen Positionen zu halten.«

Dierdre lehnte sich mit dem Tee in der Hand an den Schrank. »Warum?«

Marcus ließ sich an einem kleinen Tisch für zwei Personen an der gegenüberliegenden Wand auf einem Stuhl nieder. Ihr Bett stand unter dem Fenster, das zum Stelengarten und zur Nadel in der Mitte des Tempels wies. Die Laken waren noch von der vergangenen Nacht zerknittert.

»Niemand traut sich, die Anordnung anzurühren, wenn Kara nicht da ist, um sie wiederherzustellen, falls etwas schiefgeht«, erklärte er und ließ den Kopf mit einem erschöpften Seufzen auf den Tisch sinken. »Das ist einer der Gründe, warum sie sich sonst ständig im Knoten aufhält.«

Dierdre stellte ihre Tasse beiseite, durchquerte den Raum und setzte sich hinter ihn. Ihre Hände legten sich auf seine Schultern, ihre Finger kneteten die verspannten Muskeln. Er stöhnte wohlig, als sie die Verhärtungen herausmassierte. »Sie ist nicht die einzige, die in die Erschöpfung getrieben wird«, murmelte sie. »Du verbringst dort genauso viel Zeit wie Kara.«

Marcus brummte etwas Unverbindliches, das Dierdre nicht verstand.

»Aber warum könnt ihr die Kristalle nicht allein anpassen?«, hakte sie nach. »Erlaubt sie es nicht?«

Marcus richtete sich auf und lehnte sich zu ihr zurück. Sein Kopf ruhte mit geschlossenen Augen unter ihren Brüsten. Ihre Finger wanderten etwas nach vorn und bearbeiteten seine Schultern von oben.

»Sie hat sich dazu weder so noch so geäußert.«

»Also haben alle bloß Angst.«

»Natürlich haben wir Angst. Erinnerst du dich nicht mehr, was während des Angriffs der Gorrani passiert ist? Oder bei der Zersplitterung, wenn wir schon dabei sind? Ein Fehler, und die Kristalle könnten in Chaos verfallen. Die Beben, die auf die Verschiebungen der Ley folgen, würden uns vielleicht alle vernichten. Ganz zu schweigen davon, dass eine weitere Zersplitterung ausgelöst werden könnte.«

Dierdre klatschte ihm zart mit einer Hand auf die Wange und beugte sich dicht zu ihm. »Ich habe nicht gemeint, dass ihr euch vor der Ley fürchtet. Ich habe gemeint, dass ihr euch vor *ihr* fürchtet. Vor Kara.«

Marcus versteifte sich unter ihren Händen, aber als sie ihn ohne zusätzliche Worte weitermassierte, floss auch die neue Anspannung langsam aus ihm ab.

»Könnte schon sein. Bei dem Angriff hat sie uns alle gerettet. Und sie hat die Verkrümmung über Erenthrall geheilt. Die anderen wissen, dass niemand von uns das allein geschafft hätte.«

Dierdre runzelte die Stirn im Wissen, dass Marcus ihr Gesicht nicht sehen konnte. Am liebsten hätte sie – erneut – darauf hingewiesen, dass Kara es *eben nicht* allein geschafft hatte, sondern dass die anderen sie unterstützt hatten. Doch sie wusste, dass dieser Einwand Marcus in keiner Weise umstimmen würde.

Stattdessen fragte sie: »Und warum heilt sie dann nicht auch die Verkrümmung über Tumbor?«

»Kara meint, dass der Nexus nicht stark genug ist, um die dafür nötige Energie zu liefern. Nicht mit der derzeitigen Anordnung. Sie versucht, eine bessere Ausrichtung der Kristalle zu finden.«

Dierdre erstarrte. »Also ist sie noch nicht bereit.« Oder sie hatte Angst.

Marcus rührte sich unter ihr, und ihr wurde bewusst, dass sie zu massieren aufgehört hatte. Rasch bohrte sie die Finger erneut in seine Muskeln, und er erschlaffte wieder.

»*Wir* sind noch nicht bereit«, stellte er richtig und atmete aus, als er seinem gesamten Körper gestattete, sich zu entspannen. »Sie probiert ständig neue Ausrichtungen aus, neue Anordnungen. Aber entweder bleiben die Kristalle nicht in ihren Positionen, oder die neue Anordnung verringert die Verstärkung des Ley-Flusses. Sie hat schon alles versucht. Ich glaube, mittlerweile wiederholt sie die Ausrichtungen nur noch stur.«

Dierdre dachte sorgfältig über seine Worte nach. Sie wusste, wenn sie ihn zu sehr bedrängte, würde er sich verschließen. Und dennoch …

»Vielleicht«, murmelte sie, als dächte sie lediglich laut nach, »vielleicht sind ihr die Ideen ausgegangen. Immerhin war sie nie eine echte Ober-Lumaga. Sie hat nie die nötige Ausbildung erhalten. Vielleicht … vielleicht ist jemand anderem etwas Neues eingefallen, etwas anderes. Was, wenn derjenige sich nur davor scheut, damit herauszurücken? Was ist mit Iscivius? Oder mit Irmona?«

Marcus ließ ein verbittertes Lachen vernehmen. »Glaubst du, Kara würde auf etwas hören, was die beiden sagen? Sie vertraut ihnen ja selbst dann kaum, wenn sie unter strenger Aufsicht im Knoten arbeiten.«

Dierdre ruderte zurück. »Richtig, richtig. Aber was ist mit dir? Bestimmt muss dir etwas eingefallen sein, was sie noch nicht versucht hat.«

»Ich hätte schon ein paar Ideen.«

»Ich wusste es. Erzähl ihr doch davon.«

Unbehaglich verlagerte er unter ihr das Gewicht. »Ich bezweifle, dass sie auf mich hören würde. Nicht nach dem, was in Erenthrall zwischen uns vorgefallen ist.«

»Obwohl du sie dabei unterstützt hast, die Macht von Lecrucius zu übernehmen?«

»Trotzdem nicht.« Er klang gekränkt.

Dierdre beugte sich erneut vor und flüsterte: »Dann solltest du deine Anordnungen vielleicht ausprobieren, wenn sie nicht da ist.«

Bevor Marcus etwas erwidern konnte, küsste sie ihn und ließ die Hände hinunter auf seine Brust wandern. Zuerst widersetzte er sich, als wolle er dagegen protestieren. Dann jedoch japste er und drehte sich auf dem Stuhl herum. Er hob eine Hand, legte sie auf ihren Hinterkopf und zog sie näher. Der Kuss wurde inniger, leidenschaftlicher.

Wenig später kippte der Stuhl und landete klappernd auf dem Boden, als sie zum Bett stolperten, einander unterwegs ihrer Kleidung entledigten und sich gegenseitig mit den Händen erkundeten. Als sie aufs Bett plumpsten, entfuhr Dierdre ein erschrockener Aufschrei, der in einem Lachen endete, als sich Marcus über ihr aufbäumte, die Finger um ihre Handgelenke geschlungen. Sein Atem ging in abgehackten Stößen, die von Verlangen, von Begierde zeugten. Sein dichtes, braunblondes Haar war zerzaust, sein Gesicht gerötet. Seine auffallend blauen, ausdrucksstarken Augen blickten eindringlich auf sie herab. Ihr selbst stockte der Atem in der Brust, als sie einen jähen, schmerzlichen Stich verspürte, in dem sich Triumph, Besitzgier und Verlust vermischten.

Dann sank er auf sie, erkundete mit dem Mund ihren Hals, die Vertiefung an ihrer Kehle, ihre Brüste. Ihre Haut fühlte sich heiß und verschwitzt an, schien von innen zu brennen. Dierdre wölbte sich seinem Hunger stöhnend entgegen, doch als er tiefer wanderte, knurrte sie grollend und wand sich unter ihm hervor. Sie rollte ihn gewaltsam so auf den Rücken, dass sie sich rittlings auf ihn hocken konnte, und drückte nun ihrerseits seine Handgelenke nach unten. Kurz wehrte er sich und versuchte, sie zu packen, die Kontrolle zurückzuerlangen, aber sie klemmte die Schenkel fest um seine Brust und ließ nicht los.

Erst, als Marcus aufhörte, sich unter ihr zu winden, lockerte sie den Griff. Beide schnappten sie nach Luft, ihre Körper gerötet und von einem dünnen Schweißfilm überzogen. Dierdre suchte seinen Blick, und sie starrten einander tief in die Augen. Da knisterte zwischen ihnen etwas Unsichtbares, das Dierdre nur tief in der Brust und in dem Kribbeln in ihren Fingern und Zehen fühlen konnte.

Marcus stockte der Atem.

An der Stelle gestattete sie sich ein Lächeln, beugte sich hinab und küsste ihn. Ihr langes schwarzes Haar fiel dabei sanft über seine Brust. Der langanhaltende Kuss löste einen wohligen Schauder tief in ihrem Körper aus. Marcus bebte unter ihr und schnappte geradezu verzweifelt nach Luft, als Dierdre den Kuss unterbrach; fast so, als wäre er zu lange unter Wasser gewesen. Er hatte Mühe, zu Atem zu gelangen.

Danach kam von ihm keinerlei Gegenwehr mehr.

***

Stunden später, nachdem Marcus zum Knoten zurückgekehrt war, schlüpfte Dierdre in ein dunkles Hemdkleid, ein Gewand, das sie sich so über den Kopf zog, dass es ihr schwarzes Haar tarnte und Schatten über ihr Gesicht warf. Dann schlich sie aus dem Zimmer in die Gänge des Tempels. Sie umging den Rest der von den Lumagiern genutzten Unterkünfte und mied sogar die Gänge, die nur von den Bediensteten verwendet wurden. Der Tempel war so riesig, dass etliche seiner Korridore und Räume noch nicht von den Vollstreckern oder den im Gebäude lebenden Menschen erkundet worden waren. Die meisten der genutzten Kammern umgaben den Stelengarten und die Nadel. Hinzu kamen die zweckgebundenen Räume wie jener mit der Planetenmaschine und Lagergewölbe.

Sie bahnte sich den Weg hinauf zur dritten Ebene und gelangte in den Korridor, der zu Vaters Kammer führte. Dabei hielt sie sich weit von der letzten Fackel entfernt, sodass sie in den Schatten verborgen blieb. Dierdre hatte gehofft, es würde eine Wachablöse stattgefunden haben und dass die Ersatzleute aus dem Lager ihres Bruder Darius stammten, doch sie erkannte keinen der Männer, also zog sie sich mit einem leisen Fluch zurück.

Wenn sie schon nicht selbst mit Vater sprechen konnte, würde es aber vielleicht ihrem Bruder gelungen sein, zu ihm zu gelangen. Dann hätte er Neuigkeiten.

Auf dem Rückweg durch die verwaisten Gänge wartete sie am Korridor für Bedienstete, bis die Luft rein war, ehe sie in den Hauptwohnbereich des Tempels zurückkehrte. Sie löste den Schal vom Kopf und steuerte zielstrebig die Kasernen für die Offiziere an. Dabei durchquerte sie einen der breiten Hauptgänge, die geradewegs von draußen vor dem Tempel zur Nadel verliefen. Er wurde über die gesamte Länge von Ley-Kugeln erhellt, die sowohl in Erenthrall als auch in Tumbor erbeutet worden waren.

Die Unterkünfte am anderen Ende des Korridors waren karger, es herrschte eine strengere, geordnetere Atmosphäre. Unterwegs begegnete sie einigen Vollstreckern, die ihr alle kurz zunickten. Ein paar waren damit beschäftigt, in den Quartieren ihre Rüstungen oder Stiefel zu polieren und schauten zu ihr heraus, als sie vorbeiging. Viele hielten sich im Gemeinschaftsraum auf, spielten Karten oder Würfel oder aßen.

Darius' Unterkunft war etwas größer als die anderen, wie es sich für seinen Rang als stellvertretender Befehlshaber geziemte, doch als sie an die Tür klopfte, öffnete niemand.

Mühsam unterdrückte Dierdre einen weiteren Fluch.

»Er ist bei der Mauer.«

Dierdre schaute auf und erblickte eine Vollstreckerin, die sie von einer Tür weiter unten im Korridor beobachtete. Als die Frau sah, wer sie war, legte sie die Stirn in Falten und trat aus dem Zimmer. Ihr Gesicht zeichnete sich blass im Schein einer Fackel ab. Sie war zwanglos mit Hemd, Hose und Stiefeln bekleidet, wenngleich Dierdre die Klinge an ihrer Hüfte und das unter dem Gürtel steckende Messer nicht entgingen.

»Du bist seine Schwester Dierdre, stimmt's?«, fragte die Vollstreckerin.

»Ja.«

Der Blick der Frau überprüfte zuerst den Gang hinter Dierdre, dann hinter ihr selbst. Nervös leckte sie sich die Lippen und trat vor. »Seine Schicht endet zwar bald«, sagte sie mit leiser Stimme, »aber er wird nicht hierher kommen. Es findet ein Treffen statt.« Mit einer Hand bildete sie ein Zeichen, das Dierdre aus der Zeit vor der Zersplitterung erkannte – ein Zeichen, das die gewaltbereitere Kormanley-Sekte benutzt hatte.

Dierdre zog eine Augenbraue hoch und gab das Antwortzeichen. Die Frau nickte zur Bestätigung knapp, und Erleichterung blitzte flüchtig in ihren Augen auf.

»Das Treffen ist in der äußeren Stadt«, verriet sie in vertraulicherem Ton. »Ich will gleich dorthin aufbrechen. Wenn du willst, kannst du dazustoßen.«

»Natürlich. Aber ich kenne den Weg nicht. Darius hat mir den Ort noch nicht genannt.«

»Ich zeige ihn dir.«

Sie führte Dierdre durch die Hauptgänge aus dem Tempel und sprach nur, um unterwegs Vollstrecker oder Bedienstete zu grüßen, denen sie begegneten. Die Frau legte eine forsche Geschwindigkeit vor, die ohnehin wenig Spielraum zum Reden ließ. Dierdre folgte ihr und fragte sich, wer die Vollstreckerin sein mochte und woher sie das alte Kormanley-Erkennungszeichen kannte. Und dieses Treffen …

Was hatte Darius getan? Und warum hatte er sie nicht eingeweiht, wenn es um die Kormanley ging?

Verärgert begleitete Dierdre die Frau in die äußere Stadt, die aus jüngerem Stein als dem Tempel errichtet worden war. Allerdings waren auch diese Gebäude uralt und stammten aus einer Zeit vor dem Aufstieg von Baron Arent und der Erschaffung des Nexus. Sie passierten die Straße mit den allgemeinen Kasernen und Messen für die Vollstrecker, dann gelangten sie hinaus in die gemeinschaftlich genutzten Bereiche.

Auf dem Weg durch die Straßen und Gassen fiel Dierdre auf, wie viel mehr Betrieb herrschte, seit Kara und Ty die Macht übernommen hatten. Sie hatte gewusst, dass die beiden immer mehr Flüchtlinge aufnahmen, doch die Straßen fühlten sich regelrecht überfüllt an, beinahe wie in Erenthrall vor der Zersplitterung.

Es war später Nachmittag. Die Sonne hing schon tief am Himmel und warf ihre von tänzelndem Staub erfüllten Strahlen in schrägem Winkel zwischen den Gebäuden hindurch. Männer, Frauen und Kinder bildeten Schlangen vor den Gemeinschaftsküchen, um sich ihre Rationen aus Brot, Fleisch und Gemüse zu holen. Die meisten Grundnahrungsmittel wurden unter der Aufsicht der Vollstrecker von Arbeitern ausgeteilt. Das war ursprünglich schon von Vater Dalton so eingerichtet worden. Ty und Kara hatten es ausgeweitet, als sie anfingen, zunehmend mehr Menschen in die Stadt zu lassen. Viele der Arbeiter trugen weiße Hemden, wenngleich Dierdre bezweifelte, dass sie wussten, weshalb. Früher hatte an den Ärmeln das Kormanley-Symbol für Konvergenz geprangt.

Aber nicht alle verließen sich darauf, dass sie mit Lebensmitteln versorgt wurden. Viele waren mit eigenen Vorräten in der Nadel eingetroffen und hatten ihr Lager in der Zeltsiedlung außerhalb des Kreises der Gebäude aus Stein aufgeschlagen. Dort trieben sie entweder Handel mit dem, was sie hatten, oder boten eigene Erzeugnisse feil, beispielsweise geflochtene Körbe oder Waren aus Stein, Ton oder Leder. So hatte sich ein kleiner Basar gebildet, der den Märkten von Erenthrall durchaus ähnelte und der wuchs, je mehr Menschen eintrafen.

Dierdre war nicht sicher, wie lang er bestehen würde – im einfach erreichbaren Umfeld der Nadel gab es nur begrenzte Ressourcen –, vorerst jedoch überlebte der Handel. Sie hatte auch schon von weiteren Ausflügen in die Hügel nördlich und westlich gehört. Gruppen von zehn bis zwanzig Männern und Frauen brachen in der Hoffnung dorthin auf, etwas zu finden, das sich mitzubringen lohnte. Frisches Fleisch und Felle etwa, oder Vorräte, die die einstigen Besitzer in aufgegebenen Gehöften oder Weilern zurückgelassen hatten. Andere versuchten ihr Glück im Süden, obwohl sie sich in der Richtung der Gefahr aussetzten, den Gorrani über den Weg zu laufen. Nach Osten zog es die wenigsten, denn die Schätze Tumbors steckten allesamt innerhalb der Verkrümmung.

Die Stände mischten sich nahtlos unter die Wohnzelte, denn es gab kaum besondere Bereiche für Handel. Viele hatten ihr Angebot einfach vor den Zelteingängen ausgebreitet. So passierten sie einen Mann, der handgeformte Tonschalen anpries. Ein anderer stellte geschnitztes Besteck aus Holz zur Schau und eine Frau kleine Puppen aus geflochtenem, abgebundenem Stroh. Die Vollstreckerin führte sie durch das Gewimmel der Zelte, ohne die Schritte zu verlangsamen oder die Vielfalt der Waren zu betrachten, die ringsum angeboten wurden.

Schließlich änderte Dierdres rothaarige Führerin die Richtung und kehrte durch die Zelte in den Bereich der Gebäude aus Stein zurück, allerdings auf deutlich weniger bevölkerten Straßen. Unwillkürlich drängten sich Dierdre Bilder der Bezirke Ostkreiz und West-Gablung in Erenthrall auf, wo man niemandem trauen konnte und sich ehrenwerte Menschen höchstens am helllichten Tag aufhielten. Jedenfalls nicht so kurz vor Einbruch der Dunkelheit. Dalton hatte solche Bezirke früher immer zum Vorteil der Kormanley genutzt. Einerseits hatte er dort Leute für die gewalttätige Sekte rekrutiert, andererseits hatte er sich dort versteckt, nachdem ihn die Bluthunde während der Säuberung mit den Anschlägen auf die Stadt in Verbindung gebracht hatten.

Dierdre war nicht bewusst gewesen, dass es auch um die Nadel herum solche Stadtgebiete gab. Aber vermutlich entwickelte jede größere Ansiedlung von Menschen ihre Schattenseite. Und die Nadel war im vergangenen Monat deutlich gewachsen, hatte sich mittlerweile nahezu verdoppelt.

Schließlich hielt die Vollstreckerin vor einem dreigeschossigen Gebäude inne, in dem sich gelbliches Laternenlicht hinter drei der zwölf Fenster abzeichnete. Obwohl die Sonne noch nicht ganz untergegangen war, herrschten in der schmalen Gasse bereits tiefe Schatten vor. Dierdre bemerkte einige Motive über Fenstern und der Eingangstür, Stürze und Simse mit geometrischen Mustern, deren Bedeutung sie aber nicht kannte. Nach einer kurzen Pause und einem Blick der rothaarigen Vollstreckerin zu Dierdre betraten sie das Haus schließlich.

Drinnen steuerte die Frau sofort auf den hinteren Bereich zu und mied die Treppe, die hinauf in die oberen Geschosse führte. Sie klopfte an die letzte Tür links. Eine gedämpfte Stimme drang dahinter hervor. Als die Vollstreckerin die Tür öffnete, schien Laternenlicht auf den Gang heraus. Die Frau packte Dierdre am Arm, zog sie hinein und schloss die Tür wieder.

Vier Personen saßen um einen grobgezimmerten Holztisch, drei Männer und eine Frau. Darius war nicht unter ihnen. Alle starrten Dierdre an. Einige tauschten Handzeichen mit der rothaarigen Vollstreckerin aus. Drei erkannte Dierdre als andere Vollstrecker, obwohl sie keine Uniformen trugen. Zwei spielten Karten.

Einer ließ ein Grunzen vernehmen. »Ich wusste nicht,

dass sie mitkommen würde.« Es handelte sich um einen älteren Mann, der auf die Fünfzig zuging. Neben ihm lag eine Pfeife, aus deren Kopf sich Rauch kräuselte. Er klemmte sie sich zwischen die Zähne und sog daran. Während er langsam ausatmete, musterte er Dierdre. Der leicht süßliche Duft von Arruga breitete sich durchdringend in der Kammer aus.

»Sie hat nach Darius gesucht«, erklärte die rothaarige Vollstreckerin, als sie sich in Bewegung setzte, um am Tisch Platz zu nehmen. »Und sie kannte das Zeichen.«

Der ältere Vollstrecker verengte die Augen zu Schlitzen, als er eine weitere Rauchwolke in die Luft blies. »Darius war sich bei ihr nicht sicher.«

Dierdre verbarg, wie sich ihr Magen angesichts des Verrats ihres Bruders zusammenkrampfte, indem sie die Arme vor der Brust verschränkte und eine finstere Miene aufsetzte.

»Jetzt ist sie nun mal hier«, meinte einer der anderen, ein jüngerer Mann mit schwarzem Schnurrbart, der dringend gestutzt werden musste, und langen, zottigen dunklen Haaren. Er spielte eine Karte aus. »Du bist dran.«

Der ältere Mann zuckte mit den Schultern, wandte sich wieder seinen Karten zu und legte die Pfeife beiseite. »Wir lassen Darius entscheiden. Er sollte ja bald kommen.«

Damit schien vorerst alles geklärt. Die Personen im Raum entspannten sich, leise Unterhaltungen begannen, und das Kartenspiel wurde fortgesetzt. Dierdre blieb an der Tür, beobachtete die anderen aufmerksam und versuchte, zu lauschen. Aber es handelte sich um belanglose Gespräche, Klatsch unter Soldaten, Klagen über Wachdienst entlang der Mauer oder bei den Köchen und Arbeitern, die Essen austeilten.

Dierdre zuckte zusammen, als es erneut an der Tür klopfte. Der ältere Vollstrecker rief: »Herein!« Die Hände aller Anwesenden wanderten unauffällig näher zu den Waffen. Bei ihrer eigenen Ankunft war das Dierdre nicht aufgefallen.

Der Neuankömmling erwies sich als ihr Bruder Darius, der in Begleitung von zwei weiteren Vollstreckern eintrat.

»Wer hat sie mitgebracht?«, verlangte er sofort zu erfahren, kaum dass er Dierdre erblickt hatte. Die Spannung im Raum stieg schlagartig an. Die zwei Männer bei Darius traten von links und rechts auf Dierdre zu.

Empört versteifte sie den Körper. »Du bist dir bei mir *nicht sicher?*«, spie sie ihrem Bruder anklagend entgegen, bevor ihm irgendjemand antworten konnte. »Was ist hier los? Warum trefft ihr euch geheim? Und warum benutzt ihr Kormanley-Zeichen? Weiß Vater davon?«

»Weil das die Kormanley sind … oder zumindest ihr Neubeginn. Und nein, Vater weiß nichts davon.«

Dierdre ließ den Blick über alle wandern. Die am Tisch beobachteten sie mit geübter, gefährlicher Intensität. Die Karten und die Unterhaltungen waren vergessen. Bei den zwei neuen Männern links und rechts von ihr schien es sich um Zwillinge zu handeln. Beide hatten zerzaustes braunes Haar, schmale Gesichter, kalte Augen.

Alle warteten auf eine Entscheidung von Darius.

Dierdre heftete den Blick wieder auf ihn, sah ihm in die braunen, gelb gesprenkelten Augen, Spiegelbilder ihrer eigenen. »Wie meinst du das, ein Neubeginn der Kormanley?«

Darius antwortete nicht sofort. Sein Gesichtsausdruck wirkte starr und voreingenommen.

Schließlich wandte er sich von seiner Schwester ab, trat zwei Schritte auf den Tisch zu und stützte sich mit beiden Händen darauf. »Sind das alle?«

Die Zwillinge entspannten sich, entfernten sich von Dierdres Seite und begaben sich ebenfalls zum Tisch. Die anderen beugten sich vor, zogen die Hände von Messern und Dolchen zurück. Die Karten und die Unterhaltungen blieben vergessen.

»Alle, die kommen konnten«, meldete sich die Rothaarige

zu Wort und trommelte mürrisch mit den Fingern auf der Tischplatte. »Ein paar haben Wachdienst an der Mauer oder wurden von Ty anderweitig im Tempel oder in der äußeren Stadt eingeteilt.«

»Einigen anderen traue ich noch nicht genug, um sie zu den Treffen mitzunehmen«, fügte der ältere Vollstrecker hinzu. Er sog wieder an seiner Pfeife. Sein Blick wanderte dabei zu Dierdre. Bisher hatte sie sich nicht von der Stelle gerührt, aber als der Mann sie ansah, setzte sie sich in Bewegung und stellte sich an die Seite ihres Bruders. Es hatte ihr nie gefallen, in seinem Schatten zu leben. In Erenthrall hatte Dalton immer Darius zu den Übergaben geschickt, ihm die Abstimmung der einzelnen Zellen der gewalttätigen Sekte der Kormanley überlassen und die gelegentlichen Teilnahmen an den kleinen, streng geheimen Treffen zugestanden. Dierdre hatte überwiegend als Botin und zum Anwerben neuer Leute gedient.

»Was genau wollen wir hier besprechen?«, fragte sie unverblümt.

»Vater«, antwortete Darius knapp. »Wie man ihn behandelt, ist unerträglich.«

»Hast du ihn in letzter Zeit gesehen?«

»Nicht seit der Enthüllung seiner neuen Vision. Ty ist es gelungen, für die Bewachung von Vaters Tür nur Wachen einzuteilen, die überwiegend ihm gegenüber loyal sind.« Er nickte in Richtung des älteren Vollstreckers und der rothaarigen Frau. »Trenton und Cerena – wir sind zu oft zusammen an der Mauer gesehen worden. Über euch weiß er Bescheid oder hat zumindest einen starken Verdacht. Bei Javers und Jonnas bin ich mir da nicht so sicher.«

Die Zwillinge zuckten mit den Schultern. Einer von ihnen meinte: »Jedenfalls widmet er uns keine besondere Aufmerksamkeit.«

Darius drehte sich den anderen drei zu. »Beim Rest von

euch bin ich mir ziemlich sicher, dass er nichts vermutet, auch bei dir nicht, Armone.«

Der jüngere Schnauzbärtige grinste. »Ich achte immer darauf, euch anderen im Dienst aus dem Weg zu gehen.«

Trenton blies Rauch zum Gebälk hoch. »Er hat jeden im Verdacht, der nicht seinem eigenen inneren Kreis oder der Gruppe aus Muld angehört. So gelingt es ihm, dich von Vater fernzuhalten. Es hat immer jemand von seinen eigenen Leuten oder aus Muld den Befehl über die Wachen an der Tür.« Er zeigte mit dem Stiel der Pfeife auf Dierdre. »Und ich vermute mal, du hast auch noch kein Glück damit gehabt, zu ihm gelassen zu werden.«

»Richtig. Es ist mir nur gelungen, ihn unmittelbar nach seiner letzten Predigt zu treffen, bei der er von seiner Vision erzählt hat. Marcus, Kara und die anderen hielten damals gerade einen Rat ab und hatten noch nicht beschlossen, ihn völlig abzukapseln. Aber bevor wir zu Ende reden konnten, sind Vollstrecker gekommen und haben mich hinausgeschleift.«

Darius stieß sich vom Tisch ab. »Deswegen treffen wir uns hier. Es war unerhört, als Ty nach dem Angriff der Gorrani die Kontrolle an sich gerissen, Dalton eingesperrt und anschließend die Nadel an die Lumaga Kara übergeben hat. Aber Vater hat mir damals aufgetragen, mich in Geduld zu üben und abzuwarten. Er meinte, er müsse erst sehen, welche Visionen ihn ereilen würden.« Darius bedachte alle Anwesenden mit einem eindringlichen Blick. »Tja, mittlerweile hatte er seine Vision. Nur können wir jetzt nicht herausfinden, was sie bedeutet, und entsprechend planen, weil wir nicht mit ihm reden können.«

»Sie können ihn nicht ewig in diesen Kammern einsperren«, warf Cerena ein. »Sie halten ihn erst etwas mehr als eine Woche fest. Früher hat er zwar schon länger als das keine Predigt gehalten. Letzten Endes werden sie ihn wieder öffentlich sprechen lassen.«

»Werden sie das wirklich?« Darius stellte die Frage in den Raum, und alle verlagerten unbehaglich das Gewicht. »Ich glaube das nämlich nicht. Sie wissen, wie viel Macht er mit einer schlichten Vision erlangen kann. Und sie werden ihm diese Macht nicht zugestehen.«

»Warum haben sie ihn dann nicht gleich vom Podest gezerrt, als er die Vision zum ersten Mal erwähnte?«, fragte Armone. »Sie müssen doch gewusst haben, wie viel Schaden er damit anrichten würde.«

»Das konnten sie nicht«, merkte Dierdre mit einem unangenehmen Lächeln an. »Da war es schon zu spät. Stellt euch nur die Empörung der Zuhörer vor, wenn er unterbrochen worden wäre, als er gerade erklärte, was er gesehen hatte. Unten auf dem Platz wäre an Ort und Stelle ein Aufstand ausgebrochen.«

»Vielleicht hätte es einen Aufstand geben sollen«, befand Javers. Oder Jonnas. Dierdre wusste noch nicht, wie sie die Brüder auseinanderhalten sollte.

»Vielleicht wäre es uns in den Wirren gelungen, Vater zu befreien«, ergänzte der andere Zwilling.

»Oder Vater hätte getötet werden können«, konterte Darius. »Ein bequemer Unfall.«

Dierdre runzelte die Stirn und erinnerte sich an ihre eigenen Gedanken von vorhin über Vaters möglichen Tod. »Das hätten sie nicht gewagt.«

Die Zweifel der anderen schienen beinahe greifbar.

»Sie könnten es immer noch mit einem Aufstand zu tun bekommen«, ergriff Armone das Wort. Er lümmelte auf seinem Stuhl, hob eine Hand ans Kinn und strich mit einem Finger über seinen Schnurrbart. »Vaters Anhänger sind unruhig. Sie haben Fragen, was diese neue Vision angeht. Und sie wollen Antworten.«

»Deshalb sind wir hier«, murmelte Darius scharf, trat wieder an den Tisch und klopfte mit den Knöcheln darauf, um sich erneut die Aufmerksamkeit der Anwesenden zu sichern. »Wir müssen diese Unruhe zu unserem Vorteil nutzen.«

»Und wie?«

»Indem wir Tys Macht über die Vollstrecker brechen. Zwar haben wir bereits angefangen, andere Vollstrecker für unser Unterfangen anzuwerben, aber das wird nicht reichen, solange nicht auch eine andere Kraft Druck auf Ty ausübt. Wenn wir Vaters Anhänger dazu bringen können, sich gegen seine Einkerkerung aufzulehnen und vielleicht ein paar eigene Aufstände anzetteln, dann würde Tys Einfluss bei vielen der Vollstrecker geschwächt.«

»Ein paar Aufstände anzetteln …« Dierdre sprach nicht weiter. Ihr Blick schnellte zu den Gesichtern der anderen, die alle auffallend zu Boden schauten.

Der Neubeginn der Kormanley.

Sie drehte sich ihrem Bruder zu. »Du willst zu den Taktiken zurückkehren, die wir in Erenthrall eingesetzt haben. Zu den Bombenanschlägen, den Drohungen …«

»Zum Predigen«, fiel er ihr ins Wort. »Es muss nicht mit Bombenanschlägen beginnen. Aber überleg doch mal, was Befehlshaber Ty und diese Lumaga Kara Tremain machen. Ist das denn so anders als das, was Baron Arent und Ober-Lumagus Augustus in Erenthrall getan haben? Sie kontrollieren die Menschen mit den Vorräten, die sie aus den umliegenden Gemeinden geplündert haben, und sie haben den Knoten der Nadel beschlagnahmt. Sie besitzen noch nicht dasselbe Maß an Einfluss wie früher Arent und Augustus, aber ihre Macht wächst. Wollen wir zulassen, dass sie hier ein weiteres Erenthrall erschaffen? Eine weitere durch den Missbrauch der Ley kontrollierte Gesellschaft?«

Dierdre holte Luft, um zu widersprechen – sie wusste, dass Kara die Ley nicht benutzte, um irgendjemanden zu kontrollieren, sondern um das Ley-System in Ordnung zu bringen.

Aber Darius trat näher zu ihr, bis sie sich von Angesicht zu

Angesicht gegenüberstanden. Sie zwang sich, nicht zurückzuweichen, obwohl sie eine Hand auf den Tisch sinken ließ, um sich abzustützen.

»Können wir dir vertrauen? Oder hat dich Marcus blind dafür werden lassen, was Kara und die anderen in Wirklichkeit treiben?«

Ihr Mund klappte zu, als heiße Wut in ihrer Brust hochkochte.

»Kara hat Angst«, sprudelte es aus ihr hervor. In ihrem Zorn wurde ihr unangenehm bewusst, dass sie damit verriet, was ihr Marcus im Vertrauen erzählt hatte. Aber sie ging darüber hinweg, drehte sich den Anwesenden zu und sah einen nach dem anderen an, während sie fortfuhr. »Es genügt nicht, Tys Macht zu brechen, ihr müsst auch Karas Macht über die Lumagier brechen. Das könnt ihr erreichen, indem ihr sie zwingt, die Ley zu benutzen, wenn sie nicht bereit, nicht gewappnet dafür ist. Vielleicht, wenn ihr einen Unfall im Knoten selbst verursachen würdet …«

Einer plötzlichen Eingebung folgend legte sie Darius' die Hand auf die Schulter und lächelte. »Und ich weiß haargenau, wen wir bitten können, uns dabei zu helfen.«

»Marcus?«

»Nein, nicht Marcus. Er ist dafür noch nicht bereit. Ich meine jemanden, der Kara längst schon hasst. Eigentlich sogar zwei Personen. Die Lumagier Iscivius und Irmona.«

SIEBEN

»Was ist hier los?«, brüllte Befehlshaber Ty, als er auf die Vollstrecker stieß, die den Ausgang verstopften. Bei sich hatte er zwei Dutzend weitere, die er eingesammelt hatte, während er durch die Gänge des Tempels zum offenen Platz gerannt war. Die sechs Vollstrecker am Ausgang verteidigten die Tür gegen die draußen heranbrandende Menschenmenge. Der Lärm vom Platz drang ohrenbetäubend laut in den schmalen Korridor, ein Gemisch aus wütendem Gebrüll, zornigen Erwiderungen und den unverkennbaren Geräuschen eines Handgemenges.

Als niemand antwortete, steigerte sich Tys eigene Wut um einige Grade. Der Befehlshaber packte einen der Vollstrecker vor ihm an der Schulter und drehte den Mann mit einem Ruck zu sich herum. Er hatte zottiges dunkles Haar und einen schlaff herabhängenden Schnurrbart. Seine Augen verengten sich zu Schlitzen, als er Ty erblickte, dann bewegte er sich erleichtert auf die Vollstrecker hinter ihm zu.

»Was ist hier los?«, verlangte Ty erneut zu erfahren.

»Vaters Anhänger proben den Aufstand«, erwiderte der Mann. »Wir haben versucht, sie zu beruhigen, aber als wir uns weigerten, Vater Dalton herzuholen, wurden sie aufgebracht. Es ist uns zwar gelungen, sie aus dem Tempel herauszuhalten, aber sie greifen gerade unsere Männer in den Kasernen und Messen an.«

Ty fluchte wüst und verrenkte sich den Hals, um durch die von den Vollstreckern verteidigte Öffnung hinaus auf den Platz zu spähen. Bürger aus der äußeren Stadt und der Zeltsiedlung verstopften den Bereich. Etliche trugen die weißen

Hemden, die sie neuerdings anzogen, um ihre Unterstützung für Dalton und die Kormanley anzuzeigen. Ein paar hatten sogar das Konvergenzsymbol der Kormanley auf den Stoff genäht oder mit Asche aufgemalt.

Einen Moment lang rollte über Ty das Übelkeit erregende Gefühl hinweg, aus Raum und Zeit gerissen zu werden, und er fand sich in Erenthrall am Rand einer Menschenmenge wieder. Die Leute hatten sich auf einem Marktplatz eingefunden, um das Urteil über einen Mann zu bezeugen, den man verdächtigte, den Kormanley anzugehören. Ty gehörte zu den Rüden, die den Menschenauflauf unter Kontrolle halten sollten. Vor Beklommenheit hatte er heftig zu schwitzen begonnen, als die von den Bürgern ausgehende Anspannung und Unruhe wuchsen, bis sie schließlich überkochten und auf dem gesamten Marktplatz ein heilloses Chaos ausbrach. Tys Alpha hatte seine Einheit in die Menschenmenge befohlen, wo die Schwerter der Rüden wahllos verstümmelt und getötet hatten. Männer, Frauen, Kinder – es hatte keine Rolle gespielt.

Das war der Beginn der Säuberung gewesen … und die Aufstände waren nur schlimmer geworden.

Mit einem bitteren Geschmack im Mund sah Ty jetzt den Vollstrecker an, den er immer noch an der Schulter hielt. »Wie heißt du?«

»Armone.«

»Such den stellvertretenden Befehlshaber Darius, Armone. Sag ihm, er soll von der Mauer so viele Männer mitbringen, wie er erübrigen kann. Wir müssen diesen Aufstand sofort beenden, bevor er außer Kontrolle gerät und sich auf die Straßen der äußeren Stadt ausweitet. Sag ihm, er soll an Gewalt anwenden, was nötig ist.«

Armone nickte und schob sich an Ty und den anderen im Gang vorbei, denen sich Ty als Nächstes zuwandte.

»Wir gehen gleich raus auf den Platz«, kündigte Ty an und erhob die Stimme, damit sie auch die hintersten Männer erreichte. »Zieht bei Bedarf die Schwerter oder sonstige Waffen, aber versucht nach Möglichkeit, die Leute nur zu verwunden.«

Damit rempelte er sich durch die Vollstrecker zur Tür durch, wo er sich von Angesicht zu Angesicht einem vielleicht dreißigjährigen Mann gegenübersah, der wutentbrannt schrie und mit dem letzten Vollstrecker am Rand des Platzes rang. Ty schlug ihm über die Schulter des Vollstreckers ins Gesicht, dann drängte er hinaus auf den Platz. Sofort wurde er von Menschen umzingelt, die sich lauthals darüber beschwerten, dass Vater als Geisel gehalten wurde. Hände zerrten an seinem roten Hemd und zogen an seinen Armen. Der Befehlshaber versuchte, durch sie zu pflügen und sich mit angezogenen Schultern zu schützen …

Dann spuckte ihm eine Frau mitten ins Gesicht.

Ty packte die Frau an der Kehle, hob sie von den Beinen und warf sie in die Menge hinter ihr. Drei andere Leute fielen unter ihrem Gewicht zu Boden. Er wischte sich den Speichel von der Wange, dann stapfte er mit entschlossen angespannten Zügen hinein in das Getümmel, stieg dabei auf einen der Gefallenen. Er drosch in Gesichter, Nieren, Rücken und hievte die Opfer beiseite, während sie vor Schmerz schrien oder stöhnten und sich um seine Fäuste krümmten. Sämtliche Kampftechniken, die man den Rüden im Verschlag unter dem Bernsteinturm beigebracht hatte, tauchten klar und deutlich aus seinem Gedächtnis auf. Er versank im Augenblick, atmete schwer durch den Mund ein und mit einem leisen Grollen durch die Nase aus, verlor jedoch nie die Kontrolle.

Der Aufstand strudelte um ihn herum, bildete einen Hintergrund aus Gebrüll und Schmerzensschreien, aber sein Augenmerk blieb auf die Männer und Frauen unmittelbar vor ihm gerichtet. Einige hechteten ihm entgegen. Gesichter tauchten aus dem Gewirr von Armen, Beinen und Leibern auf, als ihn die aufgebrachten Bürger angriffen. Er ergriff ihre Hände, zog sie mit einem Ruck näher, wenn sie an ihm krallten oder ihn kratzten, und zwang sie mit einem Kopfstoß oder einem Faustschlag in den Magen auf die Knie. Oder er drehte ihnen die Arme auf den Rücken und stieß sie auf die Steinplatten des Platzes. Einige der zunächst verächtlichen, hasserfüllten Gesichter ließen voll plötzlicher Angst von ihm ab. Ein paar weinten und versuchten, zu fliehen, steckten jedoch im Gedränge der Körper um sie herum fest.

Nachdem sich Ty zwanzig Schritte weit vorgekämpft und eine Spur stöhnender Verletzter hinter sich hergezogen hatte, nahm er einen Tumult von der anderen Seite des Platzes wahr und erkannte, dass Darius eingetroffen sein musste. Er setzte den Weg fort und schnappte sich jeden in Reichweite, doch die Grundstimmung der meuternden Menschen hatte umgeschlagen. Statt »Lasst Vater sprechen!« oder »Machträuber!« zu brüllen, während sie zum Tempel drängten, versuchten sie mittlerweile, zu entkommen, als wäre die Flut im Begriff, sich in die Ebbe zu wandeln.

Für einen Moment steigerte sich die Verzweiflung zu einem Höhepunkt, und die Menschenmenge ballte sich zusammen, als sich die Gesinnung drehte. Dann, als ob plötzlich ein Damm gebrochen wäre, strömten die Aufständischen vom Platz. Sie stoben in die teilweise von Darius und dessen Männern blockierte Zeltstadt und in die Nebenstraßen und Gassen zwischen den Gebäuden zu beiden Seiten davon. Ty ließ seine Männer sie noch kurz verfolgen, bis er die Vollstrecker zurückrief. Auch Darius setzte den Flüchtenden zu, wenngleich er ihnen eine breite Öffnung zu den Zelten ließ und Ty keinen einzigen seiner Männer einen richtig heftigen Schlag landen sah.

Mit verengten Augen heftete der Befehlshaber den Blick auf seinen Stellvertreter, dann jedoch schmeckte er Blut im Mund. Seine Lippen pochten. Er hob die Hand und berührte sie leicht. Jemand hatte ihn hart genug getroffen, um die Haut aufplatzen zu lassen; er hatte es in der Hitze des Gefechts nur nicht gespürt. Ty spuckte das Blut zur Seite aus. Allmählich machten sich andere blaue Flecke an seinem Rumpf und einer Wange bemerkbar. Auch seine Knöchel schmerzten pulsierend, und er hatte zahlreiche Kratzer an den Armen und am Hals davongetragen. Mit einem Grunzen betrachtete er die zwei Dutzend Gefallenen, die auf dem mittlerweile fast leeren Platz verstreut lagen, während Darius mit seinen Männern auf ihn zusteuerte. Alle Verwundeten wiegten sich vor und zurück, hielten ihre Verletzungen oder hatten sich eingerollt. Nur zwei rührten sich überhaupt nicht. Ty trat zu einem davon, rollte den Mann auf den Rücken und seufzte vor Erleichterung, als er feststellte, dass er lediglich bewusstlos war, nicht tot.

»Seht nach den Leuten«, befahl er. Allmählich stieg ihm der Gestank von Blut, Schweiß und Erbrochenem – der Geruch von Gewalt – in die Nase. »Bringt die Verwundeten ins Krankenhaus. Gebt mir Bescheid, falls irgendjemand tot ist.« Insgeheim betete er zu Korma, es möge niemand gestorben sein.

»Was ist passiert?«, verlangte Darius in zornigem, vorwurfsvollem Ton zu erfahren. »Warum habt ihr Vaters Anhänger angegriffen?«

Langsam drehte sich Ty zu Darius um. »Wir haben sie nicht angegriffen. Sie wollten in den Tempel eindringen.«

»Und ihr konntet sie nicht einfach davon abhalten? Einen Haufen Bürger, die keine anderen Waffen haben als Worte?«

Innerlich siedete Ty vor Wut über die Unverschämtheit seines Stellvertreters, ihn hier auf dem Platz vor ihren Untergebenen zur Rede zu stellen. Er hätte zumindest damit warten sollen, bis sie in den Kasernen oder der Planetenmaschine unter sich gewesen wären. »In diesem Ton redest du nicht mit deinem Alpha«, sagte er mit gefährlich leiser Stimme. Jeder,

der je bei den Rüden gewesen war, hätte die Warnung darin erkannt.

Darius straffte herausfordernd die Schultern. »Oder was?«

Tys Hände ballten sich wieder zu Fäusten. Doch bevor er sich seinem Beta stellen konnte – die Herausforderung erfolgte zu unverhohlen, um sie unbeantwortet zu lassen –, rief einer der Vollstrecker: »Befehlshaber, sieh dir das an!«

»Was ist?«, fragte er barsch.

»Jemand hat die Tempelmauer verunstaltet. Mit einer Art … Symbol.«

Er drehte den Kopf Darius zu. Sein Stellvertreter zeigte keine Reaktion. Ty machte auf dem Absatz kehrt. »Wo?«

»Hier.«

Eine Schar seiner Leute stand unter dem Steinvorsprung, den Vater Dalton für seine Predigten benutzte. Die Ränge der Vollstrecker teilten sich vor Ty. Zum Vorschein kam ein Abschnitt des grauen Steins des Tempels, auf den jemand mit weißer Kreide ein kreisrundes Zeichen gekritzelt hatte. Ty hatte mit dem Konvergenzsymbol der Kormanley gerechnet, doch es handelte sich um etwas völlig anderes, komplexer und detailreicher, obwohl es trotzdem krude anmutete. In der Mitte befand sich ein schlichter Kreis, oben gesäumt vom Kopf und Körper einer Schlange mit gespaltener Zunge, unten von einer hundeähnlichen Gestalt. Beide krümmten sich um den Kreis. Die Schlange schien in den Schwanz des Hundes zu beißen, der wiederum in den des Reptils.

Die Anspielung auf Vaters Vision war nicht zu übersehen. Der Anblick krampfte Ty den Magen zusammen, und er schmeckte bittere Galle in der Kehle.

Er drehte sich zu den Vollstreckern hinter ihm um. »Wascht das ab, bevor jemand es sieht. Und ich dachte, ich hätte euch aufgetragen, euch um die Verwundeten zu kümmern!«

Bei seinem scharfen Ton hasteten die Vollstrecker auf die noch auf dem Platz Verbliebenen zu, einige rannten auch in

Richtung der Kasernen, wo jene, die keinen Dienst gehabt hatten, von dem Aufstand überrascht worden waren. Viele schienen selbst blaue Flecke und Kratzer davongetragen zu haben, wenngleich keiner geneigt schien, sich deshalb im Krankenhaus zu melden. Ty beobachtete das Treiben, bevor sich sein Blick wieder auf Darius heftete.

Sein Stellvertreter beobachtete ihn noch kurz, dann wandte er sich ab und bedeutete seinen eigenen Männern, zur Mauer zurückzukehren.

Ty betrachtete erneut die Zeichnung auf der Wand, als drei Vollstrecker mit einem Eimer Wasser und einigen Lappen eintrafen. Er fluchte, als sie begannen, das Symbol abzuwaschen.

»Wo ist Kara?«, murmelte er bei sich, als er den Weg zurück zum Tempel antrat. »Sie muss davon erfahren.«

***

»Hilfe!«, rief jemand aus dem vorderen Bereich der Krankenstation.

Morrell schaute von ihrer gegenwärtigen Patientin auf – einer Frau, die sich versehentlich mit der Spindel eines Spinnrads gestochen hatte. Sie erblickte zwei Männer, die das Krankenhaus betraten. Einer stützte den anderen, beide waren blutüberströmt. Hinter ihnen folgten weitere. Einige umklammerten ihre Arme, andere hinkten oder pressten Hemden oder Lappen auf Kopfverletzungen.

»Bei Bastions vermaledeiten Höllen«, fluchte Freesia drei Betten entfernt, erhob sich und wischte ihre Hände mit einem sauberen Tuch ab. »Cerrin, Morrell, helft mir mit den Neuankömmlingen!«

Morrell packte den Arm der Frau, aus deren Handfläche noch die Spindel ragte, und sagte zu ihr: »Ich bin gleich wieder da. Versuch inzwischen, die Hand nicht zu bewegen.«

Die Frau nickte nur mit tränenverschmiertem Gesicht. Die Spindel war zwischen den Knochen eingedrungen und die Wunde hatte überraschend wenig geblutet. Solange niemand versuchte, die hölzerne Nadel zu entfernen, würde nichts passieren.

Drayden setzte sich besorgt in Bewegung, als Morrell aufstand, aber sie winkte ihn zurück, bevor sie loseilte, um sich Freesia und Cerrin anzuschließen, die bereits die ersten Verwundeten zu neuen Betten führten. Morrell ergriff die Hand eines weiteren Mannes und geleitete ihn zu einer Pritsche. Er stöhnte, als er sich setzte, und hielt sich die Flanke, doch sie hatte ihn schon rasch untersucht und festgestellt, dass der Bluterguss nicht lebensbedrohlich war. Morrell forderte ihn auf zu warten, dann kümmerte sie sich um den Nächsten.

Während Freesia, Cerrin und sie eine Bestandsaufnahme der Neuankömmlinge durchführten – Männer und Frauen, die stöhnten, fluchten oder schluchzten –, setzte Morrell für sich zusammen, was geschehen sein musste. Ihr Magen verkrampfte sich vor Furcht und Entsetzen, als sie erkannte, dass alle Neuankömmlinge Anhänger von Vater Dalton waren und man sie auf dem Platz angegriffen hatte.

»Sie sind über uns hergefallen!«, rief eine Frau ungläubig, als Morrell sie auf ein Bett senkte. »Meinen Mann haben sie erst zu Boden geknüppelt und dann auf ihn eingetreten! Als ich ihn in Sicherheit ziehen wollte, haben sie angefangen, auch mich zu schlagen!«

Ihre Wange war blutverschmiert, und in ihrem Gesicht hatten sich schon mehrere Blutergüsse gebildet. Morrell schob rasch ihr Haar beiseite und nahm eine weitere Kopfwunde in Augenschein, die sich jedoch auch als nichts Ernstes erwies und nur heftig blutete. Die Frau hatte keine Knochenbrüche, und die Blutergüsse waren nicht weiter schlimm, auch wenn sie hässlich aussehen würden, wenn sie erst voll erblüht und angeschwollen wären.

»Du wirst wieder ganz gesund«, beteuerte Morrell und stemmte sich von der Bettkante hoch. Aber die Frau packte sie mit zitternden Händen.

»Hast du meinen Ehemann gesehen? Er ist groß und hat einen dunklen, dichten Bart. Geht es ihm gut?«

Morrell löste die verkrampften Finger von ihrer Schulter. »Ich habe ihn nicht gesehen, aber ich werde nach ihm Ausschau halten. Bleib hier. Es kommt gleich jemand, der dich versorgt.«

Damit eilte sie davon und lief einem massigen Mann über den Weg, die Schultern doppelt so breit wie ihre und mindestens einen Kopf größer.

»Wie konnten sie das tun?«, brüllte er ihr ins Gesicht, bevor er sie an den Oberarmen packte und sie schüttelte. »Wir wollen doch nur zu Vater! Wir wollen nur mit ihm reden!«

»Du tust mir weh!« Morrell schnappte nach Luft, als Schmerzen durch ihren Arm in ihre Schulter schossen. Sie versuchte, sich aus seinem Griff zu winden, riss den Kopf hin und her, aber sie fand keinen Halt, zumal ihre Füße praktisch über dem Boden schwebten. »Hör auf!«, schrie sie, als Panik ihre Brust ausfüllte. Ein Kribbeln setzte in ihren Armen ein, und sie erkannte, dass die Himmelslichter um ihre Finger tänzelten und sie sich bereits in den Körper des Mannes gewoben hatte. Er hatte nur einige Kratzer und blaue Flecke erlitten, nichts Schwerwiegendes, doch seine Haut hatte sich vor fieberhafter Angst und wachsendem Hass gerötet. Aber sie konnte sich nicht befreien …

»Warum lassen sie uns nicht zu ihm?«, brüllte der Mann. Blutiger Speichel spritzte von seinen Lippen.

Aus dem Augenwinkel bemerkte sie, wie Drayden auf sie zusteuerte. Als ein weiterer jäher, stechender Schmerz durch ihre Schulter zuckte, entfesselte sie panisch ihre Macht, legte sie um das Herz des aufgebrachten Mannes und drückte zu. Der Mann schnappte nach Luft und erstarrte. Im selben Augenblick kam Cerrin aus dem Nichts gehechtet und schrie: »Lass sie los!« Mit einem wilden Knurren prallte er gegen die Seite des Mannes.

Alle drei landeten krachend auf dem Steinboden, und Morrell wand sich aus dem Griff des Grobians. Sie rollte sich auf Hände und Knie und zuckte zusammen, als sich Taubheit durch den Arm ausbreitete, den er am heftigsten gequetscht hatte. Dann traf Drayden ein und kauerte sich schützend mit gefletschten Zähnen an ihre Seite. Er half ihr auf. Vor ihnen rangen Cerrin und der Mann zwischen zwei Pritschen miteinander. Die Patientin und der Patient zu beiden Seiten klammerten sich am Gestell fest, als sie von gelegentlichen Zusammenstößen der Kämpfer mit den Betten durchgeschüttelt wurden. Cerrin drosch mit den Fäusten auf den Mann ein, allerdings erzielten seine Hiebe kaum Wirkung. Da Morrells Verbindung mit dem Mann abgebrochen war, konnte er Cerrins wesentlich leichteren Körper von sich hieven und begann, sich auf die Beine zu rappeln.

»Genug!«, brüllte Freesia in den anschwellenden Tumult hinein, als weitere Leute durch den Kampf in Aufruhr gerieten. Die Stimme der Heilerin fuhr durch den Krawall wie ein heißes Messer, zugleich schneidend und vereisend. Der stämmige Mann hielt halb stehend inne, stützte sich an den Betten zu beiden Seiten ab. Sein Atem ging stoßweise, als er Freesia finster anstarrte. Sie zuckte mit keiner Wimper. Cerrin rappelte sich dort auf, wo er gelandet war, bereit, sich sofort wieder ins Gefecht zu stürzen. Seine Bewegungen waren geschmeidig und schnell wie die einer Wildkatze. Morrell wäre nicht überrascht gewesen, wenn er warnend gefaucht hätte.

Der Blick des Grobians schwenkte zu Cerrin, und er stemmte sich vollständig auf die Beine. Cerrin trat zwei Schritte vor, bewegte sich zwischen Morrell, Drayden und den Mann, doch Freesias Stimme ließ beide Männer erneut innehalten.

»Ich sagte, es reicht!« Sie stapfte dem Grobian zugewandt vorwärts und achtete darauf, sich vor Cerrin zu stellen. »Du hast doch die ersten Verwundeten hergebracht, nicht wahr?«

Der Mann verlagerte den Blick von Cerrin zu Freesia. »Ja.«

»Gut. Wir kümmern uns jetzt um sie. Du solltest gehen und nachschauen, ob noch andere Hilfe brauchen.«

Der Mann schrak vor ihr zurück, als hätte sie ihn geschlagen. Dann ließ er einen finsteren Blick durch die Runde wandern. Seine Wut verrauchte, wurde von Verwirrung abgelöst. Als er sich die Brust rieb, schauderte Morrell. »Ich schätze, das könnte ich tun.«

Kurz zögerte er noch, dann jedoch drehte er sich um und setzte sich Richtung Tür in Bewegung. Als er die letzten Betten passierte, betraten drei Vollstrecker den Raum. Einen Moment lang starrten die Vollstrecker und der Mann einander an. Dann schob er sich an ihnen vorbei und verschwand erst in den Vorraum und schließlich hinaus auf die Straße.

Die Vollstrecker schauten ihm angespannt hinterher, bevor sie sich wieder dem Krankensaal zuwandten. Morrell erkannte den Anführer: Es handelte sich um den stellvertretenen Befehlshaber Darius. Den unscheinbaren Mann mit dem Schnauzbart und die rothaarige Frau bei ihm kannte sie nicht.

»Ist hier alles in Ordnung?«, erkundigte sich Darius.

Viele der Patienten in den Betten verlagerten das Gewicht, was sich rastlos und unruhig anhörte, doch Freesia trat entschlossen vor die Vollstrecker hin. »Es ist alles bestens. Müssen wir mit noch mehr Verletzten rechnen? Wir sind nämlich schon überbelegt.« Morrell sah sich um und stellte fest, dass tatsächlich viele auf dem Boden zwischen den Betten hockten oder entlang der Wände standen.

Darius verengte zwar die Augen, nickte aber respektvoll. »Der Aufstand auf dem Platz hat sich verlaufen. Von diesem Zwischenfall sollten keine weiteren Verwundeten eintreffen.«

»Gut. Ich hoffe, die Vollstrecker sind nächstes Mal so gütig, ihre Reaktion auf solche Versammlungen zu zügeln. Es ist uns nämlich viel lieber, wenn wir in unserem Krankenhaus *nichts* zu tun haben.«

Der Vollstrecker mit dem Schnurrbart schnaubte, während die rothaarige Frau grinste.

»Wir werden daran denken. Nächstes Mal.«

Darius winkte die beiden anderen hinaus, während er sich noch einmal umsah. Das verkniffene, befriedigte Lächeln, mit dem er sich zum Gehen wandte, jagte Morrell einen Anflug von Unbehagen durch die Eingeweide.

»Ich glaube, er hat sich Gesichter eingeprägt«, murmelte sie.

»Wahrscheinlich wollte er sich die Unruhestifter merken«, meinte Cerrin, »damit man sie nächstes Mal leichter aus dem Verkehr ziehen kann. Oder ausgiebiger verprügeln.«

Morrell starrte ihn an. Sein Gesicht zeichnete sich im Profil ab, da er zur Tür schaute. Sein Haar war von dem Handgemenge durcheinander, eine Wange gerötet und schmutzig von einer Abschürfung, die er sich wahrscheinlich zugezogen hatte, als er zu Boden geworfen wurde. Die Hände hatte er immer noch zu Fäusten geballt, als er schnaubte und sich ihr zudrehte. Ihre Blicke begegneten sich. Seine Augen erwiesen sich als gelblich-braun. Das war ihr zuvor nie aufgefallen.

»Danke«, sagte sie. »Für den Versuch, mir zu helfen.« Sie erwähnte nicht, dass Drayden den Mann einen Atemzug später mühelos aufzuhalten vermocht hätte. Oder dass sie sich selbst hätte retten können. Der Gedanke daran, was sie getan hatte – oder was sie *beinahe* getan hätte –, verursachte ihr bereits Übelkeit. Sie konnte es nicht gebrauchen, dass Carrins Reaktion ihre Schuldgefühle noch zusätzlich belastete.

Obwohl: Wie er sie gerade ansah … Konnte es sein, dass seine übliche Gehässigkeit bloß eine Fassade war? Warum war er herbeigestürmt, um ihr zu helfen? Das hätte er nicht tun müssen, nicht mit Drayden in unmittelbarer Nähe. Es sei denn … er *mochte* sie.

»Seid ihr hier, um zu heilen oder um Maulaffen feilzuhalten?«, ertönte Freesias scharfe Stimme ein paar Schritte entfernt und ließ sowohl Morrell als auch Cerrin zusammenzucken. Morrell legte eine Hand auf ihr rasendes Herz, Cerrin schaute finster drein.

»Warum lassen wir nicht Morrell alle heilen?«, fragte er in fiesem Ton. »Sie ist doch die mit den magischen Kräften.«

Seine spöttisch gefärbte Stimme krampfte Morrell den Magen zusammen. Ihr Körper versteifte sich, und sie spürte Tränen in den Augenwinkeln. Wie konnte sie auch nur einen Atemzug lang glauben, ihm könnte etwas an ihr liegen? Immerhin war sie eine Zugereiste aus Muld. Und sie war *anders.*

Freesia versetzte ihm einen Klaps auf den Hinterkopf. »Ich dachte, über diesen Aspekt deiner Einstellung hätten wir bereits gesprochen. Muss ich mich wirklich wiederholen?«

Cerrin zog den Kopf ein. »Nein.«

»Dann geh und kümmer dich um die Verwundeten. Fang links hinten an und arbeite dich nach vorn durch. Morrell, du übernimmst die rechte Seite. Behandelt nur diejenigen, die behandelt werden müssen, und schickt sie dann wieder ihrer Wege. Außer natürlich es sind schwerwiegendere Fälle.«

Cerrin schleuderte Morrell einen bösen Blick zu, als wäre alles ihre Schuld, dann stapfte er zum hinteren Bereich des Saals los.

»Alles in Ordnung?«, erkundigte sich Drayden mit tief in der Brust grollender Stimme. Die Härchen in seinem Nacken waren immer noch aufgerichtet.

Morrell tätschelte beschwichtigend seinen Arm. »Es geht mir gut. Ich bin nur … erschüttert.«

Danach stürzte sie sich in die Arbeit, verband einen Kratzer, nähte aufgeschlitzte Haut und Muskeln, tastete Blutergüsse ab und untersuchte Arme und Beine auf gebrochene Knochen. Die Himmelslichter benutzte sie nur, um sicherzustellen, dass sie keine inneren Blutungen bei denjenigen übersah, denen man in Bauch, Rücken oder Brust getreten hatte, und um sich zu vergewissern, dass keine Knochen angeknackst waren. Die meisten, die das leichte Flackern der Himmelslichter um ihre Finger bemerkten, japsten und starrten sie mit einer Ehrfurcht an, die jener glich, die sie Vater Dalton entgegenbrachten. Einige schraken auch zurück oder knirschten mit den Zähnen, bis die Lichter erloschen. Nur einer verweigerte die Behandlung durch Morrell und wechselte von ihrer Seite des Raums zu der von Cerrin.

Drayden behielt all ihre Patienten von der nächstgelegenen Wand mit scharfem Blick im Auge.

Während Morrell arbeitete, brummelten ihre Patienten ständig darüber, was sich auf dem Platz zugetragen hatte. Einige verglichen die Ereignisse mit den Aufständen in Erenthrall während der Säuberung. Andere schwiegen und siedeten nur voll loderndem Zorn vor sich hin. Die Mehrheit wollte nur, dass Morrell ihre Schmerzen beendete und entließ. Diese Menschen wirkten überwiegend ausgelaugt oder benommen vor Ungläubigkeit. Morrell erwiderte nichts, während sie sprachen. Sie war nicht in Erenthrall aufgewachsen, hatte die Säuberung dort nicht selbst miterlebt.

Ihr Vater hatte sie nur einmal in die Stadt mitgenommen, unmittelbar vor der Zersplitterung – und das hatte sich zu einer Katastrophe entwickelt. Damals waren sie von den Rüden gefangen genommen und in Zellen unter dem Bernsteinturm gesperrt worden. Sie wären höchstwahrscheinlich bei der Explosion umgekommen, wenn sie nicht tief unten im Verlies gesteckt hätten, als die Zersplitterung eintrat. Und danach wären sie ohne Kara *mit Sicherheit* gestorben.

Morrell verzog das Gesicht zu einer Grimasse. Ihre Gedanken kreisten und kreisten, kamen nicht zur Ruhe und weigerten sich beharrlich, sich mit dem auseinanderzusetzen, was ihr in Wirklichkeit Kopfzerbrechen bereitete – nämlich das, wofür sie die Himmelslichter bei dem Mann benutzt hatte, von dem sie so heftig geschüttelt worden war. Sie hatte sein Herz gequetscht. Was hätte sie wohl getan, wenn Cerrin nicht dazwischengegangen wäre? Was hätte sie tun *können?* Ihn entarten wie die Himmelslichter in Erenthrall, die Rüden in Halbwölfe verwandelt hatten? Sie hatte Tage damit verbracht, jene Halbwölfe zu behandeln, die wieder Menschen werden wollten und hatte sie so gut wiederhergestellt, wie sie es vermochte. Manche Halbwölfe hatten es vorgezogen, verwandelt zu bleiben, und die meisten von ihnen waren mit Grant und ihrem Vater nach Erenthrall gereist.

Plötzlich lösten sich Tränen von ihren Augen. Zornig wischte Morrell sie weg. Sie wollte mit ihrem Vater reden, wollte ihm erzählen, was sie getan hatte, aber natürlich war er nicht da. Er war nie da, nicht, wenn sie ihn brauchte. Sie wusste, dass sie ihm damit unrecht tat, trotzdem empfand sie so. Dagegen konnte sie nicht an.

»Ist schon gut, Püppchen.«

Mit einem Japsen schrak Morrell zurück und ließ die runzlige, schwielige Hand der alten Frau sinken, die sie gerade untersuchte.

Die Augen der Greisin weiteten sich leicht. »Ist alles in Ordnung?«

»Ich …« Morrell schluckte, beugte sich vor und ergriff die Hand wieder. Sie fühlte sich durcheinander. »Es geht mir gut. Es ist nur … Du hast mich ›Püppchen‹ genannt. So nennt mich mein Vater immer. Und ich hasse es.«

Die alte Frau schmunzelte, als Morrell ihre Hand herumdrehte. »Das hat nichts zu bedeuten. Ich bin alt. Für mich ist jede junge Frau ein ›Püppchen‹. Du hast geweint. Ich dachte mir, dadurch würdest du dich vielleicht besser fühlen.«

Morrell wischte sich erneut mit dem Handrücken über

die Augen. »Es ist nichts weiter. Ich musste nur gerade an ihn denken, das ist alles. Er ist … nicht da. Er ist nie da.«

»Ach so. Ich dachte, du wärst wegen dem so aufgebracht, was auf dem Platz passiert ist.«

»Nein«, erwiderte Morrell, bevor ihr klar wurde, wie das klingen musste. »Ich meine, doch, ja! Ich bin auch deswegen aufgebracht, aber …«

Die Greisin musterte sie. »Aber du hast nicht deshalb geweint.«

»Richtig, deshalb nicht.« Sie wandte sich wieder der Hand der Frau zu. »Ist nur eine Abschürfung. Ich glaube nicht, dass etwas gebrochen ist. Achte darauf, dass die Wunde sauber bleibt, dann wird die Hand wieder wie neu.«

»In meinem Alter wird nichts mehr wie neu«, entgegnete die Frau. Seufzend setzte sie dazu an, aufzustehen, bevor sie innehielt und Morrell in die Augen sah. »Geht er denn absichtlich fort? Will er weg?«

Morrell brauchte einen Moment, um zu begreifen, dass sie ihren Vater meinte. »Ja. Nein.« Sie holte tief Luft, bevor sie den Atem heftig ausblies. »Ich weiß es nicht. Ich glaube nicht.«

»Dann geht er, weil er es als seine Pflicht empfindet, und daraus kannst du ihm keinen Vorwurf machen. Ebenso wenig, wie man uns einen Vorwurf daraus machen kann, dass wir Vater sprechen hören wollen. Oder den Vollstreckern dafür, dass sie wollen, dass wir ruhig und friedlich bleiben. Das bedeutet aber nicht, dass es dir – oder uns – gefallen muss. Man tut, was man kann, mit den Fähigkeiten, die man besitzt.«

Damit erhob sie sich, stützte sich dabei an Morrells Schulter ab und verließ anschließend mit steten Schritten den Krankensaal.

Morrell schaute ihr schweigend nach. Ein Stück entfernt bemerkte sie die Frau, die sie zuvor zurückgehalten hatte. Sie umarmte gerade einen Mann – ihren Ehemann, vermutete

Morrell. Jedenfalls war er groß und hatte einen dunklen, dichten Bart.

Morrell wandte sich der nächsten Patientin zu, der Frau mit der aus der Handfläche ragenden Spindel.

»Es tut kaum noch weh«, sagte die Frau. »Ich glaube, ich bin gegen die Schmerzen abgestumpft.«

»Warum hat sich Freesia nicht darum gekümmert?«, fragte Morrell verärgert. »Das ist eindeutig etwas Ernsteres als viele andere Wunden, die wir uns in der letzten Stunde angesehen haben.«

»Ich glaube, sie hat mich nicht bemerkt.«

Morrell kauerte sich neben die Patientin. »Es wird wehtun, wenn ich die Spindel herausziehe.«

»Das dachte ich mir schon.«

Morrell untersuchte die Verletzung erneut, drehte die Hand hin und her. Sie wollte die Spindel nicht herausreißen. Die Frau hatte bereits genug gelitten, vor allem, da sie so lange warten musste.

Man tut, was man kann, mit den Fähigkeiten, die man besitzt.

Sie schaute zu der Patientin auf. »Rühr dich nicht, ganz gleich, was geschieht.«

Bevor die Frau etwas erwidern konnte, beschwor Morrell die Himmelslichter herbei und ergriff die Hand der Patientin so, dass sich ihre Finger zu beiden Seiten um die Spindel schmiegten. Dann versank sie im Rhythmus des Körpers der Frau und gleichzeitig im Holz der Spindel, deren Spitze sie in der Nähe der Eintrittswunde abtrennte. Der obere Teil fiel ab und landete klappernd auf dem Boden. Der untere Teil glitt sauber aus der Wunde. Die Frau wollte die Hand vor Überraschung zurückreißen, aber Morrell hielt sie fest und arbeitete bereits an dem klaffenden Loch in der Haut. Sofort floss Blut, doch genauso schnell strömte Wärme durch Morrells Hände, als sie Gewebe, Sehnen und Muskeln wieder zusammenfügte.

Es kostete sie nicht so viel Energie, wie sie vermutet hatte, dennoch sank sie schlaff zurück, während sie die Hand der Patientin langsam fahren ließ. Als sie mühsam den Kopf hob, hielt die Frau ihre Hand ehrfürchtig vor sich. Das Loch war verschwunden. Nur ein etwas rosiger Kreis neuer Haut erinnerte noch daran.

Sie sah Morrell an. »Danke«, flüsterte sie, bevor sie wackelig aufstand – das Heilen laugte die Patienten genauso sehr aus wie Morrell selbst. Dann ging sie auf die Tür zu und strich unterwegs verwundert mit den Fingern über ihre Handfläche.

»Gute Arbeit«, lobte Freesia, die von hinten an Morrell herantrat und ihre Schultern massierte. »Ich wusste, dass du dich darum kümmern würdest. Hätten wir es versucht, wäre es … blutig geworden. Wir sind hier fast fertig. Warum gehst du nicht und ruhst dich in deiner Unterkunft aus?«

Freesia trat zurück, als sich Morrell erhob. »Ich glaube, das mach ich, danke. Bist du sicher, dass ihr mich hier nicht mehr braucht?«

»Mit dem Rest kommen Cerrin und ich zurecht.«

Sie bemerkte Cerrins finstere Miene auf der anderen Seite des Saals, entschied jedoch, nicht darauf zu achten.

»Dann gehe ich jetzt.«

Sie holte ihre Sachen aus dem kleinen Raum mit Gläsern, Töpfen und Flaschen voller Heilkräuter, Salben und Öle, bevor sie hinaus auf die Straßen der äußeren Stadt trat, gefolgt von Drayden. Morrell schlug die Richtung des Tempels ein, allerdings nicht, um in ihre Kammer zurückzukehren.

Ihr Vater mochte nicht da sein, und Janis sich entschieden haben, in Muld zu bleiben, aber es gab noch andere, mit denen sie reden konnte, zum Beispiel Cory und Hernande. Und sie musste *dringend* mit jemandem sprechen.

***

»Sie verrutscht schon wieder!«, rief Marcus über den offenen Raum der Grube.

Kara knurrte frustriert, als sie spürte, wie der Kristall kippte, den Marcus festhielt. Die anderen, die sich mit dem Nexus verbunden hatten – Iscivius, Irmona, Okata und Carter – versteiften sich. Kara brauchte ihre Gesichter nicht zu sehen, um das zu wissen – sie konnte über die Verbindung zur Ley fühlen, wie sie die Muskeln anspannten und die Zähne zusammenbissen. Seit der Zersplitterung, seit sie gezwungen war, täglich in die Ley einzutauchen, war ihre Empfänglichkeit stärker geworden. Sie war auf die Ley und die Schwingungen derer eingestimmt, die sich mit ihr verbanden.

Stockend atmete sie ein und rief: »Lass sie los.« Ihre ruhige Stimme verriet nicht, was für ein Aufruhr in ihrer Brust und den Eingeweiden tobte. Kurz durchzuckte sie von Kopf bis Fuß der schier unbändige Drang, hemmungslos zu weinen. Ein Schauder begleitete die Empfindung, bevor Kara sie unterdrückte, als Marcus die Kristallplatte in ihre ursprüngliche, stabile Lage zurückschwingen ließ.

Vor ihr stieg weißes Ley-Licht wie eine Fontäne aus den Tiefen auf. Sie ließ sich von den Bewegungen der Ley beruhigen, die wie Wasser anmuteten, obwohl die Ley nicht flüssig war. Die anderen versammelten sich, kehrten von ihren Plätzen rings um den Quell zurück. Die Kristalle waren zurückgesetzt und würden nicht verrutschen, es sei denn, über die Ley-Linien käme ein unverhoffter Energieschwall herein.

»Sie bleibt einfach nicht stehen.« Marcus schüttelte mutlos den Kopf. »Obwohl sie es sollte – ich kann sehen, dass diese Anordnung stabil wäre. Aber sie ist es nicht. Ich weiß nicht, warum.«

»Ist das nicht offensichtlich?«, fragte Iscivius.

Kara versteifte den Körper. Sie war nicht sicher, warum sich die Haltung von Iscivius und Irmona vor einer Woche so unverhofft gewandelt hatte, aber sie traute dem Umschwung nicht. Zwar verhielten sich beide Kara, Marcus und einigen anderen wie Okata gegenüber immer noch schroff und kalt, aber sie hatten angefangen, während ihrer kurzen Aufenthalte in der Grube Vorschläge einzubringen.

Es ärgerte Kara, dass viele ihrer Gedanken und Anmerkungen tatsächlich nützlich waren.

»Was ist offensichtlich?«

»Die Anordnung bleibt nicht bestehen, weil ein Teil von ihr fehlt. Wir brauchen einen weiteren Kristall, den wir unter den anderen in den Nexus einsetzen können und der als … als Anker für den Rest dient.«

»Aber wir haben keinen weiteren Kristall«, warf Okata ein. »Und nur die Ober-Lumagier wissen, wie man sie herstellt.«

Iscivius setzte zu einer spöttischen Erwiderung an, bremste sich aber. »Richtig, diese sechs hat Lecrucius angefertigt«, räumte er ein. »Aber er hat dafür unsere Hilfe gebraucht. Sowohl Marcus als auch ich haben umfassend mit ihm zusammengearbeitet.«

»Du mehr als ich«, murmelte Marcus.

Iscivius neigte zustimmend den Kopf. »Stimmt. Als Sohn des Vaters hattest du auch weitere Pflichten.«

In den Worten schwang unterschwellig Missgunst mit, doch nach allem, was Marcus ihr erzählt hatte, traf das durchaus zu. Marcus war oft nach Tumbor oder Erenthrall entsandt worden, während Iscivius bei der Nadel geblieben war. Was Iscivius genutzt hatte, um sich Lecrucius' Gunst zu erschleichen und Marcus' Macht bei jeder sich bietenden Gelegenheit zu untergraben.

»Könntest du denn einen Kristall nachbilden?«, fragte Kara. Ihre Stimme klang brüchig vor Erschöpfung.

»Ich könnte es zumindest versuchen.«

»Du *musst* es versuchen«, merkte Irmona in scharfem Ton an. Ihr Blick fiel auf Kara. »Du spielst mittlerweile seit Wochen mit den Kristallen herum und kommst nicht weiter. Die letzten zwei Tage haben wir nur noch Anordnungen wiederholt, die du schon vergangene Woche ausprobiert hast! Irgendwann musst selbst du dir eingestehen, dass du geschlagen bist, Kara.«

Marcus, Okata und den jüngeren Carter trieb Irmonas Ton sichtlich zur Weißglut, doch Kara hob die Hand, um die drei zu beruhigen.

»Sie hat recht. Wir wiederholen die Anordnungen.« Kara drehte den Kopf und starrte auf die wallende Ley und die schwebenden Kristalle. »Aus den Kristallen, die uns zur Verfügung stehen, haben wir alles herausgeholt. Und es gibt keine weiteren bekannten Ley-Linien, die wir anzapfen könnten, um ihre Energie zu verstärken. Das bedeutet, wir müssen entweder die Kristalle im Nexus ergänzen … oder uns damit abfinden, dass wir an unsere Grenzen gestoßen sind, und hoffen, dass es reicht, um gegen die Verkrümmung über Tumbor anzugehen.« Die Möglichkeit, die Mentoren von der Universität die Kristalle in einem unnatürlichen Zustand halten zu lassen, wollte sie vorerst nicht erwähnen. Zumindest solange nicht, bis sie herausgefunden hatten, wie sie ihre Gebilde im Geflecht so erschaffen konnten, dass sie nicht ständig von einem Mentor aufrechterhalten werden mussten.

Iscivius und Irmona wechselten einen verstohlenen Blick. Die anderen rührten sich, wenngleich Kara auffiel, dass ihr niemand widersprach. Ihre Reaktion beunruhigte sie mehr als der anstehende Versuch, die Verkrümmung zu beseitigen.

Sie neigte das Haupt. »Was brauchst du?«

»Sand«, antwortete Iscivius sofort. »Den feinsten Sand, den wir auftreiben können. Und ein Fass mit kaltem Wasser. Es geht nur hier in der Grube, weil wir die Ley selbst gleichsam als Esse verwenden müssen. Lecrucius hat den Großteil des Schmiedens übernommen, mit Marcus oder mir als Rückhalt. Aber ich bin nicht stark genug, um allein zu tun, was getan werden muss. Ich brauche mindestens zwei weitere Lumagier, vielleicht drei.«

»Wir stehen dir alle zur Verfügung«, erwiderte Kara und zeigte auf die in der Grube Anwesenden. »Besorg dir, was du brauchst.«

Iscivius zog die Augenbrauen hoch. »Jetzt gleich?«

»Warum nicht?«

Er ließ den Blick über die anderen wandern. »Okata und Carter, holt ein Fass hier runter und füllt es mit Wasser. Irmona und ich besorgen den Sand.«

Alle vier setzten sich zur Treppe in Bewegung, Okata und Carter zuerst, Iscivius und Irmona danach. Irmona sagte etwas zu Iscivius. Ihr Blick zurück zu Marcus und Kara wirkte vernichtend, doch was immer Iscivius erwiderte, schien sie zu beschwichtigen.

»Du weißt, dass wir ihnen nicht trauen können, oder?«, fragte Marcus. »Ganz gleich, wie hilfreich sie sich in letzter Zeit geben.«

»Deshalb bleiben wir auch hier. Du weiß, wie Lecrucius es getan hat. Du musst sicherstellen, dass jetzt das Gleiche geschieht.«

»Viel weiß ich nicht. Wie Iscivius ganz richtig sagte, war ich überwiegend als Rückhalt dabei. Lecrucius hat mich nicht viel davon sehen lassen, was er gemacht hat.«

»Wie viel mehr würde er Iscivius gezeigt haben?«

Marcus zuckte mit den Schultern. »Der hat sich in der Absicht an Lecrucius angebiedert, mehr Macht zu erlangen. Iscivius hat ihm bei vier der sechs Kristalle geholfen. Ich war nur bei zwei anwesend. Jedenfalls weiß ich nicht annähernd genug, um es selbst zu versuchen.«

Okata kehrte mit einem riesigen, leeren Fass über einer Schulter zurück. Seine Muskeln traten vor Anstrengung hervor. Kara vergaß oft, dass dieser Lumagier ein Gorrani war und regelmäßig mit dem Schwert übte. Hinter ihm folgte

Carter mit zwei Eimern, aus denen Wasser schwappte, als er die Stufen herunterstieg.

»Wo will er das Fass haben?«, fragte Okata.

»Hier drüben«, antwortete Marcus und entfernte sich, um Okata zu zeigen, wo er es abstellen sollte. »Zumindest hatte es Lecrucius immer hier stehen.«

Okata hievte seine Last mit einem Grunzen von der Schulter und ließ sie zu Boden sinken, wo das Fass mit einem dumpfen Laut landete. Anschließend wischte er sich Schweiß von der Stirn. Carter wartete, bis er zurücktrat, bevor er die zwei Eimer Wasser ins Fass schüttete. Trübsinnig starrte der junge Lumagus sodann in das Behältnis. »Das werden noch viele Märsche zum Brunnen.«

Okata packte ihn an der Schulter und schleifte ihn mit sich zurück zur Treppe.

Während die beiden weiter das Fass füllten – und sie darauf warteten, dass Iscivius und Irmona mit dem Sand zurückkehrten –, richtete Kara die Aufmerksamkeit auf den Nexus. Sie konnte Marcus in der Ley fühlen. Er beobachtete sie, während er Okata und Carter beaufsichtigte, aber sie entsandte ihre Sinne nicht, um die Kristalle zu berühren.

Stattdessen überlegte sie, wie der Nexus angeordnet werden musste, wenn sie einen weiteren Kristall einfügten. Die Ranken der Ley wölbten sich aus der Tiefe herauf. Unten strömten die Ley-Linien zusammen, bevor sie manipuliert und entlang verschiedener Leitungen zurückgeschickt wurden. Die rhythmischen Bewegungen der Ranken zogen Kara in ihren Bann. Sie ließ sich davon umhüllen, trieb mit ihren Strudeln. In Gedanken ordnete sie den zusätzlichen Kristall dort an, wo Iscivius vorgeschlagen hatte; unter den anderen sechs, auf dass er als Anker diente. Jeder Kristall drückte gegen die anderen auf der Suche nach einem Gleichgewicht, das vom Einfluss der Ley bestimmt wurde. Sie konnte sich vorstellen, dass der siebte Kristall wie von Iscivius beschrieben wirken würde, konnte vor sich sehen, wie sich der Fluss zu einem neuen Muster verschob. Aber würde sich dadurch die Stärke der Ley steigern oder verringern? Würde die neue Scherbe es ermöglichen, die Kristalle in die von ihr gewünschte Anordnung zu bringen?

Kara vermochte es nicht zu sagen. Sie würden es einfach ausprobieren müssen.

Aber war das die einzige Möglichkeit für den siebten Kristall? Was, wenn sie ihn stattdessen dort anbrächte und die anderen geringfügig verschob …

Marcus berührte sie zart am Arm. »Sie sind zurück.«

Hinter ihnen stand Iscivius mit gerunzelter Stirn über einem Sack und ließ Sand durch die Finger einer Hand rieseln. Ein zweiter Sack stand neben seinen Füßen. Die anderen scharten sich um ihn, Okata und Carter in der Nähe des Wasserfasses, Irmona etwas abseits mit missbilligender Miene. Aber Iscivius' Aufmerksamkeit galt ganz dem Sand, Irmonas hingegen eher Iscivius selbst.

»Ist er fein genug?«, erkundigte sich Okata.

»Er wird reichen müssen.« Iscivius ließ die Reste in seiner Hand zurück in den Sack fallen.

»Was sollen wir tun?« Kara ließ in ihrer Stimme nicht durchklingen, wie sehr es ihr widerstrebte, Iscivius die Kontrolle überlassen zu müssen.

Iscivius ließ den Blick über die anderen wandern, dann straffte er die Schultern. »Okata und Irmona, stellt euch dahin und dorthin. Ihr haltet euch aus dem Erschaffen des Kristalls heraus. Falls etwas Unvorhergesehenes passiert, sorgt ihr dafür, dass der Nexus stabil bleibt. Carter, du stellst dich zum Fass. Hilf Okata und Irmona, falls es nötig ist. Ihr zwei«, sagte er und drehte sich Kara und Marcus zu. »Ihr seid meine Unterstützung. Stellt euch hinter mich. Beobachtet mich, sowohl mit den Augen als auch durch die Ley. Stützt mich, falls ich schwächle.«

Niemand erwiderte etwas, alle nahmen nur die ihnen zugewiesenen Plätze ein. Iscivius bewegte sich mit den zwei Säcken, die Irmona und er mitgebracht hatten, näher zur Grube, einer in jeder Hand. Kara entsandte die Sinne in die Ley und spürte, wie es ihr Iscivius und Marcus gleichtaten.

Iscivius begann, die Ley in der Grube zu Schichten zu falten, indem er die Ränder hoch und in die Mitte zog, sich dabei um die Seiten herum vorarbeitete, als knete und stampfe er Brotteig. Kara hatte in keinem der Knoten in Erenthrall je gesehen, dass jemand die Ley auf diese Weise bearbeitet hätte. Sie selbst wäre nie auch nur auf die Idee gekommen. Mit einer unausgesprochenen Frage auf den verkniffenen Lippen schaute sie zu Marcus, der kaum merklich zur Bestätigung nickte. So hatte es auch Lecrucius gemacht.

Als sie sich umdrehte, sah sie gerade noch, wie Iscivius die zwei Säcke mit Sand in die Grube warf, mitten hinein in die Schale der Ley, die er weiter knetete.

Die Jutesäcke selbst verbrannten schlagartig. Der Sand hingegen fiel weiter, während organische Verunreinigungen zwischen den Körnern ebenfalls praktisch verdampften. Schwerere Körner fielen durch die Schale – Iscivius faltete immer noch fieberhaft Schicht um Schicht von den Seiten zur Mitte. Die leichteren, feineren Körnchen wurden von den Bewegungen erfasst und in die Ley eingebunden. Kara japste, als sie begriff, weshalb der Sand so fein sein musste – wäre er gröber, würde er einfach zum Boden der Grube fallen.

Dann jedoch heftete sich ihre Aufmerksamkeit darauf, was in der Ley-Schale vor sich ging. Unbewusst trat sie einen Schritt vor, um mehr zu sehen. Marcus' Hand hielt sie vom Rand des Abgrunds zurück.

Iscivius' Knetbewegungen beschleunigten sich. Ley schwappte von den Seiten der Schale nach außen und oben, ehe sie zurück in die Mitte sank und Sandkörner mit sich riss. Mit der Beschleunigung steigerte sich die Hitze. Genauer gesagt wurden die Sandkörner selbst durch die immer schnellere Reibung heißer.

Kara schob fasziniert Marcus' warnende Hand beiseite und trat weiter vor, stellte sich neben Iscivius. Der Lumagus ließ sich davon nicht in seiner Konzentration stören, die so gebündelt und intensiv wie die flammende Ley blieb. Mittlerweile stiegen die Schwaden so schnell auf und fielen zurück, dass sie zu verschwimmen begannen. Aber Kara konnte fühlen, wie sich der Sand in der Mitte, wo die Kraft und der Druck der Bewegungen am stärksten wirkten, allmählich verfestigte. Als wenn sie in einem Ofen erhitzt würden, um Glas zu formen, fügten sich die Körnchen zusammen und verschmolzen zu einer neuen Struktur.

Die Ley gleißte, nicht vor Instabilität, sondern vor blendendem Licht. Iscivius' Hand schoss zur Seite, und seine Finger umklammerten Karas Unterarm. Durch die Berührung spürte sie, wie er schauderte. Schweißtropfen von seiner Stirn fingen an, über sein Gesicht zu rinnen, in den Achselhöhlen und an der Brust hatten sich bereits große, feuchte Flecke gebildet. Er gab ein unverständliches Knurren von sich, und seine Hand verkrampfte sich zu einer Klaue, die Finger bohrten sich schmerzhaft in Karas Muskeln.

»Er hat Mühe, den Strom aufrechtzuerhalten!«, rief Marcus, der plötzlich auf Iscivius' anderer Seite erschien. »Wir müssen ihm helfen! Wenn der Vorgang jetzt ins Stocken gerät, schlägt er fehl!«

Ohne nachzudenken, entsandte Kara die Sinne und nahm Verbindung mit Iscivius auf. Sie ließ ihre Kraft in ihn fließen und diente ihm als Leiter für die Energie der Ley. Ein zweiter Strom aus Marcus' Richtung ergänzte den ihren, und zusammen stärkten die beiden Iscivius. Sein Schaudern legte sich, doch seine Aufmerksamkeit verließ für keinen Lidschlag die Grube und das grelle, weiße Inferno der Ley. Die glich mittlerweile einem tränenförmigen Feuer, das sich zur Obsidiandecke über ihnen erstreckte. Kara war nicht mehr in der Lage, die einzelnen Schichten auseinanderzuhalten, aber sie konnte sie fühlen, als sich die Gesamtheit des Gefüges wild drehte und mit jedem Atemzug hundertfach ineinander faltete. Und immer noch wuchs der Kristall in der Mitte, glättete sich, entwickelte sich zu einer bestimmten Form mit deutlichen Rändern und klaren, ebenen Flächen.

Wieder begann Iscivius zu zittern, obwohl ihn Kara und Marcus stärkten. Seine Kieferpartie verkrampfte sich, die Muskeln spannten sich an, und das Schaudern steigerte sich zu einem heftigen Zittern, das sich durch seinen gesamten Körper ausbreitete. Er ruderte mit den Armen, und Marcus ergriff den rechten, um ihn zu stützen. Iscivius begann zu röcheln, seine Atmung wurde zu einem abgehackten, feuchten Rasseln. Irmona kreischte hinter ihnen, doch Kara achtete nicht darauf, als Iscivius anfing, das intensive Gebilde näher zum Rand der Grube, zu dem Fass mit Wasser zu rücken. Okata und Carter, die beide dort standen, wichen zurück, die Arme erhoben, um die Augen abzuschirmen.

Mittlerweile war auch Kara dazu übergegangen, Iscivius' Arm zu umklammern, um ihn auf den Beinen zu halten, wenn ihn die Kraft letztlich verließe. Und tatsächlich, gleich darauf brach er mit einem Aufschrei zusammen. Kara und Marcus gelang es nur mit Müh und Not, sein volles Gewicht aufzufangen, bevor sie ihn langsam zu Boden gleiten ließen. Die Tränenform erglühte kurz, dann fiel die von Iscivius' Einwirken befreite Ley in einem Guss wie Wasser aus einem plötzlich umgedrehten Eimer. Der Kristall, den Kara nun nicht mehr sehen konnte, fiel mit der Ley.

Der Schwall Ley prallte auf das Fass, dessen Holz im selben Augenblick verpuffte, in dem der weiß glühende Kristall das kalte Wasser darin erreichte. Ein tosendes Zischen hallte durch die Kammer und ließ Kara vor Überraschung jäh zurückweichen. Mit summenden Ohren hörte sie, wie die anderen erschrocken aufschrien, wenngleich die Laute nur gedämpft zu ihr drangen.

Irmona stieß sie beiseite und schrie etwas darüber, dass sie Iscivius vorsätzlich getötet habe, obwohl er ihnen helfen wollte. Die Ley des Gebildes floss indes über den Steinboden der Grube zurück in den Quell. Marcus rappelte sich dort auf, wo er gefallen war, und bewegte sich auf einen feuchten Bereich des Bodens zu, wo runde Metallklammern und eine hohe Dampfsäule die Stelle kennzeichneten, an der das Fass gestanden hatte. Irmona rollte Iscivius auf den Rücken und beugte sich nach wie vor fluchend und kreischend über ihn. Dann schlug sie ihm ins Gesicht.

Der Lumagus rührte sich nicht.

Mit hasserfüllten Augen wirbelte Irmona zu Kara herum. »Du hast ihn umgebracht!«

Ohne auf Marcus und die anderen zu achten, setzte sich Kara in Bewegung und kniete sich neben Iscivius. Das Herz war ihr als harter Klumpen in den Hals gesprungen. Sie packte Iscivius am Kinn und drehte seinen Kopf zu sich, bevor sie scharf die Luft ausblies.

»Er ist nicht tot. Er atmet noch. Er ist nur bewusstlos.«

Bevor Irmona etwas erwidern konnte, stand sie auf und stapfte zu Marcus, Okata und Carter. Alle drei knieten oder standen um dieselbe Stelle. Als sich Kara näherte, beugte sich Marcus vor und hob mit vorsichtigen, präzisen Bewegungen etwas vom Boden auf. Als er sich aufrichtete und umdrehte, hielt er eine dicke, flache Glasscheibe vor sich. Nur handelte es sich nicht um Glas. Dafür war die Scheibe zu klar, zu glatt, ohne jede Erhebung oder Blase oder auch nur geringste Unreinheit in der Oberfläche. Im richtigen Winkel gehalten würde Kara sie nicht einmal sehen können.

»Was machen wir jetzt damit?«, fragte Okata. In seiner Stimme schwang widerwilliger Respekt mit.

Marcus' Blick blieb starr. Kara sah Schweißperlen auf seiner Stirn. »Wir bringen es zur Grube.« Behutsam setzte er sich in Bewegung, einen Schritt nach dem anderen. Als er an Kara vorbeiging, sagte er: »Alle sollen sich bereithalten, die anderen Kristalle festzuhalten. Ich weiß nicht, wie sie sich verhalten werden, wenn wir den neuen einfügen.«

Kara gab Okata und Carter ein Zeichen. Wortlos marschierten die beiden zur anderen Seite der Grube los. Ihr Blick fiel auf Irmona. Iscivius lag nach wie vor bewusstlos neben ihr, doch die Lumaga starrte sie nur zornig an, während sie eine Hand schützend auf Iscivius' Brust ruhen ließ. Kara trat neben Marcus, als er sich dem Rand der Grube näherte, wo er die Ley und die sechs anderen Kristalle vor sich hatte.

»Bereit?«

»Ja«, antwortete sie. »Was genau wirst du …«

Ohne Vorwarnung warf er den Kristall in die von unten emporschießende Ley.

Kara japste. Okata fluchte.

Kaum berührte die Scherbe die Ley, wurde sie von ihren Strömungen erfasst und zum Rest der Kristalle getragen. Die Ley reagierte sofort drauf, brach und krümmte sich in neue Verläufe. Die Auswirkungen der neuen Strömungen erreichten die alten Kristalle innerhalb weniger Atemzüge und versetzten die meisten davon in Drehung. Okata fluchte erneut und hob unterbewusst eine Hand, als er die in seiner Nähe zu kontrollieren versuchte. Kara kämpfte mit den ihren, als Marcus murmelte: »Ich übernehme den neuen Kristall, ihr kümmert euch um den Rest.«

»Ich versuch's ja«, presste Kara zwischen zusammengebissenen Zähnen hervor. Der gesamte Nexus erzitterte, als sich alle vier bemühten, die sieben Kristalle in eine neue Anordnung zu bringen. Allerdings hatten sie es noch nie mit sieben Kristallen gleichzeitig zu tun gehabt. Jede noch so feine Bewegung löste eine Kettenreaktion aus, die alle sechs anderen Platten in neue Schwingungen versetzte. Kaum war ein Kristall fixiert, rührte sich ein anderer und verschob den vorherigen wieder. Es erwies sich als heikler Eiertanz, bei dem sie in jedem Augenblick hart am Rand des Absturzes in Chaos entlangschrammten.

Karas Muskeln spannten sich zum Zerreißen, obwohl sie sich nicht rührte. Ihr Körper wappnete sich für eine Explosion, die sie unmöglich überleben könnte. Sie spürte, wie Marcus den siebten Kristall unter den sechs anderen an die Position brachte, wo er laut Iscivius hingehörte – und kaum befand er sich dort, verringerten sich die Wirren des Gesamtgefüges um die Hälfte.

Scharf stieß Kara die Luft aus. Sie atmete zwar immer noch verkrampft, aber zumindest etwas entspannter ein und sagte: »Halt ihn so fest, Marcus. Lass nicht zu, dass er sich bewegt. Okata, stütz diese zwei, dann verlagerst du den Dritten nach oben. Jetzt neig ihn der Grube zu. Ja, genau so.«

»Ich hab ihn«, bestätigte er mit vor Anstrengung bebender Stimme.

»Carter, bring den rechts von dir weiter nach unten. Spiegelverkehrt zu Okatas Positionen.« Nur zu gern hätte Kara die Sinne entsandt, um dem jüngeren Lumagus zu helfen, doch sie hielt sich zurück. Er nahm nicht gern Hilfe an, vor allem nicht von ihr, da er immer noch einen gewissen Neid auf ihren Rang hegte, der hier in der Nadel noch höher war als früher in Muld. »Gut.«

Dann richtete sie das Augenmerk auf ihre eigenen Kristalle, hob einen an und senkte den anderen ab, bis sie sich auf selber Höhe mit jenen Okatas und Carters befanden, sodass die Platten abwechselnd etwas höher und etwas tiefer einen groben Kreis bildeten, mit dem siebten Kristall in der Mitte darunter.

Kaum hatte sich ihr letzter Kristall leicht geneigt an seinem Platz eingefügt, stabilisierte sich das gesamte diamantenförmige Gebilde, und alle vier Lumagier atmeten erleichtert auf. Karas Schultern sackten herab, und sie ließ den Kopf hängen, als die Anspannung in Wellen aus ihr abfloss. Ihr Körper war klamm vor Schweiß, die Knie fühlten sich schwach an.

Mühsam hob sie den Kopf, als sie hörte, wie hinter ihr jemand die Stufen zur Grube herunterstieg. »Artras.«

Als die ältere Lumaga, der zwei andere folgten, unten ankam, steuerte sie geradewegs auf Kara zu, den Blick der großen, staunenden Augen auf den Nexus gerichtet. »Was ist passiert? Ich habe gespürt, wie ein Schauder durch die Ley gegangen ist. Da bin ich schnurstracks hergekommen.«

»Hat es ein Beben gegeben?«

»Nein. Kein Beben. Aber wir konnten es trotzdem im Tempel spüren.«

Die zwei Lumagier hinter ihr nickten zustimmend und verteilten sich zu beiden Seiten, um den Nexus in Augenschein zu nehmen. Einer von ihnen schnappte nach Luft. »Du hast einen weiteren Kristall erschaffen!«

»Ich nicht«, stellte Kara richtig. »Iscivius.«

Alle drehten sich dem Lumagus zu, der weiterhin besinnungslos auf dem Steinboden der Grube lag.

»Ich kann ihn nicht wecken«, erklärte Irmona in vorwurfsvollem Ton.

Nun, da der Nexus wieder stabil war, drohte die Sorge Kara zu überwältigen. »Er wacht nicht auf?« Mit Artras an der Seite setzte sie sich in Bewegung. Marcus kniete bereits neben Iscivius. Er untersuchte den Lumagus, beugte sich vor, um an seinem Mund und seiner Brust zu lauschen, dann schüttelte er ihn und tätschelte ihm die Wange, zuerst zart, schließlich härter.

»Er atmet noch«, verkündete er, »aber ich kann ihm keine Reaktion entlocken.«

»Okata und Marcus, hebt ihn auf. Irmona …« Sie wollte die Frau gerade losschicken, um einen Heiler zu suchen, doch beim Anblick ihrer stur und trotzig verhärteten Kieferpartie überlegte sie es sich anders. »Begleite sie zu Iscivius' Unterkunft. Carter, hol einen Heiler. Artras …«

»Ich kümmere mich um den Nexus. Geh. Hol Morrell, wenn du sie finden kannst. Sie wird wissen, was zu tun ist.«

Carter rannte bereits die gekrümmte Treppe zur Nadel hinauf. Okata und Marcus hievten Iscivius' offensichtlich vollkommen schlaffen Körper in eine stehende Position. Sie schlangen sich seine Arme über die Schultern und schleiften ihn auf die Stufen zu. Irmona ging voraus.

Kara folgte ihnen.

Am Kopf der Treppe schaute sie zurück zu der neuen Anordnung. Die Kraft der Ley pulsierte durch sie hindurch, und zum gefühlt ersten Mal seit über einem Monat lächelte sie.

Endlich *unternahmen* sie etwas.

ACHT

»… dann hab ich die Sinne in seine Brust entsandt und sein Herz gequetscht«, schilderte Morrell. Ihre Hand bewegte sich, als hätte sie das Herz des Mannes tatsächlich mit den Fingern zusammengepresst, nicht mit ihrer Macht. »Ich hab es gequetscht, und er ist erstarrt. Ich hätte ihn umbringen können. Mit etwas mehr Druck hätte ich sein Herz zerspringen lassen können. Er wäre tot vor mir zusammengesackt.«

Hernande verlagerte auf seinem Sitz neben ihr das Gewicht. Morrell schaute auf und sah, wie der Universitätsmentor mit hochgezogener Augenbraue zu Cory blickte, der ihm gegenüber an Morrells anderer Seite saß.

Dann jedoch richtete Hernande die Aufmerksamkeit auf Morrell. »Aber du hast ihn nicht getötet, oder? Du hast dich zurückgehalten.«

Morrell ließ die Hand sinken. »Cerrin ist angestürmt und hat mich von ihm weggestoßen. Und dann war Drayden da, um mich zu beschützen. Ich hatte keine Gelegenheit. Keine Ahnung, was ich sonst getan hätte. Der Mann hat mir wehgetan.«

Hernande fasste sie an der Schulter – an der, die der Mann nicht misshandelt hatte – und sah ihr tief in die Augen. »Du hättest getan, was nötig gewesen wäre. Das verrät mir die Tatsache, dass du gezögert hast. Wenn er dich nicht losgelassen hätte, dann hättest du ihn dazu gezwungen. Allerdings bezweifle ich, dass du ihn umgebracht hättest. Immerhin bist du Heilerin.«

»Aber ich hätte es gekonnt.«

Hernande drückte ihre Schulter kurz, dann ließ er sie

los und stand auf. Sie saßen draußen im Sonnenschein des Stelengartens, der den Sockel der schwarzen Nadel umgab. Drayden stand hinter Morrell. »Ja, du hättest es gekonnt. Das ist eine der Gefahren von Macht – jeder Art von Macht. Man kann sie auf vielfältige Weise einsetzen – zum Heilen, zum Schutz, zum Kämpfen und zum Töten. Sieh dir nur die Ley an. Vor der Zersplitterung wurde sie als Antrieb für die Ley-Barkassen und die Flieger genutzt, um Menschen durch ganz Erenthrall oder darüber hinaus in andere Städte der Baronien oder gar die Welt dahinter zu befördern. Aber hier in der Nadel hat Lecrucius sie verwendet, um die Armee der Gorrani auszulöschen.« Er drehte sich ihr zu. Eine Brise zupfte an den Ärmeln seines Hemds. »Und dann ist da noch das Geflecht.«

»Wie meinst du das? Ich hab noch nie davon gehört, dass einer der Studenten oder Mentoren der Universität etwas Ähnliches wie Lecrucius getan hätte.«

Hernande schaute zu Cory, dessen Augen sich geweitet hatten. »Sag es ihr«, forderte ihn der Mentor auf. »Nach allem, was sie uns erzählt hat, verdient sie es, darüber Bescheid zu wissen.«

»Erinnerst du dich an den Angriff des falschen Barons und seiner Plünderer in Muld?« Als Morrell nickte, atmete Cory tief durch, um sich zu wappnen. »Bevor sie kamen, hatten wir herausgefunden, dass man das Geflecht dazu verwenden kann, um kleinere Explosionen zu verursachen. Wahrscheinlich weißt du noch, wie wir das an den Hügeln und Bäumen rings um die Höhlen, die unser Versteck waren, ausprobiert haben.«

»Ich erinnere mich, dass sich alle darüber beschwert haben, ihr würdet das Wild verscheuchen.«

»Ich bin sicher, das haben wir.« Sein flüchtiges Lächeln verblasste, und er senkte den Blick auf die Hände. Seine Finger spielten mit dem Saum des Hemds, wo sich einige Fäden der Naht gelöst hatten. Er zwirbelte die Fäden zwischen den Fingern und fuhr fort: »Als sie dann angriffen, bin ich ins Dorf gerannt. Kurz vor den Häusern bin ich einem ihrer Wachleute über den Weg gelaufen. Und ich habe einen der Knoten benutzt, um ihn zu töten.« Cory schaute auf. »Ich habe ihn in seiner Brust entfesselt, einen winzigen Knoten in seinem Herzen.«

Morrell schrak mit großen Augen und offenem Mund zurück. Hernande beobachtete sie, und nickte ihr stumm zu, als sie ihm einen fragenden Blick zuwarf.

Sie hätte nie gedacht, dass Cory zu so etwas fähig sein könnte.

Und als sie sich ihm wieder zudrehte, schaute er mit hängendem Kopf zu Boden. »Ich hab es noch mal versucht, als mich einer der Plünderer im Dorf angegriffen hat, aber da hat es nicht geklappt. Jedenfalls nicht so sauber. Der Knoten ist im Arm des Manns explodiert und hätte ihn beinah vom Körper abgerissen. Danach …« Er sog tief die Luft ein und begegnete Morrells Blick mit offenherzigem Gesichtsausdruck. »Danach konnte ich es nicht mehr. Ich konnte die Knoten in niemandem mehr entfesseln. Ich kann es nicht. Ich werde es nie wieder tun.«

»Das sind starke und endgültige Aussagen«, merkte Hernande an. »Gib lieber keine Versprechungen ab, die du vielleicht nicht halten kannst.« Aber während er die Worte aussprach, musterte er Morrell. Der Mentor hatte begonnen, über seinen Bart zu streichen. »Du hast dir selbst ein ähnliches Versprechen gegeben, nicht wahr?«

Morrell dachte daran zurück, was sie seit dem Vorfall mit dem Herzen des Mannes getan hatte, dann schüttelte sie den Kopf. »Nein. Ich habe im Krankenhaus geheilt, wen immer ich konnte, dann bin ich hergekommen und habe nach euch gesucht.«

»Vielleicht bist du doch mehr wie dein Vater, als ich dachte.«

Morrells Körper versteifte sich, doch bevor sie dagegen protestieren konnte, fuhr er fort.

»Der springende Punkt, Morrell, ist, dass wir alle Macht besitzen, und damit geht Verantwortung einher. Denn Macht – ganz gleich in welcher Form – kann immer sowohl für Gutes als auch für unaussprechlich Böses verwendet werden, um zu heilen oder um zu verletzen. Zu erklären, dass man seine Macht niemals einsetzen wird, um zu verletzen, mag moralisch richtig sein, aber es ist weltfremd.« Er zeigte auf Cory. »Cory hat auf grauenhafte Weise herausgefunden, dass man das Geflecht benutzen kann, um zu töten. Aber er hat festgestellt, wie sehr es ihm widerstrebt, und dass er es daher ablehnt.« Cory schauderte und konnte Morrell nicht in die Augen sehen. »Diese Ablehnung ist zwar lobenswert, ja geradezu vorbildlich, dennoch sollte sie nicht übertrieben werden. Manchmal können sich Situationen ergeben, in denen schreckliche, ja grauenhafte Maßnahmen notwendig sind.«

Morrell verlagerte auf dem Stein das Gewicht. »Wie meinst du das?« Sie sah es so wie Hernande – schließlich hatten die Bewohner von Muld sie großgezogen. Auch dort bedurfte es manchmal harter Entscheidungen, beispielsweise die Milchkuh wegen ihres Fleisches zu töten, um den Winter zu überleben. Oder einen brandigen Fuß abzuschneiden, bevor sich die Fäulnis ausbreiten konnte. Allerdings war sie nicht sicher, ob sie genau verstand, was Hernande zum Ausdruck bringen wollte.

»Er meint damit, dass es manchmal nötig ist, schreckliche Dinge zu tun«, meldete sich Cory zu Wort. »Ich hatte einmal die Gelegenheit, Baron Aurek zu töten. Muld hatten er und seine Männer zu dem Zeitpunkt schon angegriffen, aber vielleicht hätten wir beim Angriff auf die Nadel nicht so viele Menschen verloren, wenn ich das damals getan hätte.«

Hernande legte Cory die Hand auf die Schulter. »Nein. Aurek zu töten, war zu dem Zeitpunkt nicht die einzige Möglichkeit. Mutmaßungen über Ereignisse anzustellen, die bereits stattgefunden haben, bringt nichts. Was ich meine, ist, dass es manchmal eben *keine* anderen Möglichkeiten gibt. Als wir die Nadel angriffen, waren unsere Streitkräfte durch das Beben versprengt. Aurek hat deinen Vater und mich inmitten der Wirren überrumpelt. Er hatte das Schwert auf den Rücken deines Vaters gerichtet. Dein Vater wäre nie in der Lage gewesen, rechtzeitig die eigene Klinge zu ziehen, um sich zu verteidigen, bevor ihm Aurek die Waffe in den Rücken gerammt hätte. In dem Fall gab es keine anderen Möglichkeiten, höchstens die, Aurek deinen Vater töten zu lassen. Also habe ich in Aureks Brust einen Knoten entfesselt und stattdessen ihn getötet.«

Morrell presste die Lippen zusammen. Das hatte ihr Vater nie erzählt – jedenfalls nicht den Teil mit dem auf seinen Rücken gerichteten Schwert. Er hatte nur gesagt, dass Aurek beim Angriff von Hernande getötet worden war. Vielleicht hatte er es bloß vergessen. Beim Kampf um die Nadel und dem darauffolgenden Umzug aus Muld hatte sich so vieles ereignet.

Oder er wollte nicht, dass Morrell erfuhr, wie nah er dem Tod gekommen war. Das hielt sie für wahrscheinlicher.

Hinter ihnen öffneten sich plötzlich die Türen zum Hauptbereich des Tempels, und das Geplapper eines halben Dutzends Menschen, die in ihre Richtung steuerten, drang durch die Stelen um sie herum. Kurz darauf kamen Jerrain, Sovaan und vier Universitätsstudenten zwischen den Steinsäulen hervor. Die jüngeren Studenten blieben jäh stehen, als sie Morrell erblickten. Der ältere, aber rüstige Jerrain zuckte kaum mit einer Wimper, Verwalter Sovaan hingegen runzelte nach kurzem Zögern missbilligend die Stirn und trat geradewegs auf Hernande zu.

»Ich dachte, wir wollten heute draußen eine Übung mit unseren Studenten abhalten. Was macht *sie* hier?«

Morrell ärgerte sich, aber Hernande zeigte keinerlei Reaktion. Er starrte sie nur an und strich sich weiter nachdenklich über den Bart. »Wir werden eine Übung abhalten, Sovaan. Gefolgt von einem einstündigen Vortrag drinnen.« Einige der Studenten stöhnten. »Morrell hat sich mit Bedenken an mich gewandt. Wir haben lediglich darüber gesprochen und uns gleichzeitig am Sonnenschein und am Stelengarten erfreut.«

Morrell holte Luft, um anzubieten, dass sie gehen könnte, aber Hernande schüttelte kaum merklich den Kopf und drehte sich Sovaan zum ersten Mal seit dessen Ankunft zu. »Ich bin sicher, du hast von Morrells Heilfähigkeiten gehört.«

»Natürlich habe ich das. Ich kann zwar nicht behaupten, dass ich es glaube, aber …«

»Allem Anschein nach gehen ihre Fähigkeiten über das reine Heilen des Körpers hinaus«, unterbrach ihn Hernande. Morrells Herz setzte einen Schlag aus. Sie wollte nicht, dass sonst jemand erfuhr, was sie mit dem Mann im Krankenhaus gemacht hatte. »Vor einigen Wochen hat sie auf meine Anregung hin einen Sprung in einem kleinen Stein behoben. Seither arbeite ich mit Corys Hilfe immer wieder mal mit ihr, wenn es meine Zeit erlaubt. Aber ich denke … ja, ich denke, wir sollten anfangen, sie zusammen mit den anderen Studenten auszubilden. Ich glaube, sie würde von der Anleitung durch Mentoren profitieren … Und sie sollte die Grundsätze kennenlernen, deren Einhaltung von Universitätsstudenten erwartet wird. Die Moralvorstellungen und Regeln, deren Wahrung wir uns verschrieben haben. Ich bin überzeugt davon, das kann nur von Vorteil für sie sein.«

Morrells Herz schlug erleichtert weiter. Jerrain musterte Hernande mit hochgezogenen Brauen, bevor er die Aufmerksamkeit auf sie richtete.

Sovaan zeigte sich ungehalten über den Vorschlag. »Aber wir wissen doch gar nichts über ihre Kräfte! Wie kann da von uns erwartet werden, dass wir ihr helfen?«

Jerrain schmunzelte. »Ich glaube, genau das ist der springende Punkt, Sovaan. Wir wissen nichts … und auch sonst niemand. Es gibt niemanden, der sie führen könnte.« Der Mentor trat auf sie zu. Sein Stock pochte über den Boden. Er musterte sie von oben bis unten, so nah, dass sie in seinem Atem gebratene Zwiebeln und Paprika vom Mittagessen riechen konnte.

»Wenn niemand sonst sie führen kann«, ergriff Hernande das Wort, während sie Jerrains Musterung über sich ergehen ließ, »und niemand sonst um die Ausmaße ihrer Kräfte weiß, sollte es dann nicht uns zufallen, sie unter unsere Fittiche zu nehmen? Um zu lernen, was wir können – für sie ebenso sehr wie für uns?«

»Wir können eine unbekannte Macht wie sie nicht einfach frei herumlaufen lassen«, befand Jerrain und schüttelte das Ende seines Stocks in Richtung ihrer Brust. Die Worte klangen zwar barsch, doch in den Augen des alten Mentors funkelte Belustigung. »Wer weiß, welchen Schaden sie anrichten könnte?«

Sovaan schaute von Hernande zu Jerrain und wieder zurück. »Pah!«, brummte er und schwenkte wegwerfend eine Hand. »Macht doch mit ihr, was ihr wollt. Ich unterrichte ohnehin keine Neulinge. Das hab ich schon mindestens seit einem Jahrzehnt nicht mehr gemacht. Sie untersteht eurer Verantwortung.« Er deutete auf zwei der anderen Studenten. »Jasom, Tara, kommt mit. Wir wollen doch mal sehen, wie gründlich ihr euch mit Knudsens Theorem und dessen fünf Folgesätzen befasst habt.«

»Seid vorsichtig bei der Verwendung der Ley«, warnte Hernande. »Die Lumagier sind die letzten Stunden äußerst rege in der Nadel gewesen.«

Sovaan setzte den Weg fort, als hätte er nichts gehört, und löcherte seine beiden Studenten bereits mit rasant abgefeuerten Fragen.

Jerrain senkte den Stock auf den Boden. »Irgendetwas Neues?«, erkundigte er sich.

Hernande runzelte die Stirn. »Zumindest ist irgendetwas anders. Etwas, das eine beträchtliche Menge Energie erfordert.«

»Hmmm«, brummte der betagte Jerrain und warf einen neugierigen Blick auf den spitzen schwarzen Turm neben ihnen. »Ich frage mich, was Kara im Schilde führt.« Dann wandte er sich unverhofft wieder Morrell zu. »Ich glaube, du solltest uns etwas zeigen. Du kannst also Stein schmelzen? Das will ich mit eigenen Augen sehen. Cory, such einen Stein mit einem Sprung. Keller, du hilfst ihm.«

Sofort begannen die beiden, die Umgebung abzusuchen. Jerrain seufzte darüber gereizt und sagte: »Nein, nein, doch nicht hier. Kara würde uns bei lebendigem Leib häuten lassen, wenn wir in diesem Garten auch nur einen Stein verrücken. Hat was mit den Energielinien zu tun. Ihr werdet schon im Tempel suchen müssen.«

Die verbliebene Studentin – ein Mädchen namens Mirra, kaum älter als Morrell – trat näher zu ihr und murmelte: »Willkommen in der Universität … wenn man sie denn so nennen kann.«

***

Kaum erschien der dünne, schwarze Turm der Nadel am Horizont der Ebenen im Westen, trat Cutter sein Pferd in Galopp. Von hinten hörte er, wie Marc eine zornige Frage rief, und malte sich die Verärgerung des Soldaten darüber aus, ignoriert zu werden. Flüchtig spähte er über die Schulter zurück und erblickte die vier Vollstrecker ein kurzes Stück hinter ihm. Sie hielten mit ihm Schritt.

Danach ließ er den Blick auf die Nadel gerichtet und beobachtete, wie sie stetig näherkam.

Es dauerte weitere zwei Stunden, die Erhebung um die Stadt unter der Nadel zu erreichen. Erst da entspannte sich Cutter und gestattete seinem Ross, die Schritte zu verlangsamen. Er hatte befürchtet, dass sie zu spät eintreffen würden, um Kara und die anderen zu warnen – dass sie die Nadel als rauchende Ruine und das Grünland um die äußere Mauer von Blut durchtränkt vorfinden würden. So wie die letzte Siedlung, die sie gesehen hatten. Die Letzte von vielen.

Marc und die anderen schlossen zu ihm auf. Ihre Pferde glänzten vor Schweiß. Marc warf ihm einen mürrischen Blick zu.

»Ich hatte Angst, wir würden zu spät kommen«, sagte Cutter.

»Ist noch alles da«, erwiderte Marc nur geringfügig beschwichtigt. »Lass uns nachsehen, ob sie etwas anderes als Kaninchen zu essen haben.«

Er trieb sein Pferd an und ritt an Cutter vorbei. Die anderen folgten seinem Beispiel.

Als sie das Tor erreichten, wurden sie von Wächtern aufgehalten, bis Marc lauter wurde und ihn einer der anderen Vollstrecker erkannte. Cutter verspürte ein Kribbeln zwischen den Schultern. Während die beiden miteinander sprachen, sah er sich um, beobachtete die Wachen und die Männer und Frauen, die durch das Tor ein und aus gingen. Wagen wurden durchsucht, indem man Kisten und Fässer öffnete und mit Schwertern in den Heuhaufen auf den Ladeflächen stocherte. Die Durchsuchungen erfolgten zwar eher oberflächlich, aber es wurde auch niemand einfach so durchgelassen.

Und jeder wurde verhört. Er bekam mit, wie zwei Soldaten ein Paar über die Kormanley befragten und ob sie etwas über die Aufrührer auf dem Platz wüssten. Die beiden zeigten sich verwirrt. Ein anderer Mann leugnete, irgendetwas über eine Zeichnung einer Schlange und eines Hundes zu wissen. Der Vollstrecker, der mit ihm sprach, zeigte ihm eine auf einem Pergamentbogen angefertigte Skizze, doch der Mann schüttelte nur den Kopf. Der Wachmann schien ihm nicht zu glauben, dennoch ließ er den Mann mit den Pelzen, die er in einem großen Haufen über einer Schulter trug, durch das Tor. Sogar einige Halbwölfe beobachteten das Geschehen zu beiden Seiten des Tors.

Nichts von alledem hatte es gegeben, als Cutter aufgebrochen war.

Er hätte noch weiter zugehört, aber Marc winkte ihre Gruppe vorwärts durch das Haupttor und in die innere Zeltsiedlung.

Das kribbelnde Unbehagen, das sich draußen auf ein besseres Jucken beschränkt hatte, artete in einen vollwertigen Schauder aus, sobald Cutter den mit Zelten gefüllten Innenhof betrat. Als Erstes fiel ihm auf, dass es wesentlich mehr Zelte und Menschen geworden waren. Sie füllten beinah den gesamten Platz von der äußeren Mauer zum inneren Rand der Gebäude aus. Cutter war in Muld aufgewachsen und wusste, dass sich durch seine Abneigung gegen Ansammlungen von mehr als zehn oder zwanzig Menschen auf einem Haufen seine Beklommenheit teilweise erklären ließ – aber nicht völlig. Was er jetzt aber verspürte, reichte wesentlich tiefer als bloße Abneigung. Hier herrschte eine dichte Atmosphäre der Unzufriedenheit vor.

Marc und die anderen schienen davon nichts zu bemerken. Larrin – ihr Kundschafter mit den scharfen Augen – wirkte einfach nur froh, wieder zurück zu sein. Die anderen unterhielten sich darüber, was sie als Erstes vorhatten, und grüßten unterwegs vereinzelt Leute, die sie kannten.

Cutter folgte hinter ihnen und achtete dabei auf die Gesichtsausdrücke und die Körpersprache der Bürger, die er passierte. Blicke senkten sich abrupt, sobald die Leute bemerkten, dass sie Soldaten waren, und Körperhaltungen veränderten sich unscheinbar, indem man ihnen Rücken zudrehte und

Augen sich zu feindseligen Schlitzen verengten. Es zeigte sich nur bei einigen Menschen – vielleicht bei jedem Zehnten –, aber es ließ sich auch nicht verleugnen.

Sie erreichten den Kreis der Gebäude um den Tempel, und die von Häusern gesäumte breite Straße verstärkte den Eindruck nur zusätzlich. Cutter drängte sich durch die anderen, als sie sich den Kasernen und dem Tempel näherten, wurde jedoch von Marcs Hand auf seiner Schulter gebremst.

»Wo willst du denn so eilig hin?«

Cutter befreite sich aus Marcs Griff. »Befehlshaber Ty berichten, was wir herausgefunden haben.«

»Komm mit, Marc«, meldete sich einer der anderen zu Wort. »Ich bin sicher, Madame Busard hat für uns ein wenig Bier aufgehoben.«

Alle außer Larrin lachten, stupsten sich gegenseitig und klopften einander auf die Schultern.

Marc starrte Cutter misstrauisch an. »Nein«, erwiderte er schließlich. »Geht ihr schon voraus. Ich denke, ich begleite Cutter und vergewissere mich, dass er Ty auch erzählt, was wirklich passiert ist.«

Zorn stieg Cutter brennend in den Hals, und er versteifte den Körper, als Marc lächelte. Die anderen lachten erneut. Einer fragte noch, ob Marc sicher sei, bevor die Gruppe in die Kaserne losmarschierte. Larrin zögerte, trat auf der belebten Straße von einem Bein aufs andere, bis er schließlich entschuldigend in Cutters Richtung mit den Schultern zuckte und den anderen folgte.

Marcs Lächeln hielt sich, bis sie verschwunden waren, dann verpuffte es schlagartig. »Irgendetwas stimmt hier nicht. Und es ist etwas, das nichts mit den Gorrani zu tun hat.«

Cutter nickte und steuerte auf den Tempel zu, wo Soldaten die Eingänge zu beiden Seiten der Stufen bewachten, die hinauf zur nächsthöheren Ebene führten.

»Also sind dir die Veränderungen doch aufgefallen?«,

fragte der Waldläufer aus Muld und deutete auf die Soldaten. »Die Anzahl der Männer, die den Tempel bewachen, hat sich verdoppelt. Am Tor wird jeder aufgehalten und befragt. In der Zeltsiedlung und der Innenstadt wirkten viele Menschen unruhig, zappelig und mürrisch. Kannst du die Anspannung fühlen? So war es noch nicht, als wir abgereist sind.«

Marc sah sich um, als sie sich einem der Eingänge des Tempels näherten. Aufmerksam beäugte er die dort diensttuenden Wachen, aber sie befanden sich bereits zu nah, als dass er etwas darüber anmerken konnte. Stattdessen setzte er das Lächeln von vorhin wieder auf und rief: »Wyat! Wie schön, ein vertrautes Gesicht zu sehen, nachdem ich so lang mit diesem unerträglichen Waldschrat als Alpha auf Patrouille war.«

Wyat zuckte erschrocken zusammen. Seine Hand senkte sich sofort auf den Griff seines in der Scheide steckenden Schwertes. Sein Blick schnellte von Marc zu Cutter. Die Kieferpartie unter dem rauen Bart wirkte verkrampft, bis er Marc erkannte. Erst da entspannte er sich. Marc klopfte ihm auf den Rücken.

»Was hat sich denn hier in der Nadel getan?«, fragte Marc. »Wie ich sehe, habt ihr die Wachen für den Tempel verdoppelt.«

»Du hast noch nichts davon gehört?«

»Ich bin fast einen Monat auf den Ebenen unterwegs gewesen, Wyat. Bin erst vor fünfzehn Minuten zurückgekommen. Natürlich hab ich noch nichts gehört.«

Wyat nickte begreifend. Der Rest des Kontingents um ihn herum behielt stramme Haltung bei und ließ die Aufmerksamkeit auf die Straße gerichtet. »Es ist dieser verdammte Kormanley-Priester, Vater Dalton. Er hat die ganze Stadt mit einer Prophezeiung in Aufruhr versetzt. Die Nadel soll angeblich zum Mittelpunkt eines bevorstehenden Sturms werden. Irgendwas mit Schlangen und Hunden. Seit er öffentlich davon gesprochen hat, halten ihn Befehlshaber Ty und diese

Lumaga, Kara, im Tempel unter Verschluss. Die Bürger aber haben ihm seine Prophezeiung abgekauft, und jetzt verlangen sie lauthals, dass man den Priester sprechen lassen soll. Vor drei Tagen hat es auf dem Platz vor dem Tempel einen Aufstand gegeben, und seither herrscht der reine Unmut. Alle sind gereizt und schimpfen.«

»Genau wie in den alten Tagen in Erenthrall … Auch dort haben die verfluchten Kormanley damals Probleme verursacht«, murmelte Marc vor sich hin. Dann lauter: »Bastion sei Dank, dass wir die Vollstrecker haben, um für Ordnung zu sorgen, was?«

Wyat erwiderte nichts, aber ein besorgter Ausdruck huschte über sein Gesicht.

Marc suchte Cutters Blick. »Wir müssen jetzt Bericht erstatten. Ich seh dich dann später in der Kaserne, Wyat.«

Damit betraten sie den Tempel und folgten einem der merkwürdigen Korridore mit leicht nach innen geneigten Wänden in Richtung der Planetenmaschine, die offiziell zum Besprechungsraum und zum Audienzsaal umfunktioniert worden war.

Kaum befanden sie sich in sicherer Entfernung zum Eingang, meinte Marc: »Du hattest recht. Es ist eine Menge passiert, während wir weg waren.«

An der Tür zur Planetenmaschine stießen sie auf Wachleute, die ihnen zunächst den Zutritt verweigerten. Einer ging immerhin hinein, um drinnen ihre Ankunft anzukündigen, während die anderen drei draußen blieben. Kurze Zeit später wurden sie durch die Tür gewunken. Der Wachmann trat wieder heraus und schloss die Tür hinter ihnen.

Befehlshaber Ty, Lumaga Kara, Mentor Hernande und Marcus saßen an dem großen Tisch auf der rechten Seite des riesigen Raums, der die kreisenden, leuchtenden Kugeln der Planeten und der Monde in ihren Umlaufbahnen beherbergte. Cutter konnte immer noch nicht nachvollziehen, warum alle, die er kannte, so ehrfürchtig beeindruckt und fasziniert davon waren. Bis er in der Nadel eingetroffen und zum ersten Mal in diesem Raum gewesen war, hatte er nicht einmal etwas von anderen Planeten geahnt. Er war rundum zufrieden mit dem Wissen gewesen, dass es die Sonne und den Mond gab, dass sie einander umkreisten und dass sie für die Pflanzen und Tiere sorgten, die man aß. Mehr als das brauchte er nicht. Die bloße Tatsache, dass es noch andere Gebilde gab, die hoch über seinem Kopf umherrasten, jagte ihm eine Heidenangst ein.

Also schenkte er der leuchtenden Planetenmaschine bewusst keinerlei Beachtung und steuerte geradewegs auf den Tisch zu. Marc tat es ihm gleich.

Befehlshaber Ty erhob sich, als sie sich näherten. »Ich vermute, ihr habt etwas Wichtiges zu berichten, wenn ihr gleich direkt hierher kommt, statt euch bei eurem Alpha zu melden.«

»Ist Allan denn zurück?« Es gelang Cutter nicht, die Überraschung aus seiner Stimme zu verbannen. Er hatte nicht damit gerechnet, dass Allan und der Rest der nach Erenthrall aufgebrochenen Gruppe so schnell zurückgekehrt sein würden.

Ty runzelte die Stirn. »Nein, ist er nicht. Aber Allan Garrett ist nicht euer unmittelbarer Alpha. Das ist Hauptmann Esker. Oder wenn schon nicht er, dann mein Stellvertreter Darius.« Wegwerfend schwenkte er die Hand. »Aber egal. Nun seid ihr schon mal hier. Was habt ihr im Süden und rings um Tumbor gefunden?«

»Gorrani«, antwortete Marc. »Hunderte, die von ihrer Heimat in den Gorrani-Ebenen im Süden aus bis zu den Siedlungen um Tumbor plündern und jeden niedermetzeln, der ihnen über den Weg läuft.«

Alle vier am Tisch tauschten Blicke. Befehlshaber Ty sank zurück auf seinen Sitz. »Fahrt fort.«

Marc gab das Wort an Cutter ab, der schilderte, worauf sie gestoßen waren, als sie der Ursache des Rauchs auf den Grund gingen, den Larrin am Horizont gesichtet hatte. Die eingerissene Holzpalisade. Das Massaker an den Dörflern, die dort gelebt hatten, Männern, Frauen und Kindern. Und der tote Gorrani-Krieger entlang des Rückzugspfads.

»Da sind wir sofort umgekehrt«, sagte Cutter, »zurück in Richtung der Nadel. Aber wir haben beschlossen, den Weg südlich um Tumbor einzuschlagen, um zu sehen, ob auch dort Siedlungen überfallen wurden. Wir sind an einigen Palisaden wieder vorbeigekommen, die wir zuerst entdeckt hatten, alle unversehrt. Das hat sich jedoch weiter westlich geändert. Insgesamt sind wir noch auf drei andere Siedlungen gestoßen – nicht alle umfriedet –, die dem Erdboden gleichgemacht worden waren. In jeder hatten die Gorrani die Bewohner an einer Stelle zusammengetrieben und dann abgeschlachtet.«

»Außerdem töten sie jeden, dem sie bei ihren Streifzügen begegnen und der kein Gorrani ist«, ergänzte Marc. »Wir haben eine kleine Gruppe von Temeriten auf dem Weg nach Osten gefunden, alle tot, die Wagen niedergebrannt. Dann noch mindestens fünf weitere Gruppen von zehn bis zwanzig Leuten, abgeschlachtet wie das Vieh auf einem Bauernhof.«

Eine Weile sprach keiner der vier am Tisch ein Wort. Kara war totenbleich und sah aus, als wäre ihr übel. Hernande kaute mit nachdenklichen Fältchen um die Augen am Ende seines Bartes.

»Was hat Lecrucius nur getan?«, murmelte Marcus.

»Er hat die Schlangen erzürnt«, sagte Ty und stand unvermittelt wieder auf. Er deutete zum Tisch. »Zeigt uns ungefähr, wo ihr diese Dörfer gefunden habt. Und wo die einzelnen Gruppen getötet wurden.«

Cutter trat mit Marc vor, und gemeinsam zeigten sie auf der beeindruckenden, in die Tischplatte eingearbeiteten Karte die Lage der Dörfer. Ty stellte schwarze Holzklötzchen auf die Stellen aller niedergebrannten Palisadenweiler und Dörfer, und grüne auf jene, die unangetastet geblieben waren.

Als er fertig war, wurde deutlich, was die Gorrani vorhatten.

»Sie breiten sich sternförmig von den Gorrani-Ebenen aus«, stellte Kara mit leiser Stimme fest, »und töten unterwegs jeden Menschen.«

»Unsere Kundschafter im Südosten haben berichtet, dass sie Einzelgruppen entdeckt haben, Menschen, die förmlich in Stücke gerissen und zurückgelassen wurden, die Körperteile zeremoniell zur Schau gestellt, wie eine religiös begründete Warnung. Aber keiner hat gesehen, wer das getan hat, oder irgendetwas gefunden, das auf die Gorrani hinweist, obwohl wir sie schon im Verdacht hatten. Nur waren diese Gruppen immer klein, höchstens dreißig Seelen. Was ihr berichtet … erhebt die Überfälle der Gorrani auf eine völlig andere Stufe des Hasses.« Er schaute zu Cutter und Marc auf. »Ihr habt uns sehr wichtige Auskünfte geliefert. Die werden wir besprechen müssen. Ihr könnt vorerst gehen. Besorgt euch etwas zu essen und ruht euch aus. Ihr seht beide schrecklich aus.«

Cutter wollte noch anbringen, was er in der Stadt bemerkt hatte – die Unzufriedenheit, die Verdrossenheit –, aber die Entlassung war unmissverständlich. Marc warf ihm einen finsteren Blick zu, als er zögerte, und deutete mit dem Kopf in Richtung Tür.

Seufzend folgte er Marc hinaus in den Tempel. Als er aus dem Raum trat, schwappte eine Flutwelle der Erschöpfung über ihn hinweg. Er rollte die Schultern, um die Müdigkeit abzuschütteln, dann rieb er über Phantomschmerzen in den Muskeln seines rechten Arms, wo ihn damals in Erenthrall ein Pfeil getroffen hatte.

»Wir haben unseren Bericht abgeliefert«, sagte Marc zu ihm, ohne ihn anzusehen. »Jetzt liegt es nicht mehr in unseren Händen. Ist einer der Vorteile, ein Beta zu sein.«

»Ich hätte sie davor warnen sollen, was ich in der Stadt unter den Menschen gespürt habe.«

»Ich bin sicher, darüber wissen sie bereits Bescheid. Jetzt lass uns den Rat des Befehlshabers beherzigen und etwas essen. Ich werde noch verhungern.« Mit erwartungsvoll hochgezogenen Augenbrauen packte er Cutter an der Schulter. »Madame Busard hat bestimmt einen feinen Schweinebraten mit im Saft geschmorten Kartoffeln und Karotten auf dem Herd stehen. Viel besser als über offenem Feuer verkohltes Kaninchen.«

***

Kara starrte auf den ungleichmäßigen Bogen der schwarzen und grünen Holzklötzchen auf der Karte des Tisches hinab. Ihr gesamter Körper fühlte sich taub an, außer den Armen, die leicht kribbelten. »Dalton hat recht. Die Gorrani kommen.«

»Nur weil sie von den Gorrani-Ebenen aus angreifen?«, fragte Marcus. »Das ist noch kein Grund, Daltons Vision Glauben zu schenken.«

Kara ließ die Handfläche so heftig auf die Tischplatte niedersausen, dass die Klötzchen erzitterten. »Ich will ebenso wenig wie du glauben, dass Dalton die Zukunft vorhersagen kann, Marcus, aber sieh doch hin!« Sie stand auf und zeigte auf die Karte. »Sie haben bereits jede uns bekannte Siedlung im Umkreis von zwanzig Meilen zum Rand der Gorrani-Ebenen überfallen. Wenn Cutters Bericht stimmt, dann haben sie begonnen, von dort weiter vorzurücken. Damit liegt die Nadel weniger als fünfzig Meilen von ihrem nächstgelegenen Angriffsziel entfernt!«

Der Nachdruck hinter den Worten hallte in der Kammer wider, und einige Atemzüge lang herrschte Schweigen unter den Anwesenden. Marcus funkelte Kara an, sein ganzer Körper stand unter Spannung.

Hernande lehnte sich mit beiden Händen auf dem Tisch nach vorn und betrachtete die Karte. »Ich sehe mich gezwungen, Kara zuzustimmen. Es hat den Anschein, als wäre Daltons Prophezeiung wahr, dass die Schlangen aus dem Süden über uns kommen. Meinst du nicht auch, Befehlshaber Ty?«

»Es scheint tatsächlich so. Obwohl ich nicht zustimmen kann, dass die Gorrani weniger als fünfzig Meilen von der Nadel entfernt sind.« Er deutete auf die Karte. »Die uns am nächsten gelegenen Markierungen sind schwarz, das ist richtig, aber sie stehen für Überfälle auf einzelne Familien oder Gruppen, nicht auf Siedlungen. Um eine Siedlung zu vernichten, wäre ein ganzes Kontingent der Gorrani nötig. Ich würde sagen, die meisten dieser Einzelgruppen wurden von Aufklärungstrupps von zehn Gorrani oder weniger hingemetzelt. Mit dem Wissen, das wir jetzt haben, würde ich wetten, dass sich die Hauptstreitkräfte der Gorrani hier befinden, in der Nähe der Verkrümmung um Tumbor.«

»Dort sind die Ressourcen, zumindest die weniger geschützten.« Hernande sah dem Befehlshaber in die Augen, als er verbittert meinte: »Aber sie *werden* hierher zur Nadel kommen. Wir sind diejenigen, die ihre Armee vernichtet, ihre Krieger zu Tausenden getötet, ihre Anführer verbrannt haben. Das werden sie nicht vergessen.«

»Auch wenn wir es eigentlich gar nicht waren?«, fragte Marcus in scharfem Ton.

»Glaubst du etwa, du könntest sie überzeugen, dass es Lecrucius war?«, herrschte Kara ihn gereizt an.

»Sie würden dir nicht einmal die Gelegenheit einräumen, zu sprechen«, fügte Hernande hinzu. »Bevor du ein Wort über die Lippen bringst, haben sie dir schon den Kopf abgehackt.«

»Sofern sie sich nicht vorher mit dir vergnügen«, murmelte Ty. »Oder danach.« Er sah Kara an. »Wir müssen uns vorbereiten. Was soll ich den Vollstreckern sagen? Wenn wir preisgeben, was wir über die Gorrani wissen, heizt das die

Spannungen wegen Dalton und den Kormanley nur zusätzlich an.«

»Sag ihnen nichts von den Gorrani«, erwiderte Kara. »Schreib die Verstärkung der Sicherheitsmaßnahmen Plünderern zu, nichts weiter.«

Aber Hernande schüttelte bereits den Kopf. »Dafür ist es zu spät. Cutter hatte mehr als einen Vollstrecker in seiner Gruppe. Es waren noch mindestens drei andere dabei, die ihn gar nicht erst hierher zur Planetenmaschine begleitet haben. Die sind längst in den Kasernen, wenn nicht schon gar in der Stadt unterwegs. Vermutlich weiß bereits die halbe Nadel über die Angriffe der Gorrani in der Nähe von Tumbor Bescheid.«

»Er hat recht«, pflichtete ihm Ty bei. »Die Katze ist bereits aus dem Sack.«

Marcus fluchte. »Das ist ein gefundenes Fressen für Vater Daltons Anhänger. Was wir seit dem Aufstand an Kontrolle zurückerlangt haben, wird sich in Rauch auflösen.«

»Laut den Beobachtungen meiner Männer«, warf Ty ein, »haben wir so gut wie keine Kontrolle zurückerlangt.«

»Wie meinst du das?«

Der Befehlshaber überlegte kurz, dann stieß er sich vom Tisch ab, erhob sich und schenkte sich ein Glas Wein von dem Tablett am anderen Ende der langen Tischplatte ein. »Wir hatten zwar keinen weiteren Aufstand und auch keine Zunahme der Gewalt, aber auf den Straßen der äußeren Stadt und in der Zeltsiedlung herrscht eine sehr angespannte Stimmung. Auch die mit Kreide gezeichneten Kreise von der Schlange und dem Hund tauchen überall auf. Die Vollstrecker waschen sie ab, sobald sie darauf stoßen, nur dauert es nie lange, bis jemand das Symbol erneut zeichnet, und bisher hatten wir kein Glück damit, die Übeltäter zu finden. Wenn wir die Menschen auf den Straßen dazu befragen, schütteln sie die Köpfe und behaupten, nicht gesehen zu haben, wer das gekritzelt hat. Das glaube ich nur nicht. Irgendjemand *muss* etwas gesehen haben. Irgendjemand weiß, wer sie sind. Man sagt es uns nur nicht. Um diese Leute zu schützen.«

Seine Stimme war hart geworden, und Kara bekam eine Gänsehaut. Sie hörte den Rüden in ihm sprechen und sah ihn in den angespannten Muskeln seiner Kieferpartie, als er in sein Weinglas starrte. Mit einem Übelkeit erregenden Brodeln im Bauch dachte sie daran zurück, wie grob die Rüden mit ihr umgesprungen waren, als man sie in der Universität verhaftet, zum Bernsteinturm geschleift und in eine Zelle darunter geworfen hatte.

»Was also können wir tun?«, fragte Marcus.

Ty trank einen ausgiebigen Schluck, bevor er das Glas beiseitestellte. »Wir kennen die Namen einiger, die an dem Aufstand beteiligt waren. Wir könnten sie herholen und verhören, zum Reden bringen. Auch wenn sie nicht die Kerngruppe bilden, werden sie wissen, wer dazugehört.«

Karas Mund wurde trocken. »Nein.«

Sowohl Marcus als auch Ty drehten sich ihr zu.

»Warum nicht?«, wollte Marcus wissen. »Wir müssen das beenden, bevor es sich weiter aufschaukelt.«

»Weil die Vollstrecker keine Rüden sind! Und wir sind nicht Baron Arent. Seht ihr denn nicht, was hier vor sich geht? Wir gleiten in dieselben Zustände ab, wie sie in Erenthrall vor der Zersplitterung herrschten. Nur sind es jetzt *wir* gegen die Kormanley, nicht mehr der Baron. Keinem von uns hat gefallen, was Arent damals seine Rüden mit den Kormanley und den Bürgern hat anstellen lassen«, behauptete sie und erkannte sofort, dass sie gar nicht wusste, ob das überhaupt stimmte – sie hatte nämlich keine Ahnung, wie Befehlshaber Ty über den Baron dachte. Trotzdem fuhr sie fort. »Wir dürfen nicht zulassen, dass hier dasselbe geschieht. Wir können nicht einfach Menschen von den Straßen entführen und im Tempel verschwinden lassen, wie es Arent damals mit dem

Bernsteinturm gemacht hat. Ich weigere mich, dem zuzustimmen. Es muss eine andere Möglichkeit geben.«

Marcus und Ty wechselten einen Blick, doch es war Hernande, der das Wort ergriff. »Du könntest Dalton in Verruf bringen.«

»Und wie?«

»Darüber haben wir schon gesprochen. Ein Teil seines Angriffs richtet sich gegen dich und die Lumagier, weil ihr die Ley noch nicht in Ordnung gebracht habt. Weil Tumbor noch nicht befreit ist, weil die weißen Verkrümmungen über Farrade und den anderen großen Städten im Norden und Osten und wer weiß wie vielen weiteren Orten nicht beseitigt wurden. Die Menschen wären eher geneigt, dir zuzuhören und dich zu unterstützen, wenn du ihnen zeigst, dass die Lumagier tatsächlich etwas unternehmen.«

»Wir unternehmen ja auch etwas«, gab Kara zurück. »Wir haben einen weiteren Kristall für den Knoten erschaffen. Jetzt arbeiten wir daran, wie man ihn noch wirkungsvoller einsetzen kann. Und wir haben die Zusammenarbeit mit dir und den anderen Mentoren und Studenten der Universität begonnen.«

Hernande schüttelte den Kopf. »Noch mal: Das können die Menschen der Nadel nicht *sehen*. Es sei denn, du hast vor, diejenigen, die es sehen wollen, in den Knoten zu lassen, oder vielleicht eine öffentliche Vorführung mit meinen Studenten zu veranstalten.«

Kara zuckte zusammen, aber Ty warf sofort ein: »Nein. Das wäre zu gefährlich. Ein zu großes Wagnis.«

»Aber …«

»Was, wenn irgendjemand irgendwie diesen Nexus hier zerstört?«, gab Marcus zu bedenken. »Weißt du, wie man einen neuen aufbaut? Wir versuchen seit zwei Tagen nachzuahmen, was Iscivius gemacht hat, und weder du noch ich sind auch nur in die Nähe gekommen. Und Iscivius liegt immer noch in einem Koma, aus dem er vielleicht nie wieder erwacht. Ein solches Risiko können wir nicht eingehen.«

»Wir *können* es auch ohne Iscivius schaffen. Wir müssen lediglich üben.« Und das stimmte – der Vorgang erforderte ein Höchstmaß an Konzentration und Geschick bei der Beeinflussung der Ley. Sowohl Kara als auch Marcus hatten die Ley wieder und wieder in Schichten gefaltet, wie sie es bei Iscivius beobachtet hatten. Aber weder ihm noch ihr gelang es bisher so schnell, dass es ausgereicht hätte, einen Kristall entstehen zu lassen.

Allerdings hörte sich ihr Einwurf wie die mürrisch vorgetragene Ausrede eines bockigen Kindes an.

»Selbst wenn du die Menschen den neuen Kristall sehen lässt oder wir eine Vorführung mit den Universitätsmentoren und den Lumagiern veranstalten«, sagte Hernande in die Stille, »würde das Daltons Anhänger nicht zum Verstummen bringen. Nichts davon würden die Leute als praktische Lösung für Daltons Herausforderung ansehen, also für die Heilung der Ley. Wie wir bereits festgehalten haben, brauchen die Menschen etwas Sichtbares, etwas, woran sie sich erinnern und festklammern können und das einen unmittelbaren Bezug zur Wiederherstellung des Systems aufweist.«

»Wir sind noch nicht bereit, die Verkrümmung über Tumbor zu heilen. Wir haben ja bisher kaum richtig begonnen, mit dem neuen Kristall zu arbeiten. Vorerst haben wir lediglich ein paar neue Anordnungen ausprobiert.«

»Aber werdet ihr bald in der Lage sein, die Verkrümmung zu beseitigen?«, fragte Ty.

Kara zögerte. Sie vermochte nicht zu sagen, ob der bittere Geschmack von Galle am Ansatz ihrer Kehle auf Tys Frage oder darauf zurückging, dass sie sich ohnehin längst unbehaglich fühlte. »Wir sollten dann soweit sein, wenn wir uns auf die beste Ausrichtung der Kristalle für den Knoten geeinigt und herausgefunden haben, wie wir die Mentoren einsetzen können, um Speicher der Ley hier in der Nadel einzurichten.«

»Also müssen wir uns Dalton und seine Anhänger bis dahin vom Leib halten.« Ty klopfte mit den Knöcheln auf den Tisch, als wäre damit alles geklärt, und er wandte sich zum Gehen.

Aber Hernande merkte leise an: »Es gibt noch eine andere Möglichkeit.«

Ty blieb auf halbem Weg durch den Raum stehen. Über ihm leuchteten die Kugeln der Planetenmaschine. »Welche?«

»Wir könnten Dalton sprechen lassen.«

Ty stimmte Gelächter an. »Wenn wir ihn sprechen lassen, verschlimmert sich die Lage nur zusätzlich.« Damit verschwand der Befehlshaber.

Marcus wandte sich an die anderen. »Ich gehe zum Nexus.«

Kara winkte ihn hinaus. Er folgte Ty.

»Findest du wirklich, wir sollten Dalton wieder öffentlich sprechen lassen? Sieh doch nur, wie viel Schaden er mit einer einzigen Rede angerichtet hat.«

»Kann er durch eine weitere Predigt wirklich noch mehr Schaden anrichten, als wir derzeit verursachen, indem wir ihm das Wort verbieten? Abgesehen davon: Falls er recht damit hat, dass uns die Gorrani aus dem Süden angreifen werden, sollten wir uns vielleicht anhören, was er noch zu sagen hat.«

»Aber wir wussten doch schon lange vorher, dass uns die Gorrani nach Lecrucius' Tat noch Schwierigkeiten bereiten würden. Es hat keiner übernatürlichen Kräfte bedurft, um vorherzusehen, dass sie uns letzten Endes angreifen werden. Und von diesen ›Hunden‹, die angeblich aus Norden kommen werden, haben wir bisher noch nichts gehört. Es könnte immer noch alles Unfug sein.«

»Nur wie werden wir es je erfahren, wenn wir ihn nicht sprechen lassen?«

Kara starrte auf den Tisch, auf die grünen und schwarzen Holzklötzchen. Sie dachte an Dalton und an die Kormanley. Dachte daran, was sie hier und was sie in Erenthrall getan hatten – was sie ihr, ihren Eltern, Ischua angetan hatten.

Ihr Herz verhärtete sich. »Nein. Bis wir herausgefunden haben, wer diese Hunde aus dem Norden sind, sorgen wir dafür, dass er schweigt. Lumagier *können* die Verkrümmung über Tumbor heilen. Wir brauchen nur noch etwas mehr Zeit, um uns vorzubereiten.«

Hernande lehnte sich auf dem Sitz zurück und strich sich wieder über den Bart. Sein Blick weilte in weiter Ferne.

Kara beobachtete ihn eine Weile. »Woran denkst du gerade?«

Er schwieg noch einige Herzschläge lang und betrachtete sie. Dann sagte er: »Die Gorrani werden kommen, unabhängig davon, ob Daltons Vision über Hunde aus dem Norden stimmt oder nicht. Wir müssen uns gegen sie wappnen. Und ich habe gerade überlegt, wie uns Morrell dabei helfen könnte.«

***

Marcus schloss die Tür zur Planetenmaschine hinter sich, nickte den Wachen draußen zu und setzte sich dann den Korridor entlang in Bewegung. Er folgte Ty, den er vor sich noch hören konnte, und beschleunigte seine Schritte.

An einer Verzweigung holte er den Mann ein. Ty musste gehört haben, wie er sich genähert hatte, denn er blieb stehen und schaute zurück.

»Marcus.«

»Was hast du vor, wegen der Kormanley zu unternehmen?«

Ty zog die Augenbrauen hoch. »So weitermachen wie bisher.«

»Aber du bist mit der Entscheidung nicht einverstanden.«

Ty drehte sich vollständig um und sah Marcus ins Gesicht. »Es zeigt keine Wirkung, und die Spannungen auf den Straßen steigern sich nur. Wie ich schon bei der Besprechung angemerkt habe.«

Marcus neigte das Haupt. »Ich weiß. Und ich denke nicht, dass wir irgendetwas lösen, indem wir die Dinge so belassen, wie sie sind. Wir müssen diese Entwicklung aufhalten, bevor sie uns überrollt.«

Ty verschränkte die Arme vor der Brust. »Und was schlägst du vor, dass wir tun sollen?«

Marcus schaute auf. »Ich finde, du solltest ein paar der Leute von dem Aufstand herholen und zum Reden bringen.«

Schweigend starrte Ty den Lumagus mehrere Atemzüge lang an. »Das dürfte Dierdre nicht sonderlich gefallen«, meinte er schließlich.

Marcus errötete, und Hitze breitete sich rasend vom Kopf bis zu den Zehen aus. »Um Dierdre kümmere ich mich.«

»Und was ist mit Kara? Und Hernande?«

Schuldgefühle befeuerten das Hitzegefühl noch, aber Marcus straffte entschlossen die Schultern. »Sie müssen ja nichts davon erfahren, oder?«

***

Marc stöhnte wohlig, als er die Zähne in ein Stück Schweinelende schlug. Säfte quollen aus der knusprigen Pfefferkruste außen hervor und troffen in seinen Bart. Noch bevor er den ersten Bissen zu kauen begann, nahm er einen weiteren, dann warf er den Rest zurück auf den Holzteller zu den gebratenen Karotten und Kartoffeln. Der Bratensaft, der als dünne Soße diente, spritzte auf den Tisch, ein Teil auch auf Cutters Arm.

»Bei den Göttern, ist das gut«, brummte Marc mit vollem Mund. Cutter konnte ihn durch den Lärm der Menschenmenge in Madame Busards Schänke kaum hören. Die Gaststube war gerammelt voll mit Soldaten und verschiedenen Menschen aus der Stadt, zwischen denen sich die Schankfrauen mit geübter Mühelosigkeit hindurchzwängten. Allein an ihrem Tisch saßen zehn andere Männer und Frauen dicht gedrängt auf den Bänken zu beiden Seiten, dennoch war Cutter dankbar für den Sitzplatz. Zwar hätte er es vorgezogen, in den Kasernen Brot und ein Stück von der nächstbesten Keule geschnittenes Fleisch zu essen, aber Marc hatte darauf bestanden, hierher zu kommen.

Cutter achtete nicht auf den Fleck, den der verspritzte Bratensaft an seinem Hemd hinterließ. Er schnitt ein Stück von seiner eigenen Portion Schweinelende ab, bedacht darauf, genug von der knusprigen Pfefferkruste und etwas Fett zu erwischen, und aß den Bissen.

Er musste zugeben, es schmeckte wirklich gut. Wesentlich besser als die verbratenen Kaninchen, die erbeuteten Knollen und Wurzeln oder das trockene, harte Fladenbrot, von dem sie sich die vergangenen Wochen ernährt hatten.

Marc griff nach seinem Bierkrug und trank einen herzhaften Schluck, bevor er beobachtete, wie Cutter ein weiteres Stück abschnitt. Er schnaubte. »Du solltest echt lernen, solche Mahlzeiten mehr zu genießen.«

»Ich genieße sie doch.« Cutter spießte eine Karotte auf und steckte sie sich in den Mund. Überraschenderweise erwies sie sich als perfekt gegart.

Marc schüttelte den Kopf. »Ich versteh dich nicht.« Als Cutter nichts erwiderte, ließ der Vollstrecker den Krug so heftig auf den Tisch niedersausen, dass Bier herausschwappte. »Wie kommt's, dass du einfach so aus einem von den Göttern vergessenen Kaff antanzt und als Alpha eine Aufklärungstruppe übernimmst? Was ist aus den Zeiten geworden, da wir unsere Welpen ausgebildet haben? Was ist daraus geworden, dass man sich den Weg hin zum Alpha verdienen muss?« Einige der Soldaten am Tisch bei ihnen hoben zustimmend ihre Krüge an oder hämmerten beifällig auf die Tischplatte. Marc grinste über den Zuspruch und drehte sich wieder Cutter zu. »Was genau hast du in dem Dorf gemacht?«

Cutter hielt mit einer Gabel voll Kartoffeln auf halbem Weg zum Mund inne. »Ich war Fährtensucher. Hab Wild gejagt.«

Andere am Tisch lachten grölend über diese Antwort, fluchten höhnisch oder schwenkten abfällig die Hände.

»Ein Fährtensucher!«, rief Marc. »Das ist alles? Das wusste ich ja schon. Hast du mal einen Bären erlegt? Mit einem Berglöwen gerungen? Eine dieser Wer-Bestien erlegt, von denen man immer wieder aus dem Norden hört?«

»Ich hab mal einen Keiler erlegt. Sonst größtenteils Rehe, Eichhörnchen, Kleinwild.«

Marc starrte ihn eine Weile an, bevor er fluchte und sich wieder seiner Mahlzeit zuwandte.

Eine Zeit lang aßen sie schweigend, und die anderen um sie herum widmeten sich wieder ihren eigenen Unterhaltungen. Marc strahlte immer noch diese unterschwellige, auf kleiner Flamme köchelnde Abscheu derselben Art aus, wie Cutter sie draußen auf den Ebenen ständig von ihm wahrgenommen hatte.

Nur stimmte das nicht ganz. Kaum hatten sie diese zerstörten Siedlungen und die abgeschlachteten Dorfbewohner entdeckt, hatte sich Marc verändert. Danach hatte er Cutter keine richtige Verächtlichkeit mehr entgegengebracht. Eher verhaltenen, widerwilligen Respekt.

Diese Abscheu war erst hier am Tisch zurückgekehrt.

Auf halbem Weg durch ein weiteres Stück Fleisch seufzte Cutter, ließ den Kopf sinken und schloss die Augen.

»Ich hatte nie vor, Muld zu verlassen«, verriet er. »Ich hätte nie damit gerechnet. Ich dachte vielmehr, ich würde heiraten, Kinder kriegen, sie in Muld großziehen und dort sterben.«

»Warum bist du dann weggegangen?«, fragte Marc.

Scharf sog Cutter die Luft ein. Darüber wollte er nicht reden. Er redete *nie* darüber. Das gehörte mit zu den Gründen, warum er überhaupt Fährtensucher geworden war – die Ruhe, die Einsamkeit. Andererseits hatte er die Richtung zu dieser Frage gerade selbst eingeschlagen. Wenn er es auf sich beruhen lassen wollte, hätte er sich einfach damit abfinden können, dass Marc wütend auf ihn blieb.

»Mit fünfzehn war ich mit einem jungen Mädchen verlobt. Ihr Name war Laurel. Sie hatte das weichste, lockige braune Haar, das ich je berührt habe, Augen so grau wie Gewitterwolken und zwei Grübchen rechts am Kinn, eines etwas größer als das andere.« Er konnte sie deutlich vor sich sehen. »Sie war vierzehn. Wir wollten heiraten, sobald ich siebzehn geworden wäre.« Er öffnete die Augen und schnitt ein weiteres Stück von seiner Schweinelende ab.

»Was ist passiert?«

»Ein Jahr nach unserer Verlobung wurde sie krank. So wie das halbe Dorf. Eine Art Grippe. Unser Heiler Logan hat getan, was er konnte, aber Laurel und zehn andere sind gestorben. Danach wurde ich Fährtensucher. Ich habe mich auf die Jagd begeben, weil ich dadurch von den anderen im Dorf wegkam. Ich wollte nur allein sein. Ich war ganz darauf eingestellt, allein irgendwo in der Nähe von Muld zu sterben. Und dann ist die Ley zersplittert. Wir haben es in Muld gehört, es gespürt. Kurz danach ist Allan mit Flüchtlingen aus Erenthrall eingetroffen, mit den Lumagiern. Sie haben von der Stadt erzählt, und auf einmal ist mir klar geworden, dass es auf der Welt mehr als Muld gibt. Als Allan dann nach Freiwilligen gefragt hat, die ihn in die Stadt begleiten würden, um Lebensmittel zu plündern, habe ich meinen Bogen und mein Geschick als Fährtensucher angeboten. Und nach allem, was in Erenthrall passiert ist …« Er zuckte mit den Schultern. »In Muld gab es für mich nichts mehr. Deshalb bin ich hierher mitgekommen.«

Er steckte sich ein Stück Schweinefleisch in den Mund und kaute. Er schmeckte jedoch nichts mehr, als er jetzt an Laurel zurückdachte, an die dunklen Flecken auf ihrer Haut, wie sie an ihrem eigenen Schleim erstickt war. Erst, als er schmerzhaft schluckte, wurde ihm klar, dass die anderen um ihn herum verstummt waren.

Cutter schaute auf und stellte fest, dass ihn die gegenüber Sitzenden anstarrten. Einer kicherte und meinte: »Na, wenn das nicht mal 'ne traurige Geschichte ist.« Die anderen lachten.

Cutters Griff um das Messer verkrampfte sich, doch Marc sagte: »Haltet die Klappe.«

Der Tonfall seiner Stimme brachte das Gelächter wie abgeschnitten zum Verstummen.

Aber Cutter hatte genug. Klappernd ließ er die Gabel auf den Holzteller fallen, wischte sein Messer sauber und steckte es zurück in die Scheide.

»Wo willst du hin?«, fragte Marc. Es war eine beiläufige Frage, ohne die Abscheu, die Cutter zuvor in seiner Stimme gehört hatte.

»Zurück in die Kasernen.«

»Dann sehen wir uns dort.«

Cutter stand auf und entfernte sich, steuerte schnurstracks auf die Tür zu. Fast sofort ließ sich jemand anders auf seinem Platz nieder und sagte etwas zu Marc, doch Cutter bekam es kaum mit. Er musste schleunigst hinaus aus der Schänke, weg vom dichten Gedränge der Leute.

Er musste allein sein.

***

»Ich dachte schon, der geht nie«, meinte der Mann, der neben Marc auf der Bank Platz genommen hatte.

Marc bedachte ihn mit einem flüchtigen Blick – Schnurrbart, ungekämmtes Haar, dürrer Körperbau. Dann biss er ein weiteres Stück von seiner Schweinelende ab und hatte vor, dem Burschen keine weitere Beachtung zu schenken.

Der jedoch lehnte sich in Marcs Sichtfeld und sagte: »Ich bin Armone.«

Marc legte das Fleisch auf den Teller und musterte den Mann eingehender. »Du bist ein Vollstrecker«, stellte er fest, während er kaute. »Ich hab dich schon in den Kasernen gesehen. Aber du trägst keine Uniform.«

Der Mann grinste. »Du auch nicht.«

»Ich bin gerade erst von einer Patrouille in der Gegend von Tumbor zurückgekehrt.«

»Hab ich mit angehört. Wer war der Mann, mit dem du gestritten hast?«

Ein Kribbeln setzte zwischen Marcs Schultern ein und lief ihm den Rücken hinunter. Eine Weile kaute er langsam, um sich etwas Zeit zu verschaffen und zu überlegen, was dieser Armone von ihm wollen könnte. Als er fertig war, griff er sich sein Bier. »Das«, sagte er, »war der Dreckskerl, der den Befehl über unsere Patrouille hatte. Aus dem verdammten Kaff Muld.«

Armones Mundwinkel wanderten angewidert nach unten. »Er hat den Befehl über dich erhalten, einen Vollstrecker?« Kopfschüttelnd nahm er sich das Bier des Mannes ihnen gegenüber, als der sich wegdrehte. »Die kommen zu uns in die Nadel, sprengen ein verfluchtes Loch in unsere Mauer und reißen dann irgendwie mithilfe unseres eigenen Befehlshabers alles an sich. Und jetzt nehmen sie uns auch noch die Befehlsgewalt weg? Die sind ja nicht mal ausgebildet!«

Offensichtlich hatte Armone nicht Marcs gesamte Unterhaltung mit Cutter belauscht, nur einen Teil davon. Gerade genug, um zu glauben, dass Marc den Fährtensucher verabscheute. Aber er wusste immer noch nicht, was Armone von ihm wollte – und er wollte eindeutig etwas. Der Mann köderte ihn, schien abzuwarten, ob Marc anbeißen würde.

Marc hatte noch nicht endgültig entschieden, was er von Cutter hielt, aber dieser Armone machte ihn neugierig.

Er trank einen ausgiebigen Schluck von seinem Bier. Ein Teil davon troff ihm in den Bart. »Sie übernehmen die ganze verdammte Nadel, ganz zu schweigen von den Vollstreckern.«

»Genau! Ich finde, das ist eine Schande. Ich kann nicht fassen, dass Befehlshaber Ty es zulässt!«

»Was kann er schon groß tun? Ihre verdammten Hexer und diese Lumagier haben die Kontrolle über die Ley. Hast du gesehen, was sie mit den Gorrani gemacht haben? Die könnten uns alle vernichten. Sie haben uns an den Eiern.«

»Schon richtig, schon richtig. Aber Befehlshaber Ty hat sich einfach damit abgefunden. Er hat sich überhaupt nicht gegen sie zur Wehr gesetzt, nachdem die Gorrani ausgeschaltet waren. Hat dieses Miststück Kara und die Mulder praktisch mit offenem Tor willkommen geheißen.«

»Wie könnte er denn gegen sie kämpfen? Sie bräuchten nur ein wenig Ley herbeizurufen, und schon wäre er nur noch ein Haufen Schnallen und Knöpfe. Dagegen kann man nicht kämpfen.«

Armone verengte die Augen zu Schlitzen und beugte sich näher. »Oh, das kann man sehr wohl.«

Marc knautschte ungläubig das Gesicht zusammen, dann nahm er Armone das gestohlene Bier weg und leerte es in seinen Krug. »Du bist betrunken. Also kriegst du nichts mehr.«

Armone schnaubte, wirkte ungerührt und wurde plötzlich todernst. »Ich bin nicht betrunken.«

Marc sah ihm mit halb zu den Lippen erhobenem Krug in die Augen. »Was willst du?«

Armone sah sich in der Schänke um, ließ den Blick suchend über die Gäste wandern. Marc hatte ein Gefühl, als ob er sich mit dem Mann in einer eigenen kleinen Blase befand. Die Aufmerksamkeit der Männer am Tisch gegenüber war abgelenkt, und sogar der dienstfreie Vollstrecker links neben ihm turtelte mit einer der Schankmägde. Als sich Armone vergewissert hatte, dass ihnen niemand Beachtung schenkte, stützte er einen Ellbogen auf den Tisch und drehte sich Marc so zu, dass sein Körper diejenigen hinter ihm von der Unterhaltung aussperrte.

»Hast du's satt, dass die Lumagier das Sagen haben? Dass Befehlshaber Ty ihre Anweisungen wie ein gefügiges Hündchen entgegennimmt und ausführt?«

Ohne zu trinken, stellte Marc den Krug ab. »Ja.«

»Und was ist mit Vater Dalton? Findest du nicht, die Vollstrecker waren stärker, als er noch das Zepter geschwungen hat?«

»Jedenfalls hatten wir nie irgendwelche Unruhen, als er an der Macht war.«

Armone überlegte eine Weile, dann nickte er knapp, als hätte er soeben eine Entscheidung gefällt. Er streckte eine Hand aus und ergriff Marcs Schulter. »Es gibt da eine Gruppe von Leuten, die ich dir vorstellen möchte. Größtenteils Vollstrecker, aber auch ein paar andere aus der Stadt. Wir finden, es ist an der Zeit, dass Vater Dalton und die Weißmäntel wieder die Kontrolle über die Ley und die Nadel zurückerobern.«

NEUN

»Ich denke, ich nehme Morrell für das kleine Experiment beiseite, über das wir vor ein paar Tagen gesprochen haben, Jerrain.«

Morrell schaute auf. Sie hatte gerade Mirra beobachtet, die übte, wie man das Geflecht so beeinflusste, dass sich der Sand, den sie auf dem Steinboden der zweiten Ebene des Tempels verstreut hatten, rieselnd in vorgegebene Muster fügte. Jerrain stand über ihnen, Keller saß im Schneidersitz auf einer Seite. Hernande näherte sich ihnen aus Richtung des Tempeleingangs. Drayden wachte nahezu unsichtbar in den Schatten einer der Nischen über Morrell. Seit dem Angriff des Mannes im Krankenhaus beschattete er sie noch aufmerksamer als davor. Mittlerweile schlief er sogar vor der Tür ihrer Unterkunft.

Im Verlauf der letzten Wochen hatte sie bei der Arbeit mit Hernande, Cory und den anderen Mentoren von der Universität herausgefunden, dass sie weder eine Mentorin noch eine Lumaga war. Sie konnte kaum wahrnehmen, wie das Geflecht benutzt wurde – in der Regel nur dann, wenn sie sich in unmittelbarer Nähe des Geschehens aufhielt, und selbst in dem Fall nur, wenn derjenige, der es beeinflusste, wirklich stark war. Wenn sie es spürte, fühlte es sich bloß wie eine zarte Brise an. Morrell war eher auf die Ley eingestimmt. Sie konnte spüren, wie sie durch den Boden unter ihr strömte, und sie konnte ihrem Verlauf folgen, zumindest den breiteren Linien. Aber sie konnte nicht auf sie einwirken wie die Lumagier. Hernande hätte sie gern so getestet, wie man es früher vor der Zersplitterung bei Kindern in den Schulen gemacht hatte.

Allerdings hatten nur die Ober-Lumagier gewusst, wie das ging, und der letzte Ober-Lumagus der Nadel war beim Angriff der Gorrani durch die Ley umgekommen. Man konnte ihre Fähigkeiten nicht einmal so testen wie bei Studenten an der Universität, weil sich die dafür nötigen Kugeln allesamt in Erenthrall befanden. Niemand hatte daran gedacht, welche mitzunehmen, als sie geflohen waren.

Jerrain legte Morrell eine Hand auf die Schulter und hielt sie fest, als Hernande näherkam. »Hältst du das wirklich für klug? Wir haben noch kaum begonnen, sie auszubilden.«

»Wir haben bereits festgestellt, dass sie weder die Ley noch das Geflecht beeinflussen kann, jedenfalls nicht so wie wir. Die Grundlagen hat sie erlernt, nur wird ihr das nicht helfen, ihre eigenen Fähigkeiten zu verstehen, wenn wir nicht anfangen, sie auszuloten. Dieser Test ist so gut wie jeder andere.«

Jerrain schaute zwar nach wie vor zweifelnd drein, aber er entließ Morrell und winkte sie in Hernandes Richtung. »Ich finde immer noch nicht, dass sie schon bereit dafür ist, aber wie du gesagt hast, wir leben in schwierigen Zeiten. In einer neuen Welt darf man sich nicht zu verbissen an die alten Vorgehensweisen klammern.«

Morrell rappelte sich auf die Füße. Keller murmelte bei sich: »Die Glückliche.«

Morrell wusste, dass er nur scherzte, aber Jerrain schnalzte missbilligend mit der Zunge und winkte Keller auf Morrells Platz. »Keller, dafür übernimmst du jetzt von Mirra. Und wir machen nicht mit den grundlegenden Sandformen weiter. Wir wechseln zu den komplexeren Mustern, die wir verwenden wollen, um den Lumagiern zu helfen. Mal sehen, wie gut du dich diesmal anstellst. Mirra, mach dich bereit, Sand auf seine Gebilde zu schütten, um herauszufinden, wie lange er sie diesmal aufrechterhalten kann.«

Keller stöhnte, als er auf Morrells Platz rutschte, während

Mirra den Sand mit einem selbstgefälligen Grinsen zu einem Haufen zusammenwischte.

Hernande führte Morrell zu den steilen Stufen, die den Großteil dieser Seite des Tempels bildeten und die hinunter zur umliegenden Stadt führten. Drayden folgte ihnen mit wenigen Schritten Abstand. »Irgendwelche Fortschritte?«, erkundigte sich der Mentor.

Hinter ihnen ertönte scharf von Jerrain: »Halten! Halten!« Und Keller keuchte betrübt. Mirras kehliges Kichern ertönte wie ein Kontrast dazu.

Dann stiegen sie hinab, und die Geräusche der Übenden blieben hinter ihnen zurück, wurden von der Vielzahl der Laute aus der Stadt unten abgelöst – dem Blöken von Schafen und Quieken von Schweinen sowie Hunderten Gesprächen und Rufen von dem weitläufigen Platz vor dem Tempeleingang. Auf einer Seite führten Gardisten vor den Kasernen Übungskämpfe durch, gegenüber steuerten andere auf die Küchen zu. Ein paar, die sich neben dem Regenfass herumtrieben, das sie als Waschzuber benutzten, warfen Morrell und Hernande unfreundliche Blicke zu, als sie unten ankamen. Sie folgten ihnen mit den Augen, als sie in den Schatten des flachen Steinvorsprungs gerieten, der in der Mitte der Treppe über den Platz ragte. Ihre Aufmerksamkeit schwand erst, als sich Drayden in ihr Sichtfeld schob.

»Ich kann es nicht wirklich sehen oder fühlen, wenn die anderen mit dem Geflecht arbeiten«, gestand Morrell, um sich von den starrenden Blicken abzulenken. »Es ist, als würde jemand mit einem Fächer vor meinem Gesicht wedeln, und dann sehe ich, wie sich die Sande bewegen. Oder ich spüre einen Druck an der Haut, als würde ich mich gegen eine Mauer pressen, nur ist da nichts.«

»Sind diese Empfindungen denn stärker geworden, seit du mehr auf sie achtest?«

»Nicht wirklich.«

»Und was ist mit der Ley?«

»Ich glaube, ich kann sie jetzt besser spüren, vor allem, seit sich Kara vor ein paar Tagen etwas Zeit genommen hat, um mit mir zu arbeiten. Sie hat mir geholfen, zwischen einigen der Ley-Linien zu unterscheiden, die sich hier in der Nadel bündeln. Die dickeren Linien kannte ich natürlich schon davor, aber jetzt kann ich auch einige von den mittleren fühlen.«

»Gut. Vielleicht gelingt es uns am Ende doch noch, herauszufinden, in welchem Verhältnis deine Fähigkeiten zu jenen der Lumagier und der Mentoren stehen.«

Morrell erwiderte darauf nichts. Sie war nicht sicher, wie viel sie wirklich über sich selbst lernte. Aber sie wusste, dass sie die Gesellschaft der anderen Studenten genoss, auch wenn die Doppelbelastung des Studiums und der Arbeit im Krankenhaus sie erschöpfte.

Zusammen überquerten sie den großen Platz und mischten sich unter den Rest der Einwohner der Nadel. Es herrschte ein dichtes Gedränge. Körper zwängten sich aneinander vorbei, als sich die Menschen den Weg durch die Straßen und zwischen den Gebäuden in Richtung der äußeren Zeltsiedlung bahnten. Einmal verlor Morrell den Mentor aus den Augen. Ihr Herzschlag beschleunigte sich, als ihr klar wurde, dass sie keine Ahnung hatte, wohin sie eigentlich wollten. Dann jedoch erblickte sie den für die Lehensgebiete bezeichnenden, spitzen Bart und sein gelblich-goldenes Hemd mit dem roten Besatz, als er zu ihr zurückschaute.

Sie hatten die Stadt selbst erreicht, als jemand Morrell rempelte und sie gegen einen anderen Mann stieß, der gebückt in der Nähe der Ecke eines Gebäudes am Eingang einer Gasse stand, den Rücken der Straße zugewandt. Der Mann knurrte verärgert und wirbelte zu ihr herum. Seine graubraune Kleidung strotzte vor weißem Staub, der aufstob, als er sich aufrichtete.

»Du hast es versaut, du kleines Miststück«, fauchte er und holte aus, um sie zu schlagen.

Morrell schrak zurück, doch plötzlich tauchte Hernande hinter ihr auf. Der Arm des Mentors schoss vor. Seine Finger schlossen sich um das Handgelenk des Mannes und fingen den Schlag im Schwung ab. Auf Morrells anderer Seite erschien Drayden, der tief in der Brust knurrte.

Der fremde Mann versuchte mit einem Ruck, sich zu befreien, doch Hernandes Griff lockerte sich nicht. Im Gegenteil, er verstärkte sich. Morrell hörte, wie Knochen im Handgelenk des Unbekannten aneinander schabten.

»Keine kluge Entscheidung«, presste Hernande mit einer düsteren Bedrohlichkeit in der Stimme hervor, die Morrell noch nie bei ihm gehört hatte. Draydens Knurren wurde tiefer.

Der fremde Mann – er besaß braunes Haar und hatte ein schmales Gesicht, das nicht zum schmuddeligen Erscheinungsbild seiner Kleidung passte – zog erneut, und diesmal konnte er sich befreien. Allerdings hatte Morrell den Eindruck, dass Hernande es ihm gestattet hatte. Der Unbekannte rieb sich das Handgelenk. Ohne nachzudenken, streckte Morrell den Arm aus und berührte ihn. Er taumelte zurück und prallte hart gegen die Mauer der Gasse.

»Ist nur ein Bluterguss«, sagte Morrell. »Versuch, die Hand in den nächsten Tagen nicht zu stark zu belasten, dann ist alles gut.«

Der Mann starrte sie verwirrt an.

Dann brüllte hinter ihnen jemand: »Was ist hier los?« Der Sprecher steuerte in ihre Richtung.

Hernande deutete auf etwas neben dem Mann an die Mauer Gekritzeltes – ein eigenartiges Symbol mit einer um einen Kreis geschlungenen Schlange und einem halb gezeichneten Hund darunter. »Du bist besser weg, bevor der Vollstrecker hier ist.«

Der Blick des Mannes schnellte zur Straße. Dann spuckte er zur Seite aus und wieselte in die Gasse davon. Drayden setzte dazu an, ihn zu verfolgen, aber Hernande hielt ihn zurück.

»Was hat das zu bedeu…« Jäh verstummte der Vollstrecker, als er sich durch die letzten Menschen hinter ihnen drängte und das mit Kreide an die Mauer gemalte Symbol erblickte. »Wer hat das gezeichnet?«, stieß er barsch hervor, zeigte mit einer Hand darauf und wirbelte zur Menschenmenge herum. »Hat jemand gesehen, wer dieses Symbol gezeichnet hat? Ich weiß, dass es *irgendjemand* gesehen haben muss! Meldet euch! Hört auf, den verfluchten Kormanley-Priester in Schutz zu nehmen! Er hat euch schon vor der Zersplitterung nichts als Flausen in den Kopf gesetzt!«

»Wir haben den Mann gesehen«, ergriff Hernande das Wort. »Tatsächlich glaube ich, dass wir ihn unterbrochen haben.«

Der Vollstrecker, ein älterer Mann – älter als Morrells Vater, aber breiter und mit ergrauendem Haar –, drehte sich ihnen zu und beäugte sie misstrauisch. Er spähte in die Gasse, in die der Mann geflüchtet war, doch Morrell konnte seine Schritte längst nicht mehr hören.

»Ich könnte ihn aufspüren«, bot Drayden an. Seine Nasenflügel blähten sich, als er die Luft schnupperte. Er sah Morrell an, die kaum merklich den Kopf schüttelte. Er schnaubte verärgert, fügte sich aber.

»Ihr habt den Mann also gesehen?«, hakte der Vollstrecker nach. Er verschränkte die Arme vor der breiten Brust. »Damit wärt ihr die Ersten. Wie hat er ausgesehen?«

»Braunes Haar, schmales Gesicht und grüne Augen.«

»Das trifft auf etwa ein Viertel der Menschen hier in der Nadel zu. Sonst noch etwas? Eine Narbe? Eine Tätowierung? Ein fehlender Finger?«

Hernande runzelte unsicher die Stirn. »Ich könnte schwören, dass ich ihn davor schon mal gesehen habe.«

Der Vollstrecker spannte den Körper an. »Wo?«

»Ich … erinnere mich nicht.«

»Aha, ich verstehe. Also, wenn es dir wieder einfällt, meldest du es den Vollstreckern, in Ordnung?«

Damit wandte er sich zum Gehen, aber Hernande räusperte sich, und der Vollstrecker drehte sich mit hochgezogener Augenbraue zurück.

»Wie ist dein Name?«, fragte Hernande. »Für den Fall, dass ich mich wieder erinnere.«

Der Mann verengte die Augen. »Trenton.« Damit ging er und verschmolz mit der Menschenmenge auf der Straße.

Hernandes Hand senkte sich schützend auf Morrells Schulter. Drayden spähte immer noch in die Gasse.

»Er wollte uns seinen Namen nicht sagen«, stellte Morrell fest.

»Richtig, wollte er nicht.« Hernande scheuchte Morrell zurück auf die Hauptstraße und in Richtung der Zeltsiedlung, dicht gefolgt von Drayden.

»Mit dem Mann, der das Symbol gezeichnet hat, war auch etwas nicht in Ordnung.«

»Wie kommst du darauf?«

»Seine Kleidung hat nicht zu seinem Gesicht gepasst.«

»Das ist dir aufgefallen? Du bist unbestreitbar die Tochter deines Vaters. Wir müssen mit Befehlshaber Ty über den Vorfall reden, aber das machen wir später.«

Als sie den Rand der Zeltansammlung erreichten, wurde das Gedränge der Menschen dichter und die Gerüche eindringlicher. Gebratenes Fleisch, siedendes Öl, gedünstete Zwiebeln, Paprika und verbranntes Brot bestürmten sie schon nach wenigen Schritten. Dazu kamen das stechende Aroma eines Senfgewürzes und der Gestank von Innereien, als jemand mit einem Abfalleimer an ihnen vorbeiging. Außerdem herrschten zwischen den Zelten der schale Mief von Schweiß und Fett und der leichte Modergeruch von Krankheit vor.

Morrell war der jüngste Anstieg der Zahl der Patienten mit verschiedensten Beschwerden aufgefallen, darunter Entzündungen und sogar ein paar Fälle von Wundbrand. Nun verstand sie den Grund dafür. Die Zeltsiedlung war hoffnungslos überbevölkert.

»Hier sind so viele Menschen dazugekommen«, murmelte sie, als sie einer kleinen Ziegenherde auswichen, die von zwei jungen Männern gehütet wurde. In beider Augen stand ein zorniger, bedrohlicher Ausdruck und sie trugen lange Knüppel.

»Ja. Seit Kara und Ty die Leitung übernommen haben, gewähren sie jedem Einlass, der in die Stadt kommt. Die Menschen brauchen eine Zuflucht, und dicjenigen, die den Weg zur Nadel finden, sind größtenteils zufrieden damit, einen geschützten Ort zu haben, auch wenn er überbevölkert ist. Sogar die Stadt um den Tempel ist von Leuten überflutet. Viel mehr kann die Nadel nicht beherbergen. Natürlich war es auch nicht hilfreich, dass wir einen Teil der Stadtfläche durch die Erdspalte verloren haben.«

Hernande deutete nach links, wo die Zeltreihen lichter wurden, da sie sich der riesigen Spalte näherten, die sich nach Westen durch die Stadt erstreckte. Morrell horchte auf und wandte ihre Aufmerksamkeit in die Richtung. Sie hatte die Kluft noch nie mit eigenen Augen gesehen, hatte sich auch noch nie so weit nach Westen vorgewagt. Drayden folgte ihr sofort. Hernande hingegen zögerte und schaute zur nicht weit entfernten Stadtmauer, bevor er sich ihnen wieder anschloss.

Die Zelte endeten über dreißig Schritte von der Mauer entfernt. Die Nachzügler am Rand beobachteten Morrell, als sie hinaus in den Bereich vor dem Abgrund trat. Nur fand sie nicht den Rand vor, den sie aufgrund von Cerrins Berichten im Krankenhaus erwartet hatte. Stattdessen errichteten Männer in den weißen Hemden der Tempelarbeiter – wie jene, die Essen austeilten und für die im Tempel selbst untergebrachten Menschen kochten und putzten – eine niedrige Mauer, die den Blick auf die Tiefen der Spalte versperrte. Helfer sortierten Steinblöcke, die man offensichtlich von den im Zuge der Erdbeben eingestürzten Gebäuden geborgen hatte, in verschiedene Haufen. Maurer setzten sie in die Mauer ein, bauten sie höher und höher, klatschten feuchten Mörtel dazwischen und verfüllten die Fugen. Dreißig Schritte entfernt wurden Stufen errichtet. Die Mauer mutete zwar grob an und wirkte nicht so sauber gefertigt wie die äußere Mauer, war aber keineswegs schlampig. Selbst Morrell merkte, dass sie solide war.

Als sie die neue Konstruktion entlangspähte, stellte sie fest, dass sie sich von der Außenmauer bis hinein zwischen die Gebäude um den Tempel erstreckte. Man hatte sogar einige der Häuser selbst in den Verlauf eingebunden. Über die Oberkante der Mauer konnte sie auf der gegenüberliegenden Seite der Kluft die Dächer anderer Gebäude ausmachen. Man hatte sie nur auf eine Höhe von sechs oder sieben Fuß gebaut, an manchen Stellen noch niedriger.

»Können wir hinaufgehen?«, fragte Morrell und steuerte bereits auf die Stufen zu.

»Ich glaube nicht, dass …«, setzte Hernande an, dann gab er sich mit einem Seufzen geschlagen.

Als sie sich der Treppe näherten, hielt einer der Maurer in der Nähe auf sie zu, doch Hernande winkte ihn weg, und Morrell rannte grinsend die Stufen hinauf.

»Vorsichtig!«, rief Hernande hinter ihr her.

Morrell japste und bremste auf der Mauerkrone ab. In ihrem Magen brodelte ein merkwürdiges Befinden, durch das sie sich schwer und schwindlig zugleich fühlte. Auf der anderen Seite der Mauer gab es keine Kante – oder so gut wie keine. Sie fiel einfach zur Spalte hin ab, einem Riss in der Erde, der an dieser Stelle um die hundert Fuß maß. Der zerklüftete Fels verlief nahezu lotrecht in die Tiefe. Im Sonnenschein zeichneten sich verschiedenfarbige Äderungen darin ab. Wasser sickerte aus den Schichten und glänzte entlang der Felswand. An einer Stelle schoss es aus dem Stein, vermutlich der Auslass eines unterirdischen Flusses. Vielleicht handelte es sich auch um einen Teil der Abwasseranlage der Stadt.

Der Stadt selbst hatte das Beben auf der anderen Seite der Kluft nicht gut bekommen. Viele der Gebäude waren eingestürzt, obwohl Morrell weiter vom Rand entfernt auch einige sehen konnte, die unversehrt geblieben waren. Der Großteil des abgeschnittenen Bereichs der Stadt bestand aus einer leeren, offenen Fläche, die einst die Zeltsiedlung beherbergt hatte. Fast jeder, der dort gelebt hatte, war in die Nähe des Tempels umgezogen. Dennoch konnte sie vereinzelt Rauch ausmachen, also mussten einige Menschen geblieben sein.

Morrell schluckte den Kloß in ihrem Hals hinunter, sank auf die Knie und legte die Hände an den Rand der Steinmauer. Sie beugte sich vor und spähte in den gähnenden Abgrund. Alsbald hörte sie, wie Drayden hinter ihr die Stufen herauf eilte, dann folgten Hernandes gemächlichere Schritte, die über den Staub und Kies knirschten. Drayden ließ sich neben ihr nieder und schnupperte aufmerksam die Luft.

»Wie tief geht es hinunter?«, fragte sie.

»Tief genug. Komm zurück vom Rand. Dein Vater bringt mich um, wenn du hineinfällst. Ganz zu schweigen von Kara«, erwiderte Hernande.

Morrell wich leicht zurück. Ein dünner Schweißfilm überzog ihre Haut, während ihr Herz heftig in der Brust pochte. Eine widernatürliche Erregung brachte sie zum Schaudern. »Da drüben leben immer noch Menschen.«

»Ja. Aber sie gehen damit ein Wagnis ein. Der Bereich ist nicht mehr geschützt. Die Mauer ist durchbrochen, und sämtliche Vollstrecker wurden hierher abgezogen, zum Tempel. Sogar diese Seite ist beeinträchtigt. Deshalb wird ja diese Mauer errichtet. Damit zumindest ein gewisser Schutz gegen jemanden vorhanden ist, der sich über den Rand der Spalte nähert. Und das ist auch der Grund, weshalb ich dich hierher gebracht habe.«

Morrell sah ihn über die Schulter an. »Wie meinst du das?«

»Als dein Vater und ich hergekommen sind, um Kara und die anderen zu retten, haben wir uns einen eigenen Durchbruch geschaffen.« Der Mentor zeigte zur äußeren Mauer, wo sich ein ungleichmäßiger, lotrechter Keil aus offenkundig neuerem Stein vom alten Mauerwerk abhob. Er war oben breiter als unten, sah beträchtlich rauer aus und wirkte weniger stabil. »Die Maurer haben den Durchbruch angesichts der Angst, die Gorrani könnten zurückkehren, bestmöglich versiegelt, aber er ist trotzdem eine Schwachstelle in unserer Verteidigung – eine Schwachstelle, die wir uns nicht leisten können.«

Er drehte sich Morrell zu. »Ich dachte mir, du könntest versuchen, sie in Ordnung zu bringen.«

Morrell glotzte ihn an. Wieder brodelte es in ihrem Magen, nur diesmal verursachte ihr das Übelkeit.

Unstet rappelte sie sich auf die Beine. »Du willst, dass ich … dass ich die Mauer repariere?«

»Du hast schon Stein repariert.«

»Aber das waren Steine, die in meine Hand gepasst haben! Ich konnte sie halten! Das hier … das …« Sie schwenkte eine Hand in Richtung der beeinträchtigten Mauer, und durch ihren Körper breitete sich von Kopf bis Fuß Hitze aus.

»Das hier ist nicht anders als das Reparieren jener Steine.« Er benutzte seine Mentorenstimme, die keinen Widerspruch duldete. »Ich erwarte von dir nicht, dass du die gesamte Mauer auf einmal in Ordnung bringst, aber ich denke, dass du es kannst. Ich *weiß*, dass du es kannst. Jerrain und Sovaan … haben Zweifel. Du musst ihnen beweisen, dass sie sich irren. Außerdem würdest du dadurch Kara und Ty und allen anderen Menschen helfen, die hier in der Nadel leben.« Kurz verstummte er, als überlege er, ob er noch etwas hinzufügen sollte, was er schließlich mit leiserer Stimme tat. »Letzen Endes werden die Gorrani kommen, Morrell. Wir können es uns nicht leisten, dass sie die Mauer wegen etwas überwinden, das dein Vater und ich getan haben.«

Morrell verschränkte mit verbissener Kieferpartie die Arme vor der Brust. Sie weigerte sich, Hernande anzusehen, stand nur schäumend da, den Blick auf die Mauer gerichtet, auf den Abschnitt, den man schnell und nicht zu gründlich instand gesetzt hatte. Je länger sie hinsah, desto deutlicher kam ihr der farbliche Unterschied zwischen dem neuen und dem alten Mauerwerk vor. Man hatte die Lücke bis obenhin aufgefüllt, und Vollstrecker marschierten bedenkenlos über den Wehrgang, während unten eine Gruppe von Männern inmitten einer Schweineherde feilschte. Aber Morrell konnte sehen, wie anfällig der neue Teil war. Und auch jeder, der sich von außen näherte, würde es sehen können.

Mit schwerem Herzen seufzte sie. »Ich schätze, ich könnte es zumindest versuchen.«

Hernande legte eine Hand auf ihre Schulter. »Du wirst es hervorragend machen.«

Sie gingen die neue, niedrige Mauer an der Spalte entlang, bis sie sich dem Ende näherten, wo sie an die Außenmauer grenzte. Bevor sie dort ankamen, mussten sie allerdings hinuntersteigen, denn eine Gruppe von gut zwanzig Arbeitern war noch damit beschäftigt, etwas zu errichten, das nach einer Treppe von der neuen Mauer hinauf zum oberen Wehrgang der alten aussah. Hernande umging eine Schweineherde und rümpfte angesichts des Miefs die Nase. Morrell hingegen empfand ihn irgendwie als angenehm, denn das erinnerte sie an Muld. Für eine kurze Weile verspürte sie einen schmerzlichen Anflug von Heimweh.

Sie folgten der Außenmauer in deren Schatten, wo sich die Luft als kühler erwies, bis sie den Abschnitt erreichten, den man repariert hatte. Morrell fuhr mit den Fingern den Stein entlang, als sie sich der Stelle näherten, und sie spürte deutlich den Übergang von der durch den Zahn der Zeit entstandenen Glätte zum rauen neueren Teil. Es war beinahe, als sähe sie zum ersten Mal eine entsetzliche Wunde, bevor sie ihre Gefühle abschaltete und sich als Vorbereitung auf die Heilung nüchterne Sachlichkeit einstellte.

Die Vertrautheit der Empfindungen beruhigte sie. Morrell ging noch ein paar Schritte – unten hatte das Loch in der Mauer ungefähr zehn Fuß in der Breite betragen –, dann blieb sie stehen und legte den Kopf in den Nacken, um zur Oberkante hinaufzublicken. Der blaue Himmel hob sich in satten Tönen vom schattigen Grau des Steins ab. Ein Schwindelgefühl stellte sich ein und schien die Welt zu kippen, obwohl sich Morrell nach wie vor fest mit einer Hand an der Mauer abstützte. Sie ließ den Blick sinken und suchte nach Hernande.

Er stand mit Drayden zehn Schritte hinter ihr, hielt Abstand, beobachtete sie aber aufmerksam. Stumm nickte er ihr mit einer ermutigenden Geste zu.

Sie drehte sich wieder zur Mauer um und legte beide Hände an den körnigen Stein. Es handelte sich um kalten, hellgrauen Granit, nicht um das weichere Gestein, das man beim Bau des Tempels verwendet hatte. Jenen Stein hatte man von woanders beschafft – niemand konnte heute mehr sagen, von wo – und vor Ewigkeiten hierher gekarrt. Der Granit stammte aus der Nähe.

Morrell senkte den Kopf, schloss die Augen und lehnte sich leicht nach vorn. Ihre Hände drückten gegen die Mauer, als sie die Himmelslichter heraufbeschwor.

Dann versank sie in dem Stein vor ihr, spürte sein Alter, sein Gewicht. Es fiel ihr leichter, als sie erwartet hatte – die Übungen mit Cory und später dem Rest der Studenten zahlten sich offenbar aus. Einen Moment lang wurde sie beinah vom Gefühl mahlenden, schabenden Felsens überwältigt, dann jedoch zog sie sich etwas zurück, schuf ein wenig Abstand, und die Welt setzte sich. Da konnte sie einzelne Steine spüren, war in der Lage, die Lücken in der Mitte wahrzunehmen, wo die Arbeiter einfach Geröll zum Verfüllen hineingeworfen hatten, und die solider errichteten äußeren Ränder, die das Geröll umschlossen.

Morrell holte tief Luft und bemerkte, dass die Gerüche um sie herum eindringlicher wirkten – die Schweine, der Schweiß der Arbeiter, Rauch, ausgelassenes Fett. Dann tastete sie nach außen und oben zum Wehrgang, wo sich das Ausmaß des Schadens über einen breiteren Bereich erstreckte, und schließlich zu beiden Seiten. Sogar das alte Mauerwerk wies Makel auf. Dreißig Schritte zu ihrer rechten erstreckte sich vom Boden zum Wehrgang ein Sprung im Kern der Mauer, der sich durch ein stetes Bombardement von außen weiten und einen Einsturz verursachen konnte. Darüber hinaus hatten geringfügige, im Verlauf von Jahrzehnten aufgetretene Schäden weniger bedeutende Risse nahezu überall entstehen lassen. An einer Stelle hatte Regenwasser den Kern ausgehöhlt, und hier und da hatten Tiere Nischen und Ritzen entdeckt, in denen sie Baue oder Nistplätze eingerichtet hatten.

Aber die größte Gefahr ging dennoch von dem Teil der Mauer aus, der sich unmittelbar vor Morrell befand. Sie lenkte die Sinne zurück zu dem Stein, den sie mit den Händen berührte, und fasste tiefer hinein, bis sie auf die äußere Mauer stieß. Mithilfe der in ihren Händen kribbelnden Himmelslichter zwang sie den Steinen ihren Willen auf, miteinander zu verschmelzen – und nicht nur miteinander, sondern auch mit dem alten Mauerwerk zu beiden Seiten.

Sie hatte mit Gegenwehr, mit Widerstand gerechnet. Aber davon fehlte jede Spur. Kaum hatte sie die Himmelslichter angezapft, strömten sie schneller und reibungsloser aus ihren Händen als je zuvor. Morrell schnappte nach Luft, als die

Energie der Lichter tief aus ihrer Brust floss und sich durch ihre Arme ins Gestein ergoss. Ihre Hände brannten. Am Rande nahm sie war, dass Leute verwirrt aufschrien.

Innerhalb von Sekunden fühlte sie sich erschöpft. Der Strom verebbte, und sie sackte nach vorn gegen die Mauer, presste die Stirn an den Stein. Sie bekam keine Luft, und ihr Herz zuckte unregelmäßig in der Brust. Hitze brachte sie zum Glühen, und sie drehte den Kopf so, dass eine Wange die kühle Mauer berührte.

Die plötzliche Kälte ließ sie jäh die Luft einsaugen, und ihr Herz kehrte nach und nach zu seinem üblichen Takt zurück. Gleichzeitig knickten aber die Beine unter ihr ein. Sie rutschte die Mauer entlang zu Boden und schürfte sich die Haut an einer Wange ab, bis jemand sie von hinten packte und zurückzog.

Flatternd öffneten sich ihre Lider. Das Licht der Sonne wirkte zu grell, blendete sie. »Hernande«, presste sie mit brüchiger, rauer Stimme hervor.

»Ich hab dich«, sagte der Mentor, schleifte sie ein paar Schritte von der Mauer zurück und senkte sie dann zu Boden. Drayden beobachtete sie bang ein Stück entfernt.

»Hat es geklappt?«, fragte sie. »Es hat sich zumindest so angefühlt.«

»Ja, das hat es.« In Hernandes Stimme schwang sowohl Besorgnis als auch unüberhörbarer Stolz mit. »Du hast es besser als erwartet gemacht. Sieh selbst.«

Er stützte Morrell von hinten in sitzende Haltung. Sie blinzelte und versuchte, die weißen, von der Sonne ausgehenden Blitze abzuschütteln, die ihre Augen zum Tränen brachten.

Als ihre Sicht klarer wurde, stellte sie fest, dass der gesamte untere Teil der Mauer bis zu einer Höhe von mindestens dreißig Fuß spiegelglatt wirkte. Der Stein war so verschmolzen, dass er wie aus einem durchgehenden Guss anmutete. Da gab es keinerlei Ritzen oder Fugen. Der Anblick erinnerte sie an einige der Gebäude, die sie vor der Zersplitterung in Erenthrall gesehen hatte. Gebäude, die laut ihrem Vater von den Lumagiern mithilfe der Ley aus der Erde selbst geformt worden waren, bevor sie herausgefunden hatten, wie man stattdessen Türme aussäte.

Nur hatte Morrell nicht die Ley benutzt.

»Ich hab's geschafft«, hauchte sie mit ungläubiger Stimme. Ein plötzlicher Druck wallte in ihrer Brust auf – unverhoffter Stolz –, und sie sog tief die Luft ein, als ihr das Gefühl die Kehle zuzuschnüren drohte. »Ich hab's wirklich geschafft!«

Dann brach sie in Gelächter und unerklärlicherweise auch in Tränen aus.

***

Hernande half Morrell zum Krankenhaus. Er trug sie halb, während Drayden die Menschenmassen ein sicheres Stück von ihnen fernhielt. Hernande wäre besorgter gewesen, wenn sie nicht ohne Unterlass gelächelt und mit leiser, ehrfürchtiger Stimme bei sich gemurmelt hätte: »Ich hab's geschafft.«

Freesia entfuhr ein spitzer Aufschrei, als sie zusammen in die kleine Empfangskammer wankten. Dann stürmte sie herbei, um Morrell zu stützen und ihr in den Stationsbereich zu helfen. »Was ist passiert? Was hat sie in diesen Zustand versetzt? Es fühlt sich an, als hätte sie keinerlei Kraft mehr in ihren Muskeln.«

Hernande schilderte ihr, was Morrell vollbracht hatte. Die Augen der Krankenhausleiterin wurden vor Überraschung groß, wenngleich ihr Mund eine missbilligend verkniffene Linie bildete, als sich ihre Verärgerung unmissverständlich gegen den Mentor richtete. Zusammen betteten sie Morrell auf eine der Pritschen. Während sie sich unterhielten, schrie Cerrin auf und stürmte zu Morrell. Nach einer kurzen Untersuchung stapfte er wutentbrannt auf Hernande zu.

»Was ist mit ihr? Was hast du mit ihr gemacht?« Er hatte die Hände zu Fäusten geballt.

Hernandes Augenbrauen wanderten hoch.

»Er hat gar nichts mit mir gemacht«, murmelte Morrell matt. Mühsam stützte sie sich auf die Ellbogen und warf dem jungen Mann einen mürrischen Blick zu. »Und was kümmert es dich überhaupt? Du willst mich doch sowieso nicht hier haben.«

Cerrin wirbelte zu ihr herum. Sein Mund öffnete und schloss sich wortlos, und in seine Augen trat Panik. Dann klappte er den Mund endgültig zu und stakste davon. Allerdings bekam Hernande noch den gekränkten Ausdruck in seinem Gesicht mit, bevor ihm der Junge den Rücken zukehrte.

Auch Morrell schaute betroffen drein, als bedauere sie, was sie gesagt hatte. Sie schien den jungen Mann beinah zurückrufen zu wollen, bremste sich aber und sank stattdessen verwirrt aufs Bett zurück.

Hernande wechselte einen Blick mit Freesia, die prompt die Augen verdrehte.

Dann beugte sich die ältere Heilerin über Morrell und untersuchte sie rasch, aber gründlich auf blaue Flecke, Knochenbrüche und Fieber. »Sie scheint nicht krank oder verwundet zu sein, nur erschöpft.«

»Und durstig«, fügte Morrell hinzu.

Freesia richtete sich auf und berührte Hernande am Arm. »Ich gehe und hole Wasser. Bleib bei ihr, bis ich zurück bin. Und lass sie nicht einschlafen.«

Hernande starrte Morrell einen Moment lang an, bevor er sich an ihre Seite kauerte. Drayden war am Fußende der Pritsche in Stellung gegangen. Morrell hatte die Augen geschlossen. »Du schläfst doch nicht etwa, oder?«

»Nein. Noch nicht. Ich hab gehört, was Freesia gesagt hat. Außerdem kann ich nicht aufhören, darüber nachzudenken, was ich getan habe. Meine Hände fühlen sich immer noch so an, als würden sie vor Himmelslichtern kribbeln, obwohl ich weiß, dass sie nicht da sind.« Ihre Lider klappten auf, und sie wackelte grinsend mit den Fingern vor ihrem Gesicht.

»Du hast schon zuvor Aufsehenerregendes vollbracht, Morrell. Du hast Corys Bein geheilt, als es von dem Felsblock zerquetscht war. Du hast Harpers Knochen wieder zusammenwachsen lassen. Und dann sind da noch all die Menschen, denen du hier im Krankenhaus geholfen hast.«

Morrell ließ die Arme an die Seiten sinken. »Ich weiß, aber das war anders.«

»Inwiefern anders?«

Morrell schwenkte die Hände. »Diese anderen Dinge, das waren Kleinigkeiten. Dabei habe ich immer nur einem Menschen auf einmal geholfen. Das mit der Mauer war etwas Großes und es dient allen. Wie Kara, als sie die Verkrümmung in Erenthrall davon abgehalten hat, die gesamte Stadt zu verschlingen. Oder wie mein Vater, als er nach ihrer Entfaltung Kara und die anderen in den Scherben gefangenen Menschen rettete.«

Hernande beugte sich in ihr Sichtfeld vor. »Ich bezweifle stark, dass Cory, Harper oder irgendjemand sonst, der von dir geheilt worden ist, als ›Kleinigkeit‹ bezeichnen würde, was du für sie getan hast.«

»Du hast mich davor bewahrt, mich im Dasein als Halbwolf zu verlieren«, meldete sich Drayden vom anderen Ende der Pritsche zu Wort und erschreckte sie beide. »Das war *keine* Kleinigkeit. Für keinen der Halbwölfe.«

Morrell legte nachdenklich die Stirn in Falten, doch bevor ihr eine Erwiderung einfiel, kehrte Freesia mit einem Krug Wasser und einem Glas zurück. Hernande trat beiseite, als sie das Glas füllte und den Krug auf den Steinboden neben Morrells Bett stellte. Cerrin versorgte Patienten, achtete jedoch darauf, in Hörweite zu bleiben, und schaute alle paar Augenblicke herüber, den Mund besorgt verkniffen.

»Ist das Kälteste, was ich auftreiben konnte«, sagte Freesia. »Aus dem Springbrunnen in der Köhlerstraße.«

»Wir haben angefangen, den Straßen Namen zu geben?«, fragte Hernande, als Morrell trank.

»Natürlich haben wir das. Immerhin wollen sich die Menschen überall, wo sie gerade sind, irgendwie zu Hause fühlen, oder? Und es sieht ja nicht danach aus, als würden wir in nächster Zeit nach Erenthrall zurückkehren. Jedenfalls nicht, bevor die Wilden vertrieben sind, die dort anscheinend alles übernommen haben.«

Hernande hatte noch gar keinen Gedanken an eine Rückkehr nach Erenthrall verschwendet, zumal sie hier in der Nadel eine tadellos überlebensfähige Gemeinde hatten. Aber er vermutete, dass viele der Geflüchteten früher in Erenthrall oder Tumbor gelebt hatten. Sie würden sicherlich am liebsten in die ihnen vertraute Umgebung zurückkehren wollen. Allerdings hatte er auch die Berichte von Allan, Bryce und den anderen gehört, die sich nach der Zersplitterung dorthin gewagt hatten. Hernande bezweifelte, dass es einfach werden würde, die Enklave der Temeriten und die anderen Gruppen zu vertreiben, die sich in der Stadt gebildet hatten.

Freesia zog etwas Dörrfleisch aus einer Tasche und reichte es Morrell, die darüber die Nase rümpfte. »Iss. Das Salz wird dir guttun.«

Hernande richtete sich auf. »Ich gehe besser zurück zum Tempel und berichte Kara und den anderen Mentoren, was passiert ist.«

»Nur zu«, erwiderte Freesia. »Hier kannst du nichts weiter für Morrell tun. Ich lasse sie jetzt schlafen und behalte sie im Auge.« Als ein paar Pritschen entfernt eine Schüssel scheppernd über den Boden rollte, seufzte sie, ohne hinzusehen. »Und ich bin sicher, Cerrin wird auch ein Auge auf sie haben.«

Verhalten lächelnd kehrte Hernande auf die Straße zurück und schaute blinzelnd zur Sonne, die irgendwie bereits ihren Höchststand überschritten hatte. Ein nach Regen riechender Windstoß zerrte an seinem Hemd, doch der Mentor steuerte dennoch vom Tempel weg in Richtung der Mauer.

Als er den von Morrell geheilten Abschnitt erreichte, stellte er fest, dass ihr Werk bereits Aufmerksamkeit erregt hatte. Über dreißig Menschen hatten sich eingefunden. Sie starrten und wiesen einander auf dies oder das hin, tratschten dabei aufgeregt mit leisen, ehrfürchtigen Stimmen. Und der Auflauf wuchs. Hernande drängte sich nach vorn durch, wo der Schweinehirte, den sie zuvor gesehen hatten, mit wilden Gesten schilderte, was sich zugetragen hatte: Wie sich dieses Mädchen der Mauer genähert, die Hände darauf gelegt hatte …

»… und dann sind schimmernde Lichter erschienen, ganz blau und grün und violett, und sie sind wie Wasser über die Mauer gewogt, nur rückwärts, und unter den Lichtern konnte ich die Steine sehen. Sie waren geschmolzen und wabbelig wie heißes Kerzenwachs, und dann hat das Mädchen nach Luft geschnappt und ist nach vorn zusammengebrochen, und die Lichter sind erloschen.«

Hernande schenkte dem angegrauten Mann keine weitere Beachtung, sondern trat in den Bereich zwischen dem Menschenauflauf und der Mauer, um den Stein aus der Nähe zu begutachten. Es handelte sich nach wie vor um Granit, die Zusammensetzung hatte sich nicht verändert. Allerdings glich der Stein keinem Granit, den Hernande je zuvor gesehen hatte. Seine Substanz war nicht rau oder eingekerbt. Er fuhr mit der Hand über die Oberfläche, deren Beschaffenheit sich wie von Wasser abgeschliffener Flussstein anfühlte.

Oder wie die glatte schwarze Oberfläche der Nadel.

»Was ist aus ihr geworden?«, wollte eine Frau wissen.

Der Schweinehirte packte Hernande am Arm. »Er hier hat sie mitgenommen! Er hat sie aufgefangen und davongetragen!«

Die vordersten Ränge brandeten heran und sprudelten Fragen hervor. Die Finger des Schweinehirten bohrten sich in Hernandes Oberarm. In einem Anflug von Verärgerung fasste er nach oben und kniff das Handgelenk des Mannes an einer bestimmten Stelle. Der Graumelierte stieß einen spitzen Schrei aus und ließ den Mentor los, zuckte zurück und schüttelte die tauben Finger, doch es war bereits zu spät. Die Menschenmenge drängte Hernande gegen die Mauer.

»Ruhe!«, brüllte er mit der Lautstärke und Schärfe, die er sich sonst für seine Studenten vorbehielt. Schlagartig verstummten die Umstehenden, und die Vordersten wichen einige Schritte zurück. Der Mentor wischte sich ab und ließ einen zornigen Blick in die Runde wandern. »Es geht ihr gut. Ich habe sie zu den Heilern gebracht. Sie war lediglich erschöpft.«

»Aber was ist mit …«

»Wird sie zurückkommen?«

»Kann sie etwas gegen die Spalte unternehmen?«

»Wer ist sie?«

Die Fragen wurden überwältigend und nahmen an Lautstärke zu, da jeder danach trachtete, seinen Nebenmann zu übertönen. Hernande versuchte gar nicht erst, sie zu beantworten, sondern hielt Ausschau nach einem Weg durch das Gedränge der Körper, als die Leute erneut heranbrandeten. Ein scharfer Pfiff schnitt durch den Lärm, und er hörte Befehlshaber Ty brüllen: »Was bei allen Höllen ist hier los? Macht den Weg frei! Lasst die Garde durch.«

Erleichtert atmete der Mentor auf, als Ty auf ihn zukam. Der Befehlshaber hatte fünf weitere Vollstrecker dabei, die planvoll begannen, alle auf einen Anstandsabstand zurückzudrängen, auch den Schweinehirten, der sich nach wie vor die Hand massierte.

Ty betrachtete mit gerunzelter Stirn die unheimlich glatte Mauer, dann richtete er die Aufmerksamkeit auf Hernande. »Hast du das getan?«

»Nein, ich nicht. Es war Morrell.«

Tys Augenbrauen schossen in die Höhe. »Allans Tochter? Ich dachte, sie heilt Menschen.«

»Das scheint eine Erweiterung ihrer Fähigkeiten zu sein. Ich habe sie hergebracht, um es auszuprobieren. Allerdings hätte ich nicht erwartet, dass es so … ergiebig ausfällt.«

»Tja, es hat eindeutig die Aufmerksamkeit der Menschen erregt.« Der Befehlshaber streckte den Arm aus und fuhr mit der Handfläche über den Stein, wie es zuvor Hernande getan hatte. »Meine Vollstrecker haben berichtet, dass es auf der anderen Seite der Mauer genauso ist.«

»Dort ist ein Bereich derselben Größe repariert?«

Ty zuckte mit den Schultern. »Ich hab's nicht mit eigenen Augen gesehen, und so genau war die Meldung nicht.«

»Ich möchte einen Blick darauf werfen.«

»Ist es denn sicher, die Menschen so nah zur Mauer zu lassen?«

»Mir fällt kein Grund ein, warum nicht.«

Ty befahl den Vollstreckern, die Leute näherkommen zu lassen, dann setzte er sich in Richtung des Haupttors in Bewegung. Kaum waren sie weg, drängte die Menge wieder zu dem geglätteten Abschnitt der Mauer und berührte ehrfürchtig den Stein. Die Zahl der Leute hatte sich in der kurzen Zeit, die Hernande hier gewesen war, fast verdreifacht, und ihm fiel auf, dass sich der Schweinehirte schon wieder an vorderster Front in der Mitte befand, wo er abermals seine Geschichte zum Besten gab.

Je näher sie dem Tor kamen, desto dichter wurde die Zeltsiedlung. Früher hatte sie ein gutes Stück von der Mauer entfernt gelegen, jetzt war nur noch ein Abstand von höchstens zwanzig Fuß zwischen den ersten behelfsmäßigen Unterkünften und dem Stein verblieben. Unterwegs schoben die Vollstrecker Gepäck, Kisten und Menschen aus der von ihnen geschaffenen Pufferzone. Einige der Zeltbewohner ließen mit einem Aufschrei der Empörung oder wüsten Verwünschungen von ihrer jeweiligen Tätigkeit ab und schüttelten den vorbeiziehenden Soldaten Fäuste entgegen. Auch der Gestank verstärkte sich – der Schweiß und die schalen Ausdünstungen zu vieler zu lange und zu eng zusammengepferchter Leiber, ergänzt um den Mief von Fett und Hunderten verschiedenen kochenden Gerichten.

»Wir werden künftig keine weiteren Menschen hereinlassen können«, murmelte Ty, als das Tor in Sicht geriet. »Wir sind jetzt schon überbevölkert.«

Er trat einen Korb mit Knollen beiseite. Eine Frau sprang aus einem nahen Zelt hervor und hob den Korb und die auf den Boden gekullerten Knollen auf. Sie spuckte zur Seite aus, und als sie sich weit genug entfernt befanden, brüllte sie ihnen nach: »Wir haben ein Recht auf unseren Platz, Vollstrecker!«

»Wohin sollen wir sie schicken?«, fragte Hernande.

Ty schüttelte den Kopf. »Ich sage ja nicht, dass wir sie wegschicken müssen. Aber wir können ihnen nicht weiterhin Zuflucht hinter den Mauern bieten. Dafür reicht der Platz einfach nicht. Wir müssen sie hinüber in den anderen Teil der Stadt jenseits der Kluft schicken. Oder sie schlagen ihr Lager draußen vor den Mauern auf.«

»Wodurch sie schutzlos wären.«

»Richtig, aber wir haben auch keine Belagerungsarmee vor den Toren. Es sollte ihnen nichts passieren.«

»Bis eine solche Armee auftaucht.«

Ty warf dem Mentor einen Seitenblick zu. »Die Gorrani stehen immer noch hinter dem Horizont. Und selbst, wenn sie plötzlich auftauchten, könnten wir alle hereinholen, bevor sie hier wären.«

»Das wird Kara nicht gefallen.«

»Auch Kara muss sich dem Druck der Realität beugen.«

»Ich bin nicht sicher, ob sie das so sehen wird.«

Am Tor änderte sich der Verkehrsfluss. Menschen mit Handkarren und Wagen und zu Fuß strömten herein und hinaus, verstopften den Durchgang zwischen den dicken Mauern. Obwohl die Vollstrecker sie brüllend aufforderten, aus dem Weg zu gehen, wurde nur geringfügig Platz gemacht. Die meisten Menschen wollten in die Stadt. Sie kehrten von der Suche nach Lebensmitteln oder sonstigen Ressourcen zum Handeln zurück oder auch nur von einer vorübergehenden Flucht aus der Enge der Stadt selbst. So spät am Nachmittag wollten die Wenigsten noch hinaus. Nach Einbruch der Dunkelheit gab es draußen auf den Ebenen eine Menge Gefahren. Nicht alle suchten den Schutz der Vollstrecker und der Mauern. Manche lauerten auch jenen auf, die Hilfe suchend auf dem Weg zur Nadel waren. Ty und die Vollstrecker bemühten sich, auch im umliegenden Gebiet zu patrouillieren und solche Strolche fernzuhalten. Aber jenseits des Rands des Kraters, in dem sich die Nadel befand, zerknitterte das Land in zahlreiche Senken und Täler, in denen man sich gut verstecken konnte.

Endlich passierten sie die Steinmauer mit ihren Mordlöchern und dem Fallgitter aus Eisen und traten ins Sonnenlicht draußen. Von Westen zogen Gewitterwolken auf. Plötzlich brüllte jemand oben auf der Mauer.

Sowohl Hernande als auch Ty schauten hinauf, und der Befehlshaber schirmte mit der Hand die Augen ab. Der Rufer lehnte sich über die Brüstung, deutete mit einem Arm zum nordöstlichen Horizont und schwenkte wild den anderen. Gleich darauf erscholl ein Horn, zuerst stockend, dann schwoll es zu einer durchgehenden Note an.

Ty fluchte und wirbelte nach Nordosten herum, doch dort gab es nichts zu sehen. Jedenfalls nicht auf der Kuppe des Kraterrands.

»Was ist?«, fragte Hernande. Die Menschen rings um sie

sahen sich verwirrt um, aber die Vollstrecker hatten sich bereits in Bewegung gesetzt.

»Jemand nähert sich.« Der Befehlshaber packte Hernande am Oberarm und schob ihn auf das Tor zu. »Eine größere Streitmacht, womöglich eine Armee. Geh zurück hinter die Mauern. Sofort!«

Anspannung griff unter den Vollstreckern um sich. Menschen, die darauf warteten, zurück in die Stadt gelassen zu werden, wurden erst unruhig, dann drängten sie auf das Tor zu. Ty blieb hinter Hernande und scheuchte den Mentor vorwärts durch das Gewimmel der Menschen. Mit einem Windstoß von hinten pflügten sie wieder durch das Tor. Ty scherte nach rechts, sobald sie die andere Seite erreichten, und steuerte die Treppe an, die hinauf zum Wehrgang der Mauer führte. Hernande zögerte, wurde vom Schwung der brüllenden Massen ein Stück mitgerissen, bevor er sich den Weg zurück erkämpfte und Ty nach oben folgte.

Als er den Wehrgang erreichte, schnaufte er heftig, musste innehalten und sich gegen die kurzen Zinnen der Brüstung lehnen. Auf der Mauer herrschte reges Treiben. Männer rannten hin und her, trugen ganze Bündel von Pfeilen und verteilten sie entlang des Wehrgangs. Ty erteilte zackig Befehle und lauschte dazwischen Berichten, während sein Stellvertreter Darius im Abseits stand. Ein finsterer, hasserfüllter Ausdruck trat in Darius' Züge, als Ty das Heft in die Hand nahm, und Hernande schaute überrascht auf. Als Darius den Blick des Mentors bemerkte, schlug seine Miene jäh in nüchternen Gleichmut um. Dann wandte er sich ab und setzte sich in Bewegung, bis Ty, die Soldaten und die Boten Hernande die Sicht auf den Stellvertreter versperrten.

Mit hämmerndem Herzen – mittlerweile mehr vor Entsetzen als vor Anstrengung – drehte sich der Mentor nach Nordosten, die Richtung, in die nahezu alle Vollstrecker entlang der Mauer blickten und zeigten.

Ein heftiger Wind schlug ihm entgegen und kühlte seine Haut mit dem Versprechen von Regen, das ihm schon zuvor aufgefallen war. Die Gewitterwolken näherten sich rasch. Hernande schätzte, dass der Regen binnen einer Stunde einsetzen würde. Im Nordosten jedoch erspähte er einen anderen Schatten, der auf die Nadel zuhielt. Er bewegte sich über die Ebenen und erwies sich als Kolonne von Menschen, Pferden und Wagen entlang der Steinstraße, die von einem der Wegkreuze zur Nadel führte. Eine gewaltige Staubwolke trieb gen Osten davon, aufgewirbelt vom Stampfen der Füße und den Rädern der Wagen. Der Tross befand sich noch zu weit entfernt, um einzelne Menschen zur erkennen – oder auch nur die Wagen auseinanderhalten zu können –, doch die Linie war zu lang für weniger als hundert Köpfe.

Hernandes Besorgnis wegen Darius und dem, was er im Gesicht des stellvertretenden Befehlshabers in jenem unachtsamen Moment gesehen hatte, wurde von der Bedrohung durch die nahende Armee überschattet.

Der Universitätslehrer lehnte sich über die Brüstung der Mauer. Unten versuchten die Vollstrecker hastig, alle Menschen durch das Tor ins Innere zu schaffen, aber es hatte sich ein Stau gebildet. Gebrüll und Flüche hallten die Mauer herauf. Mindestens drei Wagen waren liegengeblieben, sie verursachten den Engpass. Weiter entfernt raste ein anderer Wagen auf derselben Straße wie die Armee heran, und auch vereinzelte Menschen zu Fuß eilten in Richtung der Mauer. Jemand blies erneut ins Horn, dessen Lärm Hernandes Ohren zum Klingeln brachte.

Er wich vom Rand der Mauer zurück und hielt Ausschau nach Ty, der ihn zu sich winkte, als er ihn bemerkte. Der Befehlshaber schickte Boten in beide Richtungen des Wehrgangs los, dann zwei weitere zu den Kasernen in der Nähe des Tempels, um Verstärkung zu rufen und um weitere Vollstrecker unter die Bevölkerung zu entsenden, die für Ruhe und

Ordnung sorgen sollten. Dann suchte er die unmittelbare Umgebung ab und stieß einen Fluch aus.

»Wo bei allen Höllen steckt Darius?«

»Er war eben noch hier«, sagte Hernande.

Ty deutete in Richtung der sich nähernden Armee. »Irgendeine Ahnung, wer das ist? Kannst du so weit sehen?«

»Nicht gut genug, um irgendwelche Banner oder einzelne Köpfe zu erkennen.«

»Also weiß niemand, wer die sein könnten. Meine Kundschafter im Nordosten haben sich nicht zurückgemeldet. Ich frage mich, ob das der Grund sein könnte. Nicht, dass wir in der Richtung viele Kundschafter gehabt hätten. In letzter Zeit haben wir die Aufmerksamkeit eher nach Süden gerichtet.«

Hernande blickte Ty in die Augen. »Siehst du irgendwelche Hunde bei ihnen?«

Der Befehlshaber schnaubte erst verächtlich, dann wurde er ernst. »Du denkst, das ist die Armee, von der Dalton gesprochen hat? Die aus Norden kommt?«

»Könnte ja sein.«

»Wenn sich die Vision dieses Mistkerls als wahr herausstellt, muss ich meine religiösen Überzeugungen wohl überdenken.« Plötzlich verfinsterte sich seine Miene. »Ich wette, Darius ist in diesem Augenblick unterwegs, um mit Dalton zu reden und ihm mitzuteilen, was kommt. Obwohl er eigentlich keinen Zugang zu ihm haben dürfte …« Er schaute zurück in die Richtung des Tempels, dann schnappte er sich einen vorbeihastenden Boten. »Was immer du gerade tun wolltest, tritt es an jemand anderen ab und lauf zum Tempel. Sieh nach, ob Stellvertreter Darius mit Vater Dalton zu reden versucht.«

Der Junge nickte und preschte zur Treppe los.

Ty drehte sich wieder der nahenden Armee zu und lehnte sich nach vorn auf die Brüstung. Der Wind verwehte sein blondes Haar zu zerzausten Büscheln. »Und jetzt warten wir.«

Im Westen durchzuckten Blitze die violett-schwarzen Wolken, wenngleich sie sich noch zu weit entfernt befanden, um den Donner zu hören, der die grellen Entladungen begleitete. Die anfängliche Unruhe auf dem Wehrgang legte sich, da an Verteidigungsmaßnahmen getroffen worden war, was man konnte. Innerhalb kürzester Zeit hatte sich die Bewachung des Tors verdoppelt.

Hernande konnte wesentlich mehr Vollstrecker als zuvor entlang der Mauer sehen. Der Stau am Tor war aufgelöst worden, und alle, die bei der ersten Sichtung noch draußen gewesen waren, hatten es ins Innere geschafft. Mit einem grollenden Laut wurden die Torflügel geschlossen. Die drei aufgegebenen Wagen hatte man draußen gelassen, einen mit einem gebrochenen Rad. Der Wind wurde stärker. Das Gras der Ebenen neigte sich in Grün- und Gelbtönen unter den Böen. Es mutete wie Wellen auf dem Meer an. Die Temperatur fiel erheblich, und die Sonne wurde verdrängt, als sich die Wolken verdichteten. Die Sicht verschlechterte sich, Schatten breiteten sich über die nahende Streitmacht aus.

Die Männer um Hernande und Befehlshaber Ty fluchten. Ley-Lichter erwachten flackernd zum Leben und breiteten an wichtigen Punkten entlang der Mauer ihren weißen Schimmer über den Stein aus, ergänzt um Fackeln an zahlreichen anderen Stellen.

Zwei Stunden später stimmte einer der Soldaten einen Ruf an und zeigte auf etwas hinab. Hernande wurde jäh aus seinen nassen Gedanken gerissen. Leichter Regen, eher ein nebelartiges Nieseln, hatte vor zwanzig Minuten eingesetzt, doch der näherkommende Donner versprach in Kürze einen wesentlich heftigeren Guss. Hernande trat zu Ty an die Brüstung der Mauer.

»Was ist?« Der Mentor erblickte eine Gestalt, die sich schwarz gegen die triste, graue Landschaft abzeichnete und auf das Tor zugerannt kam.

»Einer unserer Kundschafter.« Ty drehte sich um, als der Mann außer Sicht geriet. »Lasst ihn herein!«

Der Befehl wurde hinunter zum Tor weitergegeben. Zehn Minuten später kam ein triefnasser Vollstrecker – ein höchstens achtzehn Jahre alter Bursche, der vor Kälte und Feuchtigkeit zitterte – vor ihnen zum Stehen.

»Wer nähert sich da?«, forderte Ty zu erfahren.

»Das ist Allan Garrett, Herr, mit den Halbwölfen und den Temeriten aus Erenthrall.«

ZEHN

Kara, Ty, Hernande und Marcus erwarteten Allan und die anderen vor der Mauer. Immer noch prasselte strömender Regen herab, Blitze zuckten über den Himmel, und überall um sie herum grollte Donner. Die vordersten Ränge der Menschen und Wagen lösten sich wie Geister aus dem heftigen Niederschlag. Sie hatten nicht einmal Laternen, die ihnen den Weg erhellten. Kara erkannte Allan erst, als er sich ihrer Vierergruppe bis auf zwanzig Schritte genähert hatte. Bis dahin hatte eine beunruhigte Anspannung ihre Arme und Finger verkrampft, obwohl die Kundschafter keinen Zweifel daran gelassen hatten, wer da auf sie zukam.

Trotzdem hatte man das Tor hinter Kara und ihren Begleitern geschlossen, für den Fall, dass es sich um eine Hinterlist handelte.

Als Allan den Kopf mit an der Stirn klebenden Haaren hob, schaute er zuerst zu Kara. Aber es war Ty, der vortrat.

»Willkommen zurück«, begrüßte ihn der Befehlshaber der Vollstrecker, bevor er an Allan vorbei zu den anderen spähte. Seine Hand ruhte auf dem Heft des Schwerts. »Wer sind diese Leute bei dir?«

Allan schaute nach hinten. Der Halbwolfanführer Grant trat mit einer Eskorte von zwei Halbwölfen vor, zusammen mit Bryce und ein paar der Gardisten, die man mit ihnen vorausgeschickt hatte. Allan gab mit der Hand ein Zeichen, und der von Gaven gelenkte Wagen rollte nah genug heran, dass Kara eine ältere Temeriten-Frau erkennen konnte, die auf einer Art Stuhl saß, umgeben von mit Planen abgedeckten Kisten und Vorräten sowie zwei weiteren Temeriten. Bei einem handelte es sich offenbar um einen Leibwächter, der andere mutete eher wie ein Diener an. Eine kleine Gruppe Temeriten-Gardisten flankierte den Wagen zu beiden Seiten. Einer dieser Männer trat mit steifer, förmlicher Haltung vor. Einen Schritt hinter ihm folgte ein weiterer Mann.

Halb nach hinten gedreht sagte Allan: »Ich stelle euch vor: Hauptmann Lienta und Leutnant Boskell von der Temeriten-Legion sowie ihre Matriarchin Isaiella Tunettia.«

Lienta und Boskell nickten zackig in Tys Richtung. Aus beiden angespannten Gesichtern sprach verkniffener Stolz. Boskells schmale, leicht nach unten gekrümmten Lippen zeugten zudem von einem Hauch Zorn und Misstrauen. Die restlichen Temeriten-Gardisten um den Wagen wirkten unruhig und verängstigt, aber auch hoffnungsvoll. Alle sahen abgehärmt aus und warfen sehnsüchtige Blicke auf die oben von Ley-Licht und Fackeln erhellte Mauer. Viele husteten, und die Laute hörten sich belegt vor Schleim an.

»Ihr müsst verzeihen, wenn ich mich nicht erhebe, um Euch zu begrüßen, Befehlshaber Ty«, ergriff die Matriarchin das Wort. Ihre Stimme durchschnitt mühelos das Prasseln des Regens auf das Gras. Als ihr Blick von Ty zu Kara schwenkte, sog Kara scharf die Luft ein. »Wir sind, was von der Temeriten-Enklave in Erenthrall übrig ist. Es ist eine beschwerliche und lange Reise hierher gewesen, eine ermüdende Reise, und wir möchten um Zuflucht in der Nadel ersuchen. Euer Lord Allan hat uns alles über euch erzählt.«

Allan verzog angesichts des Titels das Gesicht. Dann fügte er hinzu: »Ich habe ihnen gesagt, dass die Nadel sie aufnehmen wird. Ohne sie wäre keiner von uns zurückgekehrt.« Grant gab ein missbilligendes Brummen von sich, und Allan verdrehte die Augen. »Die *meisten* wären nicht zurückgekehrt.«

Ty warf Kara einen Blick zu. »Wie viele sind es?«

»Knapp fünfhundert, und nicht alle sind Temeriten. Manche gehören zu Gruppen, die wir bei der Flucht aus der Stadt aufgelesen haben.«

»Flucht?«, hakten Kara und Ty wie aus einem Mund nach.

»Das ist eine lange Geschichte.«

Kara konnte die Untertreibung in seinem Ton heraushören, erwiderte jedoch: »So viele können wir nicht unterbringen. Die Stadt ist bereits überbevölkert.«

»Der Westbezirk«, warf Hernande neben ihr ein. »Jenseits der Kluft.«

»Habt ihr genug Gardisten, um euch selbst zu schützen?«, wollte Ty von Lienta wissen. »Der Westbezirk ist größtenteils verlassen. Er verfügt auf der Seite der Kluft jedoch nicht über Verteidigungseinrichtungen.«

»Wir können uns selbst schützen«, beteuerte Lienta. Das von der Nase triefende Wasser beeinträchtigte seine gezwungene Würde. Boskell schaute beleidigt drein.

»Wir wissen jedwede Zuflucht zu schätzen, die ihr uns bieten könnt«, sagte die Matriarchin laut, als über ihnen Donner grollte. »Wir müssen darüber sprechen, was sich in Erenthrall zugetragen hat, aber zuerst muss ich dafür sorgen, dass meine Leute untergebracht werden.« Sie schaute zu den Ley-Lichtern hinauf und blinzelte das Wasser weg, das ihr übers Gesicht lief. »Wo ist dieser Westbezirk? Und diese Kluft?«

Ty wirbelte herum und rief zur Mauer hinauf, dass alles in Ordnung war. Innerhalb weniger Augenblicke wurden die Torflügel geräuschvoll geöffnet und das Fallgitter hochgezogen.

Von den Temeriten erhob sich verhaltener Jubel, und Hauptmann Lienta erteilte Befehle, die nach hinten durch den Wagentross weitergereicht wurden. Allan beratschlagte bereits mit ihm, deutete nach Norden und Westen. Dorthin würden sie die Spalte umgehen müssen, um sich der Stadt anschließend aus westlicher Richtung zu nähern. Den verwaisten Abschnitt würden sie durch das Westtor betreten. Ty stellte eine Eskorte von Vollstreckern zusammen, die ihnen den Weg zeigen sollte.

Kara beugte sich zu Marcus. »Du solltest sie begleiten. Finde Dylan. Seht zu, ob ihr zu zweit die Ley-Linien anzapfen und dort drüben ein paar Heizsteine und Ley-Kugeln anwerfen könnt. Gleichzeitig kannst du dir seinen Bericht anhören.«

»Gute Idee. Ich lasse noch ein paar der anderen Lumagier holen, um uns zu helfen.«

»Sie sehen elend aus«, merkte Hernande an, als sich – unter allerlei Stöhnen – verbreitete, dass sie nicht durch dieses Tor in die Stadt konnten, sondern weiter nach Westen reisen mussten. Wagen begannen zu wenden. Einer blieb dabei in den tiefen Schlammrinnen neben der Steinstraße stecken. Aber Hernande beobachtete nicht die Temeriten. Sein Blick heftete sich auf Allan. »Ihr solltet auch ein paar Heiler holen. Einige dieser Leute sehen krank aus. Wir können es nicht gebrauchen, dass sich die Grippe durch die Nadel ausbreitet.«

»Ich gebe Freesia Bescheid. Sie kann die Heiler zusammentrommeln.«

»Nicht alle«, schränkte Hernande ein.

Bevor Kara ihn fragen konnte, was er damit meinte, trat er vor und hielt Allan am Ärmel zurück, als es schien, dass der ehemalige Rüde Lienta, Boskell, Bryce, Ty und der Matriarchin zu ihrer neuen Enklave folgen wollte.

»Was ist?«, fragte Allan und bedeutete den anderen, den Weg ohne ihn fortzusetzen.

»Es geht um Morrell.« Allan hielt inne. Sein Körper wurde starr vor Anspannung, aber Hernande fügte rasch hinzu: »Es geht ihr gut – zumindest wird es ihr bald wieder gutgehen. Sie ruht sich im Krankenhaus aus. Ich dachte mir, du würdest sie sofort sehen wollen. Drayden wacht über sie.«

***

Erschöpfung und die Kälte von dem langen Marsch durch den Regen während des letzten Dutzends Meilen zur Nadel hatten sich in Allans Knochen eingenistet. Doch kaum sah er Morrell auf der Pritsche im Krankenhaus liegen, verdoppelten sich all sein Ungemach und die Schmerzen. Stockend sog er die Luft ein und wankte leicht, als wäre er geschlagen worden …

Dann sank er an der Seite seiner Tochter auf die Knie und stützte sich am Bett ab. Die Bewegung weckte Morrell jäh. Erschrocken wich sie von seiner nach ihr ausgestreckten Hand zurück, bis sie ihn erkannte.

Da rappelte sie sich im Bett auf und umarmte ihn. Er klammerte sich an ihr fest, obwohl die Haltung unbequem war und sich die Muskeln in seinem Kreuz lauthals darüber beschwerten. Allan atmete den Duft ihres Haars ein – herb mit einer Prise Salz von Sand und der unterschwelligen Note alten Steins –, während er ihren Kopf hielt und ihr den Rücken streichelte.

Halb brabbelte sie, halb schluchzte sie. Ihre Stimme grollte tief in der Brust, als sie zu sprechen versuchte. Ihr Herz raste vor Aufregung, doch eine lange Weile verstand Allan kein Wort, das sie von sich gab. Er hielt sie einfach nur fest und ließ das Erlebte entweichen – den langen Marsch aus Erenthrall mit der Matriarchin und Lienta und all ihren Leuten, das Grauen dessen, was sich in der Stadt während ihres Aufenthalts dort und bei ihrem Aufbruch zugetragen hatte. Alles strömte aus ihm, löste sich von ihm mit einem tiefen, wohligen Seufzen.

Dann jedoch wurde ihm klar, dass ihm Morrell etwas mitzuteilen versuchte, etwas – zumindest für sie – Wichtiges, und er zwang sich, in die Gegenwart zurückzukehren.

Er öffnete die Augen und schaute zu Drayden. Der überwiegend menschliche Mann mit den wenigen verbliebenen Eigenschaften eines Halbwolfs kauerte ein Stück entfernt an einer Wand des Krankensaals. Der selbsternannte Leibwächter von Allans Tochter nickte ihm zu. Seine Nasenflügel blähten sich, als schnuppere er die Luft. Ein Ohr zuckte. Drayden wirkte weder angespannt noch besorgt.

Plötzlich spürte Allan die Blicke aller um sich herum auf ihnen – Kara, Hernande, die Heiler und die Patienten in den Betten. Die Aufmerksamkeit aller Anwesenden galt ganz ihrer Wiedervereinigung. Er zog sich etwas zurück und legte die Hände auf Morrells Schultern. Als er das Gesicht seines kleinen Mädchens erblickte, es ohne den Filter der Erwartung wirklich wahrnahm, hielt er bestürzt inne. Ihr Haar hatte dieselbe schmutzig-blonde Farbe wie immer, wenngleich es ein bisschen länger geworden war und irgendwie voller wirkte. Aber ihre Wangen, ihre Kieferpartie, die Spannung der Haut um die Augen …

Morrell war zur Frau geworden. Sie war nicht mehr das Kind, das er damals zum ersten Mal mit zurück nach Erenthrall genommen hatte, auch keine staksige Halbwüchsige an der Schwelle zur Erwachsenen. Irgendwie war in den letzten Monaten die Weichheit der Jugend aus ihren Zügen gewichen und hatte die schärferen Züge einer Frau zurückgelassen. Allan wusste, dass es sich nicht so schnell vollzogen haben konnte, dass es schon in Muld begonnen haben musste und er einfach nicht darauf geachtet hatte. Nun jedoch fuhr es ihm mit voller Wucht in die Eingeweide. Er konnte es nicht länger verleugnen: Seine Morrell war erwachsen geworden. Noch keine Zwanzig, immer noch sehr jung, dennoch erwachsen.

»… und dann hab ich ihre Hand geheilt«, sprudelte Morrell hervor. »Ich hab einfach die Spindel in der Nähe ihrer Haut gekappt, und kaum war sie heraußen, hab ich die Wunde versiegelt. Aber das ist noch gar nicht das Erstaunlichste! Mit Hernandes Hilfe übe ich mit den anderen von der Universität. Er bildet mich aus. Zuerst dachte ich, es würde nichts bringen – es hatte den Anschein, als könnte ich nicht mehr als davor. Aber dann hat er mich mit zur äußeren Mauer genommen, und …«

»Morrell«, versuchte Allan, ihren Wortschwall zu bremsen, bei dem sie kaum Luft zum Atmen holte.

»… und ich hab in den Stein hineingefasst. Ich konnte ihn fühlen! Ich konnte die Sprünge darin spüren, die Hohlräume und Unvollkommenheiten! Dann hab ich getan, was mir die anderen Studenten von Anfang an geraten haben. Ich hab einfach alles entfesselt und in …«

Allan schüttelte sie leicht an den Schultern und rief: »Morrell!« Dann schmunzelte er über ihren verdutzten Gesichtsausdruck und nahm dem Wort die Schärfe, indem er sie erneut innig umarmte. »Du redest zu schnell. Ich hab kein Wort mitbekommen, seit du die Augen aufgeschlagen hast.«

Als er sich wieder von ihr löste, lächelte sie. »Ich freu mich so, dich zu sehen.«

»Und ich freu mich, dich zu sehen, Püppchen. Jetzt schau mich an.« Er drückte ihre Schultern und blickte ihr tief in die Augen – dunkel wie die ihrer Mutter. »Ist mit dir alles in Ordnung?«

»Es geht mir gut, Papi.« Sie seufzte schwer. Ihr Körper erschlaffte, als wäre alle Kraft plötzlich aus ihr abgeflossen, doch ihr Lächeln verblasste nicht. »Hernande hat mich die Mauer heilen lassen, und es hat mir mehr abverlangt als erwartet, das ist alles. Morgen geht's mir wieder bestens.« Ihr Mund verzog sich, als ihr Blick zu Hernande schwenkte. »Vielleicht bis zum Nachmittag.«

»Gut. Noch etwas, das ich sofort wissen sollte? Etwas, das nicht bis morgen warten kann? Ich muss nämlich mit Kara und Befehlshaber Ty über die Menschen sprechen, die wir aus Erenthrall mitgebracht haben, und darüber, was sich ereignet hat, als wir dort waren.«

Morrell sank zurück auf die Pritsche. Er rechnete mit einer milden Schelte oder zumindest Unmut, weil er sie so schnell wieder verlassen wollte. Stattdessen jedoch gähnte sie nur, hielt sich eine Hand vor den Mund und wickelte sich mit der anderen wieder in die zerknitterten Decken.

»Nichts, was nicht bis morgen warten könnte«, murmelte sie und klang bereits wieder schläfrig. »Obwohl ich glaube, dass Cerrin mich mag. Ich bin mir nicht sicher. Er führt sich merkwürdig auf.«

Verdattert setzte sich Allan auf die Fersen, dann drehte er sich Kara und Hernande zu. »Was habt ihr mit ihr gemacht? Und wer ist Cerrin?«

»Cerrin ist einer der anderen Heiler«, steuerte Hernande bei. »Er ist harmlos. Das werden die beiden unter sich klären.«

Allan war zwar nicht sicher, ob er Hernandes Urteil in der Hinsicht traute, aber er konnte später immer noch mehr über diesen Cerrin in Erfahrung bringen. »Und Morrell?«

Kara zuckte mit den Schultern. »Ich habe nicht viel Zeit mit ihr verbracht, seit du abgereist bist«, gestand sie. »Ich war einfach … zu beschäftigt mit dem Nexus. Und mit Tumbor. Und Vater Dalton.« Sie verzog das Gesicht und half Allan vom Boden auf. »Ist eine lange Geschichte.«

»Ich fürchte, das ist alles meine Schuld«, beichtete Hernande, als sie sich von Morrell entfernten und auf den Ausgang des Krankenhauses zusteuerten.

Allan fiel auf, dass nur zwei Heiler anwesend waren. Die anderen mussten wohl zum neuen Temeriten-Lager auf der anderen Seite der Kluft aufgebrochen sein. Bevor sie den Raum verließen, bedeutete er Drayden, weiter über Morrell zu wachen. Die Antwort bestand aus einem bestätigenden Schnauben.

»Wie sie gesagt hat, haben Cory und ich sie unter unsere Fittiche genommen, nachdem du abgereist warst«, fuhr Hernande fort. »Sie hatte angefangen, regelmäßig Menschen im Krankenhaus zu heilen, und sie hatte das Bedürfnis, darüber zu reden. Manche Patienten haben sie nicht besonders gut behandelt, wenngleich die meisten dankbar und freundlich waren.«

»In ihrem Alter sind nicht mehr als ein, zwei faule Äpfel nötig, um sich entmutigen zu lassen«, merkte Kara an, ohne einen der beiden anzusehen.

Hernande sprach weiter, als hätte sie nichts gesagt. »Nachdem ich eine Weile mit ihr gearbeitet hatte, fand ich, es wäre am besten, wenn wir anfangen, sie wie eine Studentin der Universität auszubilden. So gut wir das eben können. Sie hat begonnen, mit den nach der Zersplitterung verbliebenen Studenten und ein paar, die wir unterwegs aufgelesen haben, zu unserem Unterricht zu kommen. Meine Mentorenkollegen waren nicht sicher, ob wir ihr helfen könnten oder nicht, zumal wir nichts über ihre Begabungen wissen, aber wir dachten, wir könnten ihr zumindest ein wenig Geleit bieten. Beim Unterricht geht es schließlich nicht bloß darum, Lektionen über das Geflecht oder die Ley oder worüber auch immer auswendig zu lernen. Unsere Lehre soll auch Selbstvertrauen, Mut und andere Lebensweisheiten vermitteln.«

»Dylan und ich haben über genau dieselbe Idee gesprochen, seit wir den Temeriten geholfen haben, aus Erenthrall zu fliehen.«

»Das hast du am Tor schon erwähnt. Was meinst du mit ›fliehen‹? Sind sie nicht aus freien Stücken hergekommen?«

Mittlerweile hatten sie den Tempel erreicht. Auf den Straßen der äußeren Stadt herrschte mehr Betrieb als sonst um diese späte Stunde, vor allem angesichts des Regens, der sich wieder zu einem Nieseln gelegt hatte. Blitze und Donner waren nach Osten weitergezogen. Bei den meisten Umhereilenden handelte es sich um Vollstrecker und um Boten, die von den Kasernen und vom Tempel aus im Laufschritt Nachrichten überbrachten, die wahrscheinlich überwiegend mit der Ankunft der Temeriten zu tun hatten, wie Allan vermutete.

Seine Gruppe trat durch den Eingang in den Schutz des Tempels und wurde von einem Wachposten aus sechs Vollstreckern durchgelassen. Mehr, als bei Allans Abreise zum Dienst eingeteilt waren.

»Sie sind schon aus freien Stücken hergekommen«, erklärte Allan. »Allerdings erst, nachdem klar geworden war, dass es in Erenthrall keine Zuflucht mehr für sie geben würde.« Er blieb stehen, als ihm bewusst wurde, wie seine Stimme in den merkwürdigen Gängen des Tempels widerhallte. »Devin hat die Reste von Aureks Streitmacht in Anfurt übernommen. Irgendwie ist es ihm gelungen, die schlimmsten in Erenthrall verbliebenen Horden zu einen – die Flussratten, den Schlächter im Osten, eine Handvoll weiterer Gruppen. Sie haben die Temeriten-Enklave angegriffen. Während wir dort waren ist es ihnen gelungen, die Mauern zu überwinden.«

»Wie haben sie das geschafft?«, wollte Hernande wissen.

Allan schüttelte den Kopf. »Nicht hier. Und nicht in der Planetenmaschine. Ihr wisst ja, wie ich die Kugeln beeinträchtige.«

Kara hatte eindeutig nicht vergessen, wie er die Ley störte, denn an der nächsten Verzweigung bog sie nach rechts, weg von der Planetenmaschine und hin zu den Küchen. Kaum roch Allan gebackenes Brot, knurrte sein Magen.

»Ich bin ausgehungert nach etwas anderem als trockenem Reisebrot und gebratenem Erdhörnchen«, sagte er.

»Ich dachte mir, wir könnten uns in einem der an die Küche angrenzenden Räume zusammensetzen«, erwiderte Kara. »So können wir dir an Essen auftreiben, was immer gerade verfügbar ist.«

Sobald sie einen geeigneten Raum fanden – breit und tief, mit einem langen Tisch in der Mitte und Bänken zu beiden Seiten –, erteilte Kara Anweisungen an zwei Mitglieder des Küchenpersonals, die sie im Gang aufhielt.

Ein Junge eilte zur Hauptküche zurück, eine Frau trabte

in Richtung der äußeren Stadt los, die Züge verkniffen wegen der Botschaft, die sie überbringen sollte.

Allan, Hernande und Kara ließen sich auf den Bänken nieder. Offenbar wurde die Kammer als Esszimmer für das Personal und vielleicht für die im Tempel lebenden Vollstrecker genutzt. Kurze Zeit später kehrte der Junge mit einem Tablett zurück, beladen mit einer Fülle von Fleisch, Röstgemüse, Käse und Brot. Allan griff sich einen noch warmen Laib Roggenbrot, riss ein Stück davon ab und belegte es mit aufgeschnittenem Schinken. Der Schinken war kalt und zeigte geronnenes Fett an den Rändern, doch das störte ihn nicht. Salziger Saft lief ihm über das Kinn, als er hineinbiss.

Bald kehrte der Junge erneut zurück, diesmal mit einem Krug voll Wasser und einem weiteren voller Bier.

»Haben wir Kaffee da?«, fragte Allan.

Hernandes Augen wurden groß. »Ich wusste nicht, dass du Kaffee trinkst. Das ist ein Getränk der Temeriten.«

»Habe ich früher auch nicht«, gab Allan mit vollem Mund zurück. »Jedenfalls nicht bis zur Rückreise aus Erenthrall mit der Matriarchin und Lienta. Wir hatten viel zu besprechen, und die Matriarchin trinkt kaum etwas anderes als Kaffee. Sie behauptet, er hält sie frisch und munter.«

»Er enthält einige derselben Bestandteile wie es sie in Teeblättern gibt«, erklärte Hernande, »aber in wesentlich stärkerer und bittererer Konzentration.«

Kara schwenkte wegwerfend eine Hand und sagte zu dem Küchenhelfer: »Sieh nach, ob wir Kaffee haben.« Als der Junge ging, wandte sie sich wieder Allan zu und verschränkte die Arme vor der Brust. »Also, was ist in Erenthrall passiert? Wie ist es Devin gelungen, die Temeriten zu besiegen?«

Allan aß einen weiteren Bissen, doch auf einmal fühlte er sich nicht mehr so hungrig wie zuvor. Als er schluckte, glitt ihm das Brot wie ein Stein in den Magen hinunter. Der Küchenhelfer kehrte mit Kaffee zurück. Allan nahm die warme

Tasse mit beiden Händen entgegen, nippte daran und seufzte wohlig, als die Wärme kribbelnd seine Kehle hinabrann. »Die haben Bluthunde.«

»Wer hat Bluthunde?«, fragte Befehlshaber Ty, als er eintrat. Sofort heftete sich sein Blick auf Allan. Cory folgte hinter ihm.

»Ich bin ihm unterwegs hierher im Gang begegnet«, sagte der Befehlshaber der Vollstrecker zu Kara. »Er wollte zur Planetenmaschine. Ich hab ihm gesagt, dass sich der Ort für die Besprechung geändert hat.«

»Mich überrascht, dass du schon von der Unterbringung der Temeriten zurück bist«, merkte Hernande an.

Ty nahm Platz und stibitzte sich etwas von Allans Essen. »Marcus hat alles im Griff. Und die Temeriten und die anderen Neuankömmlinge wollen eher schlafen als sonst etwas. Was jetzt noch erledigt werden muss, können wir auch morgen angehen. Also, erklär das mit den Bluthunden. Ich dachte, die wären alle bei der Zersplitterung umgekommen.«

»Offenbar nicht«, erwiderte Allan.

»Das ergibt durchaus Sinn«, befand Hernande. »Ihr Zwinger war doch unter dem der Rüden im Bernsteinturm, richtig?« Nach Allans knappem Nicken fuhr er fort: »Du, Kara, Morrell und die anderen haben die Explosion überlebt, weil ihr unter dem Turm gewesen seid, geschützt von Stein. Also werden auch die Bluthunde geschützt gewesen sein.«

»Warum haben wir sie dann zuvor noch nie in Erenthrall gesehen? Wo sind sie gewesen?«

»Wir haben sie auch nach der Zersplitterung nie gesichtet. Ich würde vermuten, dass sie den Turm nie verlassen oder sich zumindest nie weit davon entfernt haben. Nach allem, was Allan uns erzählt hat, wurden sie nicht dafür ausgebildet, sich unabhängig durchs Leben zu schlagen.«

»Und dann waren sie in der Verkrümmung gefangen, als sie sich entfaltet hatte.« Kara lehnte sich zurück, als die Erkenntnis sie ereilte. »Ich habe sie befreit, als ich die Verkrümmung heilte.«

»Mach dir deshalb bloß keine Vorwürfe. Du hast alles und jeden in der Verkrümmung befreit. Vergiss nicht die Menschen, die in der Scherbe gefangen waren, in der wir die Apotheke gefunden haben. Die Menschen, die jede Hoffnung auf Befreiung aufgegeben hatten, all diejenigen, die sich umgebracht haben. Die Verkrümmung *musste* so schnell wie möglich geheilt werden.«

Karas zerknautschte Miene glättete sich, als sie die Schuldgefühle vorübergehend verdrängte. Sie rieb sich mit beiden Händen das Gesicht. »Also hat Devin die Kontrolle über die Bluthunde?«

»Es scheint so. Wodurch er noch gefährlicher als Baron Aurek wird, wenn er sie wirkungsvoll einsetzt. Und nach allem, was ich in Erenthrall gesehen habe, tut er das.«

»Er muss die Bluthunde benutzt haben, um die anderen Gruppen dazu zu zwingen, ihm zu folgen«, dachte Hernande laut nach. »Entweder als Drohung, oder er hat sie einfach losgeschickt und unwillige Anführer beseitigt.«

»Wie Baron Arent bei seinem Aufstieg zur Macht«, meinte Ty. »Ich vermute, Devin hat sich mittlerweile zum Baron von Erenthrall ausgerufen, richtig?«

»Wir sind nicht geblieben, um es herauszufinden. Die Temeriten haben einige der alten Ley-Tunnel als Fluchtweg aus ihrer Enklave benutzt, als sie angegriffen wurden. Trotzdem haben wir nur überlebt, weil Dylan die Ley nach unserem Aufbruch in den Tunnel umgeleitet und dadurch etliche von Devins Männern getötet hat. Seither hadert er mit seinem Gewissen. Deshalb haben wir darüber gesprochen, wie mit denjenigen umgegangen werden sollte, die entweder die Ley oder das Geflecht beeinflussen können. In den Städten, die früher Knoten hatten, schlummert jetzt nach dem Zusammenbruch des Gefüges der Baronien zu viel rohe Energie. Jeder mit den entsprechenden Fähigkeiten kann sie verwenden, wofür er will. Wir hatten Glück, dass sich all diese Macht bis jetzt noch niemand angeeignet hat.«

»Außer uns selbst«, warf Hernande ein.

Alle sahen ihn an, aber Allan sprach weiter. »Außer uns selbst. Mittlerweile verstehe ich, warum die Lumagier ihre Fachschule eingerichtet hatten. Und warum sie aus den gewöhnlichen Schulen Kinder mit der Macht, die Ley zu beeinflussen, einsammelten, sobald sie alt genug dafür waren. Sie konnten nicht zulassen, dass untrainierte Lumagier in das hineinpfuschten, was sie aufgebaut hatten. Dafür ist diese Energie zu mächtig. Sie bedroht alle. Wir müssen eigene Fachschulen erschaffen, sowohl für Lumagier als auch für Hexer, damit wir uns gegen jeden schützen können, der versucht, die Ley oder das Geflecht gegen uns einzusetzen.«

»Alle Lumagier, die wir kennen, sind bereits hier in der Nadel«, erwiderte Kara. »Oder bei dem Knoten, den wir in Muld eingerichtet haben. Sie werden schon ausgebildet.«

»Aber nicht im geregelten Umfeld einer Fachschule«, gab Hernande zu bedenken. »Nicht so, wie die anderen Mentoren und ich angefangen haben, mit den früheren Universitätsstudenten zu arbeiten.« Mit geschürzten Lippen musterte er Allan eindringlich, während er sich die Worte des ehemaligen Rüden durch den Kopf gehen ließ. »In praktischer Hinsicht stimme ich dir zu – wir müssen in der Lage sein, uns gegen jemanden zu verteidigen, der uns mit der Ley oder dem Geflecht anzugreifen versucht. Vor allem, da wir mittlerweile wissen, dass die beiden untrennbar miteinander in Verbindung stehen. Aber was gibt uns in moralischer Hinsicht das Recht, die Ley oder das Geflecht zu beherrschen? Seht euch nur an, was in Erenthrall geschehen ist, als dort der Baron und die Ober-Lumagier die Kontrolle darüber übernommen haben.«

Ty klopfte mit den Knöcheln einer Hand nachdrücklich

auf den Tisch und unterbrach das Gespräch, bevor Allan oder sonst jemand etwas darauf erwidern konnte. »Ihr schweift ab. Über die Probleme von Politik und über die Ley können wir uns später unterhalten. Im Augenblick müssen wir uns mit dringenderen Anliegen befassen. Was ist passiert, nachdem ihr aus der Enklave entkommen wart?«

»Wir sind aus der Stadt geflohen, so schnell wir konnten. Ein großer Himmelslichtsturm hat sich auf den mittleren Bereich der Stadt in der Nähe der Universität herabgesenkt. Die Gorrani waren direkt in seine Richtung unterwegs. Als wir aufbrachen, hat der Sturm sie erwischt. Das hat sie davon abgehalten, Devin und seine Leute anzugreifen, die gerade die Temeriten-Enklave sichern wollten. Aber er … hat sie verändert.« Stockend atmete er ein und spürte plötzlich wieder die Erschöpfung, die er beim Wiedersehen mit seiner Tochter vorübergehend abgeschüttelt hatte. Nicht einmal der Kaffee schien dagegen zu helfen. Er sah allen im Raum nacheinander in die Augen. »Die Himmelslichter haben sie entarten lassen, ähnlich wie die Halbwölfe. Nur haben sich die Gorrani nicht in Wolfsgestalten verwandelt. Aus ihnen ist so etwas wie verschleierte Schlangen geworden. Zumindest aus denjenigen, die den Himmelslichtsturm überlebten.«

Betretene Stille senkte sich über den Raum. Ty, Kara, Hernande und Cory wechselten zutiefst beunruhigte Blicke.

»Sagt nicht, dass die Vision dieses Dreckskerls wahr geworden ist«, murmelte Kara schließlich in das bedrückte Schweigen.

»Es passt alles zusammen«, meinte Hernande. »Wir dachten immer schon, dass die Gorrani die Schlangen sind. Und jetzt haben wir noch Devin mit Bluthunden. Das könnten die Hunde sein, von denen er gesprochen hat.«

»Wovon redet ihr da?«, meldete sich Allan schärfer als beabsichtigt zu Wort. Die Müdigkeit setzte ihm zu. »Was für eine Vision? Was für Schlangen? Was für Hunde?«

»In der Nadel hat sich viel getan, während du weg warst.«

»Dann klärt mich auf.«

Sie schilderten es ihm abschnittsweise. Cory, Ty, Kara und Hernande reichten die Geschichte untereinander nahtlos weiter, und nur selten unterbrach einer den anderen. Vater Daltons Verstoß gegen sein Versprechen, die Predigten auf Korma und eine Rückkehr zur natürlichen Ordnung zu beschränken, seine aufwiegelnde Vision, die anschließende Einkerkerung in seine Gemächer und die daraus folgende Unzufriedenheit in der Stadt, die den Aufstand auf dem Platz vor dem Tempel ausgelöst hatte. Die anhaltenden Unruhen, die seither nur zugenommen hatten, nicht zuletzt durch das Auftauchen des Symbols mit der Schlange und dem Hund praktisch überall auf dem Gebiet der Nadel.

Hernande schilderte Morrells Erlebnisse vom Dienst im Krankenhaus über den Beitritt zur Gemeinschaft der Universitätsstudenten bis hin zur Reparatur des Durchbruchs in der Mauer, den einst die Mentoren selbst verursacht hatten.

Kara erzählte von ihren Versuchen, die Kraft des Nexus zu steigern und von Iscivius' Schaffung eines weiteren Kristalls sowie von ihren Überlegungen, wie man mit den Mentoren zusammenarbeiten könnte, um die Verkrümmung über Tumbor zu beseitigen.

»Iscivius?«, hakte Allan zweifelnd nach.

»Ja, Iscivius. Nach deiner Abreise haben sowohl er als auch Irmona begonnen, täglich im Knoten mitzuhelfen.«

Allan ließ den Blick in die Runde der anderen wandern. »Und das hat niemand … merkwürdig gefunden?«

»Natürlich!«, meldete sich Cory zu Wort. »Anfangs waren alle misstrauisch. Aber weder er noch sie haben etwas Ungewöhnliches angestellt. Obwohl Irmona die ganze Zeit verbittert und bissig geblieben ist.«

»Tatsächlich«, fügte Kara hinzu, »befindet sich Iscivius immer noch in einem komaähnlichen Zustand. Wir haben schon alles versucht. Sogar Morrell hat ihn sich angesehen. Sie konnte nichts finden, was mit ihm nicht stimmt. Da ist anscheinend nichts, was sie heilen könnte. Ihr zufolge geht es seinem Körper gut, er ist nur erschöpft, nahezu völlig ausgelaugt. Er kehrt zurück, allerdings langsam, und sie kann es nicht beschleunigen.«

»Zumindest weiß sie noch nicht, wie es geht«, schränkte Hernande ein.

»Wie dem auch sein mag, es fühlt sich herzlos an, seine Beweggründe infrage zu stellen, wenn es ihn in einen solchen Zustand versetzt hat. Irmona wacht seit dem Vorfall bei ihm und weigert sich, uns weiterhin mit dem Nexus zu helfen. Sie ist uns gegenüber nur noch verbitterter geworden. Und ich kann nicht behaupten, dass ich ihr einen Vorwurf daraus mache.«

»Und was ist mit dem Nexus?«, fragte Allan. »Ist er jetzt stark genug, dass ihr die Verkrümmung heilen könnt?«

Kara presste die Lippen zu einer schmalen Linie zusammen und starrte eine lange Weile ins Leere. Die anderen warteten. Niemand wagte, sich zu rühren. Schließlich drehte sie sich Cory zu und beobachtete ihn, während sie sprach. »Ich denke schon. Es ist schwer zu sagen. Ich …« Kara verstummte. Cory nickte ihr ermutigend zu, und sie blies scharf die Luft aus. »Ich habe Angst davor, es zu versuchen. Ich zögere es hinaus, weil ich mir sicher sein wollte, dass es wirklich gelingt. Ich bin keine Ober-Lumaga, ganz gleich, was alle denken. Ich habe weder die Ausbildung, noch die Erfahrung. Und ich will nicht versagen.«

Im Verlauf ihrer Worte war ihre Stimme zunehmend belegter geworden. Es ließ sich nicht überhören, wie schwer es ihr fiel, ihre Befürchtungen zu gestehen. Cory rutschte näher und ergriff ihre Hand, verflocht die Finger mit ihren.

»Spielt keine Rolle«, ergriff Ty das Wort und zerschmetterte damit die zerbrechliche Stille. »Du kommst unter dem, was wir haben, einer Ober-Lumaga am nächsten. Kannst du einen weiteren Kristall anfertigen? Kannst du die Kraft des Nexus weiter steigern?«

»Marcus und ich haben das geübt, wobei wir Iscivius beobachtet haben, aber wir sind noch nicht mal nah dran, das nachahmen zu können. Uns fehlen sowohl die nötige Geschwindigkeit als auch die Gewandtheit. Und selbst, wenn wir es zumindest halb so gut könnten – seht euch nur an, was ihm widerfahren ist. Ich glaube, wenn wir dasselbe versuchten, würde es uns umbringen.«

»Dann müsst ihr den Versuch mit dem unternehmen, was ihr habt.« Tys Tonfall duldete keinen Widerspruch.

»Es besteht kein Grund zur Eile«, warf Cory dennoch ein. »Seit der Heilung der Verkrümmung über Erenthrall hat es keine größeren Ausbrüche von Unbeständigkeit mehr gegeben.«

»Es besteht aber auch kein Grund, zu warten«, konterte der Befehlshaber der Vollstrecker.

Kara straffte entschlossen die Schultern. »Ty hat recht. Unsere Aussichten bessern sich nicht, indem wir warten. Ich fange morgen an, die Lumagier vorzubereiten. Wir müssen uns auch mit den Mentoren und den Studenten der Universität abstimmen. Sobald alle bereit sind, wagen wir den Versuch.«

»Wie lange wird das dauern?«, fragte Ty.

»Ein paar Tage. Höchstens eine Woche.«

Der Befehlshaber wandte sich an den ehemaligen Rüden unter ihnen. »Dalton hat vorhergesagt, dass die Gorrani und dieser Devin gegen die Nadel vorrücken werden. Hast du irgendwelche Anzeichen dafür bemerkt, dass Devin und seine Streitkräfte euch und den Temeriten gefolgt sind? Und was ist mit den verwandelten Gorrani?«

»Wir haben unterwegs Kundschafter ein gutes Stück hinter uns gelassen. Sie haben nichts gesehen. Das Letzte, was wir wissen, ist, dass Devin seine Streiter in der Anlage der Temeriten neu formiert hat. Außerdem hat er die meisten der gewalttätigeren Gruppen hineingelassen, die in Erenthrall Gebiete für sich beansprucht hatten. Jene Gorrani, die den Himmelslichtsturm überlebt haben, scheinen sich in die Klüfte und Spalten der südlichen Felshänge zurückgezogen zu haben.«

»Ich glaube nicht, dass die Schlangen aus Daltons Vision für die verwandelten Gorrani in Erenthrall stehen«, warf Hernande ein.

»Die *Haessaner*«, stellte Allan richtig. Dann fügte er zur Beantwortung der fragenden Blicke hinzu: »So nennen die Temeriten die verwandelten Gorrani. In ihrer Sprache bedeutet das Schlange.«

»Dann eben die Haessaner.« Hernande rückte vor und stützte beide Ellbogen auf den Tisch. »Ich weiß, es klingt einleuchtend, dass die Haessaner die Schlangen aus Daltons Vision sein sollen, aber seine Visionen sind bisher noch nie so wörtlich Realität geworden. Es ergibt mehr Sinn, dass die Schlange für die Armee der Gorrani im Süden steht. Die Schlange in seiner Vision kommt nicht nur aus dem Süden, wir haben zudem bereits starke Beweise dafür, dass sich die Gorrani dort den Weg nach Norden bahnen.«

»Wir erhalten von meinen Kundschaftern im Süden täglich mehr Berichte von Überfällen der Gorrani auf Siedlungen. Sie rücken näher. Und werden verwegener.« Ty wandte sich an Allan. »Wir werden größere Patrouillen nach Norden entsenden müssen, um Ausschau nach Devin und dessen Streitkräften zu halten. Vielleicht lässt er sich in Erenthrall nieder, aber wir wissen, dass er auch Grund hat, dich und die anderen hier in der Nadel zu hassen. Immerhin habt ihr Aurek umgebracht. Ich denke, letzten Endes wird er herkommen.«

»Wir sollten auch die Menschen in Muld warnen«, riet Hernande. »Devin könnte auch sie angreifen, wenn schon nicht aus Rache, dann aus purer Gehässigkeit.«

Allan bemühte sich, ein Gähnen zu unterdrücken, doch es misslang ihm. Er trank einen weiteren Schluck Kaffee, aber einerseits war das Getränk mittlerweile kalt, andererseits merkte Allan, dass es ihm nicht mehr viel nützte. Die Müdigkeit von dem tagelangen Marsch und zu wenig Schlaf hatte sich zu stark verdichtet. Mühsam stemmte er sich von der Bank hoch. Sein Körper fühlte sich wie ein totes Gewicht an. »Ich muss mich ausruhen. Ich kann kaum noch klar denken, und mich beschleicht das Gefühl, ich könnte jeden Moment zusammenklappen.«

Alle anderen erhoben sich ebenfalls.

»Wir können morgen weiter über Devin und das reden, was in Erenthrall passiert ist«, sagte Ty. »Ich will sowohl von dir als auch von Bryce alle Einzelheiten wissen, damit ich die Nadel für den Fall vorbereiten kann, dass sie herkommen.«

Allan stieß sich vom Tisch ab. »Grant sollte auch dabei sein. Er und seine Halbwölfe haben mehr von der Stadt erkundet als wir.«

»Wie viele Halbwölfe hat er gefunden, während ihr dort wart?«, wollte Hernande wissen. »Ich habe zwei bei ihm gesehen, als ihr eingetroffen seid, und einer davon war neu.«

»Zehn. Er wollte ihnen die Möglichkeit anbieten, zu menschlicher Gestalt zurückzukehren, aber das wird wohl warten müssen, bis sich meine Tochter erholt hat. Es gab auch noch andere, aber einige waren völlig verwildert und weigerten sich, mit ihm zu kommen.«

Als sich Allan zur Tür in Bewegung setzen wollte, übermannte ihn ein Schwächeanfall, und er musste sich an den Tisch lehnen. Sowohl Hernande als auch Cory eilten zu ihm, um ihn zu stützen, aber er winkte sie weg. »Es geht mir gut, ich bin bloß müde.« Der ehemalige Rüde richtete sich auf, kratzte die letzten Reste seiner Kraft zusammen und schritt aus dem Raum.

Irgendwie schaffte er es in seine Unterkunft, wenngleich er

sich an nichts in den Korridoren dorthin erinnern konnte. Er brach aufs Bett zusammen, ohne die Kleidung auszuziehen.

Noch bevor ihm der Gedanke kommen konnte, wenigstens aus den Stiefeln zu schlüpfen, schlief er tief und fest.

***

»Er sieht aus wie ein vor dem Kamin aufgewärmter Toter«, befand Kara, nachdem Allan gegangen war.

»Mich überrascht, dass er überhaupt so lange durchgehalten hat.«

»Klingt, als wäre es eine Tortur gewesen, aus Erenthrall zu entkommen.«

»Ich bin sicher, das war es auch«, sagte Ty und drehte sich den anderen mit verkniffener Miene zu. »Und er hat uns keine guten Neuigkeiten mitgebracht. Vor der Zersplitterung war ich selbst ein Rüde und hatte schon mit Bluthunden zu tun. Wenn Devin Bluthunde hat, bin ich nicht sicher, ob wir irgendetwas tun können, um ihn davon abzuhalten, die Nadel in Besitz zu nehmen und alles und jeden darin auszulöschen.«

***

Marc zögerte noch verunsichert an der Tür, während Armone die verrauchte Kammer bereits betrat und die Anwesenden darin begrüßte. Ein unangenehmes Kribbeln breitete sich über Marcs Genick aus, als er neue Vollstreckerkollegen erblickte – den älteren, seine Pfeife paffenden Trenton und die rothaarige Cerena. Sie saßen bei Darius, Dierdre und einem anderen Vollstrecker, den er namentlich nicht kannte, wenngleich er wusste, dass er einer der Zwillinge war. Der einsame Bruder wirkte wutentbrannt.

»Sie haben Jonnas mitgenommen!«, spie er hervor. »Direkt von der Straße weg! Zusammen mit drei anderen, die uns geholfen haben.«

»Wer hat sie mitgenommen?«, fragte Dierdre.

»Ty und seine von den Göttern verfluchten Vollstrecker!«

Cerena warf allen im Raum einen erschrockenen Blick zu, bevor sie sich wieder dem Zwilling zudrehte – Javers, fiel Marc unverhofft ein, nachdem er den Namen des anderen Bruders gehört hatte. »Hast du sie selbst gesehen? Bist du sicher, dass es Ty und die ihm loyalen Vollstrecker waren?«

»Ich hab den Befehlshaber nicht selbst gesehen. Und die Männer, die sie gepackt haben, waren nicht wie Vollstrecker gekleidet. Aber sie haben auf sie gewartet. Sie sind aus einer Gasse gesprungen, als Jonnas und die anderen daran vorbeikamen, haben ihnen Säcke über die Köpfe gestülpt und sie dann in die Gasse geschleift. Das Ganze hat keine dreißig Sekunden gedauert. Und ihr wisst genau, dass Ty dahintersteckt. Zu viele unserer Leute sind in den letzten Wochen verschwunden. Er macht Jagd auf uns.«

Trenton, der den Blick nicht von Marc gelöst hatte, seit er eingetreten war, blies Rauch in die Luft und fragte: »Können wir uns denn darauf verlassen, dass Jonnas nicht reden wird? Die anderen, die man sich geholt hat, wissen von keinem von uns, jedenfalls nicht direkt. Aber Jonnas könnte uns alle aufdecken.«

»Er wird nicht reden. Du kennst ihn so gut wie ich. Aber was unternehmen wir, um ihn zurückzuholen?«

»Nichts.« Damit hatte zum ersten Mal Darius das Wort ergriffen. Javers schaute so erschüttert drein, als hätte ihm jemand in die Magengrube getreten. Bevor er zu einem Protest ansetzen konnte, fügte Darius hinzu: »Wir wissen nicht, wo Ty und seine Vollstrecker sie festhalten, und Fragen zu stellen, würde nur Aufmerksamkeit auf unsere Leute lenken. Wie du gesagt hast, Jonnas wird nicht reden. Also lassen wir ihn bei ihnen. Vorerst.«

»Jonnas und diese drei sind nicht als Einzige verschwunden«, sagte Trenton, der nach wie vor Marc beobachtete. »Zwei andere, die uns bei dem Aufstand auf dem Tempelplatz geholfen haben, sind seit ein paar Tagen unauffindbar.«

»Wahrscheinlich haben die Jonnas und seine Begleiter ans Messer geliefert.« Darius hob eine Hand, um weitere Anmerkungen zu unterbinden, und deutete mit dem Kopf in Marcs Richtung. »Wen hast du heute mitgebracht, Armone?«

»Marc, von dem ich euch erzählt habe.«

Darius verengte die Augen zu Schlitzen. »Ich kenne dich. Du bist mit Cutters Gruppe losgeschickt worden, um das Gebiet östlich von Tumbor auszukundschaften.«

Als Marc weiter in den Raum trat, stieg die Spannung bei allen Anwesenden. Der Vollstrecker blieb stehen und hob mit den Handflächen nach außen die Arme, bis sich alle beruhigten. Erst dann trat er weiter vor. »Es hätte meine Gruppe sein sollen.«

»Und wieso das?«, fragte Trenton.

»Cutter ist einer dieser Drecksäcke aus Muld. Er ist nicht zu einem Rüden ausgebildet worden. Also sollte er auch keine Aufklärungstruppen anführen. Er sollte hier sein und auf unserem Übungsgelände windelweich geprügelt werden. Um sich mühsam durch die Ränge hochzuarbeiten, wie wir anderen auch.«

Alle nickten, obwohl Marc wusste, dass nicht jeder hier vor der Zersplitterung Rüden gewesen war. Zumindest einige hatten unter Baron Leethe in Tumbor als Vollstrecker gedient.

Armone grinste, griff sich die Würfel und einen Becher. »Deshalb hab ich ihn mitgebracht«, sagte er, als er die aus Knochen gefertigten Würfel durchschüttelte und anschließend über den Tisch rollte. Sie landeten mit Doppelschlangen nach oben, und Armone jauchzte. »Bitte sagt mir, dass schon jemand auf diesen Wurf gesetzt hat.«

Cerena schnaubte. »So viel Glück hast du nicht, Armone.«

»Können wir ihm vertrauen?«, wollte Darius wissen. Sowohl Cerena als auch Armone verstummten. Alle sahen Marc an und hatten die Hände auf dem Griff ihres Schwertes oder drehten ein Messer in den Fingern. Alle außer Darius und Dierdre.

Die Stille zog sich hin. Schweiß brach in Marcs Achselhöhlen aus und brachte sein Genick zum Jucken. Er wusste, wie man mit Armone umging, und hatte auch schon Begegnungen mit Trenton und Cerena gehabt. Aber er hatte keine Ahnung, wie er sie als Gruppe handhaben sollte. Ebenso wenig wusste er, was sie eigentlich wollten, und das setzte ihn klar in Nachteil. Also schwieg er, ließ das spannungsgeladene Schweigen andauern und hielt den Blick auf Darius gerichtet.

Plötzlich lehnte sich Trenton vor. Sein Stuhl knarzte. »Wir haben mit deinen Plänen weitergemacht, Darius, aber der Verlust von Jonnas und den anderen bringt uns in die Zwickmühle. Wir werden die Pakete nicht so schnell verteilen können wie gedacht. Was bedeutet, dass sich die Gefahr erhöht, von Ty und seinen Vollstreckern entdeckt zu werden, vor allem jetzt, da die Temeriten den verlassenen Teil der Stadt übernommen haben. Wenn sie auch nur eines der Pakete finden …«

»Du willst damit sagen, dass wir mehr Leute brauchen«, fiel ihm Darius ins Wort.

»Besonders innerhalb der Ränge der Vollstrecker. Viele von ihnen werden sich uns anschließen, sobald wir bewiesen haben, dass wir den stärkeren Arm haben. Aber wir können uns nur bei wenigen darauf verlassen, dass sie ausführen, was getan werden muss.«

Darius' verkniffene Miene verfinsterte sich.

»Wir können Vater nicht länger dort oben in diesem Kerker lassen, Bruder«, ergriff Dierdre das Wort. »Er wird schon zu lange von seinen Anhängern ferngehalten. Wer weiß, was man in der Zwischenzeit mit ihm gemacht hat?«

»Wie mir auffällt, haben deine Versuche, deinen ach so

hehren Marcus dazu zu bekehren, ihn zu befreien, keine Früchte getragen.«

»Immerhin ist es mir gelungen, ihn von dieser Dirne Kara wegzulocken!«

»Aber hast du auch genug erreicht?« Darius sah seine Schwester an. Marc atmete erleichtert aus, als sich der Blick des stellvertretenden Befehlshabers von ihm abwandte. »Wird sich Marcus auf unsere Seite stellen, wenn es soweit ist? Wir werden Lumagier brauchen, Dierdre, um den Nexus zu kontrollieren. Und jetzt, da Iscivius praktisch nutzlos ist, brauchen wir Marcus mehr denn je.«

Dierdre funkelte ihren Bruder an. »Er *wird* sich auf unsere Seite schlagen«, beteuerte sie mit Nachdruck.

Dennoch hörte Marc Zweifel in ihrer Stimme und sah sie auch in ihren Augen aufflackern, als sich Darius wieder ihm zudrehte. Der stellvertretende Befehlshaber der Vollstrecker trommelte mit den Fingern auf der Tischplatte, während er Marc musterte. »Normalerweise liegt Armone mit seinen Instinkten goldrichtig. Wir nehmen dich auf sein Wort hin auf. Aber wir behalten dich aufmerksam im Auge.«

»Ich verstehe. Was kann ich tun? Was plant ihr?«

Darius' Misstrauen erwachte sofort wieder – Marc merkte es am Zucken eines Augenlids des Stellvertreters, der sich auf den Tisch vorbeugte. »Wir haben vor, Vater zu befreien und die Nadel von Ty und dieser emporgekommenen Lumaga Kara Tremain zurückzuerobern.«

Marc versuchte erst gar nicht, seine Überraschung zu verbergen. »Und wie wollt ihr das anstellen?«

»Genau wie damals in Erenthrall, indem wir …«, begann Dierdre.

Darius schnitt ihr schnell das Wort ab. »Du hast bereits zu viel gehört. Mehr musst du nicht erfahren, bis wir bereit sind, loszulegen … oder bis ich überzeugt davon bin, dass ich dir vertrauen kann.«

Marc erwiderte nichts. Trenton verhinderte, was zu einer weiteren spannungsgeladenen Stille hätte werden können, indem er einwarf: »Bleibt noch die Frage, für wann wir den Angriff planen sollen. Wenn wir versuchen, alle zu versammeln, wird es zu offensichtlich, dass wir im Begriff sind, zu handeln. Außerdem suchen Ty und seine Leute ohnehin schon nach uns. Sie werden nicht zulassen, dass sich eine Versammlung wie bei jenem ersten Aufstand wiederholt. Wir brauchen einen anderen Grund, damit sich alle auf dem Platz vor dem Tempel einfinden – etwas, das keinen Verdacht erregt.«

Plötzlich lächelte Marc, und die schier unerträgliche Anspannung in seiner Brust löste sich. Er stützte sich im Stehen auf den Tisch, um sowohl Trentons als auch Darius' Aufmerksamkeit zu erlangen.

»Ich weiß die perfekte Gelegenheit«, sagte er mit leiser, aber selbstsicherer tiefer Stimme. »Etwas, von dem ihr offensichtlich noch nicht gehört habt.«

»Und das wäre?«, fragte Darius.

»In drei Tagen wollen die Lumagier versuchen, die Verkrümmung über Tumbor zu heilen.«

Dierdre schnappte nach Luft. Ihre Überraschung schlug schnell in Wut um. »Du lügst! Davon hätte mir Marcus etwas erzählt!«

Marc stieß sich vom Tisch ab. »Warum sollte ich über etwas lügen, das sich so leicht überprüfen lässt? Die Lumagier wollen den Versuch für den Fall geheim halten, dass er fehlschlägt. Kein Aufsehen, keine Vorwarnung.«

»Und wie hast du dann davon erfahren?«, wollte Trenton wissen.

»Ich habe sie belauscht, als sie in den Gängen des Tempels darüber sprachen. An manchen Stellen kann man Unterhaltungen ziemlich weit hören.«

»Wenn er recht hat, können wir das tatsächlich nützen, um alle auf den Platz vor dem Tempel zu bringen, sowohl bürgerliche Unterstützer als auch unsere Vollstrecker«, meinte Trenton. »Alle werden dort sein wollen, um die Heilung zu bezeugen. Wir könnten unsere Bewegungen in der Menschenmenge verbergen. Das wäre die perfekte Ablenkung.«

»Es sei denn, Kara ist erfolgreich«, warf Dierdre ein. »Sollte sie die Verkrümmung heilen, so straft sie alles Lügen, was Vater über die Lumagier gesagt hat, seit die die Nadel an sich gerissen haben.«

»Darum haben wir uns bereits gekümmert«, gab Darius zurück. Marc fragte sich, was er damit meinte, aber der stellvertretende Befehlshaber der Vollstrecker führte es nicht weiter aus. Stattdessen starrte er auf die Tischplatte, dachte nach und drehte dabei abwesend eine alte Erren-Münze zwischen den Fingern.

»Offensichtlich wollen sie den Versuch tatsächlich geheim halten«, murmelte er. »Sonst hätte Marcus etwas darüber zu Dierdre gesagt. Aber wenn niemand davon weiß, wird sich auch niemand versammeln …«

Er bremste die sich drehende Münze mit zwei Fingern ab und klatschte sie auf seine Handfläche.

»Ich finde, es ist an der Zeit, die geheimen Pläne der Lumagier ans Tageslicht zu bringen.«

***

»Die Gorrani löschen alles und jeden südlich von Grass aus«, brummte der Schlächter. Er war ein großer Mann, breitschultrig und massig, aber nicht fett, sondern muskelbepackt. Im Augenblick kaute er auf einem Stück Fleisch. Der Alpha-Bluthund konnte riechen, dass es nicht von einem Tier stammte. »Irgendwann werden sie auch uns ins Visier nehmen. Seit die Himmelslichter sie verwandelt haben, sind sie verwildert.«

Devin stand am Kamin in einem verwüsteten Zimmer

der ehemaligen Temeriten-Botschaft. Der Geruch der Matriarchin durchwirkte jeden Winkel, durchzogen vom Beigeschmack einer Heilsalbe, die Aloe und Lavendel enthielt. Sogar noch Tage nach der Flucht der Temeriten witterte der Bluthund ihr Selbstvertrauen, ihre Macht – ein harscher Kontrast zu Devins Moschusmief.

Devin klopfte mit den Knöcheln auf den Kaminsims, erwiderte jedoch nichts.

Der Schlächter nagte an einem Stück Knorpel, dann spuckte er es aus und erhob sich von der abgewetzten Sitzbank. Sein Blick schnellte kurz zum Alpha und wieder weg. »Wir sollten ihnen die Bluthunde auf den Hals hetzten, bevor sie hier eintreffen.«

»Nicht einmal die Bluthunde könnten sie alle töten«, entgegnete Devin und schaute auf. »Es braucht nur ein Biss mit dem Gift, das sie in sich haben, und schon wären die Bluthunde tot.«

»Das würde sie zumindest bremsen.«

»Nein. Die Bluthunde setze ich nicht aufs Spiel. Die brauche ich für etwas anderes.«

»Was unternehmen wir dann?«, wollte der Schlächter mit Hohn in der Stimme wissen. Dem Alpha entging der mangelnde Respekt keineswegs. Sogar Devins eigene Männer begannen allmählich, an ihrem Anführer zu zweifeln, nachdem er Unzählige im Ley-Tunnel verloren hatte und auch dem Angriff der Gorrani nur entronnen war, weil der Himmelslichtsturm sie überrumpelt hatte. »Wollen wir einfach hier warten, bis sie uns angreifen? Ich habe mich deiner kleinen Armee nicht angeschlossen, um hinter Temeriten-Mauern herumzuhocken. Du hast uns Blut versprochen. Du hast uns Fleisch versprochen.«

Die Nasenflügel des Alphas blähten sich angesichts der unterschwelligen Drohung, aber Devin stieß sich von der Wand ab, drehte sich um und bot dem Schlächter die Stirn, obwohl ihn der Mann um fast einen Kopf überragte. »Habt ihr denn kein Fleisch bekommen? Wir haben die Temeriten ausgeschaltet, die euch seit der Zersplitterung zugesetzt haben, oder?«

Der Schlächter verzog die Lippen. »Wir haben ihre Enklave eingenommen. Sie selbst sind entkommen.«

»Trotzdem sind sie weg und keine Bedrohung mehr. Außerdem habe ich ihre Enklave nicht erobert, damit wir uns hier niederlassen.« Er entfernte sich vom Schlächter, ergriff von einem nahen Tisch eine zierliche Figur, die irgendwie den Sturm auf die Botschaft heil überstanden hatte, und warf sie wuchtig zu Boden, wo sie zerschellte. »Das war nur ein Schritt auf einer langen Reise. Wir brauchten die Vorräte, die sie hier eingelagert haben.«

»Wofür?«

»Für das eigentliche Ziel. Du willst Fleisch? Ich kenne einen Ort, wo es jede Menge davon gibt, und die Bluthunde sind unsere Fahrkarte hinein.«

»Wo?«, fragte der Schlächter argwöhnisch. Er mochte schwerfällig sein, aber er war nicht dumm.

»In der Nadel. Erenthrall ist zu gefährlich geworden. Wir brauchen einen sichereren Ort, einen Ort, der sich einfacher verteidigen lässt. Die Nadel bietet all das.«

Die Ohren des Alphas zuckten, während der Schlächter überlegte. Er konnte die Manipulation unter der Fassade der Wahrheit spüren. Devin wollte die Nadel gar nicht erobern. Ihn dürstete nur danach, sie – und alle darin – zu vernichten.

Der Alpha schnaubte verächtlich. Er konnte Devin nicht länger als Baron, als seinen Herrn betrachten. Andererseits gab es niemanden sonst, den er respektierte, dem er folgen konnte. Was also konnte er tun? Seine zwei Betas standen kurz davor, ihre Befehle zu missachten, aber wem würden sie folgen? Es gab keinen Fuorāri mehr.

Der Schlächter rührte sich. »Ich hab gehört, Schlangenfleisch ist zäh und sehnig. Sollen die Gorrani doch Erenthrall haben.«

Devin grinste, und dem Alpha sträubten sich die Nackenhaare, als sich der sogenannte Baron seinem Bluthund zudrehte. »Ruf deine Betas«, befahl er. »Ich habe eine Aufgabe für sie.«

Der Körper des Alphas zitterte unter dem Zwiespalt zwischen Ausbildung und Ungehorsam. Am Ende behielt die Ausbildung die Oberhand.

Er neigte das Haupt, um seine gefletschten Zähne zu verbergen, und fragte: »Wie lauten unsere Befehle?«

ELF

»Wie haben sie es herausgefunden?«, verlangte Kara zu erfahren. Ihre Stimme hallte von der hohen Decke des Knotens der Nadel wider. Aus dem Augenwinkel bemerkte sie, dass sich einige der anderen Lumagier in ihre Richtung drehten – Okata, Carter und Jenner. Und sie war überzeugt davon, dass auch der Rest hinter ihr sie ansah. Sie hatte auch lauter als beabsichtigt gesprochen – aber Tys Neuigkeiten hatten sie aufgewühlt.

Kara senkte die Stimme. »Wie bei allen Höllen haben die Leute davon erfahren, Ty? Wir haben niemandem außer den Mitgliedern des Rats davon erzählt.«

Mit einer Grimasse schwenkte Ty einen Arm durch den Knoten. »Und den Lumagiern. Und den Universitätsstudenten. Die solltest du nicht vergessen.«

Kara fluchte und ließ einen finsteren Blick in die Runde wandern. Alle wandten sich wieder emsig ihrer Beeinflussung der Ley oder der Kristalle zu, um für den Versuch der Heilung Tumbors zu üben, der in nur zwei Tagen stattfinden sollte. Alle außer Okata. Der Gorrani-Lumagus begegnete ihrem Blick und stellte mit den Augen eine Frage. Sie kniff die Lippen zu einer schmalen Linie zusammen, schüttelte jedoch den Kopf, und er wandte sich wieder seiner Arbeit zu.

»Ich kann nicht glauben, dass einer von ihnen …«, begann sie. Plötzlich verstummte sie mitten im Satz und wirbelte zu Ty herum. »Irmona.«

»Hast du es ihr gesagt?«

»Nein. Sie habe ich absichtlich ausgelassen. Ich würde ihr zutrauen, dass sie unseren Versuch irgendwie sabotiert. Aber wahrscheinlich hat es ihr einer der anderen Lumagier nach unserer ursprünglichen Planungsbesprechung zugeflüstert.« Sie biss sich auf die Unterlippe, als ein Anflug von Beklommenheit durch sie fegte. Sie fluchte nochmals. »Ich wollte es ohne großes Aufsehen machen. Falls etwas schiefgeht und wir gezwungen sind, den Versuch abzubrechen. Vielleicht sollten wir es verschieben.«

»Das könntet ihr natürlich tun, allerdings halte ich das nicht für klug«, mahnte Ty.

»Warum nicht?«

»Weil die Stimmung der Menschen vor dem Tempel in den vergangenen Wochen ins Bodenlose gesunken ist. Es geht nicht nur darum, dass wir Dalton nicht sprechen lassen, auch wenn es schon seine Anhänger sind, die das Feuer schüren. Aber es gelingt ihnen nur aus dem Grund, *alle* aufzustacheln, weil längst eine Atmosphäre allgemeiner Unzufriedenheit herrscht.«

»Wenn ich etwas gelernt habe, seit ich angeblich die Herrschaft über diese Stadt übernommen habe«, entgegnete Kara beißend, »dann, dass es immer ein gewisses Maß an Unzufriedenheit gibt, ganz gleich, wie gut oder schlecht die Lage ist.«

»Stimmt, aber *diese* Unzufriedenheit wächst, weil in ihrem Mittelpunkt Vater Dalton und seine Vision stehen. Sie hat sich größtenteils ungebremst ausgebreitet. Bis jetzt. Sobald ich hörte, dass die Pläne der Lumagier auf der Straße diskutiert werden, bin ich in die Stadt geeilt, um der Sache auf den Grund zu gehen. Die Neuigkeit geht überall um, an so gut wie jeder Ecke. In jedem Zelt, an dem ich vorbeikam, hat man davon gesprochen. Alle – vom Klatschmaul bis hin zum Vollstrecker – sind deswegen aus dem Häuschen. Sie wollen sehen, wie die Verkrümmung über Tumbor verschwindet. Im Augenblick dient sie als ständiges Mahnmal, dass die Welt zerbrochen ist. Die Menschen können das vielleicht vorübergehend vergessen, indem sie sich hinter den Mauern der Nadel verstecken, aber das Menetekel ist ständig da, sobald sie hinausgehen und aufschauen, ein grell schillernder Makel am Horizont.«

»Die Heilung der Verkrümmung über Tumbor wird uns nicht das Leben zurückgeben, wie es vor der Zersplitterung war.«

»Aber sie wird die ständige, unübersehbare Erinnerung daran beseitigen, dass auf der Welt immer noch Chaos herrscht. Vergiss nicht, das ist einer der zentralen Vorwürfe Daltons gegen dich und die Lumagier: Es ist euch nicht gelungen, das Ley-System wieder in Ordnung zu bringen.«

»Und du vergisst zu erwähnen, dass wir kein schweres Beben mehr hatten, seit wir hier alles übernommen haben.« Kara seufzte resignierend. »Was also schlägst du vor?«

»Da sie jetzt wissen, dass ihr einen Versuch unternehmt, werden sie sich als ungeordneter Auflauf am Tempel oder auf der Außenmauer versammeln. Alle werden versuchen, die besten Plätze mit Aussicht auf Tumbor zu ergattern.«

»Du fürchtest, es könnte einen weiteren Aufstand geben, wie wir es schon hatten.«

»Beim letzten Mal war dafür nicht viel nötig, und die Stimmung ist seither nur noch brenzliger geworden. Ich bin sicher, Daltons Anhänger werden scharenweise kommen und versuchen, die Menschen zur Raserei anzustacheln. Was ihnen mühelos gelingen wird, wenn keine Vollstrecker anwesend sind, um für Ordnung zu sorgen.«

»Und wie willst du für Ordnung sorgen?«

»Wir richten bestimmte Bereiche für Zuschauer ein – Abschnitte auf den Stufen des Tempels, auf einigen der Plätze jeder Ebene, auf einem Teil der Wehrgänge der Mauer. Sodass die Menschen sich dort hinstellen und die Verkrümmung beobachten können. Für einen geregelten Ablauf sorgen wir, indem wir überall Vollstrecker vorhalten werden.«

Unwillkürlich drängten sich Kara Erinnerungen an den Start der Flieger des Barons im Seeley-Park und an die Aussaat des mittleren Fliegerturms in Grass auf – die fieberhafte Aufregung der Menschenmassen, das mitreißende Wallen des Blutes ihres jüngeren Ichs, das Rauschen des pulsierenden Herzschlags in ihren Ohren. Bei genauerer Überlegung wurde ihr bewusst, dass es seit der Zersplitterung keine solchen Augenblicke mehr gegeben hatte. Nur das Leid, das Grauen und die Unsicherheit einer unbeständigen Welt.

Vielleicht war es wirklich an der Zeit für etwas Derartiges, für ein Spektakel, das alle einte, die überlebt hatten.

Ty schwieg, während Kara darüber grübelte.

»Dann mach es so«, stimmte sie schließlich zu. »Aber ich habe keine Zeit, dabei mitzuhelfen. Rede mit Hernande und Allan darüber. Ich bin sicher, sie können Vorschläge machen.«

Ty ging auf die Treppe zu, die aus der Grube führte. Kara schaute ihm eine Zeit lang nach. Besorgnis nagte an ihr. Der Gedanke von Zuschauern bei dem Versuch behagte ihr ganz und gar nicht, doch dagegen schien sich nichts mehr unternehmen zu lassen.

Sie drehte sich um, stapfte auf Okata zu und verkündete: »Was wir vorhaben, ist nach außen gedrungen und hat sich in der Stadt herumgesprochen. Versammelt euch alle. Da uns jeder Mensch in der Nadel beobachten wird, können wir uns keine Fehler mehr leisten.«

Sie scharte die Lumagier zu einer kleinen Gruppe. Als Kara nacheinander in die Gesichter blickte, konnte sie sich eines kleinen Anflugs von Erregung nicht erwehren. Es war beinahe wie damals, als sie zwölf war und ihr Vater sie mitgenommen hatte, um sich zusammen die Aussaat anzusehen. »Alle brauchen jemanden als Unterstützung, der einspringt, falls etwas schiefgeht, entweder um einen Platz zu übernehmen oder um jemandem nötigenfalls Kraft zu leihen. Ich weiß nicht, wie lange es dauern wird, die Verkrümmung zu heilen.

Mich wird Marcus unterstützen. Okata, du und Artras verankern den Zustrom aus Erenthrall. Wir greifen auf die dortigen Speicher der Ley unter der Stadt zu und verlagern sie zu den Speichern, die Jerrain, Hernande und die Universitätsstudenten hier für uns bereithalten werden. Der Rest von euch muss die Kristalle in ihren Positionen halten, die Zuströme der anderen Ley-Linien stabilisieren und die Ley aus den Speichern dorthin verteilen, wo sie in Tumbor jeweils gebraucht wird. Jenner, du bildest ein Gespann mit Carter. Ihr beide kümmert euch um die Leitung aus Muld …«

***

»Das sind Hernande, einer der überlebenden Mentoren von der Universität, und Cory, einer seiner Studenten«, stellte Allan vor. »Marcus kennt Ihr natürlich schon. Und das sind meine Tochter Morrell und ihr Beschützer Drayden, früher einer der Halbwölfe.«

Die Matriarchin der Temeriten-Enklave, die sich mittlerweile im verlassenen Bereich der Nadel auf der anderen Seite der Kluft angesiedelt hatte, neigte bei der Vorstellung leicht den Kopf und ließ den Blick auf Morrell und Drayden geheftet. »Bitte setzt euch. Es ist mir eine Freude, euch alle kennenzulernen.«

Die Temeriten hatten zehn quadratische Blocks der Überreste des äußeren Rings von Gebäuden innerhalb der durchbrochenen Mauern der Nadel übernommen. Allan und seine Gesandtschaft waren bei der Ankunft von Hauptmann Lienta und Leutnant Boskell in einem Bereich in Empfang genommen worden, der offensichtlich den äußeren Verteidigungskreis der Temeriten darstellte.

Statt sich auf die gesprungenen, bröckelnden Überreste der Stadtmauer zu verlassen, hatten sie einen Bereich gesichert und benutzten das in Hülle und Fülle vorhandene Geröll, um die Straßen und Gebäude um die Enklave zu verfüllen, wie sie es schon in Erenthrall getan hatten. Die Kluft nutzten sie auf einer Seite als natürliches Hindernis. Lienta hatte Allans Gruppe durch die Straßen geführt. Die umliegenden Gebäude wurden bereits instand gesetzt, und das Licht von Ley-Kugeln und Laternen erhellte die Fenster. Die Mischung von Weiß und den flackernden Gelbtönen von Fackeln erzielte eine eigenartig beruhigende Wirkung. Einige der Ley-Kugeln in Straßennähe flackerten oder wurden trüber, als ihnen Allan zu nahe kam. Unterwegs nickten einige Temeriten ihm respektvoll zu, während die anderen, die ihn nicht kannten, ihn nur anstarrten. Allan las an ihren Gesichtern ab, dass sie sich noch nicht richtig wohlfühlten und den Menschen aus der Nadel misstrauten. Ihr Gebaren und ihre Bewegungen muteten verhalten und vorsichtig an, sogar in den Räumen, auf die ihre Matriarchin Anspruch erhoben hatte.

Bei dem Gebäude handelte es sich um ein großes ehemaliges Handelshaus. Der Boden des Vorzimmers bestand aus gesprungenem, weiß-grauem Marmor mit grünen Einsprengseln. Der Raum, in den sie von dort aus geführt wurden, erstreckte sich offen über zwei Geschosse, an beiden Seiten von Säulen gesäumt, die sich bis hinauf zur Decke erstreckten. Das hier war nicht so prunkvoll wie die größeren Häuser in Erenthrall vor der Zersplitterung und dennoch beeindruckend. Die Temeriten-Gardisten hatten sich mit aus den umliegenden Gebäuden geborgenen, zwischen den Säulen aufgestellten Tischen eingerichtet. Die Matriarchin selbst hatte ihr Domizil in den hinteren Räumen gefunden.

Allan sank auf einen Stuhl, der vor Alter knarrte. Ein Kissen auf der Sitzfläche diente als Polster. Alle außer Drayden nahmen um ihn herum auf ähnlichen Sitzgelegenheiten Platz. Die Matriarchin thronte hinter ihrem eigenen, mit einem Tuch verhangenen Tisch. Dokumente, ein Tintenfässchen, eine Feder und ein kleiner, als Briefbeschwerer gedachter

Stein lagen darauf verstreut. Sie war so gekleidet, wie Allan sie zum ersten Mal gesehen hatte, in den abgestuften Braun- und Weißtönen des Adels von Temer, dazu ein paar Ringe und eine goldene Halskette. Er hatte sie während der Reise von Erenthrall zur Nadel auch schon in weniger formeller Aufmachung gesehen – etwa in kräftigen Blau- und Grüntönen, die von dem regen Geist zeugten, der in ihr steckte, wie er wusste. Ihr Gehilfe Janote stand hinter ihr. Auch Lienta und Boskell nahmen ihre jeweiligen Plätze ein, während Diener erschienen und Tabletts mit kleinen süßen Brötchen, Krügen voll Wasser sowie Kaffee samt einem Satz Tassen hereintrugen. Allan nahm sich Kaffee. Er war überrascht, dass die zierlichen Tassen den Marsch aus Erenthrall unversehrt überstanden hatten.

Die Matriarchin wartete, bis sich alle niedergelassen und bedient hatten und griff sich selbst eine Tasse Kaffee, bevor sie sich auf den Tisch nach vorn beugte und Allan mit eindringlichem Blick in die Augen sah. »Welchem Umstand verdanken wir diesen Besuch?«

»Der offizielle Grund für den Besuch«, übernahm Marcus die Wortführerschaft, »besteht darin, sich zu erkundigen, ob ihr Euch gut zurechtfindet und ob die Nadel noch etwas für Euch bereitstellen kann.«

Die Matriarchin sah Allan noch etwas länger in die Augen, als suche sie darin nach einer verborgenen Absicht. Dann wandte sie sich Marcus zu und neigte leicht den Kopf. Sie hatte mehrere Wochen lang Zeit gehabt, um Allan, Bryce und die anderen kennenzulernen. Und nach der erschöpfenden Reise von Erenthrall zur Nadel hatte sich bei ihr und ihren Leuten zunächst freudige Erleichterung über die Ankunft ausgebreitet. Nun jedoch, da sie hier waren und sich eine Weile hatten ausruhen können, kehrte offenbar ihr natürlicher Argwohn zurück.

»Wir finden uns gut zurecht. Wie ihr bestimmt auf dem

Weg durch die Straßen bemerkt habt, machen wir uns den Bereich hier zu eigen. Und die Vorräte, die ihr bei unserer Ankunft zur Verfügung gestellt habt, haben uns gute Dienste erwiesen. Vorläufig brauchen wir sonst nichts.«

»Hattet ihr irgendwelche Probleme mit der Ley? Die Verbindung zu diesem Teil der Stadt ist aufgrund der Verschiebungen in den Zwischenstationen infolge des großen Bebens und wegen der Kluft eher schwach.«

»Nein, hatten wir nicht. Wir sind dankbar für den Zugang zur Ley, wenngleich viele meiner Leute ihr immer noch misstrauisch gegenüberstehen. Seit der Zersplitterung konnten wir sie nicht mehr zuverlässig nutzen. In Erenthrall haben wir gelernt … uns nicht auf sie zu verlassen.«

»Verständlich. Bis vor Kurzem konnte man sich auch hier nicht auf sie verlassen.«

»Du meinst, bis die Verkrümmung über Erenthrall geheilt war.«

»Richtig. Die Verkrümmung hatte zahlreiche für das Gesamtsystem unverzichtbare Ley-Linien unterbrochen. Sie hatte eine Blockade erschaffen, die schweren Schaden an der Stadt und über sie hinaus verursacht hätte, wenn nichts gegen sie unternommen worden wäre.«

»Und habt ihr auch nur einen Gedanken daran verschwendet, was die Zerstörung der Verkrümmung in Erenthrall für diejenigen bedeuten würde, die dort leben? Habt ihr die Folgen eurer Handlungen bedacht? Unsere Enklave wurde dadurch verwundbar. Es hat diesem Devin und seiner Bande von Dieben, Mördern und Menschenfressern die Gelegenheit eröffnet, die sie gebraucht haben, um uns anzugreifen.«

»Zu der Zeit waren die von der Ley verursachten Beben und die Schwingungen, die sie im Geflecht ausgelöst haben, im Begriff, die Gesamtheit der Ebenen zu verwüsten. Wir haben ausschließlich daran gedacht, die Zerstörung aufzuhalten, bevor sie uns alle ausgelöscht hätte.«

Mehrere angespannte Atemzüge lang sahen sich die beiden mit harten Blicken in die Augen. Schließlich schnaubte die Matriarchin und schwenkte eine Hand. »Es wäre wohl müßig, sich wegen eures Einschreitens zu streiten. Die Verkrümmung hatte ohnehin begonnen, in sich zusammenzufallen. Obwohl einige meiner Berater der Ansicht sind, der Einsturz wäre nicht natürlich gewesen, sondern von eurem Eingreifen hier in der Nadel ausgelöst worden.«

Hinter ihr rührte sich Hauptmann Lienta mit zu Boden gerichtetem Blick. Auf dem Weg hierher hatte er kein Wort darüber zu Allan verloren. Das musste wohl zwischen ihm, der Matriarchin und ihren engsten Beratern geblieben sein. Dass sie in seiner Abwesenheit über die Vorfälle in Erenthrall und die Handlungen der Menschen hier in der Nadel gesprochen hatten, sollte ihn eigentlich nicht überraschen, dennoch tat es das. Er dachte zurück an die langen Unterhaltungen, die er im Verlauf der Reise mit Lienta und der Matriarchin geführt hatte, sowohl zusammen als auch einzeln. Diese neue Erkenntnis warf einen leichten Schatten auf die ansonsten angenehmen Erinnerungen.

Unverhofft beugte sich Hernande vor. »Darüber ist man sich auch hier nicht ganz einig. Es ist möglich, dass der Einsturz von Lecrucius' Nutzung des hiesigen Nexus ausgelöst wurde, als er die Nadel verteidigen wollte. Oder er könnte auf natürliche Weise eingesetzt haben, wenngleich verfrüht. Ich bezweifle, dass wir es je erfahren werden. Jedenfalls hat Kara Tremain die Kontrolle übernommen und die Verkrümmung geheilt, bevor sie uns vernichten konnte. Daran zweifelt hier niemand.«

Die Matriarchin hob den Kopf. »Davon habe ich gehört. Außerdem habe ich gehört, dass diese Lumaga versuchen will, die Verkrümmung über Tumbor zu beseitigen.«

»Das ist wahr. Wir haben vor, die Verkrümmung in zwei Tagen zu heilen. Mit den Vorbereitungen im Knoten haben wir bereits begonnen. Befehlshaber Ty verkündet es den Bewohnern der Nadel heute offiziell und teilt ihnen mit, wohin sich diejenigen begeben können, die sich das Schauspiel ansehen möchten. Ihr und all Eure Leute seid herzlich eingeladen, sich Befehlshaber Ty und den anderen auf den Ebenen des Tempels unter der Nadel anzuschließen.«

»Wo wirst du sein?«

»Bei Kara und den anderen Lumagiern im Knoten. Wir können den Nexus nicht aus der Ferne steuern. Wir müssen in der Grube sein, um die Ley und die Kristalle zu beeinflussen, die sie kontrollieren.«

Die Matriarchin schürzte die Lippen und schwenkte die Aufmerksamkeit auf Allan. »Und du?«

»Ich kann Euch begleiten, wenn Ihr wollt. Zusammen mit meiner Tochter.«

»Bevor Ihr eine Entscheidung trefft, solltet Ihr jedoch wissen, dass es einige … Unruhen in der Nadel gibt«, gestand Hernande offenherzig.

Marcus runzelte darüber missbilligend die Stirn, schwieg jedoch.

»Was für Unruhen?«, hakte Lienta nach und trat wie zum Schutz einen Schritt vor.

»Allan hat euch ja bereits erzählt, dass wir die Kontrolle über die Nadel von Vater Dalton und seinen Kormanley übernommen haben und …«

»Seinen Weißmänteln«, fiel ihm Boskell ins Wort. »Wir wissen von ihnen. Sie haben viele der Überlebenden der Zersplitterung in Erenthrall benutzt und missbraucht, uns gegeneinander aufgehetzt.«

»Davon hat uns Allan berichtet. Als wir in der Nadel die Leitung übernahmen, war es den meisten der Menschen, die bereits hier lebten, ziemlich egal. Und immerhin hatte Kara sie kurz vorher vor der Vernichtung bewahrt. Dann haben die Beben sich beruhigt und schließlich ganz aufgehört. Die meisten Menschen waren damit zufrieden, es dabei zu belassen. Aber nicht alle. Eine Vater Dalton loyale Gruppe ist verblieben. Sie gewinnt an Stärke und Zuspruch, seit Dalton eine Vision enthüllt hat, in der die Nadel von zwei Kräften angegriffen wird, von Hunden aus dem Norden und Schlangen aus dem Süden.«

Die Matriarchin warf Lienta einen Blick zu. »Wir haben von dieser Prophezeiung gehört. Außerdem haben wir mit Kreide auf Stein gezeichnete Symbole davon auf dieser Seite der Kluft entdeckt. In einem der Räume dieses Gebäudes war ein solches Bild über den gesamten Boden gemalt, als wäre der Raum als Treffpunkt genutzt worden.«

»Das könnte durchaus sein«, meinte Marcus. »Wir hatten bisher wenig Glück dabei, herauszufinden, wer hinter dieser Gruppe steckt. Diese Leute sind vorsichtig.«

»Was ist mit Dalton selbst?«, fragte Lienta.

Hernande schüttelte den Kopf. »Er hat mit dieser Gruppierung nichts zu tun und verkörpert lediglich den Gegenstand ihres blinden Eifers. Seit er die Prophezeiung verlautbarte, ist er in seiner Unterkunft im Tempel eingesperrt.«

»Seid ihr euch sicher? Wenn ihr seine Mitverschwörer nicht kennt ...«

»Nein, sicher können wir uns nicht sein. Aber Dalton hat uns keine Schwierigkeiten bereitet, seit wir ihn eingesperrt haben, und Befehlshaber Ty lässt die Zugangstür ständig bewachen. Soweit wir es beurteilen können, hat niemand ihn besucht oder mit ihm gesprochen, seit er dort abgeschottet ist.«

»Und was tun seine Anhänger?«, hakte die Matriarchin nach.

»Überwiegend protestieren sie und verlangen, dass wir ihn freilassen und ihm erlauben, öffentlich zu sprechen. Vor Kurzem haben sie auf dem Platz vor dem Tempel einen Aufstand angezettelt, der von Ty und den Vollstreckern niedergeschlagen wurde. Seither hat die Unterstützung für die Gruppierung jedoch nur noch zugenommen. Wir fürchten, dass diese Leute etwas Ähnliches versuchen könnten, während wir Tumbor befreien. Es wäre die perfekte Gelegenheit für sie, um sich Gehör zu verschaffen.«

»Wie die Kormanley vor der Zersplitterung«, meinte die Matriarchin.

»Richtig. Auch uns ist der Zusammenhang aufgefallen.«

Die Matriarchin schwieg und dachte nach.

Hinter ihr räusperte sich Leutnant Boskell. »Wir sollten hierbleiben. Und abwarten. Immerhin sind wir gerade erst eingetroffen. Also wissen wir noch nicht, wem wir vertrauen können.«

Die Lippen der Matriarchin zuckten. Sie sah Allan an, obwohl sie mit Marcus sprach. »Ihr habt betont, dass dies der offizielle Teil eures Besuchs war. Was gibt es sonst noch?«

»Ich habe Euch ja bereits meine Tochter Morrell vorgestellt.« Bei der Erwähnung ihres Namens rutschte Morrell auf dem Stuhl nach vorn, und Drayden rührte sich an seinem Platz in der Nähe der Tür. Morrell hatte während des gesamten Gesprächs geschwiegen, den Blick jedoch nie von der Matriarchin gelöst. »Nicht erwähnt habe ich, dass sie eine Heilerin ist.«

Die Matriarchin legte verwirrt die Stirn in Falten, bis ihr zu Bewusstsein geriet, welche Betonung er auf das Wort *Heilerin* gelegt hatte. Da schnellte ihr Blick zu Morrell. Laut Freesia hatte sich das Mädchen zwar noch nicht vollständig von der Reparatur der äußeren Mauer erholt, aber Morrell fühlte sich wieder stark genug, dass man sie nicht zwingen konnte, sich weiter auszuruhen. Allan hatte sie ursprünglich vor lauter Sorge nicht mitnehmen wollen, doch angesichts ihrer offensichtlichen, wenn auch unterdrückten Begeisterung war er nun froh, es trotzdem getan zu haben.

»Hauptmann Lienta«, sagte die Matriarchin. »Ich denke, es ist an der Zeit für den Spaziergang, von dem wir vor der Ankunft unserer Besucher gesprochen haben.«

Wenngleich die Worte nüchtern klangen, hatte Allan mittlerweile genug Zeit mit der Matriarchin verbracht, um zu wissen, dass die Frau außer Fassung geraten war. Ohne eine Erwiderung abzuwarten, drehte sie sich weg und stieß sich in ihrem Stuhl mit Rädern vom Tisch ab. Janote eilte herbei, um ihr zu helfen. Lienta gab Boskell ein Zeichen, der nickte und in Richtung des Vorraums losging. Dann trat der Hauptmann selbst vor. Allan und Marcus erhoben sich.

»Wohin gehen wir?«, wollte der Lumagus wissen.

»Zu einem Balkon, der die Spalte und den Rest der Nadel überblickt.«

Mehr kam von Lienta nicht.

Sie folgten der Matriarchin und ihrem Helfer durch eine Nebenpforte hinaus und passierten einen Korridor mit Räumen auf beiden Seiten, bevor sie im Windschatten des alten Handelshauses in den nachmittäglichen Sonnenschein traten.

Allan schirmte die Augen ab, als er in die Richtung blickte, in der die schwarze Spitze der Nadel funkelnd über den umliegenden Gebäuden aufragte. Sie überquerten eine von Temeriten verstopfte Straße. Die meisten arbeiteten an der Instandsetzung des Handelshauses oder bargen Steine und Geröll von eingestürzten Mauern weiter unten an der Straße.

Die Gruppe betrat ein anderes Gebäude, ein altes Herrenhaus mit einem kleinen Vorgarten, der ungepflegte Bäume und einige verkümmerte Sträucher beherbergte. Allan fragte sich, warum die Matriarchin nicht hier eingezogen war – bis sie das Erdgeschoss betraten und in die hinteren Räume gelangten. Wie sich herausstellte, war die gesamte nördliche Ecke des Bauwerks zu einem Geröllhaufen eingestürzt. Die südliche Ecke erwies sich als unversehrt. Eine Treppe mit steilen Stufen führte in den ersten Stock.

Sie stiegen hinauf. Janote zog die Matriarchin in dem Stuhl mit Rädern Stufe für Stufe verkehrt herum hoch. Cory und Hernande halfen ihm dabei. Anschließend folgten sie einem kurzen Gang, der vor einer Doppeltür endete. Dahinter kam ein prunkvoller Wohnraum zum Vorschein, an den rechts ein Schlafzimmer grenzte. Am gegenüberliegenden Ende des ersten Raums führte ein Bogengang, in dem sich einst ein Fenster aus Glas befunden hatte, hinaus auf einen steinernen Balkon.

Allan konnte durch die Öffnung die Nadel und den Tempel sehen, als sie darauf zugingen. Als sie den Balkon betraten, stellte er fest, dass sich das Gebäude recht nah am Rand der unter ihnen klaffenden Kluft befand. Nur eine Straße und die verkrüppelten Mauern eines halben anderen Hauses trennten sie vom Abgrund.

Auf der gegenüberliegenden Seite der Kluft versperrten die Gebäude der äußeren Stadt vor dem Tempel die Sicht auf den Sockel der Nadel. Die Häuser dort am Rand der Spalte in der Erde wiesen einen schlimmeren Zustand auf als das, in dem sie sich gerade befanden. Allan konnte Bereiche ausmachen, in denen Handwerker der Nadel einige Mauern eingerissen und andere befestigt hatten. Der gezackte Rand der Spalte ragte in einen Abschnitt der Kluft hinein und verlief bis nah an die Temeriten-Seite. An der Stelle fiel die Spaltung der Stadt im Vergleich zum Rest ihrer Länge eher schmal aus.

Die Sonne schien strahlend auf den östlichen Rand herab, betonte die grauen Ecken der Gebäude und warf scharfkantige Schatten. Dahinter zeichneten sich der weißere Stein des Tempels und die Nadel selbst deutlich vor dem blauen, von lichten Wolken gesprenkelten Himmel ab. Auf den Straßen weiter von der Spalte entfernt konnte man Menschen sehen, einige auch auf den Ebenen des Tempels – vermutlich Vollstrecker, die bereits Vorbereitungen für das Spektakel der Heilung der Verkrümmung über Tumbor trafen.

»Wie ihr wahrscheinlich schon aus dem Verhalten meines Leutnants gefolgert habt, sind manche meiner Leute weniger willens als andere, die Nadel als ihre neue Heimat zu betrachten. Die Weißmäntel waren in Erenthrall nach der Zersplitterung nicht willkommen. Ihr Wirken dort war zerstörerisch. Ohne sie wäre es uns vielleicht gelungen, Erenthrall wieder so aufzubauen, wie es vorher war. Stattdessen haben sie Keile zwischen die Überlebenden getrieben. Und all diese Handlungen hat man mit der Nadel in Verbindung gebracht. Es ist schwierig, über diesen unerfreulichen Beigeschmack hinwegzukommen.« Die Matriarchin wendete ihren räderbewehrten Stuhl und drehte sich den anderen zu. »Vor allem, da ihr mir gerade mitgeteilt habt, dass die Kormanley hier nach wie vor tätig sind. Warum habt ihr diesen Dalton nicht hingerichtet, sobald ihr die Macht übernommen hattet?«

»Dann hätte es einen Aufstand der Menschen gegeben«, erwiderte Marcus. »Die meisten Menschen, die hier leben, hat er gerettet. Er hat ihnen Zuflucht geboten, hat sie ernährt. Wir brauchen ihn lebend, um die Kontrolle zu behalten, zumindest so lange, bis wir bewiesen haben, dass wir der Bevölkerung dieselbe Stabilität bieten können.«

»Das haben wir bereits«, warf Cory ein.

»Aber es reicht noch nicht«, gab Marcus zurück. »Deshalb ist die Heilung der Verkrümmung über Tumbor so wichtig. Sie wird ein für alle Mal beweisen, dass wir weder Dalton noch seine Weißmäntel brauchen.«

»Und könnt ihr das? Werdet ihr die Verkrümmung über Tumbor beseitigen?«

»Ja«, antwortete Cory. »Kara sagt, sie kann es.«

Marcus zögerte, bevor er ergänzte: »Wir haben Verbesserungen am Nexus hier vorgenommen, haben ihn verstärkt.«

Die Matriarchin schaute von Marcus zu Cory und wieder zurück. Als Nächstes wandte sie sich Morrell zu. »Du bist also eine Heilerin?«

Morrell trat selbstbewusst vor und streckte der Matriarchin eine Hand entgegen. Lienta spannte den Körper an. Aber Morrell bremste sich und neigte den Kopf, obwohl Allan nicht sicher war, ob sie Lienta überhaupt wahrnahm. »Ja.«

»Und was genau bedeutet das, Kind?«

»Ich kann Menschen heilen. Indem ich sie berühre.«

Cory regte sich an ihrer Seite. »Es ist wahr. Sie hat mein Bein geheilt, als es bei einem der Beben von einem herabgestürzten Felsbrocken zerquetscht war. Eigentlich hätte ich es verlieren müssen, wenn nicht sogar mein Leben.«

»Und sie hat schon viele andere geheilt«, ergänzte Hernande. »Sie hat sogar einige der Halbwölfe in ihre menschliche Gestalt zurückverwandelt – diejenigen, die es wollten. Unter anderem Drayden hier.« Die Matriarchin musterte den ehemaligen Halbwolf, der etwas abseits der Gruppe stand, während Hernande fortfuhr. »Ein paar waren zu tief in ihren Tiergestalten aufgegangen, hatten ihre Menschlichkeit völlig verloren. Denen konnte sie nicht mehr helfen.«

Morrell hob den Kopf wieder und streckte das Kinn vor. »Ich bin vielleicht in der Lage, Eure Beine zu heilen«, sagte sie verwegen. »Wenn Ihr mir gestattet, Euch zu berühren, kann ich es abschätzen.«

Die Matriarchin sog stockend und hörbar die Luft ein. In dem Laut schwangen Beklommenheit, Hoffnung und tiefsitzende Sehnsucht mit. Langsam blies sie den Atem aus. »Weißt du, wie lange ich schon an diesen Stuhl gefesselt bin, Kind? Den Großteil meines Lebens. Ich war zwanzig, als die Kutsche angegriffen wurde, in der ich saß. Der Fahrer wurde sofort getötet. Die Pferde sind in Panik geraten und durchgegangen, während die Gardisten die Angreifer abwehrten. Mein Diener und ich wurden in der außer Rand und Band geratenen Kutsche durchgeschüttelt, bis sie gegen irgendetwas auf der Straße prallte. Wir wurden über eine steile Böschung in eine Schlucht geschleudert. Mein Diener ist dabei gestorben. Ich habe mit knapper Not überlebt. Als mich die Männer meiner Eskorte schließlich fanden und aus den Trümmern gezogen haben, musste ich feststellen, dass ich meine Beine nicht mehr bewegen konnte.« Sie senkte den Blick auf ihren

Schoß. »Man hat nie herausgefunden, ob es Räuber waren oder ein gezielter Anschlag auf mein Leben von einem der anderen Adelshäuser. Es war niemand übrig, den man hätte verhören können.«

Die ältere Frau schaute wieder auf und strich mit den Händen den Stoff ihres Kleids glatt. »Der springende Punkt ist, mein Kind, dass ich meine Beine seit dreiunddreißig Jahren nicht verwenden kann. Ich habe mich daran gewöhnt, ohne sie auszukommen. Ich bin gar nicht sicher, ob ich mich daran erinnern würde, wie man sie benutzt, selbst wenn du sie heilen könntest.«

»Also wollt Ihr nicht mal, dass ich sie untersuche?« Enttäuschung und Verwirrung färbten Morrells Stimme.

»Nicht jetzt sofort. Ich brauche Zeit, um darüber nachzudenken. Das ist … eine große Entscheidung.«

Morrell nickte, als könnte sie es verstehen, auch wenn sie es unübersehbar nicht konnte. Mit einem gekränkten Ausdruck in den Augen drehte sie sich ihrem Vater zu. Allan streckte die Arme aus, zog sie an sich und küsste sie auf die Stirn. »Gräm dich nicht«, sagte er leise zu ihr. »Du hast sie durcheinandergebracht. Sie braucht Zeit, um die Vorstellung zu verarbeiten.«

Die Matriarchin hatte sich indes wieder Marcus und Hernande zugewandt. »Was eure geplante Zeremonie angeht, finde ich, dass die Temeriten ihre Dankbarkeit für die Hilfe bei der Flucht aus Erenthrall und für die Zuflucht zeigen müssen, die ihr uns hier bei der Nadel gewährt. Ich werde daran teilnehmen.« Als Lienta zum Protestieren ansetzte, hob sie die Hand, um ihn zu bremsen. »Zusammen mit einem Kontingent meiner Gardisten, darunter Lienta und Boskell. Und Janote natürlich. Wir wüssten deine Gesellschaft und die deines Studenten zu schätzen, Mentor. Und auch deine und die deiner Tochter, Allan.«

Hernande verneigte sich respektvoll. »Es wäre Cory und

mir ein Vergnügen. Leider werden wir im Knoten bei den Lumagiern gebraucht, um mit der Ley zu helfen.«

»Morrell und ich würden uns über die Gesellschaft freuen. Wenn Ihr auch etwas von Eurem Kaffee mitbringt.«

Die Matriarchin lachte. »Als du ihn auf der Reise hierher zum ersten Mal gekostet hast, schienst du angewidert.«

»Wie Ihr damals schon zu mir sagtet, ist es ein gewöhnungsbedürftiger Geschmack. Anscheinend habe ich mich daran gewöhnt.«

»Ich verstehe. Janote, vermerk es.«

Marcus und die anderen wandten sich zum Gehen und wurden von Lientas Gardisten hinausgeleitet.

***

Lienta selbst stellte sich neben der Matriarchin auf den Balkon. Zusammen schauten sie Allan, Marcus und dem Rest nach. Als sie sich außer Hörweite befanden, murmelte Lienta: »Ich bin überrascht, Matriarchin.«

»Darüber, dass ich an der Zeremonie teilnehme? Warum sollte ich nicht? Ich dachte, du würdest mir zustimmen, dass ein Bündnis mit Befehlshaber Ty und Kara Tremain vorteilhaft wäre. Obwohl ich zugeben muss, dass ich gezögert habe, als ich erfuhr, dass es die Kormanley immer noch gibt.«

»Ich meine, ich war überrascht, dass Ihr das Angebot des Mädchens abgelehnt habt.«

»Ah.« Eine lange Weile schwieg die Matriarchin und fingerte mit den Händen an ihrem Kleid, bis sie schließlich seufzte. »Ich habe mich vor über dreißig Jahren von der Vorstellung verabschiedet, diese Beine je wieder benutzen zu können. Die Behauptung, sie könnte mich heilen …« Ihre Stimme wurde brüchig. Zittrig hob sie eine Hand und schirmte das Gesicht ab, bevor sie sich zwang, weiterzusprechen. »Das hat mich überrumpelt.«

Janote rührte sich. »Wie Ihr sagtet: Ihr habt Eure Beine seit Jahrzehnten nicht benutzt. Ich bezweifle, dass Ihr auf Anhieb ein Tänzchen aufs Parkett legen könntet.«

Die Matriarchin ließ ein verhaltenes Lachen vernehmen. »Du meinst, wie in meinen wilden, jüngeren Tagen, vor meiner Ehe und dem langsamen Eintauchen in die Politik? Ja, ich bin sicher, damit hätte ich meine liebe Not. Wie bei allem im Leben.«

»Also zieht Ihr es in Erwägung?«

Die Matriarchin wurde nüchtern. »Ich ziehe es in Erwägung. Aber es ist keine Entscheidung, die ich leichtherzig treffen will. Dafür sind zu viel Hoffnung und Angst im Spiel.«

***

»Hast du schon ein Versteck für das Paket gefunden?«

Marcs Wange zuckte, das einzige äußere Anzeichen dafür, dass ihn Armone erschreckt hatte. »Noch nicht.«

Er wandte sich von seiner Beobachtung des Treibens rings um den großen Platz und auf der ersten Ebene des Tempels ab. Bedienstete schrubbten den Stein. Das Mosaik mit der Sonne in der Mitte kam dadurch in den kräftigen Blau- und Grüntönen zur Geltung, die im Verlauf der Zeit unter einer Schicht aus Dreck und Staub ganz matt geworden waren. Weitere Arbeiter hängten Banner und Tücher vom Rand der Ebene, während wieder andere Tische heraustrugen, auf denen Essen und Getränke angeboten werden sollten. An strategischen Stellen hatte man einige Stühle angeordnet, aber die Mehrheit der Menschen, die man auf diese Ebene ließ, würde stehen müssen.

Das Flattern von Tüchern lenkte Marcs Aufmerksamkeit nach oben, wo die – bisher nie genutzte – zweite Ebene einer ähnlichen Behandlung unterzogen wurde. Prüfend ließ er den Blick über alle Vollstrecker und Gardisten wandern, die er sehen konnte, und hoffte, Cutter oder sonst jemanden zu erspähen, den er kannte und dem er vertraute, entdeckte jedoch niemanden. Er verkniff sich einen Fluch.

Ihm lief die Zeit davon.

An seiner Seite sah sich auch Armone aufmerksam um, wenngleich aus einem völlig anderen Grund. »Darius sagt, das Paket wird klein sein, nicht größer als ein gewöhnlicher Ranzen, aber in einem beengten Raum wäre es wirkungsvoller. Du musst es hinter oder unter etwas verstecken, vorzugsweise etwas Festem, das zerspringen oder brennen und für mehr Verwirrung und Schaden sorgen wird.«

»Dafür sehe ich hier auf der Tempelebene nicht viele Möglichkeiten. Das ist alles flach und offen.«

»Da hast du recht. Bist du sicher, dass du während des Versuchs der Lumagier hier postiert sein wirst?«

»Das hat man mir gesagt.«

»Dann muss es auch irgendwo hier versteckt werden.«

»Wieso?« Bei Armones jähem Blick zuckte Marc mit den Schultern. »Alle Leute von Bedeutung, wie Ty oder die Temeriten, werden oben auf der zweiten Ebene sein, wo man eine bessere Aussicht auf die Verkrümmung hat. Hier unten werden nur Bürger sein. Warum soll hier überhaupt etwas platziert werden?«

»Weil das für mehr Panik und Chaos sorgen wird.« Armones Züge verhärteten sich. »Du zauderst doch nicht etwa, oder? Ich hab mich bei Darius für dich verbürgt.«

»Ich zaudere nicht.«

»Gut.« Armone wandte sich wieder der Tempelebene zu. Sie hatten das Mosaik von einer Seite zur anderen überquert und kehrten um, als liefen sie Patrouille. Keiner der Bediensteten achtete auf sie. »Denk dran, dass es während der Zeremonie gerammelt voll mit Menschen sein wird, also längst nicht so überschaubar wie jetzt. Du könntest den Ranzen einfach in der Mitte der Menge fallen lassen und davonschlendern. In Erenthrall hat das auch gut funktioniert.«

Marc drehte sich beinah der Magen um, als ein Bild der abgeschlachteten Bewohner des Palisadenweilers in der Nähe von Tumbor vor seinem geistigen Auge aufblitzte.

Irgendwie musste er Cutter oder Ty warnen. Aber Armone oder einer der anderen Kormanley-Vollstrecker waren in ständiger Verbindung mit ihm. Wenn sie nicht zusammen mit ihm Dienst versahen, wie gerade Armone, dann behielten sie ihn in den Kasernen oder auf der Mauer zumindest immer im Blick. Am vergangenen Abend war ihm der Zwilling Javers sogar in die Schänke gefolgt, obwohl er vermutlich gar nicht ahnte, dass Marc ihn bemerkt hatte. Marc konnte keinem seiner Vollstrecker-Kameraden vertrauen. Er wusste nicht, *wer* außer jenen, die er bei dem Treffen gesehen hatte, noch zu den Kormanley gehörte. Sehr wohl jedoch wusste er, *dass* es noch andere gab.

Bis zu diesem Tag war er nicht allzu besorgt darüber gewesen.

»Falls es nötig wird, mache ich es so«, sagte er. »Aber hoffentlich tut sich eine andere Gelegenheit auf.«

Armone musterte ihn kurz, dann klopfte er ihm auf den Rücken und grinste. Es war sein übliches, unbeschwertes Grinsen, das Menschen täuschte und die Gefahr dahinter tarnte. »Vertrau mir, es ergibt sich immer irgendeine Gelegenheit.«

»Wie viele Pakete sind es überhaupt?«

»Genug, um die Nadel zurückzuerobern und Vater zu befreien.«

Mittlerweile hatten sie die Treppe erreicht, die von der Ebene führte, und stiegen die Stufen hinunter. Marc warf einen letzten Blick zurück und fluchte bei sich.

Wo bei allen Höllen steckte Cutter?

***

»Jetzt, Cory. Halt den Speicher aufrecht.« Hernande drehte sich Kara zu, ohne auf eine Antwort zu warten. »Fangt an, Ley aus dem Knoten in den Speicher zu leiten.«

»Bist du sicher, dass es funktionieren wird?«

»Natürlich nicht. Aber ich sehe auch keinen Grund, warum es nicht klappen sollte.«

»Es ist nur … Der Speicher ist hier drin, innerhalb des Knotens. Wenn das Sammelbecken die Ley nicht zu halten vermag, oder sollte Cory die Kontrolle verlieren, könnte sich die Ley auf uns alle ergießen.«

Hernande fiel auf, wie Okata, Jenner und der Rest der Lumagier hinter Kara zur Decke schauten, wo der von Cory geschaffene Speicher schwebte, wenngleich es dort nichts zu sehen gab. Die Stränge des Geflechts wurden erst sichtbar, wenn sie mit Ley gefüllt waren.

Ein paar der Lumagier wichen ein, zwei Schritte zurück.

»Sie wird sich nicht auf uns ergießen. Ich bin ja als Rückhalt da und bereit, einzugreifen, wenn es den Anschein hat, als käme Cory nicht damit zurecht. Aber unserer Theorie zufolge dürfte die Ley so gut wie keine zusätzliche Belastung verursachen, im Gegensatz zu einem Menschen oder einem anderen Festkörper.«

»Allerdings ist das nur eine Theorie. Wir haben sie noch nicht überprüft.«

»Wir überprüfen sie jetzt.«

Kara murmelte etwas bei sich, das Hernande nicht verstehen konnte. Sie wandte sich an ihre Lumagier. »Okata, kannst du den Speicher fühlen?«

»Und den Kanal, der darin verläuft.«

»Dann überlasse ich dir die Kontrolle des Flusses. Fang langsam an, um zu sehen, wie sich der Speicher verhält. Alle anderen behalten die Kristallplatten im Auge. Wir gehen zwar nicht davon aus, dass sie irgendwie reagieren werden, aber sicher bin ich mir bei gar nichts. Seid auf alles vorbereitet!«

Die Lumagier gingen um die Grube des Knotens in Stellung. Die meisten richteten ihre Aufmerksamkeit auf die Kristallplatten und die von unten aufsteigende Ley. Okata bewegte sich näher zu Cory. Sein Gorrani-Antlitz konzentrierte sich auf die Luft über ihnen, wo Hernande die Falten sehen konnte, die Cory benutzt hatte, um eine schmale Leitung von der Ley-Grube zu einem wesentlich größeren Gebilde zu erschaffen, das dem Sammelbecken eines Springbrunnens ähnelte. Er hob seine Arme und schloss die Augen. Gleich darauf wölbte sich ein Schwall der Ley aus der Grube und ergoss sich in die Leitung. Ein Teil schwappte über die Seiten, weil der Schwall zu mächtig für den Kanal war, aber der Großteil strömte die Verbindung entlang zum Becken. Innerhalb weniger Augenblicke füllte sich der Boden des Speichers, dessen Umrisse dadurch deutlich sichtbar wurden.

Kara trat einen Schritt vor. »Kannst du den Speicher halten, Cory?«

»Alles gut. Wie wir vermutet haben, fühlt sich die Ley nahezu schwerelos an. Ganz anders als der Sand, den wir bei unseren Übungen hochgehalten haben.«

»Dann kannst du den Strom verstärken, Okata. Mal sehen, wie viel wir in diesen Speicher bekommen und wie einfach es ist, die Ley wieder daraus abzuziehen, bevor wir zu sehr aus dem Häuschen geraten. Cory, du gibst Okata sofort Bescheid, wenn du das Gefühl hast, es wird zu viel Ley.«

Cory schwenkte nur gereizt eine Hand. Einen Herzschlag später verstärkte sich der Strom der Ley unter Okatas Druck, obwohl er zugleich schmaler wurde, damit beim Übergang in den Kanal nichts mehr daneben schwappte.

Als Hernande die Anordnung betrachtete, fand er, sie hätten auch auf die Leitung verzichten und die Ley einfach direkt in den Speicher gießen können. Doch bei der Planung hatten sie noch nicht gewusst, wie es genau funktionieren würde. Oder ob überhaupt. Er ertappte sich dabei, über seinen Bart zu streichen, hielt jedoch inne, als Kara sich ihm zudrehte.

»Du hast diesen Ausdruck im Gesicht, Hernande.«

Seine Augenbrauen wanderten in die Höhe. »Was für einen Ausdruck?«

»Diesen selbstgefälligen Ausdruck, als hättest du gerade das Rad erfunden.«

»Ah, ich verstehe. Nun, es hat eine kleine Meinungsverschiedenheit zwischen Jerrain, Sovaan und mir über die Beziehung zwischen der Ley und dem Geflecht gegeben. Was Cory gerade erlebt, bestätigt, dass die von Jerrain und mir aufgestellte Theorie gültig ist, die von Sovaan hingegen nicht.«

»Und welche Theorie ist das?«

Um sie herum wurde es im Knoten merklich heller, als immer mehr Ley in das Speicherbecken floss. Mittlerweile schwebte eine ziemlich große Ansammlung weißen Lichts mitten in der Luft; vielleicht zehn Fuß tief und zwanzig Fuß im Durchmesser. Cory hatte das Becken erweitert, um mehr Ley darin aufnehmen zu können.

»Jerrain und ich haben vorgeschlagen, dass die Ley und das Geflecht miteinander verknüpft sind, ja, dass sogar die Existenz des Geflechts von der Ley abhängt. Wir sind der Ansicht, dass die natürlichen Ley-Linien, die kreuz und quer durch das Land verlaufen, die Grundfesten der Realität darstellen. Sie bilden ein Gerüst, auf dem das Gefüge der Wirklichkeit – das Geflecht – aufgehängt ist. Als die Knoten von Erenthrall in der Verkrümmung gefangen waren, wurden dadurch viele der Stützen dieser Grundfesten durchtrennt. Und das hat das Gefüge der Wirklichkeit erschüttert, was sich wiederum in Form von Erdbeben niederschlug. Es sind genug Ley-Linien verblieben, dass sich das Geflecht halten konnte, aber es hat die fehlenden Stützen gespürt. Als sich dann die Verkrümmung über Tumbor entfaltete und noch mehr Stützen abgeschnitten hat, da breitete sich ein Schauder wellenartig durch die Realität aus. Alle Mentoren und einige unserer Studenten haben es in Muld gespürt. Im Gegensatz zu den Beben, die örtlich entlang der Ley-Linien aufgetreten sind, ist dieser Schauder durch das gesamte Gefüge gegangen – sowohl durch die Ley-Linien als auch durch das Geflecht. Es war, als hätte jemand die Realität gepackt und kräftig durchgeschüttelt. Wie wenn man einen Teppich durchklopft, um ihn von Staub und Schmutz zu befreien.«

»Und inwiefern beweist das, was Cory hier gerade macht, eure Theorie?«

»Oh, es ist noch kein Beweis. Aber es untermauert unsere Annahmen. Damit sich unsere Theorie endgültig als zutreffend erweist, muss sich erst zweifelsfrei die Bedingung erfüllen, dass die Ley und das Geflecht … miteinander vereinbar sind. Dass die Ley nahezu schwerelos ist, wenn sie vom Geflecht gestützt wird, und umgekehrt, weist darauf hin, dass dies in der Tat auf einer grundlegenden Ebene zutrifft. Natürlich wurde das schon dadurch nahegelegt, wie die Mentoren das Geflecht benutzt haben, um die Ley für die Lumagier in Erenthrall zu leiten.«

»Es wäre hilfreich, wenn du wüsstest, wie man diese Speicher so erschaffen kann, dass sie Bestand haben, auch ohne von einem Mentor gehalten zu werden.«

»Richtig, richtig … Aber, tja, so weit sind wir noch nicht ganz.«

Kara schwieg einen Augenblick. Dann: »Wenn stimmt, was du sagst, dann hat Ober-Lumagus Augustus, als er den Nexus in Erenthrall erschaffen und die nächstgelegenen Ley-Linien zu diesem zentralen Ort verlagert hat …«

»Er hat die Grundfesten der Realität manipuliert. Ich bezweifle, dass es ihm zu dem Zeitpunkt bewusst war, vielleicht nicht einmal am Ende. Ich vermute, dass seine Beeinflussungen nichts bewirkten, weil er lediglich bestehende Ley-Linien geringfügig verschoben hat, von natürlichen Knoten in Erenthrall hin zu seinem Nexus.«

»Nur haben sie sehr wohl etwas bewirkt.« Karas Stimme war schärfer geworden. »Seine Handlungen haben die Ley-Ausfälle und die Verkrümmungen in Erenthrall verursacht, wenn nicht gar die Zersplitterung selbst.«

»Richtig. Die Belastung für das Geflecht durch solche kleinen Veränderungen dürfte unscheinbar gewesen sein und hat sich offensichtlich erst gezeigt, als die Ausfälle und die Verkrümmungen ihren Anfang nahmen. Höchstwahrscheinlich hat Augustus nie begriffen, dass eine Verbindung zwischen der Ley und dem Geflecht besteht. Deshalb konnte er auch nicht bestimmen, was die Ausfälle oder die Verkrümmungen verursachte. Der Schaden wurde im Geflecht angerichtet, auch wenn die Wurzel des Übels aus Verschiebungen der Ley bestand. Nur die Mentoren der Universität wären in der Lage gewesen, das Problem zu erkennen. Aber die Rivalität zwischen den Lumagiern und der Universität wird Augustus davon abgehalten haben, unsere Hilfe in Anspruch zu nehmen.«

»Dafür hätte auch ohne diese Rivalität allein seine Gier nach Macht über die Ley gesorgt.«

»Schon möglich. Er war ein überheblicher Mistkerl.«

Vor ihnen schwenkte Cory plötzlich eine Hand in Okatas Richtung. »Das reicht. Hier drin kann ich den Speicher nicht weiter vergrößern.«

Plötzlich brach der stete Strom der Ley ab, und der Schwall fiel zurück in die Grube. Kara entfernte sich, rief den anderen Lumagiern zu und vergewisserte sich, dass sich die Kristallplatten während der Einlagerung nicht verschoben hatten.

Hernande trat an Corys Seite und hob den Blick zu dem über ihnen schwebenden, weißen Licht. Er begutachtete die Stränge des Geflechts, die es unsichtbar hielten. Dabei fiel ihm auf, dass er, wenn er sich streckte, vielleicht den unteren Rand des Speicherbeckens mit den Fingerspitzen berühren könnte. Cory und Okata hatten beinah die gesamte Grube damit ausgefüllt.

»Wie groß ist die Belastung für dich?«, erkundigte er sich, während er in einem großen Bogen um den Rand des Speichers ging.

»Vernachlässigbar, obwohl ich glaube, dass es mit der Zeit schwieriger werden dürfte. Ist so ähnlich, wie wenn man ein Gewicht mit ausgestrecktem Arm auf Schulterhöhe hebt. Zuerst ist es leicht, aber je länger man es hält, desto schwächer werden die Armmuskeln. Sie verausgaben sich.«

Der Mentor sah Cory in die Augen und bemerkte eine kleine Schweißperle in der Nähe der Schläfe seines Studenten. »Was meinst du, wie lange du es so halten kannst?«

»Stunden, vielleicht sogar einen Tag, falls nötig.«

»Vergiss nicht, dieses Speicherbecken ist klein. Es ist nur ein Probelauf. Für den Versuch, die Verkrümmung zu heilen, werden wir mehrere Speicher von mindestens der dreifachen Größe benötigen.«

»Wir sind bereit für den Versuch, die Ley aus dem Speicher abzuzapfen.«

Sowohl Cory als auch Hernande drehten sich zu Kara um. »Dann nur zu, fangt an«, erwiderte Cory.

Kara schaute nach oben, genau wie Okata auf der anderen Seite des Speichers und der Leitung. Dann begann die Ley, zurück zur Grube zu strömen, wesentlich schneller, als sie daraus abgeflossen war. Und dank Karas Hilfe deutlich kontrollierter. Statt einen Schwall zu bilden, schoss sie kerzengerade nach außen und unten wie die Ley-Linien in Erenthrall. Der Speicher leerte sich in weniger als der Hälfte der Zeit, die nötig gewesen war, um ihn zu füllen.

»Herzlichen Glückwunsch«, sagte Kara, als sich die Lumagier grinsend hinter ihr entspannten. Ein paar klopften sich gegenseitig auf den Rücken. »Es könnte uns tatsächlich gelingen, Tumbor morgen zu befreien.«

ZWÖLF

Marc stand auf einer Seite des Haupteingangs, der auf der ersten Ebene in den Tempel führte. Es war Vormittag. Über den Himmel treibende Wolken boten vereinzelte fleckige Schatten, davon abgesehen wurde es jedoch bereits heiß. Er wischte sich Schweiß von der Stirn und war dankbar für den Wind, der die in regelmäßigen Abständen um den Rand des Tempels aufgehängten Wimpel flattern ließ. Es herrschte reger Betrieb, und es wimmelte von Menschen, die sich um die beste Aussicht auf die ferne Verkrümmung über Tumbor drängten. Unterhaltungen und Gelächter erklangen ringsum. Über die Köpfe der Menschen hinweg konnte Marc die Kuppe der Verkrümmung ausmachen, verschwommen zwar durch die Entfernung, doch die orangenen, rosafarbenen und violetten Farbtöne zeichneten sich schillernd ab. In Anbetracht der Temperaturen war er überzeugt davon, dass ein Hitzeflimmern den unteren Teil verzerrte.

Seine Aufmerksamkeit jedoch galt der Treppe, über die immer noch weitere Menschen heraufstiegen, obwohl auf dieser Ebene des Tempels kaum noch Platz für sie sein konnte. Er hielt Ausschau nach Cutter oder Befehlshaber Ty. Marc wusste, dass zumindest Ty oben auf der zweiten Ebene sein würde, aber bisher hatte er keinen der beiden gesichtet. Es wäre seine letzte Gelegenheit, sie vor den Plänen der Kormanley zu warnen. Vermutlich auch die einzige Gelegenheit, zumal er selbst das Paket platzieren und dann unscheinbar verschwinden sollte, bevor es in die Luft ging.

Marc hatte keine Ahnung, wie Armone und die anderen die Explosionen so abstimmen wollten, dass sie alle gleichzeitig erfolgten, und es interessierte ihn auch nicht. Ihm ging es nur noch darum, alle zu warnen, bevor es passierte, und an diesem Tag stand er zum ersten Mal nicht unter ständiger Beobachtung.

Auf den Stufen traf ein Kontingent der unlängst angekommenen Temeriten ein. Die Männer begleiteten ihre Matriarchin hinauf zur zweiten Ebene. Die Gardisten wirkten wachsam. Der Hauptmann ging voraus, während zwei weitere den rollenden Stuhl der Matriarchin eine Stufe nach der anderen hinaufzogen. Dahinter stützten der ehemalige Rüde Allan und dessen Tochter unscheinbar den Stuhl, während sie sich mit der Frau unterhielten. Unwillkürlich trat Marc einen Schritt in Allans Richtung, um stattdessen ihn zu warnen, doch der Mann war von Temeriten-Gardisten umgeben. Sie würden Marc nie und nimmer nah genug heranlassen, um mit dem einstigen Rüden zu sprechen, schon gar nicht, ohne dass es Aufmerksamkeit erregte.

Er stellte sich zurück neben die Tür. Plötzlich senkte sich eine Hand auf seine Schulter.

Marc hatte die Klinge bereits halb gezogen, als Armone fragte: »Marc, wo wolltest du denn hin, mein Freund?«

Der Kormanley-Vollstrecker trat an Marcs Seite, den Blick auf die Matriarchin und ihr Gefolge gerichtet, die den Weg hinauf zur zweiten Tempelebene fortsetzten. Er entfernte die Hand nicht von Marcs Schulter.

»Nirgendwo.« Marc überraschte, wie fest seine Stimme klang. Sein Rücken juckte vor Beklommenheitsschweiß. »Hat bloß einen Moment lang so ausgesehen, als würde der Stuhl der alten Frau abrutschen.«

»Also, das wäre doch wirklich bedauerlich, oder? Vor allem, da wir etwas ganz Besonderes für sie und ihre Temeriten-Gardisten geplant haben.«

Marc schüttelte Armones Hand ab und schaute den Kormanley an. Er trug einen Ranzen vor der Brust. »Ist das da das Paket?«

Argwohn huschte kurz über Armones Gesicht, dann jedoch grinste der Mann und tätschelte das Behältnis. »Sehr richtig.«

»Was muss ich tun, abgesehen davon, es irgendwo zu platzieren?«

»Nichts. Tatsächlich hat sich herausgestellt, dass du es nicht mal selbst platzieren musst. Es ist mir gelungen, mein Paket in einer Nische zu verstecken, in der es niemand finden wird. Das bedeutet, ich kann hier bei dir bleiben. Sobald wir das Zeichen vom Haupttor bekommen, ziehe ich die Lunte und lasse es fallen. Und dann rennen wir besser, was das Zeug hält, weil es so eingestellt ist, dass es innerhalb von zehn Atemzügen hochgeht. Vielleicht auch weniger. Ist bei solchen Dingen nicht einfach, es ganz präzise hinzubekommen.«

Einen Moment lang bekam Marc keine Luft. Er hatte vorgehabt, Cutter oder Ty zu suchen, sobald ihn Armone mit dem Paket allein gelassen hätte. Und jetzt …

»Soll das heißen, ihr braucht mich gar nicht?«

»Oh, wir werden dich danach brauchen, wenn die eigentlichen Kampfhandlungen losgehen. Die Pakete sollen ja nur Verwirrung stiften. Wir müssen die Vollstrecker überwältigen, die noch loyal zu Ty sind, und anschließend den Tempel sichern.«

»Dann sollte ich mir besser einen Standort suchen, wo ich dabei helfen kann. Vielleicht in der Nähe der Unterkunft des Befehlshabers im Tempel oder an einem der Durchgänge.« Marc hatte sich bereits halb dem Eingang zum Tempel zugedreht, als ihn Armone am Arm packte.

»Ich denke nicht.« Die Worte ertönten hart wie Kristall, obwohl Armone immer noch das gleiche Grinsen im Gesicht hatte. »Um die Unterkünfte hat sich Darius ebenso gekümmert wie um das Haupttor, die Durchgänge und Vaters Unterkunft. Es ist alles vorbereitet. Du wirst hier gebraucht, falls auf den Tempelebenen irgendetwas schiefgeht.«

Marc spielte mit dem Gedanken, sich loszureißen und in den Tempel zu stürmen, aber Armones Griff erwies sich als so fest, dass er Marc die Blutzufuhr abschnitt. Sein Unterarm kribbelte bereits. Er zwang sich, ruhig zu bleiben, und zuckte mit den Schultern. »Na schön, wenn du sicher bist, dass ich nicht irgendwo anders gebraucht werde …«

Armone zögerte noch kurz, bevor er ihn losließ. »Wo hattest du denn vor, das Paket zu platzieren?«

»Mitten auf dem Sonnensymbol des Mosaiks. Das finde ich irgendwie passend. Außerdem wird es so die größtmögliche Zahl von Menschen erwischen.«

»Ich sehe keine bessere Möglichkeit. Lass uns hingehen.«

Armone stupste ihn, um ihm anzuzeigen, dass er vorausgehen sollte. Nach einem letzten Blick zurück zur äußeren Treppe des Tempels begann Marc, sich durch die Menschenmenge zur Mitte des Mosaiks zu drängen, dicht gefolgt von dem Kormanley-Vollstrecker. Unterwegs öffnete er den Sicherungsriemen über dem kleinen Messer an seiner Seite.

»Wann beginnt der Versuch, die Verkrümmung zu heilen?«, fragte er.

»Gegen Mittag, hab ich gehört«, antwortete Armone. »Unsere kleine Ablenkung sollte kurz danach einsetzen.«

Marc schaute zur Sonne auf. Kaum mehr als eine Stunde. Innerlich fluchte er wüst.

Plötzlich ging ein Raunen durch die Menge, dann rief jemand: »Seht nur! Über der Kluft!«

Die Aufmerksamkeit aller verlagerte sich von der Verkrümmung im Südosten nach Westen. Ein Großteil der die Stadt teilenden Spalte wurde vom Tempel verdeckt, aber über dem Teil, den man sehen konnte, hatte sich eine große Ansammlung der Ley gebildet. Sie schien mitten in der Luft zu schweben. Als Marc einen Schritt nach rechts trat, erblickte er aus der Spalte aufsteigende Ley, die sich von oben auf einen Rand der wachsenden Ansammlung ergoss. Die Aufregung der Menschen um ihn herum steigerte sich, genau wie die Lautstärke der Unterhaltungen. Jemand am gegenüberliegenden Rand des Tempels in der Nähe der Ecke brüllte: »Auf der anderen Seite bildet sich noch eine Ansammlung!«

»Genau wie in Erenthrall«, murmelte Marc bei sich.

»Was passiert da?«, verlangte Armone zu erfahren. Er war zu klein, um über den Rest der Menschen hinwegzusehen.

»Die Lumagier benutzen gerade die Ley. Sie verdichten sie über der Kluft zu einer Ansammlung.«

Zum ersten Mal in den vergangenen drei Tagen mit Armone und den anderen sah Marc einen Anflug von Unsicherheit im Gesicht des Kormanley. Offenbar hatten sie von den Ley-Ballungen trotz Dierdres Verbindung zu Marcus nichts erfahren. Was sonst wussten sie nicht? Was hatten sie noch nicht vorhergesehen?

Allerdings hielt sich Armones Verunsicherung nicht lange. »Muss wohl etwas sein, das sie für die Heilung der Verkrümmung brauchen«, meinte er. »Hat jedenfalls keine Auswirkung auf unsere Pläne. Geh weiter.«

Sie steuerten wieder auf die Mitte der Tempelebene zu, wobei sie härter als zuvor zu kämpfen hatten, da sich jetzt alle um eine bessere Aussicht auf die Kluft hinter ihnen drängten. Kinder wurden von Müttern auf ihre Hüften, von Vätern auf ihre Schultern gehievt, damit sie besser sehen konnten. Alle Augen waren groß und von Ehrfurcht erfüllt, und überall wurde über die Lumagier, Erenthrall und Verkrümmungen getuschelt. Hoffnung knisterte durch die Luft.

Marcs Blick senkte sich von den Gesichtern der Umstehenden auf den Ranzen, den Armone mittlerweile an der Hüfte trug.

Langsam griff er nach unten und zog sein Messer. Er hatte keine Zeit mehr.

***

»Wie halten sich die Speicherbecken?«, brüllte Hernande über den Tumult in der Grube hinweg. Die im Knoten verteilten Lumagier leiteten größtenteils die Ley aus der durch die Spalte durchtrennten Linie in die Sammelspeicher, die Jerrain und Sovaan draußen schweben ließen.

Jeder Mentor hatte einen oder zwei Studenten als Unterstützung dabei. Marcus, Okata, Artras, Dylan, Jenner und zwei andere hielten die Kristalle fest. Kara lief zwischen allen Anwesenden hin und her und lauschte ihren Anmerkungen, während sie die Ley aus Erenthrall abzogen, um sie hier in der Nadel zu speichern. Hernande beobachtete sie. Dabei fiel ihm auf, dass ihr Haar schweißnass an der Stirn klebte und dass ihre Hände zuckten.

Als Kara an ihm vorbeihastete, berührte er sie am Arm, um sich ihre Aufmerksamkeit zu sichern. Sie zuckte von ihm weg. »Was ist?«

»Wie halten sich die Speicherbecken?«, wiederholte er seine Frage.

Sie schloss die Augen. Beinah konnte er fühlen, wie sie die Sinne durch die Ley hinaus zur Kluft entsandte. »Gut«, antwortete sie schließlich und schlug die Lider wieder auf. »Aber wir werden noch mehr Energie brauchen.«

»Cory ist bereit. Er kann ein drittes Sammelbecken erschaffen, falls du eines brauchst.«

»Er soll es tun.«

Hernande drehte sich um, wollte die Anordnung an einen ihrer Boten übergeben, doch Kara bremste ihn.

»Ich glaube, auch mit einem dritten Speicher werden wir nicht genug Energie haben, Hernande.«

»Was schlägst du zur Abhilfe vor?«

Kara presste sich die Handballen in die Augen, dann rieb sie sich das Gesicht und schaute zu den Kristallen, bevor sie dem Blick des Mentors begegnete. »Wir müssen eine andere Anordnung der Kristalle verwenden.«

»Und ich vermute, das wird eine sein, die nicht von sich aus stabil ist.«

»Richtig, ist sie nicht. Allein werden wir sie nicht so lange halten können, wie ich brauche, um Tumbor zu befreien.«

»Und wir haben noch nicht herausgefunden, wie wir unsere Schöpfungen im Geflecht dauerhaft fixieren können, jedenfalls nicht für etwas dieser Größenordnung.« Hernande starrte zu den Lumagiern, die sich darauf konzentrierten, die Kristalle in Position zu halten. Er kaute auf der Unterlippe, bevor er den Blick wieder auf Kara richtete. »Eigentlich hatte ich vor, Cory und den anderen mit den Speicherbecken zu helfen, aber ich kann auch hierbleiben und die Kristalle mit dem Geflecht in ihrer Position halten.«

»Bist du sicher? Was, wenn du sie nicht so lange wie nötig halten kannst? Ich hab keine Ahnung, wie lange es dauern wird.«

»Ich *werde* sie so lange wie nötig halten.«

»Dann sollten wir besser Marcus und den anderen Bescheid geben. Es wird einige Augenblicke dauern, die Kristalle in die neue Anordnung zu bringen. Aber wir warten, bis die Speicher voll sind. Ich will ihre Vorbereitungen jetzt nicht unterbrechen.«

»Dann beginne ich inzwischen mit meinen eigenen Vorbereitungen. Und ich schicke jemanden los, um die anderen Mentoren zu warnen, dass ich mich ihnen nicht anschließen werde.«

Er drehte sich erneut dem Boten zu und übergab ihm die Nachrichten, dann suchte er sich ein Plätzchen nahe dem Rand der Ley-Grube, aber weit genug entfernt, um den Lumagiern nicht im Weg zu sein.

Hernande nahm im Schneidersitz Platz und begann, tief einzuatmen, indem er die Luft langsam und gleichmäßig einsog und ausblies. Der Blick seiner Augen heftete sich dabei auf die Kristalle, die über der Ley schwebten, sie brachen und ihre Kraft verstärkten. Mit jedem Atemzug wich der Mentor tiefer in sich selbst zurück. Sein Körper verharrte regungslos. Die Meditationen seiner Ausbildung als Oransai hatte er nicht mehr vollführt, seit er aus Barakaldo und den Lehensgebieten geflohen war, jedenfalls nicht so gründlich. Aber um die Kristalle über eine längere Zeitspanne halten zu können, musste er vollkommen geerdet und gänzlich in Einklang mit sich selbst sein. Nichts durfte ihn aus der Ruhe bringen.

Das Gebrüll und die Anspannung der Lumagier um ihn herum verblassten erst und verschwanden schließlich völlig. Nicht einmal Hintergrundgeräusche blieben davon. Der Klang seines Herzschlags rückte in den Vordergrund, und Hernande verlangsamte seinen Puls durch Willenskraft, passte ihn dem Takt der Atmung an. Ein, aus, langsam und gleichmäßig, bis auch das verblasste und von Stille abgelöst wurde. Zusammen mit seinem Herzschlag verlangsamte sich die Welt um ihn herum. Die Bewegungen von Kara und den anderen wurden träge, zähfließend.

Ohne bewusstes Zutun schloss er die Augen. Trotzdem konnte er nach wie vor fühlen, wie sich die Lumagier bewegten. Kara beaufsichtigte alles. Ihre Gegenwart wirkte in diesem Geisteszustand irgendwie fester, eindringlicher. Durch das Dritte Auge, wie es die Oransai nannten, sah er, wie sie sich ihm näherte. Er hörte sie sagen: »Wir sind soweit.« Die Worte klangen dumpf und entfernt.

»Dann fangt an.«

Sie wandte sich ab. Durch das Dritte Auge beobachtete Hernande, wie die Ley aufwärts brandete, als sich die Kristalle auf mehreren Achsen drehten und neue Stellungen einnahmen. Die Spannung zwischen den Kristallen vibrierte durch Hernandes Zustand der Ruhe, aber er entsandte seine Sinne, beeinflusste das Geflecht und wirkte den Spannungen damit entgegen. Doch anders als bei den vergleichsweise einfachen Faltungen, mit denen sie die Höhleneingänge beim Rückzug der Mulder während des Angriffs der Plünderer getarnt hatten, zogen die Spannungen in diesem Fall an den Knoten, lockerten sie und hoben sie wieder auf, nachdem er sie festgezurrt hatte.

Zerknirscht sank er tiefer in seine Meditation. »Tu jetzt, was du tun musst, Kara. Ewig kann ich die Kristalle nicht halten.«

Er hörte Karas Erwiderung nicht, sein Zustand blendete sie nun genauso aus wie die Geräusche der Lumagier und das Pochen seines eigenen Herzens. Aber er spürte die plötzliche Entfesselung der Ley, als Kara begann, die Energie nach Tumbor zu leiten.

***

In einer Kammer mit Blick auf die Nadel und die sie umgebenden Stelen spürte Irmona das Anschwellen in der Ley, während sie neben Iscivius' Bett kniete. Sie blickte durch die Öffnung, die als Fenster diente, zum dünnen schwarzen Turm der Nadel, in dem Adern grellen, weißen Ley-Lichts pulsierten. Das hatte die Nadel noch nie zuvor gemacht, jedenfalls nicht an der Außenseite.

»Sie müssen eine ihrer neuen Anordnungen verwenden«, sprach sie ins Leere, bevor sie sich wieder dem besinnungslosen Körper ihres Bruders zuwandte. »Eine Anordnung, die ohne dein Opfer nicht möglich gewesen wäre.«

Irmona streckte die Hand aus und legte sie auf die Wange ihres Bruders. Stoppeln pikten ihre Haut – man hatte ihn seit drei Tagen nicht rasiert. Sie packte sein Kinn mit festem Griff.

»Bist du da drin, Bruder? Wach auf, du Mistkerl. Wach auf!« Irmona schüttelte ihn, dann ließ sie ihn los und schlug ihm ins Gesicht. In der kleinen Kammer hörte sich das Klatschen laut an. Iscivius blieb regungslos; nur seine Brust hob sich langsam und gleichmäßig, als wäre er in einem Dämmerzustand.

Jäh richtete sich Irmona auf und fluchte. »Du willst das wirklich alles mir überlassen, was?« Ihre Hände ballten sich zu Fäusten, als sie einen weiteren Blick zum schwarzen Turm der Nadel warf. »Mistkerl.«

Draußen schrie jemand überrascht auf, und ein Körper prallte mit einem dumpfen Laut hart gegen die Tür. Sie erzitterte, als etwas am Holz entlang zu Boden rutschte. Dann schlängelte sich ein dünnes Rinnsal Blut unter dem Türblatt hindurch in die Kammer. Im Schloss ertönte ein Klicken, dann wurde die Tür aufgerissen. Der Körper eines Vollstreckers mit aufgeschlitzter Kehle sackte zu Boden.

Irmona schaute zu der schwarzhaarigen Frau auf, die mit einer kleinen, krummen, blutigen Klinge in der Hand am Eingang stand. »Dierdre.«

»Ist er wach?« Sie deutete mit der Klinge auf Iscivius.

»Natürlich nicht.«

»Dann müssen wir es allein machen.«

Irmona bewegte sich auf die Tür zu. »Bist du allein gekommen?«

»Darius konnte keine Männer erübrigen.«

Irmona stieg über den Leichnam hinweg und trat hinaus in den Gang, wo ein weiterer Vollstrecker lag. »Nur zwei Wächter?«

»Sie haben Iscivius und dich für keine große Bedrohung gehalten. Und die Vollstrecker – denen sie vertrauen können – haben alle Hände voll zu tun, weil praktisch die gesamte Stadt auf den Mauern oder den Ebenen des Tempels ist.«

»Was ist mit Vater?«

»Darius wird Vater selbst befreien, sobald er sich um Ty gekümmert hat. Aber das kann erst passieren, wenn Kara und die Lumagier angefangen haben, Tumbor zu befreien.«

Die zwei Frauen stürmten durch eine Tür auf die zweite Ebene des Tempels hinaus. Das Gebrüll der etlichen dort versammelten Menschen ließ sie jäh bremsen. Irmona schirmte die Augen mit einer Hand gegen den grellen Sonnenschein ab. Sie stellte fest, dass die Ebene gerammelt voll von Vollstreckern, Händlern und Bürgern war. Alle hatten die Blicke auf die Verkrümmung über Tumbor oder auf die Spalte hinter der Nadel gerichtet. Drei riesige Ansammlungen von Ley schwebten über der Kluft. Das Licht pulsierte so schillernd, dass es blaustichig wirkte. Die aufsteigenden Schwalle der Ley, die jene Ansammlungen gefüllt hatten, sanken allmählich zurück. Der Jubel der Menschenmassen verebbte und legte sich zu einem misstönenden Stimmengewirr.

Dierdre packte Irmona am Unterarm und zerrte sie zur Treppe. Sie bahnte sich mit leicht angezogenen Schultern im Zickzack einen Weg durch die Menge und achtete darauf, dass sie fern von den Vollstreckern blieben. Irmona sichtete Ty, der neben dem ehemaligen Rüden Allan und einer kleinen Gesandtschaft von Temeriten stand. Sie bremste ab und bewegte sich einen Schritt auf den Verräter zu, doch Dierdre riss sie mit einem Ruck aus dem Gleichgewicht und zog sie die Stufen hinunter, bis der Befehlshaber außer Sicht geriet.

»Dafür haben wir jetzt keine Zeit!«, rief Dierdre.

»Aber …«

»Darius wird sich um ihn kümmern.«

Die Aufmerksamkeit aller galt mittlerweile ausschließlich entweder Tumbor oder der über den Köpfen der Menge pulsierenden Nadel. Die Frauen stolperten an zwei Vollstreckern vorbei, die nach hinten und oben schauten, zur Spitze des Turms, an der ein winziger, weißer Punkt grell wie eine zweite Sonne leuchtete. Als sie die erste Tempelebene erreichten, brach ungefähr in der Mitte der Versammelten ein Tumult aus. Ein Vollstrecker schrie vor Schmerz auf und rang mit einem anderen. Beide zerrten an einem Ranzen. Aber Dierdre schenkte dem keine weitere Beachtung und zerrte Irmona die zweite Treppe hinunter, wo sich die Ränge der Menschen lichteten, weil man keine so gute Aussicht wie höher oben hatte. Sie rasten die letzten Stufen hinab und huschten zu ebener Erde durch eine Doppeltür.

»He! Ihr dürft hier nicht herein!«, brüllte einer der Vollstrecker hinter dem Eingang und trat mit bereits gezogenem, blutverschmiertem Schwert vor. Vier andere, die gerade einen Körper zur Seite schleiften, richteten sich auf.

Dierdre vollführte ein Handzeichen in Richtung der Männer. »Von wegen. Wir haben selbst etwas im Tempel zu erledigen.« Sie deutete auf den Stapel toter Vollstrecker an einer Wand. »Ist dieser Eingang sicher?«

Der Soldat straffte die Schultern und ließ die Spitze des Schwertes zu Boden sinken. »Um Tys Männer hier haben wir uns gekümmert. Ich hab ein paar unserer Leute losgeschickt, um nach den anderen Eingängen zu sehen.«

»Gut. Sorgt dafür, dass es auf dieser Ebene niemand an euch vorbei schafft.«

Die Männer drückten sich mit dem Rücken an die Wand des Korridors, um Platz für Dierdre und Irmona zu machen, dann schleiften sie weiter die Gefallenen beiseite. Ein Stück den Gang hinunter lagen noch zwei, beide offensichtlich von hinten niedergestreckt. Danach liefen Dierdre und Irmona durch überwiegend verwaiste Flure. Sämtliche Vollstrecker und Bediensteten, die in diesem Bereich lebten, befanden sich auf den Stadtmauern oder auf den Ebenen des Tempels. Sogar im Umfeld der Küche begegneten sie kaum jemandem, weil alle zu beschäftigt waren mit den Vorbereitungen für den Festschmaus nach der Heilung, um die zwei Frauen zu bemerken, als sie vorbeirannten. Irmonas Brust begann zu schmerzen, als sie durch die Tür hinaus in den Stelengarten stürmten.

Kaum hatten ihre Füße den Sand draußen berührt, japste sie. »Kara hat bereits begonnen. Die Ley fließt auf Tumbor zu.«

»Dann sollten wir besser schnell hinunter in die Grube.«

Dierdre setzte sich in Bewegung, die Klinge hinter dem Rücken versteckt, als sie über den Sand auf den Eingang zur Nadel zusteuerte. Eine Gestalt trat dort aus den Schatten – eine Vollstreckerin, die zu Befehlshaber Tys Leuten gehörte.

»Was macht ihr hier?«, verlangte die Soldatin zu erfahren.

»Kara hat mir aufgetragen, alle Lumagier sofort zur Nadel zu bringen«, log Dierdre. »Sie wird jede Hilfe brauchen, die sie kriegen kann. Ich habe Irmona geholt.«

Irmona bemerkte das Lächeln in Dierdres Gesicht und die Verunsicherung in den Zügen der Vollstreckerin einen Herzschlag, bevor Dierdre der Frau die Klinge in den Hals rammte.

Gleichzeitig explodierte etwas mit einem vom Tempel gedämpften Knall.

***

Marcs Messergriff war von Schweiß überzogen, als er hinter Armone trat und die Klinge an der Seite des Kormanley-Streiters ansetzte. Armone versteifte den Körper und blieb stehen, da er die Spitze in seiner Flanke spürte.

Sie befanden sich eingepfercht zwischen einer Gruppe von Hirten, einer fünfköpfigen Familie und einem Mann, der wie ein Fleischer roch, in der Nähe der Mitte des Mosaiks. Niemand achtete auf die beiden. Die meisten Menschen traten verärgert um sie herum und versuchten, entweder die Ansammlungen der Ley über der Kluft oder die Verkrümmung über Tumbor zu erspähen.

»Was soll das werden?« Armones Ton klang unbekümmert und ruhig.

»Ich nehme dir jetzt den Ranzen ab«, gab Marc zurück.

»Ich hab dir doch gesagt, dass ich es machen kann.«

»Gib ihn her.« Marc drückte das Messer fester in Armones Seite und spürte, wie es durch Stoff schnitt und sich in Haut bohrte. Armone zischte und drehte sich zu ihm um.

»Du willst den Ranzen? Hier, nimm ihn.« Damit hob er sich den Riemen über den Kopf, schob Marc die Tasche entgegen … und stieß ihn zurück gegen die Hirten hinter ihm.

»Pass doch auf!«, herrschte ihn einer der Männer an.

Marc schenkte der Stimme keine Beachtung und drückte sich den Ranzen – der sich schwerer als erwartet anfühlte – an die Brust. Er sah nicht, wie Armone das eigene Messer zog, aber er spürte es, als die Klinge in seine Seite sank.

Marc schrie vor Schmerz auf und hieb auf Armone ein, als der Kormanley-Anhänger an dem Ranzen zerrte. Marc riss das Paket zu sich zurück. Die beiden umkreisten einander. Die Umstehenden stimmten Gebrüll an und wichen zurück.

»Also hat Darius richtig mit seiner Einschätzung über dich gelegen«, stieß Armone hervor, während er um den Ranzen kämpfte. »Er hat mich hergeschickt, um sicherzustellen, dass du es durchziehst. Seine Instinkte hatten wohl doch recht.«

Marc erwiderte nichts. Sein Blick blieb auf Armones Augen geheftet, während er sie beide weg von der Mitte der Ebene lenkte. Armone griff ihn an, aber Marc hievte den Ranzen zwischen sie und wehrte die Klinge ab. Beide Männer ließen nicht locker. Marc hörte Schreie von den anderen Vollstreckern, doch keiner davon befand sich in der Nähe. Einige kämpften sich in ihre Richtung, aber die Menge hatte sich in ein dichtes Gewimmel von Körpern verwandelt, die die Wächter zurückdrängten.

»Keine Lust, zu reden?«, fragte Armone. »Dann würde ich sagen, wir müssen hiermit wohl vorzeitig loslegen.«

Der Kormanley-Streiter streckte die Hand mit dem Messer aus, packte einen losen Riemen, der in den Ranzen verlief, und riss ihn heraus. Dann stieß er Marc das Paket entgegen und ergriff die Flucht.

Marc taumelte rückwärts und sank auf ein Knie. Kälte breitete sich vom Kopf bis zu den Zehen durch seinen Körper aus, kribbelte in Händen und Füßen. Er rappelte sich wieder auf die Beine und sichtete Armone, der sich durch die Menschenmenge entfernte. Vollstrecker kämpften sich nach wie vor in seine Richtung, doch sie befanden sich alle zu weit entfernt.

Der Ranzen fühlte sich heiß in Marcs Griff an, dennoch drückte er ihn fest an sich, wirbelte herum und brüllte: »Aus dem Weg!« Damit stürmte er zum Rand der Tempelebene los. Die Menschen schrien oder schnappten nach Luft, aber die meisten versuchten, Platz zu machen. Im letzten Moment stolperte er über jemandes Fuß und landete am Rand der Ebene zwischen zwei der Tierstatuen, die den offenen Bereich säumten. Schmerzen flammten in der Stichwunde auf, dennoch schleuderte er den Ranzen über die Seite der Ebene, bevor er gegen die nächste Statue zusammenbrach, einen Fuchs. Schweiß strömte ihm über den Körper, Blut aus der Flanke. Er presste eine Hand auf die Wunde und stieß sich von der Statue ab, steuerte zurück in Richtung der Treppe. Armone konnte er nirgendwo mehr sehen, also hielt er stattdessen auf die Vollstrecker zu.

Drei schafften es durch die Massen. Der Vorderste hielt Marc auf, indem er ihn an der Schulter mit einem Griff packte, der Dolche sengender Schmerzen durch seinen Arm jagte.

»Was bei allen Höllen ist hier los?«, verlangte der Leutnant zu erfahren.

»Es sind die Kormanley.« Marc schien nicht genug Luft zu bekommen. »Sie planen einen Angriff auf den Tempel. Wahrscheinlich hat er bereits begonnen. Sie haben überall Bomben platziert.«

»Kormanley? Bomben?«

Mit einem ohrenbetäubenden Knall erschütterte in dem Moment eine Explosion den Tempel, die Marc durch den Stein unter seinen Füßen spürte. Die Menschen auf dieser Ebene taumelten, und eine Wolke aus Steinstaub und Geröll stob von der Seite des Tempels auf den Platz darunter.

Geschrei brach ringsum aus, Männer, Frauen und Familien sahen sich mit großen Augen verwirrt um und umklammerten sich gegenseitig oder kauerten sich tief geduckt hin. Marc wankte mit einem Klingeln in den Ohren auf die Seite der Tempelebene zu und hielt sich mit der Hand die mittlerweile völlig blutverschmierte Wunde. Die Vollstrecker folgten ihm. Die Menschen, die sich für das Schauspiel der Befreiung Tumbors auf der äußeren Stadtmauer eingefunden hatten, zeigten auf die Seite des Tempels.

Marc beugte sich zwischen einer Urne und einer Statue über den Rand. Der Leutnant folgte seinem Beispiel. Auf halbem Weg den Tempel hinunter klaffte ein Loch in der Steinmauer. Immer noch kullerten Trümmer die Seite hinab, während die Staubwolke in der Brise trieb.

»Bomben«, sagte Marc. Seine Stimme klang matt. »Wie diese.«

Der Leutnant richtete sich auf. »Wie viele …«

Da schoss die Spitze eines Schwertes aus seiner Brust hervor. Mit weit aufgerissenem Mund wölbte er den Rücken durch, als der Vollstrecker hinter ihm sagte: »Tut mir leid, Karl. Du hättest dich auf Darius' Seite stellen sollen.«

Damit zog er die Klinge heraus und stieß den Körper des Leutnants beiseite. Der andere Vollstrecker trat um ihn herum auf Marc zu. Hinter ihnen brach erneut Geschrei aus, und Marc fluchte.

Er wich dem Strich des Vollstreckers aus und versuchte gar nicht erst, zurückzuschlagen, sondern tauchte in die ihn umgebende Menschenmenge ein und steuerte zunächst den Zugang in den Tempel an, bis er darin Bewegung wahrnahm. Ohne seine Schritte zu verlangsamen, scherte er nach rechts, schwenkte wieder in Richtung der Treppe. Die Vollstrecker hinter ihm riefen jenen etwas zu, die durch den Eingang ins Freie stürmten. Die Geräusche klangen immer noch gedämpft, doch allmählich kehrte Marcs Gehör zurück.

Als er die Treppe erreichte, schwankte die Welt, denn ein Schwindelanfall bemächtigte sich seiner. Er schaute zurück zu den sich nähernden Kormanley-Vollstreckern. Weit hinter ihnen, jenseits der Weiten der Ebenen, erstrahlte die Verkrümmung über Tumbor plötzlich mit einem Aufflammen weißen Ley-Lichts, grell wie die lodernde Sonne. Marc riss sich von dem Anblick los und kämpfte sich die Stufen zur zweiten Ebene hinauf, stieß unterwegs Menschen beiseite. Weiter unten brüllte jemand – noch mehr Vollstrecker –, aber er hielt nicht inne. Er sah andere, die von der zweiten Ebene herunterschauten, und erkannte Ty und Allan Garrett unter ihnen. Der Befehlshaber wich zurück und rief Anweisungen, die Marc nicht verstand. Allan starrte noch etwas länger zu ihm herab, bevor auch er sich zurückzog.

Marc schleppte sich die letzten Stufen zur zweiten Ebene hoch. Seine Kraft versagte zunehmend. Er wusste nicht, ob es an der steilen Treppe oder am Blutverlust lag. Eine Gruppe von Vollstreckern zog ihn hinauf, ließ ihn anschließend jedoch nicht los, sondern hielt ihn weiter fest. Marc erschlaffte, ließ sich in ihren Griff sinken. Ty näherte sich ihm, gefolgt von Allan. Wut sprach aus den Zügen des Befehlshabers.

Aber bevor die beiden Marc erreichten, drängte sich Cutter durch die Vollstrecker, die ihn festhielten.

»Marc, du blutest. Was ist denn los?«

Marc packte den Fährtensucher aus Muld am Hemd und zog ihn näher. Die Vollstrecker protestierten. »Es sind die Kormanley. Sie wollen heute versuchen, die Nadel zu übernehmen, während die Lumagier die Verkrümmung heilen. Sie haben überall Bomben gelegt. Ihr müsst die Menschen von den Tempelebenen schaffen!«

»Sagt er die Wahrheit?« Ty war mit Allan eingetroffen. »Können wir ihm vertrauen?«

Cutter zögerte, wenngleich nur einen Atemzug lang. »Er

war Mitglied meiner Patrouille in der Nähe von Tumbor. Wir können ihm vertrauen.«

Ty winkte die Vollstrecker weg, die Marc festhielten, und er sackte mit einem Stöhnen gegen Cutter. Ty bemerkte das Blut. »Du bist verwundet. Wer hat das getan? Was war das für eine Explosion?«

»Jemand hat auf mich eingestochen, als ich ihm die Bombe abnehmen wollte. Er hat sie scharf gemacht, bevor er geflohen ist, deshalb habe ich sie über die Seite des Tempels geworfen. Sonst wäre sie inmitten der ersten Ebene hochgegangen.« Allan brüllte etwas und bedeutete jemandem, herzukommen. »Sie haben noch mehr Bomben über den Tempel und die Mauern verteilt.«

»Wer?«

»Die Kormanley.«

»Ich brauche Namen.«

»Darius steckt zusammen mit Dierdre hinter allem. Sie haben mehrere Leute bei den Vollstreckern – Trenton, Cerena, Armone …«

Ty brachte ihn mit einer Geste zum Schweigen. Der Befehlshaber ließ den Blick über die Vollstrecker um sie herum wandern. »Wir müssen die Matriarchin von der Tempelebene bringen. Sie wird ein Anschlagsziel sein.«

»Genau wie Kara und der Rest der Lumagier, die keine ursprünglichen Weißmäntel waren. Genau wie die Mentoren der Universität«, sagte Allan. Seine Hände ruhten auf den Schultern Morrells. Das Mädchen – die junge Frau – sank an Marcs Seite auf die Knie, als sie das Blut bemerkte. Sie ergriff seine Hand, die auf die Wunde drückte. Marc japste, aber sie schaute auf und begegnete seinem Blick.

»Wehr dich nicht. Es wird alles wieder gut.«

Dann kribbelte seine Haut, und eine sonderbare, beruhigende Wärme flutete seine Flanke und den Bauchbereich. Ein schillerndes, blau-golden-violettes Licht leuchtete um die

Hände der jungen Frau und verblasste nach wenigen Herzschlägen. Die Wärme floss aus Marcs Eingeweiden ab und nahm den Großteil der Schmerzen mit, ließ aber eine schwere Trägheit zurück.

»Du … du bist die Heilerin«, brachte Marc hervor.

Sie stand auf. »Die Wunde war tief, und du hast viel Blut verloren. Du brauchst Ruhe.«

»Ich glaube, das kommt im Augenblick wohl nicht infrage.«

»Richtig, tut es nicht.« Marc schaute zu dem Neuankömmling auf, einem der Temeriten, einem Hauptmann, der sich zwischen Ty und Allan stellte. »Wir müssen die Matriarchin von der Tempelebene wegschaffen.«

»Wem können wir vertrauen?«, fragte Allan.

»Die meisten Vollstrecker auf der ersten Ebene gehörten zu Darius«, antwortete Marc. »Sie haben die Wenigen getötet, die loyal gegenüber Ty waren.«

Alle drei blickten zur ersten Ebene hinunter. »Noch stürmen sie nicht herauf.«

»Sie warten auf das Zeichen.«

»Welches Zeichen?«

»Die Sprengkörper.«

Alle drei wechselten untereinander einen Blick. »Wir müssen die Matriarchin durch den Tempel wegbringen«, ergriff der Temeriten-Hauptmann das Wort. »Die Treppe schaffen wir mit ihrem Stuhl nicht so leicht.«

»Ich gehe davon aus, dass Darius bereits begonnen hat, den Tempel zu sichern«, entgegnete Ty. »Was bedeutet, wir können nicht mit Unterstützung von den wenigen Männern rechnen, die ich drinnen zurückgelassen habe. Und ich werde alle meine Vollstrecker hier auf der zweiten Ebene brauchen, um euren Rückzug zu schützen.« Er wandte sich an Allan. »Wem sonst können wir vertrauen?«

»Grant und den Halbwölfen. Sie sind noch im Tempel, in

dem Bereich, den sie sich als ihren Unterschlupf ausgesucht haben. Keiner von ihnen wollte sich die Heilung der Verkrümmung ansehen, und sie mögen keine Menschenmassen.«

»Gut. Nimm die Matriarchin und die Temeriten mit und such die Halbwölfe. Dann verschwindet ihr schleunigst aus dem Tempel, bevor Darius ihn völlig in der Hand hat. Sieh zu, ob ihr auch Kara, die Lumagier und die Mentoren hinausschaffen könnt.«

Der Temeriten-Hauptmann setzte sich bereits in Bewegung. Auf der gesamten zweiten Ebene herrschte plötzlich heller Aufruhr. Die Heilerin schlang sich Marcs blutigen Arm über die Schulter, und mit Cutters Hilfe schleifte sie ihn zum Tempeleingang. Ein anderer Mann, der offensichtlich einmal ein Halbwolf gewesen war, bereitete ihnen den Weg. Die Vollstrecker am Eingang lotsten die Temeriten-Gruppe mit Allan an der Spitze hinein. Als Nächste folgten der Temeriten-Hauptmann und die Matriarchin, dann ihr Gehilfe und weitere Temeriten-Gardisten.

Cutter trat mit Marc und der Heilerin vor, aber Ty hielt sie auf und drückte Marc die Schulter. »Danke für die Warnung.« Dann winkte er sie hinter dem ehemaligen Halbwolf her.

Als sie durch den Eingang traten, ertönte das atonale Geläut am Haupttor. Das Geräusch hallte schauerlich durch den Korridor hinter ihnen. Cutter und die Heilerin blieben stehen und schauten zurück.

»Das muss das Zeichen sein«, erklärte Marc.

Wenige Lidschläge später erschütterte eine Reihe von Explosionen den gesamten Tempel.

***

Kara vereinte alle Strömungen der Ley – aus Erenthrall, Farrade und den nördlichen Weiten – durch die Kristalle in ihrer neuen Anordnung. Sie verstärkte ihre Kraft und leitete sie anschließend in den Tunnel, der nach Tumbor führte. Sie reiste mit, und als sie durch die Grube hinausgelangte, nahm sie am Rande wahr, dass sich in der Nadel etwas ereignet hatte. Es hatte wie eine gedämpfte Explosion geklungen. Marcus sagte etwas, das sie nicht mitbekam.

Sie achtete nicht weiter darauf und konzentrierte sich stattdessen auf die Ley. Hernande hatte sie gewarnt, dass nur begrenzte Zeit zur Verfügung stand. Sie musste so effizient wie möglich vorgehen, während die geballte Macht der Ley so heftig durch den hinzugefügten Kristall und die neue Anordnung schrammte, dass sie kaum zu kontrollieren war. Ein kleiner Fehler, und der Strom würde Kara entgleiten.

Und dabei hatte sie noch nicht einmal die von den Mentoren aufrechterhaltenen Speicher angezapft.

Kara spürte die Verkrümmung über Tumbor lange, bevor ihr Geist sie erreichte. Ihre Gegenwart drückte sich eher durch ein auffälliges Fehlen der Ley aus, wo eigentlich welche vorhanden sein müsste. Wie eine Wunde in der Welt, eine Verletzung der Wirklichkeit ragte sie vor Kara auf, als sie auf sie zuflog.

Dann prallte die Ley darauf. Die Scherben der Verkrümmung schnitten durch den Tunnel der Ley wie eine Klinge, trennten die Verbindung zwischen der Nadel und der Stadtmitte von Tumbor. Das gesamte Gebilde erschauderte, und einen Moment lang dachte Kara, es würde schon durch diese geringe Störung in sich zusammenfallen. Aber die Verkrümmung hielt. Die Ley schwappte um den Widerstand herum. Der Großteil wurde in die Erde abgeleitet, ein Schwall jedoch schoss die Seite der Verkrümmung hinauf und breitete sich über sie aus wie ein Fächer weißen Lichts. Hätte jemand dort in der Nähe der Verkrümmung gestanden, wo der unterirdische Ley-Tunnel sie kreuzte, hätte er gesehen, wie plötzlich eine grellweiße Fontäne aus dem Boden aufstieg und weißen Stromschnellen gleich über den Fels brandete.

Kara wappnete sich mit einigen tiefen Atemzügen, dann

griff sie in das Gewühl und fing an, die Ley um die Verkrümmung herumzuleiten. Ihr erster Instinkt bestand darin, das kugelförmige Gebilde mit der Ley zu überziehen und es so zu heilen, wie es die Lumagier in Erenthrall bei Verkrümmungen vor der Zersplitterung getan hatten. Allerdings sagte ihr die Erfahrung mit der Verkrümmung über Erenthrall, dass diese Technik hier nicht funktionieren würde. Tumbor war einfach zu groß. Sogar die kleinere Verkrümmung über Erenthrall war ins Wanken geraten, bevor Kara ihre Heilung hatte zu Ende bringen können. Die Sprünge in der Wirklichkeit waren zu verästelt, zu komplex, um sie zu beheben, indem sie sie von außen nach innen glättete. Wie Erenthrall musste sie auch Tumbor von innen nach außen heilen.

Aber zuerst brauchte sie einen Eintrittspunkt, eine Stelle, auf die sie ihren Angriff bündeln konnte. In Erenthrall hatte sie die Grube im Nexus benutzt, die sich bis zu dem Speichersee erstreckt und den Weg des geringsten Widerstands geboten hatte. In Tumbor brauchte sie etwas Ähnliches. Sie musste es nur noch finden.

Kara streifte auf einer Welle der Ley über die Oberfläche der Verkrümmung. Sie untersuchte die freiliegenden Facetten der Scherben, stocherte in den Ritzen dazwischen, tastete die scharfkantigen Ränder entlang. Bei den größeren Ranken, die das Grundgerüst der Verkrümmung bildeten, gestaltete es sich einfacher, ihnen zu folgen, bei den verschachtelten Lagen und feineren Rissen dazwischen war es erheblich schwieriger.

Sie hatte erst ein Viertel der Oberfläche des Gebildes abgesucht, als sie gegenüber den anderen Lumagiern eingestehen musste: »Die Verkrümmung ist zu groß. Ich kann die Gesamtstruktur nicht zusammenfügen. Nicht so, wie ich es in Erenthrall gemacht habe. Ich finde keine Abschnitte, die bedeutend schwächer als andere sind.«

In der Nadel, nur wenige Schritte von ihrem Körper und doch Hunderte Meilen entfernt, antwortete Marcus: »Wenn du keine Schwachstelle als Eingang findest, wirst du den Ley-Tunnel von der Nadel benutzen müssen.« Seine Worte klangen sonderbar dumpf, als würden sie von mehreren Lagen Stoff gedämpft.

»Der führt aber nicht ins Herz der Verkrümmung«, entgegnete Kara. Sie hatte gehofft, etwas wie die Grube in Erenthrall zu finden, aber sie hatte den Bereich unter der Verkrümmung in Tumbor bereits völlig überprüft. Der Knoten in Tumbor war nicht von einem verborgenen See tief unter der Erdoberfläche genährt worden, sondern von dem Nexus in Erenthrall.

Sie verlagerte die Aufmerksamkeit auf den nordöstlichen Abschnitt der Verkrümmung und suchte nach jener Ley-Linie, obwohl sie wusste, dass sie tot sein würde.

In der Nadel schlug Marcus vor: »Versuch es mit der Ley-Linie nach Erenthrall.«

»Ich suche schon danach. Aber sie wird dasselbe Problem haben wie die von der Nadel. Wie alle Ley-Linien. Keine davon verläuft geradewegs in die Mitte der Verkrümmung.«

»Dann benutz die Ley-Linie von der Nadel, um den Knoten in Tumbor zu erreichen, und leite die Ley von dort zur Mitte um.«

»Bei dir klingt das so einfach.« Sie zog sich zu der aus der Nadel kommenden Ley-Linie zurück und begann, deren Verlauf zu folgen. Nach einem schwächeren Eintrittspunkt zu suchen, kam Zeitverschwendung gleich. »Du wirst für mich die Ley aus den Speichern in diese Linie leiten müssen. Ich forme sie um, während der Strom nach Tumbor fließt. Hoffentlich ist der Fluss stark genug, um bis zu Tumbors Knoten vorzudringen.«

»Ich gebe Okata, Artras und Jenner Bescheid und …« Jäh verstummte Marcus, dann fluchte er wüst. Eine Hand schlang sich um Karas Oberarm und drückte zu, jagte einen stechenden Schmerz durch sie.

»Was ist los?«

»Es sind Dierdre und Irmona. Sie sind hier in der Grube.«

»Was machen sie dort?« Als Karas Aufmerksamkeit von der Ley-Linie zur Nadel schwenkte, steigerte sich der Schmerz in ihrem Arm. Marcus musste die Finger in den Muskel bohren. »Sieh zu, dass du sie loswirst!«

Marcus entfernte die Hand von ihrem Arm. »Ich kümmere mich um die beiden. Bleib du auf die Verkrümmung konzentriert.«

Damit war er verschwunden. Er brüllte Okata und Artras etwas zu, dann war er zu weit entfernt, als dass Kara ihn noch hören konnte. Sie zögerte, schwankte in der Ley-Linie zwischen der Nadel und Tumbor. Beinah wäre sie zur Grube umgekehrt, um ihm zu helfen.

Dann jedoch spürte sie, wie die aus den Speichern abgezapfte Ley in ihre Richtung strömte, und ihr blieb keine Zeit mehr. Wenn sie die Verkrümmung über Tumbor beseitigen wollte, musste es sofort geschehen.

Marcus war auf sich allein gestellt.

***

»Was macht ihr hier?«, rief Marcus. Er ließ seine Wut in den Worten mitschwingen, als er auf die Treppe zusteuerte, die sich gewunden entlang der Wände der Grube erstreckte. Dierdre und Irmona stiegen bereits herab. Irmona starrte auf Karas Körper, die Kristalle und die Lumagier, die sie alle umgaben. Ihr Blick wirkte hungrig. »Wie seid ihr überhaupt hereingekommen? Draußen waren Wachen …«

Dann bemerkte er das krumme, blutverschmierte Messer in Dierdres Hand.

Entsetzt hielt er kurz inne, dann preschte er vorwärts und die Stufen hinauf, um den beiden Frauen den Weg zu versperren. »Was habt ihr getan?«

»Was wir schon vor über einem Monat hätten tun sollen, als Kara und Ty Vater in seiner Kammer eingesperrt haben. Wir erobern die Nadel zurück.«

»Das könnt ihr nicht. Schon gar nicht jetzt. Wenn ihr uns jetzt stört …«

Dierdre packte Marcus an der Gurgel, stieß ihn mit dem Rücken gegen die Steinwand der Grube und presste ihn mit dem Gewicht ihres Körpers dagegen. »Irmona, geh.«

Die Lumaga erwiderte nichts, schob sich nur hinter den beiden vorbei und setzte dann den Weg die Stufen hinunter im Laufschritt fort.

In der Grube leuchtete die Ley plötzlich heller. Okata, Artras, Dylan und Jenner konzentrierten sich so gebannt darauf, die Ergänzung aus den Speichern zu kontrollieren, dass sie nicht bemerkten, wie sich Irmona näherte. Auch alle anderen Lumagier waren abgelenkt. Sie leiteten die Ley aus Erenthrall und von den anderen Ley-Linien zu Kara oder hielten sich dafür bereit, die Kontrolle über die Kristalle zu übernehmen, sollte Hernandes ungewisses Gebilde, das die Anordnung fixierte, ins Wanken geraten.

Marcus krallte am Arm der Hand um seine Kehle, fing an, sich zu wehren. Dierdre hielt ihn fest, hatte ihm aber noch nicht die Luftzufuhr abgeschnitten. »Hör auf, Dierdre. Wenn Irmona eingreift, könnte Kara die Kontrolle verlieren. Damit könntet ihr uns alle vernichten!«

Dierdres Hand drückte zu, und er begann zu röcheln. »Ist das alles, woran dir etwas liegt? Kara? Was ist aus deinem Eintreten für die Kormanley geworden? Was ist *aus uns* geworden, Marcus?«

»Wie … meinst … du … das?« Er musste die Worte hervorpressen, denn mittlerweile quetschte sie seinen Hals so fest, dass er kaum sprechen konnte. »Ich verbringe meine gesamte Freizeit mit dir.«

»Ha! Welche Freizeit? Die vergangenen Monate hast du

nahezu jeden wachen Augenblick hier im Knoten verbracht, hier bei *ihr*. Es ist an der Zeit, dass du eine echte Entscheidung triffst, Marcus. Ich oder sie. Die Kormanley oder dieser jämmerliche Versuch, Erenthrall hier in der Nadel nachzubilden. Bekommst du überhaupt mit, was draußen in der Stadt vor sich geht? Sie lässt jeden durch die Tore herein! Die Stadt hinter dem Tempel ist überbevölkert, in der Zeltsiedlung ist es sogar noch schlimmer. Die Menschen leben mit den Schweinen und Schafen zusammen in bloßen Verschlägen. Und jetzt lässt sie auch noch die Temeriten herein! Wen als Nächstes? Die Gorrani?« Dierdre spuckte zur Seite aus. »Sie wird alles zerstören, was Vater hier aufgebaut hat. Und halb hat sie es schon geschafft.«

Irmona hatte den Boden der Grube erreicht und blieb am Fuß der Treppe stehen. Mit finsterer Miene schaute sie zu den Kristallen, zu deren neuer Anordnung, dann zu Okata, Artras, Jenner und den anderen. Marcus beobachtete über Dierdres Schulter, wie Irmona alle nacheinander musterte und darauf achtete, was sie taten. Schließlich richtete sich ihre Aufmerksamkeit auf Kara.

Ihr Blick blanken Hasses jagte einen Schauder durch Marcus' gesamten Körper.

Sie zog ein dünnes Messer aus den Tiefen eines Ärmels hervor und setzte sich in Bewegung. Dann jedoch bemerkte sie Hernande. Der Mentor saß etwas abseits mit vollkommen regungslosem Körper, geschlossenen Lidern und einem entspannten Ausdruck im Gesicht, abgesehen von einer leichten Konzentrationsfalte zwischen den Augen.

Irmonas Arm zuckte. Sie steuerte auf den Mentor zu.

Marcus setzte sich heftiger zur Wehr, aber Dierdre stemmte ihr Gewicht gegen seine Brust.

»Sieh mich an!«, brüllte sie ihm ins Gesicht. Er hielt inne und starrte ihr eindringlich in die Augen. Seine Nasenflügel blähten sich, und er atmete ihren Duft ein. So vertraut, so nah.

Er erinnerte ihn an Erenthrall, an die Zeit vor der Zersplitterung, an die Unterkunft, die sie sich hier in der Nadel miteinander geteilt hatten.

Durch die Wut konnte er erkennen, wie verletzt Dierdre war – und das war ein Schaden, den er verursacht hatte. Durch sein Verhalten, als er Kara wiedergefunden hatte. Durch seinen Verrat an Dalton und den Kormanley. Dadurch, dass er Lecrucius getötet und Kara geholfen hatte, den Nexus und zusammen mit Ty die gesamte Nadel zu übernehmen. Er konnte nun in Dierdres Augen Wiedergutmachung leisten, hier und jetzt. Dafür bräuchte er nur zuzulassen, dass sich Irmona und die Kormanley den Knoten zurückholten. »Entscheide dich, Marcus. Sie oder ich?«

»Oh, Dierdre.«

Ihr Griff um seine Gurgel lockerte sich. Die harten Züge in ihrem Gesicht wurden milder, und ihre Schultern entspannten sich. Ein Lächeln spielte um ihre Mundwinkel. In jenem Augenblick war sie wunderschön.

Mit einem erstickten Grunzen versetzte Marcus ihr einen kräftigen Stoß, benutzte die Felswand in seinem Rücken als Stütze. Sie versuchte, die Hand wieder um seinen Hals zu schließen, aber es gelang ihr nur, ihn mit den Fingernägeln zu kratzen, als sie am Rand der Treppe stolperte und gleich darauf lautlos abstürzte.

Irmona hatte indes Hernande erreicht. Sie holte mit der Klinge aus, und der Mentor bemerkte nichts davon, war verloren in seinem Dämmerzustand.

Marcus entsandte die Sinne zur Ley im Nexus, packte einen kleinen Teil der gewaltigen, von den Ley-Linien und den Speichern durch die Kristalle brandenden Energie und schleuderte ihn in hohem Bogen auf Irmona zu. Der Schwall traf die Frau mit voller Wucht und schleuderte sie von Hernande fort. Irmona schrie auf, als die Ley sie umhüllte; Schmerz und Wut und Frustration lagen in ihrer Stimme.

Dann landete die Metallklinge ihres Messers scheppernd auf dem Steinboden, und es blieben nur noch Echos.

Marcus sackte zitternd mit dem Rücken gegen die Felswand, und verspätet brach Schweiß an seinem gesamten Körper aus. Er stieß sich ab, blieb am Rand der Treppe stehen und starrte zu Dierdres Körper hinab.

Sie war keine zwanzig Fuß in die Tiefe gestürzt, doch sie war mit von sich gestreckten Gliedern gelandet und rührte sich nicht, die Arme und Beine verkrümmt, der Hals stand in einem unnatürlichen Winkel zum Körper. Das schwarze Haar lag fächerförmig um sie ausgebreitet.

Marcus atmete stockend aus. Ein Anflug von Reue zwang ihn auf die Knie. Sein Blick wanderte über die Grube zum nach wie vor tief in seiner Meditation versunkenen Hernande, zu Okata, Artras und den anderen. Sie alle waren völlig auf die Ley konzentriert, die durch den Nexus strömte. Eine rohe Energie. Wild und kaum gebändigt. Nicht so stark wie das, womit es Marcus beim Ändern der Kristalle des ursprünglichen Nexus in Erenthrall zu tun gehabt hatte, aber irgendwie stürmischer, elementarer.

Und in ihrer Mitte befand sich Kara.

Marcus starrte ihren Körper an, der von der weißen Gewalt der Ley hell erleuchtet wurde, dann schaute er zurück hinab zu Dierdre. Schaudernd stolperte er vom Rand fort und blickte nach oben zu dem schwarzen, von pulsierendem Licht durchzogenen Gestein der Nadel. Seine Augen waren glasig vor Tränen.

Dann kam ihm ein Gedanke. »Wie bist du hier heruntergelangt, Dierdre?«

Er richtete sich auf und erklomm die Stufen, beschleunigte mit jedem Schritt. Der erste Leichnam lag ausgestreckt auf dem Boden des Korridors draußen, zwei weitere folgten wenig später. Der weibliche Leutnant, der sie hatte beschützen sollen, lag halb im Sonnenlicht am Haupteingang der Nadel. Der Sand des äußeren Stelengartens sog ihr Blut auf.

Marcus umklammerte den glatten Obsidian des Eingangs der Nadel und starrte zum Tempel. Die hohlen Klänge der Glocke vom Haupttor drangen gedämpft zu ihm. »Was hast du vor, Darius?«

Doch er wusste es bereits: Es ging um Vater.

Plötzlich ließ eine Reihe von Explosionen den Tempel erzittern. Die Erschütterungen hallten in den Garten, der Stein unter Marcus' Füßen bebte. Dies war nicht wie bei den Beben, die sie erlebt hatten, als die Ley-Linien instabil waren, sondern auf unbestimmbare Weise bedrohlicher.

Hoch am Himmel erschienen Säulen aus schwarzem Rauch und Staub über dem Tempel, gefolgt von Schreien und dem Klirren von Waffen, alles gedämpft und entfernt.

Marcus lauschte aufmerksam, dann fluchte er und eilte zurück in die Nadel.

***

Kara formte den Strom der Ley aus den Speichern auf dem Weg nach Tumbor zu einer dünnen Spitze, die an die Nadel selbst erinnerte. Sie ließ diesen Dorn vom Schwung der Ley durch die Ley-Linie befördern. Als sie auf die Verkrümmung prallte, hatte sie die Kraft des gesamten Netzwerks hinter sich, verstärkt von der Anordnung der Kristalle in der Nadel und der Ley aus den Speicherbecken.

So drang die Spitze bis ins Herz von Tumbor vor und zerschmetterte unterwegs Scherben der Realität. Kara verspürte einen Stich in der Brust – wie viele Menschen mochten in jenen Scherben noch am Leben sein, wie viele waren darin gefangen gewesen und nun tot? Dennoch hielt sie den Dorn aus reiner Ley weiter fest, bis er den Knoten in Tumbor erreichte. Dort fiel er sofort in sich zusammen. Ley füllte die Kammer aus, und Kara begann, sie zu einer weiteren Nadel zu formen.

Diesmal zielte sie aus der Grube geradewegs nach oben in die Mitte der Verkrümmung hoch darüber. Die Verkrümmung selbst schauderte um sie herum, eine Reaktion auf die Störung, die sie durch ihr bisheriges Wirken verursacht hatte. Das Gebilde würde in Kürze in sich zusammenfallen, doch Kara verschwendete keinen Herzschlag damit, sich den Kopf darüber zu zerbrechen. Sie hatte das schon zu viele Male gemacht, um sich Angst zu gestatten.

Während sie sich darauf vorbereitete, die neue Spitze ins Herz der Verkrümmung zu jagen, fiel ihr jedoch die Beschaffenheit der Grube in Tumbor auf. Denn es handelte sich gar nicht um eine Grube, jedenfalls nicht so, wie sie hätte sein sollen. Sie war viel größer. Als sich die Ley verzweigte und den in der Scherbe verfügbaren, nicht in der Verkrümmung gefangenen Raum ausfüllte, wurde Kara das wahre Ausmaß dessen bewusst, was sie entdeckt hatte.

Es handelte sich um einen Nexus, und zwar einen, der bei Weitem jenen in der Nadel übertraf. An Umfang und Fassungsvermögen konnte es dieser mit dem ursprünglichen Nexus in Erenthrall aufnehmen. Zumindest wäre er damit vergleichbar gewesen, wären seine Kristalle nicht zerschmettert und die umliegende Landschaft völlig verwüstet. Die Zerstörung hier war weitaus schlimmer als alles, was Kara in Grass gesehen hatte. Die Kammer, in der sie sich befand, war der Verkrümmung darüber ausgesetzt. Im Boden klaffte ein offensichtlich durch eine Explosion entstandener Krater. Die Türme waren wesentlich näher am Erdboden eingestürzt, die Trümmer aus Stein lagen deutlich weiter verstreut. Die Verwüstung hier mutete nahezu absolut an. Zumindest der Teil davon, den sie in den befreiten Scherben sehen konnte.

Sie dachte daran zurück, was Marcus bei ihrer Gefangennahme behauptet hatte – dass die Zersplitterung nicht von den Kormanley, sondern von Baron Leethe ausgelöst worden war. Damals hatte sie ihm nicht geglaubt, hatte gedacht, er wollte bloß seine eigene Schuld an den Ereignissen herunterspielen.

Nun jedoch …

Konnte es sein, dass alle Städte ihren eigenen Nexus besessen hatten? Kara war nie eine Ober-Lumaga gewesen. Daher hatte sie nur die Knoten in einigen der Bezirke von Erenthrall gekannt. Vielleicht gab es ja in jeder Stadt, die mit Erenthrall verbunden gewesen war, einen solchen Knoten.

Aber nein, das konnte nicht stimmen. Durch die Ley vermochte Kara eine Grube wie die, mit der sie gerechnet hatte, nicht allzu weit entfernt zu erspüren. Und die war gebaut wie die Knoten, mit denen sie vor der Zersplitterung gearbeitet hatte, nur größer. Die Anordnungen jenes und auch dieses Knotens ergaben keinen Sinn. Es sei denn, jemand hatte sie im Geheimen angelegt. Jemand, der versuchte, sich von dem von Ober-Lumagus Augustus und Baron Arent kontrollierten Nexus loszusagen oder ihn zu unterwandern. Nur war bei dem Versuch etwas schiefgegangen.

Marcus hatte behauptet, der Impuls, der die Zersplitterung verursacht hatte, sei aus Tumbor gekommen.

Die Verkrümmung erzitterte mit Schwingungen, die Kara in den Zähnen spürte, obwohl sich ihr Körper Hunderte Meilen entfernt befand. Sie konzentrierte sich wieder auf die zweite Spitze, die sie erschaffen hatte, bündelte die Kraft der Ley, die mittlerweile die tote Hülle dieses neuen Nexus ausfüllte, und schoss mit dem Dorn nach oben, wo sie das Herz der Verkrümmung vibrieren fühlte. Dieser Spitze fehlte zwar die Wucht der ersten, die sie benutzt hatte, um diesen Knoten zu erreichen, trotzdem traf sie ihr Ziel.

Die gesamte Verkrümmung erstrahlte in einem gleißenden weißen Licht, blendend grell. Kara schrie. Ihre metaphysische Gestalt in Tumbor wandte sich ab und kauerte sich nieder, während ihre Stimme durch die Kammer der Nadel hallte. Sie verlor den Halt an der Ley, ließ die rohe Kraft ungebändigt durch die Kristalle der Nadel zu sich nach Tumbor strömen und dann nach oben durch die Verkrümmung schießen.

In Erenthrall hatte jene rohe Energie die Scherben von innen nach außen geheilt, hatte sich entlang der Hauptverästelungen der Verkrümmung verzweigt und war anschließend den kleineren Ranken gefolgt, bis sie selbst die winzigsten Risse und kleinsten Scherben erreicht hatte. Diese wilde Kraft hatte die geborstenen Splitter der Realität wieder zusammengeschmolzen, noch während die Verkrümmung über Erenthrall weiter in sich zusammengefallen war.

Doch in Tumbor geschah das nicht.

Die Verkrümmung war zu groß. Die Energie breitete sich zu allen Scherben, durch sämtliche Ranken und entlang der Bruchstellen aus, aber bis sie das gesamte Ausmaß der zersplitterten Realität umspannte, hatte sie sich zu sehr verdünnt. Kara drohte an ihrem eigenen Schrei zu ersticken, würgte ihn ab und rappelte sich voller Grauen auf. Sie streckte einen Arm aus und beugte die Finger, als versuche sie, zusätzliches Licht aus der Luft zu greifen.

»Nein«, flüsterte sie.

Die Verkrümmung begann, in sich zusammenfallen.

Sie sollte sofort zurück zur Nadel fliehen.

Stattdessen festigte sie die Verbindung zu ihrem Körper durch die Ley und blieb. Es gab nichts, was sie tun konnte. Die gesamte Energie, die sie in der Nadel erzeugen konnte, hatte sie bereits zum Einsatz gebracht. Ihr blieb nichts, wonach sie sich noch strecken konnte, kein letzter Strohhalm. Es hatte nicht gereicht.

Der Boden fing an zu rumoren wie ein fernes Donnergrollen. Der Laut schwoll rasch an, wurde zu einem Knurren, zu einem Geheul mahlenden Steins, durchbrochen von einem peitschenden Zischen, das Kara durch Mark und Bein ging. Es war ein Geräusch, an das sie sich noch von der Verkrümmung erinnerte, die damals in Erenthrall die Hand der Näherin verstümmelt und den ursprünglichen Besitzer von Karas Hündchen Max getötet hatte. Ein Geräusch, als würde die Luft selbst zerfetzt.

Sie zuckte zusammen, als die einstürzende Verkrümmung sie erreichte. Die brodelnde Wand der Zerstörung fegte mit einer Erschütterungswelle, die ihren geistigen Leib durchschüttelte, an ihr vorbei, bevor Kara in einer so völligen Ruhe zurückblieb, dass es sich nach all dem Chaos unwirklich anfühlte. Entschlossen harrte Kara aus, starrte hinter der einstürzenden Wand der Verkrümmung her; eine Kugel, die strudelnd schrumpfte, bis nur noch ein schillernder, bunter Ball von der Größe ihrer Hand verblieb, der aufflammte und dann erlosch.

Die Verbindung zu ihrem Körper in der Nadel flackerte, die Ley-Linien zwischen Tumbor und ihrem Nexus waren zerstört. Aber immer noch floh sie nicht. Stattdessen drehte sie sich vollständig im Kreis und bezeugte die Vernichtung, die sie verursacht hatte.

Das Land um Tumbor war aufgebrochen. Gesplitterte Felsen, Erdreich und Trümmer ragten in willkürlichen Winkeln in alle Richtungen. Von Tumbor war nichts übrig geblieben. Nichts Erkennbares. Die Luft fühlte sich schneidend an, als wären darin scharfkantige Scherben der zersplitterten Wirklichkeit verblieben, an denen man durch bloßes Atmen sterben konnte.

Ein Windstoß zerrte an ihrem Arm.

»Es ist weg«, sagte sie mit brüchiger Stimme. Ihre Brust schmerzte. Ihre Wangen waren nass von Tränen. »Es ist alles weg.«

Wieder spürte sie Wind auf einem Arm, nur wurde ihr diesmal klar, dass es sich gar nicht um Wind handelte. Jemand zog an ihrem Arm. Jemand brüllte ihr ins Gesicht.

Ihre metaphysische Gestalt drehte sich der Nadel zu. Kara liebäugelte mit dem Gedanken, einfach zu bleiben, die dünne Ranke, die sie mit ihrem Körper verband, abreißen zu lassen. Sie hatte versagt. Und nun waren Tumbor und alles und alle, die darin gefangen gewesen waren, für immer weg.

Aber der Gedanke währte nur für einen Moment.

Dann schleppte sie sich zurück zur Nadel und kehrte mit einem Ruck in ihren Körper zurück.

»Es ist alles weg!«, brüllte sie, bevor sie erkannte, dass Marcus ihren Arm umklammerte und sie aufrecht hielt, während die gesamte Grube um sie herum schwankte.

Ein Beben! Weil die Ley-Linien überlastet worden waren. Weil die Grundfesten der Realität einen schweren Schlag erlitten hatten.

»Wir müssen hier raus«, brüllte Marcus, um das Tosen des Bebens zu übertönen.

»Das liegt am Einsturz der Verkrümmung in Tumbor! Es ist alles weg – Tumbor und alles, was darin gefangen war. Das sind die Nachwehen.«

Marcus beugte sich näher, um ihr ins Ohr zu brüllen. »Das ist nicht der Grund, warum wir weg müssen. Die Kormanley greifen den Tempel an.«

Er schleifte Kara zu Hernande, der von Okata und Artras auf die Beine gezogen wurde. Der Körper des Mentors hing schlaff zwischen ihnen.

»Er ist immer noch in seinem Meditationszustand und hält die Kristalle fest«, sagte Artras.

»Wir müssen ihn wecken.«

»Das wird die Kristalle befreien!«

»Jemand muss bleiben und sie stabilisieren.«

»Ich bleibe«, verkündete Kara.

»Von wegen«, herrschte Okata sie an. »Die Kormanley wollen dich mehr als alle anderen hier.«

»Jenner und ich bleiben mit dem Rest der Lumagier«, meldete sich Dylan zu Wort. »Wir halten die Kristalle fest. Es muss ohnehin jemand bleiben, der den Nexus kontrolliert, wenn das Beben geendet hat. Wir können nicht alle gehen.«

»Dylan …«

»Widersprich nicht! Geh!«

Marcus zog Kara auf die Treppe zu. Von oben fielen Stein und Geröll herab. Dylan sagte etwas zu Artras. Die ältere Lumaga nickte knapp, als er und Jenner zum Rand der Grube rannten.

Die Kristalle verharrten so regungslos, dass sich der Anblick im Vergleich zu dem um sie herum zitternden Felsgestein merkwürdig ausnahm. Die anderen Lumagier waren von den Beinen gerissen worden oder versuchten, hastig zu entkommen. Nur wenige bemühten sich, die brodelnde Ley im Griff zu behalten.

Artras versetzte Hernande einen kräftigen Schlag ins Gesicht. Der Kopf des Mentors schnellte zurück, die Arme wippten nach oben. In der Grube begannen die Kristalle, sich zu neigen und zu drehen. Dylan und Jenner brüllten Befehle und bezogen andere ein, als sie die Kontrolle übernahmen.

Dann wurde Kara von Marcus die Treppe hinaufgestoßen. Okata folgte ihnen mit Artras und dem hinterdrein stolpernden Hernande. Kara erblickte unten Dierdres Körper und bemerkte einige andere, die bewusstlos oder von Trümmern erschlagen verstreut lagen. Dann gelangte sie durch die Öffnung oben in die schwarzen, von Ley-Adern durchzogenen Gänge der Nadel, und der Nexus blieb hinter ihr zurück.

DREIZEHN

Cory hörte die erste Explosion und sah den Rauch aus dem Augenwinkel, konnte sich jedoch keinen richtigen Blick in die Richtung leisten. Er musste darauf konzentriert bleiben, das Speicherbecken aufrechtzuerhalten. Schweiß perlte bereits von seiner Stirn, und der stammte nicht von der Wärme der Sonne. Dieses Becken war zehnmal so groß wie jenes, das er bei ihrem Probelauf in der Grube gehalten hatte, und die Lumagier hatten noch nicht begonnen, Ley daraus abzuziehen.

»Was bei allen Höllen war das?«, fragte Sovaan von seinem Platz zehn Schritte rechts von Cory. Jerrain stand links von ihm.

»Sehe ich allwissend aus?«, erwiderte Jerrain. »Jasom, geh und sieh zu, ob du herausfinden kannst, was los ist. Mirra und Keller, ihr bleibt für den Fall hier, dass wir Unterstützung brauchen. Der Rest von euch rührt sich nicht! Keine Ahnung, was die Lumagier treiben, aber wenn sie nicht bald anfangen, die Ley hier zu benutzen, werden sie ihre Energie verlieren.«

Jasom trottete über die Tempelebene davon. Sie befanden sich auf der dritten Ebene, allerdings auf der Tumbor abgewandten Seite, die sie größtenteils für sich allein hatten. An den Rändern, wo sich Spätankömmlinge drängten und um die zwei Seiten herum spähten, standen einige Gardisten postiert. Als sie angefangen hatten, die Speicherbecken zu füllen, hatte es einen kurzen Zustrom von Leuten auf ihrer Ebene gegeben, doch der hatte sich längst gelegt.

Jasom kehrte zurück. »Unten auf der ersten Ebene ist irgendein Wirbel mit den Vollstreckern. Allan, Ty und die Matriarchin ziehen sich gerade in den Tempel zurück. Ich bin nicht sicher, was die Explosion verursacht hat.«

»Was ist mit …«, setzte Jerrain an, verstummte jedoch abrupt, als Cory spürte, wie die Lumagier im Tempel auf die Ley zuzugreifen begannen.

»Was ist womit?«, hakte Jasom nach.

Niemand antwortete. Cory konnte nicht, weil er zu sehr darin aufging, den Speicher festzuhalten, und er vermutete, dass auch Sovaan und Jerrain damit beschäftigt waren. Die Ley floss schneller ab, als er erwartet hatte. Sie schwappte aus dem Behältnis und strömte in die Kluft hinab, wo sich wahrscheinlich eine Ley-Linie befand. Als sich das Becken leerte, ließ der Druck auf das gefältelte Geflecht nach, das Cory aufrechterhielt.

Dann flammte am Himmel ein Licht auf. Jasom, Mirra, Keller und die anderen drei Studenten eilten zum Rand der Ebene und riefen: »Es ist die Verkrümmung! Sie ist vollkommen weiß und strahlt wie die Sonne!«

Was immer um die Ecke vor sich ging, spitzte sich zu. Cory hörte Flüche, brüllende Leute, den abgehackten Schrei einer Frau und klirrende Schwerter.

Plötzlich ertönte die Glocke über dem Haupttor, ein erschreckendes Geräusch, das Cory auf Anhieb an die Glocke erinnerte, die sie in Muld als Warnung benutzt hatten.

Einen Herzschlag später erschütterten Explosionen den Tempel. Jerrain fluchte, als sie alle ins Wanken gerieten. Sovaan fiel auf ein Knie. Der Halt um das Geflecht entglitt ihm, und was in seinem Speicher an Ley verblieben war, stürzte in die Spalte hinab. Bevor Jerrain ihn tadeln konnte, wallte erstickender, schwarzer Rauch über alle hinweg. »Jasom und ihr anderen, kommt zurück!«, rief Cory, der zu kämpfen hatte, um seinen Teil des Geflechts weiterhin zu halten.

»Nein!«, brüllte Keller mit vor Entsetzen brüchiger Stimme.

Cory konnte ihn durch den Rauch nicht sehen. Er konnte niemanden sehen und hörte nur wie Jerrain japste. Doch er wusste, dass er nicht zurückgekehrt war. Der Student war an der Ecke der Ebene geblieben. »Nein, nein, nein, nein, nein!«

»Keller!« Drei Schemen lösten sich aus dem Rauch, verschwommen durch die Tränen in Corys Augen – Mirra, Tara und ein weiterer Student. Cory packte Mirra am Arm und winkte die zwei anderen näher. »Wo sind die anderen?«

»Sie helfen Sovaan und Jerrain. Irgendetwas ist schiefgegangen, Cory. Die Verkrümmung … sie … ist eingestürzt! Und die Vollstrecker! Sie kämpfen auf der Treppe des Tempels. Befehlshaber Ty hält sie noch zurück, aber er ist mit seinen Leuten in der Unterzahl.« Tränen bildeten sich in Mirras Augen. Angewidert wischte die Studentin sie weg. Ihre Haut wirkte verquollen, ihr Atem stockte.

Cory sank auf ein Knie, teilte die Aufmerksamkeit zwischen dem Geflecht und ihr. Er packte sie an beiden Schultern. »Mirra, hör mir zu. Bist du sicher, dass die Verkrümmung in sich zusammengefallen ist? Sie wurde nicht geheilt?«

»Ich bin sicher. Es war nicht … nicht wie in Erenthrall. Sie ist in sich zusammengefallen.«

Cory drückte tröstend ihre Arme, bevor er aufstand. Er tastete das Geflecht in der Nähe der Speicher ab, aber es zog niemand mehr Ley daraus ab. Da die Verkrümmung eingestürzt war, glaubte er nicht, dass die Lumagier sie noch brauchten.

Jäh sog er die Luft ein, hustete und rief: »Jerrain, lass das Speicherbecken los! Die Verkrümmung ist in sich zusammengefallen! Wir müssen so schnell wie möglich weg vom Tempel, bevor das Beben eintritt! Lauft alle sofort zur nordöstlichen Ecke der Ebene!«

Er zog Mirra und die anderen Studenten hinter sich her und bemühte sich, geduckt zu bleiben und unter dem Rauch hindurchzuschlüpfen. Doch nach wenigen Schritten lichteten sich die Schwaden, da die Masse des Tempels sie zerstreute. Cory richtete sich auf und scheuchte Mirra und die anderen zu Sovaan. Der Verwalter starrte mit entsetzter Miene zurück zum Rauch.

»Das kann nicht schon wieder passieren«, sagte er, als Cory näher zu ihm trat. »Die Nadel sollte doch sicher sein.«

»In der neuen Welt ist nichts mehr sicher! Jetzt nimm die Studenten mit und geh zum Eingang in der Nähe der Ecke. Wir müssen in den Tempel, bevor ...«

Sie alle hörten es, bevor es eintraf, ein tiefes, rumorendes, mahlendes Geräusch.

»Runter auf den Boden!« Cory stieß Sovaan auf die Steinplatten und streckte sich nach Mirra, doch da schlingerte der Tempel schon unter ihnen. Cory krachte mit der Brust voraus auf den Boden. Die Luft wurde ihm aus der Lunge gepresst, dennoch begann er sofort, auf Jerrain zuzukriechen, ohne darüber nachzudenken. Sie hatten bereits zu viele Beben erlebt, als dass er sich von diesem groß erschüttern ließ. Er schob die schluchzende Mirra auf den Tempeleingang zu und hielt nicht inne, schaute nicht zurück, um zu sehen, ob Sovaan oder die anderen ihn ebenfalls zu erreichen versuchten. Unter dem Rauch stieß er auf Jasom, der Jerrain und zwei Studenten schützte, die sich alle flach auf die Steinplatten pressten. Cory deutete zum Eingang. Jasom nickte bestätigend, dann setzte er sich in Bewegung. Steine, die sich weiter oben gelöst hatten, kullerten klappernd auf die Ebene herab, doch Cory zuckte nur kurz zusammen, als einige davon auf seine Schultern, Rücken und die Beine prasselten.

Ein Stück weiter entdeckte er Keller. Der braunhaarige Student lag verrenkt auf den Steinplatten, umgeben von drei anderen Leuten – einer Frau und zwei Männern. Auf Händen und Knien eilte Cory vorwärts, packte Keller an der Schulter, dann taumelte er mit blutigen Fingern zurück.

Keller war nicht durch das Beben umgekommen. Seine gesamte Brust war von Blut bedeckt, das einer Schwertwunde entstammte.

Cory kämpfte gegen den Drang an, sich zu übergeben, überprüfte die anderen Toten und stieß auf ähnlich Verletzungen – und ein Mann hatte einen abscheulichen Schnitt am Hals davongetragen.

Schließlich wich er zurück. Er ließ den Blick über das wandern, was er um die Ecke von der zweiten Ebene des Tempels aus sehen konnte. In mehreren Bereichen stieg immer noch Rauch auf, am dichtesten von den Straßen und vom Platz unten. Die Kasernen schienen zu brennen. Drei Krater auf der zweiten Tempelebene waren zu erkennen, und überall lagen Leichen verstreut, manche verbrannt und von den Explosionen verstümmelt, andere wie jene, auf die er bei Keller gestoßen war. Die meisten Toten häuften sich in der Nähe des Haupteingangs. Vereinzelt wurde immer noch gekämpft, überwiegend auf der ersten Ebene, wo eine Welle von Nachzüglern versuchte, die zweifelhafte Sicherheit der ebenen Erde zu erreichen. Cory erhaschte flüchtige Blicke auf weitere Kampfhandlungen auf der äußeren Mauer, wo in einigen Abschnitten Explosionen die Brüstung beschädigt hatten.

Dann schwankte der Boden erneut, und er hastete zurück zu den anderen.

»Wo ist Keller?«, fragte Jasom, der mit Mirra an der Tür wartete, als sich Cory näherte. Die anderen befanden sich bereits drinnen.

»Tot.« Cory winkte sie hinein in den Korridor. Im Flur waberte eine erstickende Menge an Staub in der Luft, und er bedeckte mit einem Arm den Mund, als er den Mentoren und Studenten tiefer in den Tempel folgte. Ein paar von ihnen schluchzten.

Als sie einen Quergang erreichten, blieb Jerrain stehen und befahl: »Still!«

Cory drängte sich durch die sechs verbliebenen Studenten vor zu Jerrain und lauschte. »Im Hauptgang wird gekämpft.«

»Wer gegen wen?«

»Ich weiß es nicht.« Er schaute zurück zu Sovaan und dem Rest der Gruppe. »Wir müssen raus aus dem Tempel, ohne irgendjemandem über den Weg zu laufen.«

»Ich kenne nur die Hauptgänge.«

Jemand stieß einen hohen, gellenden und gurgelnden Schrei aus.

Mirra zupfte an Corys Hemd. »Ich kenne sämtliche Nebengänge. Ich hab den Tempel erkundet.«

»Dann geh du voraus.« Cory winkte sie zur Gabelung der Korridore. »Bring uns hinunter und hinaus, so schnell du kannst.«

Mirra nickte, dann schwenkte sie nach rechts, weg von den Kampfgeräuschen.

Zusammen bahnten sie sich den Weg kreuz und quer durch das Labyrinth der Gänge, vorbei an offenen wie geschlossenen Türen. An jeder Kreuzung hielten sie kurz inne, um zu lauschen. Da sich die Erde vorläufig beruhigt zu haben schien, hatte sich der Rest der Studenten zusammengereimt, dass sich etwas Schlimmeres als das Beben ereignet haben musste, und die meisten hatten Mühe, ein Schluchzen zurückzuhalten. Mirra führte sie ohne jedes Zögern, bog nach links, dann wieder nach rechts. Ein Nachbeben erschütterte den Tempel, als sie auf eine schmale Treppe für Bedienstete stießen, die hinunter in den zweiten Stock führte, aber niemand blieb stehen. Sie begegneten keinen Vollstreckern, auch sonst keinem Menschen.

Im zweiten Stock erwies sich das Fortkommen als schwieriger. An jeder Kreuzung drangen aus einem oder zwei Korridoren beunruhigende Geräusche – klirrende Waffen oder Schreie. Zweimal mussten sie warten, während Soldaten weiter voraus einen Gang durchquerten. Leichen lagen in den

Fluren, größtenteils Vollstrecker, aber auch ein paar zusammen mit ihnen erschlagene Bedienstete.

Dann erreichten sie eine Verzweigung, an der sie aus allen Richtungen Besorgniserregendes hörten, wenngleich sie niemanden sehen konnten.

»Gibt es noch einen anderen Weg hinaus oder einen Umweg?«, fragte Cory.

»Nicht, dass ich wüsste. Der erste und der zweite Stock des Tempels werden stärker genutzt.«

»Wir sind schon zweimal umgekehrt«, merkte Jerrain an. Die anderen drängten sich dicht zusammen. »Es war dumm, zu glauben, wir könnten es aus dem Tempel schaffen, ohne irgendjemandem zu begegnen. Das ist in einer solchen Lage schlichtweg nicht möglich.«

»Dann hoffen wir besser, dass wir den richtigen Leuten begegnen.« Cory konzentrierte sich, bevor er nach links zeigte. »Wir gehen zur Planetenmaschine und versuchen, uns dort an allen vorbeizuschleichen.«

Die Gruppe blieb dicht beisammen, als sie den Korridor geradeaus einschlugen und den Gefallenen auswichen. Der eine oder andere stöhnte noch. Sie eilten an einem Quergang vorbei, in dem zu beiden Seiten gekämpft wurde, dann hielten sie auf einen anderen zu.

Cory lugte um die Ecke. Mindestens zwanzig Vollstrecker rangen zehn Schritte entfernt miteinander. Er konnte die beiden Seiten auf die Schnelle nicht voneinander unterscheiden.

Cory winkte die anderen vorbei. Der Haupteingang zur Planetenmaschine lag zwanzig Schritte entfernt. Als ihn der Letzte passiert hatte, folgte er selbst. Jerrain hatte die große Doppeltür einen Spalt geöffnet, um hineinzuspähen, und dann Mirra und Jasom in den Raum geschoben. Als Nächster folgte Sovaan. Jerrain wartete, bis die vier anderen Studenten drinnen waren, bevor er Cory mit sich hineinzog und die Tür schloss.

Die Planetenmaschine erwies sich als menschenleer. Oben pulsierten die für die Himmelskörper stehenden Kugeln. Das grelle Weiß eines Kometen und dessen funkelnder Schweif wirkten eindringlicher als der Rest. Da das Beben verstummt war, machte der Raum bei geschlossener Tür einen gespenstisch stillen Eindruck.

»Wohin als Nächstes?«, fragte Jerrain.

»Es gibt nur eine Möglichkeit«, erklärte Sovaan verächtlich. »Studenten, folgt mir.«

Er steuerte auf die gegenüberliegende Tür zu. Jasom und die anderen zögerten, schauten zu Jerrain und Cory.

»Sie sind unmittelbar hinter uns«, sagte Cory. »Folgt Sovaan.«

Die kleine Gruppe durchquerte den Raum dicht gedrängt mindestens fünf Schritte hinter Sovaan. Sie hatten jedoch noch nicht einmal die Hälfte geschafft, als die Flügel der Tür voraus krachend aufschwangen und Vollstrecker hereinströmten. Die Mentoren und Studenten hielten inne, als ihnen die Vollstrecker den Weg versperrten. Cory entspannte sich erst, als Ty erschien.

»Befehlshaber Ty«, stieß er hervor und trat um Sovaan herum auf den Anführer der Vollstrecker zu.

»Was macht ihr hier?«, verlangte Ty zu erfahren, als seine Männer die Tür hinter ihnen schlossen und sich mit den Rücken dagegenstemmten. Der Rest verteilte sich, suchte nach geeigneten Gegenständen zum Verbarrikadieren der Tür. Ty war überströmt von Schweiß und Blut, aber nicht alles schien von ihm selbst zu stammen. Aus einer Platzwunde an der Stirn sickerte ein stetes Rinnsal, außerdem hatte er Kratzer und Schnitte an den Armen und Beinen.

»Wir waren auf der dritten Ebene, als die Bomben hochgegangen sind. Gleich darauf hat das Beben eingesetzt. Seither versuchen wir, aus dem Tempel zu entkommen.«

Ty ließ den Blick prüfend über Cory und die anderen wandern, dann zeigte er in Richtung der Tür, durch die sie hereingekommen waren. »Sind sie hinter euch?«

»Ja. Knapp hinter uns.«

Etwas krachte knirschend in die Tür, durch die Ty eingetreten war. Die Männer, die sich gegen das Holz stemmten, schrien auf, als sie mit einem Ruck nach innen geschleudert wurden. Aus dem Gang draußen dröhnte Triumphgebrüll herein, gedämpft vom Holz. Gleich darauf ertönten barsche Befehle, die Cory nicht verstehen konnte.

Ty stapfte zu der Seite des Raums, an der das offene Fenster hinaus zur Nadel und zum Stelengarten unten wies. Aber Cory wusste bereits, dass es zu weit in die Tiefe ging. Ohne ein Seil, um zumindest teilweise hinunterzuklettern, bot dieser Weg keine Fluchtmöglichkeit.

Die Tür, die Cory und die anderen benutzt hatten, erzitterte im Rahmen, und Tys Männer hasteten hin, um sie zuzuhalten. Aber Ty bremste sie mit einer Geste. »Spart euch die Mühe. Wir haben keine Rückzugsmöglichkeit. Lasst sie herein.«

Die Männer – höchstens zwanzig, wie Cory erkannte, obwohl es ihm mehr vorgekommen waren – zogen sich von beiden Doppeltüren zurück und formierten sich auf Tys Befehl um Cory und die anderen neu. Sie scheuchten die Mentoren und Studenten zu einer Seite des Raums in die Nähe der Fenster. Ty baute sich vor seinen Leuten auf, das Schwert erhoben.

Wenige Augenblicke später krachte etwas einmal, zweimal gegen die Türflügel. Dann splitterte Holz, und Vollstrecker strömten herein. Jeder trug am Oberarm befestigt ein weißes Leinentuch mit dem schwarzen Konvergenzsymbol der Kormanley. Cory war es bei keinem der Männer in den Gängen aufgefallen, allerdings hatte er da auch nicht darauf geachtet. Als die Eindringlinge den Raum füllten und Darius durch die Ränge nach vorne kam, verflocht Mirra die Finger mit jenen Corys. Er sah sie an und drückte ihre Hand.

»Halt!«, brüllte Ty. Seine Stimme hallte laut durch den Raum, erschreckte Cory und die anderen. Seine Männer wappneten sich mit den Schwertern im Anschlag und breitbeiniger Haltung. Darius' Leute strömten weiter herein, mittlerweile auch durch den anderen Eingang, obwohl sich alle hinter Darius scharten, der mit der Handfläche nach außen einen Arm hob.

»Sind euch die Verstecke ausgegangen?«, fragte Darius.

»Es ist nicht länger nötig zu fliehen«, gab Ty zurück. »Inzwischen hat Allan die Matriarchin und die Temeriten aus dem Tempel und in Sicherheit gebracht.«

»Ich bezweifle, dass er es auch nur geschafft hat, sie hinunter zur ersten Ebene zu bringen. Er hatte wenige Vollstrecker dabei.«

»Du vergisst die Halbwölfe.«

Darius zuckte leicht zusammen. Ein paar seiner Leute wechselten hinter ihm Blicke. Der stellvertretende Befehlshaber ließ die Hand sinken und trat weiter vor. »Spielt keine Rolle. Die Temeriten waren nie ein großes Problem. Wir haben dich, und meine Leute befreien in diesem Augenblick Vater Dalton aus seinem Gefängnis. Ich bin überzeugt davon, dass Dierdre und Irmona gerade den Nexus sichern und die Lumagier gefangen nehmen.« Sein Blick schwenkte zu Cory, der sich bemühte, sich nicht die plötzliche Sorge um Kara anmerken zu lassen, die ihm den Magen zusammenkrampfte. »Und wie es scheint, haben wir auch die Hexer.«

Jerrain trat vor, die Hand ausgestreckt, die Finger gekrümmt. »Wir könnten dich auf der Stelle töten.« Cory spürte, wie sich das Geflecht in der Nähe von Darius' Herz regte. Die Studenten um ihn herum spannten die Körper an.

»Nur werdet ihr das nicht tun. Ich habe darauf geachtet, was ihr lehrt. Ihr pocht auf eine moralische Nutzung des Geflechts, habt sogar einen Verhaltenskodex für eure Studenten. Alles aufgrund der Ereignisse mit den Plünderern in Muld.

Ihr habt geschworen, diesen Kodex zu ehren. Mich jetzt zu töten, würde dagegen verstoßen.«

»Ach, ich weiß nicht«, gab Jerrain zurück. »Im Augenblick würde es mir eher eine gewisse Befriedigung verschaffen, dich zu töten.«

Jasom und Tara stellten sich neben Jerrain, die Hände zu Klauen verkrümmt.

Darius starrte sie für einen langen Herzschlag an, dann verlagerte er die Aufmerksamkeit auf Ty. »Ergreift sie alle«, befahl er. Als seine Männer zögerten, wiederholte er lauter: »Ergreift sie! Die Hexer werden es nicht tun.«

Als sich die Kormanley-Vollstrecker in Bewegung setzten, ließ Jerrain den Arm angewidert sinken. Darius' Männer packten Ty als Ersten und zwangen ihn auf die Knie, bevor sie ihm mit dem Heft eines Schwertes auf den Hinterkopf hieben. Er brach zusammen. Der Rest seiner Männer erfuhr dieselbe Behandlung.

Dann näherten sich die übergelaufenen Vollstrecker deutlich vorsichtiger Cory, Jerrain und den übrigen Hexern. Als einer die Hand ausstreckte, um Jerrain zu ergreifen, warnte der Mentor: »Wenn ihr nicht herausfinden wollt, was genau ich bereit bin, mit dem Geflecht zu tun, schlage ich vor, ihr führt uns einfach in das Gefängnis, das ihr für uns vorgesehen habt.«

Die Männer wechselten einen Blick, bevor sie zurücktraten, und einer sagte: »Hier entlang.«

Als sie aus der Planetenmaschine eskortiert wurden, schaute Cory durch die Fenster zurück zum schwarzen Turm der Nadel und fragte sich, was aus Kara geworden war.

***

Allan raste die Treppen im Tempel hinunter, dicht gefolgt von Lienta. Beide hatten die Schwerter gezogen, aber der Korridor unten erwies sich als verwaist. In der Ferne hörten sie Kampfgeräusche, konnten jedoch nicht genau bestimmen, wo. Dafür verzerrten die Gänge alle Geräusche zu sehr.

Hinter ihnen folgten Morrell, Drayden, Cutter und Marc sowie eine Eskorte von Temeriten-Soldaten. Janote trug die Matriarchin auf den Armen, einer der Gardisten schob ihren Stuhl auf seinen Rädern hinterher. Kaum hatten sie die erste Ebene erreicht, setzte Janote die Matriarchin zurück in den Stuhl und übernahm die Griffe. Der Rest der Gardisten reihte sich hinter ihm ein.

»Bereit«, verkündete Janote.

»Gut«, sagte Allan. »Wir verlassen den Tempel durch den Dienstboteneingang auf der Westseite.«

»Was ist hier los?«

Die gesamte Temeriten-Garde nahm jäh angespannte Haltung ein, Allan jedoch erkannte die Stimme mit dem knurrenden Unterton auf Anhieb. Als er sich umdrehte, stand Grant in der Mitte des Korridors hinter ihnen. Drei Halbwölfe liefen in seinem Rücken mit gebleckten Zähnen und gesträubtem Nackenfell auf und ab. Allan fragte sich, wo der Rest des Rudels steckte.

»Darius hat den Tempel angegriffen. Wir müssen die Matriarchin hinausbringen, bevor er uns hier in der Falle hat. Aber zuerst müssen wir Kara und die anderen Lumagier finden.«

Grant betrachtete die Matriarchin und die Temeriten, dann sah er wieder Allan an. »Was ist mit der Verkrümmung passiert?«

»Wissen wir nicht«, antwortete Lienta. »Wir hatten keine Gelegenheit, es uns anzusehen.«

Plötzlich schaute Grant auf.

Im selben Augenblick stimmten die Halbwölfe hinter ihm ein ohrenbetäubendes Geheul an. Alle außer Grant und Drayden schlugen sich die Hände auf die Ohren.

»Warum machen sie das?«, brüllte Lienta.

»Fühlt ihr es denn nicht?«, gab Grant zurück. Das Fell in seinem Gesicht sträubte sich.

Dann vollführte die Erde einen Satz und schleuderte Allan gegen eine Wand. Schmerzen schossen durch seine Schulter, aber er biss die Zähne zusammen und wankte auf Grant zu. »Führ uns zur Nadel«, rief er. »Wir müssen Kara finden!«

Grant bellte seinen Halbwölfe etwas zu. Die drei, die sich vierbeinig fortbewegten, stellten ihr Geheul ein und preschten durch den Korridor hinter ihnen davon. Weitere schlossen sich aus Nebengängen an, bevor sie in alle Richtungen ausschwärmten. Lienta winkte die gesamte Gruppe vorwärts.

Sie eilten hinter Grant und den Halbwölfen her, während der Tempel um sie herum erzitterte. Staub rieselte auf sie herab, gelegentlich begleitet von Steinsplittern. Nach zwei Abzweigungen stießen sie auf Vollstrecker. Die Halbwölfe fielen über sie her, ohne auch nur ihren Lauf zu verlangsamen. Allan und die anderen bahnten sich den Weg um die zerfleischten Gefallenen herum. Bedienstete kreischten und huschten aus dem Weg oder erlitten dasselbe Schicksal wie die Vollstrecker, als sie tiefer in den Tempel vordrangen.

Schließlich stürmten sie hinaus in den Stelengarten und den strahlenden Sonnenschein – im selben Moment, in dem Marcus, Kara, Artras, Okata und Hernande aus der Nadel kamen. Kara stand verdutzt da, als könnte sie nicht verarbeiten, was vor sich ging. Marcus hingegen trat vor und rief: »Die Verkrümmung ist in sich zusammengefallen, und Irmona und Dierdre wollten Hernande töten! Sie versuchen gerade, den Tempel zu übernehmen!«

»Was ihnen auch gelingt«, antwortete Allan. »Ty hält sie auf der zweiten Ebene auf, so lange er kann. Wir müssen sofort aus dem Tempel schaffen, wen immer wir können!« Er wandte sich an Grant. »Der Dienstboteneingang im Westen. Los!«

Grant stieß einen Pfiff aus. Seine Halbwölfe preschten zwischen den Steinsäulen des Stelengartens hindurch, um den schwarzen Turm der Nadel herum und zum westlichen Eingang. Lienta und die meisten Temeriten folgten. Janote trug die Matriarchin wieder, während einer der anderen Gardisten ihren Stuhl schob. Im Sand würde er sich als unpraktisch erweisen.

»Wo sind die anderen Lumagier?«, wollte Allan wissen, als sich Karas Gruppe der ihren anschloss. Der Rest der Temeriten-Gardisten bildete die Nachhut. Er vergewisserte sich, dass Drayden in Morrells Nähe blieb, dennoch entfernte er sich auch selbst nicht weit von seiner Tochter.

»Sie sind zurückgeblieben. Dylan, Jenner und die anderen müssen hierbleiben, um die Ley-Linien zu bändigen, da Tumbor jetzt vollkommen verloren ist. Und die anderen sind für Darius und die Kormanley völlig ohne Belang.«

Allan hoffte, dass Marcus mit seiner Einschätzung recht hatte, denn ihnen blieb keine Zeit, um die restlichen Lumagier zu holen. Als sie um die Seite der Nadel bogen, kamen Vollstrecker durch den Eingang, den sie zuvor benutzt hatten. Ihm fielen weiße Bänder an ihren Oberarmen auf, als er und der Rest der Temeriten in den Schatten der westlichen Tür huschten und sie hinter sich zuwarfen.

Auf dem Weg zum Dienstboteneingang stießen sie auf Widerstand. Darius hatte darauf geachtet, alle Eingänge von Kormanley-Soldaten bewachen zu lassen. Allerdings hatte er nicht mit den Halbwölfen gerechnet. Sie zogen eine Spur verstümmelter Leichen durch die Gänge. Allan hörte nur die Schreie, bevor er wenige Augenblicke später auf die Überreste stieß. Die fünf Wachen am Dienstboteneingang wurden kurzerhand erledigt, dann strömte die Gruppe zurück hinaus ins Sonnenlicht und fand sich auf den Straßen der äußeren Stadt wieder. Schwarzer Rauch stieg auf, Allans Schätzung nach brannten die Kasernen abseits des Hauptplatzes. Krater prangten auf den Ebenen des Tempels. Die Mauern konnte er nicht sehen, aber er wusste, dass es auch dort Explosionen gegeben hatte. Auf den Straßen hörte er Kampfhandlungen, doch die Geräusche klangen entfernt. Fenster und Türen der Gebäude in Sicht waren geschlossen, obwohl er bei näherer Betrachtung Gruppen von Leuten sichtete, die sich in Nischen und an Ecken herumdrückten. Einige rannten die Nebenstraßen entlang vor den Halbwölfen weg.

»Wir sind draußen«, sagte Grant. »Was jetzt?«

»Bringt uns zurück zu unserer Enklave auf der anderen Seite der Kluft im Südwesten«, ergriff die Matriarchin überraschend ruhig und gefasst das Wort. »Ihr habt uns Zuflucht angeboten und uns bei der Flucht aus Erenthrall geholfen. Jetzt können wir uns dafür erkenntlich zeigen und euch beschützen.«

Lienta wirkte darüber nicht glücklich. »Wie kommen wir dorthin?«

Allan beruhigte sich, als das Beben endete, und wischte sich mit einer Hand zusammen mit dem Schweiß auch die Anspannung aus dem Gesicht. »Das Haupttor können wir nicht nehmen, das wird sogar für die Halbwölfe zu schwer bewacht. Also wird es das Tor im Südosten werden müssen. Das ist der einzige Weg aus der Stadt.«

»Wie können wir es öffnen?«, fragte Lienta. »Ich bezweifle, dass Darius es für uns offen gelassen hat.«

»Darum kümmere ich mich.« Marcus trat vor.

»Marcus.« Allan war froh darüber, den warnenden Unterton in Karas Stimme zu hören. Er hatte sich schon gefragt, ob ihr in der Grube etwas Ernsteres zugestoßen war, doch sie schien ihren Dämmerzustand letztlich abgeschüttelt zu haben.

»Wir müssen hier weg«, sagte Marcus. »Darius wird keine Gewissensbisse haben, dich oder die anderen zu töten. Nicht nach dem, was ihr mit Dalton gemacht habt. Und mich wird er bei lebendigem Leib häuten, sobald er Dierdres Leichnam findet.«

»Wir haben keine Zeit zum Diskutieren«, meldete sich Marc zu Wort. Der Vollstrecker hielt sich immer noch die Seite und keuchte, obwohl ihn Morrell auf der Tempelebene geheilt hatte.

»Richtig«, pflichtete ihm Lienta bei und zeigte mit dem Schwert in Grants Richtung. »Also zum südöstlichen Tor?«

Grant schnaubte, dann schwenkte er die Hände, und die Halbwölfe setzten sich wieder in Bewegung. Nun, da sie sich auf offenem Gelände befanden, zählte Allan elf von ihnen, dazu noch Drayden.

Sie rückten durch die Straßen vor, diesmal langsamer, weil sie diese Gegend der Nadel nicht so gut kannten und Vorsicht wahren mussten.

Nachbeben zitterten durch den Boden unter ihren Füßen, keines davon so heftig wie der erste Erdstoß, wenngleich Allan wusste, dass dies nicht bedeutete, dass es nun besser würde. Das Ley-System passte sich an den Verlust Tumbors an. Wenn Hernandes und Karas Theorien stimmten, würden die Folgen noch verheerender ausfallen als nach dem Teilverlust von Erenthrall.

Sie hatten beinahe den Rand des äußeren Rings der Gebäude erreicht, wo die Zeltsiedlung begann, als Kara plötzlich nach Luft schnappte und mit einem Ruck zum Stehen kam. Panisch suchte sie die Gruppe ab, als sei ihr eben erst bewusst geworden, wo sie sich befanden und wer sie begleitete. Allan trat auf sie zu. Hernande näherte sich ihr von der anderen Seite. Sie wirbelte herum und fragte: »Wo ist Cory?«

Die anderen bewegten sich an ihnen vorbei. Marcus zuckte flüchtig mit den Schultern. Artras hielt an.

»Wir wissen es nicht, Kara«, sagte Allan. »Wir hatten keine Zeit, ihn zu suchen.«

Kara schüttelte Hernande ab, der sie mit einer Berührung zu beruhigen versuchte. »Wir müssen zurück und ihn holen.«

»Das können wir nicht.«

»Wir müssen zurück!«

»Das geht nicht! Er und seine Gruppe waren auf der dritten Tempelebene und haben dort die Speicherbecken beaufsichtigt. Wir wissen nicht, wo sie von dort aus hingegangen sind.« Als Kara dazu ansetzte, sich trotzig abzuwenden, packte Allan sie an der Schulter und drehte sie zu sich herum. »Kara, ich weiß nur, dass Darius und seine Männer mehr an Ty und am Tempel interessiert waren als an Cory und den anderen Hexern. Cory könnte allein aus dem Tempel entkommen sein. Wenn wir jetzt zurückrennen, spielen wir Darius und Dalton nur noch mehr Gefangene in die Hände.«

»Und zwar *wichtige* Gefangene«, ergänzte Artras. Sie berührte Kara am Rücken. »Wir finden ihn und den Rest seiner Gruppe. *Nachdem* wir alle anderen in Sicherheit gebracht haben.«

Lienta stieß einen schrillen, eindringlichen Pfiff aus. Allan musterte Kara. Ihre Verzweiflung zeichnete sich deutlich in den Erschöpfungslinien um die Augen und den Mund ab, doch er erkannte auch Schicksalsergebenheit in ihren Zügen.

»Gehen wir.«

Allan blieb dicht neben Kara. Hernande und Artras stützten sie auf der anderen Seite, während der Rest der Gruppe vorauseilte, abgesehen von einigen der Gardisten Lientas als Nachhut. Die ersten rückten derweil schon zwischen die Zelte vor.

Die Gruppe zersplitterte ein wenig, als die Wege schmaler als die Straßen wurden, übersät von Abfall und verstopft von den Menschen, die dort lebten. Die meisten der Bewohner kauerten in ihren Zelten. Als sie vorbeiliefen, lugten Mütter und Väter ängstlich heraus und drückten ihre Kinder innig an sich. Ein paar Familien wurden von Männern oder Frauen mit behelfsmäßigen Waffen bewacht, die sich drohend hinter halb zugezogenen Zeltklappen abzeichneten. Aber niemand griff sie an, vermutlich nicht zuletzt aufgrund des Anblicks von Grant und seinen Halbwölfen.

Vollstrecker sahen sie weit und breit keine. Sämtliche Kampfhandlungen schienen sich am Tempel und an den Mauern abzuspielen, aber selbst dort endeten sie nach und nach. Darius hatte gut geplant. Der Widerstand von Tys Anhängern fiel gering aus. Die Menschen in der Nadel kümmerte nicht groß, wer das Ruder in der Hand hatte, solange sie zu essen bekamen und im Schutz der Mauern Handel treiben und leben konnten. Allan sah das gekritzelte Symbol mit der Schlange und dem Hund an mindestens zwanzig Zelten und in Kreide auf den Steinplatten um das runde Becken eines Springbrunnens.

Schließlich ragte die Mauer vor ihnen auf, und sie verlangsamten die Schritte, fanden wieder zu einer dichteren Gruppe zusammen. Allan bahnte sich den Weg nach vorn, wo Lienta, Grant und Marcus aus der Deckung zwischen den Zelten das Holztor betrachteten.

»Nur zwanzig Fuß Abstand vom Tor zum Beginn der Zeltreihen«, stellte der Hauptmann fest. »Das ist nicht viel Platz.«

»Wir werden nicht kämpfen«, gab Marcus zurück. »Wir werden rennen.«

»Wie willst du das Tor aufbekommen?«, fragte Grant.

»Hernande kann es aufsprengen«, warf Allan ein. »Mit dem Geflecht.«

»Was ist, wenn er gar nicht mehr die Kraft dafür hat? Er hat vielleicht bei der Fixierung des Nexus längst alles gegeben.«

»Was gibt es sonst für eine Möglichkeit?« Lienta deutete in die Richtung der Torflügel. »Allein auf dem Boden sind mindestens dreißig Soldaten, und wahrscheinlich sind oben noch mal zwanzig, vielleicht mit Pfeil und Bogen bewaffnet.«

»Wenn ich fertig bin, werden da keine Soldaten mehr sein.«

Damit setzte sich Marcus zwischen den Zelten hindurch in Bewegung, bis man ihn von der Mauer aus sehen konnte. »Sammelt die anderen auf und macht euch bereit, loszurennen.«

Lienta schüttelte den Kopf. »Was hat er vor?«

»Er will die Ley benutzen.«

Kaum hatte Allan die Worte ausgesprochen, hob Marcus auch schon die Hände. Allan winkte Janote und die Matriarchin mit ihrem Kontingent von Gardisten sowie Hernande, Kara, Morrell, Drayden und die anderen aus der Nachhut nach vorn. Grant pfiff nach seinen Halbwölfen. »Macht euch bereit, zum Tor loszurennen!«

Ley schoss aus dem Boden vor Marcus empor und brandete geradewegs auf das Tor zu. Die vordersten Männer dort schrien erschrocken auf und hechteten aus dem Weg, doch die Ley verbreiterte sich, während sie vorwärtsraste, und wurde gleichzeitig höher, bis sie die Mauer selbst überragte. Geräuschlos prallte sie dagegen, umhüllte den gesamten Turm, die Wachleute davor und jene oben auf dem Wehrgang.

»Marcus!«, stieß Kara voll Grauen hervor.

»Lauft!«, brüllte er.

Allan packte Morrell und den nächstbesten Gardisten am Arm und zog sie vorwärts. Auch die anderen setzten sich jäh in Bewegung. Janote, der die Matriarchin in ihrem Stuhl mit Rädern schob, rannte an ihm vorbei. Die Halbwölfe preschten voraus. Sie beschrieben zu beiden Seiten einen Bogen um Marcus und hetzten hinter den wallenden Flammen der Ley her. Allan und Lienta achteten darauf, dass alle an ihnen vorbei waren, bevor sie sich selbst als Schlusslichter aufmachten. Unterwegs streckte Allan den Arm aus und tippte Marcus auf die Schulter. Der Lumagus ließ die Arme sinken, und die Ley versiegte. Der Boden vor dem klaffenden Loch, wo sich das Tor befunden hatte, war übersät von Schwertern, Schnallen, Ringen und Ansteckern. Das Holz der Torflügel war restlos verschwunden, nur die Metallstreben und Angeln verblieben.

Sie ragten von den Mauern, als würden sie die dicken Torflügel immer noch stützen. Niemand schoss von oben auf sie, als sie nacheinander durch den kurzen Steinbogen und hinaus auf die trockenen Ebenen dahinter eilten. Kein Soldat schüttete Öl durch die Mordlöcher herab oder ließ das Fallgitter herunter. Auf dem Turm oben lebte nämlich niemand mehr.

Weiter unten erhob sich von der Mauer Geschrei. Als Allan zurückschaute, sah er Männer, die winkten und in ihre Richtung deuteten. »Lauft geradewegs hinaus in die Ebenen. Seht zu, dass ihr es über den Höhenzug schafft, bevor sie eine Gruppe zusammenstellen und uns verfolgen. Über Nacht kehren wir zurück und schlagen uns zur Temeriten-Enklave auf der anderen Seite der Kluft durch.«

Lienta gab die Anweisungen weiter, dann ließ er sich zurückfallen und nahm neben Allan dessen Tempo auf. »Vor dem Einbruch der Nacht werden meine Männer die vollständige Kontrolle über den gesamten Abschnitt auf der anderen Seite der Spalte haben, auch über die äußere Mauer und das Tor. Einen Großteil des Bereichs hatten wir als Vorsichtsmaßnahme schon gesichert.«

Der unmittelbar vor ihnen her stolpernde Hernande schien kurz vor dem Zusammenbruch zu stehen, und auch Kara ging es kaum besser. Morrell und Cutter halfen Marc dabei, sich den eigenartigen, runden Höhenzug hinaufzuschleppen, der die Nadel umgab. Drayden blieb dicht an Morrells Seite. Grants Halbwölfe waren weiter vorn ausgeschwärmt und hatten die Kuppe bereits hinter sich gelassen, während Lientas Gardisten einen losen, schützenden Kreis um die restliche Gruppe gebildet hatten. Die anderen Lumagier – Artras, Okata und Marcus – hatten sich in der Nähe von Janote und der Matriarchin geschart.

Als Allan den Höhenzug erreichte, starrte er nach Osten. Sein Schatten erstreckte sich vor ihm. Der Himmel am Horizont wirkte leer, als klaffte ein Loch, wo sich die Verkrümmung über Tumbor befunden hatte. Die Stelle zog an ihm, als übe sie ihre eigene Schwerkraft aus. Er wusste, wie das Land dort, wo Tumbor gelegen hatte, aussehen würde, denn er hatte es in dem Kreis der Zerstörung um Erenthrall gesehen, wo die Verkrümmung begonnen hatte, in sich zusammenzufallen, bevor Kara den Rest heilen konnte.

Gebrüll drang hinter ihm herauf, und Lienta, der neben ihm stehengeblieben war, senkte eine Hand auf seine Schulter.

»Zeit, zu verschwinden«, sagte der Temerite.

»Vorerst.«

Sie eilten von der Kuppe und schlossen zu den anderen auf, als die Sonne am westlichen Horizont zu versinken begann.

***

»Was hast du getan?«

Bei der Frage wandte sich Darius vom Fenster in der Planetenmaschine ab. Gerade führten seine Vollstrecker Vater Dalton in den Raum. Die milchigen Augen des Mannes richteten sich bohrend auf ihn. Darius neigte das Haupt und deutete zum Fenster. »Ich habe den Tempel und die Nadel für dich gesichert, Vater. Meine Männer haben die Lumagier gefangen genommen, die im Nexus geblieben sind. Auch die Hexer und den verräterischen Befehlshaber Ty haben wir gefasst sowie einige Mulder, die ihn unterstützten. Kara Tremain ist uns mit Marcus' Hilfe zusammen mit dem Mentor Hernande, Allan Garrett und ein paar anderen entwischt, darunter die Matriarchin und die Halbwölfe.«

»Die Matriarchin? Sie ist hier?«

Darius hatte vergessen gehabt, dass Dalton von den jüngsten Ereignissen abgeschottet gewesen war. »Ja, Allan Garrett hat sie aus Erenthrall mitgebracht. Devin und die Leute aus Anfurt haben die verheerte Stadt übernommen, zumindest behaupten sie das.«

Dalton setzte sich in Bewegung, trat mit sicheren Schritten an Darius' Seite. »Und was ist mit den Gorrani?«

»Von den Gorrani haben wir mittlerweile seit Wochen nichts mehr gehört oder gesehen.«

Mit verkniffener Miene blickte Dalton auf den Stelengarten und die Nadel hinab. »Sie kommen. Jetzt werden wir selbst mit ihnen fertig werden müssen. Wo sind Iscivius und Irmona?«

Darius atmete verbittert durch. »Iscivius liegt bewusstlos in seiner Unterkunft. Irmona und Dierdre …« Der Atem stockte ihm in der Kehle, aber er zwang sich, die Worte hervorzupressen. »Sie wurden beide von Marcus getötet.«

Dalton drehte sich ihm zu. »Um Marcus kümmern wir uns, wenn die Zeit reif dafür ist. Zuerst brauchen wir jemanden, der den Nexus kontrolliert, jemanden, dem wir vertrauen können.«

»Den Lumagiern, die wir gefangen genommen haben, kann man nicht restlos trauen. Sie sind entweder loyal zu Kara oder nicht mächtig genug, um den Nexus zu beeinflussen. Sie können ihn höchstens stabil halten.«

»Du sagst, Iscivius ist bewusstlos?«

»Er liegt seit Wochen im Koma.«

»Bring mich zu ihm.«

Sie traten den Weg zu Iscivius' Unterkunft durch Gänge an, in denen Leichen verstreut lagen, überwiegend Bedienstete oder Vollstrecker, die loyal zu Ty geblieben waren. Vater Dalton stieg über alle hinweg, als wäre sein Augenlicht nicht im Geringsten getrübt. Die Wachen, die Ty an Iscivius' Tür postiert hatte, lagen in Lachen ihres eigenen Blutes, doch Dalton heftete seine Aufmerksamkeit sofort auf Iscivius.

Darius blieb etwas abseits stehen, als Vater an das Bett des besinnungslosen Lumagus trat. Er starrte auf die regungslose Gestalt hinab, bevor er die Hand ausstreckte und Iscivius' Stirn berührte.

Plötzlich schnappte der Lumagus nach Luft. Sein Rücken wölbte sich durch, bevor er zurück aufs Bett sank. Flatternd öffneten sich seine Lider, und sein Blick richtete sich auf Dalton. »Vater?«

Der streckte erneut die Hand aus. Iscivius fasste nach oben und ergriff sie, als wäre sie ein Rettungsseil. »Steh auf. Wir haben Arbeit zu erledigen.«

TEIL II:
ERENTHRALL

VIERZEHN

Bryces Bein pochte, als würde der Hammer eines Gottes in irgendeiner unseligen Schmiede darauf eindreschen.

Er hatte sich in den Kasernen aufgehalten, als die Kormanley angegriffen hatten. Mindestens ein Drittel der Männer dort, die sich angeblich für den nächsten Dienst an der Mauer »ausruhen« wollten, hatten sich unverhofft gegen den Rest gewandt. Das Gefecht war kurz, aber grausam gewesen. Bryce hatte mindestens zwanzig Männer und Frauen ausgeschaltet, drei davon mit bloßen Händen, bevor es ihm gelungen war, sich ein Schwert zu schnappen. Er hätte noch ein paar mehr erwischt, wenn nicht eine Explosion die Mauer der Kasernen gesprengt und ihn quer durch den Raum geschleudert hätte. Als seine verschwommene Sicht allmählich klarer geworden war, hatte er vor Qualm hustend festgestellt, dass ein handflächenlanger Holzsplitter aus seinem Oberschenkel ragte. Bevor er sich erholen konnte, war Trenton aus dem schwarzen Rauch hervorgetreten, und die Kormanley hatten Bryce umzingelt.

»Du wärst besser in Muld geblieben«, meinte der abtrünnige Vollstrecker.

»Du hättest in deinem Loch bleiben sollen«, knurrte Bryce zurück.

»Bringt ihn zu den anderen in den Tempel.«

Bryce hatte sich nach dem nächstbesten Kormanley gestreckt und wollte ihm das Genick brechen, aber einer der anderen riss den Splitter unsanft aus seinem Bein. Er hatte aufgeschrien und dann das Bewusstsein verloren.

Als er wieder aufgewacht war, hatte er festgestellt, wie

lausig man die Wunde versorgt hatte. Irgendjemand hatte lediglich ein altes Hemd darum gewickelt und verzurrt. Blut war bereits durchgesickert und lief eine Seite hinab, und die Wunde hatte zu jucken angefangen. Sein Bein fühlte sich so geschwollen und heiß an, dass er nicht aufzustehen vermochte. Tatsächlich konnte er sich überhaupt kaum bewegen, ohne dass seine Sicht verschwamm.

Während er die Muskeln über der Wunde massierte, fragte er sich, wo alle sein mochten. Gefangen? Tot? Bei ihm in der behelfsmäßigen Zelle befanden sich außer ihm zwölf Menschen, die an die Wände gelehnt saßen oder ausgestreckt auf dem kahlen Steinboden lagen. Diese Leute kannte er aber kaum.

Ächzend öffnete sich die Tür. Vollstrecker traten mit gezogenen Schwertern ein, aber keiner der Gefangenen stand auf, um sich mit ihnen anzulegen. Die meisten waren verletzt, wenngleich niemand so schwer wie Bryce. Er unterdrückte einen Anflug von Verachtung.

Als die Soldaten die Schwerter sinken ließen und zur Seite traten, wurden weitere Gefangene hereingescheucht. Zuerst Vollstrecker, dann jedoch folgten Cory, Jerrain, Sovaan, die Hexer-Studenten und schließlich …

»Ty!«

Bryce versuchte aufzustehen, als der Befehlshaber eintrat. Ty wirkte steif vor trotziger Würde, obwohl er offensichtlich geschlagen worden war. Die Schmerzen erwiesen sich als zu stark. Mit zusammengebissenen Zähnen und einem frischen Schweißausbruch sank er gegen die Steinmauer zurück.

»Bryce.« Cory kniete sich neben ihn. Jerrain und einige der Studenten scharten sich um sie. Cory begann, sein Bein zu untersuchen. »Was ist passiert?«

»Die verfluchten Kormanley haben die Kasernen angegriffen. Eine der Explosionen hat mich erwischt.«

An der Tür war Sovaan einige Schritte hinter Ty stehen geblieben. »Ich verlange, mit jemandem zu sprechen, der etwas zu sagen hat!«

Trenton trat in den Raum. »Darius und Vater sind gerade ein wenig damit beschäftigt, die verängstigten Bürger zu beruhigen und den Rest unter Kontrolle zu bringen.« Seine Aufmerksamkeit verlagerte sich auf Ty. »Aber ich bin sicher, einer der beiden wird sich in Kürze mit euch befassen. Ich würde es mir nicht allzu gemütlich machen.«

Ty erwiderte nichts. Trenton und die Kormanley-Vollstrecker gingen hinaus und zogen die Tür hinter sich zu. Sie fiel mit einem dumpfen Knall ins Schloss.

Cory tastete weiter Bryces Bein ab. Der ehemalige Rüde stieß einen kurzen Schrei aus und schlug die Hand des Hexers weg. »Was bei allen Höllen machst du da?«

Cory setzte sich zurück. »Das sieht nicht gut aus. Ein Heiler müsste sich das ansehen. Oder Morrell.«

»Ich sehe hier keine Heiler, und ich vermute stark, Darius wird nicht geneigt sein, einen herzuschicken. Hätte ja auch keinen Sinn.«

»Wie meinst du das?«, fragte Jerrain.

»Er meint damit«, ergriff Ty das Wort und trat näher, »dass wir die nächsten Tage wahrscheinlich nicht überleben werden.«

Die Hexer sahen sich gegenseitig an, während der Rest der Vollstrecker im Raum näherrückte, angezogen von der Gegenwart ihres Befehlshabers.

»Soll das heißen, sie werden uns töten?«, fragte Sovaan. »Aber warum?«

»Weil wir, solange wir am Leben sind, eine Bedrohung verkörpern.« Ty ließ den Blick eindringlich über die Anwesenden wandern. »Zumindest einige von uns. Ich bin mir nicht bei allen sicher.«

»Und warum haben sie uns dann nicht schon getötet?«, wollte Jerrain wissen. »Warum halten sie uns gefangen? Sie hätten uns in der Planetenmaschine oder spätestens hier erschlagen können.«

Bryce verlagerte das Gewicht und bereute fast sofort, das Bein bewegt zu haben. »Weil sie Zeugen dafür haben wollen. Es geht ihnen um eine Hinrichtung. Sie werden diejenigen von uns, die man kennt – Ty, mich, vielleicht einige von euch Hexern – öffentlich töten, damit die Bürger wissen, wer die Macht hat. So hätte es auch Baron Arent gemacht.«

»Ja, aber es könnte auch mehr dahinterstecken.«

»Wieso?«

Ty schwenkte einen Arm durch den Raum. »Seht euch um, wer hier ist … und wer nicht.«

Alle sahen sich um. »Die Lumagier«, stellte Jerrain fest. »Kara, Artras, Okata. Sie fehlen.«

»Allan und Morrell, Hernande und Cutter auch«, fügte Bryce hinzu.

»Was bedeutet, dass man sie entweder in einer anderen Zelle gefangen hält – oder dass es ihnen irgendwie gelungen ist, zu entkommen. Ich glaube nicht, dass Darius mehr Räume wie diesen vorbereitet haben kann. Nicht, ohne dass es jemand bemerkt hätte. Wenn sie die Lumagier und die anderen nicht haben, dann werden sie wissen wollen, wohin sie geflohen sind. Sie werden Auskünfte wollen, vor allem von mir.«

»Warum von dir?«

»Weil ich, als sich die ersten Auswirkungen des Wirkens der Kormanley gezeigt haben – in Form der von ihnen gestifteten Unruhen und der Symbole mit der Schlange und dem Hund –, angefangen habe, einige ihrer Mitglieder zu entführen. Wir haben sie immer noch in Gewahrsam, es sei denn, man hat den Ort gefunden, an dem wir sie verhört haben.«

»Kara hätte Entführungen niemals gutgeheißen«, merkte Cory an.

»Richtig, hätte sie nicht.«

»Sie hat nichts davon gewusst?«

»Marcus dachte nicht, dass ...«

»Marcus! Der denkt überhaupt nicht, und genau das ist das Problem! Mar...«

»Das bringt uns nicht weiter«, warf Bryce ein. »Wenn man die anderen gefangen genommen hat und nur irgendwo anders festhält, dann sind wir auf uns allein gestellt. Wenn sie frei sind, werden sie wahrscheinlich versuchen, uns zu befreien, sofern sie können. So oder so hab ich keine Lust, hier einfach darauf zu warten, dass Darius entscheidet, uns zu töten. Wir müssen einen Weg finden, zu verschwinden, erst hier raus und dann aus dem Tempel.«

»Wir haben keine Waffen«, gab einer der Vollstrecker zu bedenken.

Bryce zeigte auf die Hexer. »Aber wir haben sie.«

***

»Leutnant Boskell, wir schließen das Tor und riegeln die Enklave ab. Wir übernehmen diesen Teil der Nadel.«

»Ja, Hauptmann Lienta.« Boskell begann, Befehle zu brüllen. Gardisten rannten zu dem Turm am Tor und tiefer in den Bereich, den sich die Temeriten bei ihrer Ankunft angeeignet hatten. Kaum hatte sich der Leutnant davon überzeugt, dass seine Befehle ausgeführt wurden, wandte er sich wieder Lienta zu. »Was machen wir mit ihnen?«

Er deutete mit dem Kinn auf Kara, Marcus, Allan und die anderen hinter Lienta. Alle standen sie unter dem gesprungenen Torbogen, umstellt von Lientas Männern, die jedoch Abstand zu Grant und den Halbwölfen wahrten.

Die Matriarchin rollte mit Janote näher. »In der Nadel hat es einen Umsturz gegeben. Vorerst verstecken wir sie hier. Tu so, als hättest du sie nie gesehen.«

Boskell verneigte sich steif. Erleichterung huschte flüchtig über seine Züge, als die Matriarchin Lienta vorwärts winkte. Noch vor zwei Monaten hätte Boskell missbilligend dreingeschaut. Mittlerweile hatte er sich für Allan und die anderen erwärmt.

»Bringt sie zur Botschaft. Stellt sicher, dass sie versorgt werden.«

Allan trat näher. »Wir müssen darüber reden, was passiert ist. Und zwar bald.«

»Ich weiß. Aber zuerst müssen wir uns auch ausruhen. Und Lientas Gardisten müssen herausfinden, was genau in der Nadel passiert ist. Bis wir mehr wissen, können wir keine Pläne schmieden. Geh jetzt mit Hauptmann Lienta. Wir reden morgen früh.«

Kara holte Luft, als wolle sie dagegen aufbegehren, aber Marcus ergriff ihren Arm und flüsterte ihr etwas ins Ohr. Sie fügte sich.

»Hier entlang«, sagte Lienta, und die gesamte Gruppe folgte ihm durch das Tor in den durch die Kluft abgeschnittenen Teil des Gebiets der Nadel. Hinter ihnen senkte sich kreischend das Fallgitter. Bei den Beben vor mehreren Monaten war das Metall verbogen worden, aber die Temeriten hatten das Gitter so weit repariert, dass man es wieder herablassen konnte. Die Torflügel schlossen sich mit einem Ächzen, und die Metallverstrebungen wurden darüber angebracht.

In unregelmäßigen Abständen hörte man durch die Dunkelheit und die von den Gebäuden geworfenen Schatten immer noch die Geräusche vereinzelter Kämpfe aus dem Hauptteil der Nadel. Mauer und Tempel säumten nach wie vor die Ley-Kugeln, außen wurden die Gebäude aber überwiegend von Kerzenschein erhellt. Das weiße Licht der Ley, das pulsierend den schwarzen Turm der Nadel durchzogen hatte, war erloschen. Der Boden bebte und vibrierte vereinzelt, das harte Funkeln der Sterne am Firmament hingegen blieb unveränderlich. Der Mond hing tief und halbvoll am Horizont, das erste Mal seit langer Zeit nicht vom Leuchten einer Verkrümmung überschattet.

Als sie das Handelshaus erreichten, das die Matriarchin zur Botschaft der Temeriten umgewidmet hatte, führte Lienta die Gruppe mit Kara, Allan und dem Rest zu den inneren Räumen, während Janote die Matriarchin mit einer Eskorte wegbrachte.

»Geht es ihr gut?«, fragte Kara. Lienta hatte nicht gehört, wie sie sich ihm genährt hatte.

»Sie kommt zurecht. Janote wird sich um sie kümmern.«

»Falls wir irgendetwas tun können …«

»Ich sage es ihr.« Er blieb am Ende des Flurs stehen, der sich nach links und rechts verzweigte. Zu beiden Seiten befanden sich Türen. »Benutzt vorerst diese Räume. Sie liegen abgeschieden vom Rest der Botschaft. Bleibt hier. Die Matriarchin will nicht, dass die allgemeine Bevölkerung von eurer Anwesenheit erfährt, zumindest vorläufig nicht.«

»Was hat sie vor, wegen Vater Dalton und Darius zu unternehmen?«

»Das weiß ich nicht, aber wie sie im Tempel schon sagte, beschützen wir euch hier, bis wir überlegt haben, was wir unternehmen. Die Kormanley werden nicht hereingelangen. Wir haben dafür gesorgt, dass wir diesen Bereich bei Bedarf verteidigen können.«

Marcus legte eine Hand auf Karas Schulter. »Im Augenblick können wir ohnehin nichts tun.«

»Wir könnten überprüfen, wie stabil der Nexus und die Ley sind und …«

»Kara! Lass uns erst etwas schlafen. Wir sind alle erschöpft.«

Und das stimmte, wie Lienta nicht übersehen konnte. Hernande, den Cutter und Morrell stützen mussten, sah aus, als könnte er jeden Moment zusammenbrechen. Marcus' Blick wirkte hohl, und der Vollstrecker Marc – den Lienta kaum kannte – sah völlig ausgelaugt aus. Nur Allan schien bereit und willens zu sein, sich den Kormanley zu stellen. Aber wie Lienta und dessen Gardisten hatte er während ihrer Flucht auch fast nichts tun müssen.

Marcus führte Kara mit Artras in eines der Zimmer, der Rest teilte sich paarweise auf. Allan blieb bei Morrell, während Cutter den älteren Hernandes stützte. Drayden ließ sich vor Morrells Tür nieder. Marc schloss sich den Lumagiern an.

Als sich Lienta umdrehte, erblickte er Grant unmittelbar hinter ihm.

»Wir brauchen … andere Unterkünfte.« Hinter dem Rudelführer knurrte einer der Halbwölfe, ein tiefer, bedrohlicher Laut.

»Verstehe.«

***

Darius fand Vater auf der zweiten Tempelebene, wo seine milchigen Augen nach Norden starrten. Das Mondlicht brachte den Stein des Tempels weißlich zum Schimmern. Die Nadel über ihnen war nahezu unsichtbar, außer dort, wo sie die Sterne verdeckte. Eine Brise kühlte den Schweiß in Darius' Nacken und ließ ihn den Sand und den Dreck spüren, die zwischen seine Haut und seine Rüstung geraten waren. Er schritt geradewegs an Vaters Seite.

»Wir haben die Stadt gesichert.«

»Und die Mauer? Wurde sie durch die Explosionen stark beschädigt?«

»Es ist nichts passiert, was wir nicht mühelos in Ordnung bringen können. Allerdings ist das südöstliche Tor völlig zerstört.«

Vater schürzte die Lippen. »Das stellt ein Problem dar. Haben wir Zeit, es zu reparieren?«

»Ich denke nicht.«

Vaters Blick – der auf die weit im Norden funkelnden Drei Schwestern gerichtet gewesen war, wie Darius erkannte – schwenkte nach Osten. »Schau nach Erenthrall.«

Darius trat vor und kniff die Augen zusammen. Er musste nicht lange suchen. Am Horizont in der Richtung ihrer alten Heimat zeichnete sich ein glühendes, weißes Leuchten ab. »Was ist das?«

»Der Nexus.« Der Boden erzitterte mit einem leisen Rumoren unter ihnen. Vater zuckte mit keiner Wimper. »Er ist aufgebrochen. Was du siehst, ist das Umgebungslicht der Ley, die von der Erde ausgespien wird. Oder vielleicht wäre ›ausgeblutet‹ der bessere Begriff. Die Zerstörung von Tumbor hat die Ley schwer verwundet. Vielleicht unheilbar. Die Anzeichen ihres Zusammenbruchs haben bereits eingesetzt. Sieh nach Norden. Die Schwestern sind aus dem Gleichgewicht geraten. Sie haben begonnen, sich zu entfalten. Wenn du genau hinsiehst, kannst du beobachten, wie sie pulsieren. Und in den kommenden Tagen wird es noch mehr Zeichen geben.«

Darius starrte zu den Schwestern und nahm ein kaum merkliches, an einen Herzschlag erinnerndes Pulsieren von allen drei wahr, ein jedes in seinem eigenen Rhythmus. Er schluckte bitterere Angst hinunter. »Was bedeutet das für uns?«

Vater drehte sich ihm zu. »Es bedeutet, dass die Hunde von Erenthrall, dieser Devin und seine Leute, bereits den Weg zur Nadel angetreten haben, weil sie diesen Ort hier jetzt, da Erenthrall zerrüttet ist, für eine sichere Zuflucht halten. Auch die Schlangen, die Gorrani, sind unterwegs hierher. Die allerdings wollen nur schlichte Rache.«

»Deine Vision. Sie wird wahr.«

»Hast du etwa daran gezweifelt, Darius?«

»Niemals!«

Vaters Mundwinkel zuckten. »Es spielt keine Rolle. Wir

müssen uns auf die Ankunft der Hunde und der Schlangen vorbereiten. Spar dir die Mühe, das südöstliche Tor zu reparieren. Lass es einfach mit Stein verfüllen, so schnell Maurer können. Versiegle es.«

»Dann bleibt uns nur noch ein Tor.«

»Und somit ein Eingang, der zu bewachen ist, statt derer zwei.«

»Aber auch nur ein Ausgang.«

»Wir werden hier entweder bestehen oder untergehen. Und wenn wir untergehen, gibt es keine Aussicht darauf, die Vernichtung von allem aufzuhalten, was uns heilig ist. Dann wird die Ley uns alle zerstören.«

Vater setzte sich mit gemessenen Schritten in Richtung des Tempeleingangs in Bewegung. Darius schaute zurück zu dem schillernden Licht über Erenthrall und den pulsierenden Verkrümmungen im Norden. »Was unternehmen wir wegen Erenthrall und den Schwestern?«

»Nichts. Das liegt jetzt in den Händen von Iscivius und seiner Lumagier. Wir können nur beten. Entweder hält es Korma für richtig, Iscivius dabei zu helfen, uns alle zu retten, oder er wird in seiner Weisheit die Welt zerstören und neu erschaffen. Es liegt in seinem Ermessen.«

Darius begann, Vater zu folgen. »Wo gehst du dann hin?«

Dalton hielt inne und drehte sich halb um. »Du hast bei der Rückeroberung des Tempels Hexer gefangen genommen. Hast du vergessen, wie sie ursprünglich in die Nadel gelangt sind? Wir müssen uns umgehend um sie kümmern.«

»Das wird bereits erledigt. Sie werden sich keinen Weg aus dem Tempel sprengen. Sie werden gar nichts tun, bis wir bereit sind.«

***

»… und sobald sich das Geröll von der hinteren Mauer gesetzt hat, brechen wir in den Korridor dahinter aus …«

»Bist du sicher, dass dort überhaupt ein Korridor ist?«, fragte Sovaan dazwischen.

»… und räumen ihn, falls nötig. Die Hexer behalten wir in der Mitte der Gruppe.« Ty schaute zu Cory auf. »Zögert nicht, ein Loch in eine Mauer auf einer beliebigen Seite zu sprengen, falls wir an irgendeiner Stelle in der Falle sitzen.«

»Was machen wir mit den Verwundeten?«, fragte Cory.

»Nichts.« Bryce deutete auf sein Bein hinab. Es sah höchstens noch schlimmer aus als zu dem Zeitpunkt, als Cory es bei seiner Ankunft untersucht hatte. Das aus der Wunde austretende Blut war mittlerweile dunkler und zäher. »Ihr könnt mich unmöglich tragen und es lebend nach draußen schaffen. Alle, die nicht aus eigener Kraft laufen können, müssen zurückbleiben.«

»Aber …«

»Nein«, ging Ty dazwischen. »Bryce hat recht. Wir können es uns nicht leisten, von irgendjemandem oder irgendetwas aufgehalten zu werden. Verstanden?«

Cory knirschte mit den Zähnen. Die anderen Hexer rührten sich.

Dann öffnete sich ächzend die Tür. Die Hälfte der Anwesenden stand abrupt auf. Niemand hatte gehört, wie sich draußen jemand genähert hatte. Die meisten griffen nach nicht vorhandenen Schwertern.

Von draußen schob jemand ein kleines Fass in den Raum. Etwas, das wie Wasser aussah, schwappte über die Seite.

»Nicht anfassen!«, brüllte Befehlshaber Ty.

Dann warf jemand etwas anderes durch die Tür herein, eine Art Beutel. Der Gegenstand landete im Wasser und versank.

Die Tür wurde wieder geschlossen. Niemand rührte sich. Alle sahen sich gegenseitig verwirrt an.

Nur Augenblicke später fingen die dem Fass am nächsten Stehenden an, zu röcheln und zu husten. Hände wurden an Münder gerissen. Die Betroffenen wankten zurück, stolperten jedoch nach kaum drei Schritten, fielen auf die Knie und kippten zur Seite.

»Was bei allen Höllen ist das?«, murmelte jemand voll unverhohlenem Grauen in der Stimme.

»Das ist ein Gas.« Ty zeigte auf Cory. »Wir müssen sofort weg!«

Cory drehte sich jäh der Mauer zu, die sie zu ihrem Ausgang erkoren hatten, und entsandte die Sinne ins Geflecht … doch da wurden sie bereits mit voller Wucht von dem Gas erfasst. Mit dem ersten Atemzug erfüllte ein Brennen seinen Mund, die Nebenhöhlen und den Hals bis hinunter in die Brust. Er versuchte auszuatmen, doch die Lunge verweigerte ihm den Dienst. Seine Augen tränten, als er die Hände in seine Kleidung krallte. Die Steinmauer vor ihm verschwamm. Überall um ihn herum brachen Männer mit geröteten Augen und geschwollenen Zungen zusammen. Cory sank auf Hände und Knie. Jerrain landete links von ihm auf dem Boden, Ty rechts. Bryce umklammerte seine Kehle. Cory tastete erneut nach dem Geflecht. Er konnte die Stränge spüren und versuchte, sie in der nächstgelegenen Mauer zu verknoten, aber sie entglitten seinem Zugriff, als er auf die Seite kippte.

Stein presste gegen seine Wange, während er beobachtete, wie Bryces Schädel zur Seite sackte und dann nach vorn kippte. Als letzter Gedanke ging ihm durch den Kopf, wie seltsam er es fand, dass der Rüde überhaupt noch atmete.

FÜNFZEHN

»Keiner von euch sieht aus, als hätte er heute Nacht ein Auge zugetan«, meinte Allan von seinem Sitzplatz, als Kara den Hauptsaal der Temeriten betrat, gefolgt von Artras und Marcus.

Kara stimmte ein verbittertes Lachen an. »Ich habe gestern Tumbor zerstört, und du hast gedacht, ich könnte schlafen?« Sie durchquerte den Raum und stützte sich auf den Tisch, hauptsächlich, um das Zittern ihrer Hände zu verschleiern. Ihre Augen fühlten sich verquollen an, die Haut war zu straff gespannt und ihr gesamter Körper schien irgendwie zugleich leicht und schwer.

Sie ließ den Blick um den Tisch wandern. Natürlich war die Matriarchin zusammen mit Janote anwesend, ebenso wie Hauptmann Lienta und sein Leutnant Boskell. Auch die anderen ihrer Gruppe aus dem Tempel waren da – Allan, Cutter, Marc, Grant und Hernande, Morrell und Drayden, Okata. Nur die Halbwölfe fehlten.

Die Matriarchin schob eine Tasse über den Tisch. »Trink etwas Kaffee. Er wird dir zumindest vorübergehend ein wenig Kraft spenden.«

Kara ergriff die Tasse und schnupperte an der dampfenden Flüssigkeit darin. Sie roch herb und streng wie zermahlene Erde. Kara probierte davon und hätte um ein Haar ausgespuckt. »Bitter«, brachte sie hervor, nachdem sie geschluckt hatte.

»Manche Leute fügen Milch oder Zucker hinzu, wenngleich wir Menschen, die das tun, als Heiden betrachten.«

Für Artras und Marcus wurden weitere Tassen eingeschenkt,

als die Matriarchin auf drei freie Stühle deutete. »Nehmt Platz. Wir haben viel zu besprechen.«

»So ist es.« Als Allan die Augenbrauen hochzog, fügte Kara hinzu: »Hast du gedacht, ich hätte die ganze Nacht nur herumgesessen und mich in Gram geaalt?«

»Ein bisschen schon.«

»Sie hat uns beide an den Rand der Erschöpfung getrieben«, klagte Marcus, ergriff seine Tasse und trank einen kräftigen Schluck, ohne nachzudenken. Sofort begann er zu husten. »Bei den Göttern, was ist das?«

»Eingeweichte, gemahlene und geröstete Kakaobohnen.«

Marcus würgte immer noch, während Kara einen weiteren Schluck probierte. »Scheint zu wirken. Meine Arme kribbeln. Und es breitet sich aus.«

»Wenn man es häufiger trinkt, stumpft die Reaktion des Körpers ab, aber beim ersten Mal kann es ziemlich angenehm sein«, erklärte die Matriarchin.

Kara stellte ihre Tasse ab. »Wie lautet der Bericht über die Nadel?«

Lienta beugte sich vor. »Die Kormanley haben die Stadt östlich der Kluft übernommen. Die Bevölkerung scheint nicht geneigt zu sein, sich gegen sie aufzulehnen, jedenfalls noch nicht. Tatsächlich sieht es eher so aus, als seien die meisten Menschen außer sich vor Freude darüber, dass dieser Vater befreit wurde. Er hat heute Morgen bei Sonnenaufgang von der Tempelebene herab zu ihnen gesprochen. Wir konnten nicht alles hören, was er gesagt hat, aber es hat geklungen, als würde er sie einerseits beruhigen, andererseits aufwiegeln. Er hat wiederholt die Schlangen und die Hunde erwähnt, und er hat nach Norden und nach Erenthrall gezeigt.«

Bei der Nennung der Stadt verwies der Temeriten-Hauptmann auf Allan, doch bevor der ehemalige Rüde das Wort ergreifen konnte, sagte Kara: »Wir wissen bereits über Erenthrall Bescheid.«

»Was wisst ihr?«, hakte die Matriarchin nach.

»Das Ley-System dort ist zerrüttet. Die Ley bricht aus der Erde wie bei einem Vulkan und fließt durch die Straßen wie Lava. Was sie trotz der Verkrümmung an Unterstützung aus Tumbor hatte, ist zusammengebrochen, da die Knoten in Tumbor jetzt völlig zerstört sind. Wenn Hernandes Theorie stimmt, dass die Ley-Linien das zugrunde liegende Gerüst der Wirklichkeit bilden und das Geflecht darauf aufgehängt ist, dann ist mit dem Fall Tumbors ein wesentlicher Eckpfeiler des Grundgerüsts weggeschlagen worden. Das gesamte Gebilde schwankt, und irgendetwas in Erenthrall hat dabei nachgegeben.«

»Die Auswirkungen sind schlimmer als das«, warf Boskell ein. »Die Wachleute haben eine Veränderung der Drei Schwestern im Norden gemeldet. Die Lichter haben angefangen, zu pulsieren. Außerdem beschwören unsere Beobachter, dass sie gesehen haben, dass das Land im Westen und Süden … wogt.«

»Wogt? Als ob die Himmelslichter über etwas hinwegstreichen?«

»Nein. Als würde sich die Erde selbst heben und senken, wie eine Welle im Wasser.«

»Erdbeben«, sagte Hernande.

»Schlimmer als alles, was wir bisher erlebt haben. Die Menschen melden auch zunehmende Sichtungen von Himmelslichtstürmen. Sie sind noch nicht in unsere Nähe gekommen, aber sie sind furchteinflößend, wo immer man sie erblickt.«

»Wie es scheint, sind die Kormanley und ihre Besetzung der Nadel das geringste unserer Probleme«, meinte Marc.

»Nein, das ist schon ein beträchtliches Problem«, widersprach Kara sofort. »Das Pulsieren der Drei Schwestern und die Beben? Das sind lediglich Auswirkungen. Die Wurzel des Übels ist die Ley. Und um die Probleme mit der Ley in Ordnung zu bringen, brauchen wir Zugang zum Nexus in der Nadel.«

Hernande hob eine Hand, um sie zu bremsen. »Das haben wir schon versucht. Es hat nicht geklappt.«

Kara zuckte zusammen, als hätte jemand sie geschlagen. Sie ließ den Kopf sinken. Dann sammelte sie sich und richtete sich vom Tisch auf. »Du hast recht. Das haben wir versucht. Und das Unterfangen hat versagt. *Ich* habe versagt. Aber wir werden trotzdem die Macht des Nexus brauchen, wenn wir irgendetwas in Ordnung bringen, wenn wir aufhalten wollen, was immer gerade mit dem Land geschieht. Es ist zu weit fortgeschritten, um von einer oder einem Einzelnen beendet werden zu können.«

Wie auf ein Stichwort setzte ein weiteres Beben ein. Nicht so stark wie das unmittelbar nach dem Einsturz der Verkrümmung über Tumbor, aber die Wellen dauerten mindestens fünf Minuten an. Zuerst schauten alle auf, dann kauerten sie sich zusammen und hielten sich am Tisch und an den Stühlen fest, umklammerten Tassen und Untertassen. Janote schnappte sich die Porzellankanne mit dem Kaffee. Als Staub von der Decke rieselte, bedeckten alle ihre Getränke.

Schließlich endete das Beben, und Gardisten kamen in den Raum gerannt. »Matriarchin!«

»Es geht mir gut.« Sie winkte die Männer weg, doch sie wirkten zögerlich und wollten nicht gehen. »Boskell, kümmere dich um sie. Und bitte lass uns von den Dienern etwas Gehaltvolleres als Kaffee bringen.«

Der Leutnant stand auf, ging zu den Gardisten an der Tür und begleitete sie hinaus. Wenig später kehrte er zurück, gefolgt von Dienern, die Tabletts mit Obst und Brot trugen. Als das Essen über den Tisch verteilt abgestellt wurde, deutete die Matriarchin erneut auf die drei nach wie vor leeren Stühle. »Ich vermute, ihr habt euch einen Plan einfallen lassen.«

Artras setzte sich kurzerhand, zog ihre Kaffeetasse zu sich

und schnappte sich eine Handvoll Trauben. Marcus folgte ihrem Beispiel und schnitt sich eine Scheibe Brot ab. Kara hingegen blieb stehen und verschränkte die Arme vor der Brust. »Wir brauchen Zugang zum Nexus«, beharrte sie.

»Das ist nur eines unserer Probleme«, gab Hernande zurück. »Kannst du die Zerrüttung in Erenthrall vom Nexus aus reparieren?«

Kara begann, auf und ab zu laufen, während alle schwiegen. »Keine Ahnung«, gestand sie schließlich. »Wahrscheinlich nicht. Die Ley in Erenthrall ist wild und wegen des Sees unter der Erde zudem sehr stark. Um sie in Ordnung zu bringen, müsste ich nach dort draußen, nach Erenthrall gehen. Aber ich bräuchte auch dort trotzdem die Energie des hiesigen Nexus. Jemand wird die Ley vom Nexus hier nach Erenthrall leiten müssen, damit ich sie dort benutzen kann.«

»Was bedeutet, dass wir den Nexus, wenn nicht die gesamte Nadel zurückerobern müssen«, merkte Marcus an. »Aber da ist noch mehr.«

Artras spuckte die Kerne ihrer Trauben auf ihre Handfläche aus. »Unsere Beobachtungen der Ley letzte Nacht – und wie Marcus angedeutet hat, waren es *umfangreiche* Beobachtungen – sahen nicht gut aus. Es hat den Anschein, als würde sich die Ley selbst dann nicht davon abhalten lassen, die Wirklichkeit in Stücke zu reißen, wenn wir den Nexus hier zurückerobern und Kara die Zerrüttung in Erenthrall in Ordnung bringen kann.«

»Warum nicht?«

Artras sah Okata an. »Weil eine Lücke im Grundgerüst des Geflechts klafft. Es wird weiterhin so wogen, wie Boskell es beschrieben hat. Stell es dir wie eine im Wind peitschende Fahne vor. Wenn man die Fahne nicht einrollt und festzurrt, wird sie letzten Endes ausfransen und reißen. Dasselbe wird mit dem Geflecht passieren.«

»Es sei denn, wir zurren es fest«, merkte Hernande an. Er

hatte begonnen, sich über den Bart zu streichen. Der Mentor richtete den Blick seiner nachdenklich zusammengekniffenen Augen auf Kara. »Das Problem sind die verlorenen Knoten, die in der Verkrümmung von Tumbor waren, richtig? Die zerstört wurden. Sie dienten als Anker für die Ley und somit auch für das Geflecht.«

»Ja.«

Boskell warf zerknirscht die Hände hoch. »Dann sind wir verloren. Es gibt keine Möglichkeit, das Geflecht wieder festzuzurren. Dieses ganze Gespräch ist sinnlos.«

Hernande gab einen Laut von sich, der dem anscheinend widersprechen sollte. Er war dazu übergegangen, an seinem Bart zu kauen, und sein Blick war zu Morrell gewandert. »Im Grunde«, dachte er laut nach, »brauchen wir einen Knoten in Tumbor, etwas, womit sich die Ley verbinden kann. Wir benötigen hier etwas, das sie als Anker benutzen kann.«

»Aber es ist nichts übrig«, gab Kara zu bedenken. Sie sank auf ihren Stuhl und stützte den Kopf auf die Hände. Verzweiflung breitete sich in ihrer Brust aus. Als sie weitersprach, klang ihre Stimme brüchig. »Ich war während des Einsturzes dabei. Ich habe dabei zugesehen! Die Verkrümmung hat alles zertrümmert, den Boden in Splitter zerbrochen, die Gebäude zu Geröll zermahlen. *Es ist nichts übrig.* Gar nichts.« Sie unterdrückte ein Schaudern.

»Aber die Erde erinnert sich«, sagte Hernande.

Kara hob den Kopf. »Was bedeutet das?«

Die anderen schauten so verwirrt drein, wie sie sich fühlte.

Der Universitätsmentor spuckte seinen Bart aus und beugte sich Kara zu. Mit einem Finger tippte er zur Betonung auf die Holzplatte des Tisches. »Die Erde erinnert sich. Der Stein selbst. Er erinnert sich daran, was er einmal war. Tumbor muss über einem natürlichen Knoten errichtet worden sein, einem Knoten, den Ober-Lumagus Augustus dann als Brennpunkt benutzt hat, um sein Netzwerk aufzubauen. Die

Erde wird sich an den Knoten, an seine Form und Beschaffenheit erinnern. Für den Stein würde sich der Knoten natürlich anfühlen.«

»Ich wüsste nicht, wie uns das helfen kann«, meldete sich Marcus zu Wort. »Niemand von uns weiß, wie man einen Knoten errichtet. Wenn man nach den Knoten und den Nexus hier und in Erenthrall geht, dürfte es nicht einfach zu bewerkstelligen sein. Die Platzierung der Steine, die Anordnung.« Er schüttelte den Kopf. »Einen neuen Knoten ohne entsprechende Vorkenntnisse zu errichten könnte Monate, wenn nicht gar Jahre dauern. Ich bezweifle, dass uns so viel Zeit bleibt.«

Kara holte Luft, um ihm zuzustimmen, aber Morrell kam ihr zuvor.

»Er meint mich.«

Ihre Stimme erklang so leise, dass es einen Augenblick dauerte, bis die meisten am Tisch erkannten, wer gesprochen hatte. Schließlich jedoch hefteten sich alle Blicke auf ihren zierlichen Körper und ihr weiches, blondes Haar. Drayden saß neben ihr. Seine Nasenflügel blähten sich, als er das Starren aller erwiderte. Er stimmte ein Knurren an, aber Morrell legte ihm eine Hand auf den Arm, und er verstummte.

»Hernande meint mich«, wiederholte sie, diesmal kräftiger. Die junge Heilerin setzte sich aufrechter hin und blickte entschuldigend zu ihrem Vater. »Ich kann einen neuen Knoten erschaffen. Wenn Hernande recht hat und sich die Erde erinnert, kann ich sie heilen. Ich vermag sie so wiederherzustellen, wie sie war. Dasselbe habe ich hier in der Nadel mit dem Stein der Mauer gemacht. Ich müsste aber dorthin. Nach Tumbor. Oder eben dorthin, wo sich Tumbor befunden hat. Ich müsste die Erde dort berühren, dann könnte ich es tun.«

»Nein«, kam es sofort von Allan.

Morrell lächelte. »Du kannst ja mitkommen, Papa.«

»Nein!« Allan stieß sich vom Stuhl ab und sprang auf. Der

Stuhl kippte klappernd auf den Boden. »Das kann ich nicht zulassen, denn ich kann nicht … kann nicht …« Er ballte die Hände zu Fäusten und hätte beinah auf den Tisch eingedroschen. Im letzten Moment bremste er sich und senkte die Handflächen behutsam auf die Tischplatte, beschränkte sich auf einen wortlosen Schrei der Frustration.

»Was er zu sagen versucht«, durchbrach Lienta die verdatterte Stille, »ist, dass er nicht mitkommen kann.«

Morrell schaute betroffen drein. »Warum nicht?«

»Weil ich mit Kara gehen muss«, antwortete Allan. Er drehte sich der Lumaga zu. »Hab ich nicht recht? Ich muss dich begleiten, weil du zum Nexus im Herzen von Erenthrall musst und er sich im Augenblick inmitten eines Geysirs aus Ley befindet. Du kommst da nur durch, wenn ich dabei bin und die Ley verdränge.«

Kara öffnete den Mund, um ihm zu antworten, aber die Worte blieben ihr in der Kehle stecken. Allan wollte so offensichtlich, dass sie ihm widersprach, damit er seine Tochter nach Tumbor begleiten und sie beschützen könnte. Aber Kara konnte es nicht verneinen. Denn Allan hatte recht. Sie brauchte ihn und seine angeborene Gabe, die Auswirkungen der Ley aufzuheben.

Erneut schrie der ehemalige Rüde auf und stapfte fort vom Tisch, weg von allen. Ein Stück entfernt blieb er stehen. Morrell sprang auf und eilte ihm nach. Kara konnte nicht hören, was gesagt wurde, aber Allan umarmte seine Tochter innig und stützte das Kinn auf ihr Haupt.

»Jedes Mal, wenn ich glaube, wir könnten endlich zusammenbleiben«, murmelte er mit kaum vernehmbarer Stimme, »treibt uns das Geschehen wieder auseinander.«

Morrell erwiderte etwas, doch ihre Worte wurden von der Brust ihres Vaters gedämpft. Er schmunzelte und trat einen Schritt zurück, um sie anzusehen. »Eines Tages, ja. Wir beide zusammen.«

»Ich werde sie beschützen«, gelobte Drayden mit lauter, grollender, animalischer Stimme. Er zuckte leicht zusammen, als sie im Raum widerhallte, doch er ließ den grimmigen Blick trotzig in die Runde wandern. »Ich gehe mit ihr und sorge dafür, dass ihr nichts passiert.«

»Sie wird mehr Schutz brauchen, als ihn ihr ein halber Halbwolf bieten kann«, kam von Lienta.

Drayden bleckte die Zähne, doch der Temeriten-Hauptmann beschwichtige ihn mit erhobener Hand.

»Damit meine ich lediglich, dass ihr durch das Gebiet der Gorrani reisen müsst, die euch keine Gnade entgegenbringen werden.«

Okata rührte sich. »Vielleicht sind ihre Aussichten besser, wenn sie einen Gorrani in der Gruppe haben.« Er drehte sich Kara zu. »Und wenn Morrell einen Knoten erschaffen will, sollte ohnehin ein Lumagus bei ihr sein. Vielleicht werde ich gebraucht, um dabei zu helfen, die Ley-Linien mit dem neuen Knoten zu verbinden. Wenn er fertig ist.«

»Das klingt sinnvoll.«

»Wer noch?«, fragte Allan und trat von Morrell weg.

Lienta und Boskell sahen die Matriarchin an. Sie neigte das Haupt. »Schickt so viele unserer Gardisten mit wie nötig. Wenn es ihr nicht gelingt, den neuen Knoten zu erschaffen, ist ohnehin alles verloren.«

»Ich gehe mit«, meldete sich Boskell sofort freiwillig. »Mit ein paar Gardisten als Eskorte. Immerhin verdanke ich Allan mein Leben.«

»Nicht zu viele«, warnte Okata. »Es wird einfacher sein, den Gorrani auszuweichen, wenn wir weniger und somit schwerer zu bemerken sind.«

Allan wirkte noch nicht zufrieden, sagte jedoch nichts.

»Wer geht dann mit Allan und mir?«, fragte Kara.

»Ich begleite euch nach Erenthrall.« Alle drehten sich Grant zu. Der Rudelführer lehnte sich mit vor der Brust verschränkten Armen auf dem Stuhl zurück. »Ich suche immer noch nach meiner Frau, egal wie unwahrscheinlich es jetzt ist, dass ich sie noch finden werde. Meine Halbwölfe werden uns alle beschützen.«

Da Kara während ihrer Flucht gesehen hatte, wie mühelos sie mit den Kormanley-Soldaten fertig geworden waren, zweifelte sie nicht an seinen Worten. Sie wandte sich an die Matriarchin. »Dann bleibt nur noch das Problem der Rückeroberung des Nexus.«

»Überlasst das uns«, ergriff die Matriarchin das Wort. »Die Temeriten werden dafür sorgen, dass Marcus …«

»Und ich«, warf Artras ein.

»… dass alle erforderlichen Lumagier beim Nexus sind, wenn es nötig ist.« Nachdenklich klopfte sie mit den Knöcheln einer Hand auf die Tischplatte. »Was eine weitere Frage aufwirft. Die Lumagier hier werden wissen müssen, wann sie die Ley nach Erenthrall schicken sollen, damit du sie benutzen kannst, Kara. Es könnte allerdings sein, dass es uns nicht gelingt, die Nadel vollständig zurückzuerobern. Unsere Kontrolle wird vielleicht nur vorübergehend sein. Deshalb sollten wir den Zeitpunkt für unseren Angriff so wählen, dass du dann bereits in Erenthrall bist. Wie können wir das bewerkstelligen?«

Niemand antwortete darauf, bis sich erneut Hernande zu Wort meldete. »Ihr werdet alle an einem vereinbarten Tag um dieselbe Zeit vor Ort und bereit sein müssen. Morrell, du musst bis dahin den Knoten errichtet haben. Marcus, Lienta, ihr müsst euch den Nexus sichern und ihn so lange halten, wie es für Kara nötig ist. Und Kara, du musst in Erenthrall sein, bereit und gewappnet.«

»Wie lange wird Kara für die Reise nach Erenthrall und Morrell nach Tumbor brauchen?«

»Die Gruppen werden klein sein«, sagte Allan. »Und kann ich davon ausgehen, dass sie Pferde haben werden?«

Die Matriarchin nickte. »Was immer wir haben, gehört euch.«

»Dann zwei Wochen.«

Boskell schnaubte. »Du solltest besser etwas Zeit für Verzögerungen einplanen.«

»Und ich weiß nicht, wie lange ich brauchen werde, um den Knoten in Tumbor zu erschaffen.« Morrell war zum Tisch zurückgekehrt. Ihr Vater legte einen Arm um sie. »Es könnte mehr als ein Versuch nötig sein.«

»Dann sagen wir drei Wochen«, entschied die Matriarchin in einem Tonfall, der endgültig klang. Sie zeigte auf Kara, Artras und Marcus. »Ihr drei müsst euch ausruhen. Schlaft diesmal wirklich. Überlasst die Vorkehrungen Lienta. Geht jetzt.«

Kara erhob sich, wankte aber. Nun, da die Entscheidungen getroffen waren, nistete sich die Erschöpfung bleischwer in ihre Muskeln ein. Marcus fing sie am Arm ab und wollte sie stützen, allerdings war er selbst genauso müde wie sie. Allan kam herbei und führte sie zurück zu ihrem Zimmer tiefer in der Botschaft. Kara konnte nicht einmal genug Kraft zusammenkratzen, um ihm zu danken. Artras und Marcus folgten ihnen.

Der ehemalige Rüde ließ sie in ihren Unterkünften zurück, wo sie in getrennte Betten krochen. Kara zog die dünne Decke über ihre Beine hoch und ließ sie anschließend fallen. Sie starrte zu der steinernen Decke empor und hörte, wie sich Marcus herumdrehte. Artras' Schnarchen verriet ihr, dass die ältere Lumaga schon eingeschlafen war.

Sorge um Cory schlich sich in Karas Gedanken und holte sie für eine qualvolle Weile vom Rand der Besinnungslosigkeit zurück, doch selbst das genügte nicht, um ihre Augen offenzuhalten.

Als sie in Dunkelheit versank, murmelte sie leise: »Drei Wochen.«

***

Die Stille in der Cory umgebenden Finsternis schien vollkommen. Bis er ein murmelndes Geräusch hörte. Es klang verwaschen, gedämpft und verzerrt, aber es war eine Stimme. Er konzentrierte sich. Das unwirkliche Gefühl, unter Wasser getaucht zu sein, legte sich ein wenig, aber nicht viel. Und dann erschien ein trübes Licht, verschwommen und verwaschen wie das Geräusch, als befände es sich über der Wasseroberfläche.

Er kämpfte sich darauf zu, und je näher er hingelangte, desto mehr Empfindungen durchströmten ihn. Die Dunkelheit löste sich in die Form seines Körpers auf – Arme, Beine, Rumpf –, aber er blieb von ihm losgelöst, entfernt. Sein Mund, die Nebenhöhlen und der Hals brannten. Seine Lunge glich einem mit flüssigem Feuer gefüllten Hohlraum. Im Hintergrund pulsierte ein dröhnendes Geräusch. Es dauerte eine ganze Weile, bis er begriff, dass es sich um seinen Herzschlag handelte, zehnfach verlangsamt, kaum noch in der Lage, ihn am Leben zu erhalten.

Eine Bewegung über dem Wasser erregte seine Aufmerksamkeit, und er kämpfte sich näher. Hier lief er allerdings vor eine Mauer, gegen eine glatte Fläche. Etwas wie Glas. Aber er befand sich nah genug, um dahinter Gestalten zu erkennen und Worte und Satzteile zu hören. Je länger er lauschte, desto deutlicher wurden die Stimmen.

»… nimm sein … die Arme. Zieh ihn …«

Da waren zwei Männer, nah bei ihm. Einer beugte sich herab und hob ihm die Beine an. Er kam so dicht heran, dass Cory sein Gesicht sehen konnte, allerdings erkannte er den Mann nicht. Aber es handelte sich um einen Vollstrecker. Jemand anderes bückte sich und zog Corys Arme hoch. Oder zumindest vermutete er, dass es sich um seine Arme und Beine handelte. Denn als die zwei Vollstrecker begannen, den Körper wegzuschleifen, veränderte sich sein Blickwinkel. Wenngleich er nichts spürte, keinerlei Kribbeln in den Gliedmaßen.

Sie legten Cory in der Nähe einer Wand ab, und sein Kopf

baumelte zur Seite. Jerrain und Sovaan lagen neben ihm gestapelt, dahinter einige der anderen Studenten. Bryce saß aufrecht an der Mauer, der Kopf hing ihm auf der Brust. Ty befand sich neben ihm. Also waren sie nach wie vor in ihrer Gefängniszelle unter dem Tempel.

»… anderen bei ihnen …«

»… unheimlich, dass ihre Augen immer noch offen sind.«

»Komm drüber weg. Schaffen wir als Nächstes den … Darius will mindestens fünf für …«

»Was ist mit … verdammten Hexern?«

Cory hämmerte gegen die Wand aus Glas, rief Bryces Namen, brüllte Ty an, doch sein Leib zuckte nicht einmal.

Die Vollstrecker legten einen weiteren Körper in Corys Nähe ab, einen von Tys Anhängern.

»Dalton will sie für irgendetwas …«

»Ich verstehe nicht, warum wir sie nicht einfach alle töten. Sie haben nichts als …«

Noch ein Körper, dann zwei weitere, größtenteils außerhalb Corys Sicht, obwohl er die meiste Zeit zumindest einen der Soldaten sehen konnte.

»So. Das sind alle.«

»Abgesehen von diesen sieben.«

Die zwei Gardisten bewegten sich zurück in Corys Blickfeld. Beide standen über Bryce und Ty. Nur fiel Cory auf, dass sie sich verschwommener als zuvor abzeichneten, kaum mehr als schwarze Schemen vor dem Fackellicht. Auch Tys Züge konnte er nicht mehr erkennen. Und Bryce schien mit dem Hintergrund aus Stein verschmolzen zu sein.

Einer der Gardisten trat gegen Bryces verwundeten Oberschenkel und lachte. »Was immer das für ein Gas war, es hat sie völlig außer Gefecht gesetzt. Der hat nicht mal gezuckt.«

Cory warf sich erneut gegen das Glas, presste sich dagegen, aber seine Sicht schwand weiter, als sinke er. Sein Gehör hingegen wurde immer besser.

»Seid ihr soweit?«, fragte eine neue Stimme.

Die zwei verschwommenen Gardisten rührten sich. »Wir haben Ty und Bryce, und wir haben fünf weitere ausgesucht. Alles, wie Darius befohlen hat. Was machen wir nun mit ihnen?«

»Sucht euch ein paar Leute, die euch helfen, und schafft sie hinauf auf die erste Tempelebene. Befehlshaber Darius und Vater haben Pläne für sie, irgendeine Art Predigt.«

»Was ist mit dem Rest?«

»Sobald ihr diese sieben weggebracht habt, verpasst ihr ihnen noch eine Dosis von dem Gas. Darius will nicht, dass die Hexer aufwachen, bevor Vater bereit für sie ist. Sie können zu viel Schaden anrichten.«

Die dunklen Schemen setzten sich in Bewegung. Das Licht war fast völlig verblasst und ließ Cory in der Dunkelheit zurück. Verspätet entsandte er die Sinne ins Geflecht und fluchte, als er mühelos durch die Glaswand gelangte. Er richtete die Aufmerksamkeit auf die Gardisten, aber sein Halt am Geflecht erwies sich als schwach. Wie Seide glitt es ihm durch die geistigen Finger, und nach einem letzten, aufgebrachten Aufschrei umhüllte ihn wieder völlige Schwärze.

***

Ty erwachte, als ihm jemand hart ins Gesicht schlug. Er sog einen Atemzug ein, dann beugte er sich sofort vornüber und übergab sich. Seine Kehle, Lunge und der Mund brannten, als wären sie mit entzündetem Öl überzogen. Durch die bittere Galle wurde es nur noch schlimmer. Er würgte ein zweites Mal, dann spuckte er aus. Ihn überraschte nicht, Blut im Erbrochenen zu erblicken. Die Hände hatte man ihm hinter dem Rücken gefesselt, die Beine, an den Fußgelenken und Knien fixiert, lagen gerade vor ihm ausgestreckt. Sein Körper lehnte an einer Wand; offensichtlich in einem der

Gänge des Tempels, da die Mauer leicht nach innen geneigt verlief.

Flach atmend sah er sich um, ohne dabei den Kopf zu heben. Fünf, nein sechs andere saßen wie er gefesselt im Gang, Bryce zu seiner Linken. Rechts von ihm, wohin er sich übergeben hatte, befand sich niemand. Aber Darius kauerte vor ihm. Hinter ihm stand eine Schar von Kormanley-Vollstreckern.

»Wie fühlst du dich?«, erkundigte sich Darius.

Ty rollte den bitteren Geschmack im Mund herum und spuckte erneut aus, bevor er den Kopf hob. »Beschissen.« Es schmerzte, zu reden. Seine Stimme ertönte als krächzendes Knurren, kaum erkennbar. Etwas lief ihm aus der Nase. Blut.

Sein ehemaliger Stellvertreter schmunzelte. »Freut mich, das zu hören.«

Vom fernen Ende des Korridors, wo die Sonne in den rötlichen Tönen der Abenddämmerung hereinschien, erhob sich das Tosen von tausend Stimmen. In der anderen Richtung stöhnte jemand, der nach und nach zu sich kam.

Darius gab den Vollstreckern hinter ihm ein Zeichen. Sie verteilten sich im Gang, stellten sich vor den Rest der Gefesselten.

»Was ist denn los?«, fragte Ty. »Hält Vater eine seiner Predigten? Versucht er, die Menschen zu beschwichtigen?«

»Nicht zu beschwichtigen. Er versucht, ihre Ängste zu zerstreuen.«

»Mit euch an der Macht haben sie allen Grund, sich zu fürchten.«

Darius streckte die Hand aus und ergriff Tys Kinn, kniff seine Wangen fest zusammen, während er suchend in die Augen des einstigen Befehlshabers starrte. Ty setzte sich zur Wehr, aber sein gesamter Körper schmerzte, und seine Muskeln fühlten sich übermäßig schwach. Er konnte sich nicht aus Darius' Griff befreien. Stattdessen weigerte er sich trotzig, wegzuschauen.

Neben ihm stöhnte Bryce.

Zähneknirschend legte er all den aufgestauten Hass, den er für Darius, Vater Dalton und die Kormanley empfand, in seinen Blick und blies den Atem durch die Nase aus.

Schließlich grunzte Darius, stieß Tys Kopf zurück und stand auf. »Vater hatte recht. Du wirst uns nie verraten, wo deine Männer Jonnas und die anderen, die du entführt hast, gefangen halten. Wir werden sie wohl selbst finden müssen.« Damit stapfte er davon, steuerte auf das Sonnenlicht und die Tempelebene zu.

»Sie haben sie noch nicht gefunden?«, fragte Bryce mit leiser Stimme.

»Du klingst fürchterlich.«

»So fühle ich mich auch.«

»Wenigstens hast du dich nicht übergeben.« Weiter unten im Gang erwachten allmählich die anderen Soldaten. »Wie geht's deinem Bein?«

»Ist es noch dran? Ich merk's nicht.«

Ty brummte über den Galgenhumor. Wenn es denn Galgenhumor *war*. »Ich sehe keinen der Hexer.«

»Vielleicht sind sie entkommen.«

»Irgendwie bezweifle ich das. Meine letzte Erinnerung, bevor ich hier aufgewacht bin, ist Cory auf Händen und Knien, wie er nach etwas greift.«

»Schnauze!«, befahl einer der Kormanley-Vollstrecker und stellte sich vor Ty und Bryce. Die beiden schauten zu ihm auf, als ein weiteres Tosen durch den Korridor hallte.

»Ich wüsste nicht, warum ich auf dich hören soll«, sagte Bryce. »Ich bin so schon zu drei Vierteln tot, und es klingt, als wäre euer verfluchter Vater Dalton drauf und dran, mir den Rest zu geben.«

Der Vollstrecker erwiderte nichts, stapfte nur zum Sonnenlicht davon und verschwand in der gleißenden Helligkeit.

»Das hat er aber gar nicht gut aufgenommen«, meinte Bryce.

»Ehrlichkeit hat der noch nie gut aufgenommen.«

Jemand kam aus dem Licht herein und entpuppte sich schnell als Darius. »Hievt sie alle auf die Beine und schafft sie hinaus auf die Ebene. Vater ist bereit.«

Die Männer setzten sich in Bewegung. Auf Ty steuerte Darius höchstpersönlich zu. Sein ehemaliger Stellvertreter zog ihn am Arm hoch und durchschnitt die Fesseln an seinen Knien und Fußgelenken, wenngleich Tys Beine fast sofort unter ihm nachgaben. Sie waren vom Gas und der langen Regungslosigkeit noch wie betäubt.

»Zeit, dich für deinen Verrat vor Korma zu verantworten«, sagte Darius, als er Ty vorwärts stieß.

Sie traten hinaus auf die erste Tempelebene und steuerten durch die Ränge der Kormanley-Vollstrecker auf die Steinplattform zu, die über den weitläufigen Platz unten ragte. Kormanley-Banner flatterten überall in der steifen Brise. Ley-Kugeln leuchteten am Rand der Ebene und entlang der Mauer. Der gleißende Sonnenuntergang brachte Tys Augen zum Brennen, so grell loderte das orange-rot-goldene Licht am Horizont und in den Wolken. Er blinzelte, als ihn Darius am Beginn der Plattform bremste. Vater Dalton stand zwanzig Schritte vor ihm in einer reinweißen Robe, die Hände gen Himmel erhoben.

Unten schien sich jede in der Nadel lebende Seele auf dem Platz eingefunden zu haben. Die meisten streckten Dalton die Arme entgegen.

»Das sind die Männer, die euch in die Irre geführt haben!«, rief Dalton, und irgendwie schien seine Stimme mühelos durch die umliegenden Gebäude zu den unten Versammelten zu dröhnen. »Das sind diejenigen, die immer noch die Ley beherrschen wollen, statt sie zu ihrer natürlichen Ordnung zurückkehren zu lassen! Ihr habt mit eigenen Augen gesehen, wie zerstörerisch sie sein können. Tumbor ist ausgelöscht! Erenthrall wird von weißem Feuer verzehrt!«

Ty warf einen Blick nach Nordosten, wo sich der weiße Schein über Erenthrall deutlich abzeichnete.

»Und fern im Norden erzittern die Drei Schwestern. Sie stehen kurz davor, sich zu entfalten, wie ich es in meiner Vision vorhergesehen habe! Alles, was ich gesagt habe, wird sich bewahrheiten, wenn wir nicht das Heft in die Hand nehmen und es selbst aufhalten! Und der erste Schritt auf unserem Weg der Reinigung, der Erneuerung, der Rückkehr zur natürlichen Ordnung, wie es Korma verlangt, ist das Urteil über diejenigen, die uns vernichten wollten.«

Dalton drehte sich Ty zu, richtete die milchigen Augen auf ihn und ließ die Arme sinken. Mit wesentlich leiserer Stimme sagte er: »Willkommen, Befehlshaber. Es freut mich, dass du dich uns anschließen konntest.«

***

Die Tür zu Karas Zimmer schwang auf und knallte gegen die Wand. Leutnant Boskell trat ein und erfasste alle Anwesenden mit einem schnellen Blick.

»Kara, Allan, Marcus«, sagte er, »ihr müsst mir sofort folgen.«

Allan stand auf. »Warum? Was ist denn los?«

»Vater Dalton ist mitten in einer Predigt und hat Gefangene herausholen lassen, die er anscheinend darin einbauen will.«

Sofort dachte Kara an Cory und die anderen Hexer. »Wen?«

»Ich bin nicht lang genug geblieben, um es herauszufinden. Die Matriarchin hat mir befohlen, euch zu suchen und aufs Dach der Botschaft zu bringen.«

»Dann lass uns gehen.«

Boskell führte alle drei durch die Tür hinaus, bog nach

links und ging durch Korridore und über Treppen voraus, die sie noch nicht kannten. Sie stiegen schnell hinauf und gelangten nach wenigen Minuten aufs Dach.

Kara hatte die Hände zu Fäusten geballt, als sie zum Tempel blickte, doch er befand sich zu weit entfernt und das Licht erschien ihr merkwürdig, sodass sie keine Gesichter ausmachen konnte. Bei der Gestalt in der weißen Robe am Ende der von der ersten Tempelebene ragenden Steinplattform war jedoch vermutlich Dalton. Verschiedene andere standen um ihn herum. Außerdem befand sich eine kleinere Gruppe vorne bei Vater.

Kara sah sich um und entdeckte die Matriarchin, Janote und Lienta am Rand des Daches. Der Hauptmann hatte ein Fernglas an den Augen.

»Wer sind die Gefangenen?«, wollte Kara wissen, als sie auf die Temeriten zuging. »Ist Cory darunter?«

»Nein«, antwortete Lienta, ließ das Fernglas sinken und reichte es Kara, bevor sie danach fragen konnte. »Es scheint sich um Befehlshaber Ty, Bryce und ein paar andere Vollstrecker zu handeln.«

»Sie sind gerade erst herausgekommen«, ergänzte die Matriarchin. »Unsere Leute haben nur Bruchstücke von Daltons Predigt aufgeschnappt, aber es scheint sich um ein Gerichtsverfahren zu handeln.«

»Kein Gerichtsverfahren«, widersprach Allan an Karas Seite. »Eine Hinrichtung.«

Aber Kara hörte ihm nicht zu. Kaum hatte Lienta ihr das Fernglas übergeben, hob sie es an die Augen. Einen Atemzug lang suchte sie wild, dann zwang sie sich zur Ruhe und konzentrierte sich. Obwohl Lienta beteuert hatte, Cory sei nicht anwesend, toste ihr das Rauschen des Herzschlags durch die Ohren. Schließlich fand sie den Tempel und richtete das Fernglas auf die erste Ebene, den Steinvorsprung, die vordersten Ränge.

Dalton schillerte in seiner Robe, erhellt von der Ley und den grellen Farben des Sonnenuntergangs. Ty stand mit Darius am Rand der über die Ebene ragenden Plattform aus Stein, aber während sie hinsah, tauschten die zwei den Platz mit Dalton. Die anderen wurden zu beiden Seiten an den Rand der Ebene geführt. Bryce wurde praktisch von zwei Soldaten getragen. Eines seiner Beine glich einem blutigen Chaos. Kara kannte keinen der anderen Männer und konnte sich nur vage erinnern, sie gelegentlich im Tempel gesehen zu haben.

Kein Cory. Keiner der Universitätsmentoren oder ihrer Studenten.

Ein Anflug von Erleichterung durchströmte sie, für den sie sich gleich darauf schämte.

»Was passiert gerade?«, fragte Allan.

Kara erschrak und richtete die Aufmerksamkeit wieder auf den Tempel. »Darius hat Ty nach vorn zum Ende des Vorsprungs über den Platz gezerrt. Er hat einen verheerend aussehenden Dolch in der Hand. Bryce und die anderen hat man am Rand der Ebene aufgestellt.«

»Wo ist Dalton?«

»Immer noch weit vorn, aber nicht mehr direkt über der Menschenmenge.« Abgehackt sog Kara die Luft ein. »Wir müssen irgendetwas unternehmen.«

»Und was?«, fragte Marcus unüberhörbar frustriert. »Was können wir schon tun?«

Die Matriarchin legte eine Hand auf Karas Arm. »Es gibt nichts, was getan werden kann. Du musst dir das nicht ansehen.«

Kara versuchte, die Hand abzuschütteln, wurde plötzlich wütend. »Ich muss es mir sehr wohl ansehen. Das schulde ich Bryce und Ty und allen anderen.« Ihre Stimme klang erstickt. »Er ist geblieben, damit ihr mich erreichen konntet – damit ihr entkommen und die Lumagier retten konntet.«

»Das heißt noch lange nicht, dass du hinschauen musst. Nur, dass du trauern wirst.«

»Ich *werde* es mir ansehen.«

Die beruhigende Hand der Matriarchin entfernte sich.

Kara schwenkte das Fernglas von Tys stoischer Miene zu Daltons triumphierenden Zügen und weiter zu Bryces Gesicht, das einer schmerzverzerrten Grimasse glich.

Als Dalton erneut die Arme emporstreckte, den Kopf hob und Worte sprach, die Kara nicht hören konnte, erzitterte sie vor einer Energie, die sie nicht einsetzen konnte, um die Männer zu retten, und Tränen brannten in ihren Augen.

***

Ty stand, festgehalten von Darius, mit einem Meer von Menschen unter ihm am Ende des Vorsprungs. Wind wehte ihm böig ins Gesicht, aber er bewahrte eine steife, starre, förmliche Haltung. Hinter ihm schwang Dalton große Worte über Gerechtigkeit und Glauben, über eine bevorstehende, in der Nadel von ihnen allen zu schlagende Schlacht. Alles bedeutungsloses Geschwafel. Ty starrte zum Horizont, zur im Westen untergehenden, bereits außer Sicht geratenen Sonne. Ihre Farben jedoch schillerten nach wie vor in den Wolken und hoben die Berge im Nordwesten hervor.

Im Osten verblassten die Farben im Halbdunkel, und das Funkeln der ersten Sterne zeichnete sich ab. Auf einer Seite loderte Erenthrall, geradeaus pulsierten die Drei Schwestern. Die Impulse ließen sich deutlich erkennen, ein Aufflammen grelleren Lichts, alle drei mit unterschiedlichen Pausen, aber immer noch mit weitem Abstand zueinander. Sie waren aus dem Gleichgewicht geraten und hatten begonnen, sich zu entfalten. Zumindest so viel von Daltons Behauptungen stimmte.

Die Stimme des Vaters schwoll zu einem Höhepunkt an,

und Darius rührte sich neben Ty. Die Ungeduld strahlte wie Hitze von seiner Haut ab. Mit gezücktem Dolch drehte er seinen früheren Befehlshaber zu sich herum. Auf einer Seite konnte Ty sowohl Bryce als auch einige der anderen Gefangenen aufgereiht am Rand der Tempelebene sehen. Hinter jedem stand ein Vollstrecker mit einem Dolch.

»Du weißt schon, dass der Gott Korma nichts darüber predigt, dass alles in die natürliche Ordnung zurückkehren soll, oder?« Ty überraschte, wie ruhig, wie besonnen seine Stimme klang.

Darius zögerte. »Wie meinst du das?«

»Bei Korma dreht sich alles um Gleichgewicht.«

Damit warf sich Ty von dem Steinvorsprung. Darius erkannte seine Absicht einen Herzschlag zu spät. Der Kormanley-Anhänger schwang mit dem Dolch nach Ty. Die Klinge zog eine dünne Linie über den Bauch des ehemaligen Befehlshabers der Vollstrecker, allerdings nicht tief genug, um ihn auszuweiden. Darius verstärkte kurz den Griff um Tys Arm, dann jedoch ließ er los. Der Zug genügte dennoch, um Darius am Rand des Vorsprungs auf die Knie fallen zu lassen, sonst wäre er mit Ty in die Tiefe gerissen worden. Sein Gesicht glich einer starren Maske blanken Hasses. Er brüllte etwas, das Ty beim Tosen der an seinen Ohren vorbeirauschenden Luft nicht hören konnte.

Am Rand der Ebene schlitzten derweil die Vollstrecker die Kehlen ihrer jeweiligen Gefangenen auf und stießen sie dann hinunter auf die Stufen des Tempels. Bryces Körper prallte auf Stein und verrenkte sich, rollte und überschlug sich wie eine Stoffpuppe, bevor er lang ausgestreckt zum Liegen kam.

Ty endete auf den Steinplatten des Platzes.

***

Auf dem Dach der Temeriten-Botschaft drohte Kara, an einem Schluchzen zu ersticken, und sie taumelte. Jemand fing das Fernglas auf, als sie sich vornüber krümmte und auf die Brüstung des Daches stützte.

»Sie haben ihnen die Kehlen aufgeschlitzt«, presste sie hervor und schluckte. »Und sie ... von der Ebene ... auf die Stufen geworfen.«

Hände stützten sie – Allan, Marcus, Lienta, sie wusste nicht, wer. Sie schien einfach nicht genug Luft bekommen zu können. Die Welt hatte sich verfinstert. Oder vielleicht lag es auch daran, dass die Sonne endgültig untergegangen war.

»Atme, Kara«, flüsterte Allan ihr beruhigend ins Ohr. Jemand klopfte ihr auf den Rücken. »Atme.«

Sie sog die Luft ein, spie sie hustend wieder aus und versuchte es erneut. Nach einem schmerzlichen Stocken in ihrer Lunge wurde ihre Atmung endlich wieder normal. Sie richtete sich leicht auf. Plötzlich versteifte sich ihr Körper. Mit reiner Willensanstrengung verdrängte sie ihren Kummer und packte Marcus am Hemd, zog ihn dicht zu sich.

»Ich weiß, dass Cory und du nicht gut miteinander auskommen, aber du tust besser alles, was in deiner Macht steht, um ihn zu retten, während ich weg bin. Alles, was in deiner Macht steht, um *alle* Mentoren und Studenten zu retten. Hast du mich verstanden?«

»Natürlich hab ich dich ...«

Kara schüttelte ihn. »Komm mir nicht mit alten Floskeln, Marcus. Ich kenne dich zu gut. Schwöre es! Schwör bei Korma oder Bastion oder sogar den von den Göttern verdammten Kormanley, wenn dir daran etwas liegt. Aber schwör mir, dass du Cory und die anderen lebend da rausholst.«

Marcus begegnete ihrem Blick, sah ihr tief in die Augen. »Ich werde so viele lebend herausholen, wie ich kann. Ich schwöre es.«

Kara hielt ihn noch kurz mit zitternden Armen fest, dann

stieß sie ihn beiseite. Mit vor Tränen verschwommener Sicht stapfte sie zurück zur Treppe. Sie bewegte sich, ohne nachzudenken, ohne Gefühlsregung, bis jemand sie mitten in dem Gang, in dem ihnen die Temeriten Unterkünfte zugeteilt hatten, an den Schultern packte. Hernande hatte sie aufgehalten. Artras und einige der anderen folgten hinter dem Mentor.

»Was ist los?«, fragte Hernande mit nackter Angst in den Augen. »Was ist passiert?«

»Ty und Bryce sind tot. Dalton hat sie auf der Tempelebene töten und ihre Leichen die Stufen hinunterwerfen lassen.«

Damit schüttelte sie Hernandes Griff ab, betrat ihr Zimmer und schloss die Tür hinter sich.

SECHZEHN

»Ihr werdet in der Nacht aufbrechen müssen. Ihr alle.« Lienta sprach mit der Allgemeinheit, sah dabei jedoch Allan an. »Wir haben Darius' Patrouillen beobachtet, seit sie gestern Abend die Kontrolle übernommen haben. Er hat Männer auf der Mauer, aber nicht viele, die draußen vor der Nadel Runden drehen.«

»Wieso das?«, fragte Allan.

Boskell antwortete. »Wir vermuten, dass dafür in der Stadt selbst zu viel vor sich geht. Er hat nicht genug Männer. Mindestens die Hälfte seiner Vollstrecker ist auf der Mauer oder beaufsichtigt deren Wiederaufbau. Sie haben entschieden, das südöstliche Tor zu versiegeln. Seit der Hinrichtung gestern Abend arbeiten Maurer daran. Alles deutet auf Vorbereitungen für ein Gefecht hin.«

»Dalton ist von seinen Visionen überzeugt«, meldete sich Marcus zu Wort. »Er betrachtet sie als Tatsachen. Für ihn kommen die Hunde und die Schlangen auf jeden Fall. Er bereitet sich darauf vor.«

»Soll mir recht sein, solange uns das zum Vorteil gereicht.« Allan wandte sich wieder an Lienta. »Und wie schlägst du vor, dass wir uns an den Patrouillen und den Wachposten auf der Mauer vorbeischleichen? Die Nadel liegt genau in der Mitte dieses Kraters, ohne nennenswerte Deckung zwischen den Mauern und dem äußeren Höhenzug.«

»Die Patrouillen zu meiden ist einfach. Sie folgen einem Muster, und zwischen ihnen ist genug Abstand, dass sie euch in der Dunkelheit nicht sehen werden. Den Wachen auf den Mauern auszuweichen, wird heikler. Aber wenn ihr durch das

Tor aufbrecht und unser eigenen Mauer zu einer bestimmten Stelle in der Nähe des zweiten Turms links folgt, dann versperren der Tempel und die Nadel selbst für so gut wie jeden auf Darius' Mauern die Sicht auf euren Weg. Außerdem planen wir eine Ablenkung, die auf mein Zeichen beginnt.«

»Was für eine Ablenkung?«

»Spielt doch keine Rolle«, warf Boskell ein. »Sobald sie beginnt, laufen wir von der Mauer in gerader Linie los, so schnell wir können, ohne Aufmerksamkeit auf uns zu lenken. In fünfzehn, vielleicht zwanzig Minuten sollten wir den Höhenzug hinter uns gelassen haben.«

»Und dann reisen wir.«

Allan, Lienta, Boskell und die Matriarchin drehten sich Kara zu, die auf ihrem Sitz die Schultern straffte. Keiner der anderen Anwesenden – Morrell, Grant, Drayden und Okata – hatten während der kurzen Planungsbesprechung bisher etwas gesagt.

»Dann reist ihr ab«, pflichtete die Matriarchin bei. »So schnell ihr könnt, denn drei Wochen lassen euch nicht viel Spielraum für den Fall, dass etwas schiefgeht. Und die Erfahrung sagt uns, dass *immer* irgendetwas schiefgeht.«

Alle um den Tisch rührten sich. Niemand hatte etwas von dem Essen oder den Getränken angefasst, die von den Temeriten-Dienern serviert worden waren. Kara zeigte sich entschlossen, auch wenn sie noch immer erschüttert vom Zusammenbruch Tumbors und dem Tod von Ty und Bryce zu sein schien. Morrell hingegen wirkte verdrossen und in sich gekehrt, hielt den Blick nach unten gerichtet.

»Wie lange haben wir noch?«, fragte Allan, der seiner Tochter suchend ins Gesicht sah.

»Drei Stunden. Dann steht der Mond am tiefsten, und es wird am dunkelsten sein.«

Allan stand auf. »In Ordnung. Drei Stunden also. Packt alle zusammen, was ihr mitnehmen wollt, falls ihr es noch nicht getan habt, und versammelt euch anschließend am Tor der Temeriten.«

Die Gruppe löste sich auf. Alle bis auf Morrell und Drayden zogen von dannen. Lienta und Boskell besprachen letzte Einzelheiten, Grant kündigte an, dass seine Halbwölfe bereit sein würden. Kara zögerte am längsten, bevor ihr auffiel, dass sich Morrell nicht von der Stelle gerührt hatte. Im Gehen warf sie einen Blick zurück und verstand.

Allan bewegte sich den Tisch entlang näher zum Stuhl seiner Tochter. »Bist du bereit?«

»Ja. Nein. Ist schwer zu sagen.« Schließlich schaute sie auf. Angst stand ihr deutlich ins Gesicht geschrieben. »Ich weiß nicht, ob ich es kann.«

Allan setzte sich auf den Rand des Tisches. »Gestern warst du noch überzeugt davon.«

»Gestern. Inzwischen hatte ich eine Nacht, um darüber nachzudenken. Alles hängt davon ab, dass meine Aufgabe gelingt.«

Allan ergriff ihre Hand, die gerade eine Scheibe Brot in winzige Krümel häckselte. »Ich weiß, dass du es kannst. Du hast schon immer getan, was nötig war.«

»Wie zum Beispiel?«

»Du hast Cory und andere geheilt, hast die Mauer für Hernande repariert. Drayden von einem Halbwolf zurück in einen Menschen verwandelt.«

Bei der Erwähnung seines Namens schnaubte Drayden. »Größtenteils.« Er knurrte, und Morrells Mund verzog sich zu einem verhaltenen Lächeln.

»Der springende Punkt ist: Du tust, was nötig ist. Du schaffst das. Stell es dir als Heilung des Landes vor.«

»Zweifelst du je an dir?«

»Andauernd. Ich bin bloß besser als du darin, es mir nicht anmerken zu lassen.« Er drückte ihre Hand, bevor er sie losließ. »Geh und pack deine Sachen zusammen. Zumindest etwas Proviant, wenn schon sonst nichts. Ich muss dasselbe tun.«

Morrell schob den Stuhl zurück, stand auf und steuerte auf die Tür zu ihren Unterkünften am gegenüberliegenden Ende der Botschaft zu. Drayden blieb gerade lang genug, um in seiner rauen Wolfsstimme zu murmeln: »Ich werde auf sie aufpassen.«

Allan sah den beiden nach, bis Morrell stehen blieb und sich zurückdrehte.

»Mir fehlen Janis und Muld. Können wir vielleicht dorthin zurück, wenn alles vorbei ist?«

Allan glaubte nicht, dass sie nur einen Besuch meinte. »Natürlich, Püppchen.«

Bei dem Spitznamen verzog sie leicht das Gesicht, beschwerte sich jedoch nicht.

Als sie weg waren, sah sich Allan in dem verwaisten Raum um, bevor er mit den Knöcheln auf die Holzplatte des Tisches klopfte und sich erhob, um selbst die Sachen zu packen.

***

Lienta wartete bereits mit Boskell, Okata, Grant und seinen Halbwölfen sowie zwei Gardisten, als Allan, Morrell und der Rest am Tor eintrafen, begleitet von der Matriarchin, Janote und ihren eigenen Gardisten. Hernande, Artras und Marcus stellten sich neben sie, als sich alle eines der bereitgestellten Pferde aussuchten.

Die kleine Gruppe wurde schwach von Fackellicht erhellt. Die Nacht war vor zwei Stunden angebrochen, weshalb das Licht die meisten von ihnen in flackernden Schatten zeigte, als sie sich herumbewegten. Allans Pferd schnaubte, als er sich dem Tier näherte, dann schnüffelte es an seinem Haar und einem Ohr, als er die Zügel ergriff und es mit sich führte. Kara sagte etwas zu Marcus, aber alle drei reagierten, indem

Hernande und Artras die Lumaga umarmten. Schließlich rief Boskell zum Aufbruch, und gleich darauf gingen sie unter der Steinmauer hindurch der Nacht draußen entgegen.

Grants Halbwölfe huschten hinaus in die Dunkelheit und verschmolzen im Nu mit den Schatten. Grant selbst und Drayden wahrten Abstand zur Hauptgruppe, um die Pferde nicht zum Scheuen zu bringen. Boskell schwenkte sofort nach links und führte sie die Mauer entlang. Mit ihrer gewaltigen Höhe ragte sie über Allans Schulter auf, so nah, dass er sie mit ausgestrecktem Arm zu berühren vermocht hätte. Sie passierten den ersten Turm, hielten jedoch erst kurz vor dem zweiten an.

Dann warteten sie.

Die Tiere rührten sich rastlos. Ledersättel und -riemen knarrten, obwohl noch niemand aufgestiegen war. Ein durchdringender Geruch ging von den Pferden aus. Allan streichelte den Hals seines Tiers, während er hinaus auf die Ebenen starrte. Wolken verhüllten den Großteil des Himmels und warfen dichte Schatten auf die Steine und das Gras unter ihnen, aber an manchen Stellen kämpfte sich der Mond durch, und vereinzelt konnte man auch Sterne sehen. Einmal vermeinte Allan, einen der Halbwölfe zu erspähen, war sich aber nicht ganz sicher.

»Aufsteigen.«

Boskells aus den Schatten dringende Stimme erschreckte Allan leicht, doch er stieg wortlos in den Sattel. Die anderen um ihn herum taten es ihm gleich.

»Woher wissen wir, wann …«, setzte Kara an, wurde jedoch von drei peitschenden Lauten unterbrochen, die von der anderen Seite der Mauer ertönten, gedämpft durch deren Dicke.

Stille folgte, und Boskell sagte: »Los jetzt! In gerader Linie auf die Ebenen!« Und damit setzten sie sich in Bewegung.

Sie hatten sich kaum dreißig Fuß von der Mauer entfernt,

als in der Stadt hinter ihnen etwas explodierte. Gleich darauf folgten zwei weitere krachende Knalle. Seltsam entfernt klingende Schreie hallten durch die Nacht. Auf halbem Weg zum Höhenzug vor ihnen setzte das atonale Geläut der Glocke am Tor der Nadel ein. Das Geschrei aus der Stadt wurde lauter, übertönte sogar das dumpfe Pochen der Hufe der Pferde und den Wind um Allans Ohren. Er schaute nicht zurück, um nachzusehen, was vor sich ging, weil er nicht die Kontrolle über die Geschwindigkeit seines Rosses verlieren wollte. Aber als sie die Kuppe des Höhenzugs erreichten und die vordersten Reiter bereits dahinter verschwunden waren, hörte er weitere peitschende Laute und noch zwei Explosionen.

Boskell hielt auf der anderen Seite der Kuppe nicht an, sondern ritt forsch weiter auf die Ebenen. Die Nadel und das Treiben dort blieben außer Sicht hinter ihnen zurück. Irgendwann bemerkte Allan, dass sich die Halbwölfe, Grant und Drayden zu beiden Seiten neben ihnen eingereiht hatten. Den Rest der Gruppe konnte er nur dann erkennen, wenn die einzelnen Reiter in ein Fleckchen Mondschein gerieten.

Eine halbe Stunde später wurde Boskell langsamer. Sie waren nicht gerast, dennoch glänzten die Pferde vor Schweiß und konnten die Pause gebrauchen. Allan glitt sofort aus dem Sattel und suchte den Temeriten-Leutnant auf.

»Ist man uns gefolgt? Haben sie uns aufbrechen gesehen?«

»Niemand ist uns gefolgt«, kam von Grant, der sich mit einem seiner Halbwölfe aus der Finsternis der Nacht näherte. »Dafür hat mein Rudel gesorgt.«

»Aber hat man uns gesehen?«

Grant zuckte mit den Schultern.

»Unser Angriff sollte sie abgelenkt haben«, warf Boskell ein.

Allan drehte sich zu ihm um. »Ihr habt angegriffen? Womit?«

»Katapulte. Sonst nichts.« Boskell begann, sein Pferd auf

Verletzungen zu untersuchen. »Wir haben sie eigentlich für die äußere Mauer gebaut, aber letzte Nacht zum Rand der Kluft verschoben. Damit sollte die Aufmerksamkeit der Kormanley auf ihre Gebäude gerichtet gewesen sein, nicht auf die Ebenen.«

»Ihr hattet Katapulte?«, fragte Kara. Allan hatte nicht gehört, wie sie sich genähert hatte. Er schaute zurück, aber der Rest der Gruppe wahrte Abstand, überprüfte Zaumzeug und Sättel, während Boskells Handvoll Gardisten die Weiten der Ebenen im Auge behielten.

»Wir sind besser auf einen Angriff vorbereitet, als ihr vielleicht denkt. Ursprünglich waren sie zu unserem Schutz und für die Bedrohung der Gorrani aus dem Süden vorgesehen, vor der ihr uns gewarnt habt.« Er zupfte einen Stein aus dem Huf seines Pferdes und warf ihn beiseite, bevor er das Bein des Tiers losließ. »Aber wenn wir sie gegen die Kormanley einsetzen müssen, umso besser.«

»Ihr habt einen bedeutenden Vorteil aufgegeben«, warf Grant brummend ein, »indem ihr preisgegeben habt, dass ihr Katapulte besitzt.«

»Lienta und die Matriarchin hielten es für notwendig. Sie glauben beide, dass du, Kara, und Morrell unsere einzige Hoffnung sind, die Ley in Ordnung zu bringen. Ihr musstet aus der Nadel entkommen. Es gab keine andere Möglichkeit.« Er erhob die Stimme so, dass ihn alle hören konnten, sprach jedoch nicht so laut, dass seine Worte weit über die Ebenen dringen würden. »Wir führen die Pferde zu Fuß zu einem Bach westlich von uns, gönnen ihnen eine Pause, füttern sie und lassen sie trinken. Dann trennen wir uns. Meine Gruppe bricht nach Süden auf, die von Allan nach Norden.«

Plötzlich fühlte sich die Nacht sehr still und kalt an. Allan ging zu seinem Pferd und tätschelte es. Das Tier verströmte vor Schweiß einen Moschusgeruch, und seine Bewegungen wirkten kantig. Sie begaben sich zum Bach, um die Pferde trinken zu lassen. Allan selbst tauchte die Hände ins frostige Wasser, bis sie taub wurden.

Schließlich rief Boskell das Ende der Pause aus.

Morrell kam zu ihm und umarmte ihn. Allan zog seine Tochter fest an sich, atmete tief den Duft ihres Haars ein. Sie zog sich als Erste zurück.

»Mir passiert nichts«, beteuerte sie. Ihre Stimme zitterte dabei nur leicht.

Dann wandte sie sich ab und stieg zögernd auf. Gleich darauf trat Boskell sein Pferd in Bewegung, und er, Morrell, Drayden, Okata sowie zwei Gardisten verblassten nach und nach in der Dunkelheit.

»Mach dir keine Sorgen, sie schafft das. Sie ist stärker, als sie aussieht.« Kara stand an Allans Seite, aber er traute sich nicht, sich ihr zuzudrehen, wagte sogar kaum, zu sprechen.

»Sie erinnert mich so sehr an ihre Mutter.«

Kara schwieg dazu, aber Grant räusperte sich. »Wir sollten aufbrechen. Drei Wochen sind nicht lang, und wir haben einen weiten Weg vor uns.«

Allan zwang sich, den Blick von der Stelle zu lösen, an der Morrell verschwunden war. Er kniete sich hin und spritzte sich etwas eiskaltes Wasser ins Gesicht, um sich wachzurütteln.

Dann richtete er sich auf. »Gehen wir.«

»Die Halbwölfe laufen als Kundschafter voraus und halten Ausschau nach Anzeichen für Devins Leute«, kündigte Grant an, als Allan und Kara aufstiegen.

»Hoffen wir, dass Boskell und seine Gardisten Morrell vor den Gorrani beschützen können«, murmelte Allan.

Dann traten auch sie die Pferde in Bewegung und brachen in Richtung Norden auf. Grant folgte ihnen mit galoppierenden Schritten.

***

Hernande stand betreten schweigend mit Marcus, Artras, der Matriarchin, Lienta und Janote am mittlerweile geschlossenen Tor des Temeriten-Bereichs der Nadel. Mit zusammengekniffenen Augen kaute er am Ende seines Bartes, während oben auf der Mauer Männer hin und her rannten. Er bekam das Zeichen mit, als es von der Mauer zu den inneren Gebäuden entlang der die Stadt teilenden Spalte weitergegeben wurde. Dennoch zuckte er zusammen, als die ersten drei Katapulte flammende Geschosse entfesselten.

»Was war das?«, fragte Artras erschüttert.

»Katapulte«, antwortete Hernande, bevor Lienta oder die Matriarchin es tun konnten.

Die drei Geschosse schlugen in der Stadt ein. Sofort folgten Geschrei und um sich greifende Panik, und das Geläut der Glocke vom Haupttor der Stadt erfüllte die Nacht.

»Woher hast du gewusst, dass …«

»Ich wusste nicht, dass ihr welche habt. Aber ich erkenne das Geräusch beim Abfeuern aus meiner Zeit in den Lehensgebieten vor meiner Flucht nach Erenthrall.« Er lauschte, als die zweite Salve abgefeuert wurde. Von ihrem Standort unter dem Tor konnte er nur einen helleren Schein in der Dunkelheit erkennen, als die feurigen Geschosse den Höhepunkt ihrer Flugbahn erreichten, bevor sie in die Stadt fielen, wo ein noch grellerer Schimmer aufflammte, als sie einschlugen. »Nach dem Klang beim Abfeuern sind es leichte Katapulte. Mit Teer gefüllte Geschosse?«

»So gebaut, dass sie beim Einschlag bersten und sich das Feuer über einen größtmöglichen Bereich ausbreitet.« Lienta betrachtete nachdenklich das Flackern des orangefarbenen Lichts an den Bäuchen der Wolken, als eine weitere Dreiersalve folgte. »So machen wir die nächste halbe Stunde weiter, als Ablenkung und als Warnung, falls Dalton mit dem Gedanken spielt, unsere Enklave anzugreifen.«

Hernande drehte sich zum Tor um und kaute angespannt

wieder an seinem Bart. »Haben sie es unbemerkt nach draußen geschafft?«

»Ich habe Männer, die sowohl sie als auch Daltons Reaktion beobachten. Wir sollten es in Kürze wissen.«

Marcus hatte sich nicht von dem laufenden Katapultangriff abgewandt. »Wie viele Katapulte habt ihr?«

»Fünf leichte, drei weitere werden gerade gebaut.«

»Was habt ihr sonst noch an Fernangriffswaffen?«

Lienta sah erst den Lumagus an, dann schaute er zur Matriarchin.

Sie schwenkte eine Hand. »Wir haben drei Wochen, um einen Angriff auf die Nadel zu planen, durch den diese drei in den Nexus gelangen. Früher oder später finden sie ohnehin heraus, was wir haben.«

Lientas Schultern wirkten angespannt, aber er sagte: »Wir besitzen außerdem zehn Ballisten. Dafür haben wir nur begrenzt Speere, aber wir verfügen über reichlich Teer für die Katapulte.«

»Und wie wollt ihr uns hineinbringen?«, fragte Artras.

»Bisher haben wir noch kaum geplant. Aber die Grundidee besteht darin, ihren schwächsten Punkt anzugreifen, nämlich das Nebentor, das ihr schon für die Flucht benutzt habt.«

»Das werden sie bis dahin versiegelt oder wiederaufgebaut haben«, gab Hernande zu bedenken.

»Aber wir haben dich, Artras und Marcus. Wenn ihr es nicht mit der Ley wegbrennen könnt, wie ihr es getan habt, als ihr entkommen seid, kann Hernande das Geflecht benutzen, um es aufzusprengen oder um einen anderen Abschnitt der Mauer aufzubrechen.«

Hernande zupfte gereizt an seinem Bart. »Wie ich sehe, hat euch jemand verraten, wie wir beim ersten Mal hereingekommen sind.«

»Solche Geheimnisse sind schwer zu bewahren«, gab die Matriarchin zurück.

»Scheint so. Aber meint ihr nicht, Dalton wird einen Angriff auf das Nebentor vorhersehen? Oder auch auf das Haupttor? Und ihr vergesst, dass da draußen zwei andere Armeen sind, die in diesem Augenblick in Richtung der Nadel marschieren. In drei Wochen haben wir vielleicht keinen Zugang zu diesen Toren oder auch nur zur äußeren Mauer. Wir könnten bis dahin von den Gorrani, Devins Männern oder beiden umzingelt sein.«

»Was machen wir dann?«, fragte Artras.

Die Matriarchin zeigte auf Lienta. »Sind unsere Kundschafter aus Norden und Süden schon zurück? Wissen wir, wie nah die Gorrani oder Devins Männer sind?«

»Nein. Laut Allan waren die Gorrani zwei Wochenmärsche von der Nadel entfernt. Jener Bericht war da aber schon ein paar Tage alt.«

»Und Devin?«

Der Temeriten-Hauptmann zuckte mit den Schultern. »Über seine Gruppe haben wir nichts gehört. Er könnte Erenthrall noch gar nicht verlassen haben. Wir haben ihn zuletzt im Kampf gegen die Gorrani vor unserer alten Enklave in der Stadt gesehen. Aber wenn er jetzt aufgebrochen ist und sich beeilt, könnte er es in drei Wochen mit einer Armee hierher schaffen.«

»Es ist unwahrscheinlich, dass er bis jetzt damit gewartet hat, uns zu folgen. Wir haben bei der Flucht eine beträchtliche Zahl seiner Männer getötet. Er ist sicherlich aufgebrochen, sobald er das Gefühl hatte, dass Erenthrall ihm gehört.«

»Dann gehen wir davon aus, dass er eintrifft, bevor wir handeln, um den Nexus zurückzuerobern.«

»Das könnte sogar nützlich sein«, warf Marcus ein. Sowohl Lienta als auch die Matriarchin sahen ihn an, als er fortfuhr. »Devin oder die Gorrani könnten genau die Ablenkung darstellen, die wir brauchen, um in den Tempel zu gelangen.

Wenn Dalton und Darius auf der Mauer mit der Verteidigung der Nadel beschäftigt sind, können wir uns inmitten der Wirren hineinstehlen.«

»Und wie?«, wollte Artras wissen.

»Unter Umständen habe ich dazu eine Idee«, meldete sich Hernande zurückhaltend zu Wort. »Sie würde Eure Gardisten einer geringen Gefahr aussetzen, Matriarchin, aber sie würde dafür sorgen, dass Dalton und Darius beschäftigt sind. Und wir würden aus einer Richtung eindringen, mit der sie nicht rechnen. Allerdings geht damit ein äußerst hohes Wagnis einher.«

Lienta versteifte den Körper. »Wie sieht die Idee aus?«

Bevor Hernande antworten konnte, traf ein Bote ein, trat zu Lienta und flüsterte ihm einen Bericht zu, ehe er wieder verschwand.

»Die zwei Gruppen haben es vorbei an Daltons Patrouillen geschafft, ohne bemerkt zu werden. Das ist alles, was wir vorläufig wissen.«

Die Anspannung, die sich unbewusst in Hernandes Schultern eingenistet hatte, lockerte sich. Auch Marcus' und Artras' Schultern sackten herab. Die ältere Lumaga neigte das Haupt, als wolle sie beten.

Die Matriarchin berührte Janotes Hand. »Dann sollten wir zur Botschaft zurückkehren. Wir können die Planung unseres Aufstands morgen fortsetzen. Immerhin haben wir noch drei Wochen, um jede Möglichkeit zu erörtern.«

Unter ihren Füßen lief ein leichtes Beben durch die Erde. Alle wechselten untereinander einen Blick, aber niemand sprach aus, was alle dachten: *Vielleicht gibt das Geflecht nach, bevor Kara und die anderen es in Ordnung bringen können.*

***

Dalton stand über dem riesigen Tisch im Raum der Planetenmaschine und blickte auf dessen Platte hinab. Er konnte sie durch die Katarakte, die seine Augen umwölkten, deutlich sehen, wenn auch nicht auf dieselbe Weise, wie er früher hatte sehen können, vor der Zersplitterung. Nun durchzogen bewegliche Farben seine Sicht, und gelegentlich erhielt er Erkenntnisblitze oder Visionen. Eingebungen in wachem Zustand waren ausgesprochen kurz und schwierig zu verfolgen. Wenn er hingegen schlief, entfalteten sie sich in seinem Geist wie Träume und dauerten länger, auch wenn sie nicht immer so deutlich ausfielen.

Darius und der Rest der Vollstrecker hatten die Karte des Tisches nicht angerührt. Die Holzklötzchen zeigten nach wie vor die letzten bekannten Aufenthaltsorte der Gorrani sowie jeder anderen nennenswerten Gruppierung in der näheren Umgebung. Aber Dalton wusste, dass zumindest teilweise überholt war, was sie anzeigten.

Während er hinsah, verschwamm ein großer schwarzer Stein und rückte näher zum Turm der Nadel. Auch kleinere Steine drumherum näherten sich. Die Konvergenz war klar, auch wenn sich die Stücke wieder an ihren ursprünglichen Positionen befanden, als Dalton blinzelte. Auf dem gesamten Tisch wimmelte es von Bewegung. Holzklötze und Steine wanderten nach links oder rechts, nach oben oder unten. Einige verschwanden, während andere aus dem Nichts auftauchten. Die Farben und Verschiebungen waren fließend und fesselnd.

Und sie offenbarten Dalton so viel von dem, was bevorstand.

Die Tür zur Planetenmaschine öffnete sich, und Darius trat ein. Seine Schritte klangen hart und zornig, als er auf Dalton und den Tisch zukam.

»Was bei allen Höllen machen sie?«

»Wer?« Dalton drehte sich nicht um, schaute nicht einmal auf.

»Die Temeriten! Sie bombardieren den Westrand der Stadt in der Nähe der Kluft mit Katapultbeschuss.«

Dalton kniff die Augen zusammen und beugte sich vor. Am Rand der Nadel erschienen zwei Kieselsteine. Durch die Katarakte beobachtete er, wie sich die Kiesel aufteilten. Einer bewegte sich nach Norden, der andere nach Süden, beide schnell. Doch die Vision verblasste, bevor er bestimmen konnte, wohin sie wollten.

»Ich vermute, es hat etwas mit den zwei Gruppen zu tun, die soeben die Nadel verlassen haben.«

»Was für zwei Gruppen?« Darius blieben neben dem Tisch stehen. »Wir halten die Tore geschlossen, und die Männer auf den Mauern und auf Patrouille haben nichts gemeldet.«

Dalton richtete sich auf. »Der Beschuss dient zur Ablenkung. Die Gruppen sind bereits an deinen Patrouillen vorbei.«

Darius fluchte wüst und lehnte sich auf den Tisch, obwohl es dort für ihn nichts zu sehen gab. »Ich brauche mehr Leute. Männer, denen ich vertrauen kann. Soll ich jemanden losschicken, um sie abzufangen und aufzuhalten?«

Dalton überlegte, aber seine Erkenntnisse vom Tisch waren unvollständig. Unter Umständen würde er in der Nacht, während er schlief, mehr erfahren. »Nein, jetzt nicht. Später vielleicht. Die zwei Gruppen sind klein, höchstens zehn Seelen in jeder. Wie du richtig sagst, haben wir nur ein Mindestmaß an Vollstreckern, denen wir vertrauen können. Wir brauchen sie hier, bei den Vorbereitungen für die Gorrani und die Hunde.«

»Devins Heer.« Der neue Befehlshaber deutete auf die Karte. »Diese Standorte sind überholt. Wo sind die Gorrani jetzt?«

Dalton verschob den großen schwarzen Stein und einige kleinere in seiner Nähe. Er griff nach einem kleinen Klotz aus poliertem Holz, der etwas abseits lag, und platzierte ihn auf der Karte nordöstlich von Erenthrall. »Devin hat Erenthrall mit seinen Männern vor vier Tagen verlassen.«

»Wie lange wird es dauern, bis er eintrifft?«

»Schwer zu sagen. Mindestens zehn Tage, höchstwahrscheinlich länger.«

»Die Gorrani sind näher.«

»Aber sie rücken langsam und vorsichtig vor. Ich würde sagen, uns bleiben auch bei ihnen zehn Tage, bis sie an unserem Horizont auftauchen.«

Darius betrachtete die neuen Standorte auf der Karte, dann stieß er sich vom Tisch ab. »Wir werden für sie gewappnet sein.«

Die Tür zum Raum der Planetenmaschine öffnete sich erneut, als Dalton bekräftigte: »Ja, das werden wir.«

Iscivius trat ein, gefolgt von einem Kontingent der Vollstrecker mit den Lumagiern Dylan und Jenner im Schlepptau. Beiden waren die Hände hinter dem Rücken gefesselt, aber sie setzten sich nicht zur Wehr. Zögerlich traten sie vor. Merkwürdigerweise erschien Dylan schillernder als Jenner. Sein Körper strahlte heller und verschwommener vor Möglichkeiten. Als der Lumagus nach seiner Gefangennahme in Erenthrall zum ersten Mal vor Dalton getreten war, hatte er weniger vielversprechend gewirkt. Aber vielleicht hatte das daran gelegen, dass Kara Tremain ihn überstrahlt hatte.

»Ich bringe die zwei Lumagier, wie du es wolltest.« Iscivius' Ton klang knapp und zerstreut. Er hatte Dalton wie auch den anderen Lumagiern nicht geglaubt, dass Marcus seine Schwester Irmona getötet hatte. Der Mann hatte sich geweigert, es zu akzeptieren, obwohl es von mehreren Beobachtern in der Grube bestätigt worden war. Einerseits ärgerte Dalton solche Sturheit, andererseits konnte er nachvollziehen, warum es Iscivius schwerfiel, sich mit Irmonas Tod abzufinden. Von ihr gab es keinen Leichnam wie bei Dierdre.

»Ich verstehe nicht, wofür du sie brauchst, Vater. Sie weigern sich, beim Nexus zu helfen, und wir können ihnen nicht vertrauen.«

»Wir brauchen sie«, betonte Dalton. »Mehr, als du ahnst.«

Die Augen auf Dylan gerichtet bewegte er sich durch den Raum. Der Lumagus trat zwar unruhig von einem Bein aufs andere, hielt seinem Blick jedoch länger stand, als Dalton erwartet hätte. Letztlich schaute er aber doch weg wie fast jeder. Es war schwierig, den Katarakten und der Eindringlichkeit von Daltons Blick standzuhalten. Der Vater blieb vor dem Lumagus stehen. Jenner sah er nicht einmal an. Der Vergleich der Möglichkeiten der zwei verriet ihm, dass Dylan den Schlüssel verkörperte. Jenner würde Dylans Führung folgen.

»Ihr arbeitet also nicht mit Iscivius zusammen.«

Dylan hob den Kopf. »Warum sollten wir? Er gehört zu den Kormanley.«

»Weil unser aller Leben davon abhängt.« Dalton drehte sich zurück zum Tisch und bedeutete den Vollstreckern, Dylan und Jenner hinzuführen. Iscivius und Darius folgten ihnen.

Dalton zeigte auf die Karte und die darüber verteilten Symbole. »Seht ihr diese schwarzen Steine? Sie stehen für die Streitkräfte der Gorrani, die in diesem Augenblick unterwegs zu uns sind. Sie sind aufgebracht, weil wir bei ihrem letzten Angriff auf die Nadel nahezu all ihre Krieger ausgelöscht haben. Ihnen wird egal sein, wer hier in der Nadel das Sagen hat. Sie werden jeden innerhalb dieser Mauern niedermetzeln, der kein Gorrani ist, ob Kormanley oder nicht. Und dieser lackierte Holzklotz hier steht für Baron Devins Armee, die aus Erenthrall kommt, wo die Ley derzeit Hunderte Fuß hoch in die Luft sprudelt – dank Kara Tremains fehlgeschlagenem Versuch, die Verkrümmung über Tumbor zu heilen. Aber selbst, wenn Erenthrall nicht durch die Ley unbewohnbar geworden wäre, hasst Devin euch Mulder. Ihr habt Aurek und einen beträchtlichen Teil seiner Männer getötet. Manch einer könnte sagen, ihr habt Aurek und seine Anhänger zum Sterben hierher gelockt. Ich bin sicher, das ist zumindest, was Devin glaubt. Diese beiden Streitmächte sind unterwegs hierher zur Nadel, wie ich es vorhergesehen habe. Die Schlangen und die Hunde. Sie werden hier aufeinanderprallen, und wenn wir uns nicht schützen können – wenn wir die Nadel nicht schützen können –, werden sie uns alle vernichten.«

»Du hast doch die Kormanley-Vollstrecker, die dich schützen«, gab Dylan zurück.

»Laut Darius hat Allan Garrett behauptet, Devin hätte Bluthunde dabei. Bluthunden sind unsere Vollstrecker nicht gewachsen. Sie werden einen Weg herein finden und die Tore öffnen, wie sie es bei den Temeriten in Erenthrall getan haben. Wir brauchen etwas, das selbst Bluthunde nicht umgehen können.«

»Und was wäre das?«, meldete sich Jenner zu Wort.

Iscivius antwortete. »Die Ley.«

Jenner wirkte immer noch verwirrt, Dylan hingegen verstand auf Anhieb. »Er will, dass wir eine weitere Wand aus Ley erschaffen, wie Lecrucius, als er die Gorrani damit aufgehalten hat. Die würden die Bluthunde nicht durchdringen können. Aber Lecrucius war ein Ober-Lumagus.«

Dalton wandte sich an Iscivius. »Kannst du Lecrucius' Ley-Wall nachbilden?«

Iscivius straffte die Schultern. »Das kann ich.« Dann schaute er zu Dylan und Jenner und fügte widerwillig hinzu: »Allerdings nicht ohne Unterstützung.«

»Deshalb brauchen wir euch«, erklärte Dalton und trat näher zu Dylan, so nah, dass sich ihre Gesichter fast berührten. Der Lumagus wollte einen Schritt zurückweichen, aber die Vollstrecker hielten ihn davon ab. »Wenn ihr nicht mithelft, werden sich die Bluthunde wenige Stunden nach der Ankunft von Devins Heer hinter unsere Mauern schleichen. Sie werden die Wachen am Tor töten und es öffnen. Devins Männer werden in die Stadt strömen. Sie werden wahllos jeden hinmetzeln, der ihnen über den Weg läuft. Die Nadel wird binnen eines Tages fallen. Ich habe es vorhergesehen.«

Dylan warf einen Blick zu Jenner, aber der ehemalige Weißmantel zuckte nur mit den Schultern.

Dylan, den Daltons Nähe sichtlich beunruhigte, blies rau den Atem aus und lenkte ein. »Wir werden mithelfen, aber nur, um die Nadel zu schützen. Wir werden die Ley nicht einsetzen, um die Bluthunde oder Devins Kämpfer zu töten.«

Dalton trat zurück. »Die Gelegenheit werden wir gar nicht bekommen. Der Ley-Wall muss stehen, bevor Devin eintrifft, sonst sind wir in der Gefahr, dass die Bluthunde sich vorzeitig einschleichen.« Er verlagerte die Aufmerksamkeit auf die Vollstrecker. »Bringt sie zurück in ihre Unterkünfte. Nehmt ihnen die Fesseln ab, aber postiert Wachen vor ihren Türen. Es ist ihnen nicht gestattet, ihre Kammern zu verlassen, bis wir sie brauchen.«

Dalton, Darius und Iscivius beobachteten schweigend, wie die zwei Lumagier aus dem Raum geführt wurden. Kaum hatte sich die Tür zur Planetenmaschine geschlossen, sagte Iscivius: »Wir können ihnen trotzdem nicht vertrauen.«

»Wir müssen. Der Wall ist die einzige Möglichkeit, die Bluthunde aufzuhalten.«

Ein Beben erschütterte den Tempel, das stärkste seit dem Vortag. Dalton stützte sich am Tisch ab. Die Klötze und Steine erzitterten an ihren Positionen. Ein paar in der Nähe der Ränder fielen zu Boden.

Nach wenigen Minuten endeten die Schwingungen.

»Es werden alle Lumagier hier im Tempel nötig sein«, sagte Iscivius, als wäre nichts geschehen.

»Die anderen werden sich Dylan und Jenner anschließen.«

Iscivius wirkte zweifelnd. »Da ist noch ein anderes Problem. Das Gebilde, das Lecrucius für den Ley-Wall erschaffen hat, war komplex. Ich verstehe nicht all seine Einzelheiten.

Ich werde nicht in der Lage sein, etwas zu ändern, ohne ungewisse Ergebnisse zu erzielen.«

Dalton bückte sich nach den zu Boden gefallenen Teilen. »Und was ist das Problem?«

»Der Ley-Wall wird die gesamte Nadel umschließen, auch den Teil, den die Temeriten an sich gerissen haben. Sie werden darin sein, bei uns.«

Dalton legte die Teile zurück auf den Tisch und drehte sich Darius zu. »Dann werden wir auch gegen einen Angriff der Temeriten gewappnet sein müssen.«

SIEBZEHN

»Ich dachte, du hättest gesagt, so nah bei der Nadel würden wir nicht auf die Gorrani stoßen«, brummte Boskell mit leiser Stimme.

In einem ausgetrockneten Wasserlauf hinter Boskell und Okata versteckt beruhigte Morrell die Pferde. Die Tiere spürten die Spannungen zwischen Boskell, den zwei Gardisten und Okata. Auch Draydens Nähe war nicht hilfreich. Ihre Nüstern blähten sich, während der ehemalige Halbwolf in dem schmalen, ausgetrockneten Flussbett hin und her lief. Die Tiere, denen er am nächsten kam, scheuten vor ihm zurück und stampften mit den Hufen. Morrell bewegte sich vorsichtig zwischen ihnen hin und her und murmelte leise, sinnfreie Worte der Beruhigung, während sie zugleich die Ohren spitzte, um Boskell und Okata zu lauschen.

»Sie sollten auch nicht hier sein«, gab Okata zurück. Morrell spähte zu den beiden, die am Rand des Wasserlaufs auf dem Boden lagen. Die zwei Gardisten waren links und rechts in Stellung gegangen und behielten ihre Flanken im Auge. Okata hatte ein kleines Fernglas in der Hand, mit dem er durch das verhüllende Gras in die Ferne schaute. »Laut unseren letzten Berichten haben sich die Gorrani südlich von hier geschart, noch Tage von der Nadel entfernt. Das Gebiet dazwischen hätte menschenleer sein sollen. Aber sie sind offenbar heimlich vorgerückt. Sie werden nicht gewollt haben, dass die Menschen in der Nadel ihren wahren Aufenthaltsort kennen.«

»Dann würde ich sagen, das ist ihnen gelungen. Wie viele sind es?«

»Um die tausend, grob geschätzt. Ich kann die Kennzeichen von mindestens zehn Sekten erkennen.«

Boskell fluchte und schaute zu Morrell, dann wieder in die Ferne. Morrell wünschte insgeheim, sie könnte selbst sehen, was die beiden sahen, obwohl ihr Herz auch so schon heftiger schlug als sonst. Sieben Tage lang waren sie schnell geritten, fast in gerader Linie nach Osten. Die ursprüngliche Aufregung darüber, die Nadel zu verlassen, in Gefilde aufzubrechen, die sie noch nie gesehen hatte, und Teil einer Gruppe mit einer Mission zu sein wie ihr Vater, hatte sich bereits in den ersten Tagen abgenutzt. Es lag daran, dass ihr zunehmend ins Bewusstsein sickerte, was sie in Wirklichkeit versuchten. Und der ganze Plan hing von ihr ab. Was, wenn sie den Knoten nicht nachbauen konnte? Was, wenn es sich als zu viel für sie erwies?

Die letzten drei Tage hatte sich Morrell in Selbstzweifeln geradezu geaalt. Nun fragte sie sich, ob sie Tumbor überhaupt erreichen würden.

»Wohin sind sie unterwegs?«, fragte Boskell schließlich.

»Nach Westen. Sie werden südlich an uns vorbeiziehen. Näher als vielleicht eine Meile werden sie uns nicht kommen. Damit sollten wir auch außerhalb der Reichweite ihrer Patrouillen bleiben.«

»›Sollten‹? Gefällt mir nicht, wie das klingt. Ich würde mich wohler fühlen, wenn wir weiter weg wären.«

»Die sehen uns, sobald wir uns in Bewegung setzen. Die Ebenen sind hier vergleichsweise flach.«

Ein Pferd schnaubte, und Morrell beruhigte es, bevor sie fragte: »Können wir nicht dem Flussbett folgen?«

Sowohl Okata als auch Boskell schauten zu ihr, dann sahen sie sich gegenseitig an, bevor Boskell einer Gardistin ein Zeichen gab. »Sesali, folg dem Verlauf. Finde heraus, wohin es führt und ob weiterhin genug Deckung für uns und die Pferde vorhanden ist.«

Die Frau trabte wortlos das ausgetrocknete Flussbett entlang in die den Gorrani entgegengesetzte Richtung davon, bewegte sich vorsichtig über den sandigen Untergrund und hielt den Kurzbogen gezückt.

Boskell und Okata beobachteten weiter die Bewegungen der Gorrani, während der andere Gardist – Hanter – die Position wechselte, um Sesalis Posten mit zu übernehmen.

Morrell entfernte sich von den Pferden und näherte sich Drayden, der nach wie vor auf und ab lief. Alle paar Minuten streckte er die Nase in die Luft und schnupperte.

»Was riechst du?«, fragte Morrell.

Er musterte sie kurz, dann deutete er mit einer Hand hinter sie. »Überwiegend Pferde.« Er zögerte, bevor er hinzufügte: »Vorerst sind wir hier sicher. Niemand ist heute in der Nähe dieser Stelle gewesen.«

»Es sei denn, die Gorrani haben Kundschafter entsandt.«

»Du bist beunruhigt. Ich kann es riechen.«

»Du etwa nicht?«, fragte sie ungläubig.

Der von ihr geheilte Halbwolf schnaubte kichernd. »Wir sind auf der windabgewandten Seite der Gorrani. Ich würde ihre Kundschafter wittern, lange bevor sie eintreffen.«

Morrell verdrehte die Augen und trat gegen den sandigen Untergrund des Flussbetts. Es schien schon länger kein Wasser mehr geführt zu haben. Als sie darüber nachdachte, wurde ihr klar, dass alle Flussläufe, die sie seit dem Verlassen der Nadel passiert hatten, ausgetrocknet gewesen waren. Sie erinnerte sich, dass Hernande – oder Cory? – darüber gesprochen hatte, wie die Beben und die Verkrümmungen über Erenthrall und Tumbor die Form des Landes verändert und Flüsse umgeleitet hatten. Die gesamte Region hier im Süden war vertrocknet, sogar die Luft schmeckte nach Erde. Die einzige Bewässerung boten Regenfälle.

Wenn es so weiterginge, würde sich die Gegend innerhalb kurzer Zeit in eine Wüste verwandeln.

»Wenn die Gorrani hier sind, wo wir sie nicht erwartet haben, bedeutet das dann nicht, dass die Menschen in der Nadel in Schwierigkeiten stecken?«

»Wir können sie nicht warnen. Wir haben niemanden, den wir zurückschicken können.«

Das gefiel Morrell ganz und gar nicht. Lienta und die Matriarchin sollten über die Gorrani Bescheid wissen. Hernande auch. Aber Drayden hatte recht – sie konnten niemanden erübrigen.

Schließlich kehrte Sesali außer Atem und mit geröteten Zügen zurück. »Das Flussbett verläuft größtenteils nach Nordosten. In ein paar Bereichen wären wir teilweise zu sehen, aber es sollte genügen.«

»Dann nehmen wir es«, entschied Boskell und kletterte mit Okata von seinem Beobachtungsposten herab, löste dabei eine kleine Lawine aus Erde und Kieseln aus. »Geh voraus. Wir führen die Pferde zu Fuß.«

Mit den Zügeln der Tiere in den Händen folgte die Gruppe Sesali den gewundenen ehemaligen Wasserlauf entlang. Okata und Hanter bildeten die Nachhut, wobei der Gorrani in regelmäßigen Abständen anhielt, um nach seinen Landsleuten zu sehen.

Im Verlauf des nächsten halben Tages waren sie gezwungen, Bereiche zu passieren, in denen die Böschungen niedriger und das Bett breiter waren, wodurch ihre Köpfe und Rümpfe teilweise über das umliegende, verdorrte Gras ragten. Okata hielt Ausschau nach Anzeichen dafür, dass die Gorrani sie gesichtet hatten, entdeckte jedoch keine. Zweimal erzitterte die Erde unter Beben. Das aus Sand und Kieseln bestehende Flussbett wirkte während des Rumorens eigenartig flüssig. Ehe die Beben endeten, waren Morrells Füße halb vergraben. Niemand verlor ein Wort darüber. Alle befreiten die Füße aus dem Sand und setzten den Marsch fort.

Erst gegen Sonnenuntergang fingen Okata und Boskell an,

sich zu entspannen, da sich die Streitmacht der Gorrani mittlerweile südwestlich ihrer Position befand. Als sich der Himmel im Osten zu verdunkeln begann, ließ Boskell sie anhalten und das Nachtlager mitten im Flussbett aufschlagen.

»Wir halten morgen früh wieder Ausschau nach den Gorrani«, kündigte er an. »Wenn wir sie durch das Fernglas nicht mehr sehen können, verlassen wir den Schutz des Wasserlaufs. Er bringt uns vom Kurs ab, also werden wir etwas Zeit aufholen müssen, aber mir ist dennoch lieber, wir bleiben unbemerkt.«

Alle ließen sich auf eigenen Fleckchen des steinigen Bodens nieder. Boskell teilte Wachen ein. Als die Nacht anbrach, schlich Drayden in die Dunkelheit davon, um die Gegend zu durchstreifen. Morrell vermutete, dass er nach etwas Blutigerem, Roherem suchte als der Mahlzeit aus Zwieback und Pökelfleisch, die sie zuvor gegessen hatten, weil sie nicht wagten, ein Feuer anzuzünden.

Sie legte sich auf ihr Lager und wand sich hin und her, bis sie sich eine kleine Mulde in den Kieseln geschaffen hatte. Dann rollte sie sich ein und starrte auf die in Schatten gehüllten Gestalten der anderen. Aber sie konnte nicht einschlafen. Ihre sorgenvollen Gedanken kreisten um die Gorrani, darum, was aus Cory, den Mentoren und den Studenten in der Nadel geworden sein mochte, und darum, wo sich Kara und ihr Vater befanden und was sie in Erenthrall erwarten würde.

Nachdem sich Morrell zum fünften Mal herumgerollt hatte, hörte sie jemanden zischen. Sie verlagerte die Haltung und stellte fest, dass Okata sie hinauf zum Rand des Wasserlaufs winkte, wo er Wache hielt. Morrell sah sich um, vergewisserte sich, dass er nicht jemand anderen meinte. Dann verließ sie ihre Liegestatt und kroch hinauf an Okatas Seite. Die Erde unter ihr fühlte sich kühl an, die Nachtluft roch nach Spreu und Staub.

»Kannst du nicht schlafen?«, fragte der Lumagus.

»Ich mache mir Sorgen um Cory, Hernande und Kara. Um meinen Vater. Um alle.«

»Verständlich.« Er deutete aus dem Wasserlauf nach Südosten. »Schau.«

Morrell teilte die Grashalme vor ihr, dann sog sie scharf die Luft ein.

Der Mond tünchte die sich in schier unendliche Weiten erstreckenden Ebenen in einen silbrigen Glanz, doch in weiter Ferne flimmerten Himmelslichtstürme über das Land. Morrell zählte mindestens vier verschiedene Gebiete, in denen die flimmernden Lichter tänzelten wie von unsichtbaren Winden erfasst. Alle bewegten sich in dieselbe ungefähre Richtung und wechselten unterwegs die Farben. Kräftige Blautöne, strahlende Grüntöne, atemberaubendes Rot, Violett und Gelb. Einer der Stürme begann, zum Himmel aufzusteigen, und verblasste zu lichten Schwaden, bevor er verschwand. Ferner im Osten erschienen zwei weitere Stürme und weiteten sich erschreckend schnell aus.

»Sie sind wunderschön.«

Okata verlagerte neben ihr unbehaglich das Gewicht. »Sie sind gefährlich. Und sie treiben durch das Gebiet, in dem Tumbor lag.«

***

Licht erstrahlte, und Cory kämpfte sich darauf zu. Die nachlassende Wirkung der Betäubungsmittel, die man ihm verabreichte, machte es möglich. Doch wie bei den letzten zwanzig Versuchen prallte er gegen die Glaswand zwischen Klartraum und wahrem Bewusstsein. Dieses Mal gelang es ihm jedoch, sofort dahinter zu blicken.

Der Raum war voll von Vollstreckern und Bediensteten. All die Menschen zeichneten sich als verschwommene Schemen aus Farben und Licht ab, die sich nach und nach festigten und deutlicher wurden. Die meisten knieten neben den Pritschen der anderen Mentoren und Studenten, wuschen sie entweder oder fütterten sie. Neben Cory selbst saßen zwei Dienerinnen. Eine stützte ihn im Sitzen, die andere hielt eine Schüssel Suppe und einen Löffel.

Seit man Bryce, Ty und die anderen weggebracht hatte, kamen die Kormanley regelmäßig, um sie mit Essen zu versorgen und sich um sie zu kümmern. Cory konnte Arme und Beine zwar immer noch nicht spüren, aber sie hatten die Dosis so weit verringert, dass er zumindest schlucken konnte, auch wenn sich Hals und Lunge dabei wund anfühlten. Jedes Mal zwang er sich, zu essen, so gut er konnte, um bei Kräften zu bleiben. Als die Dienerinnen anfingen, ihm die Suppe in den Mund zu löffeln, schluckte er deshalb, was man ihm anbot.

An diesem Tag gab es einen Gemüseeintopf, der größtenteils aus Brühe bestand.

Er ließ den Blick durch den Raum wandern, zählte die Vollstrecker und die Bediensteten und fluchte innerlich. Insgesamt über dreißig. Zu viele für ihn allein. Er hielt Ausschau nach Jerrain und Sovaan, aber beide sahen noch schlimmer aus, als er sich fühlte.

Jerrain mussten die Dienerinnen sogar beim Schlucken helfen. Ein Großteil seiner Brühe lief ihm an den Mundwinkeln heraus. Sovaan wiederum setzte sich trotzig zur Wehr. Er konnte sich ausreichend rühren, um den Mund zusammenzupressen und den Kopf ruckartig zur Seite zu drehen. Bei den Studenten bot sich ein ähnliches Bild.

Cory richtete die Aufmerksamkeit auf die Wachen. Alles Vollstrecker, alle leicht gelangweilt. Ein paar schienen sich unwohl zu fühlen. Cory wusste nicht, wie lange sie schon hier festgehalten wurden, aber es mussten mehrere Tage sein. Lang genug, dass die Wachen nicht mehr angespannt wirkten.

Sie fürchteten nicht mehr, die Hexer könnten vollständig erwachen und irgendetwas versuchen.

Cory fasste durch die Glaswand und schnappte sich ein Stück des Geflechts in der Nähe eines kleinen Hockers, den eine der Dienerinnen mitgebracht hatte und als Tisch benutzte, während sie Jerrain fütterten. Das Geflecht fühlte sich merkwürdig lose in seinem geistigen Griff an. Als wäre es einst straff gewesen, und jetzt hatten sich einige der Stränge darin gelöst. Cory bemühte sich, nicht darüber nachzudenken, was das bedeuten mochte, als er einen kleinen Knoten bildete und schließlich entfesselte.

Der Hocker erzitterte und schrammte ein Stück über den Boden.

Eine der Dienerinnen, die Jerrain fütterten, stieß einen spitzen Schrei aus und sprang auf. »Er hat es schon wieder getan! Habt ihr es gesehen?«

»Was gesehen?«, fragte ein Vollstrecker, löste sich von der Wand und trat auf die zwei Frauen zu.

»Der Hocker«, sagte die erste Frau und zeigte auf den Schemel, der sich nicht mehr an genau der gleichen Stelle wie zuvor befand. Die Schüssel stand noch darauf, aber es war Eintopf übergeschwappt und auf die Sitzfläche getropft. »Schon die letzten drei Mal, die wir hier gewesen sind, hat sich dieser Hocker plötzlich irgendwann während des Fütterns von allein bewegt. Ich schwöre, das sind diese verdammten Hexer!«

Der Vollstrecker lachte. »Die Hexer?« Er beugte sich hinab und ergriff Jerrains Kinn, starrte ihm eindringlich in die Augen und ließ ihn wieder los. »Die können nichts tun. Dafür sind sie zu stark betäubt. Siehst du?« Zum Beweis schlug er Jerrain mit der flachen Hand. »Sie sind gelähmt und kaum bei Bewusstsein; gerade so viel, dass ihr sie füttern könnt. Wären sie wacher, könnten sie Löcher in die Mauern sprengen. Und jetzt macht den da fertig. Darius und Vater wollen ihn haben.«

Damit stapfte er davon, während Corys Herz einen Schlag aussetzte. Was konnten Darius und Dalton von Jerrain wollen?

Die erschrockene Dienerin schlug ihre Helferin. »Warst du es? Hast du gegen den Hocker getreten?«

Die zweite Frau wehrte sie mit einer Hand ab. »Ich war das nicht, ich schwör's!«

Cory schenkte den beiden keine weitere Beachtung, heftete die Aufmerksamkeit stattdessen auf Jerrains Gesicht und Augen. Durch die weitestgehende Lähmung gestaltete es sich schwierig, Gesichtsausdrücke zu deuten, aber er glaubte, dass sich Jerrains Blick erst auf den Hocker, dann auf Cory gerichtet hatte. Mit Sicherheit vermochte er es nicht zu sagen.

Die erschrockene Frau kniete sich hin und rückte den Hocker näher, wobei sie noch mehr Eintopf verschüttete. Sie neigte Jerrains Kopf zurück und schob ihm den Löffel in den Mund. Die andere Frau massierte seinen Kehlkopf, um ihn zum Schlucken zu bringen. Die Augen des Mentors konnte Cory jetzt nicht mehr sehen.

Aber gleich darauf spürte er ein Schnippen an der Brust. Es konnte nicht von den beiden Dienerinnen stammen, die ihn fütterten, sondern musste von Jerrain oder Sovaan ausgegangen sein. Nur die zwei verfügten über genug Können, um etwas so Heikles so nah an jemandes Körper zu wagen. Nicht einmal Cory selbst traute sich das zu. Setzte man dabei zu viel Kraft ein, konnte man einem einen blauen Fleck oder Schlimmeres bescheren.

Bevor er zu entscheiden vermochte, was er als Nächstes tun sollte, stand die Dienerin auf, die sich wegen des Schrecks beschwert hatte, und ergriff ihren Hocker. »Wir sind hier fertig. Ihr könnt ihn haben.«

Damit verließ sie den Raum, gefolgt von ihrer Helferin, und der Vollstrecker trat vor. »Das reicht für heute. Raus mit euch allen. Ihr zwei, schnappt euch den Hexer und nehmt ihn mit.«

Zwei andere Vollstrecker setzten sich in Bewegung, steckten ihre Schwerter in die Scheiden, hievten Jerrain aus dem Bett und schlangen sich je einen Arm um eine Schulter. Sie schleiften den Mentor hinaus. Seine Füße schabten hinter ihnen her über den Boden. Zwei andere trugen einen weiteren dieser verdammten Wassereimer herein, als der Rest den Raum verließ. Die Bediensteten eilten aus dem Weg, denn schon breitete das Gas sich aus und brannte in Corys Lunge, als die Tür sich schloss. Das Licht und die Glaswand entschwanden.

***

Als er wieder zu Bewusstsein gelangte, hielt er sofort Ausschau nach Jerrain.

Die Pritsche des Mentors erwies sich als leer.

Die Bediensteten kamen nacheinander wieder herein und begannen, mit Schwämmen und Handtüchern alle zu waschen. Diesmal hatten sie eine Art Haferbrei oder Schleimsuppe mitgebracht, die Corys Kehle wie eine dicke Paste hinabschlitterte. Er nahm es kaum wahr, denn er ging zu sehr in seiner Sorge um Jerrain auf. Cory wollte das Geflecht verwenden, um Sovaans Aufmerksamkeit zu erregen. Er spielte sogar mit dem Gedanken, ihm gegen die Brust zu schnippen, wie es Jerrain bei Cory gemacht hatte – der Mistkerl Sovaan verdiente ein paar blaue Flecke. Aber er konnte sich nicht dazu überwinden. Stattdessen versuchte er, an Sovaans losem Hemd zu zupfen. Der Mentor schien es nicht zu bemerken, und am Ende ihres Besuchs nahmen die Vollstrecker auch ihn mit.

Cory schleuderte seinen Geist gegen die Glaswand, suchte den Raum panisch nach irgendeiner Möglichkeit ab, etwas zu unternehmen, ohne alle im Raum außer den Hexern zu töten. Aber schon wieder breitete sich das Gas längst aus, als der letzte Vollstrecker hinauseilte.

Als es in seiner Kehle zu brennen begann, begegnete sein Blick dem von Mirra, die in einem Bett auf der anderen Seite des Raums lag. Trotz ihrer größtenteils gelähmten Züge war der jungen Studentin Todesangst anzusehen.

***

Als Nächsten holten sie Cory. Man hatte weder Sovaan noch Jerrain zurückgebracht. Ihr Pritschen waren nach wie vor leer, die Decken immer noch zerknüllt. Cory entsandte die Sinne zu den Herzen der Vollstrecker, als er hochgezogen und durch die Tür hinausbefördert wurde. Um ein Haar hätten sie ihn in einen Eimer mit Wasser fallengelassen, und die zwei Männer, die den Eimer trugen, fluchten wüst. Im Gang draußen wimmelte es vor Vollstreckern. Selbst wenn er die zwei aufhielte, die ihn mit sich schleiften, würde ihm niemals genug Zeit bleiben, sich um sie alle zu kümmern, bevor sie ihn bewusstlos knüppelten.

Hinter der gläsernen Wand um seinen Verstand stieß er einen wortlosen Schrei der Frustration aus und ließ von den Herzen der Männer ab.

Sie schleiften Cory durch Gänge, die er nicht kannte. Sein Kopf baumelte schlaff an der Brust. Das Blickfeld beschränkte sich auf den vertrauten, rauen Steinboden des Tempels, gelegentlich eine Nische eines Durchgangs oder Quergangs und die Füße der Vollstrecker. Er hörte den Anführer der Männer weiter vorn Befehle rufen, und er vernahm die Schritte anderer sowohl von vorn als auch von hinten. Der Geruch von Gewürzen und verschmortem Fleisch erfasste ihn, und sein Magen krampfte sich vor Hunger zusammen. Dann jedoch bogen sie in einen anderen Korridor, und der Duft verflüchtigte sich. Allerdings verriet er Cory, dass sie in der Nähe der Küchen in der ersten Ebene des Tempels vorbeigekommen sein mussten. Mittlerweile befanden sie sich in den Räumen und Fluren nördlich, einem Abschnitt, den er immer für die Unterkünfte der Bediensteten gehalten hatte.

Die Vollstrecker blieben stehen, und eine Tür öffnete sich. Sie traten ein und warfen Cory auf eine weitere Pritsche. Der flüchtige Blick auf den Korridor draußen, während sie mit seinem Körper hantierten, verschaffte ihm zwar keine neuen Erkenntnisse über seinen Aufenthaltsort, aber er sah kurz, wie Darius mit dem Anführer des Vollstreckertrupps sprach.

Dann sank sein Kopf zurück, und er konnte nur noch an die Decke starren. Die Tür wurde geschlossen, die Geräusche des Gesprächs und der Schritte draußen entfernten sich. Unterbewusst versuchte Cory, die Luft anzuhalten, um nicht das beißende Gas einzuatmen, aber es kam kein Gas.

Er wusste nicht, wie lange er dort lag, während seine Gedanken ziellos kreisten, bevor ihm bewusst wurde, dass die Haut in seinem Gesicht kribbelte, als würde er mit Tausenden winzigen Nadeln gestochen. Es fing unter den Augen an und breitete sich über die Wangen zu den Ohren und hinunter zum Hals aus. An den Lippen schien sich die Intensität der Empfindung zu verdoppeln, und er stöhnte. Dass er diesen Laut tatsächlich hörte, verblüffte ihn. Er versuchte, mit einem kräftig ausgestoßenen Atemzug seinen Namen zu sagen, aber sein Mund zuckte nur.

Quälend langsam floss die Lähmung erst aus seinem Gesicht, dann hinunter zum Brustbereich ab. Er lachte, als es ihm gelang, »Cor« zu murmeln, und dann, eine gefühlte Ewigkeit später, »Cory«.

Das Kribbeln hatte sich gerade auf seine Schultern ausgebreitet, als sich die Tür wieder öffnete. Ohne nachzudenken, drehte er mit steifen, widerwilligen Muskeln den Kopf. Darius und Dalton traten mit zwei Vollstreckern ein, mindestens vier weitere, die Cory erspähte, blieben draußen. Die zwei Vollstrecker stellten Stühle vor Corys Bett, dann traten sie zurück, als Darius und Dalton darauf Platz nahmen.

»Wie ich sehe, hast du etwas von deiner Beweglichkeit zurückerlangt«, sagte Dalton. »Kannst du schon sprechen?«

»Wo … Jerrain … Sovaan?« Es drang als zorniges, ersticktes Krächzen hervor.

»Also geht das. Gut. Es wird einfacher, je mehr die Wirkung des Gases nachlässt.« Dalton beugte sich vor und musterte ihn mit seinen fahlen, milchigen Augen, bevor er sich wieder zurücksetzte. »Wir haben ein Angebot für dich. Darius?«

»Die Gorrani und Baron Devin nahen – die Schlangen und die Hunde, genau, wie Vater es vorhergesehen hat. Sobald sie hier sind, werden wir die Nadel verteidigen müssen. Du und die anderen Hexer könnten uns dabei helfen. Wir haben gesehen, was ihr bewirken, welchen Schaden ihr anrichten könnt. Ihr seid innerhalb von Minuten durch unsere Mauern eingedrungen, indem ihr euch den Weg durch soliden Stein gesprengt habt. Wir wollen, dass ihr diese Macht gegen die Gorrani und Baron Devins Armee einsetzt, wenn sie hier sind.«

»Von der Mauer aus könnt ihr ihnen beträchtlichen Schaden zufügen«, ergänzte Dalton. »Wir würden euch in einem der Türme des Haupttors postieren, wo ihr tut, was immer ihr mit dem Geflecht anstellt, und ihr könnt sie vernichten, bevor sie sich der Nadel auch nur auf hundert Schritte nähern.«

»Und wenn du einwilligst, werden die anderen deinem Beispiel folgen«, fügte Darius hinzu. »Sie sind nur Studenten.«

Die zwei verstummten. Wartend starrten sie Cory an.

Er hustete, bevor er mit brüchiger Stimme fragte: »Wo sind Jerrain und Sovaan?«

»Tot«, antwortete Darius.

»Sie haben sich geweigert, mit uns zusammenzuarbeiten«, erläuterte Dalton.

Cory spannte die Muskeln an, um aus dem Bett zu springen und Dalton an die Gurgel zu gehen. Seine Brust bebte vor

Anstrengung, doch gelang es ihm lediglich, den Kopf zu heben. Die Muskeln an seinem Hals traten straff hervor, letztlich sank er aber mit einem erstickten Aufschrei zurück auf die Pritsche. Sein Atem ging in rauen Stößen. Tränen brannten ihm in den Augenwinkeln, aber er drängte sie zurück. Er drängte alles zurück – die Wut, den Kummer –, und allmählich beruhigte sich seine Atmung.

Cory starrte an die Decke, bis er sich gefasst hatte, dann rollte er den Kopf zur Seite. Die Finger seiner rechten Hand zuckten. Nach dem, was Dalton über das Gas gesagt hatte, glaubte er nicht, dass er schon so früh dazu in der Lage sein sollte. Also biss er die Zähne zusammen, schleuderte den beiden Kormanley einen finsteren Blick zu und hoffte, sie würden es nicht bemerken.

»Das hat Jerrain nicht verdient«, presste er schließlich hervor, die Stimme leise, aber immer noch brüchig, immer noch rau. Er glaubte nicht, dass sie je wieder normal klingen würde. Dafür fühlte sich seine Kehle zu wund an. »Und Sovaan auch nicht.«

»Sie haben entschieden, uns nicht zu helfen.« Dalton hob das Kinn. »Wie entscheidest du dich?«

Cory lachte, ein düsterer Laut. »Und wenn ich ablehne, tötet ihr mich, bevor ihr mit Mirra oder einem der anderen weitermacht?«

»Wenn es nötig ist.«

»Dann habe ich keine große Wahl.«

Darius erhob sich und ragte bedrohlich über Cory auf, eine Hand am Griff seines Schwertes. »Mehr bekommst du nicht.«

Cory starrte zu ihm hinauf, dann schaute er zu Dalton, der sitzen blieb. »Sie sind nur Studenten.«

»Studenten mit der Macht, Erde und Stein, Fleisch und Blut zu zerstören. Mit der Macht, mit einem Gedanken zu töten.«

Am liebsten hätte Cory ihnen herzhaft in die Gesichter gespuckt. Stattdessen atmete er durch die Nase ein und sagte: »Ich werde euch helfen.« Wenn er erst die verfluchte Lähmung abgeschüttelt hätte, würde er einen Weg finden, den Rest der Studenten aus Daltons Klauen zu befreien und aus dem Tempel zu schaffen. Bis dahin sollte der Alte ruhig denken, dass er ihnen half.

Darius ging sofort zur Tür, öffnete sie und gab den Gardisten draußen ein Zeichen. Dalton stand auf und versperrte Cory die Sicht.

»Du hast eine weise Entscheidung getroffen, Cory. Wenn wir die Nadel nicht halten können, wird niemand von uns überleben. Weder Devin noch die Gorrani würden sie so benutzen, wie es nötig ist.«

Er trat beiseite. Zum Vorschein kam ein kleiner Tisch mit einer Schüssel darauf, den die Vollstrecker hereintrugen. Darius und die anderen Soldaten waren bereits hinausgegangen. Dalton hielt an der Tür inne.

»Wir lassen dich richtig wachwerden, wenn die Gorrani eingetroffen sind. Bis dahin …«

Er zog ein kleines Tütchen aus der Tasche und warf es in die Schüssel, dann trat er hinaus und schloss leise die Tür hinter sich.

Wenige Augenblicke später setzte der Gestank des Gases ein, und Cory fluchte, als es ihn zurück hinter die Glaswand und in die Dunkelheit zog.

***

Morrell prustete, als ihr der Wind den Saum der eingeölten Decke aus der Hand riss und schwerer Regen in ihr Gesicht peitschte. Sie schnappte sich den flatternden Zipfel und zog ihn zurück, dann duckte sie sich tiefer in die flache Senke, in der sie und der Rest der Gruppe kauerten, während über ihnen das Unwetter tobte. Ein Blitz gleißte, fast sofort gefolgt von Donner, und wieder versuchte der Wind, ihr den kargen Schutz vor dem stechenden Prasseln des Regens zu entreißen. Morrell umklammerte die Decke fester und fluchte mit klappernden Zähnen. Der Regen war kalt und hatte sie längst bis auf die Haut durchnässt. Es goss wie aus Eimern, was der böige Wind zusätzlich verschlimmerte.

Sie ließ den Blick über die anderen wandern. Die Gardisten hatten die Köpfe geneigt, um die Gesichter zu schützen. Okata schaute zum Himmel empor. Sein Bart funkelte, im Licht weiterer Blitze, die über die Ebenen um sie herum zuckten. Boskell sah elend aus. Drayden hingegen benutzte nicht einmal eine Decke, sondern saß nur da und ließ den Regen an sich herabperlen. Bevor sie von den Wolken aus Nordwesten eingeholt worden waren, hatten sie nach irgendeinem Unterschlupf gesucht, jedoch nichts gefunden. Die Pferde standen ein Stück entfernt, die Hinterteile dem ärgsten Wind zugedreht, die Schädel gesenkt, schwarze Schemen im kalten Grau. Eines der Tiere schüttelte gelegentlich den Kopf.

»Wie lange wird das noch dauern?«, rief Boskell.

Als Okata den Kopf senkte, strömte ihm Regen übers Gesicht. Es schien ihn überhaupt nicht zu stören. »Sehe ich aus wie ein Wetterhexer?«

Und plötzlich lösten sich drei Gestalten aus dem Grau hinter dem Lumagus. Im grellen Licht eines weiteren Blitzes sah Morrell die verdutzten Gesichter der Gorrani.

Sie kreischte und zeigte hin. Okata und Hanter reagierten am schnellsten und hatten schon die Klingen gezogen, als sie aufsprangen. Aber die Gorrani waren noch schneller, und Hanter befand sich ihnen am nächsten. Ein Gorrani-Krummschwert hieb über seine Brust, und er fiel geräuschlos. Sesali und Boskell stürmten nach oben und vorn außer Reichweite, auf Morrell zu. Okata nahm ihren Platz ein. Sein Schwert prallte klirrend auf die anderen zwei Klingen und wehrte beide ab, als der Mann, der Hanter getroffen hatte, dazu ansetzte, Boskell und Sesali zu folgen. Drayden stieß Morrell zurück zu den Pferden, bevor er zu den anderen eilte. Diesmal riss ihr der Wind die Decke endgültig weg. Im unregelmäßigen, kurzen Licht bekam sie den Kampf bruchstückhaft mit, während sie versuchte, außen herum zu Hanter zu gelangen. Ihre Finger tasteten nach dem Messer an ihrem Gürtel, das sie hauptsächlich zum Essen benutzte, dann zog sie es heraus.

Hinter ihr wieherte panisch eines der Pferde, und sie wirbelte herum, als sich Arme um sie schlossen und sie fest an jemandes Brust zogen.

»Drayden!« Morrell wand sich im Griff des Mannes und strampelte mit den Füßen, als sie hochgehievt und zurückgezogen wurde. Der Arm mit der Messerhand war eingeklemmt. Sie klatschte die freie Hand auf den Oberarm des Mannes und bohrte die Finger in den Muskel. Mit einem Fluch in der Sprache der Gorrani zuckte er zurück, und sein Hemd zerriss. Morrell griff erneut nach ihm. Ihre Finger fanden den Weg durch den Riss und berührten Haut. So konnte sie in den Körper des Mannes eintauchen, verschmolz innerhalb eines Atemzugs mit ihm. Dort verkrampfte sie ein paar Muskeln in seinen Schultern und jagte stechende Schmerzen in seinen Magen.

Seine Arme wurden schlaff und taub, und Morrell entwand sich ihm in einem Lidschlag, bevor er sich vornüber krümmte und ins zertrampelte Gras übergab. Sie trat ihm hart gegen den Kopf, doch vor dem zweiten Tritt überlegte sie es sich anders, als er stöhnend auf die Seite rollte. Sie bückte sich, berührte seine Stirn und sagte: »Schlaf«.

Jäh versank er in Besinnungslosigkeit.

Eine Hand legte sich auf ihre Schulter. Sie wirbelte herum und holte mit dem Messer aus, aber Finger schlangen sich um ihr Handgelenk. »Ich bin's, Morrell.«

Sie erkannte Boskells Stimme, bevor ein Blitz sein Gesicht

offenbarte. Blut aus einer Platzwunde schlängelte sich über seine Stirn, zeichnete sich in der Düsternis schwarz auf seiner hellen Haut ab. Okata erledigte gerade den letzten Gorrani. Drayden stand mit wildem Blick über drei anderen, die Morrell noch gar nicht bemerkt hatte. Sesali hielt sich mit schmerzverzerrter Miene etwas abseits und umklammerte einen Arm. Morrell zählte sieben Gorrani. Sie vermutete, dass alle bis auf den tot waren, der sie gepackt hatte.

Ihr Blick fiel auf Hanter.

Sie rannte zu ihm, drehte ihn auf den Rücken herum und ergriff mit beiden Händen seinen Kopf. Die Himmelslichter stellten sich mühelos ein. Sie erwachten flackernd zum Leben, praktisch noch bevor Morrell sie gerufen hatte und stärker als bei jeder Übung in der Nadel. Sie tauchte damit in Hanters Körper ein.

»Er lebt noch.«

Die anderen scharten sich um sie. »Kannst du …«

»Ruhig.«

Morrell hob das Gesicht in den Regen. Er prasselte so stechend auf ihre Haut ein, als wäre es Hagel, doch sie spürte es kaum. Hanter verzehrte sie – die quer über seine Brust verlaufende Wunde war roh, offen und grauenhaft. Das Schwert hatte durch Stoff, Haut und Muskelgewebe geschnitten, war zwischen zwei Rippen hindurchgedrungen und hatte die Lunge erwischt und das Herz gestreift. Der Blutverlust war gewaltig und Hanters Bewusstsein auf den matten Schimmer eines Glühwürmchens geschwunden, der bald flackernd erwachte, bald erlosch. Jedes neue Aufleuchten fiel schwächer aus als das davor.

Als es wieder glomm, packte es Morrell und hielt es fest, gestattete sich, vollkommen mit Hanters Körper zu verschmelzen. Die sengenden Schmerzen ließen sie nach Luft schnappen, aber sie flutete die Wunde mit den Himmelslichtern, ließ ihre Haut davon durchwirken und sank tiefer in das Gewebe, in Muskeln und in Knochen. Das Glühwürmchen in ihrem Griff flackerte, und sie rang damit, zog es näher, starrte in den gelblich-grünen Schein.

Gefühle und Bilder brandeten durch sie, ein Ansturm unzusammenhängender, aber eindringlicher Erinnerungen: tiefe Trauer, als er den blassen Leichnam seines achtjährigen Sohnes in die Arme hob und an die Brust drückte, während die Hände seiner Ehefrau sanft auf seinen angespannten Schultern ruhten und der Heiler betreten daneben stand; ausgelassenes Lachen, das tief aus ihrem Innersten drang, während er wild mit einem wunderschönen jungen Mädchen mit flachsblondem Haar tanzte und sich die Welt als verschwommenes Rund aus Musik und Farben um sie herum drehte; das Donnern seines Herzens, das voll nackter Panik durch den gesamten Körper dröhnte, als er durch die Straßen von Erenthrall rannte, die Hand seiner Ehefrau fest umklammert, während die Verkrümmung über ihnen ohrenbetäubend kreischte, sich zu entfalten drohte und überall Männer und Frauen schrien, während die ganze Welt um sie herum schauderte.

Dann verblassten die Erinnerungen, wurden undeutlicher, trüber. Das Glühwürmchen begann, zu sterben. Morrell hielt es weiter fest, während sie Hanters Wunden heilte, angefangen mit dem Herzen. Aber sobald sie die Kraft der Himmelslichter anzapfte, sobald das Herz begann, sich zusammenzufügen, verblasste das Glühwürmchen schneller und schneller. Sie konnte es nicht länger festhalten. Die Erinnerungen flossen aus ihr ab, streckten sich wie ein Gummiband und lösten sich schließlich mit einem schmerzlichen Reißen.

Noch bevor sie richtig angefangen hatte, erlosch das Glühwürmchen.

Eine Dunkelheit näherte sich, erstickend, unerbittlich, eine Dunkelheit, an die sich Morrell von Corys Heilung erinnerte, als sein Bein zerquetscht von dem Felsblock in den

Höhlen von Muld eingeklemmt lag. Damals hatte sein Fuß zu sterben begonnen, weil die Blutzufuhr zu ihm abgeschnitten gewesen war.

Dieselbe Dunkelheit fing an, sich in Hanters Körper auszubreiten – *ihrem* Körper. Morrell war immer noch bis in die Tiefen ihrer Seele mit dem Vollstrecker verflochten.

Dann taumelte sie weg, als die Dunkelheit an ihr zerrte, sie nach unten zog, in ihr eigenes Fleisch eindrang. Irgendjemand brüllte aus voller Kehle, doch Morrell konnte es kaum hören. Mit der Dunkelheit kam Eis; ein Kälteschauer, der ihre Muskeln mit erlesenem, schauderndem Schmerz zerfleischte, bevor alle Empfindungen endeten. Ein Teil von ihr streckte sich jenem Schmerz entgegen, während ein anderer krampfhaft versuchte, sich zu befreien.

Dann packten kräftige Hände ihre Schultern und rissen sie zurück. Ihre Finger lösten sich von Hanters Gesicht. Ihr Wesen wurde aus dem Leib des Manns gesogen wie Stiefel aus zähem Schlamm.

Boskell drückte sie auf den Rücken und kauerte sich rittlings über sie. Blitze zuckten, Donner grollte, Regen prasselte peitschend vom Himmel. Boskell schlug sie. Aber sie konnte es nicht spüren, konnte gar nichts spüren. Alle Empfindungen … abgestorben. Sie hatte den Tod mit sich genommen. Seine Kälte bohrte sich in sie, sickerte tiefer und tiefer, als der Temeriten-Leutnant sie abermals schlug.

Morrell durfte sich nicht vom Tod holen lassen. Allerdings fühlte sich seine Berührung nicht unangenehm an. Ein leichter Schmerz, gefolgt von herrlicher Taubheit.

Dann jedoch erreichte er ihre Lunge, und ihr Atem stockte. Mit einer Willensanstrengung rief sie nach den Himmelslichtern. Sie antworteten so schnell wie zuvor für Hanter, fuhren mit einem heißen Feuer in sie und stemmten sich gegen das Eis.

Boskell entfuhr ein Fluch, und er sprang von ihr, als die

Himmelslichter ihren Leib mit schillerndem Licht umfingen. Morrell wölbte den Rücken durch, als das Feuer das Eis aus ihr sengte, dann sackte sie auf das triefnasse Gras zurück. Die Himmelslichter verblassten.

Sie hob die Hand und berührte ihr Gesicht. »Ich kann den Regen wieder fühlen.«

Drayden erschien. »Geht's dir gut?«, fragte er mit seiner tiefen, rauen Stimme. Er untersuchte sie von Kopf bis Fuß. Seine Nasenflügel blähten sich dabei, als könnte er den Tod riechen. Bei jedem Ausatmen grunzte er.

Morrell setzte sich auf. »Ich konnte ihn nicht retten.« Sie sog tief die Luft ein, um sich zu beruhigen, und dachte daran zurück, was Freesia darüber gesagt hatte, dass der Heilvorgang den Heiler und den Patienten gleichermaßen auslaugte. »Ich glaube … Ich glaube, mein Versuch, ihn zu heilen, hat ihn stattdessen umgebracht.«

»Er hätte so eine Wunde niemals überlebt«, merkte Boskell an.

Aus den Schatten des Sturms traf Okata mit den Pferden und mit Sesali ein, die sich nach wie vor den Arm hielt. »Wir müssen weg. Sofort. Das waren keine Kundschafter, das war eine Patrouille. In der Nähe ist ein Lager der Gorrani. Man wird die Patrouille vermissen.«

Draydens Hand schloss sich schützend um Morrells Arm. »Sie hat sich noch nicht erholt.«

»Kannst du reiten?«, fragte Boskell.

»Ja.«

»Dann lass uns reiten.«

Drayden schnaubte missbilligend, aber Morrell schenkte ihm keine Beachtung. »Was ist mit Hanter? Wir können ihn nicht einfach hier unter freiem Himmel liegen lassen!«

»Wir haben keine Wahl. Die Gorrani sind zu nah.«

»Lasst mich wenigstens versuchen, erst Sesalis Arm zu heilen.«

Boskell zögerte, bevor er schließlich nickte.

Sesali zischte, als Morrell ihren Arm ergriff. Das Blut der Gardistin fühlte sich glitschig unter Morrells Fingern an, aber als sie begann, die Himmelslichter erneut heraufzubeschwören, flackerten sie nur matt. Ein Schwindelanfall überkam Morrell, und Drayden schrie abermals auf, als sie zu fallen begann, dann fing er sie auf.

»Es tut mir leid«, murmelte Morrell. Man konnte die Worte kaum verstehen.

Sesali schaute kurz enttäuscht drein, doch gleich drauf riss sie sich den Ärmel ab und knotete ihn fest um die Wunde. »Ist nicht so tief«, sagte sie, bevor sie Boskell ein Zeichen gab.

Allerdings hatte Morrells kurze Verbindung mit ihr genügt, um zu wissen, dass sie log. Morrell würde versuchen müssen, die Gardistin so bald wie möglich zu heilen.

Sie wollte es ihr mitteilen, aber Drayden hatte Morrell bereits an Okata weitergereicht, der sie vor sich in den Sattel hievte und die Zügel sowohl seines als auch ihres Pferds ergriff. Dann stiegen Boskell und Sesali auf. Die Gardistin übernahm Hanters Pferd, und sie ritten los, hinein in den Sturm.

Morrell klammerte sich am Sattelknauf fest. Die Welt glich einem zerfetzten Tuch aus beißendem Wind, frostigem Regen, Blitz und Donner. Sie wurde das Gefühl von Eis nicht los. Es klebte an ihrer Haut wie ein nasses Leichentuch.

Ebenso wenig kam sie über Hanter hinweg, obwohl sie ihn kaum gekannt hatte. Morrell klammerte sich an den Erinnerungen fest, die sie durchlebt hatte, weil sie fürchtete, sie könnten ihr entgleiten wie das Glühwürmchen. Sie zwang sich, sie wieder und wieder zu erfahren, während sie ritten, um sie niemals zu vergessen. Die Tränen, die sie vergoss, verloren sich im Regen, trotzdem wusste sie, dass sie weinte. Ihr gesamter Körper pulsierte qualvoll vor Kummer.

Eine Stunde später – vielleicht auch mehr, die Zeit hatte für Morrell aufgehört zu existieren –, flaute der Sturm ab, und

Okata wurde langsamer. Der Regen ließ nach, und der Wind legte sich. Die Wolken brachen auf, und Sonnenlicht ergoss sich über die Ebenen.

»Was ist das?«, fragte Sesali und zeigte hin.

Nicht weit entfernt endete das Grasland, und aufgebrochene Erde begann. Felsbrocken ragten in alle Richtungen in die Luft, einige mit Kanten so scharf wie Klingen, andere hoch wie Türme. Es sah aus wie ein Feld voll Glasscherben, nur handelte es sich um Gestein. An verschiedenen Stellen tänzelten und flackerten Himmelslichtstürme über etliche Morgen des Geländes.

»Das sind die Überreste von Tumbor«, antwortete Okata. »Wir sind am äußeren Rand des Bereichs angelangt, den die Verkrümmung umschloss.«

Voll stummem Grauen starrte Morrell hin. Es war nichts Erkennbares verblieben. Die Landschaft hatte sich völlig verändert, wirkte zutiefst fremdartig.

Okata hielt nicht an.

Eine Stunde später betraten sie das zersplitterte Land. Ihnen blieben noch zehn Tage, um den Mittelpunkt von Tumbor zu erreichen.

ACHTZEHN

Kara saß auf einem Felsbrocken auf der Kuppe einer kleinen Erhebung unter dem kühlen Licht der Sterne und starrte zum fernen Horizont im Norden. Dort wurden die Sterne von einer strudelnden Wolkenmasse verschluckt, durch die unablässig Blitze zuckten und sie von innen mit flüchtigem violettem und blauem Licht erhellten. Der Himmel wirkte dadurch, als hätte er einen Bluterguss. Noch greller jedoch zeichneten sich die Drei Schwestern ab, die Verkrümmungen über Ikanth, Severen und Dunmara. Am hellsten pulsierte die über Severen, während die zwei anderen wie bloße Echos anmuteten. Doch nicht die Helligkeit an sich bereitete Kara Sorgen, sondern der Takt ihres Flackerns.

Sie kaute auf der Unterlippe, während sie die Verkrümmungen betrachtete und über die sie umgebenden Phänomene nachdachte: die Wirbel und Erschütterungen der Erde, die sich fortsetzten, seit sie in einem Bogen nach Nordosten in Richtung Erenthrall reisten.

Karas Handflächen pressten gegen den rauen Stein unter ihr. Körnchen bohrten sich in ihre Haut. Den Schmerz nahm sie kaum wahr, weil ihre Aufmerksamkeit gebannt den Drei Schwestern galt, dem steten An- und Abschwellen ihrer Lichter, deren Frequenz sie unbewusst zählte.

Sie hörte nicht, wie sich Allan näherte, bis er den Felsbrocken erreichte. Da wirbelte sie mit einem Fluch herum und schrak von ihm weg, ehe sie ihn erkannte.

»Allan!« Sie presste sich eine Hand an die Brust und nahm letztlich die Abschürfungen von dem Stein wahr, als ein Brennen an ihren Handflächen einsetzte. »Du hast mich erschreckt.«

»Offensichtlich.« Er bedeutete ihr, sich wieder auf den Felsbrocken zu setzen, und ließ sich neben ihr nieder.

Sie rieb sich die Hände und zupfte mit verzogenem Gesicht eine Flechte von einer Handfläche. »Wieso bist du noch wach? Deine Wache hat vor Stunden geendet.«

»Ich bin beim letzten Beben aufgewacht und konnte nicht mehr einschlafen.« Er deutete mit dem Kinn nach Norden. »Was beobachtest du?«

»Die Drei Schwestern. Ihren Herzschlag. Er beschleunigt sich. Über Severen ist er am schnellsten. Das Pulsieren hat sich verdoppelt, seit wir die Nadel verlassen haben. Diese Verkrümmung wird sich als Erste entfalten. Aber wenn sie das tut, wird sie es vermutlich auch bei den anderen auslösen.«

»Wird sie sich entfalten, bevor wir Erenthrall erreichen?«

»Wie viel Zeit bleibt uns denn noch?«

»Acht Tage. Wir erreichen die Stadt morgen, vielleicht auch übermorgen.«

»Also könnte ich früh mit der Arbeit beginnen.«

»Ich habe nicht gesagt, dass wir den Nexus morgen erreichen. Sobald wir in der Stadt sind, müssen wir erst mal einen Weg zum Nexus *finden*. Das wird nicht einfach.«

Kara dachte eine Weile schweigend darüber nach, bevor sie sagte: »Ich kann nicht abschätzen, wann sich die erste Verkrümmung entfalten wird. Der Takt beschleunigt sich, vielleicht sogar exponentiell. Aber es spielt keine Rolle, ob sie sich entfaltet oder nicht, bevor wir den Nexus erreichen. Hier geht es nicht um eine Verkrümmung, auch nicht um drei. Hier geht es um die gesamte Welt. Wir haben die Welt zerbrochen, Allan. Wir haben die Wirklichkeit selbst beschädigt.« Tränen brannten in ihren Augen, und sie rieb sie mit den Fingern weg.

Allan ergriff ihre Hände und hielt sie fest, bis er bemerkte, wie sie zusammenzuckte. Da drehte er ihre Hände um und stellte fest, wie wund Kara sie gerieben hatte. Er sah ihr in die Augen. »Du hast die Welt nicht zerbrochen«, erklärte er mit unterschwelligem Zorn in der Stimme. »Du hast die Verkrümmung über Erenthrall geheilt.«

»Ja, Erenthrall habe ich geheilt, und deshalb dachte ich, dass ich auch Tumbor heilen könnte. Ich habe das Leben aller aufs Spiel gesetzt, weil ich zu hochmütig war, um mich zurückzuhalten, als mich Dalton, als mich die Kormanley unter Druck gesetzt haben. Ich wusste, dass der Nexus in der Nadel nicht stark genug war! Ich wusste, dass die Verkrümmung über Tumbor zu groß war! Trotzdem habe ich versucht, sie zu beseitigen. Und jetzt sieh nur!« Sie stand auf und zog die Hände aus Allans losem Griff, damit sie nach Norden, nach Osten, nach Südosten deuten konnte. »Die Drei Schwestern stehen kurz davor, sich zu entfalten, über die nördlichen Weiten und die Steppe toben widernatürliche Stürme! In Erenthrall ist ein Ley-Geysir ausgebrochen! Und wo sich früher Tumbor befunden hat, gibt es nur noch Himmelslichter! All das hat begonnen, als die Verkrümmung über Tumbor in sich zusammengefallen ist. *Ich* habe das alles verursacht!«

»Die Kormanley …«

»Hör auf! Lass es einfach! Es waren nicht die Kormanley. Sie sind es nie gewesen. *Wir* haben das alles verursacht, Allan. *Wir*. Die Lumagier, die Barone, die Menschen in Erenthrall, jeder, der Zugang zu den Ley-Linien verlangt hat. Wir wollen alle den Kormanley die Schuld an der Zersplitterung in die Schuhe schieben, weil es praktisch ist, aber in Wirklichkeit haben wir uns das alles selbst zuzuschreiben. Ober-Lumagus Augustus hat auf Baron Arents Befehl den Nexus erschaffen und die Ley unterwandert. Aber ohne uns wäre Baron Arent nie an die Macht gekommen. Er hätte nie die Herrschaft über sämtliche Baronien und andere Gebiete darüber hinaus erlangt. *Wir* haben ihm Macht gegeben, weil wir die Ley wollten. *Wir* wollten Wärme und Licht, was wir alles schon davor hatten, nur wurde es durch die Nutzung der Ley einfacher. *Wir* haben dieses Problem erschaffen. Jeder von uns, der die Ley im Alltag benutzt hat.«

»Aber Marcus …«

Kara brachte ihn mit einer scharfen Handbewegung zum Schweigen. »Er hatte mit der Zersplitterung nichts zu tun. Genauso wenig wie die Kormanley oder Baron Leethe. Die Ausfälle und Verkrümmungen sind damals bereits in Erenthrall aufgetaucht und stetig stärker geworden. Ich glaube, auch ohne das Wirken der Kormanley – oder Baron Leethes Zutun –, wäre der Nexus letztlich zersplittert. Die Wirklichkeit war längst zerrissen, bevor die Kormanley und Leethe angefangen haben, sich daran zu schaffen zu machen. Sie haben die große Zersplitterung nur früher herbeigeführt und vielleicht bewirkt, dass sie verheerender ausfiel.«

»Oder vielleicht auch weniger schlimm. Vielleicht ist sie ja dadurch bewältigbar geblieben, sodass wir eine Chance haben, sie zu reparieren. Vielleicht hätte der Nexus ohne Einflussnahme alle Ley-Linien gleichzeitig zusammenbrechen lassen und hätte alles auf einmal beendet.«

Kara starrte ihn nur aus einigen Schritten Entfernung an. Ihre siedende Wut legte sich. »Das werden wir wohl nie erfahren.«

Ein Halbwolf trabte auf den Felsbrocken zu, die Schnauze schnüffelnd in die Luft gehoben. Er schenkte ihnen beiden keine Beachtung. Grant folgte ihm.

»Sind Devins Männer in der Nähe?«, fragte Allan und erhob sich.

»Wenn sie es wären, hätten sie euch gehört und inzwischen angegriffen.« Der Halbwolf zu seinen Füßen drehte ihm jäh den Kopf zu und legte angesichts des tadelnden Tonfalls die Ohren an. Er winselte, aber Grant fasste nach unten und kraulte ihm beruhigend das Fell am Kopf. »Sie sind, wo sie schon die letzten fünf Tage gewesen sind – auf dem Weg zur Nadel. Ab morgen werden wir sie nicht mehr im Auge behalten können. Sie werden dann zu weit weg sein.«

»Also ist es uns gelungen, ihnen auszuweichen«, meinte Kara.

Grants düsterer Blick richtete sich auf sie. »Sie sind zu versessen darauf, zur Nadel zu gelangen. Sie haben nicht einmal Kundschafter entlang ihrer Flanken ausgeschickt.«

»Wie lange noch, bis sie die Nadel erreichen?«

»Fünf Tage.«

Allan warf Kara einen Blick zu. »Hoffen wir, dass Dalton und die anderen die Nadel danach noch mindestens fünf Tage halten können, sonst bekommt Marcus keine Chance, den Nexus zurückzuerobern.«

»Du zerbrichst dir den Kopf über zu viele Dinge«, meinte Grant mit seiner grollenden Stimme. »Das hast du nicht in der Hand. Sorg dich lieber um Erenthrall und darüber, was uns dort erwartet. Alles andere ist bedeutungslos.«

Die Worte waren unmissverständlich an Kara gerichtet, und ihr Körper versteifte sich.

Dann jedoch setzte aus Westen ein tiefes Rumoren ein. Kara wappnete sich wie die anderen für ein Beben, aber die Erde blieb regungslos. Dennoch wurde das Rumoren lauter und lauter, ein Geräusch wie von aneinandermahlendem Stein. Der Halbwolf zu Grants Füßen kauerte sich auf die Hinterbeine, hob den Kopf und heulte dem nächtlichen Himmel entgegen. Die zwei anderen in ihrer Gruppe folgten seinem Beispiel an anderen Stellen der Ebenen um sie herum. Weitere Tiere stimmten mit ein – ihre ein kurzes Stück entfernt angebundenen Pferde, Kojoten, jagende Nachtvögel mit kreischenden Lauten, Bisons mit ihrem tiefen Blöken.

Und immer noch schwoll das rumorende Geräusch an, bis es die Halbwölfe übertönte und Kara gezwungen war, sich die Hände über die Ohren zu klatschen. Das Mahlen hörte sich mittlerweile an, als würden Berge aufeinanderprallen und dabei zu Staub zerbröselt. Druck baute sich tief in Karas Kopf auf, und sie schrie, konnte sich jedoch nicht hören. Sie presste gegen die Schmerzen die Augen zu … und die Flut der Geräusche brandete an ihnen vorbei.

Abrupt fiel der Druck ab, und Karas Ohren gingen auf. Als sie die Augen öffnete, konnte sie gerade noch sehen, wie das Gras von einer Welle niedergedrückt wurde, die von ihnen fort in die Ferne raste. Das mahlende Geräusch verschwand ebenso schnell wie der Druck.

Vorsichtig löste Kara die Hände von den Ohren und öffnete und schloss mehrmals den Mund, bis sich ihr Gehör beinah normal anfühlte und nur ein leises Summen im Hintergrund verblieb. Es überraschte sie, dass kein Blut geflossen war.

Sie stand auf, wusste aber nicht einmal, dass sie auf die Knie gesunken war. »Was bei allen Höllen war das?« Ihre Worte hörten sich platt und stumpf für sie an, doch das Summen ließ weiter nach.

Der Halbwolf lag winselnd auf dem Boden. Grant streichelte tröstend seine Seite. »Im Westen ist etwas passiert«, sagte er. »Etwas … Schreckliches.«

Langsam richtete sich Allan auf, schüttelte den Kopf und steckte links und rechts einen Finger in die Ohren, als versuche er, etwas herauszupulen. Mit einer Stimme, die zu laut für ein gewöhnliches Gespräch klang, sagte er: »Es hat sich angehört, als wäre die Erde selbst aufgebrochen.«

Als hätte Kara einen weiteren Ansporn gebraucht.

»Wir müssen nach Erenthrall«, sagte sie. »Wir müssen zum Nexus.«

***

Das Geräusch von Stein, der auf Stein mahlt, riss Dalton aus zerklüfteten Träumen über das weiße Feuer der Ley und das Geheul von Hunden. Abrupt setzte er sich auf und schlug sich die Hände auf die Ohren. Verwirrung stellte sich ein, als das Hundegebell anhielt, und so hatte er sich bereits wankend aus dem Bett erhoben, als Gardisten durch seine Tür hereinstürmten.

»Vater!«

»Holt Darius!«, brüllte Dalton, nicht sicher, ob man ihn gehört hatte. Aber der Hauptmann seiner Garde schnippte mit den Fingern in die Richtung der hinter ihm stehenden Männer, und zwei davon preschten prompt davon. Dalton zog eine Robe über sein Nachtgewand.

Der Hauptmann riss sich den Helm vom Kopf und hielt sich die Ohren zu. »Was ist das?«

»Bring mich zur Planetenmaschine!«

Der Hauptmann führte ihn aus der Kammer durch größtenteils verwaiste Gänge. Alle, denen sie über den Weg liefen, hielten sich die Hände über die Ohren und lehnten an den Mauern oder kauerten daneben. Der eine oder andere begann, aus Ohren oder Nase zu bluten, als das Geräusch anschwoll.

Sie befanden sich vor der Tür zur Planetenmaschine, als das Geräusch plötzlich endete. Dalton wankte zur nächstbesten Wand und lehnte sich daran, bevor er vorsichtig die Hände von den Ohren nahm. Sein Schädel pochte, und ein Anflug von Übelkeit überkam ihn. Er drängte das mulmige Gefühl zurück, was einem der Gardisten nicht gelang. Der Mann übergab sich in eine Ecke. Verärgert bedeutete Dalton dem Hauptmann, die Tür zu öffnen, als sich der Gestank durch den Korridor ausbreitete.

Dalton steuerte sofort auf den Tisch zu. Der Hauptmann schloss die Tür hinter sich und zwei anderen Gardisten, die zu beiden Seiten der Tür in Stellung gingen. Der Hauptmann selbst trat zu Dalton.

»Das war kein Erdbeben«, sagte der Soldat.

»Nein.« Dalton schaute auf und bemerkte einen dunklen Blutstropfen unter der Nase des Hauptmanns. »Du blutest.«

Der Hauptmann berührte das Blut mit einem Finger, bevor er es mit dem Handrücken wegwischte und es dabei über die Oberlippe verschmierte. »Ist nichts weiter.«

Dann öffnete sich die Tür auf der gegenüberliegenden Seite, und Darius trat ein. »Was war das?«, fragte er, als er den Raum zu Dalton durchquerte. »In der Nadel herrscht Chaos. Die Tiere sind durchgedreht, und die Hälfte der Menschen, denen ich unterwegs hierher begegnet bin, blutet aus der Nase oder den Ohren. Ein paar haben die Besinnung verloren.«

»Ich hatte noch keine Gelegenheit, nachzusehen«, erwiderte Dalton. »Gib mir einen Augenblick.«

Er trat zu der Karte auf dem Tisch, als der Hauptmann anmerkte: »Ich glaube, das kam aus dem Westen.«

Dalton richtete die Aufmerksamkeit auf die Lehensgebiete und ließ seine eigenartige Sicht über die Landschaft wandern. Die wenigen Holzklötzchen auf der Karte verlagerten sich und tänzelten, doch er achtete nicht auf sie. Dieses Ereignis war nicht von irgendeinem Menschen ausgegangen. Es war etwas Fundamentaleres gewesen.

Dann erblickte er einen Bruch in der Karte. Er beugte sich vor. Ein Teil des Geländes hatte sich in seiner Sicht aus der Oberfläche des Tisches erhoben. Dalton folgte dem Verlauf des Bruchs. Unbehagen breitete sich in seiner Magengrube aus, als er um den Tisch herum vorrückte, um sich das gesamte Ausmaß des Bruchs anzusehen. Dann erinnerte er sich an den Maßstab der Karte. Er richtete sich auf und starrte ins Leere.

»Was hast du gesehen?«, erkundigte sich Darius.

Dalton richtete den Blick auf ihn. Für einen Moment ragte ein Dolch aus Darius' Brust, und Blut legte sich über die Vorderseite seiner Rüstung. Dann jedoch verschwamm die Waffe und löste sich auf.

»Im Westen ist das Land aufgebrochen. Die Mitte der Lehensgebiete hat sich … aufgerichtet. Eine mehrere tausend Fuß hohe Bruchkante ist entstanden.«

»Also war es doch ein Beben«, meinte der Hauptmann.

»Nein. Das ist bedeutender. Das Land hat damit begonnen, sich selbst in Stücke zu reißen.«

Der Ausdruck des Grauens im Gesicht des Hauptmanns mutete beinah komisch an. »Was … was können wir dagegen unternehmen?«

Dalton zwang sich, eine ruhige Miene zu bewahren. »Nichts. Wir müssen abwarten, was Korma vorhat.«

Der Hauptmann schaute Hilfe suchend zu Darius, doch der ließ nur den Kopf hängen und starrte auf den Boden. Der Hauptmann wandte sich ab und ging steif zur Tür, wo er sich zu seinen Gardisten stellte.

»Gibt es wirklich gar nichts, das getan werden kann?«, hakte Darius nach. »Iscivius …«

»Willst du die Lumagier versuchen lassen, den Schaden mit der Ley zu beheben? Genau das hat Kara gepredigt, und sieh nur, wohin uns das gebracht hat. Nein, wegen der Ley können wir nichts unternehmen – nur beten, dass sie sich von selbst in Ordnung bringt, bevor sie uns alle vernichtet. Wir haben ein dringlicheres Problem.« Er tippte neben den Platzhaltern für die Gorrani auf den Tisch. Nahezu alle für die Gorrani stehenden Klötzchen, hatten sich an einer Stelle gebündelt, einen Tagesmarsch von der Nadel entfernt. »Sie haben sich versammelt. Morgen werden sie eintreffen. Geh zur Grube der Lumagier, such Iscivius und sag ihm, dass es an der Zeit ist.«

Darius zögerte, die Spannung um seine Kieferpartie unübersehbar, bevor er das Haupt neigte und mit raschen Schritten davonging.

Dalton kehrte zur Karte zurück und beugte sich vor, um die Bruchkante zu betrachten, die außer ihm niemand sehen konnte. »Möge Korma uns beistehen.«

***

Hernande tupfte mit einem feuchten Tuch an dem Blut, das ihm aus einem Ohr gesickert war, als er mit Marcus und Lienta das Dach der Botschaft im Temeriten-Viertel der Nadel betrat. Sie wurden von drei Gardisten begleitet.

Alle drei suchten sofort den Rest der Nadel auf der anderen Seite der Kluft mit prüfenden Blicken ab. Feuer flackerte in einem Bereich am Fuß einer Rauchsäule. Vereinzelte Schreie und das panische Kreischen von Tieren drangen herüber – wenn auch gedämpft und verwaschen durch den Schaden, den Hernandes Ohr davongetragen hatte. Aber die Ley-Kugeln an der äußeren Mauer leuchteten noch, und die Nadel selbst schien unversehrt. Gestalten tummelten sich auf den Straßen, doch es ließ sich schwer abschätzen, ob es sich um Bürger, Vollstrecker oder beides handelte.

»Hat nicht den Anschein, als wäre das Geräusch von Dalton verursacht worden«, sagte Marcus. Der Lumagus legte den Kopf schief und schüttelte ihn, als versuche er, etwas darin Verkeiltes herauszubekommen. »Wovon wir ja auch nicht ausgegangen sind.«

»Von der Mauer wird gemeldet, dass es aus Westen gekommen ist«, sagte Lienta.

Alle drehten sich in die Richtung, aber die Nacht verhüllte das Land jenseits der Mauer. Einzig die Sterne am Himmel waren zu sehen. Und selbst die würden schon bald verdeckt werden, wenn der im Osten tobende Sturm weiter in ihre Richtung kam.

Hernande schaute auf und widerstand dem Drang, sich das linke Ohr zu reiben. »Seht euch das an.«

Sowohl Marcus als auch Lienta folgten seinem Blick und betrachteten den nächtlichen Himmel. Ein einzelner Lichtpunkt strahlte heller als der Rest. Er zog einen leichten Schweif hinter sich her.

»Das kann keine Verkrümmung sein, oder?«, fragte Lienta in scharfem Ton.

»Ich glaube, mittlerweile kann man so gut wie nichts mehr ausschließen«, erwiderte Hernande. »Aber es ist keine Verkrümmung. Das ist ein Komet. Der Komet, der in der Planetenmaschine des Tempels dargestellt ist. Inzwischen ist er so nah gekommen, dass man ihn mit bloßem Auge sehen kann.«

Sowohl Marcus' als auch Lientas Schultern entspannten sich.

»Dann ist es ja nichts, worüber wir uns sorgen müssen.« Der Temeriten-Hauptmann beugte sich auf den Rand des Mauersimses vor. »Wir schicken Kundschafter nach Westen. Vielleicht können sie herausfinden, was dieses mahlende Geräusch verursacht hat.«

»Können wir denn Männer dafür erübrigen?«, wollte Marcus wissen.

»Wir haben genug, um die Mauer und die Kluft zu verteidigen, falls es nötig wird.«

»Und sind wir auch bereit für unseren Angriff?« Marcus wandte sich an Hernande. »Bist *du* denn bereit?«

Hernande löste den Blick nicht vom Kometen. Ihm wurde bewusst, dass er am Ende seines Bartes kaute, und er zwang sich, damit aufzuhören. Stattdessen zupfte er nervös daran. Mit zerstreuter Stimme antwortete er: »Ich werde bereit sein.«

Marcus zögerte kurz, bevor er sich Lienta zudrehte. Sie begannen, die Vorbereitungen für den Ausfall zur Nadel zu besprechen, und erörterten die Möglichkeiten, hinunter zur Grube zu gelangen. Hernande senkte den Blick und starrte auf das Steindach, während Berechnungen wie rasend in seinem Kopf abliefen.

Nach einer Weile brummte er und warf einen weiteren Blick hoch zum Kometen. »Am Tag des Angriffs wird er der Erde am nächsten sein. Aber ist das von Bedeutung oder bloß ein Zufall?«

»Wie war das, Hernande?«, fragte Lienta nach.

Der Mentor schwenkte wegwerfend eine Hand. »Nichts

weiter. Nur, dass die Götter auf unergründliche Weise wirken.«

Sowohl Marcus als auch der Temeriten-Hauptmann schauten verwirrt drein.

Dann fingen die Gardisten ihrer Eskorte zu brüllen an und lenkten ihre Aufmerksamkeit wieder nach Osten. Weiße Ley schoss jenseits der fernen Mauer der Nadel empor, zuerst als Schwall, dann jedoch breitete sie sich zu beiden Seiten hin aus. Sie stieg auf die anderthalbfache Höhe der Mauer selbst an und umschloss das Gebiet der Nadel zusehends.

»Was bei allen Höllen ist das?«, stieß Lienta hervor.

Da wurde Hernande bewusst, dass der Hauptmann beim letzten Angriff auf die Nadel noch in Erenthrall gewesen war. »Es ist eine Wand aus Ley.«

»Ober-Lumagus Lecrucius hat sie zuletzt auf Daltons Befehl benutzt, um den Gorrani-Angriff aufzuhalten«, fügte Marcus hinzu. »Sie hat Tausende ihrer Krieger getötet.«

»Das könnte alles ändern«, meinte Hernande und trat jäh einen Schritt vor. »Wenn Sie den Ley-Wall benutzen, um ihren Abschnitt der Nadel abzuschotten …«

Aber noch während er sprach, erreichte die sich ausbreitende Ley die Kluft. Statt der Spalte in der Erde zu folgen, die Daltons Teil von jenem trennte, den die Temeriten besetzt hielten, wie Hernande befürchtet hatte, setzte sie sich darüber hinweg fort und vereinte sich mit der anderen Seite des Walls.

Der Mentor seufzte erleichtert.

Lienta wirbelte herum und brüllte: »Holt alle von der Mauer! Sofort!«

Die Hälfte ihrer Eskorte preschte zur Treppe los und brüllte die Anweisung bereits voraus. Hernande glaubte nicht, dass sie die Mauer erreichen würden, bevor sich der Ley-Wall zu Ende gebildet hatte, aber er meinte nur: »Ich denke nicht, dass die Leute auf der Mauer in Gefahr schweben. Anscheinend will Dalton wiederholen, was er schon einmal gemacht hat. Die Ley umschließt die Nadel lediglich.«

»Ich traue Dalton und seinen Lumagiern nicht«, sagte Lienta. »Wir ziehen uns vorerst von der Mauer zurück. Und warten ab.«

Marcus war näher an Hernandes Seite getreten. »Das wirft allerdings eine Frage auf: Wer erschafft den Ley-Wall? Keiner der Lumagier, die wir zurückgelassen haben, wäre dafür stark genug, selbst wenn sie Lecrucius' Vorgehensweise mitangesehen haben.«

Hernande ergriff seinen Oberarm. Dann entfuhr ihnen gleichzeitig: »Iscivius.«

»Er muss aus dem Koma erwacht sein«, fügte Marcus hinzu, bevor er einen Fluch ausstieß. »Das bedeutet, ich muss mich mit ihm auseinandersetzen, wenn ich die Grube erreiche. Verdammt, verdammt, verdammt.«

»Wird das ein Problem?«, fragte Lienta.

Marcus überlegte, dann atmete er tief ein und blies die Luft langsam aus. »Nein. Nein, ich komme mit Iscivius zurecht. Es bedeutet nur, dass ich noch vorsichtiger vorgehen muss.«

Hinter ihnen vereinten sich die zwei Ränder des Ley-Walls und schlossen sie ein.

***

Am Vormittag zwei Tage später erreichten Kara, Allan und Grant die Ränder der Felsen, welche das abgesackte Erenthrall überblickten. Grant hatte die Halbwölfe hinunter in das zerklüftete Land um die Stadt geschickt, um einen Weg in die Tiefe zu suchen. Kara und Allan hatten beschlossen, abzusteigen und sich oben umzusehen, während sie warteten.

»Oh, ihr Götter«, stieß Kara hervor. Sie schirmte die Augen gegen das Gleißen der Sonne von oben und das grelle, weiße Licht der Ley von unten ab, wo riesige Schwalle aus der Mitte des ehemaligen Bezirks Grass emporstiegen. Mit matter, zerknirschter Stimme fügte sie hinzu: »Es hat sich alles so sehr verändert, seit wir von den Weißmänteln gefangen genommen wurden.«

Allan holte das Fernglas aus seinem Bündel und richtete es auf die Mitte Erenthralls. »Sieht so aus, als würde die Ley von dem alten Nexus ausgespien. Ich kann zwischen den geköpften Türmen hindurch die Überreste der Kristallkuppel sehen.« Er schwenkte das Fernglas weiter. »Die nächstgelegenen Straßen sind von Ley geflutet. Sie fließt auf allen Seiten ab. Das umliegende Gebiet kann sie über mindestens zehn Häuserblocks hinweg nicht wieder aufnehmen.«

»Das bedeutet, die Ley ist konzentriert und das Land in dem Bereich bereits damit gesättigt. An unserem Weg zum Nexus sollte das allerdings nichts ändern.«

»Das könnte es schon. Es sieht so aus, als hätten sich die Gorrani – nein, nicht die Gorrani, die Haessaner, diese von den Himmelslichtern in Schlangenwesen verwandelten Gorrani – in die Mitte der Stadt zurückgezogen. Ich kann sie auf den Straßen ausmachen.« Er verstummte und senkte das Fernglas von den Augen. »Es scheint, als ob sie den Geysir umzingelt haben. Und um die Mauern der Universität halten sich noch viel mehr von ihnen auf. Ich würde sagen, sie belagern sie.«

Kara streckte die Hand aus. Allan reichte ihr das Fernglas. Sie hob es an die Augen und schwenkte den Tubus etwas ruckartig hin und her. Kara war nicht so geschickt im Umgang damit wie Allan, aber letztlich gelang es ihr, die Mitte von Grass und die Universität zu finden. Sie befanden sich zu weit entfernt für einen genauen Blick auf die Haessaner. Kara erkannte sie nur als verschwommene Gestalten, die sich über die Straßen bewegten.

»Warum sollten sie das tun?« fragte Grant.

»Mein letzter Wissensstand ist, dass die Tunnler die Universität übernommen haben«, antwortete Allan.

»Und sie sind immer noch dort. Ich kann ein paar von ihnen auf den Mauern sehen.« Kara setzte dazu an, das Fernglas zu senken, dann jedoch sprang ihr eine Bewegung ins Auge. Sie richtete den Blick darauf, eine Stelle weiter von der Vereinigung der beiden Flüsse entfernt, wo man die Universität errichtet hatte. »Die Haessaner sind nicht nur in der Stadtmitte. Weiter draußen halten sich auch welche auf. Ich sehe eine Gruppe von ihnen im ehemaligen Gebiet von Smero.«

»Lass mich noch mal schauen.«

Kara gab Allan das Fernglas zurück und entfernte sich dorthin, wo Grant mit vor der Brust verschränkten Armen stand. Die Pferde warteten einige Schritte hinter dem Rudelführer.

»Das gefällt mir nicht«, sagte Grant. »Wie schaffen wir es an diesen Haessanern vorbei?« Beim Aussprechen des Namens verzog er verächtlich den Mund.

Allan schloss sich ihnen wieder an. »Die Gruppe, die du gesehen hast, war eine Patrouille. Sie haben welche überall in der Stadt. Wir werden ihnen ausweichen müssen, wenn wir uns den Weg zum Nexus bahnen.«

»Und was ist mit denen rings um Grass? Wie sollen wir uns an ihnen vorbeischleichen? Sie sind überall.«

»Wir finden einen Weg.«

Einer der Halbwölfe trottete zu Grant und winselte.

»Sie haben einen Weg hinunter zur Stadt gefunden«, verkündete er. »Kommt mit.«

Der Halbwolf galoppierte voraus. Grant folgte ihm sofort.

Kara und Allan wechselten einen Blick. »Uns bleiben nur noch sechs Tage, um den Nexus zu erreichen«, sagte sie.

»Ich weiß.«

Sie schlossen zu Grant auf, führten die Pferde hinter dem Halbwolf her, folgten dem Rand einer aufgebrochenen

Straße mit den verstreuten Überresten von Gebäuden zu beiden Seiten.

Dieser Abschnitt des alten Erenthralls war nicht wie der Großteil des Rests wiederaufgebaut worden. Nur wenige Mauern standen nach wie vor aufrecht, die meisten bildeten bloß noch Schutthaufen. Das Geröll hatte bereits begonnen, seine Form zu verlieren, und es franste an den Rändern aus. Die Konturen der Mauern und Eingänge verschmolzen mit dem umliegenden Land. In zehn Jahren würde man nichts mehr erkennen als die Rückstände einer Straße oder eines Gebäudes. Alles hier würde in der Landschaft aufgehen.

Sie umgingen zahlreiche Spalten, dann folgten sie einer breiten Kluft, bis sie schmaler wurde und schließlich mit einem steilen Abhang aus Felsgeröll endete. Einer der anderen Halbwölfe wartete dort auf sie. Zusammen führten die zwei sie in die Tiefen des aufgebrochenen Lands hinab, über Sandsteintrümmer und eingestürzte Mauern hinweg.

Einmal bebte die Erde, wodurch Erde und Kiesel von oben herabregneten, wo sich der Himmel nur als schmaler Streifen gezackt verlaufenden Blaus abzeichnete. Kara krümmte sich, hob einen Arm schützend über den Kopf und hielt mit der anderen Hand die Zügel fest. Gleichzeitig wechselte sie zwischen Fluchen und Beten hin und her, bis das Beben endete. Ihre Glieder zitterten noch lange, nachdem sie den Weg fortgesetzt hatten. Die Angst, von einem Erdrutsch in eine der Spalten gerissen und begraben zu werden, war zu groß, um sie abschütteln zu können.

Nachdem sie zweimal umgekehrt und so oft bald nach links, bald nach rechts abgebogen waren, dass Kara hoffnungslos die Orientierung verloren hatte, gelangten sie unten am Steilhang des tausend Fuß hohen Abgrunds an die Ränder der versunkenen Stadt Erenthrall.

Es fühlte sich merkwürdig an, von einem mit Steinen übersäten Untergrund aus Sand und Erde auf eine kopfsteingepflasterte Straße mit den Mauern von Geschäften und Häusern zu beiden Seiten zu treten. Die meisten Gebäude waren durch die Zersplitterung und das anschließende Absinken der Stadt schwer beschädigt, doch es war genug verblieben, um den Übergang unwirklich anmuten zu lassen. An der Stelle wartete der dritte Halbwolf auf sie. Alle drei schauten zurück zu den drei Menschen und ihren Pferden, bevor sie auf die Straße vor ihnen zutrabten und geradewegs Grass ansteuerten.

Karas Fuß stieß im Schutt auf etwas. Sie bückte sich und zog einen Spielzeugwagen mit einem davor angespannten Pferd aus Holz heraus. Ein Fleck alten Bluts prangte an einem gebrochenen Rad.

Sie stand da und starrte auf den in Handarbeit entstandenen Wagen, bis Allan sie am Arm berührte.

»Wir müssen weiter. Nur sechs Tage, weißt du noch?«

Kara schaute zum Himmel und stellte überrascht fest, dass es bereits mitten am Nachmittag war. Sie hatten den halben Tag gebraucht, um hinunter in die Stadt zu gelangen.

Sie ließ das Holzpferd und den Wagen fallen. »Gehen wir.«

Allan und Kara stiegen auf und traten den Weg die Straße entlang an. Grant ging ihnen voraus und die Halbwölfe teilten sich auf. Einer übernahm die Spitze, die zwei anderen verschwanden zu beiden Seiten.

Sie reisten schnell und hielten nur an, um zu trinken, zu essen und sich den Schweiß von den Stirnen zu wischen. Die einzigen Geräusche waren das Klappern der Hufeisen ihrer Pferde, ihre eigenen Schritte, das Bellen wilder Hunde in der Ferne und ein leises Rumoren, das durch Karas Zähne vibrierte. Die Gegenwart der Ley verursachte ein Kribbeln auf ihrer Haut, so stark, dass sie es wie Metall auf der Zunge schmecken konnte.

Irgendwann tauchte einer der Halbwölfe wieder auf und warnte sie vor Leuten vor ihnen – nicht die Haessaner, jemand anders. Grant führte sie für sieben Häuserblocks nach

Norden, bevor er zurück in Richtung Grass bog. Die Gebäude veränderten sich. Sie gingen von den schlichten Geschäften und Wohnhäusern der äußeren Bezirke zu solideren Eigenheimen aus Ziegelstein über. Ein gesamter Block war bis auf die Grundmauern niedergebrannt, was Kara an West-Gablung nach der Zersplitterung erinnerte. Dann vollzog sich ein weiterer Wandel hin zu Lagerhäusern mit überwiegend eingestürzten Dächern und zerbrochenen Fenstern, die zum blauen Himmel wiesen.

Sie wichen zwei weiteren Gruppen von Leuten aus, bevor sie langsamer wurden. Mittlerweile blieben sie dicht an den Gebäuden, bewegten sich alle zu Fuß voran und führten die Pferde. Das leise Rumoren war angeschwollen, und Kara erkannte erschrocken, dass es sich um das Geräusch des Geysirs handelte, das man selbst aus dieser Entfernung hören konnte. Die Sonne war weitergewandert, hing inzwischen über den Felsen im Westen. Der Bereich, den sie durchquert hatten, lag in schwarzen Schatten. Nur in wenigen Teilen, wo sich vereinzelte Überlebende niedergelassen hatten, flackerte Fackellicht. Von den Ley-Kugeln, die Allan bei seinem Aufenthalt vor einigen Monaten noch in Gebrauch gesehen hatte, fehlte jede Spur, was jedoch in Anbetracht des Zustands der Ley keine Überraschung darstellte.

Grant ließ sie im ehemaligen Bezirk Karza anhalten, wenige Häuserblocks vom Flussbett der Tiana entfernt. Er zog sie in einen verlassenen Laden mit kahler Auslage und leeren Theken. Wenige, über den staubigen Boden verstreut liegende Hinweise deuteten darauf hin, dass man hier früher Lederschuhe verkauft hatte.

»Die Haessaner sind nah«, warnte Grant. Er sprach zwar mit leiser Stimme, doch sein grollender Unterton ließ sich kaum dämpfen. Er deutete zur Ladentheke. »Wir sollten uns hier verstecken und warten, bis die Halbwölfe zurückkommen. Bringt die Pferde ins Hinterzimmer.«

Allan führte die Tiere durch die innere Tür und kehrte gleich darauf zurück. Sie ließen sich nieder. Kara räumte einen Platz zum Sitzen frei, warf ein paar Ledersohlen und eine Schuhform beiseite. Dabei bemühte sie sich, so wenig Staub wie möglich aufzuwirbeln. Allan folgte ihrem Beispiel ihr gegenüber, während Grant am Rand der Auslage stehen blieb, um die Gegend draußen im Auge zu behalten.

Wenig später zog sich das Sonnenlicht weiter zurück und ein sonderbar graues Zwielicht hielt im Laden Einzug. Draußen erhellte Licht von der Ley die Straße und wurde mal heller, wenn der Geysir kurz höher emporschoss, dann wieder trüber. Abgesehen vom unterschwelligen Rumoren der Ley-Fontäne hatte sich eine gespenstische Stille auf die Straße gesenkt.

Kara rutschte vorwärts, um etwas zu Allan zu sagen. Ihre Füße schabten über den Boden. Plötzlich streckte Grant einen Arm nach hinten und schnippte warnend mit den Fingern. Sein gesamter Körper schien vor Anspannung zu vibrieren. Eines der Pferde schnaubte kurz mit einem gedämpften Laut, dann verstummte es wieder.

Einen Atemzug später hörte Kara von draußen auf der nächsten Straße das Klirren von Metall auf Metall. Sie presste den Rücken an die Ladentheke, dann beugte sie sich weit genug vor, dass sie um deren anderen Rand spähen konnte.

Ein durchdringender Tiergeruch schlug ihr entgegen, schwer, trocken und herb, beinah wie Zimt. Die Haessaner gerieten in Sicht, und Kara musste ein Japsen unterdrücken. Wie die Halbwölfe hatten sie ihre menschliche Gestalt teilweise beibehalten. Sie liefen aufrecht und besaßen Arme, die in fünf Fingern mit langen Krallen endeten, von denen einige die Griffe von Gorrani-Krummschwertern umklammerten. Damit jedoch endete die Menschlichkeit. Ihre schuppige Haut wies Muster wie bei einer Schlange auf, die Hälse ragten weit aus den Rüstungen, die Gesichter verjüngten sich zu Schnauzen, ihre Augen glichen runden, schwarzen Höhlen. Gespaltene Zungen kosteten die Luft, als sie vorbeigingen, fünf insgesamt.

Dann waren sie verschwunden.

Kara sackte gegen die Theke zurück und atmete langsam aus, schwieg jedoch. Grant näherte sich ihnen und verkündete: »Sie sind weg.«

»Sie sind … unbeschreiblich furchtbar.« Kara schauderte. »Wie kommt es, dass die uns nicht gewittert haben? Oder die Pferde?«

Grant zuckte mit den Schultern. »Hier drin herrscht ein starker Geruch von Leder, der könnte uns getarnt haben. Außerdem leben in der Nähe noch andere. Vielleicht dachten die ja, wir gehören zu jener Gruppe.«

Nur mit Mühe konnte sich Kara einen Aufschrei verkneifen, als ein Halbwolf um die Ecke der Theke bog. Er beäugte sie mit einem kalten, unmenschlichen, starren Blick. Dann schnaubte er und richtete die Aufmerksamkeit auf Grant. Mit einem leisen Knurren, einigen jaulenden Lauten und etwas Wimmern erstattete er Bericht, bevor er sich auf den Bauch legte und den Kopf auf die Vorderpfoten bettete.

»Sie sagt, die Haessaner sind überall. Sie bewachen sämtliche Brücken, die über die Flüsse führen. Es gibt keinen Weg hinüber, ohne gesehen zu werden.«

NEUNZEHN

»Wir *müssen* hinüber!«, stieß Kara hervor und erhob sich halb. »Morrell und Marcus erwarten von uns, dass wir dort sind!«

»Ruhig.« Allan hob eine Hand, um sie zum Verstummen zu bringen. »Wir haben noch fünf Tage, um uns etwas zu überlegen.«

»Nein, haben wir nicht. Wir haben *vier* Tage. Ich muss am fünften Tag im Nexus sein, denn wer weiß, wann es Marcus gelingt, in den Nexus der Nadel zu gelangen oder wie lange er ihn halten kann.«

»Einverstanden. Aber blindlings mitten hinein in die Haessaner zu stürmen und sich umbringen oder gefangen nehmen zu lassen, bringt uns auch nicht weiter. Wir müssen uns ausruhen und nachdenken.«

»Während ihr euch ausruht, behalten meine Halbwölfe die Haessaner im Auge«, warf Grant ein. »Sie können sich ihren Patrouillen unbemerkt so weit nähern, um ihnen zu folgen und vielleicht einen Weg an ihnen vorbei zu finden.«

Kara schaute zwischen den beiden Männern hin und her. Schließlich setzte sie sich wieder. Sie konnte ihre Erschöpfung nicht verleugnen. »Wir ruhen uns heute Nacht aus. Aber morgen *müssen* wir einen Weg finden, die Haessaner zu umgehen. Vergesst nicht, dass wir es danach auch noch durch die Ley schaffen müssen.«

Allan senkte den Blick auf seine auf dem Schoß ruhenden Hände. »Ich habe es nicht vergessen.«

Grant brummte etwas, und die Halbwölfin sprang auf die Beine und tapste lautlos hinaus in die zunehmend dunklere

Nacht. »Wir sollten hierbleiben«, meinte Grant, nachdem sie gegangen war. »Falls das Leder unseren Geruch wirklich tarnt. Vielleicht gibt es oben irgendwelche Räume.«

Der erste Stock war offensichtlich das Zuhause des Schusters gewesen, aufgeteilt in einen Küchenbereich, einen Werkraum und zwei Schlafzimmer. Im Werkraum fanden sich noch etliche Schuhformen, aber das Leder hatte jemand bis auf wenige Reste geplündert. Die Küche erwies sich als leergeräumt, abgesehen von ein paar Tellern und Tassen in den Schränken und einigen weiteren, die zerbrochen auf dem Boden lagen. Aber in den beiden Schlafzimmern standen noch Betten, ein großes im ersten, zwei kleinere für Kinder im zweiten.

Das gesamte Zuhause erinnerte Kara sehr an die Wohnung, in der sie mit ihren Eltern gelebt hatte, bevor sie bei dem Bombenanschlag der Kormanley im Seeley-Park ums Leben gekommen waren und Ischua sie zur Fachhochschule der Lumagier gebracht hatte. Nur war ihr altes Zuhause erfüllt von Uhren gewesen.

Grant und Allan wechselten einen Blick, dann nahmen sie das Kinderzimmer in Beschlag und überließen Kara das große Bett. Sie warf ihr Bündel auf den Boden und kroch auf die mit völlig vertrocknetem Stroh gefüllte Matratze. Abgesehen davon, dass sie muffig nach Staub und Heu roch, war sie mit der Zeit auch zu einer harten, dünnen Liegefläche plattgelegen worden, doch das störte Kara nicht. Als sie den Kopf auf die Hände statt eines Kissens bettete und die Augen schloss, musste sie niesen.

Aber ihr Herz pochte immer noch heftig vom grauenhaften Anblick der entarteten Haessaner. Sie konnte nicht einschlafen. Die Matratze knisterte, als sich Kara auf den Rücken drehte, dann lag sie da und starrte in die Dunkelheit an der Decke. Gedanken an Cory blitzten durch ihren Kopf. Ihre Hände ballten sich zu Fäusten, aber sie zwang sich, zumindest diese Sorge vorläufig zu verdrängen. Stattdessen ging sie ihre Pläne zur Heilung des Ley-Netzwerks durch: Morrell in Tumbor, Marcus in der Nadel und sie hier. Wenn auch nur einer von ihnen versagte …

Das furchterregende mahlende Geräusch, das vor wenigen Tage über sie hinweggetost war, hallte durch ihren Geist. Tief im Innersten wusste sie, dass dies eine Folgeerscheinung der zerstörten Knoten und der sich auflösenden Wirklichkeit war. Was immer dieses Geräusch auch verursacht haben mochte, es würde sich fortsetzen. Und wahrscheinlich schlimmer werden.

Was bedeutete, dass sie um jeden Preis zum Nexus mussten. Aber wie sollten sie an den Haessanern vorbeikommen? Diese verwandelten Gorrani besetzten die Brücken über den Fluss, zumindest die nächstgelegenen. Vielleicht könnten sie etwas weiter flussaufwärts reisen, dort auf die andere Seite queren und anschließend umkehren. Aber hatten sie dafür genug Zeit?

Rastlos wälzte sich Kara zur Seite. Es musste einen anderen Weg geben.

Irgendwann schlief sie tief genug ein, dass sie sich nicht daran erinnern konnte, ob sie geträumt hatte, als sie wieder erwachte. Ungeachtet dessen setzte sie sich abrupt auf, dann sprang sie förmlich auf die Tür zu, hinter der sie Grant und Allan bereits wach vorfand. Sie saßen am Tisch in der Küche. Zu ihren Füßen lag einer der Halbwölfe. Die beiden Männer unterbrachen ihr Gespräch und schauten zu ihr auf.

»Ich weiß, wie wir an den Haessanern vorbeigelangen.«

Allan setzte sich zurück. »Darüber haben wir gerade gesprochen. Die Haessaner haben den Geysir auf allen Seiten umzingelt. Sie scheinen ihn anzubeten. Grant sieht keine Möglichkeit, wie wir uns an ihnen vorbeischleichen könnten.«

Kara trat vor und tippte mit einem Finger auf den Tisch.

»Wir gehen *unter* ihnen hindurch. Wir benutzen die Ley-Tunnel, wie es die Tunnler gemacht haben.«

Totenstille.

Dann beugte sich Allan vor. »Aber was ist mit der Ley?«

»Nicht alle Linien werden geflutet sein. Vergiss nicht, einige wurden blockiert – von uns, und davor von den Weißmänteln. Abgesehen davon, selbst wenn wir auf eine geflutete Linie stoßen, können wir sie trotzdem passieren. Wir haben ja dich. So hatten wir schließlich von Anfang an vor, in den Nexus zu gelangen.«

Allan rieb sich mit beiden Händen das Gesicht. »Dafür müssten wir die Pferde zurücklassen.«

»Aber es würde uns über den Fluss bringen«, brummte Grant. »Die Tunnel verlaufen darunter her.«

Allan neigte seinen Stuhl auf die zwei hinteren Beine zurück und schaukelte, während er nachdachte.

Kara stützte sich mit den Handflächen auf die Tischplatte. »Die Tunnel könnten uns sogar bis zum Nexus selbst bringen.«

Allan starrte sie einen Atemzug lang an, dann fluchte er und ließ den Stuhl zurück nach vorn auf alle vier Beine wippen. »Wo ist der nächstgelegene Knoten?«

Zwei Stunden später stiegen sie die Wendeltreppe der Grube in Karza hinab. Die Pferde hatten sie in der Nähe des Schusterladens freigelassen. Die Halbwölfe kundschafteten die Grube und die Tunnel unten mit in die Luft gestreckten Schnauzen aus. Es waren drei Tunnel, alle frei von Ley, so wie die Grube selbst. Kara entsandte die Sinne in alle drei, bevor sie den auswählte, der nach Norden führte. »Dieser führt unter dem Fluss durch.«

Allan trat mit hocherhobener Fackel vor. Einer der Halbwölfe eilte ihm voraus. Der ehemalige Rüde warf einen prüfenden Blick in den Tunnel vor ihm, dann drehte er sich zu Kara um. »Nach dem letzten Mal habe ich mir gelobt, nie wieder hier herunterzukommen.«

»Hast du einen besseren Vorschlag?«

Hinter ihnen kicherte Grant, ein zutiefst beunruhigender Laut, der in der Grube widerhallte.

Allan schwenkte die Fackel. »Nach dir.«

***

»Vater! Befehlshaber! Die Gorrani kommen.«

Dalton schaute zurück. Er hatte gerade das Nebentor begutachtet, das von der Ley zerstört worden war, als Marcus und die anderen es als Fluchtweg verwendet hatten. Das klaffende Loch, wo sich das Holztor befunden hatte, war mittlerweile einer Wand aus Stein gewichen, die allerdings überhastet gebaut und schlampig zusammengemauert worden war. Unwillkürlich stellte Dalton einen Vergleich zu der Mauer an, die von den Muldern durchbrochen worden war, als sie ihre Lumaga Kara hatten retten wollen. Jener Teil der Mauer sah nun solider aus als der Rest, als wäre der Granit, den man für die Reparatur benutzt hatte, irgendwie verschmolzen. Man hatte ihm gesagt, dies sei das Werk von Allan Garretts Tochter gewesen, was von den durch die Stadt kursierenden Gerüchten gestützt wurde.

Im Gegensatz dazu sah diese neue Reparatur aus, als würde sie einstürzen, wenn man nur daran klopfte.

Als ob Darius seine Einschätzung spürte, meinte er: »Wenigstens ist das Tor versiegelt.«

»Das ist das Beste, was die Maurer zustande gebracht haben?«

»In Anbetracht des Zeitdrucks und des Ausgangsmaterials, das sie zur Verfügung hatten, war es laut ihren Worten nicht besser hinzukriegen.«

Mit seiner besonderen Sicht empfing Dalton ein Bild der eingestürzten Mauer und des über den Boden davor verstreuten Gerölls. »Das wird nicht lange halten. Hier entsteht eine der ersten Lücken in unserer Verteidigung, sobald der Ley-Wall in sich zusammenfällt.«

Beide schauten zu den weißen Flammen der Ley, die hoch über ihnen aufragten. Die Männer in den Tortürmen blieben ein gutes Stück von den Rändern zurück. Die meisten liefen unruhig auf und ab oder bemühten sich, nicht auf die Gefahr zu achten, die wenige Schritte von ihrer Position entfernt loderte. Dalton hätte sie ja von der Mauer beordert, wenn Iscivius ihn zu überzeugen vermocht hätte, dass der Ley-Wall hielt, doch er hatte das Gefühl, das Wagnis nicht eingehen zu dürfen.

Er kehrte dem alten Tor den Rücken zu und setzte sich in Richtung des Tempels in Bewegung. »Zur Nadel.« Es war der einzige Ort der Stadt, an dem sie über den Ley-Wall sehen konnten.

Darius und der Leutnant, der die Neuigkeit überbracht hatte, reihten sich hinter ihm ein.

Kurze Zeit später erreichten sie den Tempel und dessen inneren Stelengarten. Dalton blieb am Eingang zur Nadel stehen. Durch die glatten, pechschwarzen Mauern pulsierte Ley. Am liebsten wäre er hinunter in die Grube gegangen, um nach Iscivius zu sehen, aber seit der Schaffung des Ley-Walls hatte er den Lumagus bereits wiederholt behelligt. Beim letzten Mal hatte Iscivius ihn angeherrscht. Die Anstrengung, die es verhieß, den Wall aufrechtzuerhalten, zeigte sich bereits bei dem Mann. In Iscivius' Zügen bildeten sich Furchen der Anspannung, die Augen sanken immer tiefer in die Höhlen. Dalton durfte ihn nicht stören, schon gar nicht jetzt.

Also stieg er stattdessen die Treppe rechts hinauf, gefolgt von seiner Eskorte. Sie folgten der Wendeltreppe um die Mitte des Turms nach oben. Vereinzelte Fenster boten eine Aussicht auf den Tempel und die Stadt dahinter.

Als sie sich hoch genug befanden, um über den Ley-Wall hinwegzusehen, suchte Dalton ein nach Süden weisendes

Fenster und blieb stehen. Darius trat zu ihm und winkte die anderen zurück.

»Sie haben am Rand des Kraters angehalten«, stellte Darius fest, rückte näher zum Fenster vor und zog ein Fernglas aus einer Tasche. »Vielleicht überzeugt sie die Ley, dass es klüger wäre, umzukehren.«

»Nein. Ihre Kundschafter müssen ihnen schon längst davon berichtet haben.« Dalton bewegte sich vorwärts. Ein warmer Wind wehte ihm böig ins Gesicht und brachte die Ärmel seiner Gewänder zum Flattern, doch er spähte nur mit zusammengekniffenen Augen in die Ferne. »Was siehst du?«

»Eine Gruppierung von zehn Gorrani-Kriegern am Rand des Kraters. Sie besprechen sich offenbar. Hinter ihnen kann ich ihre Banner erkennen, aber nicht ihre Männer. Sieht so aus, als wären alle Sekten vertreten. Jetzt streiten sie. Ihr Anführer hat gerade alle zum Schweigen gebracht. Er deutet mit den Armen zu den Seiten. Die Hälfte der Gruppe ist über den Rand verschwunden.« Kurz verstummte Darius, bevor er hinzufügte: »Die Banner sind außer Sicht geraten.«

Dalton senkte das Haupt und schloss die Augen. Er versuchte, seine besondere Sicht heraufzubeschwören, um herauszufinden, was die Gorrani vorhatten. Würden sie trotz des Ley-Walls angreifen? Würden sie sich zurückziehen, wie Darius' Worte andeuteten? Das glaubte er nicht. Andererseits konnte er sich nicht vorstellen, wie ein für den Tempel oder die Stadt gefährlicher Angriff aussehen sollte, solange der Ley-Wall bestand.

Seine Sicht blieb unverändert. Keine Aufblitzen der Erkenntnis wie am Tor.

»Irgendetwas passiert gerade.« Darius spannte den Körper an und beugte sich mit dem Fernglas leicht vor. »Bei den Göttern, es sind so viele.«

Jäh öffnete Dalton die Lider. In der Ferne tauchten die Gorrani plötzlich als lange Linie über dem Rand des Kraters auf. Sie erstreckten sich zu beiden Seiten so weit, dass sich Dalton aus dem Fenster lehnen musste, um zu erkennen, wo die Linie endete. Bunte Banner flatterten im Wind. Die Krieger trugen Rüstungen in den Farben ihrer jeweiligen Sekten. Sonnenlicht spiegelte sich funkelnd auf Schwertgriffen und Armschienen, wenngleich der Großteil der Gorrani-Rüstungen aus gehärtetem Leder bestand und die Arme und Beine ungeschützt blieben. Bei den Männern in der Mitte handelte es sich um berittene Krieger, deren Silhouetten höher als der Rest aufragten.

Auf einmal hallten die Klänge von Trommeln über die trockenen Ebenen. Innerhalb weniger Augenblicke erschien ein Kontingent von um die hundert Mann hinter dem Höhenzug des Kraters hervor und stürmte beritten herunter auf die Nadel und ihre Mauern zu. Die Krieger brüllten dabei einen unzusammenhängenden Schlachtruf. Ein Sprechgesang setzte ein. Die Kämpfer entlang des Kraterrands zogen plötzlich die Schwerter und richteten sie gen Himmel. Die Berittenen hielten weiter geradewegs auf den Ley-Wall zu und stoben Staubwolken hinter sich auf.

Besorgnis nistete sich in Daltons Brust ein, doch er rührte sich nicht von der Stelle. Seine Finger umklammerten die Ränder des Fensters fester.

»Was haben sie vor?«, fragte Darius. »Wollen sie geradewegs in die Ley pflügen? Sie müssen doch wissen, was beim letzten Mal passiert ist.«

Der Angriff wurde nicht langsamer. Dann geriet die Gruppe hinter dem Ley-Wall außer Sicht.

Darius ließ das Fernglas sinken und wirbelte zu dem Leutnant herum, der sie begleitet hatte. »Lauf zu den Mauern. Sag den befehlshabenden Leutnants dort, sie sollen sich dafür bereit machen …«

»Warte.« Dalton berührte den Befehlshaber der Vollstrecker am Arm. »Schau.«

Die Staubwolken unten hatten die Richtung geändert und entlang des Walls nach links geschwenkt. Gleich darauf änderte sich der Takt der Trommeln, und alle Gorrani entlang des Kraterrands setzten sich in Bewegung und marschierten auf die Nadel zu. Sie reichten fünf Ränge in die Tiefe. Dahinter folgten Kamele, von Pferden gezogene Wagen und weitere Gorrani, wenngleich ungerüstet. Die vom Ley-Wall verborgene Hundertergruppe änderte erneut die Richtung, schwenkte zurück zu den eigenen Reihen. Sie tauchte wieder ab. Die gedämpften Schlachtrufe stiegen merkwürdig mit dem Sprechgesang vermischt über die Ebenen auf. Das gleichförmige Stapfen Tausender Füße bildete einen Gegentakt zu den Trommeln.

Dann verstummten sowohl der Sprechgesang als auch die Trommeln wie abgeschnitten. Die Fußsoldaten blieben stehen und verharrten zusammen mit den Ergänzungstruppen in ihren Rücken. Nur die hundert berittenen Krieger bewegten sich noch, wenngleich auch ihr Schlachtruf geendet hatte.

Als sie sich wieder der Streitmacht anschlossen, brüllten die Gorrani der Nadel ein einziges Wort in ihrer Sprache entgegen. Sie betonten den Ruf, indem sie die Schwerter gen Himmel stießen. Das wiederholten sie dreimal mit demselben Wort, bevor sich ihre so geordneten Reihen unverhofft auflösten. Die hinteren Ränge begannen, die Wagen zu entladen und Zelte aufzustellen. Die Krieger teilten sich nach Sekten geordnet in Gruppen auf, die Anführer, die an der Front geblieben waren, kehrten zu ihren Leuten zurück.

»Sie schlagen ein Lager auf«, stellte Darius mit spöttischem Ton fest. »Lassen sich nieder. Das war alles nur Schau.«

»Wie viele Männer haben sie?«

Darius hob das Fernglas wieder an die Augen und betrachtete prüfend die Streitkräfte. Seine Lippen bewegten sich lautlos, während er zählte. »Ich würde sagen dreitausend Krieger und vielleicht doppelt so viele Menschen im Versorgungszug.«

»Fast zweimal so viel, wie sie beim letzten Mal mitgebracht haben.«

»Im Versorgungszug sehe ich Frauen und Kinder, die mithelfen.« Darius senkte das Fernglas. »Das könnten alle Gorrani sein, die es noch gibt.«

Dalton starrte zu den Kriegern und ihrer Unterstützung. Kleinere Zelte standen bereits, größere wurden dahinter aufgestellt. Konnten dies wirklich alle Gorrani sein, die es auf ihren Ebenen noch gab? Er hatte zwar etwas von Hunderten Stämmen gehört, allerdings wusste er auch, dass die Gorrani schon vor der Zersplitterung nicht besonders zahlreich waren. Sie blieben unter sich, errichteten keine Städte, lebten in aus den Gorrani-Ebenen ragenden, *Cenotans* genannten Felsformationen, wo sich Wasser zu Teichen sammelte. Handel fand an bestimmten Orten in den Randgebieten der Gorrani-Ebenen statt. Nur wenige Menschen, die nicht den Stämmen angehörten, durften ihr Land betreten und hatten die Cenotans zu Gesicht bekommen.

Es bestand also tatsächlich die Möglichkeit, dass es sich um die letzten Gorrani handelte. Was erklären würde, weshalb sie sich zuletzt so skrupellos gebärdet hatten. Sie waren verzweifelt.

»Offensichtlich werden sie nicht angreifen, solange der Ley-Wall besteht«, sagte Dalton. »Aber lass die Männer auf den Mauern für alle Fälle in Bereitschaft.«

Damit wandte er sich vom Fenster ab und steuerte wieder auf die Treppe zu.

»Sollen wir die Hexer aufwecken?«

Er hielt inne und überlegte kurz, dann schüttelte er den Kopf. »Lass sie. Es sei denn, der Ley-Wall fällt.«

Darius begann, hinter ihm Befehle zu erteilen, als sie den Rückweg die Treppe hinunter antraten. Sie hatten die Hälfte des Turms hinter sich, als Dalton durch ein Fenster schaute und Bewegung im Abschnitt der Temeriten wahrnahm. Jäh blieb er stehen.

»Darius! Die Temeriten – die tun da irgendwas am Rand der Kluft!«

Der Befehlshaber seiner Vollstrecker trat hinter ihn und lehnte sich durch das Fenster hinaus, dann jedoch löste sich die Anspannung in seinen Schultern, und er wich zurück herein.

»Sie befestigen nur ihren Rand der Kluft, das ist alles. Daran arbeiten sie schon seit ein paar Wochen. Wir behalten sie aufmerksam im Auge, aber bisher haben sie nicht mehr gemacht, als die Mauern zu verstärken, Barrikaden zu errichten und die wenigen Ballisten und Katapulte, die sie haben, in Stellung zu bringen. Das ist harmlos.«

Als Darius seinen Männern bedeutete, den Weg die Treppe hinunter fortzusetzen, spähte Dalton mit zusammengekniffenen Augen zu den Temeriten-Gardisten auf den Dächern der Gebäude unten. Einen Moment lang flackerte seine besondere Sicht, und er vermeinte zu sehen, wie Gardisten über die Tiefen der Kluft rannten. Allerdings war da keine Brücke.

Er schloss die Augen und rieb sich die Schläfen, als sich leichte Kopfschmerzen einstellten. Als er danach erneut hinschaute, sah er nur Gardisten, die eine Balliste verschoben, während andere Steine aufs Dach schleppten, um dessen Rand als Schutzmaßnahme zu erhöhen. Nichts lieferte einen Hinweis darauf, dass sie eine Brücke zu bauen versuchten, und die Kluft war zu breit, um einfach irgendein Holzgebilde darüber zu kippen. Es würde mangels Verstrebungen in der Mitte einknicken.

Dennoch konnte Dalton das Gefühl nicht abschütteln, dass sie irgendetwas im Schilde führten.

Nachdem er das Geschehen weitere fünf Minuten lang beobachtet hatte, trat er letztlich vom Fenster zurück. In Gedanken merkte er vor, sie künftig von einem Wachposten im Auge behalten zu lassen. Vorläufig jedoch fand er die Ankunft der Gorrani besorgniserregender.

***

»Es ist sinnlos«, sagte Allan und stolperte von der Ley-Linie zurück, die ihnen den Weg versperrte. »Die Strömung der Ley hier ist zu stark. Wenn ich mich weiter hinaus in den Tunnel wage, reißt sie mich von den Beinen wie die Stromschnellen eines Flusses. Ich würde weggespült.«

Kara fluchte wüst. Grant zog überrascht eine Augenbraue hoch. Er stand mit den drei Halbwölfen ein Stück hinter ihnen.

Sie waren dem Ley-Tunnel bereits einen gefühlten halben Tag lang gefolgt, wenngleich sich das schwer abschätzen ließ, weil sie sich die ganze Zeit unterirdisch fortbewegt hatten. Dabei waren sie schon früher auf mit Ley gefüllte Tunnel gestoßen, konnten sie jedoch durchqueren, indem sich Kara, Grant und die Halbwölfe dicht um Allan gedrängt hielten. Alle hatten sich langsam, vorsichtig und fast gleichförmig bewegt und darauf geachtet, in der Schutzblase zu bleiben, die den ehemaligen Rüden umgab. Im Zuge dessen hatten sie festgestellt, dass sich die Größe der Blase mit der Stärke der Ley änderte – je stärker die Ley, desto kleiner der Schutzkreis.

Die Tunnel bildeten einen Irrgarten von Biegungen und Verzweigungen, aber sie hatten sich über Verbindungsstellen, Knoten und Barkassenstationen durchgeschlagen und waren unter dem Fluss hindurch in den Abschnitt nahe Grass auf der anderen Seite gelangt.

Nun jedoch waren sie auf eine Verzweigung gestoßen, in der die Ley schlichtweg zu stark strömte. Wenn sie Allan aus dem Gleichgewicht brachte und fortriss, würde sein Schutz mit ihm verschwinden, und Kara, Grant und die Halbwölfe in der Ley verbrennen.

Kara wandte sich von den anderen ab und beugte sich vor, presste die Hände frustriert gegen die glatt geschliffene Oberfläche der Flusssteine, die man für den Bau dieses Teils des Ley-Netzwerks verwendet hatte. Die Gegenwart der Flusssteine verriet ihr, dass sie sich in einem der ältesten Bereiche des Systems aufhielten. Sie mussten Grass schon ganz nahe sein.

Kara stieß sich von der Wand ab. »Dann müssen wir einen anderen Tunnel finden, einen, in dem entweder gar keine Ley fließt oder zumindest nicht so stark.«

Allan und Grant wechselten einen Blick.

»Die Ley-Linien sind zunehmend stärker geworden, je näher wir dem alten Nexus kommen, wo der Geysir ist«, sagte der ehemalige Halbwolf schließlich. »Was, wenn es keinen anderen unterirdischen Weg gibt?«

»Es *muss* einen geben«, entgegnete Kara barsch und stapfte von den beiden Männern weg den Tunnel hinab, durch den sie an diese Stelle gelangt waren. Die letzte Verzweigung lag nicht weit zurück, und dort hatte es noch andere Tunnel gegeben. Sie hatten sich für diesen entschieden, weil er in Richtung Grass verlief.

An der Verzweigung wählte sie diesmal einen anderen Weg, der zwei Ebenen tiefer lag. Sie kletterten die Seite der Grube von Sims zu Sims hinab und benutzten Vertiefungen, die man offensichtlich als Leiter vorgesehen hatte. Aber der neue Tunnel endete an einer weiteren Verzweigung, an der alle Linien weg von dort führten, wo Kara den Geysir fühlen konnte, also kehrten sie erneut um und versuchten es mit einem anderen. Der endete an einem Ley-Strom, der sogar noch schneller floss als an der vorherigen Stelle.

»Der Tunnel ist schmaler«, merkte Allan an. »Die Kraft hinter der Ley muss stärker sein, um sie hindurchzubefördern.«

Das interessierte Kara nicht. Sie mussten zum Nexus. Und sie hatte gedacht, die Ley-Tunnel böten die perfekte Lösung dafür.

»Was jetzt?«, brummte Grant. Sein Ohr zuckte vor Frustration.

»Wir gehen noch mal zurück zur Verzweigung. Einen weiteren Tunnel gibt es dort noch. Er verläuft zwar nicht in Richtung Grass, aber vielleicht führt er uns zu einer Stelle mit mehr Möglichkeiten.«

Beide Männer nickten, und die Halbwölfe führten sie mit aus den Schnauzen baumelnden Zungen den Weg zurück, den sie gekommen waren. Sie trabten schon seit Stunden durch das Gewirr der Tunnel.

Der Nächste, dem sie folgten, verlief parallel zum Geysir, weder darauf zu, noch davon weg. Sobald sie ihn betreten hatten, fiel Kara auf, dass Ley hindurchfloss, allerdings so schwach, dass sie nicht einmal zu sehen war. Sie kribbelte nur leicht auf ihrer Haut und bewegte die feinen Härchen an ihren Armen. Die Halbwölfe klagten ein wenig, bis Grant sie ungeduldig anherrschte.

Zwanzig Minuten später hob Allan seine Fackel höher und verkündete: »Da vorn ist etwas.«

Sie verlangsamten die Schritte. Der Gegenstand trat nach und nach deutlicher aus der Dunkelheit hervor, als Allan vorrückte. Er hing von einer breiten Spalte in der Decke. Steine und ein Sandhaufen übersäten den Boden des Tunnels; offensichtlich ein Einsturz durch die zahlreichen Beben, die Erenthrall sowohl vor als auch nach der Zersplitterung erschüttert hatten. Allan trat darauf zu, dann streckte er die Hand aus und berührte den Gegenstand, wodurch er ihn leicht zum Schwingen brachte.

»Das ist eine Leiter.«

Kara schloss zu dem ehemaligen Rüden auf, und die Strickleiter wurde deutlicher, als sie einen Schritt zur Seite trat. Die Holzsprossen sahen abgenutzt aus. Sie spähte in die Schatten der Spalte hoch über ihnen. Unwillkürlich erinnerte sie sich an die kurze Zeit bei den Tunnlern, die überall in ihrem Labyrinth Leitern benutzt hatten. »Ich frage mich, wohin sie führt.«

»Sollen wir es herausfinden?«

»Nein. Wir wollen nicht nach oben, wir wollen zum Nexus.«

Weder Grant noch Allan widersprachen ihr, aber als sie den Weg fortsetzten, befahl der Rudelführer einem der Halbwölfe, ihnen den Rücken zu decken.

Der Tunnel verlief noch ungefähr tausend Fuß weiter, dann endete er an einem wesentlich schlimmeren Einsturz. Stein und Erde füllten die gesamte Breite des unterirdischen Korridors aus. Allan kletterte auf das Geröll und sah sich oben im Licht der Fackel um.

»Vollkommen blockiert.« Als er zu ihnen zurückschaute, tauchten die Flammen der Fackel seine Züge in einen unruhigen, gelblichen Schein. »Entweder sehen wir uns die Leiter genauer an, oder wir gehen weiter zurück und versuchen, eine andere Verzweigung zu finden, wo ein Tunnel nach Grass führt.«

»Ich denke, ihr werdet weder das eine, noch das andere tun.«

Die neue Stimme hallte durch den Tunnel hinter ihnen. Kara und Grant wirbelten herum, die zwei Halbwölfe sprangen an die Seite ihres Gefährten, und alle drei stimmten ein tiefes, bedrohliches Knurren an.

Allan hopste von dem Geröllhaufen herab und stellte sich an Karas Seite. Kara konnte nichts erkennen, auch nicht, als sich Allan vorwärtsbewegte und das Licht mitnahm. Grant hob den Kopf, schnupperte die Luft und rümpfte angewidert die Nase.

»Kaninchen«, sagte er schnaubend.

Schritte näherten sich. Den drei Halbwölfen sträubte sich das Nackenfell. Aber die griffen nicht an, weil Grant sie zurückhielt.

Vier Gestalten erschienen mit gezogenen, in Anschlag gebrachten Schwertern. Sie blieben knapp innerhalb des Lichtkegels der Fackel stehen. Die Anführerin trug eine zerkratzte Rüstung und einen verbeulten Helm, die anderen steckten in zerrissener Kleidung.

»Ich denke«, sagte die Anführerin, »ihr kommt stattdessen mit uns.«

Kara versteifte den Körper, und Allan fragte ungläubig: »Cason?«

Die Anführerin der Tunnler zögerte, kniff die Augen zusammen. »Allan?« Mit einem Fluch hob sie die Hände, zog sich den Helm vom Kopf und klemmte ihn sich unter einen Arm. Das Schwert ließ sie nicht sinken, und ihre Miene wirkte alles andere als herzlich. »Und Kara. Was bei allen Höllen wollt ihr hier? Und warum habt ihr Halbwölfe dabei? Seid ihr gekommen, um uns dafür umzubringen, dass wir euch bei den Weißmänteln eingetauscht haben?«

Einer der Halbwölfe sprang mit einem Knurren vor. Die drei jüngeren Männer bei Cason schraken zurück, sie selbst hingegen rührte sich nicht. Ein scharfer Befehl von Grant bremste den Halbwolf knapp vor ihr. Der Halbwolf knurrte weiter. Geifer troff von seinen Lefzen, und er begann, über die Breite des Tunnels auf und ab zu laufen.

Die Anführerin der Tunnler behielt ihn im Auge. »Wie ich sehe, habt ihr sie inzwischen abgerichtet.«

»Nicht abgerichtet«, widersprach Kara. »Sie sind Verbündete.«

Cason sah sie an. »Habe ich gehört. Allerdings hielt ich es für ein Gerücht. Ich habe viele Dinge über dich, die Weißmäntel und das gehört, was ihr in der Nadel gemacht habt. Ich habe gehört, dass du Tumbor absichtlich zerstört hast, indem du den Einsturz der Verkrümmung verursachtest. Und dass du die Ley hier in Erenthrall außer Rand und Band gebracht hast, damit sie uns alle vernichtet und du die Stadt übernehmen kannst. Oder was noch davon übrig ist.«

»Das ist nicht wahr! Tumbor war ein Versehen. Der Ley-Geysir hier ist eine unmittelbare Folge davon. Ich bin in der Stadt, um das in Ordnung zu bringen.«

Cason verengte die Augen zu Schlitzen. »Warum sollte ich dir glauben?«

»Du musst uns nicht glauben«, ergriff Allan das Wort. Seine Hand ruhte auf dem Heft seines Schwertes. »Bleib uns einfach nur aus dem Weg.«

»Um euch ein weiteres ›Versehen‹ verursachen zu lassen? Ich denke nicht.«

Hinter ihr flüsterte einer der anderen etwas, aber Cason hob eine Hand und brachte ihn damit zum Schweigen.

»Wie seid ihr hierher gelangt?«, fragte sie.

Sogar Kara hörte die Verzweiflung aus dem allzu beiläufigen Tonfall der Frage heraus. »Warum willst du das wissen?«

Cason schwenkte den Blick von Allan zurück zu Kara. Ein weiterer ihrer Begleiter zischte eine Warnung. »Egal. Spielt keine Rolle. Ihr werdet mit uns kommen. Eure Halbwölfe bleiben hier.«

Damit drehte sie dem immer noch knurrenden, nur wenige Schritte entfernten Halbwolf den Rücken zu und steuerte auf die Leiter zu. Auch ihre drei Begleiter zogen sich nach einem barschen Befehl ihrer Anführerin zurück. Zwei behielten Allan, Grant, Kara und die Halbwölfe mit misstrauischen Mienen im Blick, die Waffen nach wie vor gezogen.

Kara trat an Allans Seite. »Sollen wir mit ihnen gehen? Wir könnten auch einfach umkehren. Sie scheint nicht vorzuhaben, uns gefangen zu nehmen.«

»Nicht im Augenblick, aber das dürfte daran liegen, dass wir die Halbwölfe dabei haben. Es würde ihnen nie gelingen, uns zu überwältigen. Wahrscheinlich geht sie zurück zur Leiter, um Verstärkung zu holen.«

»Dann sollten wir uns besser schnell entscheiden«, brummte Grant mit noch tieferer Stimme als sonst. »Meine Halbwölfe können sie erwischen, bevor sie die Leiter erreichen.«

Kara zögerte.

»Vergiss nicht«, sagte Allan, »letztes Mal haben sie uns gegen Lebensmittel und sonstige Vorräte eingetauscht.«

»Aber sie könnten einen Weg hinein nach Grass kennen.«

Kara setzte sich in Bewegung, ging um die Halbwölfe herum. Allan und Grant beratschlagten kurz, dann knurrte Grant tief in der Kehle. Einer der Halbwölfe winselte widerwillig, schließlich jedoch verstummten alle drei.

Allan und Grant holten Kara ein, bevor sie die Leiter erreichte, wo sich sieben andere Tunnler zu Cason und ihren drei ursprünglichen Begleitern gesellt hatten. Kara erkannte Sorelle und Jaimes, die beide angespannter und abgehärmter als bei ihrer letzten Begegnung wirkten. Sorelle starrte ihre Dreiergruppe finster an, Jaimes hingegen lächelte überraschenderweise. Kara erinnerte sich daran, dass der junge Mann versuchte hatte, sie zu warnen, als sie zu dem Treffen mit den Weißmänteln geführt wurden. In Gedanken hörte sie, wie er damals, kurz bevor die Weißmäntel aufgetaucht waren, »Lauft!« gemurmelt hatte.

»Hinauf«, befahl Cason und hielt die behelfsmäßige Leiter mit einer Hand fest. Die anderen um sie herum wirkten gereizt.

Kara kletterte als Erste los, dann Allan und Grant. Cason folgte hinter ihnen. Weil die Leiter unten nicht befestigt war, erwies sie sich als schwierig zu erklimmen, doch Kara schaffte es trotzdem. Sie gelangte zu der Spalte in der Decke des Tunnels. Die scharfkantigen Seiten schrammten über ihre Schultern und den Rücken. Von oben schien Fackellicht durch den gezackten Riss. Unter ihren Bewegungen lockerten sich Erde und Steinchen, die auf die ihr Nachfolgenden hinabregneten.

Als sie oben ankam, wurde sie von Händen an der Bluse und unter den Achseln gepackt und in einen niedrigen Raum mit gewölbter Decke gezogen, der ausschließlich aus Flussstein gebaut war. Es roch nach trockener Erde und einem leichten Hauch uralter Gewürze. Zehn weitere von Casons Tunnlern beobachteten Kara argwöhnisch. Kara klopfte sich gerade den Staub ab, als Allan und Grant aus der Spalte kamen. Die Leiter war auf einer Seite des Raums an Metallringen in der Wand befestigt.

Auf Grant folgte Cason, dann kletterten rasch die anderen zehn Tunnler hinter ihrer Anführerin her. Ohne ein Wort führte Cason sie alle aus dem Raum mit der niedrigen Decke in einen Korridor, der zu beiden Seiten von ähnlichen Räumen gesäumt wurde, allesamt leer. Geräusche hallten seltsam in den hohlen Kammern wider. Das Schleifen, Pochen und Klirren ihrer Füße, Kleidung und Rüstung klang verstärkt, bis sie eine steile Treppe erreichten, die gewunden hinauf zu einer dicken Holztür führte. An einem Riegel hing ein schweres Eisenschloss, das aussah, als wäre es seit Jahrzehnten nicht mehr benutzt worden. Die Angeln der Tür quietschten, als Cason sie aufzog und hindurchschritt.

Kara schnappte nach Luft, als sie ein einen vertrauten Gang mit einer Reihe von Türen zu beiden Seiten trat. »Das ist die Universität! Wir sind in dem Korridor mit den Übungsräumen!«

Cason blieb vor ihr stehen und drehte sich um. »Willkommen in unserem neuen Zuhause. Oder sollte ich lieber *Gefängnis* sagen?«

»Wie meinst du das?«, fragte Allan.

Cason musterte ihn kurz, dann wandte sie sich ab und ging wieder los, während sie weitersprach.

»Nachdem wir euch bei den Weißmänteln eingetauscht

hatten – oder es zumindest versucht hatten –, waren uns ein paar Wochen Ruhe vergönnt, bevor die Flussratten entschieden, dass sie genug hatten. Sie sind aus jeder Richtung in die Tunnel eingefallen, fest entschlossen, unser Ausgangslager zu finden. Wir haben an allen Fronten gegen sie gekämpft. Haben Tunnel zum Einsturz gebracht, um ihnen den Weg abzuschneiden, sie an Verbindungsstellen abgeschlachtet und alles getan, was wir konnten, um sie uns vom Leib zu halten. Sie haben drei Leute für jeden von uns verloren, trotzdem wurden wir immer weiter zurückgedrängt. Sie hatten es schon fast zu unserem Hauptlager geschafft, als die Erdbeben anfingen.«

Mittlerweile hatten sie das Ende des Gangs mit den Übungsräumen erreicht und stiegen eine weitere Treppe zu einer Doppeltür hinauf. Dahinter folgte einer der Hauptsäle der Universität. Die Tunnler hatten den gesamten weitläufigen Raum in Unterkünfte umgewandelt.

Pritschen bedeckten den Boden, die meisten von Männern, Frauen und Kindern besetzt, die entweder schliefen oder darauf saßen und arbeiteten, indem sie Kleidung flickten, Waffen reparierten, Karotten schnitten oder Kartoffeln schälten. Kara musste bei dem Anblick an die Zeltsiedlung außerhalb des Kreises von Gebäuden um den Tempel der Nadel denken, nur gab es hier keine Zelte, keinerlei Rückzugsmöglichkeit für die Leute.

Die Tunnler sahen abgerissen und erschöpft aus. Der Zustand ihrer Kleidung war schlimmer als Karas bei der ersten Begegnung. Die Gesichter wirkten abgehärmter und faltiger, ihre Mienen irgendwie hohl und abgestumpft. Im großen Kamin auf der gegenüberliegenden Seite des Saals knisterte ein Feuer, um das eine Gruppe von Männern und Frauen arbeitete. Überwiegend kümmerten sie sich um Töpfe, die an Haken über den Flammen hingen. Kara ließ den Blick prüfend über die Leute wandern und schätzte, dass es sich nur noch um ein Drittel der Zahl handelte, die sie im früheren Hauptlager der Tunnler gesehen hatte.

»Abgesehen von denjenigen, die Wachdienst auf den Mauern und an den Toren der Universität haben, sind das die Einzigen meiner Gruppe, die noch übrig sind.« Casons Ton klang rau und verbittert. »Viele sind durch die Beben umgekommen. Die Tunnel sind eingestürzt, als die Erschütterungen schlimmer wurden und wir an die Oberfläche fliehen wollten. Viele weitere haben wir verloren, als wir auf der Flucht waren und getragen haben, was immer wir konnten. Nicht wegen der Flussratten – die waren selbst damit beschäftigt, sich zu retten –, sondern wegen der Ley. Tunnel, die zuvor immer sicher waren, wurden plötzlich geflutet, wodurch uns die üblichen Wege abgeschnitten wurden. Ein paar der Tunnel füllten sich sogar, als wir sie gerade benutzten. Kaum mehr als die Hälfte von uns hat es lebend aus dem Untergrund geschafft.

Als wir draußen waren, mussten wir feststellen, dass ganz Erenthrall im Begriff war, zu zerfallen, und wir konnten auch sehen, weshalb. Die Verkrümmung war dabei, einzustürzen. Das Geräusch mahlender Erde, die von der Verkrümmung verschlungen wurde, als sie in sich zusammenfiel, war ohrenbetäubend. Die meisten von uns haben sich auf den Steinplatten der Ley-Barkassenstation hingekauert, in der wir herausgekommen sind. Oder sie sind einfach stehen geblieben und haben auf das Ende gewartet. Aber dann ist aus der Erde ein Lichtspeer hervorgeschossen und hat das Herz der Verkrümmung getroffen. Er war so grell, dass diejenigen von uns, die nicht wegschauten, geblendet wurden, manche dauerhaft. Als es vorbei war und ich wieder etwas sehen konnte, war die Verkrümmung verschwunden, und das Erste, was ich erblickt habe, waren die Mauern der Universität. Wir brauchten eine Zuflucht. Einen Ort, den wir verteidigen konnten. Ich habe niemandem die Zeit gegönnt, sich zu erholen, sondern meine Leute auf die Beine gezerrt und in Bewegung gesetzt. In der

Stadt war es nach den Beben gespenstisch still. Niemand auf den Straßen. Niemand außer uns. Es ist uns gelungen, die Universität zu übernehmen, bevor irgendjemand sonst reagieren konnte. Danach ist die Stadt natürlich in den Ebenen versunken.«

Sie zeigte zu einem der schmalen Fenster, deren Glas längst zerbrochen war. Als sie darauf zu gingen, schwoll ein pulsierendes Hintergrundgeräusch an, das Kara nicht einzuordnen vermochte. Sie konnte auch nicht erkennen, was es verursachte. Draußen vor dem Fenster übersäte Geröll das Universitätsgelände. »Ich habe noch mehr meiner Leute verloren, als einige der Universitätsgebäude, in denen wir uns niedergelassen hatten, eingestürzt sind. Danach dachte ich, wir hätten das Schlimmste überstanden. Monatelang haben wir die Mauern gehalten und uns durch die Tunnel unter uns zum Plündern in die Stadt hinausgeschlichen. Zugang zu den Tunneln hatten wir durch diesen Riss im Boden des Kellers. Wir haben beobachtet, wie dieser verfluchte Baron die Flussratten, den Schlächter und all die anderen überzeugt hat, sich ihm anzuschließen. Wir haben beobachtet, wie die Gorrani noch gewalttätiger als sonst geworden sind und seither jeden abschlachten, dem sie über den Weg laufen und der kein Gorrani ist. Wir haben beobachtet, wie der Baron die Temeriten-Enklave angriff, und danach, wie die Gorrani wiederum ihn attackierten. Es wäre ein Blutbad geworden, wäre nicht der Himmelslichtsturm gekommen. Der Sturm hat den Temeriten die Flucht ermöglicht und das Gefecht zwischen dem Baron und den Gorrani vorzeitig beendet. Und dennoch konnten die Gorrani nicht entkommen. Sie wurden auf der Flucht vom Sturm erfasst, und er hat sie verwandelt.«

»Haben wir gesehen«, warf Kara ein. »Wir sind auf dem Weg hierher einigen über den Weg gelaufen.«

Cason starrte sie kurz an, dann ging sie wieder voran, ohne etwas darauf zu erwidern. Sie steuerte auf eine weitere

Tür und eine Treppe zu, die durch einen der kleinen Türme des ehemaligen Herrschaftssitzes nach oben führte. Sorelle, Jaimes und ein paar andere folgten. »Seither umzingeln die Gorrani unsere Mauern. Sie haben uns hier eingesperrt, dachten sie jedenfalls. In Wirklichkeit konnten wir durch die Tunnel hinaus. Solange sie unsere Mauern nicht durchbrechen konnten, waren wir in Sicherheit, und wir hatten immer einen Fluchtweg, falls es ihnen doch gelungen wäre. Bis Tumbor zusammengebrochen ist. Bis der Ley-Geysir mitten in Grass hervorgeschossen ist und die Tunnel unter uns – Tunnel, die davor leer waren – wieder mit Ley geflutet wurden.«

Sie schob eine weitere Tür zum Dach des Hauses auf. Das dumpfe Brummen, das Kara gehört hatte, seit sie sich im Gebäude aufhielt, steigerte sich zu einem Tosen, als ergössen sich tausend Wasserfälle tausend Fuß tief in ein Springbrunnenbecken. Nur als sich die Gruppe über das Dach verteilte und die Blicke unweigerlich nach Norden in Richtung Grass wanderten, erkannte Kara, dass es sich nicht um Wasser handelte. Es war die Ley des Geysirs, der gar nicht weit entfernt, hoch über ihre Köpfe emporstieg, da, wo die geköpften Türme von Grass das Gebäude des einstigen Nexus umringten.

Den Blick wie gebannt auf den Geysir geheftet, stolperte Kara auf den Rand des Daches zu. Aus dieser Nähe kribbelte ihre Haut unter der Kraft der Ley. Am liebsten hätte sie die Sinne entsandt und sich mit ihr vereint. Sie wusste, dass sie das konnte, doch sie wusste auch, dass die Ley sie mit sich riss, sollte sie es tatsächlich versuchen.

»Ich muss dorthin. Ich muss den Nexus erreichen.« Ihr Blick senkte sich von der hoch aufragenden Ley zu den von Gorrani gesäumten Straßen um die Universität. »Ich muss an den Gorrani vorbei.«

»Und meine Leute und ich müssen diese Mauern hinter uns lassen«, sagte Cason hinter Kara. »Ihr seid irgendwie durch die Tunnel gelangt. Es ist euch gelungen, uns zu erreichen. Wie?«

Kara drehte den Gorrani und dem Geysir, der so nah und doch noch so weit weg war, den Rücken zu. Sie sicherte sich Allans Aufmerksamkeit. Er nickte ihr kaum merklich zu, und als sie sich Cason zuwandte, wurde ihre Stimme härter.

»Ihr handelt doch so gern, nicht wahr? Bring uns mit deinen Kämpfern an den Gorrani vorbei zum Nexus, dann schaffe ich deine Leute und dich aus der Universität.«

Hinter Cason setzten Sorelle, Jaimes und die anderen zu einem Protest an. Sorelle straffte die Schultern und begann: »Cason, du kannst nicht …«

»Ruhig«, schnitt ihr die Anführerin der Tunnler das Wort ab.

Sorelle schloss den Mund und verschränkte die Arme vor der Brust.

Stille breitete sich auf dem Dach aus, unterbrochen nur vom tosenden Rauschen des Geysirs. Die Spannung zwischen den Tunnlern und Karas Gruppe fühlte sich beinah greifbar an.

Schließlich rührte sich Cason. »Nein.« Ihre Begleiter auf dem Dach entspannten sich, als sie fortfuhr. »Nein, ich werde das Leben der wenigen Leute, die ich noch übrig habe, nicht aufs Spiel setzen. Nicht gegen die Gorrani. Aber ich kann dich trotzdem zum Nexus schaffen, wenn du willst.«

Kara zögerte keinen Herzschlag lang. »Wie?«

ZWANZIG

Drayden hob den Kopf zu einem Himmel voll schwarzer Gewitterwolken und blähte die Nasenflügel. »Sie sind immer noch hinter uns. Inzwischen näher.«

Boskell fluchte. »Wie viele? Kannst du das sagen?«

Der ehemalige Halbwolf schnupperte erneut die Luft, drehte den Kopf in verschiedene Richtungen. Morrell beobachtete ihn aufmerksam. Hier auf den einstigen Straßen von Tumbor nahm sie intensiv das Strudeln der Wolken am Himmel wahr, das Kribbeln der Luft auf ihrer Haut, die schillernden Himmelslichter, die in nahezu jeder Richtung über das Land fegten.

Die Landschaft selbst glich einem Albtraum. Die Erde war zu größtenteils unkenntlichen Splittern geborsten, die in allen möglichen Winkeln aus dem Boden ragten, manche so groß wie die Gebäude, an die sich Morrell aus Erenthrall erinnerte, andere so hoch wie die Bäume in Muld. Der Boden unter ihren Füßen knisterte bei jedem Schritt, da sogar flacher Untergrund zerbrach wie Glas, weil der Stein so brüchig war. Verstreut zwischen den widernatürlich anmutenden Splittern aus Felsgestein und Erde befanden sich erschreckend erkennbare Bruchstücke des alten Tumbor. Hier ein Bogendurchgang, der ins Nichts führte, dort der Statuenkopf eines bärtigen Mannes mit ernster Miene, dann wieder ein zwischen Trümmern fast vergrabener halbrunder Balkon.

Alles wurde von den schillernden Himmelslichtern und den willkürlichen Blitzen der Stürme erhellt. Sporadische Windstöße erfassten Sand und Kies und wehten eigenartige Gerüche herbei – frischen Regen im einen Augenblick, den

Schwefelgestank verdorbener Eier im nächsten. Das Grauen all dessen – der Willkür, des Bizarren – lastete mehrere Tage, nachdem sie das Gebiet betreten hatten, noch immer wie eine schwere, kalte, nasse Decke auf Morrells Haut.

Und während der gesamten Zeit waren sie sowohl den Himmelslichtstürmen als auch den Gorrani ausgewichen, die ihnen in das Ödland gefolgt waren.

Drayden schnaubte, blies die angehaltene Luft durch die Nase aus und schüttelte den Kopf. »Schwer zu sagen. Mindestens ein Dutzend, vielleicht auch mehr.«

»Dann ist es keine Aufklärungstruppe«, merkte Okata an. »Sie haben einen *Yavun* geschickt.«

»Was ist ein Yavun?«, fragte Morrell. Nicht weit entfernt schnellte ein Blitz vom Himmel, und ein heftiger Windstoß wehte ihr Haar flatternd zur Seite. Es roch wie Tau an einem Frühlingsmorgen.

»Eine Einheit von Elitekriegern. In der Regel umfasst sie fünfzehn Mann und setzt sich aus unseren besten Kämpfern zusammen.«

Boskell starrte in die Ferne, als könnte er die Männer sehen. »Du hast gesagt, sie sind mittlerweile näher. Wie nah?«

»Nicht mehr als einen Tag entfernt.« Drayden sah Morrell an. Einen Moment lang leuchtete ein wildes Gelb in seinen Augen. »Lass sie mich jagen, wenn sie näherkommen. Ich kümmere mich um sie.«

Morrell schauderte bei der Eindringlichkeit seiner Stimme, der rohen Kraft, die dahinter grollte wie der durch die Luft hallende Donner.

»Nein«, warf Boskell ein. »Ich will, dass du bei Morrell bleibst.« Draydens Lippen teilten sich zu einem stummen Knurren. Seine Zähne schimmerten weiß. Boskell, dessen ganze Aufmerksamkeit Morrell galt, bemerkte es nicht. »Wie nah sind wir der Mitte von Tumbor? Kannst du das sagen?«

»Wir sind nah. Ich glaube, wir erreichen sie heute, vielleicht morgen.«

Boskell schaute zu den Wolken hoch und fluchte erneut. Den blauen Himmel hatten sie schon seit Tagen nicht mehr gesehen. »Weiß jemand, wie lange wir noch haben, bis wir bereit sein müssen?«

Sesali meldete sich zum ersten Mal zu Wort. »Drei Tage.«

»Bist du sicher?«

»Ja. Drei Tage.«

»Ist das genug Zeit, Morrell?«

Sie straffte die Schultern. »Es wird einfach reichen müssen.«

Der Temeriten-Leutnant musterte sie mit ernster Miene, bevor er Okata und Sesali ansah. Beide nickten zustimmend, und damit setzte sich Boskell in Bewegung. »Dann schicken wir dich und Drayden voraus. Und keine Widerrede!«, feuerte er in Draydens Richtung ab. »Du hältst sie am Leben, Halbwolf, hast du gehört? Wir drei kümmern uns um diesen Yavun. Wenn wir nicht alle töten können, dann halten wir sie zumindest auf. Wir versuchen, nach Möglichkeit zu euch aufzuschließen.«

Okata und Sesali rührten sich ebenfalls. Beide überprüften Waffen, durchwühlten ihre Bündel und reichten Vorräte an Boskell weiter.

Drayden hopste von dem Stein, auf dem er gestanden hatte, um die Luft zu schnuppern, und steuerte auf Morrell zu. Boskell stopfte in seinen eigenen Ranzen, was ihm Okata und Sesali gaben. Plötzlich schienen sich die Ereignisse zu überschlagen, und Morrell wurde klar, dass der Temeriten-Leutnant und die anderen lange vorab besprochen hatten, was sie tun würden; ohne Draydens und ihr Wissen.

»Wartet …«

Boskell drückte Morrell sein Bündel in die Hände, dann fasste er sie an den Schultern und sah ihr tief in die Augen.

»Du musst es in die Mitte von Tumbor schaffen und tun, was immer nötig ist. Und zwar so schnell, wie du kannst. Wir halten die Gorrani auf, töten sie hoffentlich. Aber du *musst* diesen Knoten innerhalb von drei Tagen bauen. Warte nicht auf uns. Denk nicht mal an uns. Bau einfach nur diesen Knoten wieder auf, verstanden?«

Morrell holte tief Luft. Ihre Brust fühlte sich heiß an und schmerzte. »Verstanden.«

Boskell schaute über ihre Schulter zu Drayden. »Bring sie weg von hier.«

Der geheilte Halbwolf brummte knapp, dann nahm er Morrell am Arm und zog sie nach Osten. Sie sträubte sich und beobachtete, wie Boskell kurz mit Okata und Sesali beratschlagte. Dabei deutete er nach Norden und Süden. Dann trennten sich die drei, wobei Boskell nach Westen aufbrach. Sie kletterten über die zersplitterten Überreste von Tumbor und verschwanden binnen weniger Augenblicke in den Schatten und Spalten.

Morrells Kehle fühlte sich wie zugeschnürt an, und einige Herzschläge lang bekam sie keine Luft. Sie drehte sich um und starrte in die Ferne, in Richtung der Mitte von Tumbor, wo Himmelslichtstürme über die aufgerissene Landschaft tobten und gezackte Blitze den Horizont entlangwanderten. Plötzlich war sie froh, dass es ihr vor einigen Tagen gelungen war, Sesalis Arm zu heilen.

»Wir müssen los«, sagte Drayden mit seiner kehligen Stimme, aus der sie jedoch einen Hauch von Mitgefühl heraushörte.

»Ja.« Morrell hustete. Das Wort war als trockenes, mattes Krächzen hervorgedrungen. Sie stählte sich. »Ja, gehen wir.«

***

Die schneidenden Laute von Hörnern schreckten Hernande aus dem Schlaf. Jäh setzte er sich im Bett auf. Die Decken hatten sich um seine Beine verheddert. Mit verschwommenem Blick starrte er an die Wand, während er versuchte, die Geräusche zu deuten.

»Zwei verschiedene Rufe. Die Kormanley … und die Gorrani.«

Mühsam stieg er aus dem Bett und schnappte sich saubere Kleidung. Geräusche, die sich wie die pochenden Schritte von hundert Männern anhörten, zogen an seiner geschlossenen Tür vorbei, begleitet von Rufen, die das Holz dämpfte. Der Mentor zog sich ein Hemd über den Kopf und stopfte noch die Zipfel in seine Hose, als er schon die Tür aufriss und den Korridor entlang zum Hauptsaal eilte. Drei Kammern weiter wurde auch Marcus' Tür aufgerissen, und der Lumagus trat vor Hernande heraus.

»Was ist los?«, verlangte er zu erfahren.

»Ich weiß es nicht. Die Hörner haben mich geweckt.«

Marcus hatte sich bereits abgewandt und lief auf den Hauptsaal zu. Hernande folgte ihm.

Im Botschaftsgebäude der Matriarchin herrschte aufgeregtes Treiben. Temeriten-Gardisten rannten hin und her, und Lienta stand in der Mitte des Saals und erteilte Anordnungen; der einzige Ruhepol weit und breit. Die Matriarchin konnte Hernande nirgendwo entdecken.

Marcus drängte sich zu Lienta durch.

»Was ist los?«, verlangte er abermals zu erfahren.

Der Temeriten-Hauptmann erübrigte nur einen gereizten Blick für ihn, bevor er seine Befehle zu Ende erteilte und für den Rest die Hand hob, als er sich Marcus zudrehte. »Baron Devin und sein Heer sind eingetroffen. Die Streitkräfte von Vater Dalton eilen zu den Mauern, obwohl Devins Männer erst am Horizont gesichtet worden sind. Auch die Gorrani reagieren bereits.«

»Bereiten sich die Gorrani auf einen Angriff vor?«, fragte Hernande.

»Schwer zu sagen. Ich habe meine eigenen Leute zu den Mauern beordert, obwohl der Ley-Wall noch vorhanden ist. Falls ihn die Kormanley auflösen, müssen wir uns unter Umständen verteidigen.« Weitere Gardisten trafen ein und heischten um Lientas Aufmerksamkeit. »Ihr zwei solltet unsere Mannschaften zusammentrommeln und euch für einen Sturmangriff auf den Tempel vorbereiten.«

»Es ist noch nicht soweit«, kam sofort von Marcus. »Es ist zu früh. Der Komet steht noch nicht über uns.«

»Womöglich haben wir keine andere Wahl«, gab Lienta barsch zurück. »Wenn der Baron und die Gorrani die Nadel angreifen, ist das unsere beste Gelegenheit, den Nexus zu erobern und zu halten, während die Kormanley mit den anderen beschäftigt sind. Bereitet euch und eure Leute vor. Auf der Stelle.«

Damit wandte er sich wieder seinen Männern zu und zeigte auf einen der Leutnants, der mit einem Bericht von den Mauern begann.

Marcus wirbelte zu Hernande herum. »Es ist zu früh!« Der Lumagus begann, sich einen Weg zurück durch die Heerschar der Gardisten zu bahnen.

»Aber Lienta hat recht. Wenn die Kormanley vom Baron und den Gorrani abgelenkt sind, haben wir eine bessere Chance, die Kontrolle über den Nexus zu übernehmen.«

»Nur werden wir ihn dann nicht lang genug halten können, um ihn zu benutzen!«

»Hast du eine bessere Idee?«

Marcus erwiderte nichts, sondern setzte den Weg zum Korridor mit ihren Unterkünften fort. Hernande packte ihn am Arm und hielt ihn auf. »Geh und such Cutter, Marc und den Rest unserer Leute. Ich hole Artras und alles andere, was wir brauchen. Wir treffen uns am Rand der Kluft.«

Marcus versteifte sich unentschlossen, bevor er murmelte: »Wir werden ihn nie und nimmer drei Tage lang halten können …« Dann rannte er dorthin los, wo die anderen untergebracht waren.

Als sich Hernande umdrehte, stellte er fest, dass Artras hinter ihm stand. Sie hielt mehrere Ranzen.

»Ich hab die Hörner gehört und mir für alle Fälle geschnappt, was wir brauchen werden.«

Hernande streifte sich zwei der Ranzen über den Kopf und rückte sie auf den Schultern zurecht.

»Weißt du, Marcus hat recht. Wenn wir gezwungen sind, den Nexus jetzt zu erobern …«

»Ich habe schon in meiner Jugend gelernt, dass die Götter und das Universum oft nach anderen Regeln spielen als man selbst. Manchmal muss man einfach das Spiel über einen bestimmen lassen.«

Artras schnaubte. »Und manchmal muss man die Regeln brechen.«

Einen Moment lang starrte Hernande die ältere Lumaga an, dann lächelte er. »Schon möglich.«

Sie durchquerten den mittlerweile größtenteils verwaisten Hauptsaal. Lienta hatte seine Lagebesprechung vermutlich zu den Mauern verlagert. Dann traten sie durch eine Nebentür hinaus auf die Straßen des Temeriten-Abschnitts der Nadel.

Überrascht stellte Hernande fest, dass es nach wie vor dunkel war. Bis zum Morgengrauen blieben noch einige Stunden. Aber die Gebäude wurden von der hoch aufragenden, weißen Wand aus Ley erhellt, die vorerst weiterhin die Nadel umschlossen hielt. Ihr Strahlen ließ beinah sämtliche Sterne am Himmel verblassen. Von den Straßen aus konnte man nur den Mond, die hellsten Sterne und den verschwommenen Fleck des Kometen sehen. Die Menschen draußen bewegten sich entweder in Richtung der äußeren

Mauern oder eilten zu den ihnen zugewiesenen Posten in der Enklave. Hernande und Artras rannten in die entgegengesetzte Richtung zu einem der halb verfallenen Gebäude an der Kluft.

Als sie eintrafen, fanden sie es leer vor, abgesehen von den Waffen, die sie zuvor dort verstaut hatten. Hernande deutete zu der aufs Dach führenden Treppe.

Sie stiegen hinauf, gelangten wieder an die nächtliche Luft und hatten eine Aussicht auf die Tiefen der Kluft und die von den Kormanley beherrschte Nadel auf der anderen Seite. Obwohl das Dach von der Ley nicht so hell erleuchtet wurde, bewegten sie sich in den Schatten, hoffend, dass keiner der auf der gegenüberliegenden Seite der Spalte postierten Kormanley-Vollstrecker sie bemerkte.

Sie hätten sich nicht sorgen müssen. Die Aufmerksamkeit aller, die sie auf den niedrigeren Mauern entlang der Kluft sahen, galt den Ereignissen näher am Tempel.

»Wie Lienta geht auch Darius kein Wagnis ein«, stellte Hernande fest. »Er schickt alles, was er hat, auf die Mauern.«

»Was meinst du, wie lange Iscivius den Ley-Wall aufrechterhalten kann?«, fragte Artras.

»Das könntest du wohl besser beantworten als ich.«

Artras überlegte eine lange Weile. Indes beobachteten sie beide das Treiben am Tempel und auf den Straßen darunter. Schließlich sagte sie: »Er hält ihn jetzt schon seit Tagen, wahrscheinlich mit Unterstützung der Lumagier, die zurückgeblieben sind. Aber ewig kann er damit nicht weitermachen. Und ich glaube nicht, dass von den anderen jemand stark genug ist, um ihn abzulösen. Der Wall wird fallen. Es ist nur eine Frage der Zeit.«

»Und dann werden die Gorrani und Devins Männer angreifen. Die Schlangen und die Hunde, wie es Dalton vorhergesagt hat.«

Beide schauten nach Norden, obwohl sie die stechenden

weißen Lichter der Drei Schwestern durch den Ley-Wall hindurch nicht am Horizont sehen konnten. Über den Rest von Daltons Prophezeiung verloren beide kein Wort.

Marcus und Cutter kamen durch die Tür zum Dach und gesellten sich zu ihnen.

»Habt ihr irgendetwas gehört?«, wollte Artras wissen. »Wir können nicht über den Ley-Wall sehen.«

»Lienta sagt, die Gorrani bringen ihre Leute nordwärts in Stellung. Er glaubt, dass sie angreifen wollen. Mit Sicherheit wissen wir es, wenn ihre Trommeln einsetzen.« Er ließ den Blick über den Tempel und die Männer der Kormanley wandern. »Im Augenblick wartet er ab, was passiert.«

»Weder Devin noch die Gorrani können uns oder den Kormanley irgendetwas anhaben, solange der Ley-Wall nicht fällt«, sagte Cutter.

»Lienta findet, dass wir genau das vielleicht erzwingen sollten.«

Hernandes Augenbrauen wanderten hoch. »Er will, dass wir jetzt hinübergehen und Iscivius ausschalten?«

»Wäre möglich. Aber vorerst warten wir.« Marcus trat rastlos von einem Bein aufs andere, bis er sich neben dem Mentor niederließ. »Wenn wir wissen, dass wir gehen müssen: Wie lang wirst du brauchen, bis du bereit bist?«

Hernande zuckte mit den Schultern. »Ich habe das Eintauchen in die Meditation geübt, seit wir den Plan geschmiedet haben. Ich kann binnen Minuten bereit sein. Allerdings wird mich jemand hinübertragen müssen. Ich werde nicht laufen und mich gleichzeitig konzentrieren können. Und wenn meine Konzentration unterbrochen wird …«

»Hätte das verheerende Folgen.« Marcus starrte in die Kluft hinab, dann seufzte er und stand auf. »Sofern Lienta nichts anderes anordnet, brechen wir auf, sobald der Ley-Wall fällt. Haltet euch bereit dafür.«

Damit gingen Cutter und er zurück nach unten.

Artras schaute ihnen nach und meinte: »Das könnte in Minuten, Stunden oder Tagen sein.«

»Letzteres glaube ich irgendwie nicht.«

***

»Die Gorrani sind schon hier«, klagte der Schlächter. »Und die Nadel sieht aus, als wäre sie bereits von der Ley verschlungen.«

Devin schleppte sich das letzte Stück des Kraterhangs um die Nadel hinauf und blieb vor der riesigen Axt des Schlächters stehen. Sie baumelte achtlos in seiner Hand. Der Alpha-Bluthund beobachtete die beiden aus einer Entfernung von sechs Schritten. Er wusste bereits um die Lage in der Nadel. Sein Beta hatte ihm vor fast einem Tag Bericht darüber erstattet, aber er hatte entschieden, dass der »Baron« nichts davon erfahren musste.

Was der Alpha wirklich wissen wollte, war, wie sich Devin nun verhalten würde.

»Die Nadel ist nicht von der Ley verschlungen«, entgegnete Devin mit leichtem Spott in der Stimme. »Das ist ein Wall. Den haben sie schon beim letzten Angriff der Gorrani eingesetzt.«

»Was also machen wir?«

Devin überlegte schweigend. Die Schultern des Schlächters zuckten vor Ungeduld. Der Alpha konnte die Frustration des massigen Mannes riechen. Er war hergekommen, um zu kämpfen, zu schlachten und zu essen.

Hinter ihnen näherten sich die vereinigten Streitkräfte von Erenthrall – die Flussratten, die Männer des Schlächters und die Plünderer aus Anfurt. Der Lärm ihres Marsches schwoll an.

»Wir werden die Nadel nicht angreifen können, jedenfalls nicht, solange der Ley-Wall sie schützt«, antwortete Devin schließlich.

»Was ist mit den Gorrani? Die können wir angreifen.«

»Sie haben bereits ihr Lager aufgeschlagen. Sie werden ausgeruht und bereit für uns sein.«

Der Schlächter streckte den Arm aus und packte Devin mit der Hand geradezu beiläufig an der Gurgel. Der Alpha spannte den Körper an und wäre um ein Haar losgestürmt, um seinen Herrn zu beschützen, wie es ihm im Zwinger des alten Bernsteinturms eingebläut worden war. Aber er rang den Instinkt zurück, obwohl ihn die Mühe, die es kostete, beinah erstickte.

»Du hast uns Blut versprochen«, knurrte der Schlächter. Sein Griff verstärkte sich. Devins Hände schossen empor und krallten wirkungslos am Handgelenk des erheblich größeren Mannes.

»Wir greifen … im Morgengrauen an«, presste Devin erstickt hervor. »Unsere Männer … müssen sich ausruhen … wenigstens ein paar Stunden.«

Der Schlächter verengte die Augen zu Schlitzen, dann ließ er ihn los. »Im Morgengrauen.« Damit drehte er sich um und schlenderte den Hang hinunter der sich nähernden Armee entgegen. Dem Alpha warf er unterwegs einen abfälligen Blick zu.

Der Alpha-Bluthund siedete – er hatte schon Menschen für weniger getötet. Devin herrschte ihn an: »Warum hast du nichts unternommen? Er hätte mich umbringen können!«

Der Alpha erwiderte nichts. Es juckte seine Finger, sich um den Griff des Dolchs zu legen.

Devin rieb sich den Hals, krümmte sich vornüber und hustete, dann spuckte er ins Gras. Als er sich erholt hatte, richtete er sich auf und spähte in Richtung der Gorrani. »Wir können es nicht mit den Gorrani aufnehmen, nicht so erschöpft, wie wir von dem langen Marsch sind, und nicht ohne Vorbereitung. Es sei denn …« Er wandte sich wieder dem Bluthund zu und grinste. »Es sei denn, sie sind von etwas anderem abgelenkt.«

Er entfernte sich vom Höhenzug und blieb unmittelbar vor dem Bluthund stehen. »Ich befehle dir und deinen Gefährten, ins Lager der Gorrani einzudringen und alle Anführer ihrer Sekten zu töten. Dann macht ihr mit den Kriegern weiter. Tötet vor dem Morgengrauen und lautlos. Tötet so viele ihr könnt.«

Der Alpha starrte in Devins Augen. Vor lauter Hass sträubten sich ihm die Nackenhaare, doch er glaubte nicht, dass es Devin bemerkte. Der Mann war so schwach, dass er nicht einmal die Feindseligkeit seiner eigenen Bluthunde wittern konnte.

Ohne ein Wort stapfte er in die Nacht davon, hielt auf die Dunkelheit zu, wo sein Beta wartete, und ließ Devin hinter sich zurück. Als der Beta aus den tiefschwarzen Schatten trat, fragte ihn der Alpha-Bluthund: »Hast du es gesehen? Hast du es gehört?«

Sein Beta nickte. »Befolgen wir seine Befehle?«

»Nein.« Bei dem schlichten Wort schien eine Welle tiefsitzender Furcht den Körper des Alphas zu spalten, und er zuckte zusammen. Doch als der erwartete Vergeltungsschlag ausblieb, erfüllte ihn ein Hochgefühl. Befreit. Soweit er wusste, hatte kein Bluthund jemals einen Befehl verweigert. Kein Bluthund hatte je seinem Herrn getrotzt und es überlebt. Aber die Welt hatte sich verändert, hatte sich neu geformt, und damit hatten die Bluthunde ihre Leinen abgeschüttelt. »Nein«, wiederholte er mit hartem, rauem Ton. »Die Bluthunde unterwerfen sich keinem Herrn mehr. Wir befolgen nur noch unsere eigenen Befehle. Soll der *Baron*« – er betonte den Titel verächtlich – »doch allein gegen die Gorrani kämpfen.«

Er konnte die Zustimmung des Betas wittern, als sie sich von der Armee, dem Krater und der von grellem, weißem Ley-Licht umgebenen Nadel entfernten.

»Was ist mit unserem Dritten?«

Die Schritte des Alphas gerieten ins Stocken. Er schaute

zurück zur Nadel, obwohl sie sich mittlerweile unterhalb der Kuppe des Höhenzugs befanden und über den Rand nur noch den Schein des Ley-Walls sehen konnten. »Wir können ihn nicht erreichen. Lass ihn seine Befehle ausführen. Wir suchen ihn danach.«

Damit drehte er sich wieder der Finsternis zu. »Und dann suchen wir unseren eigenen Weg in dieser neuen Welt.«

***

Ein abgehackter, gequälter Schrei übertönte das Knirschen von Morrells Schritten auf dem Schieferuntergrund von Tumbor. Mit erhobenem Kopf blieb sie stehen. Hinter ihr nahm Drayden dieselbe Haltung ein. Eines seiner Ohren zuckte. Der Schrei verhallte in der Ferne.

»Das war eine Frau«, sagte er. »Nicht Boskell oder Okata.«

»Aber es könnte Sesali gewesen sein.«

»Es könnte auch eine Kriegerin der Gorrani gewesen sein.«

Sorgenvoll wandte sich Morrell ab und setzte sich in vorsichtigem Laufschritt in Bewegung. Lief sie auf dem seltsamen, tückischen Untergrund zu schnell, würde sie stolpern – sie hatte bereits aufgeschürfte Hände, die das bewiesen –, aber sie wagte ebenso wenig, nur zu gehen. Immerhin wusste sie nicht, wie lange es dauern würde, bis der Yavun der Gorrani sie einholte.

Aber der Ort des ehemaligen Knotens befand sich nah. Sie konnte es fühlen.

Zusammen kämpften sie sich weiter durch die Scherben der Stadt, kletterten hohe Felstrümmer hinauf und auf der anderen Seite wieder hinunter.

Messerscharfe Kanten schlitzten mal Kleidung, mal Haut auf, so oft, dass Morrell die einzelnen Verletzungen nicht mehr wahrnahm. Sie traute sich nicht, Drayden oder sich selbst zu heilen, weil sie nicht wusste, wie viel Kraft sie zum

Erschaffen des Knotens brauchen würde. Blitze zuckten um sie herum, Donner grollte in allen Richtungen. Der Wind nahm zu und pfiff durch die seltsamen, von den Scherben gebildeten Spalten, bis ein Himmelslichtsturm über ihnen durch die Wolken tänzelte, der sich wiederum zu einer böigen Brise legte.

Einmal mussten sie sich unter einen Überhang ducken, als unverhofft ein weiterer Himmelslichtsturm vor ihnen erschien, innerhalb weniger Herzschläge von nichts zu schillernden Wellen aus Blau und Gold anschwoll und ihnen völlig den Weg versperrte; alles in gespenstischer Stille. Wo er den Boden berührte, siedete die Erde und zersplitterte wie Glas.

Stunden später stolperte Morrell unter einem von Scherben gebildeten Bogen hindurch auf flachen Untergrund, bei dem es sich um Kristall zu handeln schien. Details waren in die Oberfläche eingebrannt. Worte. Auf der Mauer eines Gebäudes. Die Worte bildeten eine Art Gleichnis, gesäumt von Zierschnörkeln und Bildern. Morrell sank auf die Hände und Knie. Kies bohrte sich in die Abschürfungen an ihren Handflächen. Ihr Mund fühlte sich trocken an – sie hatten seit Längerem kaum getrunken –, ihr Magen glich einer leeren Grube. Sie ließ den Kopf zwischen den Armen hängen.

Drayden eilte zu ihr und hockte sich neben sie. »Wir dürfen nicht anhalten. Du musst in Bewegung bleiben. Die Gorrani sind nah. Ich kann sie riechen.«

»Wir sind da«, verkündete Morrell und hob den Kopf. »Der Knoten war genau hier unter der Erde.«

Der von ihr geheilte Halbwolf ließ den Blick über den Haufen von Scherben wandern, der sich durch nichts von der Landschaft unterschied, die sie bereits durchquert hatten, doch er zweifelte nicht an ihren Worten. »Tu, was du tun musst. Ich beschütze dich.«

Damit richtete er sich auf und entfernte sich. Seine Füße knirschten über den Boden, als er die glattere, härtere Oberfläche des Kristalls verließ. Aber das Geräusch verblasste, als Morrell die Augen schloss und ihre Sinne hinunter in den Stein unter ihr entsandte, wie sie es bei der Mauer um die Nadel getan hatte, um sie zu reparieren.

Sofort zog sie sich zurück und riss die Hände mit einem gequälten Aufschrei von dem Kristall.

»Was ist?«, rief Drayden von dem Splitterbogen.

»Der Stein«, antwortete sie. »Er schreit.«

Morrell blinzelte Tränen weg, bevor sie erneut die Hände ausstreckte und auf den Kristall legte, diesmal gewappnet für die Qualen der Erde. Sie schauderten durch den Körper der Heilerin, als sie sich mit ihr vereinte. Unwillkürlich wollte sie die Sinne entsenden und das Land heilen. Allerdings war dieser Schaden zu umfassend und reichte zu tief, und sie hatte weder die Zeit noch die Kraft, um sich sofort darum zu kümmern. Die Gorrani waren zu nah, und Kara, Marcus und die anderen zählten auf sie. Boskell, Okata und Sesali zählten auf sie.

Mit geschlossenen Augen neigte sie den Kopf zurück, ließ den Schmerz durch sich fließen. Sie lenkte ihn zur Seite ab, als sie tiefer unter die Oberfläche tauchte, tief unter den Bereich, in dem sich Tumbor einst blühend erstreckt hatte. Der uralte Knoten, der früher, bevor Ober-Lumagus Augustus den Nexus erschaffen hatte, ein Teil des Ley-Netzwerks gewesen war, hatte sich unter der Erde befunden. Tief unten. Sogar tiefer als das Barkassensystem. Augustus hatte den ursprünglichen Knoten mit seinem eigenen an der Oberfläche überlagert und die natürlichen Ley-Linien geringfügig so verschoben, dass es dem Wirken der Lumagier entgegenkam. Aber sogar der ursprüngliche Knoten war von der Verkrümmung über Tumbor erfasst worden.

Als Morrell dorthin gelangte, wo er sich einst befunden hatte, stellte sie fest, dass auch er in Tausende Splitter geborsten war. Doch die Teile erwiesen sich als leicht erkennbar. Sie passten nicht zur Dichte, Beschaffenheit oder Farbe des umgebenden Gesteins. Als sie sich gestattete, mit den Splittern zu verschmelzen, überkam sie ein Gefühl unfassbaren Alters zusammen mit einer brennenden Kälte. Durch ihre Haut pulsierte eine tief verwurzelte, magnetische Kraft, die sie in tausend Richtungen gleichzeitig zog, zu all den anderen Knoten überall auf den Ebenen und dahinter. Alle riefen einander zu, sie alle wurden voneinander angezogen wie Metall von einem Magneteisenstein. Und alle waren fremden Ursprungs.

Als Morrell tiefer in die Bruchstücke eintauchte, erkannte sie, dass die in ihre Knochen sickernde Kälte nicht von der Erde stammte, sondern vom Himmel. Wie der Komet hoch droben waren die Steine der Knoten einst durch die Sterne gereist und irgendwann in ferner Vergangenheit auf die Erde gestürzt.

Vor ihrem geistigen Auge erkannte Morrell das Gebiet der Nadel mit seinem schützenden Höhenzug plötzlich als das, was es war – ein Einschlagskrater. Erenthrall und Tumbor – alle größeren Städte mit einem Knoten – mussten früher Krater gewesen sein. Sämtliche Anzeichen für die längst vergessenen Einschläge waren nur mit dem Wachstum der Städte verloren gegangen, weil dabei die Beschaffenheit des Landes umgepflügt und umgeformt worden war.

Aber die Kraft, die den Knoten von Tumbor mit den anderen verbunden hatte, war geschwächt worden, als er durch die Verkrümmung abgeschnitten wurde und dann auch noch zersplitterte. Die übrig gebliebenen Scherben waren allein nicht stark genug. Und die Ley reiste entlang der unsichtbaren Kraftlinien zwischen den Steinen. So waren die Ley-Linien entstanden, die die Städte miteinander verbanden – Linien, die sich über den gesamten Kontinent und darüber hinaus erstreckten.

Der Knoten hier in Tumbor hatte zu den größten gehört. Morrell konnte es noch in der Form des Gesteins fühlen. Sein

Verlust hatte das gesamte Netzwerk durcheinandergebracht. Es gab noch andere, kleinere Knoten, die sich über das Gebiet von Tumbor verteilten – Bruchstücke, die beim Einschlag in die Erde abbrachen, vielleicht auch andere Steine, die vom Himmel gefallen waren. Doch neben diesem hier nahmen sie sich alle winzig aus. Es war dieser Stein, den sie heilen musste, damit Kara die Ley-Linien und die Stabilität der Ley wiederherstellen konnte. Morrell spürte jetzt schon, wie all die Bruchstücke miteinander verschmelzen würden, um wieder eins zu werden, genau wie sie fühlen konnte, auf welche Weise Knochen und Gewebe zusammengefügt werden mussten. Im Grunde war es derselbe Vorgang.

Das Kribbeln, das sie mit den Himmelslichtern in Verbindung brachte, beherrschte ihre Finger und Hände, die kräftig auf die Oberfläche des Kristalls unter ihr drückten. Auch die Himmelslichtstürme um sie herum reagierten. Ihre Energien verlagerten sich, wurden zu Morrell gezogen. Sie sammelte jene Macht ein – eine Macht, die entfesselt worden war und ungezügelt auf allen Seiten tobte –, bündelte und ballte sie zusammen. Das Kribbeln wanderte ihre Arme hoch in ihre Schultern. Sogar ihr Haar rührte sich unter dem Einfluss der Energie, als wehe es im Wind. Die Macht tauchte in ihre Brust. Morrell stockte der Atem, und ihr Herzschlag beschleunigte sich. Dann stieß die Energie nach unten in ihren Bauch, durch ihre Beine und in ihre Füße. Ihr gesamter Körper vibrierte vor Macht, und immer noch nahm sie mehr davon auf. Der Knoten war riesig, so groß wie eine der Ley-Barkassenstationen in Erenthrall. Es würde ihre gesamte Kraft erfordern, ihn zu heilen.

Als sie das Gefühl bekam, genug gehortet zu haben, richtete sie die geballte Aufmerksamkeit auf den Knotenstein unten und spannte den Körper an.

Dann rumorte ein Knurren durch ihre Konzentration, und jemand rief: »Morrell!«

Flatternd öffneten sich ihre Lider, und sie erblickte eine Gorrani-Kriegerin, die ein sonderbar krummes Schwert im Anschlag hatte und über die Kristallfläche auf sie zustürmte. Entschlossene Absicht loderte in den Augen der Frau.

Morrell schrie auf und robbte rückwärts. Ihre Verbindung zum Knoten tief unten bröckelte, als die Gorrani-Kriegerin mit dem Schwert ausholte. Morrell hob die Hände, um den Streich abzuwehren. Dabei fiel ihr auf, dass die schillernden Himmelslichter sie immer noch umgaben. Ohne nachzudenken, stieß sie die Energie nach außen.

Die Gorrani-Frau kreischte, als die Lichtranken sie umschlangen und zurückschleuderten. Knochen knackten und Fleisch brach auf, als die Himmelslichter sie verwandelten wie sie es mit den Halbwölfen in Erenthrall getan hatten. Allerdings hatte Morrell die Himmelslichter wild entfesselt. Ohne Form, ohne Richtung, ohne Zweck.

Innerhalb eines Atemzugs streckte sich ein Arm der Frau auf die doppelte Länge. Die Haut dehnte sich und verschwamm. Gleichzeitig schrumpfte der andere Arm, legte sich an ihren Körper und verschmolz mit dem Rumpf. Die Haut auf der rechten Seite des Schädels platzte auf und fiel ab. Darunter kamen Schuppen wie die einer Schlange zum Vorschein. Das Auge auf jener Seite quoll hervor und verfärbte sich gelb, die Pupille bildete einen schwarzen Schlitz in der Mitte. Der langgezogene Schrei zerfranste zu einem Zischeln. Dann nahmen die Veränderungen überhand. Das Herz der Frau verkrampfte sich noch einmal, bevor es zu schlagen aufhörte.

Morrell spürte es. Sie war immer noch teilweise mit den Himmelslichtern verbunden, und sie konnte fühlen, wie die erstickende Schwärze des Todes sie genauso umhüllte wie bei Hanter. Rasch befreite sie sich davon, als sich die Himmelslichter verflüchtigten. Der Körper der Frau fiel auf die Kristallfläche, wo er noch einmal zuckte.

Morrell sog die Lunge voll Luft und würgte. Sie musste sich beinahe übergeben, aber ein wildes Knurren verdrängte ihre Panik. In der Nähe der Scherben, die einen Bogen bildeten, sprang Drayden mit übermenschlicher Geschwindigkeit einen weiteren Gorrani-Krieger an und schlug mit einer Hand den Schwertarm des Mannes weg, während er ihn gleichzeitig mit der anderen am Hinterkopf packte. Er versetzte ihm einen jähen Ruck, und Morrell hörte aus einer Entfernung von hundert Fuß, wie das Genick des Kriegers brach, bevor der Körper schlaff zusammensackte.

Ein anderer Gorrani näherte sich von rechts. Seine Klinge hieb über Draydens Rücken, bevor sich der ehemalige Halbwolf umdrehen konnte. Drayden heulte auf und wölbte den Rücken durch. Blut quoll aus dem Schnitt durch sein Hemd, aber noch während sich Morrell schon in Bewegung setzte, wirbelte er herum und sprang vor. Die zwei Kämpfenden fielen zu Boden. Der Gorrani brüllte, bevor sein Aufschrei in ein abgehacktes Gurgeln überging. Dann wankte Drayden zurück, weg von der schlaffen Gestalt. Seine Hände und sein Hals waren blutverschmiert.

Schwer keuchend nahm er Morrell in den Blick und stolperte auf sie zu. Er schaffte drei Schritte, bevor er mit dem Gesicht voraus auf dem Boden landete. Trotzig hob er den Kopf und einen Arm, versuchte knurrend, sich vorwärts zu ziehen.

Als Morrell herumwirbelte, entdeckte sie zwei weitere Gorrani, die sich ihr von hinten näherten. Ein dritter tauchte aus den Scherben zu ihrer Linken auf, noch zwei an dem Bogen in Draydens Nähe. Es waren einfach zu viele, und sie kamen aus allen Richtungen.

Wind peitschte Morrells Haar hin und her, als sie unentschlossen eine Hand an der Brust zur Faust ballte. Die Himmelslichtstürme, die von ihrer Nutzung der Macht angezogen worden waren, hielten auf sie alle zu, und ihr Druck steigerte sich. Die Luft fühlte sich schwer und dicht an, als Morrell einen Atemzug nach dem anderen in ihre Lungen zwängte.

Drayden schleppte sich eine weitere Körperlänge näher zu ihr, dann presste er knurrend hervor: »Lauf!« Danach brach er zusammen. Und rührte sich nicht mehr.

Morrell sog tief die Luft ein und diesmal hielt sie sie an. Dann ließ sie die Hand von der Brust herabsinken.

»Nein«, flüsterte sie bei sich. »Diesmal nicht.«

Sie entsandte die Sinne zu den Stürmen, zog die Energien der Himmelslichter zu sich und bündelte sie wie zuvor. Schillernde Stränge tänzelten und zuckten um sie herum, während der Wind zu Sturmstärke anschwoll. Staub und Erde spritzten rings um sie hoch und von ihr weg. Die Lichter weiteten sich nach außen, wirbelten und strudelten, und immer noch zog Morrell weitere Energie zu sich.

An allen Seiten zögerten die verbliebenen Gorrani des Yavun. Diejenigen, die ihre Klingen noch nicht gezogen hatten, taten es.

Morrell schluckte mit trockenem Mund. »Kommt nicht näher!«

Der Gorrani, der sich ihr am nächsten befand, grinste breit. Seine Zähne zeichneten sich vor der Dunkelheit des Sturms über ihnen strahlend weiß ab. »Wir sind der Yavun, und du bist unser Ziel. Du wirst uns schon töten müssen wie unsere Schwester.«

Morrell senkte den Blick auf den verheerten Leib der Kriegerin und schmeckte bittere Galle am Ansatz zur Kehle. Sie hatte nicht gewollt, dass die Frau so starb. Sie hatte überhaupt nicht gewollt, dass sie starb.

Morrell hob den Kopf. »Das war ein Versehen. Ich wollte sie nicht töten. Ich bin eine Heilerin.«

Der Gorrani-Krieger schmunzelte und setzte sich wieder in Bewegung. Die anderen folgten seinem Beispiel und alle rückten auf Morrell vor. »Dann wirst du hier sterben, Heilerin.«

»Ich denke nicht.«

Sie fasste in den Stein unter ihr, als die Gorrani in Laufschritt verfielen. Bevor sie drei Schritte zurückgelegt hatten, bäumte sich die Erde auf. Eine Säule erhob sich aus dem Boden und beförderte Morrell und Drayden in die Luft. Von der Außenseite spritzten dem Yavun Felssplitter entgegen.

Die Gorrani schrien auf und hoben die Hände, um ihre Gesichter zu schützen. Ein paar wurden zu Boden geschleudert. Als sich die Säule dreißig Fuß hoch in die Luft erhoben hatte, entfesselte Morrell die Energie der Himmelslichter mit einem Japsen.

Sie sank auf ein Knie, stützte sich mit einer Hand ab und kroch auf Drayden zu. Morrell rollte ihn auf den Rücken und tauchte bereits in seinen Körper ein, um den Schaden zu ermitteln. Die Himmelslichter sprangen von ihren Händen, tünchten den ehemaligen Halbwolf in einen bunten, pulsierenden Schein, und Morrell lachte vor Erleichterung laut auf, als sie feststellte, dass er noch lebte. Ohne nachzudenken, heilte sie die schwere Verletzung an seinem Rücken ebenso wie die kleineren Schnitte, Kratzer und blauen Flecke. Die Macht floss völlig mühelos und schnell wie nie in sie hinein. Ein stockendes Geheul drang aus Draydens Brust, als er vor Schmerzen den Rücken durchwölbte, aber Morrell hielt ihn auf den Boden gedrückt.

»Es tut mir leid!«, brüllte sie, um den Wind zu übertönen, der immer noch um sie herum toste. »Hier ist zu viel Energie! Ich hätte es langsamer tun sollen, aber diese Macht ist schwer zu bändigen!«

Drayden sackte zurück auf den Felsboden und blieb liegen. Sein Atem ging in rauen, flachen Stößen. »Wo … sind die … Gorrani?«

»Ich habe mich um sie gekümmert.«

Draydens Atem stockte. Dann versuchte er, sich aufzurichten.

»Nicht!« Morrell drückte ihn zurück, aber er knurrte sie an und schnappte mit den Zähnen. Sie lehnte sich zurück und ließ ihn mit einem Kopfschütteln aufsitzen. »Ich habe dich zu schnell geheilt. Du bist noch dabei, dich zu erholen.«

Er schenkte ihr keine Beachtung, wenngleich er zögerte, sobald er sich umgesehen hatte. Immer noch näherten sich Himmelslichtstürme, die sie von der Höhe der Steinsäule aus jetzt noch besser sehen konnten. In der Ferne zuckten weiterhin überall Blitze. Drayden humpelte zum Rand der Säule und spähte hinunter.

»Sie werden den Fels erklimmen«, prophezeite er.

Morrell stand auf und lief zu ihm, hielt sich an seinem Arm fest, als der Wind drohte, sie über die Seite zu wehen.

Unten formierten sich die Gorrani neu. Mittlerweile waren es sieben. Vier starrten vom Boden herauf, drei versuchten bereits, die Säule hochzuklettern. Einer hatte sogar schon ein Drittel der Höhe überwunden, denn die Seiten waren zerklüftet und boten an zahlreichen Stellen einen Halt für Hände und Füße.

Morrell trat vom Rand zurück. »Ich konnte sie nicht töten. Ich konnte es einfach nicht! Nicht wie die Gorrani-Frau. Das war ein Versehen. Ich wusste nicht, dass die Himmelslichter das bei ihr anrichten würden. Ich habe sie ihr einfach entgegengeschleudert! Sie wollte mich töten. Das … das kann ich nicht auch mit ihnen machen. Ich bin eine Heilerin! Ich sollte Menschen heilen, nicht umbringen!«

Drayden packte sie an der Schulter und brachte ihren abgehackten Wortschwall zum Verstummen. Er sah ihr tief in die Augen. »Hast du den Knoten wiederaufgebaut?«

Sie öffnete den Mund, dann schüttelte sie zuerst nur den Kopf. »Nein. Noch nicht.«

»Dann tu es. Sofort. Die Gorrani übernehme ich.«

»Es sind zu viele!«

Drayden grinste. »Aber sie müssen von unten an mich heran.«

Plötzlich drang zu ihnen ein Schrei empor, auf den das Klirren von Schwertern folgte. Beide kehrten zurück an den Rand und sahen, dass die vier Gorrani auf dem Boden gegen einen fünften kämpften. Schwerter zischten durch die Dunkelheit. Aus dieser Höhe glichen die Bewegungen der fünf Streiter einem fesselnden Tanz. Die vier Krieger des Yavun umkreisten den fünften, doch keinem gelang es, einen bedeutenden Treffer zu landen. Die drei Männer, die an der Wand der Säule hochkletterten, hielten inne und beobachteten kurz das Geschehen unten, bevor sie sich abwandten und sich weiter nach oben kämpften.

»Wer …«

»Okata«, fiel ihr Drayden ins Wort, bevor er sie sanft vom Rand zurückschob. »Geh. Stell den Knoten wieder her. Bereite ihn für Kara vor, ganz gleich, was mit Okata oder mir passiert.«

Morrell wich zur Mitte der Säule zurück, zum Kristallboden. Der entstellte Körper der Gorrani-Kriegerin zeichnete sich ein Stück entfernt als schwarzer Schemen ab. Bei dem Anblick hielt Morrell kurz inne, dann jedoch drängte sie den grausigen Tod der Frau aus den Gedanken und entsandte die Sinne zu den Himmelslichtern.

Die Stürme waren nah. Ihre Energien zuckten durch Morrells Körper, kribbelten durch jede Pore, während sich ihr Haar um das Gesicht kräuselte. Sie konnte sie mühelos zu sich ziehen, sogar noch mehr, als sie davor gesammelt hatte. In der Mitte der Säule brach ein übernatürlicher Reigen von blauen, goldenen und grünen Lichtern aus, zart durchzogen von violetten Ranken.

Morrell schloss die Augen und streckte die Arme dem Himmel entgegen, während sie wieder tief in die Erde zu dem geborstenen Stein abtauchte. Drayden knurrte, und Morrell zuckte zusammen, aber sie verdrängte die plötzlichen, verzweifelten Geräusche eines Kampfes und verschmolz mit der fremdartigen metallischen Beschaffenheit des zerstörten Knotens weit unter ihr.

Er wollte wieder vollständig sein. Sie konnte fühlen, wie die Teile zusammengehörten. Spürte seine längliche, raue, unvollkommene Form, die irgendwie zusammen mit den anderen vom Himmel gefallenen Knotensteinen mit der Ley reagiert und ein natürliches Netzwerk über die Ebenen ausgebreitet hatte. Morrell ließ die Energie der wilden Himmelslichter durch ihren Körper fließen und begann, den Stein zusammenzufügen.

Die ersten Teile verschmolzen langsam, beinah zögerlich. Bei den nächsten ging es dann schneller und schneller, bis eine Kettenreaktion einsetzte. Plötzlich zogen sich Tausende Scherben wie von selbst zusammen, während Morrell die knisternde Energie der Himmelslichter von den Stürmen bezog und durch ihren Körper tief in die Erde leitete. Die Macht zischte durch sie hindurch, setzte jeden Nerv in Flammen. Am Rande nahm sie wahr, dass jemand schrie, und erkannte, dass es sich um ihre eigene Stimme handelte, aber die rohe Energie dämpfte ihr Gehör.

Dann endete der Strom, und der Knotenstein war wieder vollständig. Während sich der geheilte Knoten den anderen Steinen entgegenstreckte und die Verbindung zu ihnen wiederherstellte, brach Morrell die Energiezufuhr ab. Als sie die Augen öffnete, wirbelten die Himmelslichter immer noch um sie herum. Schwäche breitete sich in Wellen durch ihren Körper aus, und sie schwankte im Stehen, ließ die Arme sinken.

Eine Gestalt kam auf sie zu. Dahinter lagen drei Körper ausgestreckt auf dem Boden der Säule. Aber Morrell war noch nicht fertig. Der große Knoten unter ihr mochte wiederhergestellt sein, doch wie in Erenthrall hatte es auch in Tumbor mehr als einen gegeben. Die anderen waren kleiner, und in ihr steckte noch genug Restenergie von den Himmelslichtern, dass es ihr gelingen sollte, auch sie zu heilen.

Morrell entsandte die Sinne, suchte in der Umgebung nach den seltsamen Metallen, die sie im großen Knotenstein geschmeckt hatte, und fügte die Scherben zusammen, wo immer sie darauf stieß. Während die Gestalt weiter auf sie zukam, verblassten die Himmelslichter, die sich um Morrell schlängelten. Sie spannte den Körper an, als sich der Schemen näherte, und sie wusste, sie würde sich nicht mehr verteidigen können, wenn sie mit den kleineren Knotensteinen fertig wäre. Mittlerweile konnte sie sich kaum noch auf den Beinen halten. Ihre Kraft war erschöpft. Und sie konnte auch die Himmelslichter nicht mehr benutzen wie zuvor. Nicht gegen einen weiteren Menschen. Dafür war das Ergebnis bei der Gorrani-Kriegerin zu grauenhaft gewesen.

Also setzte sie den letzten Rest der gesammelten Energie der Himmelslichter und ihre eigene Kraft ein, um einen weiteren kleineren Knoten am Rand des einstigen Stadtgebiets von Tumbor zusammenzufügen. Dann drehte sie sich der nur noch wenige Schritte entfernten Gestalt zu.

»Es ist vollbracht«, sagte sie. Ihre Stimme klang brüchig und rau. »Die Knoten sind geheilt.«

»Gut.«

Sie schluchzte, als sie Draydens Stimme hörte, dann ließ sie sich nach vorn fallen. Der ehemalige Halbwolf fing sie auf und hielt sie fest, obwohl sie fühlte, dass er erneut verwundet worden war. Blut hatte sein Hemd durchtränkt und benetzte ihr Gesicht, als er ihr Gewicht verlagerte und sie vorsichtig auf den Kristall unter ihnen senkte.

»Ich kann dich nicht heilen«, sagte sie. Ihre Tränen vermischten sich mit seinem Blut. »Ich bin zu erschöpft.«

»Ist schon gut. Keine meiner Wunden ist tödlich.«

Trotzdem konnte sie nicht aufhören, zu weinen oder sich

mit einer Hand an ihm festzuklammern. Er litt Schmerzen – große Schmerzen –, doch er klagte nicht.

»Wo ist Okata?«, brachte Morrell zwischen zwei stockenden Atemzügen hervor.

»Hier.«

Beide drehten sich um und erblickten Okata, der sich gerade über den Rand der Säule hochzog. Drayden sprang los, um ihm zu helfen. Er stützte den Gorrani-Lumagus, als sie beide an Morrells Seite zurückkehrten. Okata hinkte. Sein linkes Bein schien beinah nutzlos zu sein. Morrell konnte nicht nachvollziehen, wie er es über die Steilwand der Säule nach oben geschafft hatte.

Drayden half Okata, sich neben Morrell zu setzen. Sie streckte den Arm aus, um seine blutverschmierte Hand zu berühren. Dann schloss sie die Augen und untersuchte auch seine Wunden, obwohl sie vorläufig nichts tun konnte, um ihm zu helfen. Sein linkes Bein erwies sich als gebrochen, und sie verlor den Überblick über seine zahlreichen kleinen Schnitte und Blutergüsse, aber wie Drayden würde er überleben, bis sie sich erholt hätte.

Sie ließ die Hand von der seinen sinken. »Boskell? Sesali?«

Okata zuckte mit den Schultern. »Ich weiß es nicht. Als ich euch hierher gefolgt bin, habe ich sie nicht gesehen.«

»Ich halte Ausschau nach ihnen«, sagte Drayden.

»Es fehlen immer noch Mitglieder des Yavun. Zwei konnte ich töten, bevor ich hergekommen bin, aber es waren wahrscheinlich fünfzehn, also müssten noch drei übrig sein.«

»Vielleicht haben Boskell und Sesali sie erledigt.«

»Oder die Gorrani haben *sie* erledigt.«

Morrell wollte widersprechen, aber sie wusste, dass es durchaus so sein mochte. Die Tränen, die begonnen hatten, zu versiegen, flossen von Neuem. Sie konnte sie nicht zurückhalten. Ihre Brust schmerzte, und eine gewaltige Trägheit senkte sich nach und nach über ihren Körper.

»Hat sie den Knoten wiederhergestellt?«, fragte Okata. Er klang, als befände er sich tausend Fuß entfernt.

»Ja.«

»Warum haben die Himmelslichtstürme dann nicht nachgelassen?«

Morrell raffte sich zu einer Antwort auf. »Weil Kara die Ley-Linien noch nicht widerhergestellt hat. Die Knoten haben nur die Kanäle neu erschaffen.«

»Dann sollten wir dieses zersplitterte Gebiet verlassen, bevor die verbliebenen Krieger des Gorrani-Yavun uns finden. Sollten sie noch leben.«

Morrell schlug die Augen auf und rollte sich mühsam auf die Seite, um sich Okata und Drayden zuzudrehen. »Wir können nicht weg. Noch nicht. Ich muss hier noch etwas erledigen, bevor wir aufbrechen, und ich werde die Himmelslichtstürme dafür brauchen.«

EINUNDZWANZIG

Allmählich wich die Dunkelheit zurück, und Cory mühte sich durch den brennenden Schmerz, den das Gas zurückließ, mit dem er und der Rest der Universitätsstudenten ruhiggestellt wurden, zu Bewusstsein zu gelangen. Wieder prallte er gegen die Glaswand und fluchte, spähte durch das Hindernis zu den verschwommenen, verzerrten Bildern dahinter. Er war noch zu benommen. Alles, was er auszumachen vermochte, war ein hellerer, fast weißer Fleck, verschmiert mit Farben und einigen schattigen Tupfen, sonst nichts. Ein paar der Schatten bewegten sich, daher wusste er, dass es sich um Leute handelte, die sich bei ihm und den anderen in der Kammer befanden. Wahrscheinlich die Vollstrecker, vielleicht auch jene Bediensteten, die sie fütterten und wuschen. Er wusste nicht, wie lange er diesmal ohnmächtig gewesen war. Aber danach zu urteilen, wie seine Muskeln jetzt schon ohne Bewegung klagten, und wie leer sich sein Magen anfühlte, konnten es gut und gerne mehrere Tage gewesen sein.

Seine Wut hatte im Verlauf der Zeit jedoch nicht nachgelassen. Sie siedete bei ihm hinter der Glaswand. Er spürte sie heißer als das sengende Brennen, das jenes verfluchte Gas in seinen Lungenflügeln und dem Hals hinterließ.

Für einen Moment drückte er gegen die Wand, um ihren Widerstand zu testen, dann sank er zurück. Es hieß, abzuwarten und zu planen. Baron Devin und die Gorrani mussten eingetroffen sein, griffen vielleicht gerade in diesem Augenblick die Nadel an, doch Cory hatte nicht die Absicht, Vater Dalton oder Darius in ihrem Kampf gegen sie zu helfen. Die Kormanley konnten ihm gestohlen bleiben.

Hingegen betrachtete er die Universitätsstudenten im Raum – Mirra, Jasom, Tara, die drei anderen – als seine Verantwortung, da mittlerweile sowohl Jerrain als auch Sovaan tot waren. Er würde sie aus den Klauen der Kormanley befreien, mochte es kosten, was es wollte.

***

Als die ersten Strahlen der aufgehenden Sonne den Horizont erhellten, schaute Hernande zum schmalen Schweif des Kometen empor. Es waren nur noch zwei Tage bis zur größten Annäherung, wenn seine Berechnungen stimmten. Dann zupfte er an Marcus' Ärmel. »Wir sollten uns nach drinnen zurückziehen, bevor uns noch einer der Kormanley-Vollstrecker sieht.«

Marcus bewegte sich in den zurückweichenden Schatten auf die Tür zum Dach zu, die hinunter in das halb verfallene Gebäude führte. Hernande schloss die Tür hinter ihnen.

Sie fanden Artras, Cutter, Marc und zwanzig Temeriten-Gardisten in den Räumen unten, wo sie beisammensaßen. Der befehlshabende Leutnant der Soldaten lief unruhig auf und ab. Den Spuren im Staub und Dreck auf dem Boden nach tat er das schon eine ganze Weile.

»Was hat er für ein Problem?«, fragte Marcus, als sie sich Artras und den anderen anschlossen.

»Er hat das Gefühl, dass er hier seine Zeit vergeudet und besser auf den Mauern wäre.« Artras zuckte mit den Schultern. »Habt ihr vom Dach aus etwas gesehen?«

»Nichts. Zuerst sind die Kormanley losgerannt, um die Mauern zu bemannen, aber die letzten Stunden haben sie nur noch gewartet, genau wie wir.«

»Lienta hat gesagt …«

Der Ruf eines Horns schnitt durch ihre gedämpften Stimmen. Fast alle im Raum schauten auf oder erhoben sich, legten den Kopf schief und lauschten. Der Leutnant stürmte zur Tür, blieb aber im Gebäude und starrte mit zuckenden Kiefermuskeln hinaus.

»Das kommt von den Kormanley«, sagte Marc.

Bevor jemand etwas darauf erwidern konnte, drang das Donnern von Trommeln zu ihnen.

»Die Gorrani.«

Die Hörner der Kormanley verstummten. Hernande trat ans nächstbeste, der Kluft und dem Kormanley-Abschnitt der Nadel abgewandte Fenster. Die anderen folgten ihm.

»Was siehst du?«, fragte Cutter.

»Den Ley-Wall. Er ist immer noch da.«

»Was bedeutet, dass sich die Gorrani vorbereiten, um gegen Baron Devin zu kämpfen«, sagte Marc, als er verstand. »Vielleicht löschen die sich ja gegenseitig aus und lassen uns in Ruhe.«

Hernande drehte sich allen zu. »Du vergisst die Prophezeiung des Vaters. Es spielt keine Rolle, ob sie sich gegenseitig umbringen. Es ist die Entfaltung der Drei Schwestern, die uns alle vernichten wird.«

Ein ohrenbetäubendes Gebrüll von mindestens tausend Stimmen fegte über sie hinweg, zwar gedämpft von den Mauern des Gebäudes und der Entfernung, dennoch erkannten alle das Kriegsgeschrei wieder, die den ersten Angriff der Gorrani miterlebt hatten. Dann verblasste es, wurde abgelöst vom Getrampel Tausender Füße, als die Gorrani angriffen. Zwischen ihrem Standort und dem Schlachtfeld befand sich zu viel Stein, als dass Hernande das Erzittern des Bodens spüren konnte, aber die Schreie hören, als die zwei Streitmächte schließlich aufeinanderprallten, waren unüberhörbar.

Die Gesichter der Gardisten um sie herum wurden verkniffen – es ließ sich nicht übersehen, dass sie in der Nähe des Kampfgeschehens sein wollten. Ein Jucken setzte in Hernandes Füßen ein und breitete sich über seine Schultern aus. Er schüttelte sich und kämpfte gegen den Drang an, sich zu bewegen. Auch Artras wirkte zappelig und rang die Hände. Als Cutter sie fragend ansah, fauchte sie: »Ich möchte den Kampf wenigstens *sehen* können, das ist alles.«

Hernande drehte sich wieder dem Fenster zu, dann trat er plötzlich vor.

»Was ist?«, fragte Marcus und stellte sich neben ihn. Anscheinend waren sie alle angespannt. »Was hast du gesehen?«

»Bilde ich mir das nur ein, oder ist der Ley-Wall niedriger als zuvor?«

Alle rückten näher, drängten sich zusammen und spähten durch das Fenster. Dann fluchte jemand.

»Er *ist* niedriger«, bestätigte Marc.

»Wenigstens ein paar Spannen«, fügte Artras hinzu. »Schwer zu sagen, weil er oben flimmert, aber er ist abgesunken, auf jeden Fall. Und es kommt mir vor, als ob die Ley schwächer leuchtet als zuvor.«

»Iscivius und die anderen Lumagier müssen inzwischen erschöpft sein. Immerhin halten sie den Wall seit Tagen aufrecht.«

»Ich würde eher sagen, sie müssen kurz vor dem Zusammenbruch stehen.«

Der Leutnant trat abrupt von der Tür zurück und rief: »Stillgestanden!« Die Gardisten bildeten hastig eine annähernd geordnete Reihe und standen stramm, wenige Augenblicke, bevor Hauptmann Lienta den Raum betrat, gefolgt von drei hochrangigen Offizieren. Draußen, dicht am Gebäude, konnte man eine ganze Truppe Soldaten erkennen.

»Berichte«, sagte Lienta.

»Wir haben die Kormanley auf den Mauern in der Nähe der Kluft beobachtet«, begann der Leutnant. »Sie scheinen nicht bemerkt zu haben, was wir hier tun. Ihre Aufmerksamkeit gilt fast ganz den eigenen Mauern, auch wenn sie gelegentlich einen Blick auf unsere Ballisten werfen.«

»Gut. Die Ballisten werden für Ablenkung sorgen und hoffentlich alle Kormanley auf der anderen Seite der Spalte von diesem Bereich weglocken. Unsere Gardisten auf den Mauern melden, dass die Ley begonnen hat, schwächer zu werden. Ihr habt genau eine Stunde, um euch darauf vorzubereiten, in den Hauptteil der Stadt überzusetzen und den Tempel anzugreifen.« Lienta sicherte sich Hernandes Aufmerksamkeit. »Bist du bereit? Alles hängt von dir ab.«

»Ich werde bereit sein.«

Lienta erwiderte nichts, verließ nur das Haus und erteilte Befehle an die draußen Wartenden. Der Leutnant winkte die Männer drinnen in Richtung der hinteren Räume. Alle schnallten sich Waffen und alles Sonstige an, was sie während der Wartezeit bereitgelegt hatten.

Hernande entfernte sich vom Fenster und ging ebenfalls in den hinteren Bereich. Marcus und die anderen folgten ihm. Er hatte sich bereits eine sichere Stelle am Rand einer eingestürzten Mauer ausgesucht, von wo aus er die Kluft sehen konnte, ohne von den Vollstreckern dort bemerkt zu werden.

Er zögerte für einen beruhigenden Atemzug, bevor er ins Sonnenlicht trat, das durch die in sich zusammengefallene Mauer hereinschien und die Geröllhaufen erhellte. Dann bahnte er sich den Weg um die Trümmer herum zu einem annähernd runden Bereich, den er wenige Tage, nachdem Kara und die anderen aufgebrochen waren, freigeräumt hatte.

Der Mentor hörte, dass seine Begleiter ihm nach wie vor folgten, doch er hatte bereits mit seinen Konzentrationsübungen begonnen. Als er eine Kerze aus einer Nische hervorholte, verblassten die Geräusche des Gefechts zwischen den Gorrani und Devins Männern ebenso wie das Klappern und Klirren von Lientas Gardisten. Hernande stellte die Kerze an den Rand des Kreises in den Windschatten des Gerölls dort, damit ihr Licht verborgen blieb. Aus derselben Nische holte er einen kleinen, zusammengerollten Läufer, breitete ihn schwungvoll aus und legte ihn auf den Steinboden eines ehemaligen Ballsaals. Er kniete sich in die Mitte des kunstvoll in Braun-, Beige- und Rostrottönen gewobenen Musters des Läufers und setzte sich auf die Fersen zurück. Als Nächstes zündete er die Kerze an. Der beißende Geruch des Streichholzes brannte in seiner Nase. Der gelbliche Schein wirkte so strahlend wie die Sonne, das Flackern der Flamme erinnerte an Windstöße. Seine Wahrnehmung der unmittelbaren Umgebung hatte sich bereits geschärft.

Der Mentor sank zurück, faltete die Hände locker auf dem Schoß und straffte den Rücken. Durch die halb eingestürzte Mauer konnte er den klaffenden Abgrund der Kluft und den leichten Vorsprung sehen, der in Richtung der Gebäude, der Stadt und des Tempels auf der anderen Seite ragte. Es handelte sich um die schmalste Stelle der Kluft innerhalb der Nadel, den offensichtlichsten Bereich für eine Brücke. Nur würde er keine Brücke aus Stein oder Holz bauen.

Er hatte vor, eine aus Luft zu erschaffen.

Hernande füllte seine Lungenflügel, atmete langsam aus und wiederholte den Vorgang. Ursprünglich hatte er die Flamme der Kerze als Anker für seine Aufmerksamkeit verwenden wollen, aber er konnte bereits fühlen, wie der Meditationszustand einsetzte und ihn umhüllte. Da er tagelang geübt hatte, überraschte ihn das nicht. Er öffnete sich, ließ die Ruhe in sich fließen, sich von ihr ausfüllen wie Wasser, das einen Krug füllt. Nachdem er einige Male geblinzelt hatte, schloss er die Augen, dennoch konnte er weiterhin die Kluft und den Vorsprung jenseits der eingestürzten Mauer sehen.

Die Ruhe füllte den Mentor weiter aus wie Wasser, und er sank in ihre Tiefen, löste seine Verbindung zur materiellen Welt. Der von der Kerze ausgehende Rauchgeruch entschwand. Der feine Geschmack von Asche und Stein verblasste von seiner Zunge. Das unruhige Rascheln von Marcus, Artras, Cutter und Marc verstummte, gefolgt von den Geräuschen, die Lientas Männer verursachten. Das Gewebe des Läufers, das gegen seine Knie und Zehen presste, verflachte, bis Hernande es nicht mehr spürte.

Zurück blieb nur seine Sicht der Kluft, des Felsvorsprungs und der Gebäude auf der anderen Seite sowie des Tempels und des Turms der Nadel, der dahinter in den Himmel ragte.

Aus den Tiefen des Schwebezustands zwischen Bewusstsein und Bewusstlosigkeit entsandte der Mentor seinen Geist und begann, das Geflecht Schicht um Schicht um Schicht zu falten, jede enger als die davor.

***

Marcus beobachtete Hernande, als sich der Mentor auf dem kleinen, rechteckigen Läufer niederließ, der in der Mitte eine Darstellung der Sonne aufwies, umgeben von unzähligen winzigen Symbolen und Piktogrammen. Sofern es sich um eine Sprache handelte, war es eine, die Marcus noch nie zuvor gesehen hatte. Er fragte sich, wo Hernande den Läufer aufgetrieben hatte, wenngleich er es auch durchaus für möglich hielt, dass er ihn nach der Zersplitterung den ganzen Weg aus Erenthrall hierher bei sich getragen hatte. Nicht vielen Geflüchteten war es gelungen, überhaupt persönliche Habseligkeiten mitzunehmen, und nur die wenigsten Gegenstände hatten die Monate seither überlebt. Marcus selbst besaß nur sehr wenige, obwohl er noch einige kostbare Stücke in seiner Unterkunft hatte. Aber der Mentor war ebenso stur wie findig.

Hernande atmete mehrmals tief durch, dann verharrte er regungslos und mit kerzengeradem Rücken. Seine Atmung verlangsamte sich, die Lider flatterten, bevor sie sich schlossen. Langsam sank sein Kopf nach vorn, bis das Kinn die Brust berührte.

Alle um ihn herum verstummten, sogar Lientas Gardisten. Der Temeriten-Hauptmann hatte zwanzig mit Schwertern bewaffnete Männer und zehn Bogenschützen mitgebracht. Mit den bereits im Gebäude postierten Gardisten ergaben sich insgesamt fünfzig Temeriten, dazu Lienta, Marc, Cutter, Artras und Marcus selbst. Keine besonders große Streitmacht.

Aber alles, was sie bewerkstelligen mussten, war, in den Nexus einzudrinngen und ihn zu halten, bis Kara ihre Arbeit in Erenthrall beenden konnte. Vorausgesetzt, Morrell gelang es, den Knoten in Tumbor wiederherzustellen.

Für einen Moment fühlte sich Marcus überwältigt von der schieren Unmöglichkeit des gesamten Unterfangens.

Dann zupfte Artras an seinem Arm. »Atmet er überhaupt?«

Marcus kehrte in den Augenblick zurück und richtete die Aufmerksamkeit wieder auf Hernande. »Ich sehe mal nach.«

Langsam rückte er durch das Geröll zum Mentor vor und achtete darauf, außer Sicht von draußen zu bleiben. Er kauerte sich neben den Mann und beugte sich dicht zu ihm.

Hernande rührte sich nicht. Marcus rutschte noch näher, so nah, dass er auf seinen Atem lauschen konnte, während er die Brust des Mannes beobachtete.

Eine gefühlte Ewigkeit lang geschah nichts. Dann hob sich Hernandes Brust langsam. Noch langsamer atmete er aus. Der Vorgang dauerte mindestens zehnmal so lange wie einer von Marcus' eigenen Atemzügen. Schließlich erstarrte der Mentor wieder.

Marcus' Haut kribbelte vor Unbehagen, aber er zog sich zurück und bahnte sich den Weg zu den anderen.

»Er atmet noch. Schwach.«

»Er hat zwar gesagt, er würde so tief meditieren, dass wir ihn tragen könnten«, meinte Artras, »aber er hat uns nicht vorgewarnt, dass er praktisch tot sein würde.«

»Er ist nicht tot.«

»Hast du auf einen Herzschlag gelauscht?«

Marcus erwiderte nichts.

»Woher wissen wir, wann wir auf die andere Seite können?«, fragte Lienta. Marcus hatte nicht bemerkt, dass er nah genug herangekommen war, um dem Gespräch zu folgen. »Ich werde von keinem meiner Männer verlangen, hinaus in leeren Raum zu treten, ohne es vorher getestet zu haben.«

Die Männer dicht hinter ihm, die so taten, als würden sie nicht zuhören, fingen an, unruhig von einem Bein aufs andere zu treten.

Marcus ließ den Blick über den Rest der Gardisten wandern. Artras zuckte mit den Schultern.

Eine Weile betrachtete er Hernande, dann sagte er: »Wartet hier.«

Bevor jemand Einwände dagegen erheben konnte, kletterte er über den kleinen Geröllhaufen hinweg und trat hinaus auf den Felsvorsprung, der in die Kluft ragte. Früher hatte es sich um einen Teil eines Ziergartens gehandelt, mit einem Gehweg aus Steinplatten und Beeten, in denen Gras, Sträucher und Blumen gewachsen waren. Nun wucherte stattdessen Unkraut, und die Steinplatten waren entweder verrutscht oder zerbrochen. Als Marcus zum Rand der Kluft vortrat, bückte er sich und hob ein paar Kiesel auf.

Er starrte in den Riss in der Erde, der sich nach links und rechts erstreckte und sowohl durch die Stadt selbst als auch durch ihre Mauern schnitt. An mehreren Stellen ergoss sich Wasser aus unterirdischen Flüssen in den dunklen Abgrund. Auch ein paar zur Nadel verlaufende, mit weißem Licht pulsierende Ley-Linien ließen sich erkennen.

Er schaute hinüber zu den Gebäuden auf der anderen Seite, dann nahm er einen Stein in die Hand und warf ihn unauffällig in die Kluft.

Mitten in der Luft stieß der Kiesel auf ein Hindernis und prallte davon ab.

Am nächsten Atemzug erstickte Marcus fast, als hätte sich etwas in seiner Kehle verkeilt. Auf der anderen Seite standen ein paar Kormanley-Gardisten. Sein Blick schnellte über die Gruppe, um herauszufinden, ob ihnen etwas aufgefallen war, doch sie schienen nichts gesehen zu haben. Dennoch juckte Schweiß auf seiner Stirn, als er sich erneut bückte und eine Handvoll Erde und Sand ein paar Fuß über die Kante der Kluft hinausstreute.

Ein Großteil davon landete auf etwas Unsichtbarem und verharrte in der Luft. Ein paar Kiesel kullerten ein, zwei Fuß weiter vom Rand weg und schwebten ebenfalls. Links und rechts davon fiel die Erde in die Tiefen des Abgrunds.

Langsam richtete sich Marcus auf, warf einige weitere Kiesel in Richtung Kluft, als wäre ihm langweilig, dann zwang er sich, mit gemessenen Schritten zu den anderen zurückzukehren.

Kaum befand er sich außer Sicht der Kormanley-Gardisten, verkündete er: »Die Brücke ist bereits vorhanden. Sie misst ungefähr fünf Fuß in der Breite. Wir müssen zwar vorsichtig sein, aber wir können sie jetzt überqueren.«

»Was ist mit den Kormanley?«, fragte Marc.

»Unmittelbar gegenüber stehen vier Wachen, aber im Augenblick sind sie nicht besonders wachsam. Im Norden und Süden treiben sich mehr von ihnen herum.«

»Wir sollten warten, bis die Ballisten mit ihrem Beschuss beginnen«, schlug einer von Lientas Leutnants vor.

Der Temeriten-Hauptmann überlegte. »Wir wissen nicht, wie lang Hernande die Brücke halten kann. Schick einen der Männer zu den Ballisten. Sag ihnen, sie sollen unverzüglich mit dem Angriff beginnen.« Sofort drehte sich der Leutnant um und wählte jemanden aus, der prompt zurück ins Gebäude rannte. »Wir schicken die Bogenschützen zuerst hinüber. Sie können unterwegs die Kormanley-Vollstrecker ausschalten.«

»Sie werden nicht wissen, wo die Brücke ist«, gab Artras zu bedenken. »Du würdest die Hälfte verlieren, wenn sie gleichzeitig zu schießen und über Nichts zu laufen versuchen. So klappt das nicht.«

»Ich gehe als Erster«, bot Marcus ungeduldig an. »Ich kennzeichne die Brücke mit Erde, damit sie alle sehen können. Jemand soll mir einen Beutel besorgen und ihn füllen.«

Lienta schnippte mit den Fingern, und fünf seiner Männer leerten einen Sack, den sie anschließend mit allem an Kieseln und Erde füllten, was sie in der Umgebung finden konnten.

»Ich folge dir«, meldete sich Cutter freiwillig. Der Fährtensucher rollte die vormals verwundete Schulter, streckte den Arm und begann, seinen Bogen zu spannen. »Wird Zeit, dass ich all das Üben mal in die Praxis umsetze.«

Niemand erhob Einwände.

Einer der zum Wachdienst eingeteilten Gardisten rief plötzlich: »Hauptmann Lienta! Der Ley-Wall!«

Alle eilten zurück zu den innenliegenden Räumen und den Fenstern, die zum Ley-Wall wiesen, aber Lienta beorderte alle bis auf einen seiner Leutnants beiseite. Marcus, Artras und Cutter traten zu ihnen.

Entlang der gesamten äußeren Mauer war der Ley-Wall in Bewegung geraten. Die gleißenden Flammen schossen hoch empor und sanken wieder ab, stiegen auf und fielen, überall im Umkreis.

»Er versagt allmählich«, stellte Artras fest. »Sie kämpfen, um ihn aufrechtzuerhalten, aber er versagt.«

»Unter Umständen brauchen wir die Ballisten gar nicht als Ablenkung.«

Da sank der gesamte Ley-Wall geräuschlos außer Sicht. Stille hielt Einzug, als alle im Raum den Atem anhielten. Lienta schaute auf.

Marcus erschrak, als ein Horn ertönte, näher als erwartet.

»Der Ley-Wall ist gefallen«, hielt Lienta unnötigerweise fest und stapfte zurück zum zerstörten ehemaligen Ballsaal.

Sobald er ihn betreten hatte, fragte er die Beobachter: »Was machen die Kormanley?«

»Sie hasten zu den äußeren Mauern!«

»Was ist mit denen an der Kluft?«

»Die den äußeren Mauern am nächsten Postierten sind so gut wie weg. Die meisten, die weiter innen waren, sind auch aufgebrochen. Die vier, die uns am nächsten sind, scheinen durcheinander zu sein, als wüssten sie nicht, was sie tun sollen. Offenbar hat der Befehlshabende angeordnet, dass sie bleiben sollen. Sie zanken sich gerade.«

»Wir warten nicht – weder auf ihre Entscheidung, noch auf die Ballisten. Marcus und Cutter, zur Brücke.«

Marcus hatte sich bereits den Sack mit Erde von den Gardisten geschnappt und rannte über das Geröll und hinaus auf den Felsvorsprung. Er schaute nicht einmal hinüber zur anderen Seite, sondern ließ den Blick auf die spärliche Erde und die wenigen Kiesel gerichtet, die mitten in der Luft zu schweben schienen.

Im Laufen fasste er in den Sack, griff sich eine Handvoll Erde und schleuderte sich vor sich. Er verlangsamte die Schritte erst, als er sich dem Rand des festen Bodens näherte. Sein Herz setzte schmerzlich einen Schlag aus, und ein Adrenalinschub ergoss sich wie eine Flutwelle durch seinen Körper, als er den ersten Schritt ins Leere wagte, dem eigentlich ein Sturz ins Nichts folgen sollte. Aber sein Fuß landete auf einer festen Fläche, und die Erde, die er bereits verstreut hatte, knirschte unter seinem Absatz.

Ermutigt setzte er den Weg fort, warf weitere Erde und Kiesel vor sich und achtete darauf, sie so weit auszubreiten, dass man die Ränder der Brücke mühelos erkennen konnte.

Schreie hallten über die Kluft, aber er wagte nicht, aufzuschauen. Hinter sich hörte er Cutter fluchen. Gleich darauf folgten die Geräusche von Füßen, die auf Kies knirschten, dann der schnappende Laut einer gelösten Bogensehne. Zwei weitere Schüsse, und Marcus stand mitten über dem klaffenden Schlund der tiefen Spalte. Der Atem begann, ihm in der Kehle zu stocken und zu rasseln und das zunehmende Geschrei sowohl von vorne als auch von hinten zu übertönen. Außerdem fing Marcus zu zittern an, eine unwillkürliche Reaktion auf die Unmöglichkeit dessen, was seine Augen als sicheren Sturz in den Tod ansahen.

Aber er kämpfte sich weiter vorwärts, verstreute die Erde nunmehr willkürlicher. Er war nur noch darauf bedacht, wohlbehalten die andere Seite zu erreichen, bevor Hernande etwas zustoßen und die Brücke verschwinden konnte.

Ein Pfeil schlitterte über die unsichtbare Fläche unter seinen Füßen. Um ein Haar wäre er zur Seite gehechtet und über den Rand gekippt. Ein weiterer Schaft zerbrach, als er einschlug, und bespritzte ihn mit Holzspänen. Dann jedoch konnte er die zerklüftete Wand des Risses in der Erde und den mittlerweile nahen Rand vor sich sehen. Mit einem wortlosen Ruf der Erleichterung schaute er auf …

Und stellte fest, dass ihn einer der Vollstrecker an der halbherzig am Rand der Kluft errichteten Mauer erwartete, das Schwert zum Schlag bereit. Der Mann grinste erwartungsvoll, stieg auf die niedrige Mauer und darüber hinweg. Er hatte ebenfalls Schotter über den Rand des Abgrunds gestreut, um die Brücke sichtbar zu machen. Sein Fuß trat einen Stein über die Seite und in die Tiefe. Aus seinen Augen sprach kein Zögern.

Marcus hielt inne und setzte dazu an, zurückzuweichen. Plötzlich jedoch erschien ein Pfeil im Hals des Vollstreckers. Der Mann wankte verdattert gegen die Mauer am Rand der Kluft zurück, dann sackte er zur Seite und stürzte von der Brücke. Sein Körper prallte gegen die Felswand und überschlug sich, als er in der Dunkelheit unten verschwand.

Marcus wäre ihm beinah in den Abgrund gefolgt, als ihn Cutters Hand von hinten vorwärts schob.

»Bewegung! Lienta und die anderen sind unmittelbar hinter uns.«

»Die Kormanley ...«

»Um alle anderen haben wir uns schon gekümmert.«

Mehr Ansporn brauchte Marcus nicht. Er wankte auf die niedrige Mauer zu und kroch darüber. Als seine Füße wieder festen, sichtbaren Boden berührten, gestattete er sich ein heftiges Zittern. Er ließ den Sack fallen und klammerte sich mit einer Hand an der rauen Wirklichkeit des Gebäudes fest, das sich parallel zur Kluft erstreckte, stützte sich daran ab, während er zu Atem zu gelangen versuchte. Cutter stapfte die Mauer entlang nach Norden los, den Bogen mit angelegtem Pfeil gezückt.

»Du scheinst nicht mal außer Atem zu sein«, stellte Marcus fest und wischte sich mit der freien Hand übers Gesicht. Er zitterte immer noch.

»Ich hab einfach nicht drüber nachgedacht«, erwiderte der Fährtensucher ohne einen Blick zurück.

Marcus stimmte ein kurzes Lachen an.

Plötzlich tauchte Lienta auf und stieg so unbekümmert wie Cutter von der niedrigen Mauer herab. Seine Gardisten folgten ihm, hievten sich in verschiedenen Zuständen der Verblüffung und Aufregung darüber. Die meisten wirkten stoisch, bei einigen jedoch blickten ziemlich große Augen aus sehr blassen Gesichtern. Einer sank auf die Knie, drehte den Kopf zur Seite und übergab sich.

Artras und Marc kamen mit dem Ende des Trosses. Marc trug Hernandes schlaffen Körper über die Schulter geschlungen. Hinter ihm folgten zwei weitere Gardisten.

»Das war's«, meldete einer der Leutnants. »Das sind die Letzten unserer Gruppe.«

Seine Worte wurden von einem unverhofften, lauten Knacken von Holz unterbrochen, das sich zwei weitere Male wiederholte. Alle drehten sich nach Norden, wo drei Steinbrocken der Größe von Marcus' Kopf in hohem Bogen über die Kluft flogen und mit erschütternder Wucht auf der Kormanley-Seite der Nadel einschlugen. Die Katapulte hatten ihren Angriff begonnen.

»Was jetzt?«, fragte einer der Gardisten.

Marc und Artras lehnten Hernandes Körper an die niedrige Mauer, wo Marc ihn weiterhin stützte. Der Kopf des Universitätsmentors baumelte in einem merkwürdigen Winkel, die Züge zu einer nachdenklichen Miene erstarrt, die Stirn leicht zerknittert.

»Wie wecken wir ihn?«, fragte Artras.

Marc versetzte dem Mentor einen kräftigen Schlag. Hernandes Kopf knallte gegen die Steinmauer hinter ihm. Artras schnappte empört nach Luft, dann knuffte sie Marc in die Schulter. »Was fällt dir ein!«

Marc schien es ihr nicht übel zu nehmen. »Ich glaube nicht, dass er aufwachen wird. Jedenfalls nicht für einen von uns.«

»Er wird von selbst erwachen«, warf Marcus ein.

»Ihr werdet ihn tragen müssen«, sagte Lienta. »Wir warten hier nicht.« Er wählte fünf Gardisten aus. »Ihr seid die Vorhut. Geht zum Tempel. Meidet die Leute, vor allem die Vollstrecker. Los.«

Kaum waren die fünf weg, wandte sich der Hauptmann an Marcus. »Wir behalten eure Gruppe in der Mitte, bis wir den Tempel erreichen. Sobald wir den Nexus eingenommen haben, verteidigen wir die Nadel, während ihr tut, was immer getan werden muss.«

Er gab dem Rest seiner Männer ein Zeichen. Marc hievte sich Hernande wieder über die Schulter wie einen Getreidesack. »Gehen wir.«

***

Von hinter der Glaswand beobachtete Cory, wie drei Vollstrecker Wache standen, während fünf Bedienstete den Rest der Universitätsstudenten fütterten. Cory hatten sie bereits zu essen gegeben, und eine Dienerin hatte ihm sogar mit einem feuchten Tuch das Gesicht gewaschen.

Er konnte sich immer noch nicht rühren, war nicht einmal fähig, allein zu schlucken, und sein Hals und seine Lungenflügel brannten vor dem beißenden Feuer des Gases. Zu sprechen hatte er noch nicht versucht. Es war zu früh, und er wollte den Soldaten keinen Grund liefern, Verstärkung zu rufen. Noch vor Kurzem waren es doppelt so viele gewesen, doch irgendetwas musste passiert sein, dass die anderen drei abgezogen worden waren.

Von den drei Verbliebenen standen zwei nah an der Tür und schauten alle paar Sekunden hinaus. Sie wirkten zappelig, unruhig. Der Dritte starrte finster die Universitätsstudenten an, während die Dienerinnen arbeiteten. Er war älter, angegraut, und er spielte fortwährend am Stiel einer Pfeife herum, die er an seinem Gürtel neben einem kleinen Beutel trug, der vermutlich Blätter zum Rauchen enthielt. Einer der anderen Vollstrecker hatte ihn Trenton genannt.

Unauffällig versuchte Cory, die Finger der linken Hand zu bewegen, die hinter seinem Körper vor den Blicken der anderen verborgen war. Und tatsächlich, sie zuckten. Verblüfft stellte er erneut die Glaswand auf die Probe, drängte näher ans Bewusstsein. Als er zu schlucken versuchte, spürte er, wie die Muskeln in seinem Hals pulsierten.

Er beobachtete, wie drei der Frauen Mirra fütterten, während die zwei anderen gerade mit Jasom fertig wurden. Ihm lief die Zeit davon.

Er fasste hinter der Glaswand hervor in das Geflecht und umschloss die Herzen aller drei Vollstrecker. Dann drückte er zu.

Alle drei fielen zu Boden, tot, noch bevor sie aufschlugen.

Die fünf Dienerinnen zuckten zusammen. Eine kreischte, zwei sprangen auf, darunter die Älteste, die sie alle nach dem Füttern gewaschen hatte.

»Was ist passiert?«, fragte eine der Frauen.

Die Älteste schüttelte den Kopf. »Geh und such die anderen Soldaten.«

»Nicht«, sagte Cory. Das Wort ertönte als kaum hörbares, trockenes Krächzen, dennoch erregte es die Aufmerksamkeit der Oberdienerin. Sie trat auf ihn zu.

»Hast du das gemacht?«

»Ja. Und ich kann dasselbe … mit euch allen machen … wenn eine von euch … diesen Raum verlässt.«

Zur Verdeutlichung versetzte er dem Herzen der Oberdienerin einen leichten Schubs. Sie sog scharf die Luft zwischen den Zähnen ein und riss die Hand an die Brust. Die Frauen hinter ihr schrien auf oder schraken zurück.

»Wir haben dich gefüttert, dich gewaschen, dich am Leben erhalten!«, empörte sich die Oberdienerin.

»Ihr habt uns alle ruhiggestellt gehalten!«, krächzte Cory. Allmählich erlangte er die Stimme zurück, doch das Sprechen schmerzte. »Eingesperrt!«

»Weil Vater es verlangt hat. Ihr seid gefährlich. Wie du ja gerade unter Beweis gestellt hast.«

»Ich werde euch nichts tun, außer ihr zwingt mich dazu.« Cory deutete mit dem Kinn zur offenen Tür. »Macht die Tür zu.«

Die Oberdienerin schaute zum Eingang, dann zurück zu ihm. Sie spielte eindeutig mit dem Gedanken an Flucht. Schließlich jedoch zeigte sie auf eine der anderen Frauen. »Zumachen. Und versuch keine Dummheiten.«

Das höchstens zwölf Jahre alte Mädchen näherte sich zögerlich der Tür, schloss sie und rannte zurück zu den anderen.

Die Oberdienerin wandte sich wieder Cory zu. »Was jetzt?«

»Jetzt helft ihr mir, die anderen zu wecken und auf die Beine zu bekommen. Ich habe genug von eurem Vater. Wir verschwinden.«

***

»Befehlshaber! Der Ley-Wall ist gefallen!«

»Das sehe ich selbst«, herrschte Darius den Mann an, als er auf der äußeren Mauer der Nadel eintraf und zum Rand des Wehrgangs schritt. Er legte die Hände an die Steinbrüstung und blickte über das Schlachtfeld, wo Baron Devins Männer aus Erenthrall und die Gorrani aus dem Süden aufeinander eindroschen. Der Boden war bereits übersät von Leichen und durchtränkt von Blut. Der von den Kampfhandlungen aufgewirbelte Staub verhüllte einen Großteil der Einzelheiten, dennoch ließ sich erkennen, dass noch keine Seite einen bedeutenden Vorteil hatte erstreiten können. Die Gegner schienen einander ebenbürtig.

Andererseits war es schwierig abzuschätzen. Es gab keine Schlachtlinie, keine offensichtlichen Strategien. Der Krater rund um die Nadel hatte sich in ein einziges wildes Handgemenge verwandelt.

Bisher hatten nur Wenige außerhalb der Mauern bemerkt, dass der Ley-Wall gefallen war. Was jedoch nicht lange so bleiben würde.

»Wir müssen die Tore halten«, sagte er und drehte sich den Vollstreckern auf der Mauer zu. »Wenn die Gorrani oder Baron Devin die Mauer überwinden, bevor sich Iscivius erholen ko…«

Das letzte Wort blieb ihm im Hals stecken, als ihm Blut in hohem Bogen ins Gesicht spritzte. Er schmeckte es ihm Mund, als dem Leutnant, mit dem er gesprochen hatte, von hinten die Kehle aufgeschlitzt wurde. Die Augen des Mannes waren vor Entsetzen weit aufgerissen. Darius' gesamter Körper wurde taub, als der Leutnant zur Seite kippte und hinter ihm ein anderer Mann zum Vorschein kam, den Darius noch nie gesehen hatte. Der Unbekannte hielt einen kleinen Dolch mit der Spitze nach unten in der Hand. Blut troff von der Schneide, mehr Blut prangte in Schlieren auf der Kleidung des Mannes. Und dennoch gestaltete es sich schwierig, ihn zu sehen. Darius' Augen glitten ständig von ihm ab. Der Unbekannte schien pulsierend bald zu verblassen, bald zu erscheinen.

»Was …«

»Ich bin schon seit Tagen hier drin«, fiel ihm der Mann ins Wort. Er rührte sich nicht, ließ den Blick auf Darius geheftet. »Ich habe darauf gewartet, dass der Ley-Wall fällt. Es hätte keinen Sinn gehabt, das Tor zu öffnen, solange er noch da war.«

Darius gab den Versuch auf, sich auf die Züge des Mannes zu konzentrieren – er nahm in dem Gesicht nur verschwommen einen Mund, eine Nase und dunkle Behaarung wie von einem Schnurrbart wahr. Stattdessen richtete er den Blick auf die nähere Umgebung des Wehrgangs. Alle hier postierten Männer waren tot. Ihre Körper waren an Ort und Stelle zusammengesackt, lagen verrenkt auf dem Steinboden oder hingen über der Brüstung. Fast zwanzig Mann, allesamt lautlos ausgeschaltet.

Von plötzlichem Grauen erfüllt richtete er den Blick wieder auf den Unbekannten, wich einen Schritt zurück und griff nach seinem Schwert. Sein Rücken stieß an den Rand der Brüstung. »Du bist ein Bluthund.«

Der Mann blickte zur Schlacht hinunter. »Wo ist Vater?«

Darius zog das Schwert, als die geballte Angst in seinen Eingeweiden in Wut umschlug. »Du wirst es nicht von dieser Mauer schaffen.«

»Du wirst mich nicht aufhalten.«

»Warum nicht?«

»Weil du bereits tot bist.«

Darius holte tief Luft, um zu lachen oder zu widersprechen, vielleicht auch beides, aber plötzlich stand der Bluthund unmittelbar vor ihm. Die Bewegung des Mannes hatte Darius nur verschwommen wahrgenommen. Dann schlug etwas in seine Brust ein und stieß ihn zurück gegen die Brüstungskante in seinem Rücken. Das Leder der Rüstung schabte über Stein, als er zwischen zwei Zinnen hindurch nach hinten kippte und von der Mauer stürzte.

Wind und das Flattern seiner Kleidung dämpften alle anderen Geräusche, als er fiel. Ihm blieb noch Zeit, wahrzunehmen, dass aus der Mitte seiner Brust ein Messer ragte, das ihm irgendwie die Luft zum Atmen abschnitt. Seine Kehle fühlte sich wie zugeschnürt an.

Schmerzen durchzuckten ihn erst einen Augenblick, bevor er auf dem Boden aufschlug. Die Knochen in seinem Leib brachen. Sein Schwert prallte scheppernd auf Stein und flog aus seinem Griff. Darius holperte leicht zurück, dann lag er still. Sein Körper wölbte sich über einen Felsbrocken links des Tors, die Arme und Beine waren in unnatürlichen Winkeln verrenkt. Der Kopf baumelte zur Seite.

Doch Darius lebte noch. Er stieß die Luft aus. Sie entwich als gurgelndes Stöhnen aus ihm. Blut sickerte aus einem Mundwinkel. Er konnte es schmecken, während es dick, zähflüssig als dünnes Rinnsal aus ihm floss. Er glaubte, dass ihm etwas davon auch aus der Nase lief, konnte sich jedoch nicht sicher sein.

Ein dumpfes Pochen, das an seiner Schädelbasis begonnen hatte, schwoll zu einem Crescendo an. Ein Großteil seines Körpers war taub. Er nahm nur vage Anflüge von Schmerz oder Phantomzuckungen wahr, doch er wusste, dass es sich bei dem zunehmend heftigeren Pulsieren in Wirklichkeit um Höllenqualen handelte. Darius wappnete sich dagegen.

Dann jedoch erregten Geräusche seine Aufmerksamkeit – das Klacken der Torverriegelung, gefolgt vom Klirren der Ketten, als sich die riesigen Torflügel zu öffnen begannen.

Er wollte wutentbrannt aufschreien, aus seinem Mund drang allerdings nur ein mattes Gurgeln und aus seiner Nase das Blubbern von Blut. Die Bläschen zerplatzten und bespritzten ihn mit einem Sprühnebel winziger roter Tröpfchen.

Dann trat der Bluthund durchs Tor hinaus und hob ein Horn an die Lippen.

Der Klang des Horns, der Baron Devin und seine Hunde zum Eingang der Nadel rief, klang tief und hohl und wunderschön.

Es sollte das Letzte sein, was Darius hörte, bevor er an seinem eigenen Blut erstickte.

***

»Wo sind alle?«, fragte Lienta, als sie durch die größtenteils verwaisten Straßen zum Tempel rannten. Die wenigen Menschen, die sie draußen sahen, huschten in Eingänge und Nischen, die Leute in den Gebäuden schlossen die Fensterläden und verriegelten die Türen. Bei vielen handelte es sich um Betagte oder Mütter und Halbwüchsige, die Kinder hüteten.

Als sie eine Querstraße passierten, drang plötzlich Gebrüll zu ihnen.

»Da!«, rief Artras und zeigte mit einer Hand hin.

Die Gruppe hielt an. Am fernen Ende der Querstraße sahen sie eine auf dem offenen Platz versammelte Schar von Menschen, die Hände gen Himmel gestreckt. Eine weitere Welle von Geräuschen wogte auf sie zu. Es klang nach einem Sprechgesang.

Marcus fluchte. »Das ist Vater. Er hält wieder eine seiner Predigten, wahrscheinlich, um das Volk der Nadel aufzufordern, Ruhe zu bewahren.«

»Soll er doch«, meinte Lienta. »Das macht es uns einfacher, in den Tempel zu gelangen.«

Er stieß einen Pfiff aus, und die Gruppe trabte weiter, nach wie vor mit fünf Mann als Vorhut sowie Marcus und dem Rest in der Mitte. Sie steuerten parallel zum Platz vor dem Tempel auf dessen Nebeneingänge zu und wurden langsamer, als sie sich näherten. Marc keuchte unter Hernandes Gewicht, als Lienta sie alle mit einer Geste anzuhalten hieß. Sie scharten sich an einem der Gebäude. Artras half Marc, Hernandes Körper abzulegen. Der kräftige Gardist wischte sich Schweiß aus dem Gesicht.

»Er ist schwerer, als er aussieht.«

Marcus rückte mit Cutter zum Rand des Gebäudes vor, bis er sah, weshalb Lienta sie gebremst hatte. Sie befanden sich an der Ecke des Tempels. Die vormittägliche Sonne erhellte die erste Ebene und brachte die nach oben führenden Stufen zum Schimmern. Teilweise wies der Stein Brandmale auf, wo bei dem Umsturz die Bomben der Kormanley explodiert waren. Auf der Straße lag immer noch Geröll verstreut, vor allem um den Eingang. Offensichtlich war auch in dem Bereich eine Bombe hochgegangen, vermutlich, um Karas Leute von der Flucht abzuhalten.

Ein halbes Dutzend Wachen stand um den beschädigten Eingang. Alle wirkten unruhig, und sie warfen immer wieder Blicke nach Nordosten.

»Irgendetwas hat sich geändert«, sagte Lienta, als er Marcus hinter sich bemerkte.

»Was meinst du?«

»Horch.«

Marcus hielt inne. Er konnte immer noch den Sprechgesang der Predigt hören, gedämpft durch die Gebäude, und dahinter den Lärm des Gefechts draußen vor der Mauer. Nichts klang anders. »Ich weiß nicht …«

»Die Kampfgeräusche«, fiel ihm Cutter ins Wort. »Sie sind nähergekommen.«

»Deshalb sind die Vollstrecker nervös«, sagte Lienta. »Sie wissen, dass der Ley-Wall weg ist und dass man es draußen bemerkt hat.«

Marcus spitzte die Ohren und filterte den Sprechgesang heraus. »Aber die Kampfgeräusche klingen näher als die äußere Mauer.«

In dem Moment ertönte im Nordwesten ein Horn, in dessen Ruf drei andere einstimmten, allesamt Signale der Kormanley. Lienta horchte auf, als sich ein Temeriten-Horn dazu mischte. Er lauschte aufmerksam.

Seine Züge verhärteten sich. »Das Tor der Außenmauer steht bereits offen. Baron Devin und seine Männer haben es gesichert und kämpfen sich gerade durch die Zeltsiedlung auf den Tempel zu.«

»Was ist mit den Gorrani?«

»Nichts über sie. Ich vermute, sie greifen den Baron von außen an. Da Devin innerhalb der Mauern ist, müssen wir uns den Nexus sichern, bevor er den Tempel erreicht. Wir haben keine Zeit mehr für Vorsicht.« Er deutete auf die Bogenschützen. »Schaltet die Kormanley-Vollstrecker aus. Alle anderen, bereitmachen, loszurennen. Seid auf alles gewappnet, sobald wir im Tempel sind.«

Marcus und Cutter eilten zu Marc und Artras zurück, um die Anweisungen weiterzugeben. Cutter spannte den Bogen und vergewisserte sich, dass er ungehindert das Schwert ziehen konnte, sobald sie sich drinnen befanden. Marc tat dasselbe, obwohl er nicht in der Lage sein würde, zu kämpfen, solange er Hernande trug.

»Warum übernehmt ihr das nicht einfach …« Der Vollstrecker schwenkte eine Hand. »… mit der Ley?«

»Weil es Aufmerksamkeit erregen könnte«, antwortete Artras, und ihr tödlicher Dolch erschien in einer Hand. Mit dem Daumen prüfte sie die Schärfe der Schneide.

Marcs Augen wurden groß.

»Ich hebe mir die Ley für drinnen auf«, fügte Marcus hinzu. »Falls wir sie überhaupt brauchen. Ich will mich nicht schon auf dem Weg in den Nexus verausgaben und dann nicht genug Kraft übrig haben, um zu tun, was Kara von mir braucht, wenn sie soweit ist.«

»Lienta ist bereit«, meldete Cutter.

»In Ordnung.«

Mit einem unterdrückten Stöhnen hievte sich Marc den Mentor wieder auf die Schulter, und die kleine Gruppe schloss zu den Temeriten auf. Nach einem Zeichen des Hauptmanns traten die Bogenschützen aus dem Schatten der Kante des Gebäudes und eröffneten das Feuer.

Die anderen rannten los. Vier der sechs Kormanley-Vollstrecker fielen unter der ersten Salve. Ein Pfeil verfehlte sein Ziel völlig, ein anderer schlug in den Arm eines Soldaten ein. Der Mann grunzte und starrte überrascht auf den Schaft, dann erblickte er Lienta. Er holte Luft für einen Schrei, und seine Hand griff bereits zum Schwert, doch da bohrte sich ein Pfeil in sein Auge und schleuderte den Kopf zurück. Als er fiel, erledigten zwei weitere Pfeile den letzten Vollstrecker. Da hatte Lienta den Eingang schon fast erreicht.

Ohne ein Wort riss der Hauptmann die Tür auf. Vier Temeriten-Gardisten stürmten hinein. Einen Atemzug später drang ein knappes »Gesichert!« heraus. Lienta begann, die anderen in das Gebäude zu scheuchen. »Bewegung, Bewegung, Bewegung!«

Marcus preschte hinter dem letzten Temeriten der Vorhut her und konnte einen Moment lang wegen der plötzlichen Dunkelheit nichts sehen. Er blinzelte heftig, bis sich seine Augen an die Düsternis der von Ley- und Fackellicht erhellten Korridore mit ihren merkwürdig nach innen geneigten Wänden anpassten. Vorne brach Geschrei aus, ergänzt um das Klirren von Schwertern auf Metall und Stein, aber die Temeriten wurden nicht langsamer. Zwanzig Schritte weiter stolperte Marcus über eine Leiche, eine Dienerin. Kurz darauf folgte ein gefallener Vollstrecker, aus dessen Halswunde nach wie vor Blut sprudelte.

Sie passierten zwei Korridore und bogen nach rechts. Noch mehr Geschrei, weitere Kampfgeräusche, dann hielten die Temeriten vor Marcus plötzlich inne. Er hörte Gezänk, das ziemlich laut klang, obwohl sie sich bemühten, sich leise zu verhalten. Das Blut rauschte pulsierend durch Marcus' Ohren, sein Atem ging in kurzen Stößen.

Von hinten brüllte Lienta: »Wieso geht's nicht weiter?«

»Wir kennen den Weg zum Nexus nicht!«

Marcus fluchte und begann, sich nach vorn zu drängen. »Lasst mich durch!«

Die Temeriten wichen an die Seiten des Korridors zurück, gaben eine Schneise frei. Marcus gelangte zu einem Quergang. An der Kreuzung lagen drei tote Kormanley-Vollstrecker. Nach einem kurzen Rundumblick sagte er: »Hier entlang.«

Der befehlshabende Leutnant nickte. »Wir gehen voraus, aber bleib dicht bei uns.«

Sie setzten sich wieder in Bewegung und liefen vier Bediensteten über den Weg. Der Leutnant stieß sie in einen Raum auf einer Seite und rammte ein Messer ins Schloss der Tür. Marcus rief Richtungsanweisungen, während sie tiefer in den Tempel vorrückten und auf die Mitte zusteuerten, wo sich die Nadel in den Himmel erhob. Die Korridore wurden abwechselnd breiter und schmaler, bis sie in einen der Hauptgänge gelangten, in dem vier Mann Seite an Seite gehen konnten.

»Hier lang!« Marcus stürmte durch den Gang zu der Doppeltür am Ende, die zum Stelengarten um die Nadel und dem Knoten darunter führte.

Als sie sich noch zwanzig Schritte vom Ausgang entfernt befanden, erschien aus einem Nebengang eine Gruppe von zwanzig Vollstreckern. Abrupt hielten beide Gruppen an. Die Kormanley-Soldaten wirkten völlig überrascht.

Bevor eine der beiden Seiten reagieren konnte, ertönte von irgendwo anders im Tempel eine gedämpfte Explosion.

»Was bei allen Höllen war das?«, sagte der Anführer der Vollstrecker und schaute nach oben, als versuche er, zu bestimmen, woher der Lärm gekommen war. Dann verhärteten sich seine Züge, und er streckte das Schwert nach vorn. »Tötet sie.«

Ein Pfeil schoss so dicht an Marcus' Kopf vorbei, dass der Schaft sein Haar streifte, und einer der Kormanley-Vollstrecker ging zu Boden. Dann stürmten die beiden Gruppen aufeinander los. Marcus wurde von den Temeriten mitgeschleift, als sie angriffen.

Während im Korridor ein wildes Handgemenge entstand, erkämpfte sich Marcus den Weg zur Tür. Der Widerhall einer weiteren Explosion übertönte die Kampfgeräusche, dann gelang es Marcus, aus dem dichten Gewimmel der Soldaten zu wanken. Er setzte sich in Richtung des Knotens in Bewegung, hielt jedoch inne, als er Artras seinen Namen rufen hörte. Sie und Cutter schützten Marc, wehrten vereinzelte Angreifer ab, die den Temeriten durch die Lappen gingen. Marc bemühte sich, Hernandes Körper so weit wie möglich von den umherschnellenden Klingen fernzuhalten. Alle wurden dicht an die Wand des Korridors gedrängt, hatten es aber den Großteil des Weges durch das Getümmel geschafft.

Marcus schluckte einen wüsten Fluch hinunter. Er stürzte sich zurück ins Gefecht und bekam prompt von einem der Temeriten, der die Stellung wechselte, versehentlich – aber schmerzhaft – einen Ellbogen in den Magen. Der Lumagus hielt sich mit einer Hand die Seite. Den anderen Arm streckte er über einen Kopf hinweg, um Marc in der Nähe der Schulter am Hemd zu packen und ihn und Hernande aus dem Gewimmel zu ziehen. Artras und Cutter folgten ihm. Blut benetzte ihre Klingen und prangte an der Kleidung. Über Artras' Wange zog sich ein Schnitt, doch sie schien die Verletzung nicht zu spüren.

»Der Knoten«, stieß die Lumaga hervor.

Zusammen rannten sie den Rest des kurzen Weges zur Tür und stürmten hinaus in den grellen Sonnenschein des Stelengartens. Aber Marcus blieb nicht stehen, sondern pflügte weiter, obwohl er kaum etwas sehen konnte, bis er die Rückseite der Nadel und die Tür zu den innenliegenden Räumlichkeiten erreichte. Bevor er die Treppe hinunter aufbrach, schaute er zurück und sah, wie Cutter mit einem Schwert die Griffe der Doppeltür verkeilte. Dann hasteten sie zu viert die Stufen hinab, mit Hernande nach wie vor über Marcs Schulter.

Sie wurden erst langsamer, als sie sich der Öffnung näherten, die nach unten in die Hauptkammer führte, wo die mit weißem Ley-Licht pulsierenden Wände von Stein abgelöst wurden.

Marcus bedeutete Artras, Marc und Cutter zurückzubleiben, während er selbst vorsichtig vorrückte und hinunter in die Grube spähte.

Weißes Ley-Licht schoss in der Mitte empor. Lumagier standen darum verteilt, wirkten sowohl auf die Ley als auch auf die leyverstärkenden Kristalle ein. Der Nexus machte einen stabilen Eindruck, die Ley wirkte kraftvoll, aber nicht chaotisch. Allerdings mutete das alles nicht so robust an wie bei Karas Versuch, die Verkrümmung über Tumbor zu heilen. Es schien, als wären einige der Ley-Linien, die den Nexus damals genährt hatten, seither umgeleitet worden oder woandershin gewandert. Vielleicht handelte es sich auch nur um eine Folge des Ley-Ausstoßes in Erenthrall, durch den Energie von diesem Knoten abgezogen wurde. Hätten sich nämlich Ley-Linien verlagert, so wären dadurch starke Erdbeben ausgelöst worden. Seit Tumbors Untergang hatten sie davon aber nichts mehr gespürt.

Marcus' Aufmerksamkeit wandte sich von der Ley ab und den Lumagiern zu. Er erkannte sie alle, auch die drei, die über dem zusammengebrochenen Körper von Iscivius in der Nähe des Abgrunds standen. Carter und Jenner schienen mit Dylan zu streiten, wenngleich Marcus nicht hören konnte, worüber.

Plötzlich schnellte Carters Blick in Marcus' Richtung, und er zog sich rasch zurück.

»Was ist los?«, flüsterte Artras.

Marcus brachte sie mit einer Geste zum Schweigen.

Stumm warteten sie. Marcus wagte kaum zu atmen.

»Marcus, falls du das bist, komm ruhig herunter in die Grube. Iscivius ist bewusstlos, und wir anderen sind entweder zu erschöpft oder haben nicht die Absicht, dir oder deinen Begleitern etwas anzutun.«

Marcus zögerte. Er wechselte einen Blick mit Artras, Cutter und Marc. Der große Gardist zuckte nur mit den Schultern, überließ die Entscheidung ihm.

Marcus drehte sich um und begann, in die Grube hinabzusteigen. »Das ist eine ziemlich gewagte Aussage, Jenner, zumal ihr keine Ahnung habt, weshalb wir hier sind.«

»Ich hoffe, um die Kontrolle zu übernehmen, da Iscivius jetzt aus der Gleichung genommen ist.«

Dylan trat vor. »Ist Kara bei euch?«

»Nein, sie ist in Erenthrall.«

Marcus kämpfte den Anflug von Eifersucht und Kränkung zurück, der sich angesichts der unverhohlenen Enttäuschung in den Zügen des anderen Lumagus in ihm regte.

»Erenthrall!«, rief Jenner. »Was bei allen Höllen macht sie dort?«

»Sie versucht, uns alle zu retten.«

Jene Lumagier in der Grube, die nicht damit beschäftigt

waren, den Nexus zu beaufsichtigen, schauten verwirrt drein. Dylans Blick landete auf Hernande. »Was ist mit ihm passiert?«

Artras winkte Marc zu einer Seite der Kammer, wo er Hernande zu Boden gleiten ließ und ausgestreckt auf den Rücken legte. Die Lumaga begann, den Universitätsmentor auf Verletzungen zu untersuchen. »Er ist in einem selbst herbeigeführten Dämmerzustand oder Koma und noch nicht daraus zurückgekehrt.«

»Selbst herbeigeführt? Aber warum?«

»Das ist im Augenblick nicht von Bedeutung«, sagte Marcus ungeduldig. »Wichtig ist, dass wir die Kontrolle über den Nexus übernehmen und ihn für mindestens zwei Tage halten – gegen Vater Dalton, gegen Darius und die Kormanley. Gegen alle.«

»Und wieso das?«

»Weil Kara in den nächsten zwei Tagen alles, was wir ihr geben können, brauchen wird, wenn sie eine Chance haben soll, die Ley in Ordnung zu bringen.«

Niemand sagte etwas. Alle Lumagier in der Grube wirkten entgeistert. Marcus entschied, nicht zu erwähnen, dass sie sich dabei auch auf die rechtzeitige Wiederherstellung des in Tumbor zerstörten Knotens durch Morrell verließen. Oder darauf, dass es Kara überhaupt zum ursprünglichen Nexus in Erenthrall schaffte. Oder dass es keine Möglichkeit gab, herauszufinden, ob eine der beiden Frauen Erfolg gehabt hatte.

Bevor jemand Fragen stellen konnte, ertönte das Knirschen von splitterndem Holz. Sofort stürmte Cutter zwei Stufen auf einmal nehmend die Treppe hinauf, gefolgt von Marc. »Sie haben die Türen aufgebrochen«, brüllte Cutter auf dem Weg nach oben.

»Wartet!« Cutter und Marc bremsten in der Nähe des Eingangs zur Grube ab und wirkten verwirrt, als Marcus zu

Dylan herumwirbelte. »Könnt ihr die Ley so weit steuern, um die untere Ebene damit zu fluten? Oder zumindest den Gang zur Tür? Wir müssen nur dafür sorgen, dass sie draußen bleiben.«

»Ich denke schon.«

Marcus winkte Cutter und Marc zurück herunter. Zögerlich stiegen sie herab. Cutter drehte dabei den Kopf, um zur oberen Ebene zu spähen. »Ich kann sie draußen hören«, meldete er. »Sie sind vorsichtig.« Er lauschte. Alle in der unterirdischen Kammer schwiegen mit angehaltenem Atem. Dann drehte er sich um und trabte die Stufen herunter. »Sie dringen gerade in die Nadel ein. Was immer ihr vorhabt, ihr solltet es besser sofort tun.«

»Dylan?«

»Schon dabei.«

Ley wölbte sich in hohem Bogen aus dem Abgrund. Ein dünner Strom bewegte sich durch die Luft zum Kopf der Treppe und schlängelte sich hinaus in den Korridor dahinter. Panisches Geschrei dröhnte aus dem Gang herein, gefolgt von den Geräuschen eines überstürzten Rückzugs.

»Solange keiner der Mentoren ein Sammelbecken erschafft, kann ich nur einen steten Strom durch den Korridor und hinaus in den Stelengarten aufrechterhalten«, sagte Dylan. Seine Stimme zitterte bereits vor Anstrengung. »Ich lasse die Ley dort in den Sand abfließen.«

Marcus schaute zu Hernande. Artras kauerte über seinem schlaffen Körper. Sie schüttelte den Kopf. »Noch keinerlei Anzeichen, dass er bald erwachen könnte.«

Marcus ergriff Dylans Schulter. »Tu, was du kannst.«

»Wenn er müde wird, kann einer der anderen Lumagier übernehmen«, schlug Jenner vor. »Was können wir tun, um Kara zu helfen?«

»Wir müssen uns darauf vorbereiten, so viel Ley wie möglich nach Erenthrall zu schicken. Irgendwann zwischen jetzt und dem Ende des morgigen Tages wird Kara sie benötigen. Und jetzt lasst mich sehen, was Iscivius mit dem Nexus gemacht hat.«

Marcus trat an den Rand der Grube, mit Jenner auf einer Seite, während sich Artras auf die andere stellte. Er krempelte die Ärmel seines Hemds hoch, fuhr sich mit den Händen durchs Haar und tauchte ein in die Ley.

***

»Wie geht's dir?«, fragte Cory.

Mirra nahm mit schmerzverzerrter Miene einen weiteren Schluck Wasser aus dem Becher, den die Oberdienerin ihr hinhielt, dann hustete sie. »Es tut weh, aber ich kann mich bewegen.« Ihre Stimme klang wie unter einem Schuh knirschender Schotter.

»Gut. Wir gehen nämlich.« Er stand auf und ließ den Blick über den Rest seiner fünf Schutzbefohlenen wandern, allesamt Studenten von der Universität. Kurz fragte er sich, wo Hernande stecken mochte und ob sein eigener Mentor überhaupt noch lebte, aber diese Sorge verdrängte er schnell wieder. »Könnt ihr euch alle bewegen?« Nach allseitigem Nicken und krächzend geäußerter Zustimmung fuhr er fort. »Ihr müsst euch alle für mich zusammenreißen. Wir verschwinden aus dem Tempel – und der gesamten Nadel, wenn es irgendwie geht. Und wir werden dabei nicht heimlich vorgehen. Jasom, Tara und noch ein paar von euch wurden in Muld dafür ausgebildet, das Geflecht als Waffe zu benutzen. Ich weiß, dass sich manche dagegen ausgesprochen haben, insbesondere Jerrain, und dass einige von uns gelobt haben, es nie wieder als Waffe einzusetzen, darunter ich selbst. Aber die Umstände haben sich geändert.« Er deutete auf die Leichen der von ihm getöteten Gardisten, die zur Seite geschleift worden waren. »Kraft meiner Zuständigkeit für euch gewähre ich euch allen das Recht, das Geflecht zu benutzen, um uns hier rauszubringen, was immer dafür nötig ist.«

»Auch, jemanden zu töten?«, hakte Jasom nach.

»Auch, jemanden zu töten.«

»Aber was ist mit dem Eid, den wir für Sovaan leisten mussten, damit wir die Ausbildung als Studenten fortsetzen durften?«, gab Tara zu bedenken. »Wir haben gelobt, niemandem Schaden zuzufügen.«

Cory schloss die Augen und neigte das Haupt. Dann öffnete er die Lider und begegnete Taras Blick. »Das ist ein guter Eid, den ihr ernst nehmen und gegen den ihr nicht leichtfertig verstoßen solltet. Allerdings bezweifle ich, dass Sovaan, Jerrain oder Hernande die Lage vorhersehen konnten, in der wir uns gerade befinden. Ich für meinen Teil glaube, wenn sie jetzt hier bei uns wären, würden sie es billigen, das Geflecht zu nutzen. Sie würden uns erlauben, zu tun, was immer nötig ist, um den Kormanley zu entkommen.«

Tara presste die Lippen zu einer schmalen Linie zusammen, aber sie nickte knapp. Dann fasste sie nach unten und half einem der jüngeren Studenten auf. Jasom folgte ihrem Beispiel, während Mirra der Oberdienerin den Becher mit einem heiseren Dank zurückgab.

Im Korridor draußen brüllte jemand. Schritte polterten im Laufschritt auf die Tür zu, die Cory mit den Hockern und Bänken im Raum verbarrikadiert hatte. Jemand hämmerte von draußen dagegen. Die Schläge hörten sich hohl an. Der Griff wurde heruntergedrückt, aber Cory hatte im Innern des Schlosses einen engen Knoten entfesselt und es zerstört. Auf einen Fluch folgten weiteres Gebrüll und die Geräusche sich entfernender Schritte.

»Sieht so aus, als hättet ihr eure Gelegenheit verpasst«, merkte die Oberdienerin an. Sie gab ihren eigenen Schutzbefohlenen ein Zeichen und ließ sie an die Wand zurückweichen. Ihr Ton klang zwar hämisch, doch es schwang Unsicherheit darin mit.

Draußen vor der Zelle hielt eine Truppe an, die sich nach einem Dutzend Soldaten anhörte. Wieder wurde gegen die Tür gehämmert. Offenbar hatte jemand eine Axt mitgebracht.

Cory trat in die Mitte der Kammer und scharte die anderen Studenten um sich.

»Was habt ihr jetzt vor?«, fragte die Oberdienerin. »Flüchten könnt ihr nicht mehr. Die warten draußen auf euch!«

»Ich hatte nie die Absicht, durch die Tür zu verschwinden.«

Damit streckte er die Hand in Richtung der Mauer gegenüber der Tür aus und entfesselte einen Knoten im Stein.

Die Explosion ließ Splitter durch den Raum spritzen. Die Dienerinnen kreischten, einige der Studenten stießen spitze Schreie der Überraschung aus. Der Großteil des Gerölls jedoch wurde in den Raum auf der anderen Seite der Mauer geschleudert. An der Tür verstummte das Wummern der Axt kurz, bevor es mit neuem Schwung wieder einsetzte. Ein Teil der Gruppe draußen geriet in Bewegung, die Schritte der Kormanley-Vollstrecker entfernten sich. Ohne zu warten, bis sich der Staub legte, trat Cory in den angrenzenden Raum und schaute kurz zurück, ob ihm die Studenten folgten. Mirra blieb dicht an seiner Seite.

»Ich glaube, sie laufen außen herum«, sagte sie.

»Ich weiß.« Er bahnte sich den Weg durch die Trümmer zur einzigen Tür, bereit, sie von den Angeln zu sprengen, doch sie war nicht versperrt. Cory riss sie auf und trat hinaus in den Korridor, erneut bereit, das Geflecht bei Bedarf einzusetzen, aber der Gang erwies sich als menschenleer.

Er winkte alle aus dem Raum und deutete den Flur hinab. »Geht da lang und biegt am Ende des Korridors nach rechts.«

»Was ist mit dir?«, fragte Mirra.

»Ich bin gleich hinter euch.«

Sie schaute verunsichert drein, aber Tara ergriff ihre Hand, und die beiden jungen Frauen trabten davon, gefolgt vom Rest der Studenten. Cory drängte sie weiter, denn die Geräusche der sich nähernden Soldaten hallten bereits den Gang herab. Tara und Mirra hielten kurz vor dem Ende des Korridors an einer Tür, und Cory fluchte bei sich, winkte sie weiter. Tara jedoch schüttelte den Kopf und zeigte auf die Tür.

»Was ist?«, fragte er, als er bei ihnen eintraf, doch er hörte bereits, dass jemand an die Tür hämmerte.

»Cory, bist du das?«, fragte von drinnen eine gedämpfte Stimme. Sie klang kratzig und rau, trotzdem erkannte Cory auf Anhieb Sovaans quietschenden Ton. Sein Herz vollführte in der Brust einen Satz. »Lass uns raus!«

»*Uns?*«, rief er und schob sowohl Tara als auch Mirra beiseite. Mit einer Geste wies er sie an, den Weg fortzusetzen. »Ist Jerrain bei dir da drin?«

»Ja, ja, er ist auch hier. Hör auf, zu trödeln.«

Cory versuchte, die Tür zu öffnen, doch sie erwies sich als abgeschlossen. Er trat zurück und entfesselte einen kleinen Knoten im Mauerwerk unmittelbar seitlich daneben. Der Stein zersprang mit einem knackenden Laut, und die Tür schwang auf. Zum Vorschein kam Sovaan, der sich die Seite hielt.

»Du hättest mich ruhig warnen können«, schimpfte der Verwalter.

»Ich dachte, ihr wärt beide tot. Wo ist Jerrain?«

»Hier, hier. Es geht ihm nicht gut.«

Cory sog entsetzt die Luft ein, als er den betagten Mentor erblickte. Der Mann war schon davor gebrechlich und dünn gewesen, nun jedoch wirkte er regelrecht ausgemergelt. Er warf einen Blick zu Sovaan und stellte fest, dass auch der Verwalter abgehärmt wirkte. Sovaan lehnte sich schwer an die Mauer, benutzte sie, um sich abzustützen, als er sich näher zu Jerrains Pritsche bewegte.

»Die letzten Dosen des Gases sind ihm nicht gut bekommen«, erklärte Sovaan. »Und sie haben uns kaum zu essen gegeben. Ich bin nicht sicher, warum sie uns jetzt vollständig aufgeweckt haben.«

»Ich vermute, weil der Ley-Wall gefallen ist und die Gorrani oder Devin und seine Männer eingetroffen sind und die Mauer angreifen. Das war der einzige Grund, warum sie uns überhaupt am Leben gelassen haben.«

Sovaan hustete. Der Laut klang abgehackt. »Das klingt einleuchtend.« Er deutete auf Jerrain. »Seit heute Morgen ist es mir nicht gelungen, ihn zu wecken.«

Cory richtete sich auf, und Tara erschien plötzlich an der Tür.

»Sie kommen!«

»Tara, hilf Sovaan.« Dann beugte er sich vor und hob sich Jerrains Körper vorsichtig auf die Arme. Als er ihn von der Pritsche hievte, entsetzte ihn, wie leicht sich der betagte Mentor anfühlte. Als er sich umdrehte, sah er, dass Tara und Sovaan bereits verschwunden waren. Cory eilte zur Tür. Jerrain hing schlaff in seinen Armen, atmete aber noch.

Kaum war er hinaus in den Gang getreten, brüllte jemand: »Da sind sie!«

Durch seinen Körper tobte eine solche Wut, dass er, ohne nachzudenken, einen großen Knoten inmitten des Bodens auf halbem Weg den Flur hinunter entfesselte. Die Explosion erschütterte den gesamten Korridor. Steinbrocken spritzten von unten gegen die Decke. Die Seiten gaben nach, und Geröll ergoss sich wie eine Lawine in den Gang. Eine Gruppe von Kormanley-Soldaten – mindestens zehn, die Cory sehen konnte – zog sich brüllend und fluchend zurück. Die Vordersten schrien auf, als sie von der Geröllawine erfasst wurden.

Staub wallte durch den Gang. Als Cory sich davon abwandte, starrte ihn Tara von der nächsten Ecke an. Sovaan stand neben ihr. Der Mund des Verwalters bildete eine verkniffene, schmale Miene, allerdings keineswegs missbilligend. Sein Blick war auf die einstürzenden Steinmassen geheftet.

Schließlich sah er stattdessen Cory an. Er nickte knapp und fragte: »Wohin sollen wir von hier aus?«

Cory brauchte einen Atemzug, um zu verarbeiten, dass Sovaan ihm soeben die Führung zugestanden hatte. Dann verlagerte er Jerrain in eine etwas weniger unangenehme Position und antwortete: »Zu den äußeren Mauern.«

ZWEIUNDZWANZIG

»Was ist das?«, fragte Grant.

Kara betrat den Lagerraum und fuhr mit den Händen über das geschmeidige Material. Es bildete einen Haufen auf einer Kiste, aus deren Seiten Stroh ragte. Obenauf lag etwas, das nach Spieren aussah. Als sich das Material unter ihrer Hand bewegte, schimmerte es.

»Es ist ein Segel«, antwortete sie schließlich. Ihre Gedanken überschlugen sich.

»Ein Segel wofür?«, wollte Allan an ihrer rechten Schulter wissen.

»Ley-Barkassen.« Kara drehte sich zu Cason um. Die Anführerin der Tunnler stand mit verschränkten Armen an der Tür. »Wo ist die Barkasse?«

»Draußen. Sie ist größtenteils unversehrt.«

»Größtenteils?«

»Sie hat ein Loch in einer Seite des Rumpfs. Ich vermute, sie ist vor der Zersplitterung abgestürzt, und der Besitzer wollte sie danach nicht mehr haben. War vermutlich ein Lehensherr oder eine Lehensherrin, und so jemand würde nicht dabei gesehen werden wollen, mit schadhaften Dingen zu hantieren. Also wurde sie der Universität gespendet. Aber ein Loch sollte sich beim Fliegen nicht nachteilig auswirken.«

Grant brummte. »Wie hilft uns das?«

»Wenn wir sie takeln können und es mir gelingt, die Ley richtig zu leiten« – Kara atmete tief durch – »dann können wir über die Gorrani draußen hinweg und direkt bis zum Nexus fliegen.«

Sowohl Grant als auch Allan traten unbehaglich von einem Bein aufs andere und wechselten einen Blick. Allan beugte sich vor und flüsterte: »Vergiss nicht, wie die Ley auf meine Gegenwart reagiert. Ich bin schon mal an Bord einer Ley-Barkasse gewesen. Meinetwegen wäre sie um ein Haar vom Himmel gestürzt.«

»Dazu überlegen wir uns etwas.«

Cason hüstelte, um sich ihre Aufmerksamkeit zu sichern. »Wird das gehen? Schafft ihr es so zum Nexus?«

Kara zögerte. »Lass mich die Barkasse erst sehen.«

Sie folgten Cason, Sorelle und Jaimes aus dem Lagerraum durch ein Gewirr von Korridoren und Nebengängen, bis sie hinaus in den blendenden Sonnenschein traten, vor dem sich das noch grellere Weiß des Ley-Geysirs im Osten abzeichnete.

Kara schirmte die Augen ab und blinzelte, als sie um das Universitätsgebäude herumgingen und neben etwas zum Stehen kamen, das nach einem Übungsgelände aussah. Alles im Bereich der Universität hatte sich seit der Zersplitterung so sehr verändert, dass Kara es kaum wiedererkannte.

Die Barkasse nahm den Großteil einer Hälfte des Hofs ein. Auf einer Seite waren die Deckbalken eingedrückt, aber sonst ließ sich kaum ein Schaden feststellen. Anscheinend hatte lediglich jemand mit der Barkasse die Ecke eines Gebäudes gerammt; wie ein Schiff im Wasser, das über einen Felsen unter der Oberfläche schrammt. Gesplittertes Holz am Rumpf ragte sowohl nach innen als auch nach außen, und ein paar Bruchkanten standen in verschiedenen Winkeln ab.

»Ich kann mich nicht erinnern, dass diese Barkasse nach der Zersplitterung hier war«, sagte Allan, als sie sich dem Schiff näherten.

»Kann sie auch nicht gewesen sein. Sonst wäre sie vernichtet worden, als die Ley von der Explosion über die Universität gefegt ist.«

Sorelle ergriff das Wort mit angespannter Stimme, in der

unterschwelliger Zorn mitschwang. »Sie war nicht auf dem Hof. Wir haben sie in einem der anderen Lagerräume entdeckt und hier herausbefördert, um Platz für unsere Verwundeten zu schaffen. Fast zwanzig von uns waren nötig, um den Kahn zu bewegen.«

Cason brachte sie mit einer Geste zum Schweigen. »Könnt ihr das Schiff verwenden?«, wiederholte sie ihre Frage.

»Wenn ich herausfinde, wie die Segel getakelt waren.«

»Dabei helfen dir Sorelle und Jaimes. Sie hat vor der Zersplitterung in der Nähe der Hafenanlage gelebt und kennt sich mit Schiffen ein bisschen aus.« Sorelle setzte zum Widerspruch an, aber Cason kam ihr zuvor, und sprach mit erhobener Stimme weiter. »Seid ihr zufrieden? Genügt das, um den Handel zu besiegeln?«

Kara sah Allan an, der mit den Schultern zuckte, und Grant, dessen Lippen sich zu einem Zähnefletschen verzogen.

Sie betrachtete die Barkasse erneut. »Es genügt.«

Sofort gab Cason einigen ihrer Leute, die das Geschehen aus sicherer Entfernung beobachteten, ein Zeichen. »Stellt eine Mannschaft zusammen und bringt alle Spieren und Segel aus dem Lagerraum.« Die Gruppe rannte los, die Hälfte zum Hauptsaal, die anderen zum Lager. Cason wandte sich wieder Kara zu. »Jetzt sagt uns, wie wir es durch die Tunnel aus der Universität schaffen, ohne in die Gorrani hineinzulaufen.«

»Allan wird es euch zeigen.«

Der ehemalige Rüde trat vor. »Erst, wenn ihr uns geholfen habt, die Halbwölfe von unten heraufzuschaffen.«

»Abgemacht. Sorelle und Jaimes, ihr bleibt hier und helft Kara, diese Barkasse flott zu machen. Sobald ihr damit fertig seid, stoßt ihr unten im Tunnel zu uns. Allan, komm mit.«

Der ehemalige Rüde drehte sich zurück zu Kara und hätte beinah etwas gesagt, wandte sich dann jedoch stattdessen an Grant. »Lass sie bloß nicht ohne mich aufbrechen.«

»Kann ich gar nicht«, merke Kara an. »Du bist der Einzige, der mich nah genug zum Nexus bringen kann.«

»Ich traue dir trotzdem zu, dass du es auf eigene Faust versuchen würdest.«

Bevor ihm Kara widersprechen konnte, ging er hinter Cason her davon. Aus der Richtung des Lagerraums näherte sich eine Gruppe mit Spieren und Tauwerk. Drei andere trugen das zusammengefaltete Segel über den Köpfen und ächzten unter dem Gewicht. Sie bildeten eine wellenartige Form, die an eine Schlange erinnerte. Das Ley-Gewebe funkelte im Sonnenlicht.

Sorelle baute sich vor Kara auf und versperrte ihr die Sicht. Grant stimmte ein leises, warnendes Knurren an. »Ihr habt besser wirklich eine Möglichkeit, uns hier rauszubringen«, warnte die Tunnlerin.

»Ich lüge nicht, und ich handle im Gegensatz zu anderen nicht mit dem Leben von Menschen.«

Da zuckte Sorelle sichtlich zusammen. Ihre Züge erschlafften und gaben unter der harten Fassade die verängstigte junge Frau preis. Doch prompt kehrte die finstere Miene zurück. »Ich behalte dich im Auge. Versuch ja nichts Dummes.«

Die ersten Spieren trafen ein. Kara, Sorelle und Jaimes begannen mit dem Versuch, aus ihnen schlau zu werden. Jaimes kletterte aufs Deck der Barkasse, um sich dort die Anordnung der Takelung anzusehen. Einer der jungen Burschen, die beim Tragen des Segels geholfen hatten, war früher Matrose auf einem Flussschiff gewesen und schloss sich ihm an. Zusammen mit Sorelle gelang es den anderen, die Takelung auf dem Boden anzuordnen. Helfer breiteten das Segel aus, damit sie die Seilschlingen am Rand des Stoffes mit den Befestigungen an den Spieren und am Rumpf ausrichten konnten.

»Das ist es!«, rief Jaimes von oben und deutete mit einer Hand. »Das Seil muss von da durch diese Löcher im Segel verlaufen. Dann zurück durch diese Haken an der Spiere, und immer hin und her, bis es das Ende erreicht. Dieser Abschnitt wird am kurzen Mast in der Mitte befestigt, und bei der größeren Spiere geht es genauso wie bei der kleineren, nur am hinteren Ende der Barkasse. Das Segel verläuft flach.«

»Aber was ist mit diesem Teil?«, rief jemand vom Boden. »Und wofür ist dieser Haken?«

Jaimes schaute zu seinem Helfer, der mit den Schultern zuckte. »Da bin ich überfragt. Ich hab immer nur mit lotrechten Segeln gearbeitet.«

Sorelle schnappte sich das Teil von dem Jungen am Boden und nahm es in Augenschein. »Das verhindert, dass sich die Seile verheddern, wenn man in der Luft ist. Und der Haken hilft dabei, die Barkasse zu ihrer Anlegestelle an einem der Türme zu steuern.«

»Ich glaube nicht, dass wir den brauchen werden«, meinte Kara.

»Richtig.« Sorelle wandte sich von ihr ab. »Wir müssen damit anfangen, die Spieren und das Segel nach oben zu reichen. Sind alle bereit?«

»Ja, Käpt'n.«

Jaimes grinste über Sorelles Erwiderung – »Ich bin nicht der Käpt'n!« –, dann verschwand er hinter der Reling des Decks. Mehrere der Helfer auf dem Boden fingen an, die Spieren nach oben zu hieven. Das Seil hatten andere bereits hinauf an Deck gebracht.

Dann kam jemand aus der Richtung des Hauptsaals zu Sorelle gerannt. »Sorelle! Sie haben gerade angefangen, die Halbwölfe heraufzuholen.«

»Grant, du gehst besser und hältst die Halbwölfe unter Kontrolle.« Als er zögerte, scheuchte ihn Kara mit einer Handbewegung davon. »Ich schaffe das schon. Geh jetzt, bevor noch jemand gefressen wird.«

Der Rudelführer bedachte sie mit einem Grinsen, das ein paar Zähne zu viel aufblitzen ließ, dann trabte er davon.

Die nächsten Stunden wurde geschuftet, geschwitzt und reichlich geflucht, während Sorelle, Jaimes, Kara und der Rest von Casons Leuten die Spieren und Segel hinauf zur Barkasse hievten und am Stumpf des Masts sowie an den Vorrichtungen am Bug und am Heck befestigten. Die Ränder des Hauptsegels wurden zudem an den Seiten des Schiffes verzurrt. Es war kleiner als die Barkassen, deren ersten Aufstieg Kara als Kind im Seeley-Park mitangesehen hatte – nur wenige Augenblicke, bevor die Explosion ihre Eltern tötete. Jene Schiffe hatte der Baron bauen lassen, um damit zu protzen und die im Park versammelten Menschenmassen in Staunen zu versetzen.

Danach hatten sich die Lehnsherren, die Lehnsherrinnen und die Händler – jeder mit genug Einfluss und Geld – mit der Erlaubnis des Barons und der Ober-Lumagier ihre eigenen Gefährte gebaut.

Dieses Schiff hier konnte vielleicht zwanzig Menschen befördern. Die beengten Verhältnisse und der Umstand, dass die gesamte Arbeit unter dem erstickenden Gewicht des Segels verrichtet werden musste, sorgten für mehrere hitzige Streitereien und mindestens eine Handgreiflichkeit. Zum Glück besaß diese Art von Barkasse eine flache Unterseite, wodurch das Deck waagerecht blieb und nicht zur Seite geneigt war.

Bevor sich Jaimes und Sorelle darauf einigten, dass sie die Anordnung vermutlich nicht besser hinbekamen, war es dunkel geworden. Die beiden Tunnler standen neben Kara und schauten im Licht des Ley-Geysirs zum Schiff hinauf. Das Segel ragte über die Seiten, das Tauwerk hing schlaff durch. Grant hielt sich mit einem Halbwolf an den Füßen hinter ihnen auf. Die anderen beiden Halbwölfe streunten über den Hof.

»Wirst du in der Lage sein, es zum Fliegen zu bringen?«, fragte Sorelle.

»Wie meinst du das?«, hakte Jaimes mit großen Augen nach.

»Vor der Zersplitterung gab es ein ganzes Netzwerk von Türmen, die man eigens erbaut hat, damit diese Dinger fliegen können«, erklärte Sorelle. »Die Türme sind inzwischen alle weg.«

Jaimes warf einen Blick zu Kara. »Sag bloß nicht, dass wir fast den ganzen Tag damit verbracht haben, den Kahn zu takeln, obwohl du ihn nicht in die Luft bringst.«

»Ich *kann* ihn zum Fliegen bringen«, beteuerte Kara mit mehr Überzeugung, als sie empfand. »Die Türme hat man gebaut, um genug Ley-Energie zu erschaffen, damit die Schiffe auch ohne die Aufsicht einzelner Lumagier oder Ober-Lumagier in der Luft blieben.« Sie deutete zu der Säule aus Ley-Licht jenseits der Mauern. »Ich würde sagen, derzeit haben wir reichlich freigesetzte Ley-Energie zur Verfügung.«

»Außerdem«, fügte jemand hinter ihnen hinzu, »ist das nicht unsere Sorge.«

Kara drehte sich um und erblickte Cason, sie sich mit einer kleinen Eskorte ihrer eigenen Leute näherte. »Wo ist Allan?«

»Unten im Tunnel. Ist schon ein netter Trick, wie er die Ley blockiert.«

»Was meinst du damit?«, wollte Sorelle argwöhnisch wissen.

»Wirst du früh genug sehen. Ich lasse den Rest unserer Truppe so viel von unseren Vorräten zusammenpacken, wie wir tragen können. Außerdem habe ich schon Kundschafter in die Tunnel hinter der nächsten Sperre geschickt. Sie suchen nach dem einfachsten Weg, über den wir aus dem Gebiet der Gorrani gelangen. Allan hält den Weg offen, während wir Vorräte in einen Zwischenlagerbereich auf der anderen Seite bringen. Wenn ihr zwei hier fertig seid, brauche ich euch, damit ihr dabei helft.«

»Ich will erst sehen, ob das mit dem Schiff auch klappt«, sagte Jaimes, verschränkte die Arme vor der Brust und starrte Kara erwartungsvoll an.

Sowohl Cason als auch Sorelle rückten ebenfalls näher zu Kara. Sogar Grant bewegte sich ein Stück vorwärts.

Kara schüttelte den Kopf, dann entsandte sie die Sinne zur Ley und richtete die Aufmerksamkeit auf das Schiff.

Vor der Zersplitterung hatte sie das schon einmal gemacht. Bei einem der Ausfälle der Ley hatte sie die Segel einer abgestürzten Barkasse benutzt, um den Mast von dem darunter eingeklemmten Bein eines Mannes zu heben und ihn so zu befreien. Das hier sollte kaum anders sein, auch wenn die Türme, die es damals gegeben hatte, mittlerweile zerstört waren. Tatsächlich sollte es sich sogar als einfacher erweisen. Damals hatte sie nämlich während eines Ausfalls gearbeitet, als die Ley am schwächsten war.

Kaum berührte sie die Ley, brandete sie ihr entgegen, unbändig und überwältigend stark. Kara zischte unwillkürlich, als sie die Ley packte und zügelte.

»Was ist?«, fragte Cason angespannt.

»Nichts.« Kara fasste sich. »Nichts. Die Ley ist bloß stärker, als ich sie hier erwartet habe, das ist alles.«

»In der Nähe des Nexus wird es noch schlimmer sein«, gab Grant zu bedenken.

Kara schenkte ihm keine Beachtung. Sie zog die Ley aus der Erde unter ihnen, ließ sie aufsteigen und lenkte sie durch die Barkasse und in das Segel.

Der Stoff wellte sich entlang eines Rands. Das Glitzern, das in das Material eingewoben zu sein schien, verstärkte sich, bis das Segel wie von winzigen Sternen übersät funkelte.

Alle Umstehenden japsten. Kara ließ den Strom der Ley stetig und kontrolliert anschwellen, und das Gewebe bauschte und hob sich. Das hintere Ende flatterte kurz, bevor sich die Seile straff spannten. Ehrfürchtig trat Sorelle näher hin. Das Segel – an beiden Enden mit langen, waagerechten Spieren am Schiff befestigt – sah genau wie eine Hängematte aus, nur verkehrt herum, die Wölbung gen Himmel gerichtet.

Kara schraubte die Stärke der Ley höher. Knarrend und ächzend hoben sich erst der Bug, dann das Heck vom Boden. Innerhalb weniger Augenblicke schwebte das gesamte Schiff zehn Fuß hoch in der Luft. Allerdings krängte es, und der Bug hing tiefer als das Heck. Kara passte den Strom der Ley geringfügig an, verstärkte ihn in einigen Bereichen, schwächte ihn in anderen ab. Das Schiff wogte bald hierhin, bald dorthin, bis es sich waagerecht einpendelte.

»So«, ergriff Cason das Wort, »jetzt habt ihr es gesehen. Und nun geht und helft mit den Vorräten. Ich will nicht mehr innerhalb dieser Mauern sein, wenn der Morgen anbricht.«

Damit drehte sie sich um und rief dem Rest der Tunnler, die sich eingefunden hatten, um sich das Schauspiel anzusehen, Befehle zu. Alle eilten zurück in den Hauptsaal.

Kara ließ das Schiff wieder auf den Boden sinken. Das Holz des Rumpfs knackte und knirschte beim Aufsetzen unheilverkündend. Sorelle und Jaimes beobachteten die Barkasse voller Enttäuschung. Dann schüttelte sich Sorelle und setzte ihre übliche verdrossene Miene auf, bevor sie Kara einen finsteren Blick zuwarf und den anderen folgte. Jaimes brach zögerlich auf und schaute ein paar Mal zurück, während er den Hof überquerte.

Cason begegnete Karas Blick. »Du bist eine außerordentlich gefährliche Frau.«

Kara wusste nicht recht, was sie darauf erwidern sollte, also schwieg sie.

Schließlich wandte sich Cason von ihr ab und drehte sich dem Schiff zu. »Ich schicke Allan herauf, sobald alle meine Leute auf der anderen Seite der Ley-Tunnel sind. Wenn du wirklich hier bist, um die Ley in Ordnung zu bringen, wünsche ich dir viel Glück dabei.«

Damit machte sie auf dem Absatz kehrt, stapfte davon und schaute nicht zurück.

Einer der Halbwölfe schmiegte sich an Karas Bein und setzte

sich auf die Hinterläufe. Ohne nachzudenken, kraulte Kara das Fell zwischen seinen Ohren. »Laden wir unsere Vorräte auf die Barkasse, während wir warten. Sobald Allan aufkreuzt, will ich abheben. Wir müssen morgen beim Nexus sein.«

Grant legte den Kopf in den Nacken und blickte zu den Sternen. Der Schweif des Kometen schillerte zwischen den Konstellationen. Er war gewachsen, wirkte heute doppelt so groß wie damals, als sie ihn von den Ebenen aus beobachtet hatten.

»Machst du dir Sorgen wegen Morrell und Marcus? Werden sie bereit sein?«, fragte Grant.

Kara steuerte auf den Hauptsaal zu, wo sie ihre Ranzen zurückgelassen hatten. »Spielt keine Rolle. Ich werde tun, was ich kann, sobald wir den Nexus erreichen, unabhängig davon, ob es Morrell gelungen ist, den Knoten in Tumbor wiederaufzubauen, oder ob Marcus die Kontrolle über den Nexus in der Nadel erlangt hat.«

Der Rudelführer schnaubte, dann stieß er einen Pfiff aus. Die Halbwölfe kamen angerannt.

Im Hauptsaal herrschte heller Aufruhr. Casons Tunnler rannten in alle Richtungen, trugen Säcke, Ranzen und Kisten oder packten hastig zusammen, was immer noch verblieben war. Allerdings vermittelte das rege Treiben ein Gefühl der Hoffnung, ganz anders als am Tag zuvor, als Kara und ihre Gruppe den Saal zum ersten Mal betreten hatten. Die Ausdrücke in den Gesichtern der Tunnler wirkten aufgeregt, und zwischen den Geräuschen hastigen Aufbruchs war immer wieder vereinzeltes Lachen zu hören und manche Unterhaltung klang nachgerade unbeschwert. Cason überwachte alles mit den Händen an den Hüften. Gelegentlich erteilte sie einen Befehl und half auch mal dabei, einen besonders schweren Sack oder Korb anzuheben. Von Kara, Grant und den Halbwölfen hielten sich alle Tunnler fern.

Kara hatte sich ihren Ranzen über eine Schulter geschlungen und griff gerade nach dem von Allan, als ein hohles Pochen durch das Gebäude dröhnte.

Überall im Saal hielten alle mitten in der Bewegung inne. Jemand fragte: »Was bei allen Höllen war das?«

Cason setzte sich zur Tür des Saals in Bewegung. Sie hatte noch nicht einmal die Hälfte des Weges zurückgelegt, als die Tür aufflog und einige Tunnler in Gardistenaufmachung panisch in den Raum stolperten. »Es sind die Gorrani!«, brüllte einer von ihnen. »Sie greifen das Haupttor mit einem Rammbock an!«

Cason fluchte wüst. »Hätten sie nicht eine von den Göttern verfluchte Nacht länger warten können?« Statt einer Erwiderung hallte ein weiteres hohles Pochen durch den Saal, und Cason ergriff erneut das Wort: »Jaimes, schaff alle hinunter in die Tunnel. Bring sie auf die andere Seite. Lasst die verdammten Vorräte hier! Los, Bewegung, Bewegung, Bewegung! Sorelle, trommle so viele tüchtige Männer wie möglich zusammen und führ sie zur Mauer. Erkämpft uns Zeit. Haltet sie so lange davon ab, durchzubrechen, wie ihr könnt. Ich komme gleich nach.«

Jäh brach überall im Saal hektische Bewegung aus. Sorelle rief Namen, als sie zur Tür raste, der Rest der Leute ließ die schwersten Säcke und Kisten fallen und stürmte zu dem Ausgang, der zum Lagerraum und der Spalte zu den Tunneln unten führte. Cason scheuchte Leute hinaus und musste einige regelrecht zwingen, sich von ihren Vorräten zu trennen. Kara warf sich Allans Ranzen über die Schulter und drückte Grant den seinen an die Brust, wodurch sie seine Aufmerksamkeit erlangte.

»Komm. Wir verschwinden.«

Der Rudelführer ließ einen knappen, grollenden Laut vernehmen, und die Halbwölfe liefen ihnen voraus, folgten zuerst Sorelles Weg, schwenkten jedoch dann nach rechts in Richtung der Barkasse.

Grant und Kara eilten hinter ihnen her. Kara entsandte die Sinne in das Segel, das sich mit der Ley zurück aufs Deck gesenkt hatte. Schnell wallte es empor, hob aber nur den Bug der Barkasse vom Boden, da Kara die Ley nicht so präzise wie zuvor lenkte. Als sie sich konzentrierte, pendelte sich die Barkasse aber schnell wieder ein. Die Halbwölfe sprangen durch das zerklüftete Loch in der Seite des Rumpfs. Kara kletterte die an die Bordwand gelehnte Leiter hinauf. Hier draußen hörte sich das dröhnende Pochen des Rammbocks lauter an als im Gebäude.

Grant bewachte die Leiter, bis Kara oben ankam, dann kletterte er ihr nach. Die beiden warfen ihre Ranzen aufs Deck, und Kara trat an die Reling, von wo sie zum Hauptsaal blicken und nach Allan Ausschau halten konnte. Das Tor war aus diesem Blickwinkel nicht zu sehen.

»Sollen wir abheben?«, fragte Grant.

»Nein. Wir müssen auf Allan warten. Ohne ihn schaffen wir es nie und nimmer zum Nexus.«

Kara begann, mit den Fingern auf das Holz der Reling zu trommeln. Das Pochen vom Tor setzte sich fort, obwohl sich nunmehr Geschrei und Gebrüll von der Mauer dazugesellten. Gelegentlich stieg ein verirrter Pfeil über das Dach des Gebäudes neben ihnen auf und zeichnete sich vor dem Licht des Ley-Geysirs ab. Wenig später geriet etwas in Brand. Der Schein der Flammen tünchte das Gebäude in ein gelblichrotes Flackern. Eine schwarze Rauchsäule stieg von irgendwo jenseits der Mauer auf.

Cason kam aus dem Hauptsaal und rannte mit einer kleinen Gruppe von fünf Leuten im Schlepptau zum Tor. Kurz schwollen die Kampfgeräusche an, dann raste plötzlich eine größere Gruppe von Tunnlern auf den Hauptsaal zu und verschwand hinein.

»Sie haben das vordere Tor aufgegeben«, stellte Grant fest.

Die Bemühungen des Rammbocks steigerten sich, die Abstände zwischen den Einschlägen wurden kürzer, als hätte der Rückzug der Tunnler die Gorrani mit neuer Kraft beseelt. Der stete Takt von Trommeln mischte sich dazu und bildete einen Kontrast zu dem tieferen Dröhnen, der Karas Haut zum Vibrieren brachte.

Sie ließ den Blick starr auf die Tür des Hauptsaals geheftet. »Komm schon, Allan, wo steckst du?«

Sie zuckte zusammen, als auf das nächste widerhallende Pochen ein Knirschen und Triumphgebrüll von den Gorrani folgten. Beim nächsten Anlauf ächzte Holz, beim übernächsten splitterten die dicken Bohlen des Tors.

Kara ballte mehr Ley, als die Trommeln der Gorrani den Takt beschleunigten und ihr Triumphgebrüll von einem zischenden Sprechgesang abgelöst wurde. Sie konnte fühlen, wie die Krieger durch das aufgebrochene Tor auf das Universitätsgelände strömten. Der Klang ihrer Laute veränderte sich, weil sie nicht mehr von der Mauer gedämpft wurden.

Die ersten verwandelten Gorrani erschienen auf dem offenen Gelände vor dem Hauptsaal im selben Moment, in dem Kara den Strom der Ley zu den Segeln verstärkte. Schwankend stieg die Barkasse höher. Einer der Halbwölfe unter Deck heulte kläglich, während Grant und Kara rasch die Reling packten, um sich daran festzuhalten.

Karas Kiefermuskeln spannten sich vor Konzentration an, als sie versuchte, die einzelnen Ströme auszugleichen und die Barkasse waagerecht zu halten. Es gelang ihr nur teilweise, und das aufsteigende Schiff krängte nach Backbord.

Die Gorrani unten zischten. Bei einigen blähten sich Hautlappen seitlich an Hals und Kopf, als sie auf die Barkasse zeigten. Manche schienen sogar Gift zu verspritzen.

Die Leiter schrammte klappernd die Seite der emporschwebenden Barkasse entlang, bis sie schließlich zu Boden fiel. Immer mehr Gorrani tauchten auf und verteilen sich. Eine große Gruppe scharte sich unter der Barkasse. Bogenschützen erschienen, und Kara spürte zarte, pochende Schwingungen durch die Reling, die sie mit weiß hervortretenden Knöcheln umklammerte, als Pfeile in die flache Unterseite des Schiffes einschlugen. Ein paar Schäfte schossen über die Seite hoch und bohrten sich in das vor Ley schimmernde Segel. Grant und sie zogen den Kopf ein. Dann packte der Anführer der Halbwölfe sie an der Schulter und schob sie zur Mitte des Kahns, wo der verkürzte Mast stand.

Auf dem Weg dorthin stieg die Barkasse über das Lagergebäude auf, wodurch die Mauer und das Tor in Sicht gerieten. Gorrani sprangen über den achtlos liegen gelassenen Rammbock hinweg. Das Tor war nach innen aufgebrochen wie das Loch in der Barkasse. Ein Flügel war von den Angeln gerissen worden, hing aber noch schief am anderen. Dann erschien der Ley-Geysir über der Mauer und ein flackerndes Feuer kam in Sicht. Eines der Gebäude auf der anderen Straßenseite gegenüber der Universitätsmauer stand in Flammen.

Kaum waren sie über das Tor aufgestiegen, durchlief ein Schauder das gesamte Schiff.

»Was war das?«, fragte Grant.

»Störungen, die vom Ley-Geysir ausgehen. Hier oben gibt es Ley-Strudel, die wie Strömungen in einem Fluss wirken. Über den Gebäuden sind sie stärker. Damit habe ich zwar nicht gerechnet, aber ich denke, das bekomme ich in den Griff.« Das Zittern ließ nach, legte sich aber nicht völlig. »Das ist das Beste, was ich hinbekomme.«

Grant drehte den Kopf. »Wir treiben. Jetzt sind wir über dem zweiten Lagergebäude.«

»Ja. Ich versuche, uns über dem Universitätsgelände zu halten. Ist schwieriger, als ich gedacht hätte.«

»Wahrscheinlich wird es nur noch schwieriger, wenn wir uns dem Geysir nähern.«

»Ich weiß.«

Grant verstummte. »Die Gorrani haben aufgehört, Pfeile auf uns abzuschießen.«

»Gut. Wir müssen weiter Ausschau nach Allan halten.«

Der Rudelführer kehrte vorsichtig zur Reling zurück und knurrte warnend, als die Barkasse hart nach Steuerbord schlingerte. Die Halbwölfe unten im Schiff heulten auf.

»Tut mir leid!« Kara murmelte etwas bei sich, von dem sie glaubte, Grant könnte es nicht hören, aber seine Ohren zuckten, und er bedachte sie mit einem düsteren Blick. Sie winkte ihn weiter zum Rand. »Halt Ausschau nach Allan!«

Grant spähte vorsichtig über die Seite. »Die Gorrani greifen den Hauptsaal an. Cason muss ihre Leute angewiesen haben, die Tür zu verbarrikadieren, als sie geflohen sind. Das Gebäude ist umzingelt.«

Ein kleiner Hohlraum tat sich in Karas Brust auf, doch sie konnte nicht genug Aufmerksamkeit erübrigen, um sich davon überwältigen zu lassen. Die Barkasse in den unsteten Strömungen der Ley mehr oder weniger am selben Fleck zu halten, ließ keine Ablenkungen zu. Sie durfte nicht daran denken, was es bedeutete, wenn Allan unter der Erde festsaß, sie ihn nicht erreichen konnte oder er gar getötet wurde. In diesen Fällen würde sie das Wagnis eingehen müssen, die Ley aus der Ferne zu reparieren. Das wäre die einzige Möglichkeit.

Kara drehte den Kopf, damit sie den nördlichen Himmel sehen konnte. Die Barkasse flog hoch genug – außer Reichweite der Pfeile –, dass sie über den oberen Rand der Felswände rings um die Stadt die Berge in der Steppe erkennen konnte. Das Licht des Ley-Geysirs drängte die meisten Sterne in den Hintergrund, schaffte es jedoch nicht, die grellen Lichtpunkte der Drei Schwestern und ihr stetes Pulsieren zu verdrängen. Das An- und Abschwellen des größten Lichtpunkts hatte sich beschleunigt, seit Kara es vor dem Abstieg in die versunkene Stadt zuletzt gesehen hatten. Er pulsierte jetzt schneller als Karas Herz. Die zwei anderen wirkten kaum langsamer.

Unten steigerte sich der seltsame, zischende Sprechgesang der Gorrani zu einem Gebrüll, in das sich die Geräusche von zerbrechendem Glas und splitterndem Holz mischten.

»Sie sind durch die Tür gebrochen«, meldete Grant und wich ein wenig von der Reling zurück. Er sah Kara an. Seine Gedanken standen ihm deutlich ins Gesicht geschrieben. »Sie stürmen jetzt den Hauptsaal.«

»Ich lasse ihn nicht zurück«, sagte Kara.

Grant erwiderte nichts, blieb bei seiner stoischen, unerbittlichen Haltung. Einer der Halbwölfe heulte wieder. Das Geräusch klang trostlos.

»Wir können den Nexus nicht ohne ihn erreichen!«, brüllte Kara und achtete nicht auf die Tränen, die sie an den Augenwinkeln spürte.

»Wenn er nicht bereits tot ist, dann sitzt er fest und …«

Grants Worte verstummten jäh, als etwas unter ihnen seine Aufmerksamkeit erregte. Er trat zurück an die Reling, legte die Hände auf das Holz und umklammerte es so fest, dass seine Knöchel weiß hervortraten.

»Was ist?«

»Da ist Allan«, gab Grant zurück. »Bring uns runter! Er klettert gerade aufs Dach des Hauptsaals.«

Kara drosselte die Stärke der Ley, wodurch das Schiff sank, während Grant hastig das Deck absuchte. Aber sie konnte nicht sehen, wohin sie mussten, jedenfalls nicht, solange sie am Mast stand.

Mit einem unterdrückten Fluch rückte sie zur Backbordseite vor. Was von der Universität übrig war, geriet in Sicht. Die Barkasse erzitterte, als Kara für einen Moment die Kontrolle entglitt, weil sie ihre Aufmerksamkeit zwischen der Ley und der Suche nach Allan aufteilen musste. Ein Aufschrei entrang sich ihr, als sie den ehemaligen Rüden entdeckte. Er kämpfte sich gerade die steile Neigung des Daches zum First hinauf. Sie lehnte sich über die Reling, nahm das Wagnis auf sich, von einem Pfeil der unten im Saal umherwuselnden Gorrani getroffen zu werden, und brüllte: »Allan!«

Er antwortete nicht, sondern mühte sich die letzten Schindeln zum First hoch.

»Allan!«

»Bring uns schneller runter«, kam es knurrend von Grant, der sie erschreckte, als er mit einem Seil in der Hand an ihrer Seite auftauchte. Er begann, das Seil an der Reling zu befestigen.

Kara richtete all ihre Aufmerksamkeit auf die Ley.

Plötzlich sackte das Schiff tiefer. Ihr Magen hob sich, als sie jäh abfielen und auf das Dach des Saals zusteuerten. Allan kauerte am First und schaute zu ihnen auf. Dann spähte er nach unten.

Die ersten Gorrani kletterten aus dem Fenster des oberen Stockwerks, durch das wohl auch Allan gekommen war. Einer hatte bereits das Dach erreicht, rutschte jedoch auf der steilen Neigung aus und stürzte mit einem gezischten Aufschrei hinunter auf den Boden.

Je näher die Barkasse dem Dach kam, desto lauter wurde das wutentbrannte Gebrüll der Gorrani im Gebäude und auf dem Gelände der Universität, eine merkwürdige Mischung aus Schlachtrufen, Sprechgesängen und Zerstörungswut. Es klang, als rissen sie das Innere des Hauptsaals förmlich in Stücke.

Einige Pfeile schlugen in die Seite der Barkasse ein. Einer der Schäfte zerbrach beim Aufprall, und Kara duckte sich leicht, ließ aber nicht die Reling los. Wind wehte ihr die Haare nach hinten, als sie weiter zum Dach absanken, geradewegs auf Allan zu.

Dann rief Grant: »Kara!« Schnell ließ sie die Ley wieder anschwellen. Ihre Kraft erfasste das Segel, und der Bug der Barkasse hob sich. Grant warf das Seil über die Seite, und Kara hörte, wie es unten auf die Schindeln klatschte. Der

Pfeilbeschuss endete, als sie über das Gebäude trieben, und Kara beugte sich wieder vor. Sie beobachtete, wie Allan nach dem Seil griff. Drei Gorrani hatten seine Position schon fast erreicht.

Allan bekam das Tau zu fassen, wickelte es sich erst einmal, dann noch einmal um den Arm und hielt sich daran fest, als es sich straffte.

Die Barkasse schwankte, als er wild schwingend vom Dach abhob. Kara packte die Ley mit den Sinnen und hielt sie fest, um das Schiff so schnell wie möglich weg vom Gebäude und nach oben zu befördern.

Neue Pfeile schossen auf sie zu. Das Deck und das Geländer erzitterten, während Allan unten in der Luft zappelte. Grant fasste über die Reling und begann, ihn hochzuziehen. Er grunzte vor Anstrengung, während sich die Muskeln seiner Arme und des Rückens spannten und deutlich hervortraten.

Wenige Augenblicke später tauchte Allan auf. Grant packte seinen freien Arm und hievte ihn über die Seite an Bord. Einige Atemzüge lang lag der einstige Rüde ausgestreckt auf dem Deck und keuchte heftig, bevor er sich auf den Rücken rollte. Nach wie vor schwer atmend klopfte er sich ab, dann streckte er eine Hand aus und ließ sich von Grant auf die Beine helfen.

»Danke.«

»Gern geschehen.«

Plötzlich krängte das gesamte Schiff stark nach Steuerbord. Alle ergriffen die Reling, um sich daran festzuhalten.

Zwischen zusammengebissenen Zähnen presste Kara hervor: »Allan, geh so weit wie möglich vom Segel weg. Ich kann das Schiff kaum in der Luft halten.«

Allan eilte zur Luke, die nach unten in den Laderaum führte. Die Barkasse krängte weiter, während er lief. Kara hakte einen Arm um die Reling, als sich das Deck mehr und mehr neigte. Grant tat es ihr gleich. Allan fing an, über das Deck zu rutschen, doch es gelang ihm, den Griff der Luke zu ergreifen. Ihre Ranzen schlitterten zur Reling und verfingen sich am Rand. Das Holz des Schiffes ächzte, als Allan die Luke aufzog und kopfüber nach unten hechtete. Sie hörten, wie er im Laderaum mit einem dumpfen Laut auf dem flachen Boden landete und über das Unterdeck kullerte. Gleich darauf folgte das Kratzen von Krallen, als sich die Halbwölfe umherbewegten.

Kaum befand sich Allan unter Deck, legte sich die Dämpfung der Ley, die das Krängen verursachte. Sofort begann Kara, das Schiff in die Waagerechte zu bringen, obwohl es nach wie vor vereinzelt erzitterte.

Als sich Kara sicher genug fühlte, um die Reling loszulassen, packte Grant sie an der Schulter. »Alles in Ordnung?«

»Es geht mir gut.« Sie wischte sich übers Gesicht, um die Rückstände von Tränen und die Anspannung der Haut zu beseitigen. »Er blockiert die Ley wie ein Fels das Wasser in einem Fluss. An Deck ist er dem Segel zu nah, als dass ich die Ley um ihn herumleiten könnte. Solange er unten im Frachtraum ist, hab ich genug Platz.«

»Gut.« Der Anführer der Halbwölfe schaute über die Seite. Die Universität und die Schlangenmenschen blieben hinter ihnen zurück. »Was jetzt?«

Kara hustete und wischte sich einige Strähnen aus dem Gesicht, die der Wind nach hinten wehte. Sie drehte sich nach vorn zum Bug. Vor ihnen zeichneten sich die eingestürzten Türme von Grass und der hoch aufragende Ley-Geysir ab. »Jetzt fliegen wir so nah zum Nexus, wie es mit diesem Schiff geht. Danach liegt alles an Allan.«

***

»… wird euch beschützen! Korma wird uns durch diese kummervollen Zeiten führen! Befehlshaber Darius ist am Tor, die Vollstrecker sind auf den Mauern. Iscivius hat uns mit der Ley geschützt, so lange er konnte, bis er vor Erschöpfung im Nexus zusammengebrochen ist. Aber fürchtet euch nicht! Die Mauern werden halten! Setzt euer Vertrauen in Korma, und treibt eure Zweifel aus. Erinnert euch, dass es der Missbrauch der Ley durch den Baron von Erenthrall und all die umliegenden Baronien und Nationen war, der diese Lage heraufbeschwor! Ihre Einmischung in die natürliche Ordnung hat die Zersplitterung verursacht und diese Vergeltung der Natur über uns alle gebracht. Haben wir uns nicht die Kontrolle von den Machträubern zurückgeholt? Haben wir nicht das Heft an uns gerissen, als ein weiterer Versuch, die Ley zu missbrauchen, verheerend geendet und Tumbor zerstört hat? Wir brauchen die Ley nicht als Schutz! Wir müssen keine Naturgewalten benutzen, die wir nicht verstehen! Wir haben uns, unsere Vollstrecker und unseren Glauben an Korma und die natürliche Ordnung! Unsere Mauern werden halten! Befehlshaber Darius und seine Männer werden …«

Vater Daltons Worte gerieten ins Stocken, als er sah, wie die Flügel des Haupttors der Außenmauer aufschwangen.

Er hatte sich zu dem Steinvorsprung begeben, der über den Platz unten ragte und auf dem er all seine Predigten hielt, sobald ihm klar geworden war, dass Iscivius den Ley-Wall nicht länger aufrechterhalten konnte.

Noch bevor er gefallen war, hatte Dalton zu predigen begonnen, zunächst nur vor einer Handvoll Leuten aus der Stadt, doch es hatte sich schnell herumgesprochen. Als der Schutzwall der Ley endgültig in sich zusammenfiel, hatte sich der Platz unter ihm bereits gefüllt. Er wusste nicht, wie viel die Bürger überhaupt hören konnten, denn heftige Windböen rissen ihm die Worte förmlich von den Lippen, doch es schien keine große Rolle zu spielen. Die Bevölkerung hatte panische Angst. Er konnte fühlen, wie ihre Furcht in beinah greifbaren Wellen vom Platz unten aufstieg. Dalton hatte sie dafür gescholten, für ihren mangelnden Glauben.

Bis sich das Tor öffnete. Da brach der Strom seiner Worte ab und wurde von einem Schweigen abgelöst, das sich immer länger hinzog, während sich die ersten nagenden Würmer der Angst durch seine Eingeweide fraßen.

Der Geist seiner eigenen Vision – von den Schlagen, den Hunden, der Explosion der pulsierenden Lichter der Drei Schwestern – kletterte plötzlich schwer auf seinen Rücken und schlug ihm ihre Klauen in die Schultern. Er hatte die Vision benutzt, um Kara Tremain und den Lumagiern ihre Herrschaft über die Nadel zu entreißen. Allerdings hatte er nicht ernsthaft über die Auswirkungen dessen nachgedacht, was sie bedeutete. Er hatte selbst nicht wirklich daran *geglaubt*.

Bis jetzt.

Dalton ließ die Arme an die Seiten sinken. Der Wind fegte ihm ins Gesicht. Die Banner der Kormanley flatterten wild an allen Rändern der größtenteils verwaisten Tempelebene hinter ihm. Vier Vollstrecker waren auf Darius' Anordnung bei ihm geblieben, der Rest war zu den Mauern geschickt worden.

Sie würden nicht reichen. Nicht gegen die Hunde oder die Schlangen. Und ganz sicher waren sie nutzlos gegen die Vernichtung, mit der die weit im Norden pulsierenden Drei Schwestern drohten.

Er löste den Blick vom Tor – wo überraschenderweise noch niemand aufgetaucht war – und starrte hinab auf die zwischen den Gebäuden zu allen Seiten eingekeilte Menschenmasse. Die Bürger streckten ihm die Hände entgegen. Ihre Rufe der Angst und der Bewunderung stiegen von unten auf und bildeten einen Kontrast zum Geschrei, zu den Trommeln und zum Lärm des Kampfes vor den Mauern. Der Krach wurde zwar durch die Entfernung gedämpft, doch der Wind trug genug heran, dass man alles hören konnte.

Seine Sicht verschwamm, und er sah den gesamten Platz unten übersät von Leichen. Das Gebäude auf der rechten Seite brannte. Gorrani bahnten sich den Weg durch das Blutbad.

Röchelnd wich er einen Schritt zurück und schaute erneut zum Haupttor. Mittlerweile strömten Männer durch die Öffnung herein. Dalton war zu weit entfernt, um sich sicher zu sein, aber er glaubte, dass es sich um Devins Plünderer handelte, nicht um die Gorrani.

Hinter ihm ertönten Schritte. Dann sagte einer der Vollstrecker: »Vater? Ist alles in Ordnung?«

Dalton öffnete den Mund, um zu antworten, doch es drang nur ein einziges Wort daraus hervor: »Wie?«

Ein unsicheres Schlurfen von Füßen hinter ihm. »Ich verstehe nicht. Wie was?«

Dalton wirbelte herum. Wut loderte durch seine Angst. »Wie kann es sein, dass die Tore offen sind? Wie konnte Darius so jämmerlich versagen? Wie könnt *ihr alle* so versagen?« Er packte den Mann vor ihm an der Rüstung, zog ihn näher und schüttelte ihn. Die Augen des Soldaten weiteten sich, aber er leistete keinen Widerstand. »Ich habe alles getan, was die mir von Korma gesandten Visionen verlangt haben! Ich habe alles getan, was ich konnte, um euch zu warnen, um die Menschen zu führen, um für die Sicherheit aller zu sorgen! Und sieh nur, was passiert ist! *Sieh nur, was passiert!*«

»Aber … hast du nicht all das vorhergesagt?«

Dalton hielt angesichts des Ausdrucks tiefer Verwirrung im Gesicht des Mannes inne, dann stieß er ihn von sich. Er ließ die Arme sinken. Sein Kopf drehte sich zu den weit entfernt in der Richtung von Tumbor über den Ebenen flackernden Himmelslichtern, bevor er sich den Drei Schwestern zuwandte.

Erste Schreie und Kampfgeräusche stiegen mit dem Wind aus der Richtung der Stadt auf. Der Lärm von den Menschen auf dem Platz war angeschwollen, angefacht von der Verunsicherung, die das plötzliche Verstummen ihres Vaters ausgelöst hatte. Und vielleicht hörten auch sie bereits die Kämpfe innerhalb der Mauern. Vielleicht konnten sie so wie er das schaurige Zischen von Schlangen hören und den heißen Atem von Hunden im Genick spüren.

»Ich habe die Zersplitterung überlebt«, sagte er sich laut. »Ich werde auch das überleben.«

Etwas Nasses spritzte ihm auf den Nacken. Verärgert hob er die Hand. Als er die Finger von der Stelle löste, prangte Blut an ihnen.

Als er herumwirbelte, sah er, wie ein Mann den Körper des Vollstreckers, den Dalton angebrüllt hatte, über den Rand der Tempelebene stieß. Die Kehle des Soldaten war aufgeschlitzt worden. Die drei anderen Vollstrecker lagen tot hinter ihm auf dem Boden.

Der Mann, der sie alle getötet hatte, sagte zu Dalton: »Das glaube ich nicht.«

Dalton wich einen Schritt zurück, musste jedoch feststellen, dass er sich bereits am Rand des Steinvorsprungs befand. Er schluckte.

»Wer bist du?« Es fiel ihm schwer, die Aufmerksamkeit auf den Mann gerichtet zu halten. Sein Blick schien immer wieder von ihm abzugleiten. Sogar seine besondere Sicht half ihm nicht. Es wirkte beinahe so, als wäre der Mann gar nicht wirklich hier.

Unbeeindruckt davon, dass sie sich beide auf einem schmalen Vorsprung aus Stein befanden, zu dessen Seiten es weit in die Tiefe ging, trat der Mann vor. »Ich bin ein Bluthund.«

Mit seiner besonderen Sicht sah Dalton einige Herzschläge, bevor sich der Bluthund tatsächlich bewegte, wie das Messer in seiner Hand vorschnellte. Unwillkürlich schrak er zurück. Sein Fuß trat ins Leere, und die Klinge streifte seinen Hals nur. Der Schmerz fühlte sich eisig, stechend und süß zugleich an.

Der Bluthund reagierte blitzschnell. Seine freie Hand schoss nach vorn und packte Dalton am Hemd, bevor er auf den Platz hinunterstürzen konnte.

Verärgerung huschte über die Züge des Bluthunds. »So leicht kommst du mir nicht davon.«

Der Bluthund schwang das Messer erneut, und Dalton spürte unter dem Kiefer ein Ziehen von einer Seite zur anderen. Rotes Nass spritzte auf den Bluthund, der zurücktrat.

Daltons Hände schossen an seine Kehle, zu dem Schnitt, der sich grauenhaft breit anfühlte. Das Blut sprudelte erschreckend warm über seine Finger, als er den Strom einzudämmen versuchte. Er taumelte vorwärts und wollte etwas sagen. Stattdessen fiel er erst auf die Knie, dann nach vorn auf den Steinboden. Sein Unterkörper war vollkommen gefühllos geworden, der Oberkörper eiskalt. Ein Kribbeln breitete sich durch seine Arme aus, von denen einer über die Seite des Vorsprungs baumelte. Als sich das Blut unter ihm zu einer Lache sammelte und über den Rand zu triefen begann, hörte er vom Platz vor dem Tempel die ersten Schreie des Grauens von seinen Anhängern.

Nur riefen sie diesmal nicht nach ihm, erkannte er, als seine Sicht nach und nach verblasste.

Devins Männer hatten den Platz erreicht.

***

Cory stand auf, sobald die Kampfgeräusche im Korridor draußen verklungen waren. Der Rest der Universitätsmitglieder beobachtete, wie er sich auf die Tür zubewegte – die sie hinter einem Gebilde des Geflechts so verborgen hatten, dass es von außen keine Tür zu geben schien. Cory lauschte.

Sovaan erhob sich und stellte sich neben ihn. Er musste sich dabei immer noch an der Mauer abstützen. »Sollen wir gehen?«

»Noch nicht. Wir müssen abwarten, bis wir sicher sein können, dass sich die Kampfhandlungen in einen anderen Teil des Tempels verlagert haben.«

Er ließ den Blick über die erschöpfte Gruppe wandern. Sie hatten sich in diesem Raum verschanzt, als Cory klar geworden war, dass sie es nicht zur Mauer schaffen würden, nicht mit Sovaan und Jerrain in ihrem gegenwärtigen Zustand. Als sie an diesem Lagerraum mit Lebensmitteln vorbeigekommen waren und gerade von niemandem verfolgt wurden, hatte er sie alle hineingescheucht, damit sie sich ausruhen konnten, und hatte die Tür mit dem Geflecht getarnt.

Ewig würde die Täuschung nicht standhalten – irgendwann würde jemand kommen, der Lebensmittel holen wollte. Aber soweit er es beurteilen konnte, war vorerst ein jeder hier mit dem beschäftigt, was außerhalb des Tempels vor sich ging. Alle, denen sie begegnet waren, hatten sich auf dem Weg zur Vorderseite des Tempels befunden, sowohl Gardisten als auch Bedienstete, oder sie hatten sich selbst hinter verschlossenen Türen verbarrikadiert.

Cory und seine Gruppe hatten mittlerweile gegessen, sie alle, sogar Jerrain, der lang genug erwacht war, um etwas Nahrung und Flüssigkeit aufzunehmen, bevor er wieder die Besinnung verloren hatte. Doch sogar diese kurze Rückkehr ins Bewusstsein war ermutigend gewesen.

Während sie in ihrem Versteck ausharrten, hatten sich die Kampfhandlungen um sie herum ausgebreitet wie eine Flutwelle, bis sie von ihr umzingelt waren. Einmal waren das Klirren von Schwertern und die Schreie Sterbender unmittelbar vor der verborgenen Tür zu ihnen hereingedrungen. Es hatte eine gefühlte Ewigkeit gedauert, und eine Blutlache war unter der Tür hindurch in den Raum gesickert. Dann hatte sich der Kampf den Gang hinunter verlagert, weiter weg, aber immer noch nah. Draußen hatte noch eine Weile jemand gestöhnt, bevor auch dieses Geräusch verstummt war.

Sie hatten in der Dunkelheit gekauert, ohne ein Wort zu sprechen, Tara mit einer Hand auf Mirras Mund, damit sie leise blieb, während sie vor sich hin schluchzte.

Mittlerweile jedoch konnte Cory nichts mehr hören, nicht einmal entfernte Kampfhandlungen.

Sie warteten, bis es Cory nicht mehr ertragen konnte.

Er zupfte an Sovaans Ärmel, um die Aufmerksamkeit des Verwalters zu erlangen. »Ich gehe raus. Nachsehen, ob es sicher ist.«

»Ich denke, ich habe wieder genug Kraft, um die Tür wieder zu verbergen, sobald du weg bist. Die anderen sehen auch etwas besser aus.« Er senkte die Stimme. »Wenn du der Meinung bist, dass wir die Mauern erreichen können, dann rate ich dir, es sofort zu tun, solange wir noch eine Chance haben.«

Cory gab die Tarnung der Tür auf und öffnete sie. Fackellicht schien herein. Alle blinzelten und hoben die Hände, um die Augen vor der plötzlichen Helligkeit abzuschirmen. Draußen übersäten Leichen den Boden – Vollstrecker, Bedienstete und andere Menschen in dreckigerer Kleidung mit behelfsmäßigen Rüstungen. Cory wurde sofort an die Plünderer erinnert, die Muld damals unter Baron Aureks Führung angegriffen hatten.

Er wies Sovaan auf einige von ihnen hin. »Ich vermute, Devin hat die Nadel mit seinen Männern aus Erenthrall angegriffen. Irgendwie haben sie die Mauern überwunden.« Er schaute zurück zu den anderen. »Nehmt euch nur für alle Fälle so viele Waffen wie möglich von ihnen.«

Als er über die Leichen hinwegstieg, fand er kaum vernünftigen Halt auf dem Boden dazwischen. Er atmete flach durch die Nase, denn der Gestank von Blut, Erbrochenem und Innereien war schlimmer als in einem Schlachthaus. Am Ende des Ganges drehte er sich zurück und sah, dass Sovaan und Tara Messer von jenen Gefallenen erbeuteten, die welche hatten. Dann bog er um die Ecke.

Im Tempel herrschte Stille. Türen waren aufgebrochen und die Menschen entweder gleich in den Räumen getötet oder in den Korridor geschleift und dann abgeschlachtet worden. Einige derjenigen, die sich verstecken wollten, schienen Gegenwehr geleistet zu haben, denn vereinzelt lag einer von Devins Kämpfern unter den Toten. Größtenteils handelte es sich jedoch um Tempelbedienstete und Vollstrecker.

In der Küche knisterten noch die Feuer in den Öfen, wenngleich die Köche entweder geflohen waren oder tot auf dem Boden lagen. Mit einem Korb sammelte Cory ein, was er finden konnte und was noch nicht von all dem Blutvergießen verdorben schien. Dann kehrte er zurück in den Gang.

Inzwischen hörte er wieder entfernte Kampfgeräusche.

Wie angewurzelt stand er da und lauschte, während sein gesamter Körper vor Anspannung zitterte. Aber die Geräusche kamen nicht näher.

Er entspannte sich und drehte sich zurück in die Richtung ihres Verstecks, als plötzlich am anderen Ende des Korridors zwei Männer um die Ecke bogen.

Beide Seiten erstarrten. Die Männer hatten blutverschmierte Schwerter gezogen. Hinter ihnen tauchten vier weitere Gardisten in derselben Aufmachung auf, und Cory hätte zu wetten gewagt, dass sich außer Sicht noch mehr befanden.

Er entsandte die Sinne ins Geflecht.

»Cory?«

Zögerlich kniff er die Augen zusammen. »Lienta?«

Die Schwerter senkten sich, und die Männer näherten sich ihm in gemessenem Laufschritt. Bald erkannte Cory unter all dem verschmierten Blut die Temeriten-Uniformen. Vor Erleichterung wäre er beinahe gegen die Wand gesackt.

»Was macht ihr hier?«, fragte er.

»Wir sind mit Marcus und einigen anderen über die Kluft gekommen, um den Nexus zu übernehmen, aber wir wurden getrennt, bevor die echten Kampfhandlungen begannen. Seither durchforsten wir die Gänge des Tempels und suchen nach einem Weg hinaus oder zu Marcus und den anderen.«

»Warum will er zum Nexus?«

»Damit er Kara helfen kann, das Netzwerk der Ley in Ordnung zu bringen.«

»Kara lebt?« Die Worte drangen kraftlos aus ihm hervor. Seit ihrer Gefangennahme hatte er sich nicht gestattet, an irgendjemand anderen zu denken. Einerseits hatte er keine Zeit dafür gehabt, andererseits konnte er den Sturm der Gefühle nicht gebrauchen, den es ausgelöst hätte. Und während des Großteils seiner Gefangenschaft war er ohnehin nicht bei Bewusstsein oder klarem Verstand gewesen.

»Wir gehen davon aus«, erwiderte Lienta. »Sie, Allan, Grant und ein paar der Halbwölfe sind nach Erenthrall aufgebrochen.«

»Erenthrall!«, entfuhr es Cory.

Lienta warf einen Blick den Gang hinunter, dann packte er Cory am Oberarm. »Leise. Das ist eine lange Geschichte, die ich dir jetzt nicht erzählen kann. Bist du allein?«

»Nein, der Rest der Universitätsmitglieder, die hier gefangen gehalten wurden, versteckt sich in einer Kammer nicht weit von hier.«

Lientas Augenbrauen schossen überrascht in die Höhe. »Sie haben euch nicht gefunden? Devins Männer haben diesen Abschnitt ziemlich gründlich geplündert.«

»Wir haben die Tür getarnt. Sie haben sie nicht bemerkt.«

Der Temeriten-Hauptmann sah aus, als wolle er weitere Fragen stellen, begnügte sich jedoch mit: »Bring uns hin.«

Cory führte Lienta und seine Männer – insgesamt dreiundzwanzig – durch die Korridore zurück zu dem Gang, in dem sie sich versteckt hatten. Die Sinnestäuschung war wieder vorhanden. Die Wand, in der die Tür sein sollte, schien durchgehend aus solidem Stein zu bestehen. Doch Cory erkannte den Leichenhaufen vor der Tür und tastete sich durch das Trugbild, bis er die Tür fand. Er klopfte leise an. »Sovaan, ich bin's, Cory.«

Die Tarnung waberte und löste sich auf. Einige von Lientas Männern rührten sich und murmelten hinter Cory. Dann öffnete sich vorsichtig die Tür, und Sovaan spähte heraus.

Kaum hatte er erst Cory, dann Lienta und die anderen erkannte, winkte er sie in den Raum. Cory brachte die Tarnung draußen wieder an. Mit ihnen allen war die Kammer überfüllt, aber niemand beschwerte sich. Einer der Gardisten hatte eine Fackel dabei. Cory verteilte an Essen, was er gefunden hatte, dann wandte er sich an Lienta.

»Wie hattet ihr vor, von hier zu verschwinden?«, fragte er.

»Wir haben gehofft, es zurück über die Kluft zu schaffen. Hernande hat eine Brücke erschaffen, damit wir sie überqueren konnten, aber ich weiß nicht, ob sie noch da ist. Eigentlich wollten wir ja bei Marcus und den anderen bleiben, aber er hat sich und die Lumagier mithilfe der Ley im Nexus abgekapselt. Er hat die unteren Ebenen der Nadel vollständig mit Ley geflutet. Niemand kommt da durch.« Er ließ den Blick über die Studenten und Mentoren der Universität wandern. »Und wie wolltet ihr hinaus?«

»Durch die äußere Mauer.«

Lienta starrte ihn einen Herzschlag lang stumm an, bevor er sagte: »In Ordnung. Dann durch die äußere Mauer.« Er betrachtete die Studenten und Mentoren, ihr ausgemergeltes, abgerissenes Erscheinungsbild. »Wir sind genug Gardisten, um uns zu schützen, bis wir die Mauer erreichen. Danach liegt es an dir.«

»Ich werde bereit sein.«

Der Hauptmann erteilte Befehle. Einige der Gardisten stützten Sovaan und die anderen. Ein paar hoben sich die schwächeren Studenten einfach auf die Arme oder hievten sie sich über die Schulter. Einer von ihnen übernahm Jerrain.

Nur Jasom und Tara waren kräftig genug, sich ohne Hilfe fortzubewegen.

Sie verließen den Raum und schlichen durch die menschenleeren Gänge des Tempels in Richtung des östlichen Eingangs. Immer noch stießen sie auf Leichen, manchmal auf vier oder fünf, die als Gruppe gefallen waren, andere Male auf Vereinzelte, die ausgestreckt in einem ansonsten leeren Gang lagen. Die Kampfgeräusche schwollen bald an und ab. Lienta entfernte sich von ihnen, wann immer es ging. Einmal versteckten sie sich in Nebenräumen, als ein Kontingent von Kormanley-Vollstreckern an einem Quergang vorbeirannte.

Schließlich erreichten sie den östlichen Eingang. Die Tür war aufgebrochen. Leichen stapelten sich draußen wie drinnen, Blut war über die Wände gespritzt. Offenbar hatte hier ein heftiger Kampf getobt, doch niemand war geblieben, um den Eingang zu bewachen. Als sie sich den Weg durch den letzten Abschnitt des Korridors bahnten, wurde der Lärm der Kämpfe draußen in der Stadt lauter.

Als sich Cory mit Lienta und einem anderen Gardisten vor ihm an der Tür hinkauerte, stellte er verblüfft fest, dass die Nacht angebrochen war. Teile der Stadt standen in Flammen. Rötlich-orangefarbener Feuerschein flackerte überall und erhellte schwarze Rauchsäulen. Die Sterne am Himmel waren völlig verhüllt, und sogar die Luft innerhalb des Eingangs strotzte vor Ascheflocken. Cory hustete und zog das Hemd hoch, um zumindest einen Teil abzuwehren.

»Die Kämpfe scheinen sich nach Süden verlagert zu haben«, meinte Lienta. »Als wir es vorhin an diesem Eingang versucht haben, wurde er noch von den Kormanley gegen Devins Männer verteidigt. Ich denke, wir könnten es zum nächsten Gebäude schaffen, ohne gesehen zu werden.«

Er wählte fünf Gardisten aus, die Cory, Sovaan und Mirra durch den offenen Bereich zu einer dunklen Gasse auf der anderen Seite begleiteten. Sie rannten gebückt und achteten darauf, nicht über die auf dem Boden verstreuten Leichen zu stolpern. Draußen klangen das Gebrüll und die Schreie aus der umliegenden Stadt lauter, und Mirra hielt sich dicht an Corys Seite, während sie liefen. Corys Herz raste, als sie den Schutz der Mauern erreichten. Unter dem freien nächtlichen Himmel fühlte er sich entblößt und verwundbar.

Sovaan, Jasom und zwei andere Studenten folgten mit zehn Gardisten als Nächste.

Kaum hatte die restliche Gruppe die Überquerung mit Lienta und Tara an der Spitze bewältigt, tauchte um die südliche Ecke des Tempels eine Horde von Männern in Rüstungen auf, die sofort drauflos brüllten. Die Vordersten zeigten mit den Schwertern auf Lienta und seine Begleiter, dann griffen sie als Gruppe an.

Lienta und der Rest der Gardisten bei ihm zögerten, als spielten sie mit dem Gedanken, zu kämpfen, aber Cory trat aus der Gasse hervor und brüllte: »Lauft!« Gleichzeitig fasste er ins Geflecht und entfesselte einen ganzen Hagel von Knoten unter den Pflastersteinen, die zwischen der Meute und Lientas Gruppe lagen.

Splitter spritzten empor. Der Widerhall der Explosionen dröhnte an allen Seiten zwischen den Gebäuden hin und her. Die vordersten Kämpfer der anstürmenden Meute bremsten, wurden jedoch von den Nachfolgenden überrannt. Jasom trat an Corys Seite, und zusammen lösten sie eine weitere Reihe von Explosionen aus. Die Angreifer – die zu Devins Heer gehörten, davon war Cory überzeugt – traten den Rückzug an.

Eine weitere große Gruppe erschien im Norden. »Gorrani«, murmelte Jasom.

Lienta, Tara und der Rest erreichten die Gasse. Der Hauptmann deutete mit einer Hand und brüllte: »Los, los, los!«

Sie brachen die Gasse entlang auf, flüchteten tiefer zwischen die Gebäude. Auf halbem Weg durch die schmale Häuserschlucht drehte sich Cory um und entfesselte zwei

Knoten in den Gebäuden zu beiden Seiten. Die Wände barsten nach außen und prasselten als Geröllschauer herab, der den schmalen Weg verstopfte. Cory hörte, wie sich die beiden Gruppen auf der anderen Seite – Devins Streiter und die Gorrani, die Hunde und die Schlangen – Herausforderungen zuriefen, worauf das Klirren von Metall folgte, als Schwerter auf Rüstungen prallten.

Dann rannten sie weiter, hielten an Ecken oder Kreuzungen nicht an, sondern hasteten vorwärts in Richtung der äußeren Mauer.

Menschen eilten ihnen aus dem Weg, schlugen Türen zu oder pressten sich in Nischen. Die meisten drückten spärliche Habseligkeiten an sich oder versuchten, Kinder oder Angehörige zu beschützen. Einige waren bewaffnet. Keine Gruppe umfasste mehr als zehn Leute. Nur einmal kehrte Lienta um, als die Trümmer eines eingestürzten, noch lodernden Gebäudes den Weg versperrten.

Sie gelangten aus der äußeren Stadt in die Zeltsiedlung vor dem südöstlichen Tor. Dort kauerten mehr Menschen unter den Segeltuchverschlägen, ganze Familien, die sich furchtsam aneinanderklammerten oder panisch einsammelten, was immer sie tragen konnten. Dieser Bereich schien bisher weder von Devins Leuten noch den Gorrani angegriffen worden zu sein. Dafür prügelte eine Gruppe von Plünderern unbarmherzig auf drei Menschen ein, um sich ihre Ranzen anzueignen. Lienta und seine Gardisten prallten mit ihnen zusammen, schlugen sie alle nieder. Ein paar von ihnen standen danach nicht mehr auf.

Hinter ihnen schwollen die Kampfgeräusche an, rückten näher. Die Zeltsiedlung würde nicht mehr lange Zuflucht bieten.

Schließlich stürmten sie aus dem Durcheinander der Zelte an der Außenmauer hervor und verlangsamten die Schritte, fast alle außer Atem.

Aber statt des Holztors, das Cory erwartet hatte, war die Öffnung schlampig mit Stein vermauert worden.

Auf den Mauern sah er keine Vollstrecker.

»Was ist mit dem Tor passiert?« Cory schnappte nach Luft. Seine Lunge brannte vor Anstrengung. Er hustete und krümmte sich vornüber.

»Marcus hat es mit der Ley zerstört, als wir nach dem Einsturz der Verkrümmung über Tumbor geflüchtet sind. Dalton hat die Öffnung zumauern lassen, statt das Tor zu ersetzen. Ist das ein Problem?«

Cory straffte die Schultern, holte tief Luft und streckte eine Hand aus. »Überhaupt kein Problem.«

Der gesamte Turm des Tors löste sich auf. Trümmer stoben über hundert Fuß hoch in die Luft, erhellt von den Bränden in der Stadt und ein paar Ley-Kugeln, die immer noch entlang der Mauer leuchteten. In Corys Ohren klingelte es von der heftigen Explosion, sodass er den Widerhall nur gedämpft hörte. Mit gewaltiger Befriedigung und einer fast überwältigenden Erschöpfung beobachtete er, wie Stein und Geröll vor ihnen zu Boden prasselten. Diejenigen bei ihm zuckten zusammen, zogen die Köpfe ein oder fluchten, alle außer Lienta und Sovaan.

Sie warteten, bis die aufsteigende Staubwolke vom Wind verweht wurde, und rechneten damit, dass die draußen verbliebenen Kämpfer der Armeen hereinstürmen würden. Aber draußen wartete niemand.

»Die müssen alle zum Haupttor gerannt sein, als es aufging«, meinte Lienta.

Hinter ihm drangen neue Schreie durch den Hintergrundlärm der Kämpfe.

»Sie haben die Zelte erreicht.« Lienta setzte sich in Bewegung. »Los, alle durch die Öffnung! Wir machen es wie schon einmal – gerade hinaus auf die Ebenen, dann außen herum zur Westseite der Stadt. Die Matriarchin wird uns hineinlassen.«

Er scheuchte alle weiter, den Trümmerhaufen hoch, zu dem das zugemauerte Tor geworden war, und hinaus durch das fünfzig Fuß breite Loch in der äußeren Mauer. Cory hielt einmal kurz inne und schaute zurück zum Tempel. Die Zeltsiedlung war bereits halb von den Gorrani überrannt. In der äußeren Stadt tobten mehrere Brände. Die Nadel ragte unverändert in den nächtlichen Himmel, gesäumt von Ley-Licht.

Dann kehrte er all dem den Rücken zu und trat hinaus in die Dunkelheit der Ebenen.

DREIUNDZWANZIG

»Mit der Barkasse schaffen wir es nicht ganz bis zum Nexus«, sagte Grant.

Er umklammerte mit weiß hervortretenden Knöcheln die Reling, als das gesamte Schiff um sie herum ächzte und stöhnte und erzitterte, als würde es von einem kräftigen Sturmwind durchgeschüttelt. Es wurde tatsächlich von starken Böen erfasst, nur stammten sie nicht vom Wind. Das Segel flatterte wild in den peitschenden Strömungen der Ley. Kara musste alle Konzentration aufbieten, um es im Griff zu behalten. Die Halbwölfe im Laderaum unten bei Allan heulten kläglich. Ihre Stimmen wurden beinah vom Tosen des echten Winds und dem Donnern des Ley-Geysirs übertönt.

Aber nicht die Ley-Strömungen, die das Schiff in Stücke zu reißen drohten, hielten sie vom Nexus fern. Vielmehr war es die Ley selbst, als sie geballt genug wurde, um das organische Material der Barkasse zu verschlingen.

»Ich bringe uns so nahe hin, wie ich kann«, kündigte Kara an. Sie befanden sich bereits über den Bezirken um Grass. Eld, wo Kara den Halliel-Park und die Gegend gesehen hatte, in der sie aufgewachsen war, hatten sie gerade hinter sich gelassen und gelangten nun nach Grüen.

Die Ley hatte die Straßen geflutet. Die überlebenden Gebäude glichen Inseln inmitten von weißen Flüssen. Der Ley-Geysir schoss aus der zerschmetterten Kuppel des Nexus, umgeben von den geköpften Türmen, die einst so bezeichnend für Grass gewesen waren. Auf der Steuerbordseite ragten die zerklüfteten Überreste des Bernsteinturms über den Rest auf. Sein hellbraun-orangefarbener Ton bildete durch das von ihm zurückgeworfene Ley-Licht einen deutlichen Kontrast zum kräftigen Blau des Himmels in der späten Morgendämmerung.

Grant lehnte sich über die Seite und blickte auf die Straßen unter ihnen, bevor er sich wieder aufrichtete. »Wir gelangen gerade von Grüen nach Grass.«

»Du solltest Allan besser warnen. Wenn wir näher sind, müssen wir hinunter in den Laderaum, damit wir bei ihm sind. Falls wir noch Seil übrighaben, sollten wir uns sogar zusammen mit unseren Ranzen an ihm festbinden. Die Landung dürfte nicht gerade sanft werden.«

Grant starrte sie an. »Verstehe.«

Er löste den verkrampften Griff von der Reling und bahnte sich wankend einen Weg zur Luke, die unter Deck führte. Als er sie erreichte, sackte die Barkasse plötzlich ein Stück ab, und Karas Magen zog sich mit einem mulmigen Gefühl zusammen. Grant hielt sich an den Seiten der Luke fest, bis sich das Schiff eingependelt hatte, dann stieg er hinunter. Das klagende Geheul der Halbwölfe schwoll im Hintergrund an.

Kara konzentrierte sich auf das Segel, während sie den Blick geradeaus auf die gewaltige, vor ihnen aufsteigende Säule der Ley gerichtet ließ. Sie wurde höher und höher, je näher sie kamen, bis Kara den Kopf in den Nacken legen musste, um die Spitze noch zu sehen.

Das Zittern der Barkasse wurde heftiger, und Kara begann, das Schiff weiter zu senken, bis sie nur noch zehn Fuß über dem Strom der Ley schwebten, der unter ihnen geradewegs zum Nexus floss. Zu beiden Seiten standen die Überreste zerstörter Gebäude. Die glaslosen Fenster schienen auf sie herabzustarren, die Mauern wiesen Risse auf und waren teilweise eingestürzt. Die Balkone und aufwendigen Steinarbeiten, die einst von Prunk und Macht gezeugt hatten, wirkten trostlos und verwittert.

Wieder neigte sich die Barkasse. Mit zusammengebissenen Zähnen brachte Kara sie zurück in die Waagerechte. Sie befanden sich immer noch zu weit vom Nexus entfernt. Kara wollte nicht laufen müssen, sobald sie sich auf dem Boden befanden. Sie wusste nicht, wie lange Allan gegen die geballte Kraft einer solchen Menge Ley bestehen konnte. Sie wusste ja nicht einmal, ob er überhaupt gegen sie bestehen würde. Noch nie hatte sie die Ley so aufgewühlt, so wild, so wunderschön erlebt.

Sie wartete, bis der Sockel der Ley-Säule ihr gesamtes Sichtfeld ausfüllte. Rings um sie schäumte und sprudelte eine Gischt aus Ley, die das Schiff zu treffen drohte. Die Gebäude blieben hinter ihnen zurück, und um sie herum erschien flaches Gelände, wo sich einst Parks befunden hatten. Noch einmal steuerte sie das Schiff höher, um eine Erhebung aus Trümmern von den eingestürzten Türmen zu überfliegen, dann senkte sie es sanft schwebend ab.

Im letztmöglichen Moment, bevor der Rumpf in den See der Ley tauchte, der die inneren Türme umgab, kehrte Kara dem Geysir den Rücken zu und preschte in vollem Lauf zur Luke. Sie stolperte auf den Stufen, als sie brüllte: »Macht euch bereit! Wir gehen jetzt runter!«

Sie fand Allan und Grant am Fuß des Niedergangs vor, mit einem Seil aneinandergebunden. Der Rudelführer warf ihr ein Ende des Taus zu und pfiff nach den Halbwölfen. Sie sprangen nah heran, überwanden angesichts ihrer Angst vor den Erschütterungen der Barkasse sogar ihren Hang, Abstand zu Menschen zu wahren.

Kara verknotete das Seil, so schnell sie konnte. Sie spürte, dass die Ley bereits den Rumpf der Barkasse streifte. Dann rief sie »Haltet euch fest!« und klammerte sich an Allan und Grant zugleich. Sie kauerten sich hin. Kara drückte das Gesicht mit fest geschlossenen Augen an Allans Achselhöhle, während die Halbwölfe ihre Schnauzen zwischen ihren Brustkörben vergruben. Grant heulte auf. Der schauerliche Laut vibrierte durch seinen Körper.

Dann ließ Kara die Ley los.

Das Schiff bockte und sackte jäh ab. Angespannt wappnete sich Kara für das Geräusch von splitterndem Holz, das jedoch ausblieb. Die Ley war so konzentriert, dass sie die sinkende Barkasse um sie herum geräuschlos auslöschte.

Sie krachten auf die Pflastersteine des Parks und kullerten darüber. Kara schrie auf, als ihr ungeschützter Arm über Schotter und Steine schrammte. Aber sie ließ die anderen nicht los, klammerte sich nur noch fester an Allan und Grant. Einer der Halbwölfe wurde weggeschleudert, und seine Krallen kratzten über ihren Oberschenkel. Er gab ein spitzes Jaulen von sich, das wie mit einer Klinge abgeschnitten verstummte.

Als sie zum Liegen kamen und Karas Hinterkopf hart auf dem Boden aufschlug, wurde Allan aus ihrem schwachen Griff gerissen. Stöhnend hob sie den freien Arm an die Stirn. Der andere lag unter Grant eingeklemmt. Als sie die Augen aufschlug, starrte sie empor in eine durchgängige Wand aus Ley.

Mit einem Ruck setzte sie sich auf, dann schrak sie zurück. Innerhalb einer halbkugelförmigen Blase um Allan mit einem Radius von kaum zwölf Fuß waren sie von Ley umgeben. Karas freier Arm landete wenige Fuß vom Rand entfernt, der sich mitbewegte, als sich Allan auf Grants anderer Seite aufzurappeln begann.

»Vorsicht«, warnte sie. Ihre Stimme klang in der kleinen Blase merkwürdig. »Du bist das Einzige, was zwischen uns und der Ley steht.«

Allan erstarrte und betrachtete die kleine Bodenfläche um ihn herum, auf der die Metallteile der Barkasse verstreut lagen – Nägel, Umlenkrollen, Scharniere. Grant setzte sich auf. Er hielt immer noch einen der Halbwölfe unter einem

Arm. Der wehrte sich, bis er kurz bellte und knurrte, dann ließ ihn Grant los. Der zweite Halbwolf rappelte sich auf die Beine, schüttelte sich und tapste nach vorn, um an der Ley zu schnuppern.

»Wo ist der dritte Halbwolf?«, fragte Kara.

»Ich hab versucht, ihn festzuhalten«, sagte Allan. »Aber als wir auf dem Boden aufschlugen …«

»Er muss weggerollt und in die Ley geraten sein«, sagte Grant. Eine simple Feststellung, doch es schwang Kummer darin mit. Schnaubend stand der Rudelführer auf, wischte sich ab, rückte die über seine Schulter geschlungenen Ranzen zurecht und schaute schließlich auf. »Wie finden wir den Weg zum Nexus? Ich kann außer Ley nichts sehen.«

»Der Nexus ist in der Richtung.« Kara zeigte hin. »Ich kann ihn spüren.«

Allan trat näher zu ihr. »Dann geh voraus.«

Kara spürte ein Ziehen an dem um ihre Taille geknoteten Seil.

»Wir sollten das Seil kürzen«, schlug Grant vor, der sich bereits an seinen Knoten zu schaffen machte.

Kara folgte seinem Beispiel, ohne ein Wort zu verlieren.

Vorsichtig setzten sie sich in Bewegung, Kara an der Spitze, Allan in der Mitte, Grant dahinter, die zwei Halbwölfe links und rechts.

Nach wenigen Schritten schälten sich Steinbrocken aus der zurückweichenden Ley, Teile eines der einstigen Türme mit der Aderung eines Blattes als Muster auf einer Seite. Kara fragte sich, ob es sich um Teile des Fliegerturms handelte. Sie bahnten sich den Weg darüber hinweg, bevor sie auf der anderen Seite ein Geröllfeld überquerten. Die Halbkugel bewegte sich fließend und geräuschlos mit Allan. Die Ley wogte und strudelte außen herum.

Kara beobachtete die Strömungen, während sie vorrückten. Bei dem Marsch durch die Tunnel unter Erenthrall waren sie mehrmals gebremst worden, weil die Ley zu stark für Allan gewesen war. Hier erwiesen sich die Strömungen als schwächer, weil sie sich über einen weitflächigen Bereich verteilten. Dennoch würden sie vorsichtig sein müssen. Immerhin näherten sie sich der Quelle, und Kara ging davon aus, dass sich die Kraft der Ley steigern würde.

Sie erreichten eine breite Treppe und stiegen hinauf zum Sockel des Turms, wo sie eine klaffende Öffnung passierten. Von dem prunkvollen Holztor, das hier einst den Zugang verschloss, war nichts übriggeblieben. Der Hof auf der anderen Seite war übersät von den vertrockneten Überresten von Ley-Wagen. Der Garten präsentierte sich als trostlose Anordnung von Steinpfaden, die sich um kahle Beete erstreckten, ergänzt um einige Bänke aus Schmiedeeisen, die inmitten all des Steins fehl am Platz wirkten.

Eine Mauer zwang sie zu einem Umweg über ein Tor, danach überquerten sie eine Straße zu einem weiteren Garten, passierten einen zweiten Turm und einen Hof mit einem leeren Springbrunnen. In dessen Becken stand die Statue einer Frau, die ein Kind auf der Hüfte trug. Nach Überquerung einer weiteren breiten Straße gelangten sie zu der Mauer, die den Nexus umgab.

Als sie das Tor fanden, das zu einer der Treppen hinunter in die runde Vertiefung führte, wechselten Kara und Allan einen Blick. Dort unten lag das Gebäude mit der Kristallkuppel.

Als sie zuletzt hier gewesen waren, hatten Hagger und seine Halbwölfe sie beim Versuch, vor der Entfaltung der Verkrümmung zu fliehen, auf den Stufen gestellt. Die Halbwölfe hätten sie alle getötet, wenn die Verkrümmung sie nicht in einer Scherbe der Realität eingeschlossen hätte, in der die Zeit zum Stillstand gekommen war. Allan war ihr dank derselben merkwürdigen Fähigkeit entkommen, die nun die Ley von ihnen fernhielt.

Mit Grant und seinen Halbwölfen an der Seite stiegen sie

hinab. Nach etwas mehr als der Hälfte des Weges nach unten stießen sie auf ein Schwert, das Allan aufhob. »Das ist die Klinge, die ich Hagger in die Brust gerammt habe.« Er warf sie beiseite neben eine Gürtelschnalle, verschiedene Knöpfe aus Metall und einen Ring.

Als sie sich dem Gebäude näherten, das den Nexus beherbergte, sagte Kara: »Allan, hier sind die Strömungen der Ley stärker.«

»Ich kann es fühlen. Die Blase ist auch geschrumpft.«

Kara warf einen Blick zu den Rändern. Er hatte recht. Der Radius betrug nur noch zehn Fuß. Eine Gänsehaut überzog ihren Körper, als ein Anflug von Platzangst durch sie wogte. »Wir müssen vorsichtig sein, wenn wir das Gebäude betreten. Die Korridore könnten zu stark geflutet sein, um sie zu passieren, wie in den unterirdischen Tunneln.«

»Ich warne euch rechtzeitig, sollte die Ley so stark werden.«

Die Tür erschien. Kara zögerte am Eingang. Aber von Allan kam keine Warnung, also trat sie ein. Die Blase wurde noch kleiner. Kara konnte den Ley-Geysir spüren, als sie dem Gang folgten, vorbei an Räumen und Kreuzungen. Der Fluss der Ley um sie herum änderte sich mit den Strömungen. Erst gegen Ende, bevor sie die mittlere Kammer erreichten, forderte Allan sie warnend auf, sich schneller zu bewegen, um einen besonders stark gefluteten Korridor zu passieren, durch den rasende Ley strömte. Grant und Kara mussten sich dort ducken, weil die kleine Schutzblase weiter schrumpfte.

Aber kaum hatten sie die Mitte des Nexus betreten, ließ die Stärke der Ley nach, und sie konnten sich wieder aufrichten. Scherben geborstenen Kristalls übersäten den Boden der ehemaligen Kuppel, einige so groß wie Kara selbst. Von den gewaltigen Ausmaßen der inneren Kuppel war nichts zu sehen, weil ihnen die Ley die Sicht darauf versperrte.

Die Strömungen hier unten wirbelten um den Geysir in der Mitte, wo die Ley mit so unvorstellbarer Kraft aus der Grube emporschoss, dass sie Hunderte Fuß hoch in die Luft befördert wurde. Der Boden erzitterte unter der Gewalt in Form einer gedämpften Vibration, die eine unangenehme Resonanz in Karas Zähnen erzeugte. In der Kuppel erklang das Tosen auch zehnmal lauter als draußen, und sicherlich hundertmal so laut wie in der Universität.

»Wir müssen so nah wie möglich zu der Grube in der Mitte!«, brüllte Kara über den misstönenden Lärm.

»Ich glaube, ich kann die Ley von uns fernhalten! Sie ist zwar stärker als draußen, aber nicht so stark wie in einigen der Tunnel oder Korridore, in denen wir schon gewesen sind! Stolpert nur nicht hinein!«

Vorsichtig rückten sie vor, bahnten sich den Weg um die herabgefallenen Kristallscherben, stiegen darüber hinweg, wenn es nicht anders ging. Die Geschwindigkeit der Strömungen steigerte sich. Sie wirbelten wie ein Tornado, der sie in den Geysir zu ziehen versuchte, aber Kara schritt unbeirrt weiter.

Erst als der Rand der Grube erschien, hielt sie unvermittelt an. Allan stieß von hinten mit ihr zusammen. Die vom Geysir ausgehende Kraft war an dieser Stelle so stark, dass sich eine Delle seitlich an Allans Schutzblase bildete.

»Wir sind da«, verkündete Kara.

Allan beugte sich vor. »Was jetzt?«

Kara bewegte sich zu einer der Scherben, setzte und erdete sich. Sie starrte auf das, was sie vom Geysir sehen konnte, und war nicht sicher, ob sie in seine Tiefen eintauchten könnte, so stark wie er war. Unter Umständen würde sie einfach weggerissen oder von der Ley verbrannt, wie es einigen unachtsamen Lumagiern vor der Zersplitterung in den Knoten ergangen war. Zwar hatte sie die Ley schon einmal beeinflusst, als sie so gewaltig gewesen war, nämlich bei der Reparatur der

Verkrümmung über Erenthrall, allerdings hatte sie damals die Hilfe der Lumagier in der Nadel gehabt.

»Jetzt finden wir heraus, ob es Marcus und Morrell gelungen ist, ihren Teil des Plans zu erfüllen. Wenn nicht, haben wir uns den Weg zum Nexus umsonst erkämpft.«

Kara wappnete sich und tauchte mit ihrem Geist in die Ley. Sie schnappte nach Luft, als die Strömungen sie erfassten und versuchten, sie aufwärts in den Geysir zu ziehen, weg von der Quelle der Ley, die Kara damals gespürt hatte, als sich ihre Lumaga-Kräfte vor so langer Zeit zum ersten Mal geregt hatten, während Ischua im Halliel-Park sie auf die Probe stellte.

Sie verdrängte die Erinnerungen an Ischua und ihren Vater, der sie hingebracht hatte, während sie sich nach unten in die Grube kämpfte. Kara musste sich am Rand halten, weil die Strömungen weiter innen einfach zu stark waren. Dennoch wurde es umso schwieriger, je tiefer sie sich in den Kanal vorarbeitete, den sie benutzt hatte, um die Verkrümmung über Erenthrall zu durchstoßen und von innen nach außen zu heilen. Sie würde unmöglich bis zur Quelle selbst vordringen können, nicht ohne die Hilfe von Marcus und dem zweiten Nexus. Aber so tief musste sie gar nicht gehen. Noch nicht. Sie brauchte erst einmal nur die Ley-Linie zu erreichen, die zur Nadel führte.

Kara kroch die Seite der Grube hinab und umging die Kammer, in der die Ober-Lumagier einst die Kristalle zur Verstärkung der Kraft der Ley beeinflusst hatten, bevor sie hinaus nach Erenthrall geleitet wurde. Darunter zweigten mehrere Tunnel in alle Richtungen ab. Die breiteren Linien führten zu größeren Verbindungsstellen wie der Nadel oder den Knoten in den Baronien, beispielsweise jenen unter den Drei Schwestern in den nördlichen Weiten. Die kleineren Bahnen verliefen zu den Knoten in den Bezirken von Erenthrall. Bei jedem Kanal hielt sie lang genug an, um zu prüfen, ob er die

Verbindung zur Nadel darstellte. Wenn nicht, bewegte sie sich weiter.

Als sie den Richtigen fand, sammelte sie sich. Kara wusste nicht, wie lange es dauern würde, bis Marcus sie wahrnahm und reagierte, falls er überhaupt dort wäre. Sie verkündete: »Ich bereite mich jetzt darauf vor, Verbindung zur Nadel aufzunehmen.«

Bewegung. Der Atem eines Halbwolfs hauchte ihr ins Gesicht. Ein scharfer Befehl von Grant ertönte. Dann Allans Stimme: »Wir halten dir hier den Rücken frei.«

Kara warf sich in die Ley-Verbindung zur Nadel und ließ sich von der Strömung mitreißen. Sie glaubte nicht, dass es ihr gelingen könnte, in ihren Körper zurückzukehren, sollten Marcus und die anderen Lumagier nicht da sein, um sie zu unterstützen.

Aber natürlich würde das in dem Fall keine Rolle mehr spielen. Denn dann würden sich die Drei Schwestern entfalten und sie alle vernichten.

***

Im Herzen der Nadel lief Marcus vor dem Nexus rastlos auf und ab. Die Lumagier wechselten sich dabei ab, die Kristalle in Position zu halten und den Strom der Ley, der sie vor einem Angriff aus der Nadel schützte, fließen zu lassen. Wer seine Schicht beendete, brach förmlich zusammen und verfiel prompt in unruhigen Schlaf, während diejenigen, die sie ablösten, entschlossen die Kiefermuskeln anspannten. Sogar jene Lumagier, die ursprünglich auf Iscivius' und Irmonas Seite gestanden hatten, halfen ohne Protest mit. Alle konnten das Geschrei und die in der Stadt vor dem Turm tobenden Kämpfe hören.

Der Lärm drang in Wellen zu ihnen, wurde zunehmend lauter und kam näher, was bei allen in der Grube für Beklommenheit sorgte, bis die Geräusche wieder zurückwichen. So war es die ganze Nacht gegangen. Sie hatten keine Möglichkeit, die genaue Zeit zu bestimmen, da der einzige Ausgang von der Ley geflutet bleiben musste.

Trotzdem wusste Marcus, dass es mindestens Mittag sein musste. Er war erschöpft und hungrig, aber er wollte nicht schlafen, da er ja nicht wusste, wann Kara auftauchen würde. Artras, Dylan und Jenner mussten ihn mit vereinten Kräften überzeugen, dass er nicht pausenlos Wache in der Ley halten konnte, weil er sich sonst verausgaben würde. Dennoch hatte er sich zu ein paar wenigen Stunden Erholungspause überreden lassen.

Draußen brandeten die wilden Kämpfe plötzlich und laut wieder näher heran. Artras, Cutter und Marc, die über den bewusstlosen Hernande wachten, hoben die Köpfe.

»Klingt, als wären sie unmittelbar vor der Nadel«, sagte Artras. »Vielleicht sogar im Stelengarten. Wie können die überhaupt noch kämpfen? Sie haben sich die ganze Nacht lang bekriegt.«

Cutter stand auf, spannte probeweise seinen Bogen und bewegte sich näher zum Fuß der Treppe. »Ist eine große Stadt mit vielen Möglichkeiten, sich zu verstecken. Wenn es sowohl Devins Leute als auch die Gorrani durch das Tor geschafft haben, könnte es Tage dauern, bis eine Seite sämtliche Feinde ausgeschaltet hat.«

»Da oben tobt ein Blutbad«, fügte Marc hinzu.

Niemand erwiderte darauf etwas, und in der Grube hielt wieder das trostlose, bange Schweigen Einzug, das den Großteil der Nacht vorgeherrscht hatte.

Marcus hörte auf, hin und her zu traben und trat stattdessen zu Artras und Hernande. »Irgendeine Veränderung?«

»Er ist immer noch bewusstlos und atmet kaum. Sein Herzschlag ist außergewöhnlich langsam. Ich weiß nicht …«

Jäh verstummte die Lumaga, als Marcus zum Nexus herumwirbelte. Er hörte, wie sie aufstand.

»Was ist los?«, wollte sie wissen.

»Kara. Sie ist hier.«

Die Spannung im Raum steigerte sich sprunghaft, als Marcus zur Grube eilte. Alle in der Kammer waren auf einen Schlag hellwach. Artras und Dylan traten an Marcus' Seite. Die Lumagier, die sich um die Kristalle kümmerten, richteten ihre Aufmerksamkeit auf ihn. Wer gerade keinen Dienst versah, erklärte den soeben Erwachten, was geschah. Alle rückten zur Grube vor.

Dylan räusperte sich. Dennoch klang seine Stimme brüchig. »Was machen wir jetzt?«

Marcus streckte die Hände aus und entsandte den Geist in den Nexus. »Wir schicken Kara unsere Unterstützung. Macht euch bereit, die Richtung des Stroms der Ley-Linie aus Erenthrall umzukehren. Außerdem führen wir ihr alle anderen Linien zu, die in die Nadel fließen. Ihr alle, die nicht gerade den Nexus bearbeiten: Haltet euch bereit, um einzuspringen, falls jemand zusammenbricht oder eine Auszeit braucht.«

Die Lumagier verteilten sich um die Grube, während sich Marcus mitten hineinstürzte und die Ley um seinen Geist herumwirbeln ließ. Er konnte fühlen, wie Karas Gegenwart die Kristalle darüber in Augenschein nahm und die aktiven Ley-Linien überprüfte.

Der Nexus bezog derzeit Ley von der Linie, die nach Muld führte, außerdem von den nördlichen Linien sowie jenen, die sich nach Westen erstreckten, sowie von den Überresten aus den Lehensgebieten. Die östlichen Leitungen nach Tumbor und Farrade hingegen waren tot. Die eingehende Ley wurde hinaus in die südlichen Linien nach Horn und zu den Gorrani-Ebenen geleitet.

Marcus wartete, bis Kara den gesamten Nexus untersucht und eine Bestandsaufnahme durchgeführt hatte. Er konnte durch die Ley hindurch ihre Erschöpfung fühlen und wusste, dass wahrscheinlich auch sie die seine spürte. Als sich ihre

Gegenwart vor ihm einfand, nur eine verschwommene Trübung der Ley, fragte er: »Bist du bereit?«

»Wir sind alle bereit«, meldete Dylan.

»Ich habe mit Kara gesprochen.«

Dann wurde ihm klar: Kara konnte ihn nicht hören. Sie hatten keine Möglichkeit, sich miteinander zu verständigen. Jedes Mal, wenn sie zuvor so auf die Ley eingewirkt hatten, hatten sich ihre Körper im selben Raum befunden. Diesmal nicht.

Frust schauderte durch Karas Gegenwart. Kurz zögerte sie ... dann schoss sie zurück zu der Linie, die nach Erenthrall führte. Weit schaffte sie es nicht – die Ley wirbelte zu heftig –, trotzdem wurde ihre Absicht klar.

»Wir müssen den Strom jetzt für Kara umkehren.«

Dylan brüllte allen zu, sich zu wappnen, während Marcus die Sinne zu den Kristallen entsandte und seinen Geist mittig in den Strömungen platzierte. Er wusste nicht, wie ihm Kara mitteilen wollte, dass sie etwas anderes brauchte, falls es dazu käme, doch darüber konnte er sich im Augenblick nicht den Kopf zerbrechen.

»Kehrt die Strömungen ... jetzt um!«

Damit fasste er in die Kraft der Ley und drehte die Kristalle über der Grube in andere Winkel, wodurch er sowohl die Brechung der Ley als auch die Richtung der Strömungen unten veränderte. Einen Moment lang stockte die Ley und schwappte in hohen Schwallen aus der Grube in die Kammer empor, aber die neuen Positionen der Kristalle hielten.

Die Ley wirbelte wild um Marcus herum, während sie sich anpasste, dann fügte sie sich in die neue Richtung. Wie eine Flutwelle schwenkte die Ley aus Norden und Westen in die Leitung nach Erenthrall. Marcus brüllte triumphierend, als die Strömung Karas Gegenwart erfasste und mit sich zurück zum wahren Nexus trug. Es mochte nicht mit denselben Instinkten oder demselben Feingefühl vollbracht worden sein, die Kara in der Ley besaß, aber es hatte funktioniert.

Nun brauchten sie diesen Zustand nur noch aufrechtzuerhalten.

Und mussten beten, dass es Morrell gelungen war, den Knoten in Tumbor wiederherzustellen.

***

»Das ist Hauptmann Lienta!«, rief jemand auf der Mauer. »Öffnet das Tor!«

Cory drängte sich zwischen Lienta, den Temeriten und den Mentoren und Studenten von der Universität nach vorn, während sich die Torflügel weit genug öffneten, um alle hineinzulassen.

Die Nacht hatten sie mit dem Weg um die Nadel herum verbracht. Zuerst waren sie weit auf die Ebenen hinausmarschiert, um etwaigen Gorrani oder Gefolgsleuten Devins auszuweichen, wie es Lienta zufolge auch Kara und die anderen getan hatten, als sie bei der Machtübernahme der Kormanley aus der Nadel geflohen waren. Allerdings hätten sie sich diese Mühe sparen können. Die Gorrani und die anderen waren vollauf mit dem Angriff auf die Nadel beschäftigt. Den Schein der Feuer in der Stadt konnte man noch weit draußen auf den Ebenen an der Unterseite der niedrigen Wolkendecke sehen. Mittlerweile jedoch lichteten sich die Wolken, und die Sonne brach am spätvormittäglichen Himmel durch.

Cory beobachtete den umliegenden Höhenzug und die kahle Graslandschaft zu beiden Seiten, als sie im Gänsemarsch durch das Tor eilten. Er entspannte sich erst, als sich die schweren Flügel aus Holz mit einem dumpfen Laut hinter ihnen geschlossen hatten.

Danach setzte die Erschöpfung wie ein körperlicher Schlag ein. Er schwankte dermaßen, dass ihn einer von Lientas Gardisten auffangen musste. Der Mann rief nach den Studenten, die sich besorgt murmelnd um ihn einfanden. Mirra schluchzte, als sie Corys anderen Arm ergriff und dabei zu helfen versuchte, ihn auf den Beinen zu halten. Cory wehrte sich, wollte sie von sich schieben, doch ihm fehlte die Kraft. Sein gesamter Körper zitterte, und wenn er ohne Hilfe zu stehen versuchte, knickten die Knie unter ihm ein.

»Tretet zurück. Weg da, hab ich gesagt! Lasst ihm etwas Platz. Seht ihr denn nicht, dass er erschöpft ist?« Cory war verblüfft, als er sah, dass sich Sovaan durch die Menge drängte. Der Verwalter blieb mit strenger Miene vor ihm stehen, als Mirra und die anderen ein Stück zurücktraten. Lienta stellte sich hinter Sovaan.

»Leg ihn auf den Boden«, befahl der Temeriten-Hauptmann. Als der Gardist, der Cory aufgefangen hatte, ihn sanft absenkte, brüllte Lienta: »Holt eine Trage. Und Wasser und Essen!«

»Es geht mir gut«, murmelte Cory. Sogar seiner Stimme fehlte jede Kraft.

Sovaan kniete sich neben ihn. »Von wegen, Junge. Du hast dich dabei verausgabt, als du uns aus jenem Kerker und dann durch das Tor gebracht hast. Und das nach dieser Folter, der sie uns mit dem Gas unterzogen haben. Es kommt einem Wunder gleich, dass du nicht schon viel früher zusammengebrochen bist.« Er untersuchte Cory flüchtig. »Bist du verletzt? Ich habe gar nicht daran gedacht, dich danach zu fragen.«

»Nein. Nur müde.« Er hustete, ein rauer, rasselnder Laut, und dabei stellte er fest, dass seine gesamte Brust von den Nachwirkungen des Gases schmerzte, doch dagegen konnte niemand etwas tun. Cory glaubte nicht, dass sich irgendjemand von ihnen vollständig davon erholen würde, es sei denn, Morrell könnte sie heilen.

Jemand traf mit einer Trage und Wasser ein. Lienta reichte das Wasser an Sovaan weiter und beugte sich über die Schulter des Mentors, als er Cory aufzusitzen half, damit er trinken konnte. Das Wasser beruhigte seinen Hals, fühlte sich kühl an, als es über die Rückstände der vom Gas herrührenden Verletzungen rann. Sovaan zog das Wasser zurück, bevor Cory fertig wurde. »Ich gebe dir mehr, aber du musst es langsam trinken. Ich will nicht, dass du es erbrichst. Sonst ist es wertlos.«

Gardisten stellten die Trage neben Cory ab. Sobald er zu Ende getrunken hatte, luden sie ihn darauf und hoben ihn hoch. Er versuchte, sich trotz des Ruckelns zu entspannen, als die Männer Lienta durch den Temeriten-Abschnitt der äußeren Stadt zur Botschaft folgten. Sovaan blieb bei ihm. Durch sein abgehärmtes Erscheinungsbild wirkte der Mentor irgendwie erhabener. Oder vielleicht trübte auch nur Erschöpfung Corys Augen.

Er zuckte zusammen, als jemand seine Hand ergriff. Als er den Kopf drehte, erblickte er Mirra an seiner anderen Seite. Sie fädelte ihre Finger zwischen die seinen und schenkte ihm ein verhaltenes Lächeln.

Danach musste er kurz eingenickt sein, denn als Nächstes bekam er mit, wie er auf dem Boden eines Handelshauses abgestellt wurde, das man offensichtlich zu einem Botschaftsgebäude umgewandelt hatte. Die Gardisten verschwanden, als Lienta neue Anweisungen erteilte, und Sovaan beorderte die Studenten und Jerrain weg. Mirra drückte Corys Hand, und es gelang ihm, sich ein Lächeln für sie abzuringen.

Danach ließ man ihn allein. Er starrte die aufwendigen Details der bemalten Decke an, die an einigen Stellen Risse oder gar Löcher aufwies, wo während der Beben Brocken herausgefallen waren. Um ihn herum wurde geredet. Von der Mauer und dem Rand der Kluft wurde Bericht über die Kampfhandlungen erstattet, es wurden Befehle erteilt, und es wurde beratschlagt. Cory erkannte Lientas Stimme und die der Matriarchin sowie jene ihres Dieners Janote. Nach einer Weile fielen ihm die Augen zu, und die Stimmen verblassten zu leisem Gemurmel.

Bis er jemanden die Drei Schwestern erwähnen hörte.

Da schlug er jäh die Lider auf. »Wie war das?«, meldete er sich zu Wort. Aber niemand schenkte ihm Beachtung, und seine Stimme war zu schwach, zu brüchig und zu rau von dem Schaden, den das Gas angerichtet hatte, als dass jemand seine Worte hörte.

Er rollte sich auf die Seite und erkannte, dass man ihn neben einem Schreibtisch abgestellt hatte. Cory konnte die Räder des Stuhls der Matriarchin und die Stiefel von mindestens fünf Gardisten sehen, die sich dicht beisammen unterhielten. Er fluchte. Kein Wunder, dass man ihn vergessen hatte – hier unten konnte ihn niemand sehen. Er streckte die Hand empor, bekam die Oberkante des Schreibtischs zu fassen und zog sich daran hoch.

Indem er alle Kraft zusammennahm, gelang es ihm, sich auf die Beine zu hieven. Doch dabei musste er sich so schwer auf den Tisch stützen, dass dessen Beine mit einem lauten, schabenden Geräusch ein Stück wegrutschten.

Lienta und die Männer um die Matriarchin erschraken. Janote fasste unwillkürlich zu seiner Taille, wo er bestimmt eine verborgene Waffe trug. Auch ein paar der Gardisten griffen nach ihren Klingen, aber Lienta bremste sie mit einer Handbewegung.

»Cory, was machst du denn hier?«

Cory überging die Frage. »Was habt ihr über die Drei Schwestern gesagt?«

Einer der Gardisten zögerte, aber sowohl Lienta als auch die Matriarchin nickten zustimmend.

»Eine der drei blinkt.«

»Was meinst du mit Blinken?«

»Sie flackert stetig. Seit mittlerweile Wochen hat sie immer schneller pulsiert, aber heute Vormittag hat sie sich verändert. Wir sind nicht sicher, wann genau – wir haben mehr auf das Geschehen in der Nadel geachtet, außerdem war da eine dichte Wolkenschicht. Aber jetzt blinkt sie unbestreitbar.«

Cory ließ den Kopf sinken. Seine Erschöpfung fühlte sich wie ein tausend Pfund schweres Bleigewicht um den Hals an. Als er aufschaute, verlangte er: »Bringt mich auf das Dach. Ich muss das sehen.«

Sie ließen die Trage zurück. Zwei Gardisten stützten ihn, schlagen sich je einen Arm über die Schultern. Die Treppen waren auf diese Weise zwar immer noch schwer zu bewältigen, doch letztlich schafften sie es auf das Dach hinauf.

Kampfgeräusche drangen durch die schwarzen Rauchsäulen, die in der Stadt auf der anderen Seite der Kluft aufstiegen. Aber Corys Blick schnellte sofort nach Norden, wo die Lichter der Drei Schwestern am Horizont über dem leicht violetten Dunstschleier der Berge der Steppen und der nördlichen Weiten schillerten. Zwei der Lichter pulsierten unterschiedlich schnell; das linke deutlich langsamer als das rechte, während das dritte …

Es blinkte, daran bestand kein Zweifel. Und es leuchtete viel greller als die anderen beiden.

Cory erschlaffte. Sein Körper fühlte sich an wie ein totes Gewicht, als er sich Daltons Vision ins Gedächtnis rief.

»Was passiert da?«, fragte Lienta, obwohl Cory vermutete, dass es der Hauptmann bereits wusste.

»Diese Verkrümmung entfaltet sich gerade.«

»Wie lange haben wir noch?«

Cory zuckte mit den Schultern. »Höchstens ein paar Stunden. Wahrscheinlich weniger.«

»Was ist mit Kara? Kann sie es aufhalten?«

Cory schaute zu den auseinandertreibenden Wolken am Himmel und zur weißen Schliere des Kometenschweifs darüber.

»Ich habe keine Ahnung.«

***

Kara trieb im Strom der Ley von der Nadel bis nach Erenthrall. Als sie sich dem Nexus näherte, sammelte sie sich, scharte die Kraft der Ley und benutzte sie, um einen Schutzschild gegen die rohe, chaotische Energie des Geysirs zu erschaffen. Wenige Augenblicke, bevor sie hinaus in die Grube schoss, erkannte sie, dass sich etwas verändert hatte. Es war etwas Unscheinbares und zugleich Grundlegendes, doch ihr blieb keine Zeit, um sich umzusehen und herauszufinden, worum es sich handelte.

Sie schnellte aus dem Tunnel in die tosenden Strömungen des Geysirs und wurde fast sofort nach oben geschleudert. Ihr Geist raste durch die zerschmetterte Kuppel des Nexus zwischen den eingestürzten Türmen von Grass hindurch geradewegs in den mittäglichen Himmel.

Während sie durchgeschüttelt wurde, umklammerte sie ihre Verbindung zu der zur Nadel führenden Ley-Linie, die sie wie eine Leine zu sich zog. Sie streckte sich nach den größeren Linien der Verbindungen zu den anderen Knoten im Norden – Ikanth, Severen, Dunmara – und nach jenen, die ostwärts nach Temer und zur Küste hinausreichten. Kara schnappte sich auch die Verbindung zum wiedererweckten Knoten in der Nähe von Muld, obwohl sie nicht so stark war. Dann fügte sie noch die kleineren Kanäle hinzu, die sich durch Erenthrall selbst schlängelten.

Mit jeder neuen Verbindung festigte sich ihre Gegenwart auf dem Höhepunkt des Geysirs. Jede diente ihr als Anker, trotzdem wurde sie nach wie vor hin und her geschleudert. Die Kraft des Geysirs war zu stark. Nur die Macht, die sie aus der Energie bezog, die ihr Marcus aus der Nadel zuführte, ermöglichte es ihr, die Kontrolle zu bewahren.

Aber als sich ihr Halt festigte, spürte sie eine Störung. Etwas vibrierte durch die Ley-Linien und breitete sich summend in ihrem Körper aus. Sie biss die Zähne zusammen und versuchte, es zu beenden, doch es hielt weiter an und drang in ihre Knochen vor. Ihr Geist auf dem Geysir drehte sich herum …

Und erblickte das blinkende Licht der Verkrümmung über den Bergen im Norden.

Kara fluchte.

»Was ist?«

Allans Stimme klang erschreckend nah, obwohl sie ja wusste, dass er nur Zentimeter von ihrem Körper entfernt stand.

»Eine der Verkrümmungen im Norden entfaltet sich gerade – eine der Drei Schwestern.«

Kaum konnte sie die Quelle der Störung sehen, spürte Kara sie nicht nur durch die Ley, sondern auch im Geflecht. Sie breitete sich in Wellen in jede Richtung aus, und das Geflecht krümmte sich. Es war zu lose geworden, hatte zu wenige Ankerpunkte, um die Belastung durch die Stoßwellen aufnehmen zu können.

Laut Cory hatte das Geflecht reagiert, als sich die Verkrümmung über Tumbor entfaltet hatte. Sogar im fernen Muld hatte er es gespürt. Es hatte sich angefühlt, als hätte jemand das Geflecht peitschend durchgeschüttelt wie eine Dienerin einen Lappen, um ihn beim Putzen vom Staub zu befreien. Er hatte es als Erschütterung des Grundgefüges der Realität beschrieben.

Das war vor der Zerstörung des Knotens in Tumbor und vor dem Zusammenbruch des gesamten Ley-Netzwerks südlich von Erenthrall gewesen. Was würde die Entfaltung der Drei Schwestern nun im Geflecht bewirken, da es nun noch lockerer war, weil einer der grundlegenden Anker seines Gerüsts fehlte?

»Dalton hatte recht«, murmelte sie mehr bei sich als zu den anderen.

»Recht womit?«, fragte Allan. Seine Hand legte sich auf ihre Schulter.

»Wenn sich die Drei Schwestern entfalten, vernichtet das uns alle.«

Allan drückte ihre Schulter. Seine Stimme kam näher, sein Atem hauchte heiß auf ihre Wange. »Dann verhindere es. Du bist die Einzige, die es kann.«

Kara löste ihren Blick von den flackernden Lichtern der Verkrümmungen über den Bergen und richtete die Aufmerksamkeit auf den Geysir unter ihr. Die Ley sprudelte um sie herum zum Scheitelpunkt, bevor sie in Bogen zurück in die Tiefe fiel. Karas Leinen zu den Verbindungen hielten, allerdings stellten sie lediglich Anker im Norden, Osten und Westen dar.

Sie brauchte auch welche im Süden, sonst würde es ihr nie gelingen, den Geysir aufzuhalten.

»Hoffen wir, dass es Morrell gelungen ist, den Knoten in Tumbor wiederherzustellen«, sagte sie, bevor sie sich den schlummernden Linien Richtung Süden entgegenstreckte.

Sie schrie überrascht auf, als sie nicht nur die alten Leitungen, sondern auch frisch geschmiedete Tunnel für neue entdeckte. »Morrell hat es nach Tumbor geschafft!«

Kara wogte zurück, als Allan sie an beiden Schultern packte und praktisch schüttelte. »Morrell ist am Leben? Meine Tochter lebt?«

»Das weiß ich nicht, aber sie hat es nach Tumbor geschafft. Sie muss den Knoten wiederhergestellt haben – mit Sicherheit kann ich es noch nicht sagen, die Leitung nach Tumbor ist tot. Aber Morrell hat auf jeden Fall mehr als das getan. Da sind neue Linien nach Tumbor und Farrade, Tunnel, die es vorher nicht gegeben hat.«

Allan schluchzte, während seine Hände Karas Schultern drückten. »Ich wusste, sie würde es schaffen«, brachte er mit belegter Stimme hervor. »Sie ist stärker, als sie aussieht.«

»Ja«, pflichtete ihm Grants grollende Stimme bei. »Das ist sie.«

Das hatte Kara bei ihrem Eintreffen gespürt – die neuen Tunnel, eine grundlegende Veränderung in der Anordnung des Nexus von Erenthrall. Nur waren weder die neuen Tunnel noch die alten von Ley geflutet. Das System in Erenthrall hatte sich ohne sie in eine stabile Anordnung gefügt.

»Ich muss die Strömung der Ley ändern, sie irgendwie in die neuen Kanäle zwingen.«

Kara bündelte die Kraft der Ley von der Nadel und tauchte zurück hinab in den Geysir, musste während des gesamten Weges gegen seinen Druck ankämpfen. Je tiefer sie gelangte, desto stärker wurden die Strömungen. Sie kam zunehmend langsamer voran und hatte immer schwerer zu kämpfen, während die Ley in entgegengesetzter Richtung an ihr vorbeirauschte.

Kara zog an den Leinen und versuchte, mehr Kraft von der Ley zu beziehen, die sich von ihren Quellen nach Erenthrall ergoss. Verzweifelt streckte sich Kara. Die Strömungen, die sie in neue Bahnen zwingen musste, befanden sich keine dreißig Fuß weit entfernt, aber die Kraft der Ley unter ihrer Kontrolle genügte trotz der Ergänzung aus der Nadel nicht.

Wieder bündelte sie ihre Energie, zog kräftig an den Leinen und streckte sich.

Frustriert schrie sie auf, denn es fehlten immer noch zwanzig Fuß.

***

»Irgendetwas stimmt nicht«, sagte Marcus in die drückende Stille, die in der Grube der Nadel herrschte. Seine Stimme hallte in der Kammer wider. Sämtliche Augen richteten sich auf ihn.

»Was?«, fragte Artras an seiner Seite. »Was ist los? Geht es um Kara? Um die Ley?«

Marcus schüttelte den Kopf, konzentrierte sich auf die

Kristalle des Nexus, den sie erschaffen hatten, auf die Ley, die durch ihren Knoten in Richtung Erenthrall brandete. Er geriet in Versuchung, die Leitung entlangzureisen, wie Kara es getan hatte, wusste jedoch, dass er die Stadt nie erreichen würde. Um eine solche Entfernung zu überbrücken, war er nicht stark genug.

Aber er konnte etwas durch die Leitung spüren, eine leichte Verschiebung. Nein, keine Verschiebung, mehr ein … ein Ziehen.

»Es ist Kara!«, rief er, als ihn die Erkenntnis ereilte. Er wirbelte herum, blickte erst suchend zu den Kristallen, zu ihrer Ausrichtung, dann sah er in die Gesichter der Lumagier. »Sie braucht mehr Energie. Was wir ihr schicken, reicht noch nicht.«

»Aber wir schicken ihr schon alles, was wir haben!«, gab Dylan zurück. »Die Kristalle sind so angeordnet, dass sie den größtmöglichen Ausstoß ergeben. Wir können sie nicht verschieben, ohne das Wagnis einzugehen, dass sie zerspringen, nicht ohne einen Ober-Lumagus oder die Hilfe der Hexer.«

Marcus' Blick schnellte zu Hernande, doch der Mentor erwies sich immer noch als bewusstlos. »Das weiß ich!«

»Was schlägst du dann vor, dass wir tun sollen?«, fragte Artras.

»Ich weiß es ni…« Abrupt verstummte Marcus, als sein Blick auf den Strang der Ley fiel, der sich in hohem Bogen zur Tür wölbte und das Erdgeschoss der Nadel flutete, um die Gorrani und Devins Männer draußen zu halten.

Dylan trat vor, folgte Marcus' Blick. Er wirbelte herum. »Sobald wir diesen Strang aufgeben, stürmen die Gorrani und die anderen herein und töten uns alle.«

»Wenn wir es nicht tun«, gab Artras auf Marcus' anderer Seite zu bedenken, »und Dalton recht hat, dann sterben wir ohnehin alle.«

Marcus starrte hinauf zu dem von der Ley gefluteten Eingang der Grube. Von draußen drangen Kampfgeräusche zu ihnen nach unten. Sie waren noch lauter geworden und nähergekommen, seit sie den Strom der Ley umgekehrt hatten.

»Wer beaufsichtigt diesen Strang gerade?«, fragte er.

Jenner stand auf. »Ich.«

Marcus drehte sich um. »Wenn ich es sage, lässt du ihn zurück in den Nexus fließen. Ich leite ihn dann weiter nach Erenthrall. Es mag nicht viel sein, aber es könnte reichen.« Als Jenner nickte, ließ Marcus den Blick über alle anderen wandern – Cutter, Marc, Artras, Dylan, den Rest der anwesenden Lumagier. »Wir müssen den Nexus halten, so lange wir können, um Kara so viel Zeit wie möglich zu verschaffen.«

Cutter und Marc eilten bereits zur Treppe. Artras zog ihr Messer und folgte ihnen. Einige der Lumagier griffen sich die wenigen Waffen, die es in der Grube gab, und schlossen sich ihnen an.

Marcus kehrte zum Rand des Nexus zurück und schaute in die strudelnde weiße Ley hinab, bevor er den Kopf hob. Er konzentrierte sich auf die Kristalle und den Strang der Ley, der sie beschützte.

»Lass los, Jenner.«

***

Karas Schrei verstummte, als ein dünner Strang neuer Ley durch die Leitung von der Nadel brandete. Nach kurzer Verblüffung packte sie ihn hastig und verwob ihn mit den anderen Leinen, dann tauchte sie mit einem halb ungläubigen Lachen zurück in die Mitte des Geysirs.

Die Schwingungen der Verkrümmung im Norden schauderten durch ihre Gelenke, als sie sich erdete und die Kraft der Leinen dann zu einem Block formte, wie eine Wand. Die wirbelnden Strömungen in der Mitte des Geysirs reagierten darauf. Der Kreislauf geriet durcheinander, und ein Teil davon floss in die neuen Ley-Tunnel ab, die Morrell erschaffen hatte. Kara spürte, wie die Ley nach Tumbor raste, nach Farrade. Je weiter sich die Ströme von Erenthrall entfernten, desto schwächer wurden sie, weil ihnen die Verankerung fehlte. Sie führte den Leitungen mehr und mehr Ley zu. Der Strom musste unbedingt den Knoten erreichen, den Morrell hoffentlich in Tumbor wiederaufgebaut hatte. Sobald die Ley dort eintraf …

Sie schnappte nach Luft, als sich die Linie nach Tumbor jäh straffte, eine plötzlich gespannte Schnur. Gleich darauf geschah dasselbe mit der Linie nach Farrade. Ohne ihr Zutun festigten sich die Ströme, während sich die chaotischen Wirbel im Geysir veränderten. Die Ley strömte in die neuen Leitungen und floss zunehmend vom Geysir ab, als sich neue Linien von Tumbor nach Farrade bildeten und sich dann von beiden Städten in Richtung der Nadel sowie in die Gefilde im Süden, Osten und Westen verästelten. Mit jeder entstehenden Verbindung ließ die Gewalt des Geysirs nach, als die Ley neue Abflüsse, neue Kanäle fand.

Kara hielt die Leinen weiter fest, bis sich das Chaos ausreichend gelegt hatte und sie beginnen konnte, Ordnung ins Netzwerk der Stadt zu bringen. Nun, da sich der Druck auf die Ley verringert hatte, konnte sie die Linien mühelos ausmachen. Allerdings waren der Knoten und die Leitungen innerhalb der Stadt für den Nexus erschaffen worden, waren darauf ausgelegt, mit der Anordnung der Kristalle benutzt zu werden, die sich in seinem Herzen befunden hatten. Jene Kristalle hatte die Zersplitterung zerstört, und nach dem zu urteilen, was Lecrucius und Iscivius in der Nadel getan hatten, würden sie sich nicht so einfach nachbilden lassen.

Wenn Kara auch nur hoffen wollte, das System zu stabilisieren, würde sie sich auf die alten, die ursprünglichen Knoten wie jenen unter dem Halliel-Park und in Muld verlassen müssen. Sie würde eine andere Anordnung erschaffen müssen, eine Mischung aus Alt und Neu.

Jemand berührte sie an der Schulter. »Ich weiß ja nicht, was du gemacht hast«, sagte Allan, »aber die Ley weicht zurück. Sie ist um uns herum so weit gesunken, dass wir den Geysir sehen können. Er ist nur noch halb so hoch wie vorher.«

»Ich habe einen beträchtlichen Teil der Ley in die neuen Linien nach Tumbor und Farrade gelenkt, aber das war nur ein Teil des Problems. Ohne die Kristalle hier im Nexus muss das gesamte Ley-Gefüge in Erenthrall umgestaltet werden. Daran arbeite ich gerade.«

Plötzlich stimmten die Halbwölfe ein hohes, durchdringendes Geheul an. Kara zuckte zusammen.

»Was ist los?«, fragte sie.

»Hört denn niemand dieses Geräusch?«, brummte Grant. Seine Stimme klang gequält, und ein unterschwelliges Winseln schwang in den Worten mit.

Kara dachte an die Linien, die sich ihren Weg bahnten, und sog scharf die Luft ein.

Das Beben schleuderte sie von ihrem Sitzplatz am Rand des Kristalls. Ihr Körper schlug hart auf dem Boden auf. Schmerzen schossen ihr heiß durch die Schulter und in die Brust, obwohl ihr Geist nach wie vor tief im Geysir verweilte und sich ihr Bewusstsein auf die zahlreichen, vom Nexus ausgehenden Linien verteilte.

Allan brüllte »Kara!« und schnappte sich einen ihrer fuchtelnden Arme, als sie über den Boden rollte. Er schleifte sie zu sich zurück. Kristallsplitter bohrten sich in ihre Haut. Dann zog er sie hoch und drückte sie an seine Brust. Kara fragte sich, wie kurz ihr Körper davorgestanden hatte, aus dem Schutz von Allans Blase und in die Ley zu geraten, doch es spielte eigentlich keine Rolle. Die gesamte Stadt erzitterte unter ihnen. Sogar tief in der Ley hörte Kara das Gestein knirschen und Trümmer krachend um sie herum auf dem Boden einschlagen.

»Kara, falls du mich hören kannst, arbeite schneller!«, brüllte Allan über das Grollen des Bebens. »Ich bin nicht sicher, wie lange wir hier noch bleiben können!«

Kara erwiderte nichts. Stattdessen tauchte sie zurück in die Anordnung der Ley, spürte die Linien auf, die Knoten, die Verbindungen in Erenthrall und die Leitungen, die nach außen zu den anderen Städten führten. Sie hatte sich zuvor nie mit der Struktur der Ley befasst, nicht so, wie es vermutlich die Ober-Lumagier vor der Zersplitterung getan hatten. Aber sie konnte alle einzelnen Teile fühlen.

Es war wie bei den Steinen im Halliel-Park, die Ischua benutzt hatte, um Kara als Kind zu testen. Oder wie bei den Kristallen im neuen Nexus der Nadel. Eine Verlagerung eines Steins oder Kristalls veränderte das Muster der gesamten Ley, ihre Strömungen. Manche Anordnungen waren gut, doch mit einer winzigen Anpassung ließ sich etwas noch Besseres erzielen.

Kara brauchte nur eine, die sich als stabil erwies und die ohne äußere Einflussnahme und Beaufsichtigung Bestand haben würde.

Sie atmete zur Beruhigung tief ein, langsam wieder aus und stemmte in Gedanken die Füße in den Boden, wie sie es vor so vielen Jahren für Ischua und ihren Vater getan hatte.

Das Beben verblasste in den Hintergrund – Allan und Grant würden sie beschützen –, bis nur noch die Ley blieb. Kara trieb darin; in der Mitte des Geysirs, im Zentrum des Nexus.

Dann entsandte sie die Sinne nach außen und begann, auf die Steine einzuwirken. An einer Stelle lenkte sie den Strom der Ley leicht um, an einer anderen blockierte sie die Leitung. Bei jeder Anpassung durchlief ein Schauder das Gesamtgefüge, und es veränderte sich. Aufgegebene Linien wurden plötzlich geflutet, in anderen versickerte der Strom der Ley. Sie kapselte den Knoten in Eld ab, benutzte stattdessen jenen im Halliel-Park, bevor sie sich dem Knoten etwas außerhalb der Stadt zuwandte, den sie bei ihrer verheerenden Reise nach Erenthrall im vergangenen Jahr entdeckt hatten.

Das System war komplex, und jede Handlung zog unbeabsichtigte Folgen nach sich, aber mit jeder Anpassung lernte Kara ein bisschen mehr darüber, wie die Knoten und die Linien aufeinander reagierten. Das Abschalten des Knotens in Ledes bewirkte, dass der Geysir höher anschwoll. Der Druck wurde zu groß und riss Kara beinah mit. Fluchend fügte sie Ledes rasch wieder ins Netzwerk und wandte sich stattdessen dem Knoten weiter östlich zu. Das Hinzufügen einer Linie von Hegga nach Pfil verursachte einen jähen Rückgang des Drucks, und Kara fiel tief in die Grube.

Jemand schüttelte sowohl sie als auch Allan und zwang sie, die Aufmerksamkeit zurück auf ihren Körper zu richten. »Wir müssen weg«, stieß Grant knurrend hervor.

»Noch nicht! Ich bin fast fertig!« Panisch entsandte Kara ihre Sinne erneut. Sie konnte die Stabilität mittlerweile spüren – über die Hälfte des Gesamtgefüges hatte sich bereits beruhigt.

»Das ganze Gebäude wird auf uns herabstürzen!«

»Sie hat gesagt, wir warten«, meinte Allan nur.

Der Rudelführer packte den ehemaligen Rüden am Hemd, zog sowohl ihn als auch Kara zu sich. »Wir werden alle sterben.«

»Dann sterben wir eben«, gab Allan ungerührt zurück.

»Wenn sie tot ist, kann sie die Ley nicht in Ordnung bringen.«

Im Nexus toste etwas, und ein ganzer Abschnitt der Decke stürzte ein. Kara sah es nicht, erstickte aber beinah am Staub, als er sie umhüllte.

Grant hievte sie beide auf die Beine. »Bewegung!«, rief er.

Allan zögerte einen Atemzug lang, dann hob er sich Kara auf die Arme, obwohl sie schrie: »Wartet!«

Niemand hörte auf sie. Verzweifelt schaltete sie Knoten ein und aus, blockierte Linien, gab andere frei. Ihre Verbindung zur Ley wurde schwächer und schwächer, je weiter Allan und Grant sie vom Nexus wegschleiften. Dabei spürte sie die perfekte Anordnung bereits. Sie war nur noch wenige Anpassungen entfernt. Mit einem abgehackten, wilden Aufschrei streckte sie sich nach dem letzten Knoten und öffnete ihn, bevor das Netzwerk ihrem Zugriff entglitt.

Mit einem Ruck kehrte sie in ihren Körper zurück, wenige Augenblicke, bevor Grant, Allan und die zwei Halbwölfe in den Korridor huschten, der von dem Kuppelraum in der Mitte wegführte. Über Allans Schulter beobachtete Kara, wie ein weiterer Teil der Decke nachgab. Der Geysir bäumte sich ein letztes Mal auf, bevor er in der Grube versank. Die Ley, die den Bereich geflutet hatte, war bereits zurück in den Boden gesickert.

Sie rasten durch die Gänge. Allan und Grant brüllten sich unterwegs gegenseitig Anweisungen zu. Kara spielte mit dem Gedanken, Allan zu zwingen, sie zu Boden zu lassen, aber mittlerweile war sie von einer heimtückischen Trägheit befallen, wie damals, als sie versucht hatte, die Verkrümmung über Erenthrall zu heilen, bevor die sich nach der Zersplitterung entfaltet hatte.

Die Ähnlichkeiten zwischen damals und jetzt entlockten ihr ein kurzes, trockenes Lachen: Allan trug erneut ihren erschöpften Körper aus dem Nexus, während sie flüchteten. Nur wurden sie diesmal nicht von Halbwölfen gejagt. Außerdem flüchteten sie jetzt vor einem Beben, nicht vor einer Entfaltung.

Und diesmal war ihr gelungen, was sie sich vorgenommen hatte.

»Nur ist es mir auch rechtzeitig gelungen?«, murmelte sie bei sich.

Sie stürmten aus den dunklen Gängen hinaus in grellen Sonnenschein. Alle hielten inne und stützten sich am Gebäude ab, als der Boden erneut erzitterte. Spalten tauchten in der Vertiefung um den Nexus auf, Steinbrocken fielen auf allen Seiten von den Überresten der Türme. Grant zeigte zur Treppe und brüllte: »Hinauf!«

Als sie die Stufen hinaufhasteten, wurde Allans Atem zunehmend rauer, flacher, keuchender, und er wurde langsamer. Brocken der Senke und Teile der Stufen lösten sich und kullerten den Hang hinunter auf den Nexus zu. Sie preschten weiter, bis Allan taumelte und zusammenbrach, als sie sich dem Kopf der Treppe näherten. Er presste sich eine Faust in die Seite. Kara kroch zu ihm, legte ihm die Hand auf die Schulter und blickte ihm in die Augen, sah seine schmerzverzerrte Miene.

»Du musst mich nicht tragen«, sagte sie. »Ich glaube, ich kann laufen.«

Sie rappelten sich auf, indem sie sich gegenseitig stützten. Grant befand sich bereits oben, stand am Ende der Stufen. Die Halbwölfe trabten ungeduldig neben ihm hin und her. Als sie ihn erreichten, fragte er: »Wohin gehen wir jetzt?«

»Raus aus Erenthrall. Hinauf auf die Felsen. Ich muss die Drei Schwestern sehen.«

Während die Erde um sie herum wütete, brachen sie nach Süden auf, zum Stadtrand von Erenthrall.

***

Jenner starb als Erster.

Er wurde von den Gorrani-Kriegern niedergestreckt, die durch den Eingang der Grube auf die Treppe stürmten. Marc und er hatten den äußeren Korridor so lang wie möglich gehalten, während Cutter seine Pfeile über ihre Schultern hinweg abgefeuert hatte.

Marcus und die meisten Lumagier waren in der Grube geblieben. Der Gang war zu schmal für mehr als eine Handvoll gleichzeitig kämpfender Männer. Marcus wusste, dass sie nur deshalb so lange durchgehalten hatten. Aber mittlerweile waren Marc, Jenner, Cutter und die anderen Stück für Stück zum Kopf der Treppe zurückgedrängt worden. Cutter war die Stufen heruntergerannt, vorbei an nach oben eilenden Lumagiern, damit er von der anderen Seite der Grube auf die auftauchenden Gorrani schießen konnte.

Jenner fiel, bevor er unten ankam, durch einen wilden Hieb, der ihn in der Brust traf. Er starb lautlos. Sein Körper kippte von der Treppe und fiel auf die Steinplattform darunter. Ein anderer nahm seinen Platz ein. Schreie, Grunzen und das Klirren von Metall auf Metall hallten durchdringend durch die Kammer. Marcus beobachtete das Geschehen vom Rand der Grube aus, wo er weiterhin die Ley überwachte. Eine seltsame Ruhe senkte sich herab, breitete sich über ihn aus wie eine Hülle aus Schicksalsergebenheit.

Als die Gorrani die Hälfte der Treppe erreichten und nach Jenner drei weitere Lumagier niedergemetzelt hatten, stürmte Marcus los. Er hielt die Verbindung zum Nexus aufrecht, während er zu den Gefallenen am Fuß der Treppe eilte, wo er sich eines der Krummschwerter der Gorrani griff und auf die Stufen zuhielt. Marc kämpfte wie ein Besessener, stieß zu, wehrte ab und drängte die Gorrani zurück oder über die Seite. Dabei gab er keinen Mucks von sich, nur seine Miene war in Wut entbrannt.

Marcus gelangte in Artras' Rücken, stand jetzt vier Körperlängen hinter Marc. Er drehte die Lumaga zu sich herum und erschrak ob der Mordlust in ihren Augen, bevor sie ihn erkannte.

Er zeigte zum Fuß der Treppe hinab. »Geh zurück hinunter und stell sicher, dass alle abgestürzten Gorrani auch wirklich tot sind.«

Sie nickte und setzte sich die Stufen hinunter in Bewegung. Marcus nahm ihren Platz ein.

Er spürte eine Veränderung in der Ley, unmittelbar bevor ein Gorrani-Schwert über Marcs Hals hieb. Blut spritzte auf, doch Marc trieb die eigene Klinge noch tief in die Brust des Gorrani, bevor er rücklings die Treppe hinunterfiel und die verzweifelten Lumagier vor Marcus zum Stolpern brachte. Die feindlichen Krieger brandeten heran, wurden jedoch von dem Gewirr der Körper behindert. Marcus fluchte, als er weiter die Stufen hinunter zurückgedrängt wurde.

Die Verschnaufpause währte nur kurz. Bevor sich Marcus und die Wenigen um ihn herum neu formieren konnten, hatten die Gorrani sie erreicht.

Er hob das Schwert zum Blocken, allerdings mit einer linkischen, unsicheren Bewegung. Die Klinge eines Gorrani-Kriegers prallte gegen die seine und betäubte ihm den gesamten Arm. Marcus' Atmung ging in rasselnden Stößen. Schweiß juckte überall an seinem Körper, der vor einer eigenartigen Energie vibrierte. Der Gorrani brüllte ihm mit wildem Blick ins Gesicht …

Und dann blitzte die Klinge des Kriegers über Marcus' Brust.

Erschrocken taumelte der Lumagier zurück, doch sein Fuß fand keinen Halt. Er stürzte vom Rand der Treppe.

Zunächst spürte er keinen von der Wunde ausgehenden Schmerz – bis er unten auf dem Steinboden landete. Dann zerriss die Hülle der Ruhe, die ihn umgeben hatte, und er schrie aus voller Kehle, als jähe Qualen in seiner gesamten Brust aufflammten.

Über ihm strömten die Gorrani die Stufen herunter, und der Widerstand der Lumagier brach zusammen. Marcus rollte sich auf die Seite. Blut durchnässte seine Kleidung, ein sengender Schmerz erstreckte sich von der rechten Schulter bis zum unteren Ende seiner linken Flanke. Die Brust fühlte sich heiß an, obwohl er am ganzen Leib zitterte, als stünde er mitten im Eis und Schnee der nördlichen Öden.

Er versuchte, zur Grube zu kriechen, doch sein Körper erwies sich als zu schwer, und ein Arm war völlig taub, verweigerte ihm jeglichen Dienst. Stöhnend ließ er den Kopf auf den Steinboden sinken und beobachtete, wie die Gorrani auf die Plattform um die Grube strömten und links und rechts Lumagier niederstreckten.

Cutter feuerte weiter Pfeile von der anderen Seite der Grube ab. Artras hatte sich zu Hernande zurückgezogen, stand zusammen mit Dylan schützend über dem Mentor.

Wieder veränderte sich etwas im Nexus. Die Leitung nach Tumbor. Sie war von Ley erfüllt. Marcus grinste. »Sie hat es geschafft.« Gelächter stieg in ihm auf.

Die Gorrani hatten die Grube halb durchquert, als das Beben einsetzte.

Es schleuderte die Hälfte von ihnen zu Boden. Ein Schwall der Ley schwappte aus den Tiefen der Grube und überrumpelte einige der Krieger, die sich gerade aufrappeln wollten.

Als die Ley zurücksank, stellte Marcus fest, dass sich ihr Strom beruhigt hatte. Kara nutzte nicht mehr die gesamte Energie.

Ohne Zeit für irgendwelche Finessen packte Marcus die Ley und errichtete aus ihr eine durchgehende Wand, die sich quer durch die Grube erstreckte und Artras, Hernande, Dylan, Cutter und einige andere Lumagier von den Gorrani abschnitt. Die feindlichen Krieger wankten vor dem Gleißen zurück und brüllten voller Wut in ihrer Sprache.

Und dann, bevor er es sich anders überlegen konnte, setzte er die Wand in Bewegung, auf dass sie über die Gorrani hier im Nexus hinwegfegte, die Treppe hinaufströmte und sich durch die Gänge der Nadel bis hinaus in den Stelengarten ergoss.

Kurz bevor die Ley über Marcus selbst hinweg brandete, rollte er sich auf den Rücken und murmelte: »Für dich, Kara.«

Dann öffnete er sich der Ley und ließ sich von ihr verschlingen.

VIERUNDZWANZIG

Artras richtete sich voll stummen Entsetzens auf, als die Wand aus Ley, die sie von den Gorrani getrennt hatte, durch die Kammer und die Treppe hinauf brandete und durch den Eingang in die Nadel strömte. Von den Gorrani und den Gefallenen blieben nur Waffen, Schnallen aus Metall und Schmuck zurück.

»Bei den Göttern«, stieß einer der überlebenden Lumagier hervor. »Was ist gerade passiert?«

Artras' Blick suchte die Stelle, wo sie Marcus hatte landen sehen. »Marcus.«

Cutter preschte über den bebenden Boden zu ihr. »Er hat uns eine Atempause verschafft, mehr nicht. Wir müssen hier raus, bevor mehr von denen eintreffen.«

Der Fährtensucher streckte sich nach Hernande. Dylan schüttelte seine Starre ab und setzte dazu an, ihm zu helfen. Zusammen hievten sie den Mentor auf die Beine und schlangen sich seine Arme über die Schultern, bevor sie begannen, ihn zu den Stufen zu schleifen. Die anderen Lumagier hielten bereits in vollem Lauf auf den Eingang zu.

Artras raste zum Rand der Grube und entsandte ihre Sinne in die Ley. Der Boden bebte immer noch, aber die Kristalle blieben in einer stabilen Anordnung. Die Ströme, die aus Erenthrall und vom Knoten in der Nähe von Muld hereinkamen, wurden nach Tumbor und in die Verbindung zum Süden abgeleitet. Sie brummte anerkennend, dann eilte sie hinter Cutter und Dylan her, überholte sie und stürmte vor ihnen mit gezücktem Messer die Treppe hinauf. »Kara hat die Ley gefestigt«, verkündete sie im Vorbeilaufen.

Der Boden erzitterte heftig und schleuderte sie alle gegen die Felswand.

»Fühlt sich aber nicht so an«, murrte Cutter.

Artras erwiderte nichts. Die Lumagier hatten die Grube bereits verlassen, dennoch verlangsamten sie ihre Schritte nicht, als sie den Eingang erreichten. Eine weitere Erschütterung ließ einen gezackten Riss quer über die Decke der Grube entstehen, und unter ihnen brach ein Abschnitt der Felsplattform ab.

»Bewegung, Bewegung, Bewegung!«, brüllte Dylan, und alle vier taumelten hinaus in den äußeren Korridor der Nadel, als die Decke hinter ihnen einstürzte. Artras rannte voraus, wurde nur etwas langsamer, wenn sie Nebengänge passierte, wo sie auf Gorrani achtete. Doch weder in der Nadel noch im Stelengarten draußen begegneten sie jemandem. Sie war nicht sicher, wie weit Marcus' Schwall der Ley gereicht hatte, aber sie bezweifelte, dass er sich nach seinem Tod noch besonders lange halten konnte.

Vor ihnen standen die Türflügel des Tempels weit offen. Von den anderen Lumagiern fehlte jede Spur.

»Diese von den Göttern verfluchten Feiglinge«, schimpfte Artras, bevor sie sich an Cutter wandte. »Wohin sollen wir von hier aus? Wir haben keine Ahnung, wo die Gorrani sind. Oder Devins Männer.«

Der Fährtensucher blickte auf Hernande hinab. »Er ist immer noch bewusstlos.«

»Die Brücke.«

»Welche Brücke?«, wollte Dylan wissen.

»Er hat aus Luft eine Brücke über die Kluft gebaut«, erklärte Artras. »Niemand weiß, dass es sie gibt, außer uns, Lienta und den Temeriten, wo immer sie sein mögen.«

»Dann ist das unsere beste Chance«, meinte Cutter. »Vorausgesetzt, sie ist noch da.«

Sie betraten den Tempel und rückten vorsichtig durch

Gänge und Räume vor, die vor Leichen strotzten. Dylan brachte der Gestank von Blut und Eingeweiden zum Würgen und Husten. Artras atmete unbewusst flach durch den Mund, eine Technik, die sie sich bei der Arbeit in den Schlachthäusern angeeignet hatte, bevor sie Lumaga geworden war. Staub rieselte von der Decke herab, als die Erde bebte, Trümmer prasselten in einigen Gängen. Sie hörten Schreie und die Geräusche von Kampfhandlungen, jedoch alles in weiter Ferne. Zweimal erschreckte sie jemand, der um eine Ecke kam, aber beide Male preschte derjenige nach einem kurzen Blick mit weit aufgerissenen Augen flugs wieder davon. Es waren keine Gorrani, sondern Überlebende, die so wie sie zu fliehen versuchten.

Als sie die zur äußeren Stadt führende Tür erreichten, hatten die Erschütterungen nachgelassen. Die Erde setzte sich und bebte weniger heftig und seltener.

In der Stadt herrschte blankes Chaos. Menschen flüchteten in kleinen Gruppen durch die Straßen zum Haupttor oder suchten hinter verriegelten Türen Schutz. Artras bemerkte viele verstohlene Blicke durch verschlossene Fenster. Zahlreiche Gebäude standen in Flammen, die sich rasch ausbreiteten, aber sie hielten nicht an, um irgendjemandem zu helfen. Die meisten Menschen nahmen vor ihnen Reißaus, bevor sie sich auf zwanzig Schritte genähert hatten, und wichen dabei den über die Straßen verstreuten Toten aus. Artras, Cutter und Dylan blieben nah bei den Häusern und überquerten die Straßen nur, wenn es nicht anders ging.

Schließlich gelangten sie zur Kluft und rannten die teilweise fertiggestellte Mauer entlang zu der Stelle, an der Hernande seine Brücke errichtet hatte. Einige Abschnitte hatten sich durch die Erdbeben gelöst und waren in den Abgrund gestürzt, doch es erwies sich als einfach, diese Bereiche zu umgehen. In diesem Teil der Stadt hielt sich so gut wie niemand mehr auf.

ıernd raste. Ihr gesamter Körper kribbelte vor Adrena- ȷemand rannte los, um eine Trage für Hernande zu holen, ırend sich Cutter und Dylan neben Artras auf die Hintern ıen ließen.

»Alles in Ordnung?«, fragte Dylan besorgt.

»Geht gleich wieder«, versicherte ihm Artras. »Ich muss nur eben zu Atem gelangen.«

So fand Lienta sie vor, dem Cory und eine Gruppe weiterer Temeriten folgten. Er musterte sie alle, bevor er fragte: »Marcus? Die anderen?«

»Wir sind alles, was noch übrig ist«, antwortete Artras. »Außer ein paar Lumagiern, die sich aus dem Staub gemacht haben.« Sie drehte sich Cory zu, der an Hernandes Seite kniete. »Ohne Marcus wären wir auch tot. Er hat die Ley benutzt, um uns zu retten.«

»Was ist mit der Ley passiert?«, fragte Lienta. Wieder erzitterte die Erde, ein kleines Nachbeben. »Ist sie in Ordnung gebracht?«

»Ja, soweit ich es beurteilen kann. Kara hat sie gefestigt. Auch Morrell muss erfolgreich gewesen sein. Als wir aus der Grube geflüchtet sind, ist die Ley nach Tumbor und Farrade geflossen. Es muss dort jetzt wieder Knoten geben.«

»Und hat Kara überlebt?«

Die Frage kam von Lienta, aber Cory schaute auf. Er sah erschöpft aus, abgehärmt und ausgelaugt. Tränen waberten an Artras' Augenwinkeln. »Es tut mir leid, ich weiß es nicht. Ich bin nicht stark genug, um die Sinne bis nach Erenthrall zu entsenden und das herauszufinden.«

Cory schaute weg, dann richtete er den Blick auf Hernande. »Was ist mit ihm passiert?«, fragte er mit belegter Stimme.

Artras verlagerte den Körper auf Hernandes andere Seite und streckte die Hand aus, um das Gesicht des Mentors zu berühren. »Er hat das Geflecht benutzt, um eine Brücke über die Kluft zu bauen. Er hat gemeint, er müsste sich dafür tief kon-

Artras trat an Hernandes Seite und starrte hinab auf seine schlaffen Züge, den zottigen, ausgefransten Bart.

»Was sollen wir jetzt tun?«, fragte Dylan von der Tür.

»Wir warten«, antwortete Artras.

»Nein, nicht wegen Hernande. Ich meine hier in der Nadel.«

Cutter rührte sich. »Wir sind der Gnade der Temeriten ausgeliefert, werden von ihnen geduldet. Von ihnen beschützt.«

»Und dabei sind eigentlich sie aus Erenthrall hergereist, um Schutz bei uns zu suchen …«, meinte Artras gedankenverloren.

»Was glaubt ihr, dass sie tun werden? Wenn die Kämpfe zwischen den Gorrani und Devin geendet haben, meine ich.«

»Meiner Meinung nach werden sie die Herrschaft über die Nadel an sich reißen und die gesamte Stadt übernehmen.«

Cutter sprach es tonlos aus, ohne jede Gefühlsregung. Artras vermutete, dass er damit recht behalten würde.

»Aber was ist mit dem Nexus?«, gab Dylan zu bedenken. »Wer soll ihn beaufsichtigen?«

Artras drehte sich zu ihm um. »Niemand. Hast du es nicht gesehen? Kaum waren wir draußen, ist die Decke eingestürzt. Es wird Jahre dauern, all den Fels wegzuräumen.«

»Falls der Nexus darunter überhaupt noch aktiv ist.«

»Das ist er. Seinen Verlust hätten wir bemerkt. Dann wären erst einmal die Beben sofort wieder aufgeflammt.« Artras schaute auf, ihr Blick ging vage in Richtung des Knotens. Sie fühlte sein Pulsieren. »Ich glaube, diesen Knoten muss niemand mehr beaufsichtigen. Es sind ohnehin nicht mehr viele Lumagier übrig. Ich glaube, Kara hat ihn so eingerichtet, dass er keiner Aufsicht bedarf.«

»Wohin sollen wir dann gehen?«, fragte Dylan.

Artras sah ihn an. »Ich denke … ich denke, ich für meinen Teil kehre nach Muld zurück. Wenn man mich aufnimmt. Dort war es ruhig. Ich kann mit dem Knoten arbeiten, den wir in den Höhlen entdeckt haben, oder ich kann mit den Tieren helfen. Immerhin verstehe ich etwas vom Schlachten.«

»Im Augenblick können wir nirgendwohin«, warf Cory ein und erschreckte sie damit alle. Artras hatte gedacht, er wäre eingeschlafen.

Er hob den Arm von den Augen. »Wir müssen abwarten und herausfinden, ob Kara, Morrell und die anderen überlebt haben. Falls ja, werden sie hierher zurückkommen.«

»Und was, wenn nicht?«, fragte Cutter unverblümt. »Wie lange sollen wir warten?«

Cory erwiderte nichts, ließ nur den Arm wieder aufs Gesicht sinken.

Artras war zu erschöpft, um auch nur finster dreinzuschauen. »Vorerst müssen wir uns ohnehin erstmal ausruhen.« Sie steuerte auf die Tür zu, blieb unterwegs jedoch neben Corys Pritsche stehen. »Komm mich holen, falls Hernande das Bewusstsein zurückerlangt. Weck mich, falls nötig.«

Cory nickte.

Sie schob sich an Cutter und Dylan vorbei. »Komm mit, Dylan. Du kannst Marcus' Bett nehmen.«

In ihrer eigenen Kammer konnte sich Artras nicht einmal dazu aufraffen, sich umzuziehen. Sie plumpste nur stöhnend auf ihr Bett und spielte mit dem Gedanken, sich auf die Seite zu rollen, entschied jedoch, dass es zu viel Mühe wäre. Gedanken an Kara, Allan, Morrell und die anderen wirbelten durch ihren Kopf, waren aber nicht stark genug, um den Schlaf von ihr fernzuhalten.

Innerhalb von Minuten schnarchte sie.

***

In dem halb eingestürzten Gebäude, in dem Hernande das Ritual durchgeführt hatte, das ihn in seinen Dämmerzustand versetzt hatte, schimmerte das sanfte Licht einer Kerze. Die Gardisten, die das Geschehen in der Nadel im Auge behalten und die Brücke vor Entdeckung schützen sollten, bemerkten es eine Stunde nach Einbruch der Dunkelheit, als einer von ihnen eine Pause zum Pinkeln einlegte.

Die Kerze wurde von Geröll verdeckt und stand am Rand eines von Trümmern freigeräumten Kreises. Ein kleiner Läufer lag davor. Um die Kerze hatte Wachs eine Lache gebildet. Aufgrund der Menge des geschmolzenen Wachses vermutete der Gardist, dass die Kerze geschützt in ihrer kleinen Nische schon seit einem Tag brannte, vielleicht auch zwei. Mittlerweile bildete der Docht nur noch einen verkohlten Stummel inmitten einer Pfütze geschmolzenen Talgs. Die Flamme konnte man kaum noch erkennen.

Der Mann bewegte sich um den kleinen Kreis herum, kniete sich auf den Läufer und streckte die Hand nach den Überresten der Kerze aus.

Bevor er sie berühren konnte, flackerte die winzige Flamme, sprühte ein paar letzte Funken ins Wachs und erlosch. Von einer matten, rötlichen Glut im verkohlten Docht stieg eine dünne Schwade weißen Rauchs auf, die sofort verblasste.

In der Temeriten-Botschaft sog Hernande rasselnd und tief die Luft ein und schlug die Augen auf.

***

»… ihn nicht wecken, Sovaan. Er muss sich ausruhen.«

»Er ruht sich seit mittlerweile fast fünfzehn Stunden aus. Ich denke, das ist genug. Außerdem möchte die Matriarchin mit ihm reden – mit uns allen.«

»Wenn stimmt, was er deinen Worten zufolge getan hat, dann könnte er durchaus noch Tage schlafen.«

Cory lauschte, wie die zwei zankten, ließ die Worte jedoch teilnahmslos über sich hinwegfliegen. Er wusste, dass sie über ihn redeten, doch es kümmerte ihn nicht. Sein gesamter Körper schmerzte, und er hatte Sovaan und Hernande schon so oft streiten gehört, dass er einfach wieder einschlafen konnte, ohne sich weiter daran zu stören …

Plötzlich klappten seine Lider auf, und er schnellte auf der Pritsche in sitzende Haltung. »Hernande!? Du bist wach!«

Sovaan und Hernande standen im Gang vor der offenen Tür, beide mit verärgertem Gesichtsausdruck. Sovaans Miene hellte sich auf, und er betrat die Kammer. »Gut, du bist wach! Wir müssen dich waschen und herzeigbar machen. Die Matriarchin möchte uns alle sehen.«

Cory schenkte Sovaan keine Beachtung, sprang von der Pritsche und zog Hernande in eine wilde Umarmung. Sein Mentor klopfte ihm auf den Rücken. Cory versuchte zu sprechen, aber seine Brust, die Kehle und sein Kopf fühlten sich heiß und kribbelnd an, wie verstopft. Außerdem spürte er ein Brennen an den Augenwinkeln.

Nach einer ganzen Weile schob ihn Hernande zurück. »Es geht mir gut, Cory. Außerdem geziemt sich eine solche Bezeugung von Zuneigung nicht für einen Mentor.«

»Du bist nicht … Warte, was? Wie meinst du das, ›Mentor‹?«

Sovaan räusperte sich auffällig. »Nun ja, nachdem Hernande aufgewacht war, haben er, Jerrain und ich ausführlich darüber gesprochen, was sich im Tempel zugetragen hat, nachdem die Kormanley die Macht übernommen hatten. Wir waren uns alle einig, dass du dich auf eine Weise verhalten hast, die einem Mentor zur Ehre gereicht, und du viel mehr Haltung gezeigt hast als man von einem Studenten erwarten könnte. Das ist zwar nicht die rechte Zeit oder der rechte Ort für eine offizielle Zeremonie, aber dir werden hiermit inoffiziell die Farben und Rechte eines vollwertigen Mentors gewährt.

Du kannst dein Hellbraun ablegen und das Dunkelbraun deines neuen Ranges anlegen, auch wenn seit der Zersplitterung keiner von uns den formellen Farben groß Beachtung geschenkt hat. Jerrain wollte auch hier sein, aber er ist noch dabei, sich zu erholen.«

Cory war völlig aus dem Häuschen. »Aber … sollte es dafür nicht einen grausam langwierigen Test geben? Praktika? Eine mündliche Prüfung?«

»Unter normalen Umständen schon. Wir finden allerdings, die Gefangenschaft und der Ablauf unserer Flucht unter deiner Führung waren ein hinlänglicher Nachweis für das, was du gelernt hast.«

Hernande streckte die Hand aus, eine Geste, die formell die Annahme des neuen Titels verdeutlichte, wie Cory von Abschlusszeremonien wusste. »Herzlichen Glückwunsch.«

Cory schüttelte ihm die Hand. »Danke. Euch allen.«

Hernande beugte sich vor und flüsterte ihm zu: »Es war alles Sovaans Idee.«

Sovaan schwenkte wegwerfend eine Hand. »Es war die natürliche Schlussfolgerung nach den … Ereignissen im Tempel.«

Überwältigt stand Cory eine Weile mit offenem Mund da, während die beiden Mentoren grinsten. Dann entschied er, die unerwartete Neuigkeit vorläufig nicht weiter zu beachten und wandte sich an Hernande. »Bist du nicht verletzt? Wann bist du aufgewacht?«

»Gestern Nacht, anscheinend kurz, nachdem du und die anderen mich hierher gebracht haben. Ich habe versucht, dich zu wecken, aber du warst völlig weggetreten. Also habe ich stattdessen die anderen gesucht. Sovaan hat mir erzählt, was man dir und dem Rest unserer Leute angetan hat, als ihr in Gefangenschaft wart. Lienta hat mir erklärt, was aus dem Plan der Lumagier geworden ist, den Nexus zurückzuerobern und zu halten, nachdem ich in meinen Dämmerzustand gesunken war. Allerdings wusste er nicht, was sich in der Nadel zugetragen hat, nachdem Marcus und die anderen von ihm getrennt wurden. Wir warten darauf, dass Artras diese Lücke füllt. Sie schläft noch.«

»Nur sind wir jetzt zur Matriarchin gerufen worden«, warf Sovaan ein. »Deshalb müssen wir Artras und die anderen wecken.«

Bevor sich der Streit, den Cory zuvor gehört hatte, wegen Artras wiederholen konnte, sagte er: »Sie wollte ohnehin, dass ich sie in dem Moment wecke, in dem du das Bewusstsein zurückerlangst.«

Artras zeigte sich entzückt, Hernande zu sehen, wenngleich sich die Freude bei ihr zurückhaltender als bei Cory äußerte. Wie sie alle sah die Lumaga abgehärmt und erschöpft aus. Sovaan hielt sich ungeduldig zurück, während sie über ihre jüngsten Erfahrungen lachten und weinten, mischte sich aber letztlich doch ein, um sie an den Ruf der Matriarchin zu erinnern.

Als sie den Hauptsaal der Temeriten-Botschaft betraten, saß die Anführerin an einem großen Schreibtisch aus Eichenholz. Janote stand einen Schritt rechts hinter ihr. Die Tischplatte war übersät von Papier, dazu ein Tintenfässchen, eine Feder und verschiedene persönliche Gegenstände. In ihrem Rücken prangte in der Marmorwand des ehemaligen Handelshauses ein Geflecht von Rissen. Lienta stand noch vor dem Schreibtisch, hatte anscheinend gerade einen Stapel Papier abgeliefert. Dylan und Cutter warteten etwas abseits.

Im Raum herrschte emsiges Treiben. Gardisten arbeiteten an Tischen zwischen den Säulen zu beiden Seiten des länglichen Saals, Boten rannten bald hierhin, bald dorthin. Spätnachmittägliches Sonnenlicht fiel in schrägem Winkel durchs Fenster in den Saal, das leise Gemurmel verschiedener Unterhaltungen und das Rascheln von Kleidung erfüllte ihn mit Hintergrundgeräuschen.

»Ah, ihr seid eingetroffen«, stellte die Matriarchin fest, als sie die Gruppe erblickte, und legte die Papierbögen beiseite. Lienta drehte sich ihnen zu. »Ich hoffe, ihr habt gut geschlafen.«

»Recht gut, Matriarchin«, antwortete Sovaan für sie alle.

»Ich wünschte, ich könnte euch mehr Zeit zur Erholung gönnen, aber die Ereignisse in der Nadel überschlagen sich. Ich habe zwar vollständige Berichte von Lienta und seinen Leuten sowie einfachere Berichte von einigen der Universitätsstudenten und -mentoren, von Waidmann Cutter und Lumagus Dylan erhalten, trotzdem möchte ich gern eure eigenen Schilderungen hören, wenn es recht ist. Es ist offensichtlich, dass noch bestimmte wichtige Einzelheiten fehlen.«

Hernande trat vor. »Verzeiht, Matriarchin, aber darf ich davor fragen, was Ihr mit uns allen vorhabt? Und was Ihr allgemein hier in der Nadel zu tun gedenkt?«

Die Matriarchin schwieg eine Weile und ließ den Blick auf den Mentor geheftet, dann beugte sie sich vor und wandte sich an alle. »Im Augenblick herrscht in der Nadel ein heilloses Durcheinander. Soweit wir es auf dieser Seite der Kluft beurteilen können, kämpfen Devins Männer und die Gorrani immer noch auf den Straßen und im Tempel. Es zeichnet sich kein klarer Sieger ab, und niemand scheint die Herrschaft über einen größeren Teil der Stadt erlangt zu haben, jedenfalls nicht über den Tempel oder die Nadel selbst. Unserer Einschätzung nach ist keines der beiden Heere stark genug, um den Anspruch auf die Stadt duchzusetzen. Die meisten Menschen, die vor dem Angriff hier gelebt haben, sind bereits geflüchtet. Von den Kormanley fehlt jede Spur. Die Vollstrecker, die sich der Stadt davor bemächtigt hatten, scheinen vollkommen aufgerieben worden zu sein. Es gibt Berichte, die besagen, Vater Dalton sei tot. Es gibt Berichte, die besagen, er sei geflohen. So oder so scheinen die Kormanley keine Rolle mehr zu spielen.«

Die Matriarchin vollführte eine wegwerfende Handbewegung, und fuhr fort: »Also warten wir ab. Denjenigen, die fliehen wollen, verhelfen wir dazu, und sonst lehnen wir uns zurück, während sich Devins Männer und die Gorrani gegenseitig umbringen. Danach, wenn die Zeit reif ist, übernehmen wir die Kontrolle über die Nadel. Aus unserer Heimat Temer sind wir verdrängt worden, und wir haben keine Hinweise darauf, dass irgendein Teil unserer Nation überlebt hat. Erenthrall ist offensichtlich gefährlich, ganz gleich, was Kara Tremain dort mit der Ley und dem Nexus gelungen sein mag. Ebenso ist offensichtlich, dass wir niemandem vertrauen können, nur uns selbst. Wir brauchen ein neues Zuhause. Ich sehe keinen Grund, warum wir es nicht hier finden sollten.«

Ihr Blick landete auf Artras. »Aber ich muss über den Zustand des Knotens hier Bescheid wissen, bevor die Entscheidung endgültig gefällt werden kann.«

»Damit habt Ihr meine Hauptfrage aber noch nicht beantwortet«, warf Hernande ein. »Was habt Ihr mit uns allen vor?«

»Vorläufig biete ich euch hier Zuflucht, bis ihr euch erholt habt. Das ist das Mindeste, was ich tun kann.«

»Und wenn wir uns erholt haben?«

»Dann sehen wir weiter.«

»Ich verstehe.« Hernande neigte das Haupt und trat zurück. Sovaan wirkte aufgewühlt, Lienta verwirrt, aber keiner von beiden meldete sich zu Wort.

»Nun sag uns, was im Knoten passiert ist, Lumaga Artras. Und danach wollen wir von dir hören, Cory.«

Artras zögerte kurz. Ihre Augen waren verkniffen vor derselben, unbestimmten Wut, die Cory verspürte. Schließlich schilderte sie aber, was sich in der Nadel ereignet hatte. Sie begann damit, wie Marcus, sie und die anderen von Lientas Gardisten getrennt wurden, und beendete ihre Ausführungen mit der verzweifelten Hoffnung, dass Hernandes Brücke über die Kluft noch vorhanden sein würde. Ihr Bericht dauerte länger als erwartet, weil sie mehrfach von der Matriarchin, Lienta und sogar Janote unterbrochen wurde, die nachhakten, um das eine oder andere klarzustellen.

Anschließend begann Cory mit seiner Geschichte über die Gefangennahme der Universitätsstudenten, ihre Zeit in Gefangenschaft und die Flucht. Das Sonnenlicht schwand indes von den Fenstern. Als er endete, war längst die Nacht angebrochen. Der Hauptsaal der Botschaft wurde von Fackeln und einigen Laternen erhellt. Eine davon stand an einer Ecke des Schreibtischs der Matriarchin und warf ihr Licht über die Dokumente.

Nachdem Cory und Artras ihre Berichte beendet hatten, herrschte ein längeres Schweigen im Raum, bis sich die Matriarchin rührte.

»Wir haben viel zu besprechen. Danke, dass ihr so offen zu uns seid. Hoffentlich stimmt die Einschätzung, dass die eingestürzte Decke den Nexus in der Nadel vollständig unter sich begraben hat. Wir rufen euch wieder.«

Als sich angesichts der offensichtlichen Entlassung alle zum Gehen wandten, trat Cory vor. »Matriarchin. Kara und Allan, Morrell und Boskell, sie alle – falls sie überlebt haben – werden hierher zurückkehren. Wir sollten dann anwesend sein, um sie zu begrüßen.«

Ein gequälter und doch auch mitfühlender Ausdruck huschte über die ernsten Züge der Matriarchin. »Ich werde das berücksichtigen, wenn ich meine Entscheidung treffe.«

Dann wurden sie von Lienta und den Gardisten hinausgeleitet. Der Hauptmann der Temeriten murmelte ein paar beruhigende Worte, bevor er die Tür zum Hauptsaal der Botschaft hinter ihnen schloss.

»Also, das … war beunruhigend«, befand Sovaan. »Ich hätte gedacht, sie würden mehr zu schätzen wissen, was wir alle getan haben.«

»Wir haben für die Temeriten gar nichts getan, außer ihnen hier in der Nadel Zuflucht zu gewähren. Was damit geendet hat, dass sie geradewegs zwischen die Fronten der Kormanley, der Gorrani und der Hunde Devins geraten sind.«

»Wir haben ihnen immerhin erlaubt, mehr als ein Drittel der Stadt zu übernehmen!«, protestierte Sovaan, aber Cory hatte bereits aufgehört, zuzuhören. Die Erwähnung der Hunde hatte ihn an Daltons Vision erinnert. Er löste sich von den anderen. Seine Schritte beschleunigten sich, als er die Treppe erreichte.

»Wo willst du hin?«, rief Artras hinter ihm her.

»Aufs Dach!«

Als er oben durch die Tür stolperte, schnaufte er schwer. Sofort wandte er sich nach Norden und suchte nach den Drei Schwestern. Zwei der Verkrümmungen pulsierten nach wie vor dumpf zwischen den Sternen.

Die Dritte blinkte.

Die anderen, die ihm langsamer gefolgt waren, versammelten sich hinter ihm. Eine lange Weile, während sie das Flimmern der Verkrümmung beobachteten, sprach niemand ein Wort. Im Osten züngelten in einigen der Gebäude um den Tempel immer noch Flammen, aber die Kampfhandlungen waren zum Erliegen gekommen. Gardisten standen auf der Mauer. Ihre Fackeln erhellten die Wehrgänge und den Rand der Kluft darunter.

Schließlich murmelte Artras: »Wird sie sich entfalten? Steht uns ein weiteres Erenthrall bevor? Oder ein weiteres Tumbor?«

»Dalton hat prophezeit, das würde uns alle vernichten«, sagte Dylan.

Hernande kaute am Ende seines Bartes. »Was denkst du, Cory?«

»Ich bin hier heraufgekommen, nachdem wir aus dem Tempel geflüchtet waren, und habe sie beobachtet. Ich bin mir nicht völlig sicher, aber ich glaube … Ich glaube, sie blinkt nicht mehr so schnell wie früher.«

»Wenn sie sich noch nicht entfaltet hat, ist es Kara vielleicht rechtzeitig gelungen, die Ley in Ordnung zu bringen und den Vorgang aufzuhalten.«

»Von hier aus können wir so oder so herzlich wenig unternehmen«, merkte Artras an. »Und sie würde sich längst entfalten, bevor wir dort sein könnten, um es zu verhindern.«

Danach standen alle noch eine Zeit lang da und starrten schweigend zu dem blinkenden Licht. Schließlich löste sich die Gruppe auf, bis nur noch Artras, Hernande und Cory verblieben.

Die Lumaga berührte Cory am Arm. »Wir warten hier auf sie, egal, wie lang es dauert. Hier oder in Muld.«

Cory schwieg. Sie tätschelte seinen Arm, bevor sie sich in Richtung der Tür entfernte.

»Kommst du mit uns nach unten?«, fragte Hernande.

Cory atmete tief durch. »Nein. Ich denke, ich bleibe noch ein Weilchen hier. Die Dunkelheit, die Ruhe …«

»Ich bin dann unten.«

Sobald die anderen gegangen waren, setzte sich Cory auf den harten Steinboden des Daches und starrte in die Nacht.

In Richtung Erenthrall.

***

Am Ende erklärte sich die Matriarchin einverstanden, sie bleiben zu lassen.

Cory und Hernande beobachteten von der Mauer aus, wie Lienta die Temeriten-Armee unten auf dem Hof versammelte. Die Überreste der Gorrani-Streitmacht hatten sich nach wenigen Tagen gesammelt und waren nach Nordosten aufgebrochen, sodass die Temeriten die Stadt übernehmen konnten. Die beiden Mentoren schauten jetzt von der Mauer aus zu, wie die Gardisten zum Haupttor der Nadel marschierten und in die Stadt einfielen. Es gab kaum Widerstand. Innerhalb eines halben Tages hatte Lienta den Tempel gesichert, und seine Soldaten durchstreiften die umliegende Stadt auf der Suche nach verbliebenen Kormanley und Devins Männern.

Auf den Mauern wurden Patrouillen eingerichtet und das Haupttor geschlossen – offensichtlich hatte es jemand von innen geöffnet. Das Loch, das Cory selbst in die südöstliche Mauer gesprengt hatte, wurde besonders schwer bewacht. Techniker der Temeriten arbeiteten bereits daran, jene Lücke in den Verteidigungseinrichtungen zu flicken.

Artras und Dylan beschäftigten sich, indem sie den Einsturz der Decke im Knoten untersuchten. Wie erwartet erwies sich die Grube als unzugänglich. Beunruhigend war jedoch die Tatsache, dass der schwarze Turm der Nadel selbst nicht mehr ganz gerade in den Himmel stach. Die Südkante des Gebäudes war einen halben Fuß in den Sand des Stelengartens gesunken. Wenn Cory die Augen zusammenkniff, konnte er die Schrägstellung erkennen. Niemand wusste, was das für den Knoten oder den Tempel bedeutete, aber Artras und Dylan vermeldeten, dass die Ley ohne jede Einflussnahme durch Lumagier normal dahinfloss.

Sobald die Studenten der Universität auf den Beinen waren – Jerrains vollständige Genesung würde sicher noch Wochen dauern –, nahmen Hernande, Sovaan und Cory den Unterricht wieder auf. Sie benutzten dafür das halb verfallene Gebäude, in dem Hernande mithilfe des Geflechts die Brücke erschaffen hatte.

Mirra, Tara, Jasom und die anderen schüttelten ihre Gefangenschaft wesentlich schneller ab als ihre Mentoren, wenngleich Cory den ältesten der Studenten, Jasom, das eine oder andere Mal dabei ertappte, wie er mit besorgtem Blick ins Leere starrte. Innerhalb weniger Tage zogen sie sich wieder gegenseitig auf und lachten, wie es Studenten eben taten.

Größtenteils blieben sie alle im Stadtteil westlich der Kluft. Niemand verspürte den Wunsch, zum Tempel zurückzukehren, obwohl die Matriarchin, Lienta und die meisten Temeriten ihre Tätigkeiten in den mittleren Bereich der Stadt verlagert hatten.

An den Abenden stieg Cory aufs Dach des ehemaligen Handelshauses und beobachtete den Horizont, während die Sonne unterging. Er blieb stets bis lang nach Einbruch der Dunkelheit. Im Osten hatten die Himmelslichtstürme im Gebiet um Tumbor aufgehört. Hernande hatte die Theorie aufgestellt, dass sie entstanden waren, als das Geflecht sich aufgrund der Unterbrechung wichtiger Ley-Linien aufzulösen begonnen hatte. Da die Ley-Linien nun in Ordnung gebracht waren – und damit auch das Geflecht –, war auch die Realität wiederhergestellt. Sie alle konnten fühlen, wie straff das Geflecht wieder war, wann immer sie mit den Studenten arbeiteten. Hernande, Sovaan und Jerrain erörterten viele Stunden lang, was genau die Himmelslichter sein mochten – Verkrümmungen besonderer Art? Schwankungen in der Wirklichkeit? Zu sicheren Schlussfolgerungen gelangten sie jedoch nicht.

Im Norden setzte sich das Pulsieren der Drei Schwestern fort. Cory hätte schwören können, dass sich das Flackern verlangsamt hatte. Doch sicher war er erst, als die Schwächste der drei – die Verkrümmung über Dunmara, wie er glaubte – restlos verschwand. Als das passierte, fingen alle an, wirklich Ruhe zu finden. Die Anspannung floss wie ein unhörbares Seufzen aus der Nadel ab.

Dennoch behielt Cory die beiden verbliebenen Verkrümmungen weiterhin im Auge.

***

Cory arbeitete gerade mit Mirra und Jasom daran, Sinnestäuschungen zu erschaffen – beide versuchten, einen Stein durch Faltung des Geflechts vor Blicken zu verbergen –, als ein schlurfendes Geräusch Corys Aufmerksamkeit erregte. Als er aufschaute, erblickte er Lienta am Eingang des von Geröll übersäten Raums. Der Hauptmann lächelte.

»Ich habe Gäste mitgebracht«, verkündete er und trat beiseite.

Kara löste sich aus den Schatten der inneren Räume des Hauses. Sie sah müde und mitgenommen aus, hatte Dreck im Gesicht und Staub auf der fleckigen Kleidung, aber sie grinste, als sie sagte: »Ich hab's zurückgeschafft.«

Cory konnte sich nicht daran erinnern, sich in Bewegung gesetzt zu haben, aber plötzlich hielt er sie fest, so innig, dass sie nach Luft schnappte, weil sie nicht vernünftig atmen konnte. Und dann küsste er sie, und Tränen benetzten sein Gesicht und er vermochte selbst nicht zu atmen, weil sich seine Kehle wie zugeschnürt anfühlte.

Kara brach in Gelächter aus, dann tauchten Allan, Morrell und Grant auf, während Drayden und Okata weiter hinten in den Schatten blieben. Alle umarmten sich, klopften mit den Händen auf Schultern und redeten gleichzeitig durcheinander. Lienta musste jemanden losgeschickt haben, um Hernande, Artras und den Rest zu suchen, und bald trafen auch sie ein. Rufe der Überraschung, Schluchzen, Kichern und Stöhnen erfüllten den Raum. Ein paar Gardisten brachten Wein, Becher, Käse und Obst.

So wäre es vielleicht ewig weitergegangen, wenn Kara nicht während einer kurzen Flaute im Lärm gefragt hätte: »Wo ist Marcus?«

Da setzten rundum Schniefen und Hüsteln ein, bis schließlich Stille folgte.

»Marcus ist dabei gestorben, den Knoten vor den Gorrani zu schützen.« Artras ließ den Blick über den Rest der Anwesenden wandern, dann räusperte sie sich verlegen. »Er hat Dylan, Cutter, Hernande und mich gerettet. Er hat sich für uns geopfert.«

»Marc, Jenner und viele der anderen Lumagier sind auch im Kampf gegen die Gorrani gefallen«, fügte Dylan hinzu.

In die betretene, drückende Stille, die darauf folgte, sagte Morrell: »Boskell, Sesali und Hanter haben für uns in Tumbor ihr Leben gegeben.«

Zum ersten Mal warf Cory einen genaueren Blick auf Allans Tochter. Sie wirkte älter, gefestigter, selbstsicherer. Mittlerweile eine junge Frau, nicht mehr das scheue Kind, mit dessen Unterrichtung die Mentoren dieses Jahr begonnen hatten.

Allan umarmte sie und küsste sie auf den Kopf. »Viele Menschen sind gestorben, um uns zu helfen, Püppchen. Aber sie haben ihr Leben gegeben, damit wir die Chance hatten, die Ley in Ordnung zu bringen. Und das habt ihr geschafft. Du und Kara.«

»Und Marcus«, fügte Artras hinzu.

»Ist sie wirklich in Ordnung gebracht?«, fragte Hernande.

Alle drehten sich Kara zu, die sich weigerte, Corys Hand loszulassen. Oder vielleicht umgekehrt.

»Ja, ich glaube schon. Ich habe sie überwacht, als wir aus Erenthrall geflohen sind, und sie scheint stabil zu sein.«

»Im letzten Monat hat es keinerlei Beben gegeben«, fügte Hernande hinzu, »und die Himmelslichter sind auch weg. Der letzte solche Sturm wurde vor fast zwei Wochen gesichtet. Seither haben wir nichts mehr gesehen. Angesichts all dessen stimme ich dir zu. Zumal das Pulsieren der verbliebenen Verkrümmungen ja auch deutlich nachgelassen hat.«

»Damit gehst du davon aus, dass sich niemand an den Knoten zu schaffen machen wird«, warf Lienta ein. »Es müssen noch andere Lumagier die Zersplitterung überlebt haben, vielleicht sogar Ober-Lumagier.«

»Ich glaube kaum, dass sie durch den Nexus in Erenthrall auf die Ley zugreifen werden.«

»Warum nicht?«

Allan rührte sich. »Die Gorrani dort wurden von den Himmelslichtern in schlangenähnliche Wesen verwandelt und haben die Stadt in Beschlag genommen. Wir sind nur entkommen, weil die Ley die Bezirke um Grass geflutet hatte. Sie waren bereits in diese Bereiche eingefallen, als wir aufgebrochen sind. Sonst haben wir außer den Tunnlern niemanden gesehen, und die wollten Richtung Norden aus der Stadt fliehen.«

»Hier kann auch niemand auf die Ley zugreifen«, ergänzte Artras. »Jedenfalls nicht direkt. Die Decke über dem Nexus ist eingestürzt und hat ihn versiegelt.«

»Und die Matriarchin hat nicht die Absicht, irgendjemandem zu gestatten, ihn wieder auszugraben.«

»In Tumbor auch nicht.« Alle drehten sich Morrell zu, die sich aufrichtete. »Ich habe die Himmelslichter benutzt, um die Knoten wiederherzustellen. Dann habe ich Tunnel für die Ley-Linien zwischen den Knoten erschaffen; so viele, wie ich konnte. Die Himmelslichter waren wild, ungebändigt. Die Macht war gewaltig und« – sie schluckte – »berauschend. Beinahe lebendig. Ich habe noch nie zuvor eine so rohe Energie gespürt. Für ein paar Stunden dachte ich tatsächlich, ich könnte alles vollbringen.«

Sie geriet ins Stocken und warf einen leicht verlegenen Blick in die Runde. Aber für einen Moment sah Cory ein Aufflackern der rohen, wilden Energie, die sie beschrieb, in ihren Augen.

»Aber jetzt ist sie weg. Ich wollte noch das von der Verkrümmung in Tumbor zerstörte Land in Ordnung bringen, doch ist mir am Ende die Kraft ausgegangen. Die Erde dort ist immer noch zersplittert. Und ich glaube nicht, dass ich ohne die wilde Energie der Himmelslichter in der Lage bin, es wiederherzustellen.«

»Niemand erwartet das von dir, Püppchen.«

»Aber ich will es. Das Land leidet weiterhin Qualen. Es schreit noch immer. Ich kann es hören.« Morrell schauderte.

Hernande strich sich über den Bart. »Ich kann helfen, falls das nicht von selbst besser wird. Es gibt bestimmte Meditationen, die dagegen wirken könnten.«

»Aber das heilt nicht das Land. Ich will es nicht ausblenden. Ich will es heilen.«

Artras berührte sie am Arm. »Vielleicht kannst du das. Zu gegebener Zeit. Vorerst hast du genug getan. Du musst dich ausruhen. Wir alle müssen uns ausruhen.«

Lienta räusperte sich und versteifte den Körper. »Weil wir gerade vom Ausruhen reden, ich bin von der Matriarchin ermächtigt, euch allen Zuflucht hier in der Nadel anzubieten. Nach allem, was ihr getan habt, um wieder Ruhe und Ordnung in den Ebenen einkehren zu lassen, findet sie, das sei nur recht und billig.«

»Das sind ja völlig andere Töne als unmittelbar nach dem Angriff auf die Nadel.«

Lienta seufzte, und seine Schultern sackten herab, als er Artras' anklagendem Blick begegnete. »Ja, so ist es. Bestimmte Berater haben sich angesichts all der möglichen Bedrohungen, die ihr verkörpert, dagegen ausgesprochen, euch zu beherbergen. Ich habe einen Großteil des letzten Monats damit verbracht, sie vom Gegenteil zu überzeugen.«

»Ist wohl besser, uns in der Nähe zu behalten, damit ihr ein Auge auf uns haben könnt, was?«

Lienta erstarrte und sah alle nacheinander an. »Ihr müsst zugeben, dass ihr alle aus unterschiedlichen Gründen gefährlich seid. Euch hier zu haben, wäre gut, nicht nur für unsere Sicherheit, sondern auch für eure.«

Karas Griff verstärkte sich schmerzhaft um Corys Finger. »Wollt ihr uns zum Bleiben zwingen?«

»Nein. Wenn ihr gehen wollt, dürft ihr gehen. Und ihr

könnt jederzeit zurückkehren. Die Matriarchin hegt nicht den Wunsch, euch gefangen zu nehmen.«

Die Anspannung im Raum flaute ab, und die Anwesenden widmeten sich nach und nach wieder ihren Getränken und Unterhaltungen, wenngleich gedämpfter als zuvor. Als könnte er es spüren, gab Lienta den Gardisten ein Zeichen und stahl sich unauffällig davon.

Kara starrte in ihren Becher, bis Cory eine Hand auf ihre legte und sie aus den Gedanken riss, die ihr gerade durch den Kopf gingen. »Komm mit.«

Sie runzelte die Stirn, aber nach einem letzten kleinen Schluck Wein stellte sie den Becher beiseite.

Er führte sie hinaus durch das Geröll in den kahlen Garten und zum Rand der Kluft, zu dem Vorsprung, an dem Hernande die Brücke erschaffen hatte. Dort setzten sie sich abseits der anderen auf eine der niedrigen Gartenmauern. Die Geräusche der Stadt spülten über sie hinweg, klangen jedoch gedämpft und entfernt.

Cory wollte zugleich über alles und nichts reden, aber er blieb still. Drinnen hatte er genug davon gehört, was Kara, Allan und Grant widerfahren war.

Schließlich fragte Kara in das Schweigen hinein: »Was machen wir jetzt?«

»Wir gehen zurück nach Muld.«

Kara drehte sich ihm überrascht zu. »Tun wir das?«

»Ja.« Er stand auf, ließ ihre Hand los und trat an den Rand der Kluft, um in ihre Tiefen zu blicken. »Zwischen der Sorge darüber, ob du noch lebst oder tot bist, habe ich den vergangenen Monat viel darüber nachgedacht. Wir sind mit der Vorstellung hierher zur Nadel gekommen, dass wir die Ley heilen und dadurch wiederherstellen könnten, was einst so großartig an Erenthrall war. Wir wollten die Stadt wiederauferstehen lassen, nur ohne den Baron, ohne Rüden und ohne die Ober-Lumagier und den ganzen unerfreulichen Rest. Die Ley haben wir zwar geheilt, aber ich glaube, dabei haben wir jede Chance zunichtegemacht, die es gegeben hätte, Erenthrall neu zu erschaffen.« Er drehte sich Kara zu. »Es ist alles weg. Der Bernsteinturm, Grass, der Nexus. Das Barkassensystem, die Flieger, die Bezirke, die Handelshäuser und Parks. Alles! Wir können es nicht wiederaufbauen, nicht so, wie es war. Ich bin nicht mal sicher, ob wir es überhaupt hätten versuchen sollen. Aber das spielt keine Rolle. Die Welt hat sich verändert, Kara. Etwas Neues sollte sich aus der Asche erheben, und wir müssen nicht diejenigen sein, die es gestalten. Wie Artras drinnen zu Morrell sagte: Wir haben genug getan. Wir haben genug durchgestanden. Also lass uns nach Muld zurückkehren. Soll sich die Matriarchin um die Nadel kümmern. Sollen diese Schlangen-Gorrani die Ruinen von Erenthrall haben. Wir hatten schon einmal ein Leben in Muld. Das sollten wir uns zurückholen. Ich weiß, dass uns Sophia und die anderen herzlich willkommen heißen würden.«

»Was ist mit der Schule? Hast du als frischgebackener Mentor nicht Studenten zu unterrichten?«

»Ich bin mir ziemlich sicher, dass ich Hernande und die anderen überzeugen kann, mit der Schule nach Muld zu übersiedeln und ...«

»Sovaan? Er würde nach Muld ziehen?«

»Wenn wir ihm sagen, dass wir dort eine Schule bauen, die er leiten darf, vermutlich schon.«

»Gut möglich.«

Cory trat auf sie zu. »Aber auch das spielt keine Rolle. Und selbst, wenn die Überreste der Universität hier in der Nadel bleiben, will ich kein Teil davon sein.«

Kara wandte den Blick ab. »Ich würde nie von dir verlangen, dass du das aufgibst, Cory. Nicht nach allem, was passiert ist.«

»Musst du auch nicht.« Er ließ sich wieder neben ihr nieder. »Und auch für dich gibt es etwas in Muld. Den Knoten.«

Kara horchte auf. »Ich könnte die Ley von dort überwachen. Und es weiß auch kaum ein Mensch, dass es ihn überhaupt gibt.«

»Wir müssen nicht sofort eine Entscheidung treffen. Du und die anderen, ihr müsst euch ausruhen. Wir haben Zeit.«

»Nein. Ich meine ja, wir können nicht sofort aufbrechen. Allan sollte Zeit mit seiner Tochter verbringen dürfen. Und wir müssen den anderen sagen, was wir vorhaben, und ihnen die Gelegenheit einräumen, eine Entscheidung zu treffen. Aber ich denke … ich denke, Muld ist eine gute Idee.«

Kara ergriff seine Hand und lehnte sich an ihn. Er schlang einen Arm um ihre Schultern. Zusammen saßen sie da und wiegten sich sanft vor und zurück, während die leisen Geräusche der Menschen um sie herum durch die halb eingestürzte Mauer drangen und der Rest der Nadel seinem Treiben nachging.

***

Kara öffnete die Tür zu Marcus' und Dierdres Unterkunft, blieb jedoch im Eingang stehen. Sie sah sich in der Kammer um, betrachtete den Tisch an der Wand, das Bett mit den zerknitterten Decken auf der anderen Seite. Niemand hatte den Raum betreten, seit Devins Heer und die Gorrani den Tempel angegriffen hatten. Auch wenn das überwiegend daran lag, dass die Temeriten wichtigeren Dingen in der Nadel ihr Augenmerk widmeten und es sowieso mehr als genug andere Räume gab.

Kara war nicht sicher, warum sie eigentlich hergekommen war. Nur hatte sich nach den Schilderungen aller Marcus am Ende geopfert, um Artras, Hernande und die anderen in der Grube zu retten. Und vorher, als Tumbor zusammengebrochen war, hatte er Dierdre und Irmona getötet.

Beide Handlungen ließen sich nicht mit dem Marcus vereinbaren, den Kara vor der Zersplitterung gekannt hatte. Einst hatte sie ihn geliebt, aber er hatte sie für die Kormanley verraten. Sogar, nachdem die Weißmäntel sie gefangen genommen und hierhergebracht hatten, sogar, nachdem er sich gegen Lecrucius aufgelehnt und ihr die Möglichkeit verschafft hatte, die Verkrümmung über Erenthrall zu heilen, hatte sie Zweifel an seinen Beweggründen gehegt. Immerhin hatte er nach Lecrucius' Tod und Daltons Gefangennahme in der Nadel mehr Macht als je zuvor besessen.

Aber diese Sicht auf ihn widersprach seinen Handlungen, nachdem sie die Kontrolle übernommen hatten; vor allem in den Wochen vor dem verheerenden Versuch, Tumbor zu heilen, und im Verlauf der folgenden Ereignisse.

Wer war Marcus am Ende wirklich? Ein Verfechter der Kormanley? Der Lumagier, in den sie sich einst verliebt hatte? Und hatte er sie je wirklich geliebt? Oder war alles nur Schein gewesen, von Dierdre zerstört, als sie ihn überredet hatte, sich den Kormanley anzuschließen?

Kara wusste es nicht. Als Lienta ihr gesagt hatte, seine Unterkunft sei unangetastet geblieben, hatte sie gedacht, sie würde hier vielleicht Antworten finden.

Mit einem schweren Seufzen betrat sie die Kammer. Als sie sich darin umherbewegte und mit den Fingern über den Tisch fuhr, auf dem noch Schneidbrett und Messer lagen, ließ ihr Gefühl nach, hier eingedrungen zu sein. Ein Krug war umgefallen, wahrscheinlich bei einem der Erdbeben. Die Scherben des Gefäßes übersäten den Boden. Der Raum roch trocken und verlassen, obwohl noch einige Kleidungsstücke über der Lehne eines Stuhls hingen. Alles war von einer feinen Staubschicht bedeckt.

Dann fiel ihr Blick auf die unter das Bett geschobene Truhe. Kara zog sie heraus. Die Metallkanten schabten laut über die Steinplatten. Die Truhe erwies sich als nicht verschlossen.

Größtenteils enthielt sie Kleidung, doch darunter vergraben befanden sich auch einige persönliche Habseligkeiten. Ein blauer Anhänger, den sie aus der Zeit vor Dierdre erkannte, als Marcus und sie zusammengelebt hatten. Eine zierliche Teetasse. Ein alter Ring, der offensichtlich Dierdre gehört hatte.

Aber versteckt in einer Ecke befand sich ein Stein, blau und schwarz mit weißen Wirbeln darin.

Kara stockte der Atem. »Das kann nicht sein.« Sie zögerte, bevor sie ihn aus der Ecke hob. Als sie mit dem Daumen über die glatte Oberfläche rieb, kribbelten ihre Finger. »Das ist unmöglich.«

Aber sie kannte diesen Stein. Sie hatte ihn Ischua überreicht, als sie zwölf war und er sie im Halliel-Park getestet hatte. Damals hatte sie ihm mitgeteilt, dass er nicht an die Stelle gehörte, wo sie ihn gefunden hatte. Ischua hatte Kara den Stein zurückgegeben, als sie zur Lumaga ernannt worden war. Seither hatte sie ihn im Verlauf der Jahre behalten, bis zur Zersplitterung.

Marcus musste ihn danach in ihrer Wohnung gefunden haben. Sie selbst war nie dorthin zurückgekehrt, weil sie davon ausgegangen war, sie wäre in der Verkrümmung eingeschlossen. Musste sie auch gewesen sein, dennoch hatte Marcus den Stein irgendwie geborgen.

Da fielen Kara die Scherben ein, die bereits geheilt waren, bevor die Tunnler sie gefangen genommen hatten.

Marcus musste nach ihr gesucht haben. Es wäre nur natürlich gewesen, in ihrer Wohnung nachzusehen, wo er dann den Stein gefunden hatte. Dierdre würde nichts von seiner Bedeutung und der Verbindung zu Kara gewusst haben.

Sie schloss die Finger um ihn und hob ihn sich an die Brust. Tränen brannten in ihren Augen.

Dann richtete sie sich auf, ging hinaus und ließ die Tür offen zurück.

***

Sechs Monate später stapfte Cory durch den Schnee, der es durch die Bäume um Muld auf den Boden geschafft hatte. Sein Atem bildete in der Luft vor ihm kleine Wölkchen, den Körper hatte er in mehrere Schichten Stoff und Pelz gehüllt.

Der Lärm vom Bau der neuen Schule – in der sowohl die Nutzung des Geflechts als auch das Handwerk der Lumagier unterrichtet werden sollten – wurde zusammen mit all den anderen emsigen Geräuschen aus dem stark gewachsenen Dorf leiser. Alle hatten beschlossen, Corys und Karas Beispiel zu folgen, sogar Sovaan. Die Nadel mit ihrem Tempel und dem leicht schiefen Turm hatten sie den Temeriten überlassen. Paul hatte anfangs gegrummelt, aber Sophia hatte ihm nur einen Klaps auf den Hinterkopf versetzt und sie dann mit offenen Armen aufgenommen. Einige hatten eine Weile gebraucht, um sich einzuleben, mittlerweile hatten aber alle zu einem geregelten Alltag gefunden. Und die Verbindung zur Nadel wurde durch regelmäßige Handelsaufenthalte aufrechterhalten.

Nur hin und wieder verspürte Cory das Bedürfnis, sich davonzustehlen, vor allem nach einer besonders schlimmen Nacht, in der sein Schlaf von Albträumen gestört worden war.

Es waren Albträume, in denen seine Lungenflügel brannten und er hinter einer unsichtbaren Wand festsaß, sich nicht rühren und nichts unternehmen konnte, als Mirra, Jerrain oder Hernande von Vater Dalton oder Darius gefoltert wurden. Die Träume suchten ihn nicht mehr so oft heim wie unmittelbar nach der Flucht vor den Kormanley, trotzdem überrumpelten sie ihn noch manchmal. Einige der anderen, vor allem die Studenten, plagte dasselbe Leiden.

Der Traum der vergangenen Nacht war besonders schlimm gewesen. Meist gelang es ihm, aufzuwachen, bevor die Folterungen zu weit fortschritten. Aber letzte Nacht hatten Dalton und Darius irgendwie Kara zu fassen bekommen, und ganz gleich, wie verbissen Cory kämpfte, wie wild er gegen die unsichtbare Wand hämmerte, er konnte sich nicht befreien. Er konnte nicht einmal seine Sinne durch das Hindernis entsenden und das Geflecht beeinflussen.

Als er vom Rand der Bäume auf einen Felsvorsprung trat, pulsierte ein Pochen durch seine Beine, und seine Brust schmerzte von der Kälte. Nach einer kurzen Verschnaufpause marschierte er die letzten Schritte, wischte mehrere Fingerbreit Schnee von einem großen Stein und setzte sich. Von hier konnte er in Ruhe den Blick über die Weiten des Waldes und die Hügel im Nordosten wandern lassen. Die Ebenen präsentierten sich in der Ferne im Osten als weißes, flaches Laken. Dunkle Sturmwolken verhüllten den Horizont. Aber der Blick auf die Berge im Norden war ungetrübt, und der blaue Himmel zeichnete sich in kräftigen Tönen hinter ihnen ab.

Aus Gewohnheit suchte Cory nach den Drei Schwestern. Allerdings entdeckte er nur eine. Die zwei anderen waren langsam verblasst und erloschen wie all die anderen Verkrümmungen, die sie von Muld aus hatten sehen können. Nur diese eine war verblieben – und sie blinkte nicht mehr wie früher, sondern pulsierte in einem langen, trägen Takt, der im Verlauf der Monate zunehmend langsamer wurde. Auch suchten keine Himmelslichtstürme mehr die Ebenen heim, obwohl es Berichte gab, dass man welche weit im Norden jenseits der Berge gesichtet hatte. Niemand war aufgebrochen, um nachzusehen, ob das zutraf. Die Ley schien … sich gesetzt zu haben. Keine Beben. Keine neuen Verkrümmungen. Kein Wabern in der Realität. Das Geflecht blieb straff.

Cory ließ den frostigen Wind über sich hinweg wehen, ließ sich vom Glitzern der Flocken im Sonnenschein um ihn herum beruhigen. Durch die Stille floss die Anspannung aus seinen Muskeln ab. Die Kälte glättete die aufgewühlten Ränder des Albtraums.

Lange im Voraus hörte er, wie sich jemand mit im Schnee

knirschenden Schritten näherte. Er brauchte sich nicht umzudrehen, um zu wissen, dass es sich um Kara handelte.

Am Rand des Waldes zögerte sie, dann setzte sie sich wieder in Bewegung und ließ sich neben ihm nieder. Ihre willkommene Gegenwart vermittelte ihm Wärme. Sie griff nach seiner Hand, und ihre Finger verflochten sich fest ineinander.

Schweigend saßen sie da und beobachteten am Horizont das Pulsieren der Verkrümmung im Norden.

Bis sie nach einem winzigen Aufblitzen endgültig erlosch.

DANKSAGUNG

Dieses Buch hätte das Licht der Welt nicht ohne das Vertrauen meiner Lektorin Sheila Gilbert und meines Agenten Joshua Bilmes erblickt. Ich danke den beiden dafür, dass sie sich um die Einzelheiten gekümmert und es ermöglicht haben.

Außerdem danke ich allen, die an die Reihe geglaubt und die beiden ersten Bücher gekauft haben. Ohne euch Leser wäre die Geschichte nicht von wahrem Leben erfüllt. Ich hoffe, der vorliegende dritte Roman konnte euren Erwartungen gerecht werden.

Und natürlich haben hinter den Kulissen haufenweise Menschen an dem Buch mitgewirkt, darunter alle bei DAW Books, die es verbessert haben; mein Partner und meine Familie, die mich nicht umgebracht haben, wenn ich während des Schreibens lamentiert oder gehadert habe; und meine Beta-Leser, die mir unschätzbare Rückmeldungen lieferten, zum Beispiel: »Das ist mies.« Oder: »Das war cool.« Ohne sie alle wäre das Buch nicht so gut geworden.

Und jetzt heißt es: Vorbereiten auf das nächste Projekt! (Das Stöhnen habe ich gehört!)

Band 1 der Trilogie um die machtvolle Ley-Energie, die Wunder erschaffen oder Welten zerstören kann ...

Joshua Palmatier
STADT DES LICHTS
Roman
Aus dem amerikanischen
Englisch von
Michael Krug
736 Seiten
ISBN 978-3-404-20928-6

Türme aus gleißendem Licht, schwebende Wagen und taghelle Laternen – Erenthrall ist die Stadt des Lichts und hat ihren Fortschritt der Ley-Energie zu verdanken. Sie verläuft in einem feinen Netz unter der Erde und kann nur durch die Lumagier genutzt werden. Doch die Bewegung der Kormanley kritisiert die Nutzung dieser natürlichen Quelle und verübt zunehmend Anschläge auf die Lumagier und die Bevölkerung, um ihren Forderungen Nachdruck zu verleihen. Als sich bei der jungen Kara die Begabung zur Lumagierin besonders früh und stark manifestiert, gerät sie zwischen die Fronten in diesem Konflikt, der die ganze Stadt in den Abgrund zu reißen droht ...

Bastei Lübbe

Außergewöhnliche Kräfte, geheime Identitäten und eine dunkle Verschwörung

Laura Weller
BAY CITY HEROES
– IM ZEICHEN DER GERECHTIGKEIT
Roman
ISBN 978-3-404-20963-7

USA, 2045: Als Seraphina Winter überfallen und niedergeschlagen wird, brechen ungeahnte Fähigkeiten aus ihr hervor. Plötzlich schwebt sie hoch über der Stadt. Das kann nur eins bedeuten: Sie ist eine Veränderte – und steht von nun an auf der Abschussliste der Regierung. Gemeinsam mit vier anderen Veränderten beschließt sie, aus der Not eine Tugend zu machen. Sie verpassen sich geheime Identitäten und nehmen als Superhelden den Kampf gegen das Unrecht in der Stadt auf. Doch als immer mehr Veränderte spurlos verschwinden, muss Sera den Regierungsagenten John Hunter um Hilfe bitten, auch wenn sie nicht weiß, ob sie ihm wirklich vertrauen kann …

Bastei Lübbe